Yaşar Kemal
Salman

Yaşar Kemal

Salman

Aus dem Türkischen von
Cornelius Bischoff

Unionsverlag

Die Originalausgabe erschien 1980
unter dem Titel *Yağmurcuk Kuşu*
(Kimsecik 1).

Auf Internet
Aktuelle Informationen
Dokumente über Autorinnen und Autoren
Materialien zu Büchern
Besuchen Sie uns:
www.unionsverlag.ch

© by Yaşar Kemal 1980
© by Unionsverlag Zürich 1999
Rieterstrasse 18, CH-8059 Zürich
Telefon 0041-1-281 14 00, Fax 0041-1-281 14 40
Alle Rechte vorbehalten
Umschlaggestaltung: Heinz Unternährer, Zürich
Umschlagbild: Metin Talayman
Serie A und B »Atlar«, 1990
Öl auf Leinwand
Druck und Bindung: Ebner Ulm
ISBN 3-293-00266-8

1

Mondlicht füllte randvoll die Senke, in der das Dorf lag. Salman stand regungslos in einer Ecke der niedrigen Hofmauer und sang kaum hörbar ein altes, seltsam anrührendes Volkslied. Die Dorfkinder waren wieder zu einem Versteckspiel hinausgelaufen, das in hellen Mondscheinnächten gespielt wurde. Sie teilten sich in zwei Gruppen, die eine mußte sich an den unvermutetsten Plätzen verstecken, die andere sollte sie finden. Durch Kopf oder Adler wurde entschieden, wer zu welcher Gruppe gehörte. Die Münze warf jedesmal Mustafa das Fohlen. So war es schon immer gewesen, das Vorrecht, die Münze zu werfen, gebührte Mustafa dem Fohlen! Salmans Umriß schien jetzt riesengroß, sein Schatten streckte sich langgedehnt über die staubige Erde des Vorhofs. Das geschulterte Gewehr war nur verschwommen auszumachen. Die spielenden Kinder warfen immer wieder einen bangen Blick in die Richtung von Salmans kerzengerader, übergroßer Schattengestalt, doch kaum hatten sie ihn ausgemacht, stahlen sie sich davon, bis er außer Sichtweite war.

Salmans Haare waren blond und standen ab wie Igelborsten, die man ihm in die Kopfhaut gesteckt hatte. Seine kleinen, fast in ihren Höhlen verschwindenden Augen blickten giftgrün und kalt. Sie schienen ins Leere zu starren, dennoch hatte man das Gefühl, sie seien überall. Seine Schweigsamkeit und daß er nie lachte, verschärfte die harten Züge seines sonnenverbrannten Gesichts mit der spitzen Nase, die immerfort bebte, so als habe ein Maskenbildner sie ihm gerade aufgeklebt. Salman hatte breite Schultern, war untersetzt und krummbeinig, und seine langen Arme schienen bis auf den Boden zu reichen. Es gab keinen triftigen Grund, daß die Kinder ihn fürchten mußten, ja nicht einmal wagten, von weitem zu ihm hinüberzublicken. Die Deutsche Flinte an seiner Schulter war wie neu, Schaft und Kolben schimmerten im Mondlicht, und der Lauf glänzte, als beschiene ihn die Sonne. Wenn Salman am Tage nicht schlief, befaßte er sich unablässig mit seinem Gewehr, reinigte Kolben, Schaft und Lauf, ölte sogar die Patronen mit verschiedenen duftenden Fetten, wischte und wienerte, legte das Gewehr in die Sonne, setzte sich davor und bewunderte es gedankenversunken, vergaß darüber Essen und Trinken. In solchen Augenblicken, traumverloren wie ein Schlafwandler, verklärten sich seine Züge, huschte ein glückliches Lächeln über sein Gesicht. Dann nahm er Gewehr und Patronen wieder aus der Sonne, putzte und fettete, ging zur sonnenbeschienenen Hecke gegenüber dem Konak und lehnte die Flinte gegen einen Kaktus. Und die bläulichen Blitze des funkelnden Metalls vermischten sich mit dem Glitzern der weißen Stacheln, den gelben, blauen, rosa und orangefarbenen Blüten der Hecke aus mannshohen Kakteen.

Salman trug mindestens sechs goldverzierte, voll bestückte Patronengurte. Vier davon kreuzweise über Schulter und Brust, die andern beiden um die Hüfte geschlungen. An manchen Tagen waren es wesentlich mehr, so daß er bis zum Hals in patronengefüllten Gurten eingewickelt schien. Dazu baumelte ein riesiger Feldstecher über seiner Brust, schlugen zwei locker umgeschnallt, nahezu gleich aussehende tscherkessische Handschare mit nielliertem Silberknauf gegen seine Hüften. Der elfenbeinerne Griff seines Revolvers, eines Nagant von, so sagt man, unschätzbarem Wert, war mit Gold eingelegt, er trug ihn offen über seiner Leistenbeuge und hielt seine Rechte so dicht an der Waffe, daß seine Finger zumindest den Knauf leicht berührten.

Salman zeigte ja selten seine Zähne, doch wenn er sie entblößte, leuchteten sie in zwei schneeweißen, geraden Reihen. Er gehörte zu den Menschen, deren Alter schwer auszumachen war, er wirkte wie zwanzig, konnte aber ebenso siebenundzwanzig oder dreißig sein. Die Enden seines roten Schnauzbarts hingen neben seinem Kinn herab wie die Grannenbüschel am Maiskolben; und Sommer wie Winter trug er, bis zu den Ohren heruntergezogen, eine Schirmmütze.

Und so stand er in einem Winkel des Vorhofs, rechts von der undurchdringlichen Wand aus mannshohen Kakteen, die sich bis zu den Felsen erstreckte, stand unbeweglich am Schattenrand des Granatapfelbaums, von dem niemand wußte, wie alt er schon war, und der seine Äste wie eine mächtige Platane streckte, und Salmans Schatten wuchs und schwankte, bewegte sich vor und zurück, tanzte wie losgelöst von Salman am Schattenrand der Kakteen.

Im Dunkel der Hütten aus Ried und Lehm, die sich bis zu den Wassern des Ceyhan erstreckten, glitten die Kinder lautlos das Dorf entlang und verharrten erst, als von Salmans Umriß nichts mehr zu sehen war. In manchen Nächten aber verfolgte sie Salmans Schatten so hartnäckig, daß sie ihre Beine in die Hände nahmen und zu den Feigenbäumen am anderen Ende des Dorfes liefen, auf den Platz neben dem Fels der Knäkenten am Ufer des Ceyhan und dort Verstecken spielten. In kalten, trostlosen Winternächten aber wurde nicht gespielt. Dann tummelte sich im Dorf nur der Nordwind, der scharf wie ein Schwert vom felsigen Hang des violetten Bergs herunterfegte. Ob Mondschein oder nicht, in diesen Winternächten lag das Dorf verlassen da, waren Katzen die einzigen Geschöpfe in den veröden Gassen, durch die der Nordwind pfiff, dann gab es kein Lebenszeichen im Dorf außer dem fahlen Licht, das durch die handbreiten Fenster der Lehmhäuser und die Ritzen der Schilfhütten schimmerte, außer Salman, der, eingehüllt in einen Hirtenmantel, dicht bei den Kakteen unter dem Granatapfelbaum auf Ismail Agas Vorhof stand und dessen Schatten wuchs und wuchs. Jeder wußte, daß noch zwei weitere Männer Ismail Agas Haus bewachten, aber bisher hatte keiner im Dorf, nicht Kind, nicht Erwachsener, weder diese beiden Männer noch ihre Schatten im Hof ausmachen können. Dort stand allein Salman, dessen Umriß den ganzen Hof, ja, die ganze Nacht ausfüllte. Zwei Hirtenhunde, die er keines Blickes würdigte, lagen breit wie Pferde oft zu seinen Füßen, doch keiner hat bisher erlebt, daß sie auch nur den Kopf hoben, gar bellten, solange er sich nicht bewegte.

Mustafa zählte ab, sie waren genau neunzehn. »Ali der Barde ist über«, rief eines der Kinder.

»Dann spiele ich eben nicht mit«, sagte Ali der Barde und

senkte den Kopf. »Ich kann das Spiel auch nicht, habe ja nie mitgespielt.« Ali der Barde war der älteste unter ihnen, er war über neun, aber nicht über zwölf. Mustafa, schlank und aufgeschossen, war sechs oder sieben, hatte große, schwarze Augen, die plötzlich aufblitzten, wenn er sich freute oder fürchtete. Er war der einzige unter den Kindern, der Schuhe trug. »Los, aufteilen!« rief er.

Nach lautem Palaver, Gedränge und Geschubse hatten sie sich in zwei Gruppen geteilt. »Ich spiel nicht«, wiederholte Ali der Barde, und an seiner gepreßten Stimme war zu erkennen, wie sehr er sich grämte, ausgeschlossen zu sein.

Memet der Vogel war wie immer in Mustafas Mannschaft.

»Warte ab«, wandte sich Mustafa an Ali den Barden, »laß mich erst einmal die Münze werfen, dann sehen wir weiter …« Er warf, und die Kinder beugten sich gespannt über die am Boden liegende Münze.

»Wir werden uns verstecken«, rief Mustafa, »und du, Ali, versteckst dich mit uns!«

Dann war da noch Zecke, fast erwachsen, dem bereits der Bartflaum sproß. Er gehörte zu keiner Mannschaft, hielt sich jedoch, ob am Tage oder nachts, in der Nähe der Kinder auf und schaute wie verzaubert vor Glück ihren Spielen zu. Spielten sie Verstecken, saß er als eine Art Schiedsrichter auf dem großen, mit einer Inschrift versehenen, rechtwinkligen Marmorblock und rief Spielverderber zur Ordnung oder achtete darauf, daß niemand mogelte. Er nahm seine Aufgabe sehr ernst, und die Kinder verließen sich auf ihn. Jetzt stellte er neun Kinder mit den Gesichtern zum Heckenzaun der Scheune auf und würde sie erst losrennen lassen, wenn von den andern, die sich versteckten, kein Zipfel mehr zu sehen war.

Spielregel war, alle, die sich versteckt hielten, aufzustöbern. Manche Kinder jedoch verbargen sich so schlau, daß sie bis in die späte Nacht hinein nicht entdeckt wurden und das Spiel am nächsten Abend fortgesetzt werden mußte. Waren schließlich alle »Versteckten« aufgespürt, gaben sie den »Findern« Geschenke: Taschentücher, Murmeln, Katapulte mit Vierkantgummi für die

Vogeljagd, Steinschleudern aus Leder oder engmaschiger, bestickter Wolle, Vogelschlingen und viele andere Dinge mehr ... Die »Gefundenen« gaben für die »Finder« auch Feste mit reichlichem Essen. Und wenn von den »Versteckten« mindestens drei über eine Woche unauffindbar blieben, mußten die erfolglosen Finder die anderen beschenken.

»In einer Reihe vor der Hecke aufstellen!« schrie Zecke.

»Die Reihe steht«, antwortete Yusuf die Raupe. Er war der Sohn von Hüseyin der Raupe, dem einzigen Einwanderer aus Thrazien in ihrem Dorf. Noch bevor Hüseyin die Raupe damals sein Umzugsgut abgesetzt und das Haus besichtigt hatte, war er den zu Hilfe eilenden Dörflern mit den Worten: »Hört zu, Freunde, damit ihr's wißt, mein Name ist Raupe!« entgegengegangen. »Ja, in meinem Land war ich weithin bekannt als Hüseyin die Raupe. Gibt es unter euch auch jemanden, der Raupe heißt?«

»So einen Mann gibt es hier nicht«, antworteten die Dörfler bedächtig, »du bist uns willkommen, Raupe!«

»Bringst Freude in unser Dorf, Raupe.«

»Es hat uns schon immer bedrückt, daß es bisher in unserem Dorf keinen Raupe gab ...«

»Macht nichts, wenn wir bisher noch keinen Raupe hatten.«

»Jetzt ist ja einer zu uns gekommen.«

»Und ein Raupe in einem Dorf ist vollauf genug.«

»Sucht doch die ganze Çukurova ab, ob es auch nur in einem Dorf einen Raupe gibt ...«

»Nicht einen!« brüllte Raupe vor Lachen. Dann wandte er sich an seine Frau und rief: »Hör mal, Frau, wenn es so ist, bring du doch die Sachen rein; wir sind in einem guten Ort gelandet, die Regierung wußte schon, wohin sie uns schickte. Ja, ein Raupe in einem Dorf ist vollauf genug ... Ich will mit den Leuten erst einmal plaudern.«

Er zog seine Tabakdose, seine Zigarettenspitze und sein Feuerzeug aus seiner roten Bauchbinde hervor und hockte sich mit dem Rücken gegen den Röhrichtzaun hin. »Nun kommt schon her!« rief er und begann eine Zigarette zu drehen.

»Kommt nicht in Frage«, beharrten die Dörfler, »die erste

Zigarette kommt von uns!« Und von allen Seiten fielen gleich mehrere Zigaretten vor ihm auf den Boden, wurden ihm brennende Sturmfeuerzeuge entgegengestreckt. Sie hockten sich im Halbkreis um den Neuankömmling und begannen genüßlich zu rauchen.

»Wie gut, daß es in eurem Dorf nicht noch einen Raupe wie mich gibt. Es ist immer besser, der einzige zu sein ... Ich bin Schmied und bin auch Stellmachermeister. Gibt es hier jemanden, der Schmied und zugleich Stellmachermeister ist?«

»Nein«, antworteten sie.

»Frau, trag alles ins Haus. Hier gibt es weder einen Schmiedemeister noch einen Stellmachermeister. Das ist ja noch besser als ein zweiter Raupe.«

»Viel besser«, lachten die Dörfler.

»Pflügt ihr hier?«

»Wir pflügen hier«, sagten sie.

»Mit Pflug und auch mit Mehrscharpflügen?«

»Ja, damit pflügen wir.«

»Habt ihr auch Wagen?«

»Die haben wir auch.«

»Jedes Haus?«

»Jedes Haus.«

»Das ist ja noch viel besser. Frau, in diesem Dorf gibt es Wagen, und die Erde wird mit Pflügen und Mehrscharpflügen aufgebrochen.«

»Wie schön, wie schön, da kannst du dich ja freuen«, antwortete seine Frau.

»Alles klar!« sagte Zecke. »Sie haben sich versteckt.«

»Sollen sie doch«, rief Yusuf die Raupe und schnellte wie ein Pfeil davon, »ich werde sie gleich haben.«

Mustafa das Fohlen und Memet der Vogel waren zur Scheune von Poyraz dem Wilden gelaufen. Sie war umgeben von einer stachellosen Kakteenhecke. Zwischen den etwa zwei Meter hohen Stauden wuchsen Brombeersträucher, deren Ranken sich um die Kakteen herumschlangen. Darin versteckten sich Mustafa und

Memet jedesmal, und jedesmal, als habe er sie eigenhändig dort hineingesetzt, kam Yusuf die Raupe und holte sie heraus.

»Mustafa«, flüsterte Memet der Vogel.

»Hmmm?« raunte dieser nur.

»Laß uns diesmal da nicht hineinkriechen. Raupe findet uns auf der Stelle. Sieh doch, wo sie überall suchen! Mistik den Kahlen haben sie schon, ich höre seine Stimme.«

»Den finden sie jedesmal zuerst«, sagte Mustafa. »Der braucht das. Der würde sterben, wenn sie ihn nicht als ersten finden.«

»Er würde sterben«, echote Vogel.

»Soll er doch krepieren!« erboste sich Mustafa.

»Wenn wir hier vor dem Felsen stehenbleiben und weiterquatschen, werden sie uns auch gleich haben«, meinte Vogel.

»Los, rein da«, sagte Mustafa, »unter die Brombeeren!«

»Nein, diesmal nicht«, weigerte sich Vogel.

Sie kauerten sich in die Spalte eines Felsblocks unterm Granatapfelbaum, aber hier waren sie auch nicht sicher.

»Gehen wir doch in den Schmalen Paß!«

»Dort wimmeln jetzt Schlangen«, meinte Mustafa.

»Eben! Und keinem wird einfallen, dort zu suchen, die kommen aus Angst nicht einmal in die Nähe. Auf in die Senke vom Schmalen Paß!«

»Wo es von Schlangen wimmelt? Sie werden uns beißen und töten.«

»Das werden sie nicht«, widersprach Vogel.

»Verstecken wir uns doch am Ufer unter der Böschung«, schlug Mustafa vor.

»Sie kommen, still!« sagte Vogel. »Hörst du ihre Schritte nicht?«

»Ich höre sie, sei still!«

Einige Kinder liefen dicht an ihnen vorbei. Mustafa und Vogel hatten sich so eng in die Spalte gezwängt, daß sie sich nicht mehr bewegen und fast nicht atmen konnten. Dann hörten sie Raupes Stimme aus der Richtung von Poyraz' Scheune: »Gleich hab ich den Mustafa. Vor lauter Angst versteckt er sich nirgendwo anders als unter diesen Brombeeren.«

»So wird es sein«, lachte Mustafa.

»Hab ich's nicht gesagt?« flüsterte Vogel. »Und hier werden sie uns auch finden, und dann sind wir geliefert. Jedesmal sind sie es, die uns finden.«

»Nanu«, hörten sie Raupes Stimme. »Hier ist er ja gar nicht. Wo kann er sich denn sonst noch versteckt haben?«

»Irgendwo versteckt er sich schon«, tuschelte Mustafa spöttisch. Wolfsmilchkraut kitzelte seine Nase, und sein ganzes Gesicht juckte.

»Sie sind weitergegangen«, sagte Vogel, »wir müssen uns einen besseren Platz suchen.«

Mustafa keuchte: »Ich stecke hier fest und kann mich nicht einmal bewegen.«

»Ich auch nicht«, sagte Vogel. Sie hatten sich so tief in den Felsspalt gezwängt, daß sie trotz aller Mühe nicht herauskonnten. Die Erde unter ihnen roch nach Thymian, nach Wolfsmilch und sonndurchglühtem Felsgestein.

Sie mühten sich eine ganze Weile ab, um freizukommen.

»Ich hab's geschafft, Mustafa«, rief Vogel endlich freudig erregt und tat einen tiefen Atemzug. »Fast wäre ich gestorben.«

»Dann zieh mich«, bat Mustafa. Vogel packte ihn an der Schulter und zog. »Oha, ich bin tot«, sagte Mustafa. Verschwitzt reckten sie sich.

»Sie werden uns finden«, sorgte sich Vogel. »Raupe ist eine Plage … Wir sollten für uns einen Platz finden, wo Raupe uns ums Verrecken nicht entdeckt.«

»Raupe hat einen Adler«, sagte Mustafa.

»Der hat alles, mein Junge«, nickte Vogel. »Sein Vater ist Stellmachermeister. Und die Wagen im Dorf sind alt und morsch, jeden Tag gehen zehn zu Bruch. Du hast ja auch alles. Hast sogar Pferde. Sogar Araber … Man sagt, dein Vater habe sie dir aus Aleppo mitgebracht.«

»Raupe hat einen riesengroßen Adler. Seine Flügel sind, na, so lang.«

»Sie kommen, rein in den Felsen!« flüsterte Vogel und rutschte seitwärts in die Felsspalte. Mustafa hatte sich gleichzeitig hineingezwängt, und die beiden quetschten sich in die Höhlung, so tief sie konnten, und hielten den Atem an. Diesmal war es Hidiroğlu, der die andern führte.

»Mann, dieser Mustafa versteckt sich doch sonst nie irgendwo anders«, maulte er, »wohin mag er nur sein?«

»Er kann gar nicht woanders hin«, antwortete Mistik der Kahle.

»Aber er hat Vogel dabei«, warf Schlauberger ein. »Weißt du, daß die beiden am selben Tag geboren sind, am selben Tag, als der Morgen graute und die Hähne krähten? Damals sollen beide Familien Nachbarn gewesen sein, noch bevor Mustafas Vater seinen Konak gebaut hatte. Ihre Stimmen sollen sich vermischt haben, die Stimmen von Fohlen und Vogel.«

»Der Vogel zwitscherte, das Fohlen wieherte«, sagte Mistik der Kahle.

»Beide sind Angsthasen«, meinte Schlauberger. »Und wie ich sie gleich finden werde! Und wenn sie sich in der Schlucht vom Schmalen Paß verstecken, ich finde sie!«

»Hohooo!« rief Mistik der Kahle. »Hohooo, mein Kleiner, dort wimmelt es von Schlangen.«

»Auch wenn sie sich in ein Schlangenloch verkriechen, finde ich sie.«

»Wir gehen in den Schmalen Paß hinein, und dann werden wir ja sehen, ob er uns findet«, flüsterte Memet der Vogel Mustafa dem Fohlen zu.

»Da wimmelt es von Schlangen.«

»Oder wir verstecken uns unter Memik Agas Maulbeerbaum, da soll Schlauberger uns erst mal finden, wenn er auch nur ein bißchen Mut hat.«

»Ohne mich«, sagte Mustafa.

»Die wagen es nicht einmal, einen Blick hineinzuwerfen«, spottete Vogel. »Aber wenn du mitmachst, dann zu euch, zu euren Feigenbäumen bei eurem Haus ...«

»Dorthin schon gar nicht«, unterbrach ihn Mustafa.

»Aber dorthin wagen sie sich nie«, beharrte Vogel, »nicht an eine Stelle, von wo aus auch vielleicht Salmans Kopf zu sehen ist.«

»Würdest du denn so weit herangehen?«

»Wenn du dabei bist, würde ich.«

»Ich werde ihn finden, diesen Mustafa«, hörten sie Schlauberger schimpfen, der mit seinem Trupp abzog. »Nach ein paar Runden kommt er ja doch wieder her. Versteck dich hier und warte auf ihn, Kahler!«

»In Ordnung«, antwortete Mistik der Kahle.

»Meinetwegen auch zu den Feigenbäumen«, flüsterte Mustafa, »aber wird der Kahle hier auch warten?« Ächzend und prustend quälten sie sich wieder aus der Spalte. »Hab ich Seitenstiche«, stöhnte Mustafa, »und mein Arm blutet auch.«

»Und mein ganzer Körper tut weh, als habe man mich im Mörser zerstampft«, jammerte Vogel.

»Und wohin jetzt?«

»Zu eurem Hof, unter die Feigen, in Salmans Schatten. Der sieht uns bestimmt nicht.«

»Und ob der uns sieht«, schrie Mustafa entsetzt.

Den Schrei hatte Mistik der Kahle gehört. »Sie sind hier, Schlauberger«, brüllte er, »mach schnell! Sie sind hier, aber ich kann sie nicht sehen.«

Vogel hatte Mustafa bei der Hand gepackt und zog ihn von den Felsen weg zu den Hütten. Auf allen vieren krochen sie durch die Kakteenhecken, rissen sich die Haut blutig. Als sie schon im Schatten der Hütten waren, hörten sie noch immer den Kahlen brüllen. »Bei Gott, sie sind hier«, schrie er, »bei Gott, ich habe ihre Schatten gesehen, die beiden sind zum Schmalen Paß gelaufen, schneiden wir ihnen den Weg ab!« Und Schlauberger schrie: »Ich komme. Die wagen sich nicht in die Schlucht vom Schmalen Paß, auch nicht unter Memik Agas Maulbeerbaum in Salmans Nähe. Such du die Felsen ab und schau noch einmal unter die Brombeeren!«

Als sie die Köpfe hoben, war Salmans Schattengestalt dicht über ihnen. Keine fünfzig Meter entfernt ragte er wie ein Götze in den Nachthimmel. Das Mondlicht fiel funkelnd auf sein Gewehr, auf die goldverzierten Patronengurte und niellierten Griffe seiner Handschare. Er stand regungslos auf dem breiten, beschrifteten weißen Marmorblock.

»Halt«, flüsterte Mustafa, »halt an, Memet!« Seine Knie gaben nach, und er zitterte. Ganz plötzlich machten sie kehrt, rannten so schnell sie konnten und hielten erst an, als sie den Schmalen Paß erreicht hatten. Die dunkle Schlucht lag zu ihren Füßen, ein eigenartiger Geruch der blau, kristallen und grünlich schillernden Erde stieg ihnen von da unten in die Nasen.

»Gehen wir da runter«, sagte Vogel.

»Gehen wir«, nickte Mustafa.

Doch dann machten sie wieder kehrt, rannten im dunklen Schatten der Hütten und im Schutz der Kakteen zu Memik Agas Maulbeerbaum. Im Mondlicht war die verkohlte Seite des Baumes, der nur zur Hälfte Blätter trug, zu erkennen. Von den Bergen hörten sie die Schreie der Eulen und den langgezogenen Pfiff eines anderen Vogels. Bebend und keuchend wie Pferde nach einem Rennen verhielten die beiden für einen Augenblick. Sogar jetzt flogen noch Adler um den schroffen Felsgipfel des Berges, schwebten wie Schatten durch die helle Mondnacht. Als die beiden dicht am Baum waren, machten sie wieder kehrt, rannten jetzt in Salmans Richtung, dessen Schatten sich bis zur Burgruine dehnte, umliefen ihn in großem Bogen und hasteten weiter zum Schmalen Paß. Die tiefe Senke war pechschwarz. Am Rande der Schlucht blieben sie stehen.

Hoch oben über dem Schmalen Paß kreisten mit blutigen Schnäbeln und rauschenden, blutigen Schwingen Adler, Geier, Bussarde und Sperber durcheinander, stürzten sich plötzlich mit angelegten Flügeln zu Hunderten in die Schlucht. Osman des Langen nackte Leiche lag da unten, seine Füße im Wasser, das Wasser rot ... Die herabstürzenden Greife stiegen aufeinander, rissen sich Fleischstücke aus Osmans Leiche, stiegen wieder auf, während Hunderte andere in der Luft die Flügel anlegten, herunterstießen und sich ihrerseits über den Toten hermachten. Die Dörfler, Frauen, Männer, Kinder, Alte, Burschen und Mädchen, versuchten ihn mit Knüppeln und Gewehren vor den Adlern zu bewahren, Schüsse, krachendes Dynamit, Paukenschläge und Blechgetrommel hallten durch die Nacht. Doch Schwarm für Schwarm, Flügel an Flügel füllten die Vögel, ohne sich abschrecken zu lassen, immer wieder die Schlucht. Es fehlte nicht viel, und sie hätten sich auch auf die Lebenden gestürzt. Zwei riesige schwarze Adler waren flügelrauschend bereits auf die Menschenmenge herabgeschossen. Der Angriff der Greife dauerte keine Zigarettenlänge. Sie stürzten herab, flogen auf, stießen Schnabel an Schnabel, Flügel an Flügel in den Himmel, kamen blind vor Gier wieder und ließen in kurzer Zeit vom Toten nichts als weiße Knochen zurück. Dann schraubten sich die satten Adler gemächlich in den Himmel und begannen wieder, über dem felsigen Gipfel, über der Burg und der Schlucht zu kreisen. Doch eine Woche lang konnten die Dörfler Osmans Knochen nicht bergen, denn schwere, kahlköpfige, alte Geier mit langen Flügeln hockten von morgens bis abends am Rande der Schlucht im Kreis und hielten hartnäckig Wache. Die Jäger vom Dorf erschossen aus großer Entfernung viele von ihnen, und in der Schlucht häuften sich die Kadaver und begannen in der Hitze so zu stinken, daß man es sogar im Dorf nicht aushalten konnte; die Geier aber bewachten eine ganze Weile lang die Schlucht.

Am Himmel über der Schlucht kreisten Adler im Mondlicht. Die Schatten der majestätischen Burg und der schroffen Felsen dehnten sich bis an den Dorfrand, züngelten über die ersten Häuser und fielen auf den Fluß, der über die weithin flache Ebene zu fliegen schien. Die beiden Jungen waren wieder zum halbverkohlten Maulbeerbaum und zu Salman geeilt, dessen Umriß immer weiter wuchs. Mit trockenen Kehlen schlichen sie zitternd noch näher an Salman heran. Je dichter sie kamen, desto mehr wuchs sein Umriß, funkelten und blendeten die Goldfäden und das nielllierte Silber an seinen Patronengurten.

»Gehn wir bis zur Ecke«, flüsterte Vogel in Mustafas Ohr. Kaum hatte Mustafa Vogels Ansinnen mitbekommen, schnellte er davon und Vogel hinter ihm her. Erst am Fuß des weiter nördlich gelegenen Felsens machten sie halt und knieten sich im Schatten des Gesteins nieder. Den Maulbeerbaum ließen sie nicht aus den Augen. Über ihnen kreisten die Adler um den violetten Felsgipfel, unter ihnen strömten die steigenden Wasser des Ceyhan in einem silbrig glänzenden Dunstschleier funkelnd dahin.

Der schrille Ruf eines Vogels erscholl in kurzen Abständen, hallte wider von den weißen Mauern der Burg dort oben am Felshang.

Plötzlich sprangen sie auf die Beine. »Schau, Memet, er kommt!« schrie Mustafa auf. Ja, der Baum kam; kam immer näher.

In Windeseile trugen ihre Beine sie zur Schlucht. Tief unten wimmelten Geier, und die beiden rannten zurück zu den Hütten und linsten mit gestrecktem Hals zum Maulbeerbaum. Der halbverkohlte Baum mußte zurückgegangen sein, er stand ganz artig an seinem angestammten Platz. Sie beruhigten sich ein bißchen.

»Schau, er bewegt sich wieder«, sagte Vogel.

»Du meine Fresse, er tut's, er bewegt sich«, rief Mustafa.

»Und gleich wird er brennen«, meinte Vogel, »das schauen wir uns an!«

»Bist du wahnsinnig!« schrie Mustafa und rannte davon.

Als sie bei Salman anlangten, blieben sie schwer atmend stehen. Ihre Herzen hämmerten bis zum Hals.

»Schau dir das an«, sagte Vogel, »wie er …«

»Ich weiß, das kenne ich schon«, unterbrach ihn Mustafa.

Salman hatte beide Handschare gezogen und trieb mit ihnen ein eigenartiges Spiel, ohne sich von der Stelle zu rühren. Den Handschar in der Linken hielt er steil aufgerichtet und ließ um ihn herum mit seiner Rechten die Klinge des anderen Handschars so blitzschnell kreisen, daß es schien, als sprühe sie Funken. Nach und nach wurde die kreisende Bewegung langsamer, Salman ließ die Waffe los und fing sie blitzschnell auf, bevor sie auf den Boden fiel.

Wie Ameisen krochen Millionen Funken den verkohlten Baum hinauf, bedeckten nach und nach den ganzen Stamm, verlöschten, sowie sie die Äste erreicht hatten und begannen von neuem, den Stamm hinaufzugleiten.

»Schau hin, Memet, siehst du den Baum?« fragte Mustafa.

»Ich sehe ihn«, antwortete Memet.

»Funken krabbeln an ihm hoch, bedecken den ganzen Stamm.«

»Ich sehe, wie sie klettern«, antwortete Memet.

»Laß uns verschwinden!« bat Mustafa. Und sie rannten …

Als hätte sie ein Orkan überrascht, vergaßen sie alles andere, gaben sich in panischer Angst dem Grauen hin, rannten vom Baum zur Schlucht, von der Schlucht zu Salman, von Salman zum Baum, wirbelten aufgescheuchten Katzen gleich von Versteck zu Versteck, flüchteten vor Salman, vorm Baum, vor den Geiern und den Dschinnen in der Schlucht; sahen den Mondschein nicht, dachten nicht mehr ans Spiel, nicht an Schlaf, nicht ans Zuhause, weder an Vater noch Mutter; übermannt vom Wahn grenzenloser Angst, hetzten sie, Blut und Wasser schwitzend, mit schreckgeweiteten Augen im Kreis durch die Gegend ...

Schüsse krachten in den Bergen, kamen immer näher, vermischten sich mit dem dumpfen Rollen herabstürzender Steine, hallten von einem Tal zum andern immer lauter durch die Nacht. In Unterzeug war das ganze Dorf schlaftrunken auf die Straße geeilt, versuchte zu begreifen, was da vor sich ging.

Briganten hätten Memik Agas Haus umstellt, hieß es, hätten es umstellt und drei bewaffnete Wächter gleich erschossen.

Es war erst kurz nach dem Abendgebet, als Memik Agas Haus von den Zalimoğlus umstellt wurde, und die meisten von denen, die schon im Bett lagen, waren noch nicht eingeschlafen.

»Komm heraus, Memik Aga«, brüllte Zalimoğlu, »heute ist der Tag. Mein Tag. Komm heraus! Komm heraus und laß uns Mann gegen Mann kämpfen. Verlaß dich nicht auf die Gendarmen, ich habe an jedem Weg fünf Mann abgestellt. Nur über ihre Leichen kann ein Gendarm in dieses Dorf kommen.«

Von drinnen kam keine Antwort.

»Komm heraus, mit deinen Söhnen, deinen Brüdern und Männern. Kommt heraus und laßt uns hier draußen unsere Rechnung begleichen, am Fuße der Burg. Verkriech dich nicht in deinem Konak wie ein Weib. Und sollte dein Konak auch eine Festung sein, heute nacht werde ich ihn zerstören, ihn niederbrennen. Komm heraus, Memik Aga!«

Bis Mitternacht hatte sich Zalimoğlu hinter dem hohen Steinblock mit der Inschrift und dem eingemeißelten Kopf einer Frau mit gerader Nase und Ringellocken verschanzt und bis er heiser wurde Memik Aga beschimpft und erniedrigt. Dann, ganz plötzlich nach Mitternacht, hallten Schluchten und Felshänge wider von peitschenden Schüssen und krachenden Handgranaten, daß die Erde bebte.

»Komm heraus, Memik Aga, ich lasse nicht locker.«

Kugeln hagelten auf den Steinblock, hinter dem Zalimoğlu in Deckung lag. Pferde wieherten, Kühe und Ochsen brüllten, Hunde bellten, Hähne krähten alle auf einmal, Menschen schrien, Kinder weinten, ein Durcheinander von Stimmen brach sich an den Felshängen, den Burgmauern und verwandelte die Nacht in das Chaos eines Weltuntergangs. Und über allem Lärm kreischte des unerbittlichen Zalimoğlus vor Wut bebende Stimme.

Auch vom Schiff am Fluß hallte Lärm herüber. Das sogenannte Schiff war ein Floß an einem daumendicken Drahtseil, mit dem auch Gespanne, Autos, Trecker, ja Lastkraftwagen übergesetzt werden konnten. Jedenfalls hatte man es einmal mit einem alten, noch aus dem Krieg stammenden schrottreifen Fünftonner versucht, und das Floß war ohne zu kentern ans andere Ufer gelangt. Vielleicht versuchten jetzt Gendarmen überzusetzen und waren mit Zalimoğlus Männern aneinandergeraten.

»Komm heraus, Memik Aga, du weißt, daß ich dich so oder so töten werde. Zwinge mich nicht, auch Unschuldigen Leid anzutun, denn wenn du nicht herauskommst, werde ich Feuer an deinen Konak legen und von sieben bis siebzig wird jeder im Haus bei lebendigem Leib verbrennen. Und morgen früh wird es heißen, der gottlose Zalimoğlu habe sogar Babys verbrannt; komm heraus, Memik Aga!«

Bis kurz vor Morgengrauen redete Zalimoğlu so weiter, flehte er Memik Aga sogar an. Der aber hüllte sich in Schweigen, antwortete den Angreifern mit einem Kugelhagel aus zehn, fünfzehn Gewehren durch Fenster und Türen.

»Ich zünde ihn jetzt an, deinen Konak, Memik Aga. Die ganze Nacht habe ich dich gebeten, herauszukommen, das ganze Dorf kann es bezeugen.«

Zuerst brannte es vorm Haupteingang, und als der Morgen graute, hatte das Feuer den ganzen Konak erfaßt. Zalimoğlu lag mit dem Finger am Abzug hinter dem Steinblock und betrachtete den schönen, kalten Frauenkopf mit den weit geöffneten Augen, den gleich Schlangen ringelnden Haaren und der geraden Nase. Gott weiß, wer diese Frau einmal war, dachte er, nun ist sie tot und schon längst zu Staub zerfallen, nachdem sie vorher noch ihr Bildnis so lebendig hat in den Stein meißeln lassen, damit die Menschen auch weiterhin ihre Schönheit bewunderten. Aber die Erde hatte auch den Steinblock verschüttet, und niemand konnte sich mehr an die Frau erinnern. Und wozu soll ein Bildnis gut sein, wenn niemand weiß, wen es darstellt ... Jetzt liegt sie da, mitten im Dorf zwischen Kuhfladen, starrt mit weit aufgerissenen Augen in die Welt, unbeeindruckt von Memik Agas Kugeln, die auf sie niederprasseln.

Laut schreiend war Mustafa aufgewacht und, ohne sich anzuziehen, nach Memik Agas Konak gerannt, wo er bis zum Morgengrauen hinter einem Steinblock, in den auch ein Frauenkopf eingemeißelt war, hockenblieb. Sein Vater und dessen Leute hatten sich mit gezogenen Waffen in ihrem Hof verschanzt und warteten ab. Nur seine Mutter war hinausgelaufen, rannte, ohne sich um die pfeifenden Kugeln zu kümmern, hierhin und dorthin und schrie in einem fort: »Mustafa, mein Mustafa, wo bist du?«

Bald danach kam auch Memet der Vogel herbei. Wo Mustafa war, mußte er dabei sein! »Deine Mutter ist schon wieder hinter dir her«, meckerte er, »was ist das bloß für eine Mutter, Mann!«

»Soll sie doch suchen«, antwortete Mustafa aufgebracht, »sie tut's ja sowieso andauernd. Soll sie doch!«

»Soll sie doch«, kam das Echo von Vogel.

Mittlerweile brannte der Konak lichterloh. Durch Fenster und Türen, aus den Schornsteinen und den Fugen der Dachpfannen züngelten schon Flammen, doch der Schußwechsel hielt an.

Die Sonne war noch nicht aufgegangen. In gebührendem Abstand hatten sich die Dörfler zwischen den Felsen am gegenüberliegenden Hang versammelt und beobachteten schweigend, was da vor sich ging. Plötzlich sahen sie, wie Memik Aga, die Flinte in der Hand, aus der flammenverhüllten Tür torkelte und mit dem ausdruckslosen Blick eines Schlafwandlers benommen stehenblieb. Hinter ihm stürzten seine Söhne und seine Männer durch die Flammen ins Freie und blieben, auch sie wie Schlafwandler, blinzelnd neben ihm stehen. Zalimoğlu und seine Männer waren so überrascht, daß sie mit den Fingern am Abzug ratlos verharrten, während mitten auf dem Hof neun Mann wie in Trance von einer Seite zur anderen schwankten.

Es war Zalimoğlu, der sich zuerst fing und Memik Agas jüngsten Sohn, den Studenten Ismet, der sich um sich selbst drehte, mit einem Schuß niederstreckte, dann Hasan aus Ciğcik und Ali aufs Korn nahm und beide verwundete. Ali fiel schreiend zu Boden, schnellte aber sofort wieder auf die Beine und rannte durch die flammenspeiende Tür ins Haus zurück, kam gleich darauf noch einmal herausgeschossen, schaute um sich, lief durch die Flammen wieder ins Haus und stürzte auf der Stelle wieder ins Freie. Seine Jacke und Schirmmütze hatten Feuer gefangen. Und Memik Aga, der sich bisher nicht bewegt hatte, machte es ihm gleich, rannte im Kugelhagel wie ein Feueranbeter durch die brennende Tür ins Haus und wieder ins Freie, mit ihm die anderen Männer, und jedesmal, wenn sie sich herausdrängten, fällte Zalimoğlu einen von ihnen. Die Getroffenen wälzten sich eine Weile schreiend am Boden, streckten sich dann und verstummten. Schließlich war nur noch Memik Aga übriggeblieben, der mit brennenden Kleidern immer wieder ins Haus rannte. Zalimoğlu feuerte auf ihn, schien aber nicht zu zielen. Am Ende bedeckten die Flammen Memik Agas ganzen Körper, er hob den Kopf, blickte mit leeren Augen um sich und verschwand im Haus. Zalimoğlu und die Dörfler warteten eine lange Zeit, doch Memik Aga kam nicht wieder.

Die Sonne ging auf, die Gipfel der Berge begannen zu leuchten, und silberner Glanz überzog den dahinströmenden Fluß. Erst als Memik Agas Konak, der Gästesaal und die anderen Gebäude im Hof bis auf die Grundmauern niedergebrannt waren, sammelte Zalimoğlu seine Leute um sich, wischte sich den Schweiß von der Stirn und verließ den Ort, ohne weder die Dörfler noch die Brandstätte auch nur eines einzigen weiteren Blickes gewürdigt zu haben. Erst jetzt liefen die Dörfler auf den Hof, kümmerten sich um die Toten und löschten das Feuer im kleinen, nicht völlig niedergebrannten Seitengebäude. Auch der Maulbeerbaum daneben, dessen Stamm der Araber, einer von Memik Agas Männern, umklammert hielt, hatte Feuer gefangen. Der Mann hatte die Rinde mit seinen Fingernägeln zerkratzt, und sie hatten große Mühe, ihn loszureißen, sonst wäre er mit dem Stamm zu Asche verbrannt.

Der halbverbrannte Maulbeerbaum war das einzige, was von dem Hof später übrigblieb. Das Blut aus der klaffenden Bauchwunde des Arabers, der kurz danach starb, hatte den Stamm rot gefärbt.

Und jede Nacht, wenn die Adler um den felsigen Gipfel aus Feuerstein fliegen, beginnt der angekohlte Baum erneut zu bluten, rinnt das Blut in Strömen vom Stamm in die Erde. Eulen landen auf seinen Ästen, auch Geier, alt, kahlköpfig und verdreckt. Manchmal stöhnt der Baum bis in den Morgen, gibt Laute von sich wie ein Kleinkind, dem die Kehle durchgeschnitten wird.

Es war Mustafa, der als erster entdeckt hatte, daß der Baum in Strömen Blut vergoß. Mit schreckgeweiteten Augen erzählte er es hinter vorgehaltener Hand den andern Kindern. Nächtelang beobachteten sie daraufhin gemeinsam den Baum, bis sie alle sahen, daß Blut aus ihm strömte, bis alle hörten, daß er mit seinen Blättern winselte wie ein verwundeter Wolf. Danach wurden auch die Frauen des Dorfes, nach ihnen die Alten und schließlich auch die Männer Zeugen dieses Wunders ...

»Der Baum blutet«, sagte Mustafa.

»Hörst du, wie er wimmert?« fragte Memet der Vogel.

»Ich werde diesen Baum fällen«, flüsterte Mustafa zitternd.

»Dann verdorrt deine Hand, denn dieser Baum gehört zu den guten Wesen. Er ist ein Mensch«, entgegnete Memet der Vogel.

»Na und. Werden Menschen etwa nicht getötet?«

»Dann versuch doch mal, ihn abzusägen«, rief Memet der Vogel vorwurfsvoll.

»Das werde ich«, antwortete Mustafa.

Der Baum kam auf sie zu, und plötzlich stand Raupe vor ihrer

Nase. »Stehenbleiben«, schrie er voller Freude, »ihr seid gefangen! Erledigt, jetzt haben wir euch alle!«

Mustafa und Memet waren in Schweiß gebadet; daß sie ja immer noch im Spiel waren, hatten sie völlig vergessen. Jetzt aber waren sie froh, daß Raupe sie gefunden hatte. »Morgen in aller Frühe lasse ich von meiner Mutter Mürbeteig mit Honig backen«, versprach Mustafa, »dazu bekommt jeder von euch eine Glasmurmel. Und wenn ihr wollt, kaufe ich im Laden auch noch Datteln und Dörrobstfladen für jeden.«

»Und von mir auch eine Glasmurmel für jeden«, sagte Vogel. »Diesmal habt ihr gewonnen.«

Über so viel Freigebigkeit war Yusuf die Raupe sehr angetan, auch wenn er es nicht begreifen konnte. Auch schien ihm, als hätten die beiden sich gar nicht versteckt, sondern seien immer nur gerannt, denn sie atmeten beide wie Blasebälge.

Die Kinder hatten sich allesamt vor der Moschee versammelt. Auch die Rinder des Dorfes lagen über den ganzen Platz verteilt und käuten wieder. Es roch durchdringend nach getrocknetem Dung und frischem Rinderkot.

Während Sieger und Besiegte freudig lärmend nach Hause liefen, zupfte Mustafa Memet am Ärmel und sagte: »Warte du noch ein bißchen, Memet!«

Memet wußte, worum Mustafa ihn bitten wollte, und es lief ihm eiskalt über den Rücken. »Ich fürchte mich wie alle andern, an eurem Haus vorbeizugehen, Mustafa«, sagte er. »Und alle Kinder fürchten diesen Salman ... Geh du allein, es ist doch dein Zuhause.«

Mustafa senkte den Kopf. »Ich habe große Angst, Memet«, sagte er jetzt lauter, »ich sterbe vor Angst. Er wird niemand anderen, er wird mich töten.«

»Er wird auch mich töten und Raupe und Mistik den Kahlen und alle andern ...« schrie Memet.

»Sei still, schrei nicht so, Memet, Bruder!« beschwor ihn Mustafa und verschloß ihm den Mund.

»Dieser Salman von den Männern deines Vaters«, flüsterte Memet der Vogel ängstlich, »der ist schlimmer noch als Zalimoğlu. Der wird jeden im Dorf umbringen, und er wird auch den Baum umsägen. Und er wird mich und meine Mutter und auch meinen Onkel töten. Ja, mich auch ...«

»Mich wird er zuerst töten«, trumpfte Mustafa auf. Er hatte sich, mit dem Rücken gegen die Mauer der Moschee, hingehockt. Eine Weile sprachen sie nicht.

Als erster ergriff Memet der Vogel wieder das Wort: »Ich komme mit dir. Mir bleibt ja nichts anderes übrig, als mitzukommen. Sonst tötet dich der Mann. Mich wird er ja auch töten, na ja ... Aber ich komme nur bis zur Hofecke, nicht weiter.«

»Komm bis dorthin mit, das andere überlaß mir. Aber du wirst dort warten, bis ich im Haus bin, ja? Salman kann dich dort nicht sehen.«

»Ich warte solange«, versprach Memet der Vogel. »Bück dich, wenn du an der Mauer entlanggehst!«

Eine Wolke kam und verdeckte, welch ein Glück, den Mond, und gebückt glitt Mustafa an der Mauer entlang. »Warte nicht länger«, flüsterte er, »Salman kann mich jetzt nicht sehen.« Dann kroch er auf allen vieren weiter.

Doch Memet der Vogel war ein Freund von bestem Schrot und Korn. Obwohl seine Zähne vor Angst aufeinanderschlugen, wich er nicht, bis Mustafa die Tür geöffnet hatte und im Haus verschwunden war. Ein echter Freund ist nun mal so!

2

Wenn weit draußen über dem Mittelmeer die aufgeblähten weißen Wolken sich übereinandertürmen und in den Himmel steigen, brist auch der Westwind auf. Ein frischer, feuchter, ein bißchen auch nach Meer riechender Wind. Er kommt erst am Nachmittag auf, sanft zuerst, wird dann immer schneller, fegt den Staub über die Landstraßen, schleudert ihn zu wirbelnden Staubsäulen hoch, die er vor sich her treibt und weiter zu den stellenweise schneebedeckten Binboğa-Bergen, den Bergen der Tausend Stiere, die in verschiedenfarbigen Gebirgsketten hintereinanderliegen, dunkelviolett zuerst, dann in helles Lila übergehend, dahinter ein dunkelblaues Band, sich immer mehr aufhellend, bis die letzten Ketten sich wie ein schwebender Schleier im Blau des Himmels auflösen.

In der brütenden Hitze regte sich kein Lebewesen, Mensch und Tier hatten im Schatten Schutz gesucht. Mustafa saß im Zimmer und betrachtete gedankenversunken das glitzernde Bündel Sonnenstrahlen, das durchs Fenster kreisrund auf den alten Turkmenenkelim fiel.

Nach einer Weile riß der Junge sich vom Anblick des lichten Kreises, in dem die Sonne den Kelim in einen farbenprächtigen Paradiesgarten verwandelte, los, stand auf, hüpfte auf einem Bein ins Freie zum Balkon, wo er stehenblieb und zum Schwalbennest hinaufstarrte, bis ihm der Nacken schmerzte. Er hatte richtig gezählt, im Nest hockten fünf rosarote Schwälbchen mit großen, gelben Schnäbeln und hervorquellenden Augen. Kam ihre Mutter auch nur in die Nähe des Nestes, rissen alle fünf ihre Schnäbel sperrangelweit auf, streckten ihre Hälse zu unglaublicher Länge und legten los. Es gab vieles auf dieser Welt, worüber Mustafa sich wunderte, aber am meisten erstaunte ihn, daß so kleine Geschöpfe so einen Riesenlärm veranstalten konnten. Zuerst verbrachte er Stunden damit, die in tausenderlei Farben leuchtenden Muster der Kelims auf dem Fußboden und an den Wänden zu betrachten, verlor er sich in diesem Meer von Blüten und Blumen; hatte er sich daran sattgesehen, ging er ans Fenster und vertiefte sich in die blau, rot, gelb, grün glitzernden Funken der Lichtstrahlen, die auf die Kelims fielen, danach kam das Schwalbennest wieder an die Reihe. Mustafa mußte über diese witzigen Geschöpfe immer wieder lachen. Über die Ankunft der Mutter freuten sie sich so sehr, spektakelten sie so laut, daß, angesteckt von ihrer Freude, Mustafa war, als wüchsen ihm Flügel und er flöge davon. Als eines Tages die Schwalbe sich wieder dem Nest näherte, ertappte er sich dabei, wie er genau wie die Jungvögel mit gestrecktem Hals auf sie wartete. Darüber lachte er so unbändig, daß er sich die Seiten halten mußte, während er, den Kopf im Nacken, immer noch zum Nest hinaufschaute.

Der Grauschimmel teilte sich den Stall unter dem Konak mit sechs anderen Rassepferden. Und elf weitere standen im langgestreckten Stall bei den Felsen. Mustafa spielte am liebsten in den Ställen bei den Pferden, aber er hatte Angst vor Salman, der seinerseits gern mit den Pferden spielte. Es gab drei Stuten in dem großen Pferdestall, unter ihnen ein sehr schönes rotbraunes Fohlen mit funkelndem Fell, das draußen in der Sonne sehr hell schimmerte, sich im Dämmer des Stalls dagegen in ein bräunliches Rot verwandelte.

Eines Tages hatte Mustafa beobachtet, wie Salman im Pferdestall hinter dem rotbraunen Stutfohlen stand und sich an seiner Kruppe zu schaffen machte. Er hatte gleich erfaßt, was da vor sich ging, und war nicht einmal überrascht gewesen. Denn er hatte schon einmal gesehen, wie ein Hengst eine Stute bestieg, dabei Beine und die Kruppe bog, während sein ganzer Körper zitterte. Die Stute unter ihm hatte ganz klein ausgesehen und wie unbeteiligt breitbeinig dagestanden, als der Hengst seine großen Zähne in ihre Mähne grub. Kaum daß er die Stute gewahrt hatte, war er schon auf die Hinterhand gestiegen, hatte gewiehert und ausgeschlagen und war nicht mehr zu halten gewesen. Und als er über ihr war, hatte es eine ganze Weile gedauert, bis es ihm endlich gelungen war, sein Glied in sie hineinzuschieben; dann hatte sich seine Kruppe verkrampft, und er hatte zu zittern begonnen. Doch als er von ihr abließ, war er ganz ruhig und ließ die Ohren hängen. Auch Salman hatte hinter dem rotbraunen Stutfohlen geschwitzt. An seiner Kruppe klebend, lag er über ihm und keuchte. Und als er von dem Fohlen abließ, waren seine angsterfüllten Augen noch kleiner geworden, mit seinem steifen Glied in der Hand schaute er sich hilfesuchend nach allen Seiten um. Dann zog er plötzlich seine Pluderhosen hoch, band sie zu und lief aus dem Stall. Mustafa hatte diesmal einen so großen Schrecken vor Salman bekommen, daß ihm die Knie zu zittern begannen und er beinah ohnmächtig geworden wäre. Da hatte es sich gut getroffen, daß im selben Augenblick der Stallmeister Süllü hereingekommen war, ein schlanker, runzeliger, großer Mann, die krummen Beine in Reithosen und blanken Stiefeln. Sein Kopf war wie der Kopf eines Greifs.

»Nanu, Salman?« hatte er gerufen, als er in der Stalltür auf Salman gestoßen war. »Dein Weg führt dich immer wieder in unseren Stall; solltest du zu einem schönäugigen Geschöpf in unglücklicher Liebe entbrannt sein?«

Salman antwortete nicht und wandte den Kopf ab.

Draußen herrschte gleißende Hitze, der Himmel war ganz weiß. Felsen, Häuser, Bäume, Fluß, Burg, Büsche, Gräser: Alles dampfte in Weiß. Fast war es, als wolle der Fluß, der träge durch die Ebene floß, sich in Dampf auflösen und davonfliegen.

Mustafas Vater, Ismail Aga, hatte die Zimmertür von innen abgeschlossen. Weil er nachts wenig schlief, machte er am Tage immer ein Schläfchen, wenn er nicht viel zu tun hatte. Doch auch dann lag sein Revolver griffbereit unter seiner Rechten, seine blitzblanke Deutsche Flinte gut verstaut unter dem Kopfkissen.

Er schlief schon sehr lange. Wenn er bloß aufwachte und sie zusammen hinauf zur Ringmauer der Burg in die Kühle der Felsen gehen könnten. Ungeduldig schlug Mustafa in der Diele mit den Füßen auf den Fußboden. Seine Mutter, die Frau und die Kinder seines Onkels, die Leibwächter Hasan und Hüseyin und sogar Salman waren im Nebenhaus. Es war kleiner und auch nicht mit so schönen Kelims ausgelegt. Ja, alle Fußböden hier waren mit Kelims ausgelegt, und in sämtlichen Zimmern standen ringsum an den Wänden Polsterbänke, auf denen auch Kelims lagen. Kelims in allen Farben und Formen. Von betörender Schönheit auch die Stickereien auf den längs der Wände aufgereihten, prallvollen Beuteln.

Mustafa erzählte niemandem, was Salman mit dem rotbraunen Stutfohlen getrieben hatte. Er hatte ein Gespür, daß man so etwas keinem weitererzählte.

Trotz seiner Angst, belauerte er Salman weiterhin. Ging Salman in den Stall, bezog Mustafa seinen Posten, drückte sein Auge an den Spalt im Röhrichtzaun und beobachtete ihn, bis er fertig war. Einmal war ihm, als habe Salman ihn entdeckt, und da wäre er vor Schreck fast gestorben. Eine lange Zeit wagte er nicht, seinen Platz hinter dem Röhricht zu verlassen, und während sein Herz dröhnend pochte, waren seine Glieder eiskalt und wie gelähmt. Salman würde ihn umbringen, wenn er ihn beim Zuschauen entdeckte. Nach diesem Vorfall schwor Mustafa sich, Salman nicht mehr nachzuspionieren. Eine Zeitlang hielt er sich an seinen Schwur, obwohl er zu zittern begann und vor Neugier fast krepierte, wenn er sah, daß Salman den Stall aufsuchte. War Mustafa etwa der Mann, der einen Schwur brach, den er sich selbst auferlegt hatte?

Es war an einem Nachmittag, als Salman sich nach allen Seiten vorsichtig umschaute, es zog ihn wieder in den Stall. Er betastete mit der Rechten immer wieder seine Hoden. Diese Bewegung versetzte auch Mustafa plötzlich in wilde Erregung, stürzte ihn in einen Traum genüßlicher Gier, sein ganzer Körper begann zu beben, sein Glied reckte sich und wurde steif. Um sich blickend ging Salman in den Stall, und wie von einer unbekannten Macht getrieben, zog es Mustafa zum Spalt im Röhrichtzaun. Sein Atem ging schwer, sein Körper war wie im Fieber, und sein Gesicht brannte. Er drückte sein Auge auf das Loch, Salman stand hinter dem Fohlen und war schon längst dabei. Das rotbraune Fohlen drückte ganz behutsam seine Kruppe gegen Salmans Leiste, wendete dann den Kopf und ließ seine traurigen Augen mit einem eigenartigen Ausdruck auf dem hinter ihm stehenden Mann ruhen, schaute wie ein Mensch, stumm, verständnisvoll. Wie schön es war, dem Fohlen und Salman zuzuschauen. Dem Fohlen mußte dieses zärtliche Treiben auch sehr gefallen, denn es schaute sich immer wieder nach Salman um, reckte sich behaglich, und war das Treiben der beiden zu Ende, stellte es seine Beine ganz breit und strullte, daß es nur so rauschte. Und Salman bückte sich, daß es aussah, als schnuppere er an der Pisse. Wenn Mustafa groß ist, wird er es mit dem rotbraunen Fohlen auch so treiben wie Salman. Schließlich hat er ganz genau hingeschaut. Das steife Glied wie eine Stange in seiner Hand, schwirrten ihm gleichzeitig die unmöglichsten Gedanken durch den Kopf: Was Salman wohl mit dem Fohlen täte, wenn es von ihm ein Kind bekäme! Vielleicht würde das rotbraune Stutfohlen auch kein Fohlen, sondern ein Baby gebären, das Salman ähnlich sähe. Vielleicht würde es ja zur Hälfte als Pferd, zur Hälfte als Mensch auf die Welt kommen, was dann, ja, was täte Salman dann? Ein Baby mit Pferdekopf und Menschenkörper! Ob es auch wie ein Pferd wieherte, wenn es weinte? Und wenn es mit einem Menschenkopf und einem Pferdekörper geboren würde? Solche Pferde soll es früher sehr, sehr viele gegeben haben. Hatte Ferhat Hodscha das nicht dem Vater erzählt? Also hatten früher die Menschen genau wie Salman viele, viele Stutfohlen zu ihren Frauen gemacht. Jetzt war das rotbraune Fohlen Salmans Weib, und das wußte niemand außer Mustafa, ja, das Fohlen war schlicht und einfach Salmans Weib! Mustafa stellte sich vor, wie das Fohlen mit Menschenkopf und Pferdekörper größer wurde und er auf ihm ritt. Da mußte er lachen, erschrak aber gleich bei diesem Gedanken, denn nie und nimmer würde Salman ihn auf seiner Tochter reiten lassen! Vielleicht würde wie Salman so häßlich auch seine Tochter werden, vielleicht aber würde Salman das Fohlen mit dem Menschenkopf schon bei der Geburt töten, bevor es jemandem auffiel. Ausgenommen Mustafa! Denn von nun an würde er die beiden keine Minute aus den Augen lassen und auf jeden Fall sehen, wenn die rotbraune Stute fohlte. Die Zeit der Niederkunft würde Mustafa auch an der Leibesfülle der Stute erkennen. Nein, nein, um sich vor der ganzen Welt nicht schämen zu müssen, würde

Salman das Fohlenbaby töten. Nein, er kann es gar nicht töten, denn dann würde Mustafa dem Vater alles erzählen, mit allem Drum und Dran ... Auch wenn Salman ihm androhte, ihn zu erwürgen, aus ihm Hackfleisch zu machen, Mustafa würde Krach schlagen, zur Regierung gehen, zur Gendarmerie, ja, zu Vaters Feind, dem großen Bey mit dem Automobil, und allen erzählen, Vater und Salman hätten gemeinsam ... Denn er befürchtete, daß sein Vater zu Salman halten würde. Die beiden würden sich zusammentun, das Fohlenbaby töten, die Leiche in einen Sack stecken, in den Ceyhan werfen, und der Fluß würde die Leiche des armen Fohlens davontragen, den Fischen, diesen breitmäuligen, zwei Mann großen Welsen, zum Fraß. Sein Vater würde vielleicht, aber nur vielleicht, Mitleid haben mit dem Baby ... Vielleicht würde er dieses klitzekleine rotbraune Fohlen mit dem Menschenkopf sogar liebgewinnen ... Vielleicht würde es auch nicht wie Salman aussehen, sondern als ein schönes Mädchen geboren werden, mit einem Gesicht wie die immer wieder verwundert hinter sich blickende rotbraune Stute, mit großen, traurigen Augen ... Zuerst müßte er es dem Vater erzählen. Nein, nein, nicht seinem Vater, sondern Hasan und Hüseyin. Sie waren gutmütig, weichherzig, freundlich und trotz ihrer ausladenden, gezwirbelten Schnurrbärte gute Menschen. Hasan würde seine großen, schwarzen Augen weit aufreißen, seine faustgroßen Augen, die alles sahen, wie Feldstecher. Sicher hatte er auch gesehen, was Salman mit dem rotbraunen Fohlen im Stall machte, aber sagte es niemandem, so verschwiegen wie er war. Vielleicht aber hatte auch er Angst vor Salman. Ja, vor Salman hatte jedermann Angst.

Am schneeweißen Himmel pechschwarze Punkte: Pfeilschnell flitzten die Schwalben im Zickzack hin und her. Mustafa hing am Geländer in der Diele und wartete auf das wilde Gefiepe der Nestjungen, das sie bei der Ankunft ihrer Mutter veranstalteten. Wenn sie loslegten, wollte er auch schreien, vielleicht wachte dann sein Vater auf. Früher hatte der Vater ihn viel lieber als jetzt, schimpfte ihn nie aus, was immer er auch anstellte, sagte nur: »Mein Löwenjunge, mein kleiner Recke!«

Vielleicht würde er auch jetzt nicht schelten, trotzdem, Mustafa hatte Angst. In letzter Zeit machte ihm alles angst. Sogar der kleine Pfirsichbaum, an dessen Zweigen genau elf rosa Blüten aufgehen würden, wenn er blühte. Und vor allem diese Glucke da, hinter der dreiundzwanzig Küken hermarschierten. Mustafa war von diesen gelbflaumigen Knäueln im staubigen Hof ja begeistert, aber vor ihrer Mutter, dieser Glucke, hatte er Angst. Sie war ein bedrohliches, stämmiges Huhn, das sich sogar auf die raublustigen Adler stürzte, die an ihre Brut wollten und, gescheucht von ihren wütenden Angriffen, in alle Himmelsrichtungen Reißaus nahmen. Der Vater nahm ihn auch nicht mehr auf die Schultern, sondern nur noch fest bei der Hand, wenn sie irgendwohin mußten. Früher, Mustafa erinnert sich genau, nahm er ihn sogar zu Pferde auf seine Schultern. Einmal waren sie bis zur großen Kreuzung so geritten. Seine Beine im Nacken des Vaters waren schon wie gelähmt, aber Mustafa hatte keinen Mucks von sich gegeben. An der Kreuzung schmerzten seine Beine schon so, daß er fast nicht gehen konnte, alle Glieder waren verkrampft, aber er hatte die Zähne zusammengebissen und geschwiegen, schon aus Angst, vom Vater nicht mehr auf die Schultern genommen zu werden. Sie waren auf dem Weg zu den Apfelsinengärten, die an der Kreuzung lagen. Dort waren sie Gast in einem schönen, schneeweiß gekalkten Konak. Ein blondes Mädchen war auch dort, mit blauen Augen, ihre Haare schimmerten wie das Licht des Tages; und eine Frau mit weißem Kopftuch, himmelblauen Augen und vielen Runzeln. Tausende gelbe Apfelsinen und Zitronen drängten durch das Grün der Bäume, und mitten im Garten lagen berghoch aufgehäufte Apfelsinen, und dort trafen sie einen weißbärtigen Mann, auch er mit tiefblauen Augen, Mustafa Aga den Kreter, Vaters Freund. Und überall dieser ihm so fremde, ganz andere, lebendige Duft der Orangengärten ... Der Duft dieser Gärten erinnert ein bißchen an die Kiefernwälder mit ihren klaren, kieselweißen Quellen, vermischt mit dem Geruch der Poleiminze ...

Durchs gefächerte Sonnenlicht, das durch die Fenster fiel, flog manchmal eine Hornisse, dann wieder eine gelbliche Honigbiene, hin und wieder aber auch wie sprühende Funken eine bunt-schillernde Wespe. Als Mustafa, gelangweilt vom langen Warten auf die Schwalbe, wieder in die Diele zurückkehrte, sah er, wie eine dieser Wespen im Sonnenlicht ihre Kreise zog. Sie schien sehr wütend. Und Mustafa konnte sich an wütend flitzenden Wespen nicht sattsehen. Er ließ sich auf einen Kelim nieder und beobachtete, das Kinn in beide Hände gestützt, die Wespe, verlor sich dabei in Gedanken und vergaß seinen Vater. Die Wespe schoß vom Fenster auf den Kelim, vom Kelim an die Decke, wagte sich aber nicht aus der Lichtbahn heraus. Zum Fenster hinaus konnte sie auch nicht; außer sich vor Wut kreiste und flitzte sie hin und her, bläulicher Schimmer und tausenderlei kristalle Glitzer auf ihren Flügeln … Funkensprühend wurde sie immer schneller, war bald nicht mehr zu sehen, nur ihr immer schriller klingendes Sirren war zu hören, schlug plötzlich um in tiefes Gebrumm, und dann zog sie wieder ganz feine Linien aus Tausenden flimmernden Funken durch den breit gefächert einfallenden Sonnenstrahl, die sofort wieder verlöschten. Diese Linien gingen vom Blau über in Purpurrot, wurden violett, dehnten sich, zogen sich zusammen, fielen auf den Kelim und bildeten dort stahlblau und dunkelrot glitzernde Funkenknäuel. Mustafa riß die Augen ganz weit auf, dann veränderten sich die von der Wespe gezogenen Kreise, ihr Gesumm, die Funken und das Glitzern, er schloß die Augen, und die Wespe, ihre Flügel, die rötlich strömenden Glitzer sahen wieder ganz anders aus.

Für Mustafa war es der Himmel auf Erden, fiel eine Wespe in den Schacht von einfallendem Sonnenlicht. Draußen in der Sonne benahmen sich die Wespen ganz anders. Manchmal wartete er vergeblich, daß eine Wespe in das Strahlenbündel flog. Dafür gab es aber auch Tage, an denen gleich mehrere Wespen dort kreisten, sich ihr Gesumm, ihr Geglitzer vervielfältigte und sie auf dem Kelim Millionen dunkelblauer, purpurroter, orangefarbener Knäuel stählern blitzender, nadelspitzer Funken hinterließen. Und an manchen Tagen kam es vor, daß es einer Wespe von morgens bis abends nicht gelang, sich aus dem Strahlenschacht zu befreien, und je länger sie da drinnen wirbelte, desto wütender wurde sie, und je wütender sie wurde, desto rasender zog sie ihre Linien, desto mehr Funkenknäuel zeichnete sie auf die Muster des Kelims. Dann vergaß Mustafa vor Begeisterung sogar Essen und Trinken, flitzte er in einem himmlischen Traum mit der Wespe im Lichtstrom hin und her, funkensprühend, das pochende Herz voll strahlender Freude. Und in solchen Augenblicken vergaß Mustafa seinen Vater und Salman, und den von Adlern verspeisten Osman, und die Schlucht, und Zalimoğlu, und den Maulbeerbaum, aus dessen Stamm wie Wasser aus der Quelle ununterbrochen Blut strömte. Kehrte Mustafa von den Wespen und den Kelims zurück auf diese Erde, fiel er in eine Hölle der Angst, des Schauders und Schreckens.

Die Stimme seines Vaters riß ihn aus den Träumen. Groß und breit stand er neben ihm und lächelte selbstsicher. Wenn auch jedermann meinte, sein Vater fürchte sich vor nichts – Mustafa wußte, daß auch dieser mächtige Mann große Angst hatte. Und jedesmal wenn seinen Vater die Furcht packte, bohrte sich eine schreckliche Angst auch in Mustafas Herz. Ein Schatten huschte über Vaters Augen, Gesicht und Hände, wenn er sich ängstigte, und augenblicklich ließ dieser Schatten auch Mustafa erschauern. Es ist schon sehr lange her, da starb Mustafa fast vor Angst, als er auf Vaters Schultern den Grauschimmel ritt. Der Vater starb auch vor Angst, aber er ließ es sich nicht anmerken. Und auch dem Pferd unter ihnen zitterten die Beine, ob es ging oder galoppierte.

Mustafa wußte, wann und vor wem sich sein Vater fürchtete, auch wenn er nicht bei ihm war. Und wenn Mustafa erschrak, ängstigte sich auch sein Vater. Anfangs wollte Ismail Aga gar nicht glauben, daß der Maulbeerbaum blutete, niemand im Dorf glaubte es. Aber Mustafa hatte es gesehen! War es ein Traum, eine Vorstellung? Alle Kinder des Dorfes sahen dann, zu Tode erschrocken, gemeinsam mit Mustafa, wie der Baum platsch, platsch zu bluten begann. Danach die Frauen, zuallererst Mutter Hava und schließlich die alten Männer. Die jungen Burschen allerdings sahen nichts, obwohl sie den Baum nächtelang bis in den Morgen hinein beobachteten. Dennoch waren auch sie davon überzeugt.

Daß der Baum in Strömen blute, war auch dem hoch oben in

den Bergen hausenden Räuber Zalimoğlu zu Ohren gekommen; darüber wild vor Wut, hatte er die Dörfler wissen lassen: »Und wenn meinetwegen alle Bäume Tag und Nacht bluten, dazu die Erde, die Steine, Felsen, Gewässer, Blumen und Gräser, so werde ich dennoch alle Memik Agas des Dorfes und der ganzen Welt samt Kind und Kegel zu Hackfleisch schnetzeln. Und jeden aus dem Geschlecht Memik Agas bis hin zum entferntesten Verwandten. Denn ich habe geschworen, alles Böse dieser Welt an den Wurzeln auszutrocknen!«

Mustafa musterte das Gesicht seines Vaters, und er konnte heute keine Angst darin entdecken. Sonst fürchtete dieser sich immer vor etwas Drohendem, vor dem Tod, aber heute war in seinem Gesicht, in seinen Augen, in seiner Haltung nicht die Spur von Furcht. Er lachte vor Freude, als er sich über Mustafa beugte. Sogar wenn sein Vater sich fürchtete, Mustafa fühlte sich in seiner Nähe am sichersten.

»Los, mein Mustafa, mein Herz, mein Recke«, sagte er, hob ihn hoch, drückte ihn an seine Brust und küßte ihn. Und Mustafa schlang seine Arme um den Hals des Vaters und drückte ihm einen Kuß auf die Wange. Sein Vater duftete so gut wie die Wespen und Bienen, besonders die Honigbienen. Keinen Geruch liebte Mustafa so wie den Geruch seines Vaters. Er durchströmte ihn wie ein Gefühl der Geborgenheit. »Los, gehen wir hinauf zur Burg!« Das war Mustafas größte Freude, höchstes Glück ... Aber ach, ach und noch einmal ach! Dieser Schatten, der seine Freude verdunkelte, wenn der nicht wäre ...

Weit unten im Süden, über dem Mittelmeer, stiegen Quellwolken in den Himmel, und der Westwind frischte immer mehr auf. Ismail Aga ließ seinem Sohn seine schönsten Lackstiefel, seine sorgfältig gebügelte, weiß gestreifte blaue Hose und sein Seidenhemd anziehen, ein piekfeines, schneeweißes Hemd aus Bursaseide, nahm ihn bei der Hand, und so wanderten sie zum oberen Dorfrand hinaus in Richtung Schmaler Paß und Ringmauer, bis sie die Schatten der hohen Felsen hinter der Burg erreicht hatten. Von hier aus war in schwindelerregender Höhe der Felswand der dunkle Eingang der Höhle zu sehen. Er war sehr hoch und von rot geädertem, glattem Felsgestein umgeben. Von weitem noch war aus seiner Tiefe ein unheimliches Atmen zu hören. Im Innern der Höhle hingen dicht an dicht Fledermäuse kopfüber an ihren Beinen. Wenn Fledermäuse des Nachts auf Kinder treffen, beißen sie sich an ihnen fest und saugen ihnen das Blut aus bis auf den letzten Tropfen! Früher konnte kein einziges Kind hier vorbeigehen, weil die Fledermäuse, sowie sie es entdeckten ... Die Felsen vor der Höhle seien voller Kindergerippe, so erzählte man. Und wie alle Kinder hatte auch Mustafa Todesangst vor diesem dunklen Höhlenrachen, der wie ein Riese stöhnte und atmete, daß die Felswände darüber und die Bergfestung auf dem Gipfel schwankten. Jedesmal wenn er durch den Paß zu den Feldern mußte, kniff er vor der Höhle die Augen zu und nahm die Beine in die Hand. Bis er weit genug von der Höhle entfernt die Felder erreichte, schwitzte er Blut und Wasser, vor Aufregung und Angst schlug ihm das Herz bis zum Hals. Gerettet! Dann sang er über die Steilwand, die mächtige, weiße Burg auf dem Gipfel, den pechschwarzen, riesigen Höhleneingang ein Lied, bis er beim Feld seines Vaters in Adaca angelangt war. Nicht anders als Mustafa verhielten sich die übrigen Dorfkinder. Aber auch die Erwachsenen erschauerten, wenn sie unterhalb der Höhle durchgingen, sie ließen es sich nur nicht anmerken.

Salman war ihnen in etwa hundert Metern Entfernung gefolgt, hatte wie sie den Schatten der Felsen erreicht, sich etwas abseits auf eine in den Fels gehauene Stufe gesetzt. Sein Gewehr mit beiden Händen umklammernd, saß er ruhig da und schaute auf die fernen Gavurberge.

Wenn am frühen Nachmittag der Westwind wehte, wurde es im Schatten der Felsen sehr kühl. Außerdem brachten die Brisen den Geruch von sonnengetrocknetem Thymian mit, von Salbei, Affodill, Tragant, Gras, Getreide und versengter Erde. Hier vergaßen Mustafa und auch sein Vater alles um sie herum und zogen ein in eine Welt, die ihren eigenen Duft, ihren eigenen Wohlgeschmack hatte.

Ismail Aga kam hierher, wenn er die rituelle Reinigung bereits vorgenommen hatte, und betete hier sehr lange auf einem sorgfältig abgewischten, flachen Felsblock. Und Salman, der mit der Flinte in der Hand regungslos auf der Steinstufe saß und auf die fernen, meist wolkenverhangenen Gavurberge starrte, sprang dann wie von der Sehne geschnellt plötzlich auf, umrundete im Laufschritt mit seinem am Hals baumelnden Feldstecher, den an die Schenkel schlagenden, silberverzierten Handscharen und den silbern, golden und kupfern glänzenden, kreuz und quer um Schultern und Hüften geschlungenen Patronengurten einige Male die Felsen, setzte sich dann, als sei nichts geschehen, an seinen angestammten Platz und erstarrte wieder zum Götzen.

Während sein Vater betete oder mit offenem Hemd über der breiten, behaarten Brust am Felsen gelehnt seinen Gedanken nachhing, spielte Mustafa, sich selbst überlassen, mit den Heuschrecken, Bienen und jungen Schwalben; denn es gab viele Schwalbennester in den Felsen, und Mustafa konnte bis zu ihnen hinaufklettern. Einige Jungschwalben hatten gelbe Schnäbel und noch keine Federn, andere waren schon flaumig gefiedert, das Gelb ihrer Schnäbel war bereits verschwunden, und sie waren kurz davor, flügge zu werden. Auch Bienennester mit gelblichen Waben gab es in den Felsen. Hin und wieder entdeckte Mustafa am Fuße der Felsen auch Jungschwalben, die hoch oben aus dem Nest gefallen waren. Manche lagen schon in den letzten Zügen, andere versuchten mit aller Kraft und weit gestreckten Flügeln, davonzufliegen. Manchmal waren es so viele, daß Mustafa Mühe hatte, sie alle in ihre Nester zurückzubringen. Und während er mit den Bienen, den Jungschwalben, Fliegen, Käfern und Schnecken spielte, waren seine Lippen immer in Bewegung, sang er in einem fort Lieder, ohne eine Pause einzulegen, ununterbrochen ... Lieder über die Adler drüben in den Bergen, über ihre Jungen, über die Schwalben und ihre Jungen, über Vipern und Klapperschlangen, die diese Jungvögel fraßen, über den halb verkohlten, Blut verströmenden Maulbeerbaum, die Höhle mit den Fledermäusen, über Rebhühner und ihre Küken, über Windhunde, Olivenbäume und die Türbe eines Heiligen auf dem Felsengipfel; denn das ganze Dorf war am Tag des Frühlings und der Heiligen des Wassers und der Erde, Hizir und Ilyas, festlich gekleidet einen halben Tag lang dort hinaufgestiegen, hatte Opferlämmer geschlachtet, gegessen, getanzt und viel gebetet, und fünf fahrende Sänger hatten die Saz gespielt; ja, besonders über diesen Tag erfand Mustafa immer wieder neue Lieder. An jenem Tag konnte Mustafa den Blick nicht von den Sängern lassen, zu deren Füßen er hockte. Als wolle er ihnen in die Münder kriechen, war er nicht von ihrer Seite gewichen und hatte seine Augen nicht von ihren Fingern wenden können, wenn diese in die Saiten griffen. Am meisten hatte ihm die Saz des Sängers Rahmi die Poleiminze gefallen, deren Dach mit blauem Perlmutt eingelegt war, das in der Sonne blaue Blitze schlug. Die langen, schlanken Finger des Sängers Rahmi hat er nie mehr vergessen können, auch nicht seinen hohen Wuchs, sein schönes, sonnenbraunes, junges Gesicht, das immer lachte und beim Lachen Grübchen bekam, und seine helle, kräftige Stimme, die manchmal wie einen Schrei eine alte Klageweise sang, aber dann gleich ein so fröhliches Lied, daß es den Menschen hochriß und er tanzen mußte. Wenn Mustafa danach seine erfundenen Lieder sang, hatte er immer versucht, die Stimme des fahrenden Sängers Rahmi nachzuahmen.

Sein Vater hatte mit dem Gebet begonnen, Salman saß kerzengerade da, blickte ins weite Rund, und Mustafa, gefangen vom Anblick des Berges Düldül, sang in einem fort noch nie gehörte Lieder über ihn. Jede Strophe begann mit den Worten: »Wandere her zu mir, setz dich hierher, zwischen uns und die Burg!« Er nannte Salmans Namen nicht, aber meinte in Wirklichkeit: Oh, Berg Düldül, komm, setz dich zwischen Salman und uns, und dann sitzt Salman hinter dir in einer deiner Schluchten, die nicht zu überwinden sind!

Zwischen ihnen und dem Berg Düldül lagen hintereinander mehrere größere und kleinere Bergketten. Hinter dem Blau dieser Berge thronte der Düldül, rosa und ein bißchen kupferfarben. Die Sonnenseite rot angehaucht, hob sich sein spitzer Gipfel, frei von Wolken und Schnee, wie eine blaurosa schimmernde Nebelschwade steil in den Himmel, während seine Hänge sich zum Fuße hin abflachten, so daß es aussah, als hocke der Düldül breit und behäbig auf den blauen Schichten der aneinandergelehnten Bergketten ... Schatten verdunkeln die Schluchten, verwandeln den Düldül in einen geheimnisvollen Zauberberg, der in einem fort näher zu kommen scheint, um sich gleich wieder zu entfernen. Flammend kehrt er um, dieser rosa und lilafarbene Riese, spiegelt sich klitzeklein im glänzenden Rücken des gerade von Mustafa gefangenen Käfers, verschwindet gleich darauf hinter Dunstschleiern, spiegelt sich wider im Fluß, der sich wie ein Lichterstrom durch das Blau der Ebene schlängelt, strömt mit ihm eine Weile in wildem Lauf, und dann erlebst du, daß er sich plötzlich wieder an seinem Standort hinter den Reihen von Bergketten niederläßt ... kupferfarben in kupferfarben aufsteigendem Dunst ...

Der kleinwüchsige Salman hatte eine unvermutet kräftige Stimme. War er allein, sang er Lieder so unbändig, daß es von den Hängen widerhallte. Er sang tief und kehlig in einer Sprache, die weder die Einheimischen noch die Tscherkessen und Kurden hier verstanden, wilde Lieder, die einen Menschen erschauern ließen und so traurig stimmten, daß er im Kummer zu ertrinken drohte ... Ob Mustafa ihn in den Bergen je hat singen hören, daran kann er sich nicht erinnern, vielleicht hatten die andern ihm auch nur erzählt, daß Salman in den Bergen so wild seine Lieder sang, daß Hänge und Steine bebten.

Und dieser Memet der Vogel hielt sich wirklich für was Beherztes! Wenn er wütend wird, dieser Memet der Vogel – Mann o Mann, bewahre uns vor seiner Wut! – dann kennt er nichts, erwürgt er jeden, der ihm in die Quere kommt, und wenn er ihn nicht erwürgt, drückt er vor Wut sich selbst die Kehle zu, ja, dieser Memet der Vogel hat vor nichts und niemandem Angst! Weder vorm verkohlten Baum, noch vor Zalimoğlu, noch vor der Osmanen-Schlucht, und er kneift auch nicht die Augen zu, wenn er an der Höhle vorbeigeht, und rennt auch nicht weg, ja, und dieser Memet der Vogel, der nicht einmal seinen Vater fürchtet, dem schlottern vor Salman die Knie. Wenn er ihn nur sieht, sucht er sich schon ein Loch, in das er sich verkriechen kann, verliert er fast den Verstand vor Angst beim Gedanken an

Salmans Hände und Füße, und wie soll er da nicht den Verstand verlieren, bei diesen schwieligen Händen, die größer sind als Memets Kopf, und diesen Füßen, die sich nachts von Salmans Körper lösen und ganz allein die schroffen Felsen hinauf zur Festung tappen ... Aber Mustafa? Warum muß der eigentlich Salman fürchten, bewacht dieser doch das Haus und den Vater, damit sie ihn nicht töten können. Und außerdem liebt Salman Mustafas Vater mehr als alles in der Welt. Und Mustafas Vater vertraut sein Leben auf dieser Welt nur einem Manne an, nämlich Salman ... Warum also fürchtet Mustafa Salman? Nun, jeder fürchtet ihn! Diesen in sich gekehrten, ins Leere blickenden, wie erstarrt dasitzenden Mann mit den blutunterlaufenen Augen, die sich beim Sprechen wie Kreisel drehen. Doch wer hat ihn je sprechen gehört? Grummelnd rollt er die Wörter in seinem Munde! Und habt ihr ihn schon gesehen, wenn er in die Schlucht hinter dem Berg steigt und dort von morgens bis abends Patronen verschießt, in die Luft geworfene Münzen trifft, alles trifft, was er anvisiert, alle Schwalbennester zerstört, den Jungvögeln die Hälse umdreht und die Leichen wegwirft, auch die fliegenden oder auf den Zäunen hockenden Schwalben abschießt und mit gezogenen Handscharen, und das haben Memet der Vogel und die anderen sogar gesehen, bei Mondschein im Hof unbekannte, wilde Tänze aufführt, wobei er den Handschar mit der Spitze in die Erde schleudert, kopfüber einen Handstand macht, sich hinlegt und wie ein federnder Ball wieder auf die Beine schnellt, sich streckt und krümmt, sich wie um eine Haspel ächzend um Kakteen windet, sich den Handschar in den Magen stößt und sich so, ohne zu bluten, auf den Bauch legt, wie er hinter seinen Füßen herfliegt, die zur Burg klettern, mit abgeschnittenen Beinen und zerstückeltem Rumpf, doch dann setzt sich alles wieder zu seinem Körper zusammen, der hervorspringende Adamsapfel, die blonden und harten, wie mit dem Hammer in den Kopf genagelten Stoppelhaare, alles setzt sich zu Salman zusammen, vor dem Memet der Vogel, Mutter Hava und auch der Räuber Zalimoğlu Angst haben, und auch dieser Mann, Vaters Todfeind, auf den Salman wartet, damit dieser den Vater nicht töten konnte; Mustafa kannte diesen Mann, und auch dessen Auto hatte er schon einmal gesehen, sogar dieser Mann hatte Angst vor Salman. Nein, es gab niemanden, der Salman nicht fürchtete. Sogar die rotgeflügelten Adler dort auf den Felsen hatten Angst vor ihm, wagten nicht, herabzustoßen, um ein einziges Küken zu schlagen, obwohl es im Dorf von Küken wimmelte.

In Sommernächten tat Memet der Vogel kein Auge zu, er legte sich unters Laubdach und beobachtete bis morgens Salmans eigenartiges Treiben. Er hatte auch gesehen, wie Salman das rotbraune Fohlen geküßt, wie er es bei Mondschein in den Schatten der Kakteen gezogen und es dort zu kosen begonnen hatte. Die junge Stute war auch ganz benommen gewesen, hatte Salman geküßt und geleckt, und die beiden hatten sich schließlich in schwarzer, hoffnungsloser Liebe vereinigt. Memet der Vogel wußte alles, er blieb wach und beobachtete nachts auch, was seine Mutter und sein Vater miteinander machten. Er ist ja schon ein großer Junge, neun Jahre alt, und nicht so klein wie Mustafa, der von nichts eine Ahnung hat! Doch wenn Mustafa größer wird, so groß wie Memet der Vogel ... Wenn du so groß bist wie ich und alles begreifst, meint Memet der Vogel, dann hältst du es in dem Haus keinen Tag mehr aus, solange dieser Salman wie ein bewaffneter Drache, wie eine gehörnte Klapperschlange es Tag und Nacht bewacht, sich nicht von der Tür rührt. Und was ist, wenn er eines Tages durchdreht und das Gewehr auf dich anlegt? Oder wie Zalimoğlu Feuer legt? ... In Sommernächten, wenn die Pferde im Freien angepflockt sind und mit mahlenden Zähnen grünes Gras fressen und frische, grasgrün duftende Pflanzen und der Geruch von Klee die Nacht durchzieht, soll Salman unter die Bäuche der Pferde kriechen und für lange Zeit nicht mehr zum Vorschein kommen ...

Ismail Aga hatte das Ritual beendet, murmelte, die geöffneten Hände zum Himmel gehoben, ein letztes Gebet, stand in seiner vollen Größe kerzengerade auf, klopfte sich ab und warf einen Blick auf Mustafa, der einen grün und rot gesprenkelten Käfer mit funkelndem Panzer gefangen hatte, mit ihm spielte, daneben

Marienkäfer aus den vom Wind hergewehten Ballen verdorrter Disteln klaubte, sie auf seine Finger legte und davonfliegen ließ. Keines der Kinder im Dorf hatte irgendwelches Spielzeug, außer Mustafa. Sein Vater, dessen Freunde in den Großstädten und der Mann mit dem Auto, der seinen Vater töten wollte, brachten oder schickten Mustafa immer wieder Spielzeuge. Einmal hatte er eine große, grüne Süleymaniye-Moschee aus sehr süßem Zuckerwerk geschenkt bekommen. Hin und wieder hatte er an den Spitzen ihrer Minarette geleckt, bis sie nur noch halb so hoch waren wie vorher und er sich an dem Zeug übergessen hatte. An jenem Tag holte er alle Dorfkinder, die er traf, ins Haus, sagte: »Los, lecken wir sie auf!«, und die Kinder legten sich im Kreis um die Moschee und leckten so lange, bis auch nicht der kleinste Krümel übriggeblieben war.

Ismail Aga suchte seinen Lieblingsplatz auf, einen etwa fünfzehn Meter von der Stelle des Gebets entfernten massigen, bis auf die grün gesprenkelte Nordwand von rötlichen Adern durchzogenen violetten Felsen, der schroff und spitz in den Himmel ragte, setzte sich am Fuße nieder und lehnte den Rücken an das glatte Gestein. Von hier aus konnte er alles überblicken: die Äcker unten im Tal, in ihrer Mitte wie eine kleine Insel die Adaca-Felsen, den staubweißen Landweg, der die Felder in zwei Hälften teilte, und den anderen, der sich um den Berg schlängelte, die Burg, die Hänge unterhalb der Mauern, darunter die weite Ebene, dahinter den Ort Kirmacili, die lilafarbenen Hyazinthfelsen und die Felsen von Gökburun, an denen der Fluß so dicht vorbeiströmte, daß ihre Schatten seinen Spiegel verdunkelten, Osmaniye, wie immer unter einer Staubglocke, der Ceyhan, der sich in Mäandern durch die Ebene windet, Toprakkale und Telkubbe, die weißen Wolken, die vom Mittelmeer herüberwandern, die Salweiden vom Dorf Sakarcalik, dem dunkelnden Flecken im Blau der Ebene, die Ortschaften Tecirli, Kirmitli und Yeniköy, das Dorf der Einwanderer mit seinem so schlanken Minarett. Eine Staubwolke stieg über der Zitadelle von Payas auf und kam näher.

Mustafa ging zu seinem Vater und setzte sich neben ihn. In seinen großen Augen lagen Trauer und Angst.

Wie immer war Salman gleich einem Schatten hinter ihnen. Wohin sie auch gingen, ob auf den Berg oder ins Tal, ins Dorf oder auf Besuch, zu Hochzeiten und anderen Festen, Salman war ihnen auf den Fersen. Die Flinte in der Hand, beide Nagant-Revolver gut sichtbar im Gurt, immer war sein starrer, dann wieder wieselflinker Blick auf sie gerichtet. Mustafa wußte, daß Salmans Körper ein klitzekleines Etwas war, er hatte ihn schon oft splitternackt gesehen. Ein klitzekleines Etwas! Aber nachts, besonders im Mondlicht, wuchs dieser klitzekleine Körper, wuchs und wurde riesengroß. Auch in Nächten, wenn der rauhe Poyraz blies, im strömenden Regen oder unter eisigen Schneeschauern wich er trotzig nicht aus seiner Ecke, suchte er sich weder im Hof noch unter dem Vordach einen wettergeschützten Platz. Er harrte aus, und manchmal sahen sie ihn morgens steifgefroren und zähneklappernd stehen. Dann brachten sie ihn ins Haus, wickelten ihn in wärmende Wolldecken, legten ihn dicht ans prasselnde Kaminfeuer und flößten ihm einen Tee nach dem anderen ein, denn nur so konnte er nach einer Weile wieder zu sich kommen.

Bevor Ismail Aga ihn zum Leibwächter machte, hatte er Salman lange Zeit geprüft. In kalten Nächten hatte Salman in seinem Tscherkessenumhang – die Winternächte in der Çukurova sind oft so kalt, daß er selbst unter seinem Umhang zu Eis erstarrte – bei Sturm und Regen, ob gesund oder mit hohem Fieber, ohne auch nur ein einziges Mal zu ermüden oder einzunicken, Wache gestanden und auch den kleinsten Schatten sogar vor dem Hof ins Visier genommen und abgedrückt. Bei diesen Versuchen hatte es keine Toten gegeben, aber drei der Männer, die er jedesmal an derselben Stelle getroffen hatte, hinken noch heute. Sie waren nach seinem Warnruf nicht stehengeblieben, und nur wegen ihrer lauten Schreie legte er kein zweites Mal auf sie an, und so blieben sie am Leben.

Ismail Aga liebte Salman wie seinen Sohn, vielleicht mehr noch als Mustafa. Mustafa wußte es und war überhaupt nicht eifersüchtig. Warum sollte er auch, Ismail Aga war schließlich nicht Salmans Vater, war nur sein unechter Vater, wie sehr er ihn auch lieben mochte! Nein, auf Salman war er nicht eifersüchtig. Aber dennoch fürchtete er ihn. Seinen nachts endlos wachsenden Schatten – und in regnerischen Nächten wuchs sein Schatten besonders –, seinen in jener Ecke wie in den Boden gerammten vierschrötigen Körper, die gläsernen, kalten, bitteren, scharfen, tödlichen Blicke seiner Augen, die das ganze Dorf so in Angst und Schrecken versetzen konnten, daß jedem speiübel wurde, wenn er ihn nur erblickte. Eines Nachts sei er ihm begegnet, erzählte Memet der Vogel Mustafa. »Ich habe Angst vor ihm, habe Angst vor ihm«, wiederholte er immer wieder, bis er zu würgen begann und kotzte. Alle Dörfler, besonders die Kinder, die Frauen und Mädchen, verfolgte Salman Nacht für Nacht in ihren Träumen. Mustafa träumte wie sie von Salman. Noch bevor der Morgen graute, trafen sich die Kinder, denen Salman im Traum erschienen war, am Fluß in einer dunklen Senke, hockten sich auf die Kiesel und erzählten einander, wie sie Salman gesehen hatten, doch ohne seinen Namen zu nennen. Meistens ritt er auf dem rotbraunen Stutfohlen die Kinder nieder – besonders oft Mustafa –, zertrampelte sie in Stücke, und die andern mußten aus dem Staub und dem Pferdekot die Stücke aufsammeln. Wenn Mustafa träumte, wie die Kinder seine Körperreste im Straßenschmutz zusammensuchten, schreckte er schreiend aus dem Schlaf hoch. Salman auf dem Rücken des rotbraunen Fohlens, und die junge Stute stürmt von der Burg auf den Gipfel des Berges, und während sie von dort zum Anavarza weiterfliegt, steigt Salman ab, heftet sich zitternd an ihre Kruppe, dringt mit rudernden Beinen in sie ein, und entzückt fliegen die beiden so weiter, hindurch zwischen gehörnten Vipern und Klapperschlangen, es wimmelt nur so von Schlangen ... Ihre Zungen sind rot, sind lang, züngeln zwischen den Felsen ... Die Schlangen fliegen neben dem rotbraunen Fohlen am Himmel, langgedehnt, sich windend, blutrot, flammend, schlingen sich in der Luft umeinander ... Salman an der Kruppe des rotbraunen Stutfohlens, das selig entrückt die Beine streckt und die Kruppe steif macht ... Salman zieht plötzlich sein Glied aus dem Fohlen, riesengroß, es ist groß wie das Glied eines Hengstes, das rotbraune Fohlen ist traurig, blickt im Flug hinter sich auf Salmans Glied, und als es wieder einmal zurückschaut, beißt es auf einmal zu, reißt das Glied ab, Blut regnet vom Himmel auf das Dorf; alle Dörfler haben ihre Häuser verlassen, linsen, den Kopf im Nacken, zum blutigen Regen empor, der von Salmans Glied herunterströmt, werden vom Scheitel bis zur Sohle besudelt vom Blut, das aus Salmans pechschwarzem Glied im Maule des rotbraunen Fohlens herabregnet. Die Häuser, die Moschee, der Berg mit den violetten Felsen, die weiße Burg auf dem schroffen Gipfel, der strömende Fluß: Alles färbt sich blutigrot.

Der Ceyhan stand wie ein gleißender Strom in Flammen, erhellte die Çukurova-Ebene wie tausend Sonnen, und inmitten dieses Lichts, umrahmt von wirbelnden Wolkenballen, erschien splitternackt Salman; Blut sprühende Handschare in den Händen bewegte er sich in wildem Tanz auf das Haus zu und erstarrte an der Stelle, wo er immer Wache steht. Als die Dörfler ihn so erblickten, flüchteten sie drängend und übereinanderstolpernd in ihre Häuser. Und auch die blutgierigen Adler in den Lüften drängten sich Flügel an Flügel dicht übereinander, flogen pechschwarz geballt mit dumpfem Rauschen und ohrenbetäubendem Schrei vom violetten Berg zur Burg, von der Burg zum Anavarza und hinüber nach Yilankale, von dort zu den weißen Wolken über dem Mittelmeer, von dort nach Toprakkale, wirbelten hin und her wie eine sturmgepeitschte Wolke. Plötzlich schrien sie so laut, daß es von den dampfenden, violetten Hängen hallte, und schwebten herunter auf den Dorfplatz, an das Flußufer, vor die Moschee, immer mehr regneten herab und türmten sich übereinander, bis alle Häuser von ihnen bedeckt waren. Mustafa, Memet und all die anderen Dorfkinder lagen unter den Adlern in einem Meer von Blut, so daß sie nicht mehr atmen konnten. Und Salman ritt das rotbraune Stutfohlen, flog nackt mit langem, gerötetem Glied über die von wimmelnden Adlern bedeckten Felsen und violetten Berge und schleuderte Handschare auf sie herab.

Plötzlich versanken Dorf, Berg und Adlerschwarm in ein furchtbares Schweigen, weit und breit nicht das leiseste Geräusch, weder das Summen einer Fliege noch das Flüstern einer Brise,

Stille lastete überall. Als habe sich die Welt geleert, als sei alles abgestorben. Diese dröhnende Stille, leerer noch als das Nichts, dauerte an. Vielleicht einen Monat, ein Jahr, vielleicht tausend Jahre ... Und plötzlich zuckte ein Blitz, zerschnitt wie eine riesige, rasiermesserscharfe Klinge den Himmel in zwei Hälften, und vom anderen Ende der Welt hallte der mächtige Schrei eines Hahns. Mit dem Hahnenschrei erwachten die Adler, wirbelten in wildem Durcheinander in den Himmel, fingen sich, schwärmten aus, flogen über die Gavurberge hinweg und verschwanden. Salman sprang vom rotbraunen Fohlen, zog seine Pluderhosen an, schnallte sich die Patronengurte um, hängte den Feldstecher um seinen Hals, steckte seine Handschare und Pistolen in die Gurte und schulterte sein Gewehr. Dann schob er sein Glied in die Hose, band sie zu, zog einen Handschar, aus dem das Blut in den Sand tropfte, und stürzte sich auf den plötzlich krähenden Hahn mit den roten, grünen und blauen Federn. Der Hahn konnte ihm entwischen, er flog auf und flatterte bis zur Burg, ging auf ihr nieder, schlug mit den Flügeln und begann wieder zu krähen. Und mit ihm krähten flügelschlagend alle Hähne dieser Welt, so daß außer ihren Schreien nichts anderes zu hören war. In der blaufarbenen, endlosen Ebene wimmelte es von Hähnen, auch auf den Flüssen, die in blauen, grünen, roten und violetten Wellen dahinglitten. Bald danach kamen die Adler von den Gavurbergen, vom Anavarza-Falsen und vom Düldül zurück, zogen rauschend am Himmel entlang, stürzten sich zu Tausenden zusammengeballt oder hintereinandergereiht auf die Hähne. In unglaublichem Wirrwarr begannen sie auf dem Boden zu kämpfen, die Hähne krähten, die Adler schrien, Staub und Federn wirbelten so dicht durch die Luft, daß man vor Dunkelheit die Hand vor Augen nicht sehen konnte. Wieder riesengroß gewachsen, erschien Salman mit blankgezogenem Handschar. Sein Schatten fiel auf den Hang vor der Burg, dehnte sich über den Ceyhan bis zum Mittelmeer ... Zuerst schnitt er den Hähnen, dann den Adlern die Köpfe ab und schleuderte sie auf das Dorf. Die kopflosen Hähne, die abgeschnittenen Köpfe krähten noch lauter, erstickten alles in einem Höllenlärm, und in taumelndem Flug torkelten ihre kopflosen Rümpfe und rumpflosen Köpfe über dem Dorf. Warmes Blut regnete auf das Dorf herab in den kniehohen Staub, danach rieselten Federn und danach Hahnenköpfe. Sie krähten noch und schlugen auf, daß die Erde bebte ... Dann fielen mit den Köpfen die Rümpfe der Adler. Ein plötzlicher Windstoß wirbelte die blutrot verfärbten Federn, Köpfe und Rümpfe gegen den Berg, der in Flammen steht. Alles versinkt unter den fliegenden Federn und Köpfen, und plötzlich fangen alle Hähne an zu krähen, im selben Augenblick erscheint Salman, biegt sich zurück, schleudert seinen Handschar, der funkensprühend mit einem gleißenden Schweif zum Kaktus in den Vorhof schießt, gezielt auf Ismail Aga. Ismail Aga flüchtet hinter den Kaktus, der Handschar erreicht ihn ... Ismail läuft so schnell er kann um die langstacheligen Kakteen herum, der lange Handschar bleibt ihm auf den Fersen, beide drehen sich blitzschnell um die Stämme der Pflanzen, deren lange Stacheln herausschnellen. Die schon bei leisester Berührung alles zerschneidende rasiermesserscharfe Klinge des Handschars umrundet Ismail Aga und die Kakteen, aus denen auf einmal gelbe, orange, blaue und rote Blüten schießen, sie kreist funkelnd um die Gewächse und schnürt sie von der Spitze bis zur Wurzel in ein Netz gleißender Strahlen. Und während Ismail Aga im Kreis läuft, erhebt sich aus den Bienennestern eine Wolke von Bienen, undurchdringlich, doch der wirbelnde Handschar zerhackt sie in einem fort, sie fallen zu Boden, türmen sich kniehoch. Der Wasserspiegel bedeckt sich mit zerschnittenen Bienenleibern. Ismail Aga dreht sich im Kreis, der Handschar flitzt mitten durch die Wolke von Bienen, die so dicht ist wie eine Wand, es riecht nach Bienen, die Bienen bluten, purpurrot ... Ihre Flügel versprühen im Tode einen letzten Hauch von Licht. Und während der Handschar noch immer um die Kakteen kreist, zeichnen die Flügel der Bienen im Tode lange, rote Linien, glänzend, rasiermesserscharf... Die Stämme der Kakteen funkeln in flammendem Rot, verschwinden unter glitzernden Bienenflügeln. Der Handschar fliegt funkensprühend, fliegt sprühend an die Wurzel eines Kaktus, Ismail Aga flieht, aus einem Handschar werden hundert, werden tausend dieser zweischneidigen Dolche, Hahnenköpfe fliegen am Himmel, dazwischen die Dolche, Blut tropft zur Erde, höhlt Löcher in den knietiefen Staub. Ohrenbetäubendes Bienengesumm ertönt, die Handschare sicheln die Bienen, spalten sie, gleiten wie Weberschiffchen blitzschnell hin und her, immer höher hinauf, vom Gipfel des Berges zur Burg, von der Burg zum Gipfel des Berges.

»Rettet mich, rettet mich!« schreit Ismail Aga, vom Rennen um die Kakteen erschöpft, aus Leibeskräften. Rote Adler segeln am Himmel, bedecken den roten, kristallenen Himmel. Die Hänge des purpurroten Bergs beginnen zu blühen, Tausende orangefarbener Blüten überziehen die Felsen; ein schwindelerregender Duft ... Dann verdunkeln die Adler den Himmel, die Welt wird zum Verlies, stockfinster. Der ganze Berg ist voller orangefarbener Blüten, und an den Hängen unter der Burg verfängt sich ein tausendfaches Echo. All die anderen Berge kommen näher, die Berge der Tausend Stiere, der Alaberg, der Berg Demirkazik, der Beritberg, der Berg Düldül, die Gavurberge, und sie bilden einen Kreis um das Dorf ... Wie in einem tiefen Brunnen sind die Dörfler gefangen. Die Berge donnern und flammen wie die Glut im Schmiedeofen, die Hähne krähen, daß es in den Ohren schmerzt. Ismail Aga hetzt am Fuß der dampfenden Berge entlang. »Rettet mich, rettet mich!« Die Berge donnern. »Rettet mich!« Ismail Agas Schrei vermischt sich mit dem Krähen der Hähne, dem Donnern der Berge und dem Zischen des Handschars, der zurückkommt und sich wie ein Bohrer in Ismail Agas Brust dreht, ihm wie eine blutrote Stichflamme mitten ins Herz dringt, immer wieder eindringt. Ismail Aga brüllt, so laut er kann, seine Stimme übertönt alles. Er springt auf und flieht mit dem blutrot flammenden Handschar in der Brust, doch den Kreis aus Bergen kann er nicht überwinden. Er läuft zurück, bricht vor der Kaktushecke zusammen, streckt sich und stirbt, während von seiner Brust das Blut auf den Kaktus spritzt, grasgrün ... Die Berge im Rund ziehen den Kreis immer enger, ihre Hänge sind von Blumen übersät. Dann dringt Salman in Ismail Agas Haus und stößt jedem, den er antrifft, den Handschar in den Leib, stößt immer wieder zu, und alle schwanken zur Kaktushecke und brechen im Todeskampf neben Ismail Agas Leiche zusammen. Blindwütig stürmt Salman ins Dorf und stößt jedem, der ihm über den Weg läuft, die Klinge in den Leib, stößt immer wieder zu. Die Leichen liegen am Berghang, verwesen zwischen den Felsen, versengen auf den glutheißen Steinen. Und Salman, das Gewehr in der Hand, sitzt auf den Felsstufen und bewacht die Toten mit seinen starr ins Leere blickenden Augen. Schwärme grüner Schmeißfliegen gehen immer wieder auf die Leichen nieder, Adler kreisen über ihnen, einer davon rauscht mit angelegten Schwingen herab, reißt ein Stück Fleisch aus einer Leiche und fliegt davon. Salman rührt sich nicht, sitzt da wie zu Stein erstarrt, das Gewehr in der Hand. Bald darauf liegen auf den Hängen nur noch die Gerippe der Getöteten. Und Mustafa, in Blut gebadet, hat sich am Fuße der Kaktushecke neben der Leiche seines Vaters hingekauert, vor Entsetzen hat sich seine Gesichtshaut gespannt, ist ihm das Blut in den Adern gefroren; er versteckt sich hinter der Bienenwolke, kriecht fast in die Kakteen hinein, und die Bienen weben eine Wand zwischen ihn und Salman, einen Vorhang, der immer dichter wird. Dann tritt plötzlich wieder diese Stille ein, die Hahnenköpfe verstummen, die Wand der Bienen verschwindet, der Kaktus schließt seine Blüten, schlängelt sich wie eine Schlange den Hang hinauf, gleitet wie eine Schlange zwischen die Felsen, schleudert Stacheln, Blüten und Bienen rundum. Und Mustafa steht splitternackt in einer weiten, ganz flachen Ebene, steckt ein Ei in den Boden, und du siehst es noch nach vierzig Tagereisen, dort steht er ganz allein in der Stille, nicht eine Biene ist zu hören, nicht ein Schwalbenflügel zu sehen ... Im nächsten Augenblick stürzt Salman sich auf Mustafa, krallt seine Hände um dessen Hals, Mustafas Augen quellen aus den Höhlen, sein Körper streckt sich, doch Mustafa kommt frei und flieht in die Weite. Salman kann ihn nicht einholen, Mustafa ist schnell wie der Wind, fast fliegt er über die Ebene. Salman schleudert Handschare hinter ihm her, sie zischen an Mustafa vorbei, flitzen dicht an seinen Ohren, knallen gegen die Felsen, und jedesmal, wenn einer aufschlägt, sprüht wie aus einer Esse roter Funkenregen, hüllt Mustafa ein, er wirbelt, wie die Funken wirbeln, rennt Schutz suchend zwischen Felsen, die ihm Hände und Beine aufreißen, ihm das Zeug zerfetzen, bis er wieder nackt ist, blutüberströmt, hinter ihm ziehen die fliegenden Handschare feuerrote Spuren, weben um ihn einen Käfig aus roten Flammen, Mustafa steht einen Augenblick im stählernen Schimmer der auf ihn gerichteten Dolchspitzen, dreht sich dann mit den Funken wie ein Kreisel um sich selbst, bekommt keine Luft mehr, und Salman da oben auf einem flammendroten Felsen lacht, tanzt, verspottet Mustafa, dreht ihm eine lange Nase, streckt ihm die Zunge heraus, schwingt sich auf ein Pferd und schießt auf Mustafa einen Hagel von Kugeln ab, eine jede mit dünnem, feurigem Schweif ...

»Du hast vor niemandem Angst, nicht wahr, Memet?« fragte gespannt wie ein Bogen Mustafa.

»Ich habe keine Angst, vor niemandem«, entgegnete Memet der Vogel. »Ob Nacht oder Tag, ich fürchte nichts, nicht einmal Zalimoğlu. Auch nicht Sal ... Sal ...« Weiter kam Memet nicht, brach ab und schwieg.

Der Herbst kündigte sich an. Der Geruch von verdorrtem Gras und Thymian wurde immer schärfer, bitterer. Der Westwind, der am Nachmittag einsetzte und bis weit in die Nacht hinein ununterbrochen über die schattigen Felsen strich, war kühl und voller milder Düfte. Ismail Aga kam den ganzen Sommer über, meistens Ende Juli, mit Mustafa bei der Hand hierher, setzte sich wie eben in den wilden Thymian, lehnte sich nach seinem rituellen Gebet mit dem Rücken an den Felsen, schloß die Augen und sang mit leiser, kaum hörbarer Stimme eines seiner Lieder. Und Mustafa hockte ihm zu Füßen, verging fast vor Sehnsucht bei den Klängen dieser traurigen, nicht enden wollenden, vom Vater in kurdischer Sprache gesungenen Lieder, die so verschieden waren von den Gesängen der Einheimischen.

An manchen Tagen gaben sich Vater und Sohn bis Sonnenuntergang diesen Liedern hin, und auch Salman, der nahebei auf einem Felsen hockte, lauschte gedankenverloren Ismail Agas Gesang. Damals, als Ismail Aga sich in dieser Gegend neu niedergelassen hatte, war er mit Salman an der Hand hierhergekommen, hatte ebenso an den Felsen gelehnt seine Lieder gesungen, und Salman hatte seine Augen geschlossen und hingerissen zugehört. Und wie Mustafa sagte auch Salman »Vater« zu Ismail Aga, er wußte es nicht anders.

Es gab Tage, da fand Ismails Gesang kein Ende, er ging von einem Lied zum nächsten über, von einer Melodie zur anderen, vergaß dabei zu essen, zu trinken, zu beten und zu schlafen. Die Lieder dauerten bis weit nach Mitternacht. Währenddessen hockte Salman auf den Felsstufen, und solange Ismail Aga sang, wiegte er sich mit dem Gewehr in der Hand ganz sanft vor und zurück. Sehr oft, wenn Ismail Aga und Mustafa aus ihren Träumen erwachten, stand der Mond schon hoch am Himmel. Die Schatten der Burg, der Felsen und der niedrigen Berge rundum dehnten sich über die Ebene, und wie ein Strom gleißenden Lichts schlängelte sich der Fluß durch die endlose Weite, teilte sie in zwei Hälften, schien im Mondlicht noch breiter und so hoch dahinzufliegen, als leckte er die Wipfel der Bäume, bevor er zu Tal stürzte.

In manchen Nächten, wenn die Erde vom hellen Mondlicht so überflutet wurde, kam es vor, daß Ismail auf dem steinigen Weg zum Dorf plötzlich verharrte, kurz überlegte, kehrtmachte, zu seinem Platz zurückeilte, eine Weile die Ebene, die Wolken, die schimmernden Hänge der Berge betrachtete, anschließend Mustafa von den Schultern nahm, ihn auf die Erde stellte und sich dann wieder mit dem Rücken gegen die mittlerweile ganz schön abgekühlte Felswand lehnte. Und wie eine antike Statue stand Salman mit dem Gewehr in der Hand an seinem Stammplatz oben auf dem Felsen, fiel sein gedehnter Schatten über das violette Gestein, die Affodille und Disteln.

Jetzt sang der Vater nicht mehr, er sprach nicht ein Wort, machte kein einziges Mal den Mund mehr auf, sondern gab sich, wie so oft in den Sommermonaten bis in den Herbst hinein, dem ohrenbetäubenden Zirpen der Grillen hin, während Mustafa mit dem Kopf auf Vaters Knien in tiefen Schlaf versank.

Blitzschnell huschten Fledermäuse durch die Nacht, in langen Abständen tönte von den gegenüberliegenden Bergen der Schrei des Uhus; unten in der Ebene heulten Schakale, quakten Frösche, und die Störche, die wie eine weiße Wolke die Türme der Burg überzogen hatten, wachten hin und wieder auf und klapperten alle gleichzeitig so heftig, daß es von den Felsen widerhallte. Gegen Morgen erhoben sich vom wolkenverhangenen Felsgipfel des vordersten Berges zu ihrer Linken die dort hockenden Adler auf einmal in die Lüfte, und nachdem sie zu Hunderten Flügel an Flügel um den Berg gekreist waren, strichen sie ab in die Ebene und schwebten weiter zum Mittelmeer. Kurz danach flogen links und rechts Wildtauben auf, und während sie wie Wurfgeschosse in die Ebene einfielen, hob Mustafa seinen Kopf aus Vaters Armbeuge, schaute ihn schlaftrunken eine Weile an, blickte um sich und schreckte erst hoch, als er Salmans Umriß dort auf dem Felsblock gewahrte. Jetzt hellwach, entdeckte er zuerst die Gavurberge, die sich in fahlem Blau leicht schwankend in den Himmel hoben, entdeckte er über ihren aufhellenden Gipfeln den Morgenstern, der sich riesengroß um sich selbst drehte und die Erde mit Licht übergoß. Verwundert starrte er auf diese gleißende Kugel, die ihm seit jeher in allen seinen Träumen als ein Feuerball erscheint, der immerzu funkelndes Licht in die blaue Ebene und über die ganze Welt schleudert. Bald schon überfluteten Sonnenstrahlen die Bergkämme, und wo eben noch der wirbelnde Stern sein Licht versprüht hatte, blieb nur sein fahler Schein, und lange, kühle Schatten dehnten sich weit über die Ebene, vermischten sich mit den langen Schatten der einzelnen Bäume in der aufhellenden Dämmerung zwischen Mondnacht und sonnigem Tag ... Hunderte Dreschplätze verzierten wie grasgrüne Tupfer die dampfende, blaufarbene Weite ... Die Störche auf der Burg öffneten bedächtig ihre Flügel und glitten in die Ebene hinab. Und aus dem Dorf hallten bis hier herauf Hahnenschreie und Menschenstimmen, Rindergebrüll und Pferdegewieher, Räderknarren und rhythmisches Klingeln am Geschirr der Zugtiere hängender Glöckchen, vermischt mit dem dumpfen Klatschen der beim Buttern gestoßenen Klöppel. Einige verspätete Uhus sandten dem aufhellenden Tag noch ihre langgezogenen Schreie entgegen. Die linden Morgenwinde trugen den Duft von Thymian, feuchter Erde, brandigen Disteln und Affodillenkraut herüber, hüllten Mustafa ein, ließen sein Herz vor Freude und Begeisterung überquellen, so daß er wie verzaubert von Fels zu Fels sprang, den Vater und den wie in Stein gehauenen Schreckens-Salman, ja, alles um sich herum vergaß und sich in dieser von Morgenlicht eingehüllten, ganz anderen Welt an seinem Spiel berauschte. So lange, bis aus den Senken das Girren der Rebhühner, aus der Ebene das Gackern der Frankoline schallte oder der Vater nach ihm rief ... Und plötzlich kam die Sonne hinter den Kämmen hervor, hockte sich kreisrund, feuerrot mit orangem, fast weißem Kern ganz kurz nur auf den höchsten Gipfel der Gavurberge, ertränkte Ebene und Hänge in gleißender Helle; und die Wasser des Ceyhan schienen sich aus ihrem Bett in die Lüfte zu heben, schlängelten sich pappelhoch, flossen wie ein Strom von Licht in die Tiefe, und während Bäume, Schatten und Hügel im Morgendämmer zu schimmern begannen, löste sich die Sonne vom Gipfel, stieg höher und höher, trocknete im Nu den nächtlichen Tau, und der Duft des Thymians, vermischt mit den Gerüchen verdorrter Kräuter und anderer Pflanzen, wurde unter ihren Strahlen so schwer, so bitter, daß er in der Kehle brannte.

Orangefarbene und blaue Falter, im Herbst handtellergroß, flatterten auf gut Glück zwischen den Felsen umher, ließen sich tastend auf ihnen nieder, flogen auf, wirbelten zu zweit umeinander, paarten sich hoch oben in den Lüften. Und dann setzte das lärmende Treiben der Schwalben ein. Pfeilschnell flitzten sie vor den Nasen der drei dahin, schwirrten über das vergilbte Gras, die verdorrten, gelben Affodille, die scharfkantigen, lila Felsblöcke der mit grünem Buschwerk betupften Hänge hinweg hoch ins Himmelszelt. All diese Geräusche, all diese Bilder und die reine Luft des aufhellenden Morgens trugen dazu bei, daß Mustafa sich immer glücklicher fühlte. Stark und beschirmend wie eine mächtige Platane stand sein dunkelbrauner, hochgewachsener, stattlicher Vater im strahlenden Licht. Und während Mustafa sich voller Bewunderung diesem Anblick hingab, vergaß er Salman völlig, hüpfte sein Herz vor ungetrübter Freude. Und stand Salman auch vor seiner Nase, in solch glücklichen Augenblicken bemerkte Mustafa ihn nicht. Erst wenn seine Freude ein bißchen nachließ, sah er ihn wieder vor sich stehen samt seiner Büchse mit dem roten Schaft und dem schimmernden Lauf, schaute er auf seinen riesigen Kopf, seine klobigen Hände, seine rötlichen Igelborsten und seine kalten, graublauen Schlangenaugen.

Im Licht des Morgens rannte Mustafa wie von Sinnen von hier nach da, er schlug Purzelbäume, schrie, summte Lieder, spielte Verstecken mit sich selbst, zwängte sich in eine Felsspalte, suchte sich eine Weile und entdeckte sich dann in dieser Spalte; doch als seine Augen auf Salman fielen, verpuffte seine Freude wie ein praller Luftballon nach einem Nadelstich. »Ich hab keine Angst«, schrie er aus Leibeskräften, und sein Schrei brach sich an der Burg und den gegenüberliegenden Berghängen, hallte in langgezogenen Wellen hin und her: ich ... ich ... ich ... hab ... hab... hab ... keine ... keine ... keine ... Angst ... Angst ... Angst ...

Schon bald spielte Mustafa mit diesem eigenartigen Echo. »Ich habe vor niemandem ...« Hier stockte er, sah die abgeschnittenen Hahnenköpfe aus seinen Alpträumen vor sich. Manchmal krähten bei diesem Spiel wirklich die Hähne im Dorf, und ihre Schreie schallten in verstärkendem Echo über die ganze Ebene. Und am ganzen Körper zitternd, schrie Mustafa dann wieder: »Ich habe vor niemandem, habe vor niemandem Angst.« Seine Stimme vermischte sich mit den Hahnenschreien, die von den Felswänden widerhallten, und Mustafa brach das Spiel erst ab, wenn er nicht mehr zitterte. »Memet der Vogel hat auch keine Angst«, rief er dann in die Hahnenschreie hinein und wartete wieder auf das gemeinsame Echo, »und auch die anderen Kinder im Dorf haben keine Angst.«

»Die Raupe hat auch keine Angst.«
Die Raupe hat auch keine Angst.
»Und Muslu die Zecke hat keine Angst.«
Und Muslu die Zecke ...
»Und Ali der Barde hat keine Angst.«
Und Ali der Barde ...
»Und auch meine Mutter hat keine Angst.«

Und auch meine Mutter ...
»Auch mein Vater hat keine Angst, auch mein Vater ...«
Auch mein Vater, auch mein Vater, auch mein Vater ...
»Und auch sonst niemand ...«
»Auch die Hähne nicht ...«
Auch die Hähne nicht ...
»Und die Schwalbenjungen ...«
»Und die Fliegen ...«
»Und die Bienen, und die Bienen, und die Bienen ...«

Mit ausgestreckten Armen drehte sich Mustafa am frühen Morgen wie ein tanzender Derwisch im Kreis und brüllte, bis schließlich sein Vater herbeieilte und ihn festhielt.

»Was treibst du da, Mustafa, was soll das?« rief er, nahm den eiskalten Jungen in die Arme, drückte ihn an seine warme, bergende Brust und wiegte ihn eine Weile. »Gewiß hat mein Junge vor niemandem Angst, warum sollte er auch, wenn sein Vater bei ihm ist; mein Löwenjunge, mein kleiner Recke!«

Nach und nach beruhigte sich Mustafa. »Es ist nur ein Spiel, Vater.«

»Was für ein Spiel?«

»Ich spiele Bangemachen«, antwortete Mustafa. »Wir alle spielen nachts im Dorf Verstecken oder auch Bangemachen, so wie ich eben.«

»Ja, hast du denn Angst? Ist da etwas im Dorf, was dir, was Memet dem Vogel, was euch Kindern im Dorf angst macht?« fragte Ismail Aga.

»Ich habe überhaupt keine Angst«, entgegnete Mustafa lauthals. »Auch Memet der Vogel hat überhaupt keine Angst, vor nichts und niemandem ... Nicht mal vor ihm.«

»Vor wem?«

»Vor niemandem.«

Ismail Aga ließ es dabei bewenden.

Ich habe vor nichts Angst, sang Mustafa aus dem Stegreif vor sich hin, nicht vor Schnecken, nicht vor Tausendfüßlern, nicht vor Regenwürmern, nicht vor schwarzen Kröten, nicht vor Fledermäusen, die das Blut von Kindern saugen, nicht vor

Dschinnen auf alten Gräbern. Ich fürchte mich nicht vor Katzen, Fliegen und Schweinen, und nicht vor Schmetterlingen, auch nicht vor meinem Vater und nicht vor Raupes Vater, dem Schmied ... Auch Memet der Vogel fürchtet sich nicht ... Und so zählte Mustafa auf, was ihm an Geschöpfen dieser Welt einfiel, vom kleinsten Käfer bis zur jungen Schwalbe, und sang, daß er vor keinem Angst habe, weder am Tage noch in der Nacht.

Heute hatte Mustafa sein Spiel von der Angst nicht in die Berge geschrien, er hatte es vor sich hin gespielt. Er schrie es nur heraus, wenn er meinte, nicht mehr weiter zu können, verrückt zu werden, falls er sich die Angst nicht von der Seele schrie ... Danach beruhigte er sich, kehrten Freude, Liebe und das Vertrauen zu seinem Vater zurück.

Ismail Aga nahm seinen Jungen bei der Hand. Sie gingen durch den Schmalen Paß zum Tal hinunter. Er war hier so eng, daß nur eine Person zwischen dem in zwei Hälften gespaltenen Felsen hindurchgehen konnte. Auf der einen Felswand befand sich ein unverständliches Zeichen, das aussah wie der Buchstabe einer fremden Schrift. Dieselben Zeichen gab es an den Wänden einer nahen Grotte am Fuße eines riesigen Felsens, aus dem tropfenweise eine schimmernde, klare Quelle rann. Niemand hatte bisher diese Schriftzeichen enträtseln können. Vielleicht waren sie ein uralter Zauberspruch, vielleicht der Schlüssel zu einem Schatz aus früheren Zeiten.

Gleich hinter dem Paß kamen sie zu den Felsen über ihrem Haus, von dort führte der Weg hinunter zum Granatapfelbaum, wo Mustafa schon der Duft köchelnder Speisen, ziehenden Tees, frisch geschlagener Butter und warmer Milch in die Nase stieg. Und während ihm schon beim Gedanken ans Essen das Wasser im Munde zusammenlief, war seine Kehle plötzlich wie zugeschnürt, wurde sein Mund trocken, klebte ihm die pelzig gewordene Zunge am Gaumen, wenn er fünfzig Schritte hinter ihnen, wie unauflöslich an sie gekettet, den großköpfigen Salman mit seinem Gewehr erblickte. Salman saß mit ihnen auch am gedeckten Tisch. Mustafa hob dann nicht einmal den Kopf, schaute weder nach rechts noch nach links, stopfte mit mechanisch wie

Weberschiffchen kreisenden Fingern das Essen in sich hinein, erhob sich unauffällig, ging hinaus und schlug den Weg zum Haus Memet des Vogels ein, der schon auf ihn wartete.

»Ich habe überhaupt keine Angst, Memet«, war das erste, was er sagte, und Memet antwortete:

»Ich habe auch keine Angst.«

3

Der Van-See ist von Bergen umgeben. Er liegt am Fuße des Süphan und des Nemrut, deren Gipfel das ganze Jahr über von Schnee bedeckt sind. Ihr makelloses Weiß spiegelt sich in seinen blauen Wellen. Die Ufer des Van-Sees und die Hänge des Süphan, des Nemrut, des Esrük und der übrigen Berge sind kahl, wie auch die kargen Ebenen Van, Muradiye, Patnos und Çaldiran.

Das Dorf liegt am Ufer des Sees in unmittelbarer Nähe des Berges Esrük und des Tales Sor. Vom Esrük bis zum See ist der Ausläufer des Tals mit mannshohen Felsbrocken übersät, die von den Hängen bis hierher gerollt sind. Die Wohnungen der Dörfler sind unterirdisch. Wie durch einen Brunnen gelangen die Einwohner ins Innere, und auch die Schafe, Ziegen, Rinder und Pferde können durch diese Öffnung getrieben werden. Mensch, Rind und Pferd übernachten hier gemeinsam. In bitterkalten Winternächten wärmt der Atem der Tiere die Behausungen, und über dem brennbaren Trocken-Dung ihrer Rinder und Schafe kochen und braten die Dörfler ihre Mahlzeiten.

Nur ein Haus des Dorfes ragte aus der Erde: der Konak des Beys. Das aus gehauenen Bausteinen sehr alter Bauwerke gemauerte Haus war zweistöckig und hatte sechzehn Zimmer. Es war sogar vom anderen Ufer des Sees deutlich zu sehen. Der braunhäutige, hochgewachsene und breitschultrige Bey trug einen langen, weißen Bart; er war ein stattlicher Mann. Verstreut um sein Anwesen wohnten die Brüder und Verwandten in eigenartigen, halb in die Erde eingegrabenen und bis zur Hälfte gemauerten Häusern. Diese Häuser hatten keine Fenster, eine breite Öffnung in den Lehmdächern war Lichtschacht und Rauchfang zugleich.

Der Bey hatte in Istanbul und in Saloniki studiert. Auch seine Brüder waren belesen; außer ihnen gab es weder im Dorf noch in der Umgebung jemanden, der lesen und schreiben konnte.

Ismail Aga war der Vetter des Beys, doch er wohnte weit weg von ihm, mitten im Dorf. Er hatte zwei Brüder, lang aufgeschossene Burschen. In der ganzen Umgebung des Sees war das gute Aussehen dieser drei Brüder in aller Munde. Auch Ismail Aga war gebildet, schon sein Vater konnte lesen und schreiben und hatte ihn nach Van in die Höhere Schule geschickt. Doch irgendwie fühlte er sich eingeengt in dieser von festen Lehmziegelmauern umgebenen Stadt der Goldschmiede unmittelbar am Ufer des Sees. Über der Stadt erhob sich eine jahrtausendealte Festung, wie die Stadt von starken Ringmauern aus Lehmziegeln geschützt. Jahrhunderte, vielleicht Jahrtausende hatten diesen irdenen Mauern und Wällen nichts anhaben können, die vielmehr im Laufe der Zeit immer robuster geworden emporragten.

Hüseyin Bey, nicht älter als fünfundzwanzig Jahre, war der jüngste Bruder des Beys. Er besuchte die Militärakademie in Istanbul und sah noch besser aus als Ismail Aga, dessen einziger Freund im Dorf er war. Sie ritten zusammen aus, wetteiferten miteinander im Speerwurf-Spiel und pirschten in den Hängen der Berge Süphan und Esrük sowie im Tale Sor auf Rothirsche. Ihr enges Verhältnis beruhte nicht nur auf ihrer Verwandtschaft. Als sie in Van zur Schule gingen, hatten beide bei einem Verwandten gewohnt, und dort hatte ihre Freundschaft begonnen, die enger war als das Verhältnis zweier Brüder. Hin und wieder blieb Hüseyin Bey für Tage, ja Wochen im Hause Ismail Agas, und umgekehrt ließ sich Ismail Aga im Hause Hüseyin Beys nieder. Sie blieben unzertrennlich bis zu dem Tag, an dem Hüseyin Bey nach Istanbul zog. Seither war Ismail Aga nie wieder nach Van gefahren. Er blieb im Dorf für sich, pflügte, säte, pflanzte allein, ging allein in die felsige Senke Sor auf die Jagd und kehrte, auf den Schultern einen Hirsch mit ausladendem Geweih, ins Dorf zurück. Es kam vor, daß die Strecke der Jagdbeute auf fünf, sechs, ja fünfzehn Tiere anstieg. Dann trug eine Gruppe Männer in Reihe hintereinander die geschulterten Hirsche die Hänge des Esrük hinunter in den Ort, wo Ismail Aga und die Dorfburschen sie aus der Decke schlugen und das Wildbret in gleich großen Portionen an die Dörfler verteilten. Auch für den Haushalt des

Beys wurde kein Gran mehr geschnitten. Und im Winter ging es auf Rebhuhnjagd, weil dann alle Vögel im Tale Sor niedergingen. Aber es war nicht jedes Recken Ding, sich im Winter dieser großen Senke zu nähern, um Rebhühner zu jagen. Denn von den Bergen bis zum See türmte sich der Schnee in diesem langen, breiten und tiefen Tal. Und der Bora, der sich über fünf, sechs Monate keine Pause gönnte, stürmte und wirbelte unermüdlich. Das dumpfe Heulen dieses Schneesturms war noch an den Ufern des Sees zu hören, wenn es wie das Grollen eines fernen Gewitters aus den abgelegenen Schluchten herüberhallte. Sie waren sehr tief, diese kleinen Schluchten, und dort suchten die Rebhühner Schutz. Ohne sich um Bora, Schneegestöber und Donnergrollen aus den Schluchten zu scheren, zog Ismail Aga mit einigen beherzten Gefährten in das Tal Sor und stöberte die kleinen Kolonien von Rebhühnern auf, als habe er sie eigenhändig dorthin gebracht. Einmal entdeckt, war es ein leichtes, sie zu erlegen. Die meisten zeichneten sich von weitem wie Schrotkörner auf der Schneedecke ab, andere hockten abseits in den kleinen Schluchten. Ismail Aga und seine Freunde gingen seelenruhig auf sie zu, bis sie aufflogen und nach etwa fünfhundert Schritten wieder niedergingen. Unbeirrt folgten Ismail Aga und die andern den Vögeln, die, aufgeflogen, diesmal schon nach höchstens zweihundert Schritt landeten. Beim dritten Anlauf kamen die Rebhühner schon nicht mehr hoch, und Ismail Aga und seine Jagdgefährten hatten sie nur noch aufzusammeln. So erbeuteten sie im Tale Sor zwischen Morgengrauen und Tagesanbruch Hunderte Rebhühner. Kam Ismail Aga dann ins Dorf zurück, war Festtagsstimmung, strömte aus jedem Kamin der bittere Geruch von brennendem Reisig, Trocken-Dung und von gebratenen Rebhühnern, der sich in fettigen Schwaden ausbreitete und sich mit dem Duft des Schnees und des Seewassers vermischte. Der Van-See hatte einen eigentümlichen Geruch, der anders war als der des Meeres, der Sümpfe, ja, auch der anderen Seen. Er roch ein wenig wie über Kiesel rinnendes Quellwasser im Nadelwald, das unter knorrigen Baumwurzeln hervorsprudelt. Und vielleicht auch ein bißchen nach Erde.

Im Sommer zog das Dorf in die Hochebenen des Berges Esrük, ließ den Van-See, seine tausendundein Blau, die orangefarbenen Streifen, die wie Blitze von einem Ende zum anderen glitten, das schneeweiße Spiegelbild des Gipfels des Süphan weit unter sich, und auch die Ebene Patnos mit den Schwärmen von Kranichen, den Pelikanen, den hochgewachsenen Pappeln und Tausenden Schlangen in der weißglühenden Hitze des Sommers. Lange, schwarze, härene Zelte wurden auf dem Esrük zwischen den kleinen Bergseen in der Hochebene aufgestellt. In diesen Seen wimmelten rot und lila gepunktete Forellen. Ismail Aga, seine Gefährten sowie alle Dörfler, ob Mädchen, Frau, Alt oder Jung, sie wußten seit ihrer Kindheit, wie man in diesen kleinen Seen Forellen fing. Jedermann fischte mehr, als er essen konnte, der Rest wurde in Salzlake eingelegt, Krug um Krug, Blechkanister um Blechkanister ... Erst im Herbst, wenn sie ins Dorf zurückgekehrt waren, wurden die Deckel von den Krügen genommen.

Bis zum Gipfel bedeckten tausenderlei Blumen und Kräuter den Esrük. Kniehoch! Ununterbrochen wehte eine leichte, erfrischende Brise, und sanftes Sonnenlicht flutete über die Hänge bis in den letzten Winkel hinein. Auf der Hochebene wurde jeden Tag ein Fest, eine Hochzeit gefeiert. Paukenschläger und Oboenbläser waren ständig unterwegs. Die Hälfte der Dorfbewohner waren Armenier, aber auch sie sprachen Kurdisch. Bis zum Ausbruch der Feindseligkeiten und den darauf folgenden Massakern lebten alle in ungetrübter Eintracht. Wie die Armenier tickten auch die moslemischen Kurden am christlichen Osterfest buntbemalte Eier aneinander, und die Armenier feierten mit den Kurden das Opferfest, indem sie wie ihre moslemischen Nachbarn Opferlämmer schlachteten. Über Jahrhunderte hatte diese Brüderlichkeit und Freundschaft angedauert; jahrhundertelang knieten sich Armenier auch in Moscheen, beugten sich Moslems auch in Kirchen zum Gebet. Für Ismail Aga sind die Tage der Massaker die bittersten seines Lebens. Er kann seinen nächsten Nachbarn Onnik nicht vergessen, dessen ratlosen und deshalb so schmerzlichen Gesichtsausdruck ... Eines Tages kam er an seine Tür gelaufen, hatte ihn mit verstörten, weit aufgerissenen Augen angefleht, hatte: »Rette mich, Ismail, rette mich!« gerufen und bei ihm Schutz gesucht. »Und weißt du, wer mich töten will? Unser Riza der Kahle ... Riza der Kahle, mit dem wir unsere Kindheit verbracht haben ... Riza, der öfter in unserem Haus war als in seinem eigenen ... Und ausgerechnet der will mich töten.«

Ismail Aga hatte versucht, ihn zu beruhigen, aber Onnik, in panischer Angst vor Riza, war nachts, als alle schliefen, in die Berge geflohen.

Am nächsten Tag hatte Ismail Aga Riza aufgesucht und ihn gefragt, aus welchem Grund er Onnik töten wolle. Den Grund hatte Riza nicht genannt, hatte nur geantwortet: »Und wenn er in die Hölle flüchtet, werde ich ihn finden und töten.« Ismail Aga konnte sich Rizas Zorn auf Onnik nicht erklären, und aufgebracht entgegnete er: »Nur zu! Tötest du ihn, töte ich dich!«

Jungen und Mädchen, armenisch und kurdisch, in schönen, bunten Kleidern, stellten sich Hand in Hand zwischen duftenden Blumen zum Gövèn auf. Mit unglaublicher Leichtigkeit, mit überschäumender Freude, voller Liebe und Stolz tanzten sie im Rhythmus dieses alten Reigens. Doch nicht nur sie, bald wiegte sich das ganze Volk von sieben bis siebzig wie die leichte Dünung des Meeres, wie der schwebende Nebel. In einem riesigen Reigen schien die ganze Hochebene mit ihren Vögeln, Käfern und Blumen, mit ihren sprudelnden, wohlriechenden Quellen zu kreisen. Wie immer führte der hochgewachsene Ismail Aga mit den traurigen, gleich schwarzen Diamanten im dunklen Gesicht funkelnden Augen den Reigen an. Daß er den Reigen anführte, sprach sich in Windeseile herum, so daß sogar die Bettlägerigen zum Festplatz eilten, um ihn tanzen zu sehen.

Namhafte Barden, Dengbej genannt, kamen von weit her, den Bey in seinem prachtvollen, siebenpfostigen Zelt zu besuchen. Auf einem erhöhten Sitz, der vor dem Zelt aufgebaut wurde, thronte der Dengbej, während der ganze Stamm und auch die benachbarten Stämme herbeieilten, auf bestickten Filzteppichen Platz nahmen, um den alten, sehr alten Sagen ihrer Vorfahren zu lauschen. Der berühmteste Dengbej war der Sänger des Beys von Malazgirt, Abdale Zeyniki. Er trug seine eigenen Balladen vor, aber auch die alten Sagen in einer Form, wie sie keinem anderen fahrenden Sänger gelingen wollte. Blind bis zu seinem sechzigsten Lebensjahr, konnte Abdale eines Tages plötzlich wieder sehen. Er schrieb die Sehkraft seiner Augen einem Wunder zu und besang es in einer Ballade, die von all den anderen fahrenden Sängern übernommen wurde. Stehend, mit achtungsvoll verschränkten Händen über seinem Gurt, empfing der Bey nur zwei Sänger: Haçik den Armenier und Abdale Zeyniki, und er setzte sich erst, wenn diese ihren Platz eingenommen hatten. Von Kars bis Van, von Van bis Urfa, von Diyarbakir bis Erzincan und Erzurum wurden Haçik der Armenier und Abdale Zeyniki von allen Stämmen wie Heilige verehrt. Mit besonderem Stolz brüstete sich jeder Nomadenstamm noch jahrelang, wenn er von einem dieser beiden Sänger aufgesucht worden war. »Hier in unserem Haus hat Abdale Zeyniki Platz genommen«, gab sogar Ismail Aga, der sich sonst nicht spreizte, gern zum besten. Abdale Zeyniki oder Haçik den Armenier als Gast in seinem Konak begrüßt zu haben, gereichte jedem Bey zur besonderen Ehre.

Kam dann auch Hüseyin Bey in seinem schwarzen Anzug aus Istanbul in die Hochebene, zog er sofort dieses hier so ungewohnte, eigenartige Kleidungsstück aus, schlüpfte in die Tracht der Einheimischen, den Şalşapik mit Pluderhosen und Weste, und stürzte sich mit Ismail Aga in das zu dieser Jahreszeit übliche fröhliche Treiben.

War dieses Volk der Hochebene glücklich? Und Ismail Aga? Oder waren sie unglücklich? Darüber hatte sich noch niemand Gedanken gemacht. Sie hatten Kriege erlebt, Massaker, Seuchen und Hungersnöte. Das war für sie das Unglück schlechthin. Aber nahm die Not kein Ende, lachten sie schließlich wieder, denn so bitter der Schmerz auch ist, gab es doch immer wieder einen Anlaß zur Freude.

Das Wort Unglück hörte Ismail Aga bewußt zum ersten Mal aus dem Munde Hüseyin Beys, als dieser, wieder einmal zurück aus Istanbul, seufzend sagte: »Ich bin unglücklich, Ismail.«

Was er damit meinte, konnte Ismail Aga sich nicht erklären. »Bist du denn krank?« fragte er ihn.

»Krank? Nein! Ich wollt, ich wär's. Meinetwegen schwindsüchtig oder leprakrank. Aber ich bin unglücklich.«

Ismail Aga hielt es für eine andere Art Krankheit, schlimmer als die üblichen, eine Krankheit, die nicht zu heilen war.

Hüseyin Bey, der nicht mehr nach Istanbul zurückkehrte, nahm danach weder an Hochzeiten noch an anderen Festen mehr teil. Er begann die Menschen zu meiden, schlimmer noch, er machte den Mund nicht auf, sprach mit niemandem auch nur ein einziges Wort, nicht mit Ismail Aga, nicht mit seiner Mutter, weder mit seinem Vater noch mit seinen Brüdern. Seine großen, schwarzen Augen starrten oft stundenlang ins Leere. Nicht weiter als eine Zigarettenlänge vom Dorf entfernt erhoben sich hohe Felsen, die fast zur Hälfte in den See hineinragten. Jeden Morgen stand Hüseyin Bey noch vor Tagesanbruch auf, kochte sich seine Milch, brühte sich seinen Tee, frühstückte allein, hüllte sich, wenn Winter war, in seinen weiten Hirtenmantel oder zog sich, wenn Sommer war, seine dunkelblaue Tracht, den Şalşapik, über, machte sich auf den Weg zu den Felsen, setzte sich auf einen flachen Vorsprung im Gestein, heftete seine Augen auf den See und blieb dort sitzen, bis der Tag sich neigte. Erst im Zwielicht des Abends stand er auf, machte sich auf den Heimweg, aß am Herd das ihm vorgesetzte Abendbrot und ging sofort zu Bett. So verbrachte er wohl vier oder fünf, vielleicht auch sechs Monate seines Lebens. Weder das von Schlangen wimmelnde, in der sommerlichen Hitze weißglühende Gelände noch Felsen spaltender Frost, Telegraphenmasten verschluckender Schnee und Bäume entwurzelnder Bora konnten ihn dazu bringen, auch nur für einen Augenblick zu weichen. Auch der wie ein großes Meer in tausendsiebenhundert Metern Höhe zwischen den Bergen eingezwängte See, dessen Wellen minaretthoch an die Ufer schlugen und alles wegschwemmten, was sich ihnen in den Weg stellte, schreckte diesen Mann nicht. Er rückte allenfalls ein bißchen höher in die Felsen, wenn die Brecher die Böschungen unterspülten, aber auch das tat er, ohne nachzudenken, ganz instinktiv.

Auch Istanbul läge am Meer, wurde erzählt, mit vielen Inseln. Hüseyin Bey habe eines Tages eine dieser Inseln aufgesucht, die so ausgesehen habe wie die Ahdamar-Insel im Van-See. Und auf dieser Insel sei er einem Mädchen begegnet, in das er sich auf den ersten Blick verliebt habe. Und auch das Mädchen sei für ihn in Liebe entbrannt. Sie hätten sich auf der Insel geliebt. Als das Mädchen sich von Hüseyin Bey getrennt habe, sei sie ins Wasser hineingegangen, bis nur noch ihr Kopf zu sehen gewesen sei, doch nach einer Weile sei auch ihr Kopf verschwunden. Hüseyin Bey habe danach die Insel nicht verlassen können, habe immer auf die Stelle im Wasser gestarrt, wo er das Mädchen aus den Augen verloren habe. Nach Monaten sei das Mädchen genau an dieser Stelle wieder aufgetaucht und Hüseyin Bey vor Freude in Ohnmacht gefallen. Doch als er wieder zu sich gekommen sei, war das Mädchen wieder fort. Und wieder seien Tage und Monate verstrichen, bis der Kopf des Mädchens wieder zu sehen gewesen sei. Diesmal sei Hüseyin Bey ins Wasser gesprungen, um das Mädchen zu fangen, doch das sei ihm nicht gelungen. »Ich bin eine Elfe«, habe das Mädchen ihm zugerufen, »und auch ich habe mich in dich verliebt. Kehre du zurück nach Van, meine Schwester lebt dort im See, und ich werde auch dorthin kommen!« Und danach erst sei Hüseyin Bey hergezogen ... »Ich kann das Wasser nicht verlassen«, habe das Mädchen ihm gesagt, »aber ich werde mich dir bei Tagesanbruch im See zeigen und dort bis zum Abend verweilen. Mit Einbruch der Dunkelheit aber werde ich mich in das Serail der Burg Van zurückziehen, zu meinem Vater, dem Padischah der Elfen.« Hüseyin Bey sei sehr glücklich gewesen. »Der Van-See ist meine Heimat«, habe er gesagt. »Ich weiß«, habe das Mädchen geantwortet, »er ist auch meine Heimat. Dort habe ich dich in den schroffen Felsen der Festung zum ersten Mal gesehen, und als du Van verließest, bin ich dir nach Istanbul gefolgt.« Und Hüseyin Bey habe sich auf den Weg gemacht ... Und jedesmal bei Morgengrauen streckt das Mädchen jetzt seinen Kopf aus dem Wasser des Sees heraus, und Hüseyin Bey ist wie von Sinnen, kann sich an diesem wunderschönen Anblick nicht sattsehen. Aber auch die Elfe ist von Hüseyin Beys Schönheit so ergriffen, daß sie regungslos die Augen nicht von ihm wenden kann, mögen Sturm und Wellen noch so toben.

Um die Elfe zu sehen, schlichen sich die Dörfler, die Dorfkinder und jungen Burschen unbemerkt zu den Felsen, erstarrten dort selbst zu Stein und starrten Tag für Tag geduldig in den See, ohne den Kopf dieses wunderschönen Mädchens auch nur ein einziges Mal zu entdecken. »Das Elfenmädchen zeigt sich keinem anderen als ihm«, sagten sie schließlich, gaben die Hoffnung auf und überließen den See, das Mädchen und Hüseyin Bey ihrem Schicksal.

Züge von Kranichen zogen über den See, ihre Schatten fielen ins weite Blau. Zu jeder Tageszeit kann sich der Van in ein Meer von Farben verwandeln. Plötzlich schießen orange Blitze von Osten bis Westen durchs Wasser, und der Kopf der Elfe auf dem See ist eingehüllt in einen Traum von Orange. Dann ist es wieder ein Blitz dunklen Lilas, der den See mit einem kräftigen Violett überzieht, bevor er, schäumende Wellen mitziehend, sich am anderen Ufer verliert, am Berg Süphan wieder auftaucht und in der von Blumen und Kranichen wimmelnden Ebene Patnos hängenbleibt. Manchmal riffelt sich der See zur Hälfte in dunklem Rot, zur Hälfte in tiefem Blau, und manchmal spiegelt sich der schneebedeckte Süphan, dessen mächtiger Gipfel sich im Himmel verliert, in seiner ganzen Größe im See, hüllt ihn in ein makelloses Weiß, das sogar die Nächte erhellt, und immer wieder ziehen die Kraniche über das weite Wasser ... Kaum hörbar summt Hüseyin Bey ein Lied, singt es der Elfe, von der nur der Kopf über dem Wasser zu sehen ist, singt es den vorbeiziehenden Kranichen, die manchmal so tief fliegen, daß ihre Flügel fast den Wasserspiegel berühren, manchmal so hoch, daß sie sich im weiten Blau des Himmels verlieren, singt es dem Berg Esrük, dessen rote Erde stellenweise von Grün überwuchert ist, und den von dort in Abständen herüberwehenden, nach tausendundeiner Blume duftenden leichten Brisen ... In Hüseyin Beys traurigem, bleichem, schmalem Gesicht und seinen auf den See starrenden kindlichen Augen spiegeln sich die bläulichen Glitzer der spielenden Wellen in ihren von einem Augenblick zum nächsten wechselnden Farben, den plötzlich von Windstößen aufschäumenden Kronen, die sich, als sei gar nichts geschehen, ebenso schnell wieder legen. Und neigt sich der Tag, verschwimmen Farben, Lichter, Felsen, Wege und fliegende Kraniche in der Dämmerung, bis dann im Dunkel nur noch die Stimmen der Tiere und Vögel, das Plätschern der Quellen, das Rauschen im See und in den Berghängen zu hören ist.

Eines Nachts lauschte Hüseyin Bey den Schilderungen eines Offiziers, der beide Beine verloren hatte und mit der Leidenschaft eines Sagenerzählers berichtete. Niemand begriff, was er erzählte, Hüseyin Bey aber wollte nicht glauben, was er da vernahm. In jener Nacht war sein Glücksgefühl, das ihn bis dahin begleitet hatte, dahin, und er konnte kein Auge zutun.

»Wir waren geschlagen«, sagte der beinlose Offizier. »Neunzigtausend Mann ließen wir in der Schneewüste von Sarikamiş zurück. Die meisten von ihnen hatten die Läuse gefressen.« Dann brüllte er wütend. »Die Läuse haben sie gefressen, die Läuse! Nicht die Russen haben den türkischen Soldaten erledigt, die Läuse waren es.« Er schrie es arabisch, türkisch, kurdisch, auf Zaza und auf aramäisch: »In Sarikamiş wurde das Osmanische Reich von Läusen besiegt!«

Im Zimmer des Beys schlug er, umringt von all diesen Männern, die Hände vors Gesicht und begann laut zu schluchzen. Nachdem er sich dann wieder beruhigt hatte, lächelte er bitter und fuhr mit verzerrtem Gesicht fort:

»Das größte Reich des Jahrhunderts wurde nicht vom Feind, sondern von Läusen besiegt. So wird es in der Geschichte über die Schlacht von Sarikamiş heißen: ›Die Schlacht, in der die Türken von Läusen besiegt wurden.‹ Neunzigtausend, ja, neunzigtausend tote Soldaten im Schnee … Lauft, Freunde! Dörfler, lauft! Das russische Heer ist im Anmarsch, kommt brandschatzend und tötend näher. Vor sich her eine Waffe, einen Schild, den die Welt noch nicht erlebt hat: eine Horde von Läusen. Flieht, Freunde, flieht! Wenn sie hier sind, werden sie keinen Stein auf dem andern, keinen Kopf auf dem Körper lassen. Flieht, Freunde, flieht!«

Der Bey und die Bauern sahen den Offizier an, als sei er verrückt geworden. Wie war so etwas möglich, wie konnte das türkische Heer besiegt werden?

Einige Tage später kamen die Versprengten des Regiments Hamidiye, die, wie auch immer, von den Läusen verschont geblieben waren, ins Dorf und fingen an, rücksichtslos zu plündern. Sie töteten und beraubten jeden, der ihnen über den Weg lief. Die Reste des Regiments Hamidiye und der Soldaten Enver Paschas waren zu einer blindwütigen Horde von Plünderern geworden, gejagt von Läusen und der russischen Armee. In wenigen Tagen wimmelten die Berge von ihnen. Sie trieben die Herden in die Berge, verschleppten die Frauen, raubten ihnen Goldketten, Ringe und Armbänder und verbrannten jeden Dörfler, der Widerstand leistete. Diese Horden suchten alle östlichen Provinzen heim, töteten, zerstörten und starben. Sie suchten ihre Opfer besonders unter kurdischen Jesiden, Armeniern und Aleviten. Aber die Dörfler blieben auch nicht untätig: Läusen und feindlichen Schwertern Entkommene machten sie nieder, wo immer sie ihrer habhaft werden konnten.

Hinterm Berg Süphan näherte sich Kanonendonner, und im Handumdrehen verschwanden die plündernden Soldaten aus den Dörfern. Das Dröhnen der Artillerie hatte auch die Fahnenflüchtigen weggewischt. Danach kamen von Hunger und Krankheit zum Skelett abgemagerte, größtenteils verwundete Soldaten, die nicht desertiert waren, ins Dorf. Sie waren erschöpft, schienen keine menschlichen Wesen mehr zu sein, vielen von ihnen war das Blut auf ihren zerrissenen Mänteln geronnen.

Es war gegen Abend, die Sonne ging unter, als eine Granate mitten im Dorf in die hoch aufspritzende heiße Quelle einschlug und einen großen Trichter aufriß, der sich alsbald mit Wasser füllte. Danach fielen Salven von Granaten in und um das Dorf, Staub und Rauch wirbelte, Schreie gellten, es blökte, muhte, wieherte und krähte, der See rauschte, Echo hallte; der Abend des letzten Tages vor dem Weltuntergang! Viele starben, viele wurden verletzt. Unglücklichen, denen Arme und Beine abgerissen wurden, konnte nicht geholfen werden, zuckend verbluteten die Schwerverletzten. Die Dörfler, allen voran der Bey, rannten im Granatenhagel ratlos im Kreis, und keinem fiel auch nur ein, aus dem Schußfeld zu fliehen, geschweige denn das Dorf zu verlassen.

Von seinem Platz aus vernahm auch Hüseyin Bey das Krachen der Granaten. Er schreckte nicht zusammen, es scherte ihn nicht, er blickte nicht einmal in die Richtung, aus der das Krachen kam. Einige Granaten schlugen in seiner Nähe ein. Auch das kümmerte ihn nicht. Als habe sich ein welkes Blatt vom Zweig gelöst und segelte auf ihn herab.

Als der Tag sich neigte und die Zeit gekommen war, heimzukehren, stand er auf, starrte regungslos und kerzengerade wie jeden Abend eine Weile stumm auf das dunkelnde Wasser, drehte sich um und machte sich auf den Heimweg. Die Granaten pfiffen über ihn hinweg, schlugen rechts und links von ihm ein, daß die Erde bebte und rote Flammen emporschossen, oder sie wirbelten pappelhohe Fontänen in den Himmel, wenn sie in den See stürzten.

Auf halbem Wege kam ihm sein Vater entgegen und nahm ihn liebevoll bei der Hand.

»Mein Sohn«, sagte er zärtlich, »mein lieber Hüseyin, morgen ziehen wir fort von hier, morgen, noch bevor der Tag anbricht. Der Feind ist im Anmarsch, sagen die Offiziere, und in welches Dorf er auch eindringt, schlachtet er von sieben bis siebzig alle Einwohner ab und zündet ihre Häuser an. Geh morgen früh nicht mehr zu den Felsen, wir brechen zeitig auf! Es ist unser Schicksal, was können wir dagegen tun! Schon jetzt sind viele im Kanonenfeuer umgekommen. Hörst du den Tumult im Dorf, die verzweifelten Schreie? Und niemand weiß, wohin. Auch der Bey weiß keinen Rat.« Daß Hüseyin Bey darauf mit keinem Wort antworten würde, wußte sein Vater. Er war nur herbeigeeilt, um seinen so stummen Sohn aus dem Schußfeld der Kanonen herauszuholen.

»Der Feind töte jeden, und die türkischen Soldaten sollen die Läuse fressen, sagen sie. Wir werden bis zum Morgen packen. Deine Mutter schickt mich. Als die ersten Granaten ins Dorf fielen, lief sie in der Dunkelheit los, dich zu holen. Ich habe sie zurückgeschickt und bin selbst gekommen.« Danach gingen sie schweigend zum Dorf.

»Vielleicht werden wir unsere Heimat, unser Dorf, unsere

Ebene und unseren See nie mehr wiedersehen«, seufzte der Vater, als sie das Haus betraten.

Auch als die Kanonen schwiegen, schlief in jener Nacht niemand im Dorf. Sie packten ihre Sachen, schnürten ihre Bündel, beluden Pferde, Esel, Ochsen und Kühe. Erst als der Morgen graute, konnten sie sich auf den Weg machen. Kaum waren sie auf der Landstraße, donnerten die Kanonen von neuem, und sie hatten erst eine kurze Wegstrecke hinter sich gebracht, als die Vorhut des feindlichen Heeres schon ins Dorf eindrang.

Aufgeregt kam Hüseyin Beys Vater zu Ismail Aga. »Was mache ich denn nun, Ismail, was?« jammerte er. »Gestern abend hatte ich Hüseyin eingeschärft, geh nicht zum Felsen, hatte ihm gesagt, wir brechen auf, der Feind kommt. Und jetzt ist er nicht da.«

»Er wird dort sein«, antwortete Ismail Aga.

»Ich sagte ihm aber, wir brechen auf, geh dort nicht mehr hin!«

»Er ist bestimmt an seinem Platz«, beharrte Ismail Aga. »Das ist auf unserem Weg. Mach dir keine Sorgen, Onkel, wenn wir dort vorbeikommen, hole ich ihn dir.«

Und so machten sie sich guten Gewissens wieder auf den Weg. Die Kanonenschüsse folgten immer dichter aufeinander, auf der Landstraße herrschte heilloses Durcheinander. Berg und Tal, Felder und Almen wimmelten von Menschen, die sich seufzend, jammernd und schreiend im Morgenrot fortbewegten.

»Nun, Ismail?« drängte Hüseyin Beys Vater.

»Ich geh ja schon, Onkel«, beschwichtigte ihn Ismail Aga, verließ den Treck, lief zu den Felsen, doch er konnte Hüseyin Bey nicht entdecken. Jetzt wurde er unruhig. Seit Jahren zum ersten Mal war Hüseyin bei Sonnenaufgang nicht an seinem Platz. Ismail Aga sah um sich, und da entdeckte er ihn, fünfzig Klafter vom Ufer entfernt, bäuchlings im See treibend. In seinem dunklen Anzug, in dem er aus Istanbul gekommen war, trieb er sanft pendelnd im fahlen Blau. Ismail Aga sprang ins Wasser, schwamm zu ihm und drehte ihn auf den Rücken. Hüseyin Bey war steif, seine Augen starrten weit aufgerissen ins Leere. Seine goldene Uhrkette – und Ismail Aga war nicht entgangen, daß er sie seit

Jahren zum ersten Mal wieder umgebunden hatte – schimmerte matt durchs Wasser. Er zog den Toten ans Ufer, lehnte ihn mit dem Gesicht zum See am angestammten Platz an den Felsen und hastete dem weitergezogenen Treck hinterher. Und noch etwas war ihm an Hüseyin Bey irgendwie aufgefallen ... Die Uhr, klar, aber da war noch etwas ... Ismail Aga versuchte sich zu erinnern. Die Schuhe waren die alten Lackschuhe, die Hüseyin einige Tage getragen hatte, als er aus Istanbul gekommen war ... Das bestickte Hemd? Es war aus Istanbul ... Plötzlich fiel es ihm ein: der goldene Verlobungsring an seinem langen, spindeldürren Finger! Den hatte er an Hüseyin Beys Hand weder bei dessen Ankunft aus Istanbul noch später jemals gesehen.

Als Ismail Aga den Treck eingeholt hatte, empfing ihn Hüseyin Beys Vater mit einem Schrei: »Wo ist er?«

»Er ist fort«, antwortete Ismail Aga. »Er hat sich davongemacht. Vielleicht treffen wir ihn auf unserem Weg.«

»O weh!« seufzte der Alte, während Tränen über sein Gesicht in den Bart rannen.

Landstraßen, Pässe, Schluchten und Ebenen waren voller Menschen. Weit hinten dröhnten ununterbrochen Kanonen, vor ihnen schoben sich in heillosem Durcheinander Flüchtlinge über eine Brücke.

Ohne zu schlafen, trieben sie in jener Nacht in einem wirbelnden Strom von Menschen dahin. Erst gegen morgen des übernächsten Tages gelang es ihnen, sich aus diesem Gewühl zu lösen. Am Rand einer kleinen Schlucht hielten sie an und stellten ihre Traglast unter einem mächtigen Nußbaum ab. Erst jetzt merkten sie, daß sie noch nichts gegessen hatten, und zum ersten Mal seit ihrer Flucht wurde Essen zubereitet. Sie hatten viele Verwundete, unter ihnen auch Fettah den Chirurgen, der aus frisch gesammelten Heilkräutern, Baumwurzeln und Harzen eine Salbe kochte, mit der er die Verletzten und dann sich selbst verband.

Ismail Agas Mutter war seit Jahren bettlägerig, und der Aga hatte sie auf seinem Rücken mitgeschleppt. Er hatte darauf bestanden, obwohl seine Brüder sie wenigstens abwechselnd auch tragen wollten. Der mittlere seiner Brüder war noch Junggeselle,

Hasan, der jüngste, war bereits verheiratet, sogar länger schon als Ismail Aga, der sich trotz seines fortgeschrittenen Alters erst vor kurzem eine Frau genommen hatte. Daß der jüngste Bruder vor den anderen heiratete, war in dieser Gegend nicht üblich.

Nachdem sie einen Tag lang unter dem Walnußbaum gerastet hatten, machten sie sich wieder auf den Weg. Hinter ihnen donnerten Kanonen, Schreckensbotschaften überschlugen sich, versprengte Soldaten schlossen sich ihnen an und nahmen jede Gelegenheit wahr, die Flüchtenden auszurauben. Ismails Mutter stöhnte nicht, sie jammerte auch nicht, ihre Glieder seien eingeschlafen oder schmerzten; sie dämmerte mit der Geduld einer Heiligen auf dem Rücken ihres Sohnes dahin. Sie war eine schöne Frau mit feinen Gesichtszügen und, obwohl schon über achtzig, faltenloser Haut. Sie lächelte sogar, wenn sie sich vor Schmerzen krümmen mußte, und ihr Gesicht leuchtete noch in größter Verzweiflung und Hoffnungslosigkeit. Kein Wort der Verbitterung war je über ihre Lippen gekommen. Monatelang hatte sie das Bett hüten müssen, und obwohl sie sich von einer Seite nicht auf die andere drehen konnte, hatte sie sich kein einziges Mal beklagt. Ihre einzige Sorge war, ihren Sohn, der sie trug, zu sehr zu ermüden, aber auch jetzt sollte ihr niemand anmerken, daß sie schon allein deswegen litt, auch nicht ihr Sohn. Und Ismail, der die Natur seiner Mutter genau kannte, versuchte durch Singen und Lachen ihr seelisches Leiden zu lindern, sagte immer wieder, wie leicht sie doch sei, »so leicht wie ein Vogel, der sich auf meinen Schultern niedergelassen hat«.

Eineinhalb Monate später waren sie in der Ebene von Diyarbakir. Hunderttausende drängten sich über die schwarzen, brennend heißen Steine des hitzedurchglühten Flachlandes. Die Gewässer waren blutwarm, aus den Sümpfen stieg das Fieber und raffte so viele dahin, daß den Überlebenden die Kraft fehlte, sie zu begraben. Und vom Norden kamen noch immer Flüchtende und Sterbende ... Der Proviant war auch aufgebraucht. Einen Teil ihrer Tiere hatten ihnen unterwegs fahnenflüchtige Soldaten geraubt, einen Teil hatten sie selbst geschlachtet und verzehrt, und der Rest war hier in der Ebene von Diyarbakir vor Hitze krepiert. Über Bächen und Wegen und dem breiten Flußbett des Tigris, über allem lag der Verwesungsgestank von Leichen und zahllosen Kadavern der Pferde, Rinder, Schafe und Ziegen. Darüber, wie heiße Flammen, stickige, bitter stinkende Staubwolken. Wer dem entgehen konnte, rettete sich aus der Ebene in die Berge und beteiligte sich an der Plünderung der Bergdörfer. Hunderttausende zogen schwärmenden Heuschrecken gleich durch Dörfer und Kleinstädte, und wo sie durchkamen, hinterließen sie ausgedorrte Orte, in denen es keinen Bissen Brot und keinen Schluck Wasser mehr gab, zertrampelten sie ganze Landstriche, auf denen kein Gras mehr wuchs. Und die Einwohner der Dörfer und Städte, die von diesen menschlichen Heuschreckenschwärmen heimgesucht wurden, bewaffneten sich und stürzten sich auf diese ausgemergelten Horden und machten sie nieder, wo sie konnten. Doch weder Hungertod noch Seuchen, noch Massaker konnten diese Springflut von Menschen eindämmen. Wie entfesseltes Wildwasser schwoll dieses Heer der Nackten, die Tag für Tag mit ihren Totenklagen die Ebenen, die Berge und Schluchten füllten, immer weiter an. Und in ihren Nacken Feuer, Kanonendonner, Fahnenflüchtige und die Angst vor dem Feind. Er war schon weit hinter ihnen geblieben, kaum daß sie den Ufern des Van den Rücken gekehrt hatten, doch das Grauen vor der Feuersbrunst des Krieges, der mit all seinen Schrecken anhielt, peitschte sie von Stadt zu Stadt vor sich her. Der Krieg war allgegenwärtig in dieser Gegend. Ein erbarmungsloser Krieg zwischen Fahnenflüchtigen und Vertriebenen, zwischen den auf ihrem Fluchtweg alles verheerenden Flüchtlingen und den sich wehrenden Einheimischen. Und die Ausgeplünderten schlossen sich den Vertriebenen an, fielen nun ihrerseits in Dörfer und Städte ein, nahmen die heimgesuchten Dörfler und Städter in ihre Reihen auf und wälzten sich in immer größeren Scharen von der Ebene Diyarbakirs in das Ödland von Mardin, von dort nach Urfa und weiter in die Ebene von Haran. Immer mehr Leichen versperrten die Landstraßen, aber der Strom der hungrigen Flüchtlinge wuchs unaufhörlich. Sie hatten sich an die Toten und an den Leichengestank, der jedesmal wie ein Keulenschlag auf sie niederfuhr, so gewöhnt wie an die blutbesudelten Flügel, Krallen und Fänge der Raubvögel und Geier, die auf die Leichen niedergingen und sie zerfetzten. Und die Aasvögel und Greife flüchteten nicht mehr vor diesen erschöpften, halbtoten Menschen. Greife, Geier und Tote, Geier, Greife und Menschen glitten in einem riesigen Strom dahin. Und hinter ihnen her kamen Marodeure, Gewehrfeuer und Kanonendonner. So irrten sie in panischer Angst, zerlumpt und hungernd durch den weiten Südosten Mesopotamiens. Um ein bißchen Wasser wanderten sie oft einen ganzen Tag, wobei viele Kranke zusammenbrachen, sich nicht mehr aufrappeln konnten. Und trafen sie niemanden, auf den sie sich stürzen konnten, kämpften diese Massen ohne Obdach und Herd gegeneinander. Nahmen sie Witterung von Eßbarem, walzten sie alles nieder, und zogen sie ab, hinterließen sie nichts als verbrannte Erde. Waren beim Verlassen eines Ortes ihre Haufen oft auf die Hälfte geschrumpft, füllten neue Flüchtlingsströme die Lücken bald wieder.

Wie sie aus diesem Teufelskreis, diesem Wirbelsturm ausgebrochen waren und sich in die Gavurberge retten konnten, an dieses Wunder kann sich Ismail Aga nicht mehr erinnern. Als sie eines schönen Tages frühmorgens die Augen öffneten, fanden sie sich an einer Quelle unter Tannen in felsigem Gelände wieder. Damals waren seit ihrer Flucht aus der Heimat bereits eineinhalb Jahre vergangen. Schon bei Bitlis hatten sie sich vom Bey und von den anderen getrennt. Ismail Agas jüngerer Bruder war unterwegs gestorben. Mit Klageliedern und bitteren Schreien begruben sie ihn südlich von Mardin, ließen sie diesen stattlichen Mann mit den Augen einer Gazelle unter einem kleinen Erdhügel bei einer Quelle im weiten Flachland zurück. Auch der Vater von Zero, der Frau Ismail Agas, war gestorben, wie auch die Eltern, Geschwister und Nachbarn von Hüseyin Bey. Sie alle fanden ihren letzten Schlaf in der Ebene von Diyarbakir unter gelben Dornenbüschen am Fuße eines pechschwarzen, wie Waben durchlöcherten Felsens.

»In dieser Gegend muß ein Dorf sein«, sagte Ismail Aga.

Sein Bruder Hasan war schon immer ein unwirscher Bursche.

»Mann, Aga, wo soll in diesen öden Bergen wohl ein Dorf sein?« entgegnete er.

»Sieh dir doch diese gesegnete Erde an, Hasan. Dieses Gras, diese Blumen, diese hoch aufgeschossenen Tannen, dieses Licht, diese Sonne.«

»Und wenn es auch ein Dorf gäbe, wir haben kein Geld, und wir können schließlich auch nicht plündern.«

Ismail Aga wendete den Kopf und sah seine Frau an. Sie war erst siebzehn Jahre alt, hatte hellbraune Augen und lockiges Haar, das in der Sonne grünlich schimmerte. Sie war eine hochgewachsene, gertenschlanke Frau. Unbeirrbar, trotzig und von kämpferischer Natur, hatte sie ein Jahr lang in diesem durch die Mesopotamischen Ebenen getriebenen Menschenstrom mehr für die Kranken der Sippe gesorgt als Ismail Aga, hatte irgendwie auch immer Eßbares aufgetrieben und die Hungrigen gefüttert, während des Agas Sorge eigentlich nur der Mutter auf seinem Rücken gegolten hatte.

Zero wußte, was zu tun war. Sie ging zu ihm, schnallte ihren goldenen Gürtel von der Hüfte und legte ihn ihrem Mann zu Füßen. Ismail Aga hatte den Kopf gesenkt und starrte wie versteinert auf den Gurt.

»Ich glaube nicht, daß es in dieser Gegend ein Dorf oder eine Ortschaft gibt. Hier ist ja nicht einmal ein Pfad. Wie sind wir eigentlich hergekommen?« unterbrach Hasan die Stille.

»Mir war, als habe es da unten am Waldrand einen Weg gegeben, der unterhalb dieses Felsens in das Tal führt. Ich glaube, wir sind auf diesem Weg hergekommen.«

»Ich habe weder Weg noch Pfad gesehen«, beharrte Hasan.

Ismail Aga gab ihm keine Antwort, nahm beim Aufstehen den Gürtel, musterte ihn, lächelte und sah Zero liebevoll an. Als auch Zero lächelte, drehte Ismail Aga gequält den Kopf zur Seite.

»Gott gebe dir Gesundheit, Aga!« sagte Zero. »Wir kaufen wieder einen. Ein goldener Gürtel läßt sich schließlich nicht essen oder trinken ...«

»Läßt sich nicht essen«, wiederholte Ismail Aga und verzog die Lippen zu einem bitteren Lächeln. »Ich geh hinunter, ein Dorf oder eine Ortschaft finden«, sagte er dann und machte sich auf den Weg. »Bleib du hier, Hasan ... Wenn ich einen Ort entdecke, werde ich etwas zu essen, vielleicht noch ein Pferd kaufen und zurückkommen.« Denn ihr Packpferd war am Vortag zusammengebrochen und krepiert, kaum daß sie den Waldrand erreicht hatten.

Er war noch nicht außer Sicht, als sich seine Mutter in ihrem Lager unter einer Tanne aufrichtete und nach ihm rief.

Ismail Aga kehrte sofort um. »Nun, Mutter?«

»Solltest du einen Ort finden, miete dort ein Haus, ein sauberes, und bring mich dort unter, hörst du. Ich möchte unter einem Dach sterben, nicht wie ein Köter im Freien ... Und begrabt mich auf einem Dorffriedhof, auf einem großen Friedhof. Und einen Grabstein will ich haben, einen Grabstein mit Inschrift.«

»Wie du befiehlst, Mutter«, sagte Ismail Aga. »Wir werden ja nicht immer so herumziehen. Es heißt, der Feind sei nicht mehr hinter uns her, der Krieg sei zu Ende. Wir werden schon ein Dorf, ein Städtchen und ein Haus suchen, wo wir in Ruhe leben können, wie du es wünschst, wird es getan ...«

»Und besorge mir ein schneeweißes, nach Seife duftendes Leichentuch!«

»Wie du befiehlst, Mutter.«

»Dann geh mit Gott!«

»Wie du befiehlst, Mutter.«

Bis er zwischen den Felsen verschwunden war, blickte er immer wieder zurück. Er folgte dem Lauf des Quellwassers, dachte sich, daß es ihn schon irgendwo hinführen werde. Und kurz darauf gelangte er wirklich an einen Landweg, der ein Tal in zwei Hälften teilte. Dort mündete das Rinnsal in einen Bach, und über den Bach wölbte sich eine uralte, aber festgefügte steinerne Bogenbrücke. Ihre lichte Weite maß wohl hundertundfünfzig Schritt, und der Bogen spannte sich wie ein breit ausladender Halbkreis über beide Ufer des Baches hinaus. Das Fundament und ihre beiden Pfeiler waren aus weißen und schwarzen Quadern gemauert. Als Ismail Aga die Brücke überquerte, lehnte er sich über die Brüstung und schaute hinunter.

Das Rauschen des Wildbaches, der in der Tiefe schäumend zwischen großen Felsblöcken dahinströmte, hallte von den Berghängen wider. Eine unbändige Freude erfaßte Ismail Aga, während er den eilenden Wassern nachblickte. Der Bach floß sehr schnell zwischen Platanen, Tannen, blühendem Oleander, Minze und Majoran, verschwand hinter einem Fels oder einer Baumgruppe und schoß plätschernd wie ein Wasserfall hinter Steinbrocken wieder hervor. Manchmal glitt er grün schimmernd über dunklem, unsichtbarem Grund, dann huschte er nur knöcheltief über helle Kiesel hinweg.

Auf dieser Brücke sollte ich haltmachen und abwarten, überlegte Ismail Aga. Bestimmt kommt in Kürze irgendwer hier vorbei! Doch dann schreckte ihn der Gedanke, daß es darüber auch Abend werden könnte ... Ginge er aber auf gut Glück weiter, würde er schon irgendwann auf ein Dorf stoßen. Doch zu wem sollte er gehen, und was sollte er sagen? Immerhin, er wußte aus Erfahrung, daß Weggefährten schließlich zu Freunden wurden, zu Kameraden, auf die man sich im allgemeinen verlassen konnte. Und nachdem er einem Begleiter ein bißchen auf den Zahn gefühlt hatte, könnte er ihn ja fragen, wer für den Kauf des Gürtels in Frage käme. Er hatte das gute Stück unterm Hemd ganz fest um seinen Körper geschnallt und darüber die kostbare Leibbinde aus Lahore geschlungen, so daß jemand nur über seine Leiche an den Gurt herankonnte. Seine Hand ging zu seinem Revolver, einem Nagant, der wie immer mit einer bis an den Rand gefüllten, goldverzierten Patronentasche an seiner Hüfte hing. In diesen Bergen verkaufen wir unser süßes Leben so teuer wie möglich, schmunzelte Ismail in sich hinein ... Über die Brüstung gebeugt, hatte er seine Augen auf das Wasser geheftet, und während er dem rauschenden Lauf des Baches lauschte, sah er plötzlich den toten Hüseyin Bey vor sich, wie er, den Rücken an die Felswand gelehnt, auf der vorspringenden Steinplatte saß. Und wenn sie ins Dorf heimkehrten, würden sie ihn, seine starren Augen auf den See gerichtet, so wiederfinden, wie er ihn dort hingesetzt hatte, genau so ... Diesen Gürtel zu verkaufen, verletzte Ismails Stolz! In ihrer Not hatten sie unterwegs so vieles verkauft: den mit Rubinen eingelegten georgischen Goldschmuck seiner Mutter, Zeros Knöchelreife, seine vom Vater geerbte Uhr mit der Goldkette und was sie sonst noch Wertvolles von zu Hause mitgenommen hatten; nur diesen einmaligen goldenen Gürtel mit den eingravierten Verzierungen, ihn zu opfern, hatten alle abgelehnt. Er war schließlich ein Hochzeitsgeschenk von Zeros Bruder, dem Räuber. Eines Abends, die Pauken wurden schon geschlagen und die bereits reihum zum Reigen eingehängten jungen Burschen und Mädchen wiegten sich sanft wie ein ruhig dahingleitender Strom, da zügelte Mahiro der Räuber mit wohl fünfzehn Reitern im Gefolge vor den Tanzenden sein Pferd. Die Sättel der Männer waren silberbeschlagen, die Schäfte der Gewehre mit Perlmutt eingelegt, und das Fell ihrer rotbraunen Pferde glänzte. Mahiro, ein schwarzgelockter Bursche von knapp zwanzig Jahren, mit schmalem Schnurrbart und gebogener Adlernase, saß kerzengerade im Sattel. Er trug einen gestreiften, dunkelblauen Umhang, darüber mehrere über Kreuz geschnallte Patronengurte. Trense und Zaumzeug seines Pferdes waren schaumbedeckt, schnaubend blähte es die Nüstern, scharrte mit den Hufen, war kaum zu bändigen.

»Ist meine Schwester drinnen?« fragte er schüchtern mit gesenktem Blick.

Einige Männer liefen hinzu, griffen in die Zügel, um das Pferd ruhig zu halten.

»Ich danke euch, aber wir sind in Eile«, sagte er, »wo ist meine Schwester?«

»Sie ist drinnen«, antworteten die Männer und eilten ins Haus. Kurz darauf kam Zero im Laufschritt heraus und umarmte ihren Bruder, der sich zu ihr hinuntergebeugt hatte. »Willkommen, Bruderherz«, rief sie. »Ich wußte, du würdest kommen, Bruder, und müßtest du deinen Kopf unterm Arm hertragen, mein einziger Bruder, mein Recke, mein Räuber!«

Mahiro befreite sich aus ihrer Umarmung. Seine Augen füllten sich mit Tränen. Zero weinte. Stumm verharrten die Hochzeitsgäste im Rund. Mahiro griff hinter sich, zog aus dem Mantelsack den in Seide gehüllten Gürtel hervor, reichte ihn seiner Schwester, beugte sich aus dem Sattel zu ihr herunter, küßte sie noch einmal, riß dann mit gestrafften Zügeln den Kopf des Pferdes herum und preschte mit seinen Reitern im Gefolge in gestrecktem Galopp den öden Hängen der violetten Berge zu. Seit jenem Tag blieben sie von ihm ohne Nachricht. Es hieß, er sei umgekommen, manche meinten, er sei in den Iran hinüber, andere, nach Arabien, andere erzählten sogar, er habe den Ararat zu seinem Standort gemacht und erhebe Wegzoll von jedem, der die Gegend dort bereise. So jagte ein Gerücht das andere, bis der Krieg begann und sie das Dorf verließen. Seitdem haben sie nichts mehr von Mahiro gehört.

Vielleicht kommt er ja eines Tages, gertenschlank wie ein aufgeschossener Schößling, auf seinem Rotfuchs wieder angeritten!

Als Ismail Aga den Gürtel erblickte, hatte er sofort erkannt, wie wertvoll dieser war. Wer weiß, welcher armenische, kurdische, tscherkessische, persische oder türkische Bey das Schmuckstück für eine heißgeliebte, unerreichbare Schöne von einem armenischen Meister der Meister in mühevoller Sorgfalt hatte arbeiten lassen, und wer weiß, wie dieser unbezahlbare Gurt in Mahiros Hände gefallen war?

Und nun würde er diesen Gürtel weggeben, welcher Geliebten schmale Taille würde er demnächst schmücken, dachte Ismail Aga, und während er das wild strömende Wasser betrachtete, sah er voller Freude einen Reiter des Weges kommen. Das scheint ein gutes Zeichen zu sein, frohlockte er, ein Glücksfall!

»Selamünaleykum, mein Freund!« begrüßte ihn der Reiter, stieg sofort vom Pferd, und Ismail erwiderte seinen Gruß.

»Bin müde vom Ritt«, sagte der Fremde, das Pferd locker am Zügel, »ruhen wir uns unter dem Baum dort doch ein bißchen aus!« Der Mann schien gern zu lachen, seine Goldzähne blitzten. »Worauf wartest du denn auf dieser Brücke?«

Auch Ismail Aga lachte; dieser gutgelaunte Mann hatte ihn fröhlich gestimmt. »Auf zwanzig Silberlinge vom Zahlenden, auf vierzig von Zögernden!« antwortete er, und nun lachten beide.

Unterm Baum angekommen, band der Reiter sein Pferd an

einen nahen Busch, hängte dem Tier einen Futterbeutel um, ging in den Schatten und setzte sich, mit dem Rücken an den Baumstamm gelehnt, nieder. »Hock dich doch zu mir«, sagte er. »Da hast du dir ja einen schönen Beruf gewählt, Bruder, aber du solltest von denen, die über die Brücke gehen, einen Silberling kassieren und tausend von denen, die nicht kommen!«

»Ja, da muß ein Fehler in meiner Rechnung sein«, entgegnete Ismail Aga, »ein Brückenwärter hat's nicht leicht, fürwahr!«

»Verrate mir deinen Namen«, bat der Reiter, »woher kommst du, wohin willst du?«

Ismail Aga nannte ihm seinen Namen und schilderte ihm kurz, was ihn hergeführt hatte.

»Und ich heiße Niyazi«, sagte der andere, »und bin Tabakschmuggler.«

»Hört sich gut an, ein schwerer Beruf, nicht jedes Beherzten Ding!«

»Der Revolver in meinem Gürtel ist ein Nagant, eine Parabellum benutze ich nicht.«

»Auch gut«, sagte Ismail Aga.

»Und die Flinte dort im Sattelhalfter ist eine deutsche, und dazu dreihundertunddreißig Patronen. Wenn es sein muß, nehme ich es mit einem Regiment auf. Habe sogar gegen eins gekämpft ... Und außerdem bin ich fahnenflüchtig. Gut getan?«

»Hört sich gut an«, antwortete Ismail Aga.

»Soviel Männer es in unserem Dorf gab, so viele gingen zu den Soldaten, nur ich nicht. Keiner von ihnen kam zurück. In Sarikamiş sollen sie die Läuse gefressen haben, heißt es. Die Männer eines ganzen Dorfes von vielleicht dreihundert Häusern, und alle Frauen sind jetzt Witwen. Außer mir gibt es keinen Mann im Dorf. Wenn du willst, bringe ich dich dorthin, du bist ein kräftiger Mann, sieh dich doch an, bei Gott, ein Tannenklotz von Kerl. Komm mit mir ins Dorf, und ich gebe dir fünf verwitwete Weibsleute, wenn's dir nicht reicht, zehn, zwanzig, dreißig, fünfzig oder auch sechzig. Nach so langer Zeit zerren die Witwen ja schon am Zaumzeug, wenn sie von einem Mann nur hören!«

»Wenn du so weitermachst, werden die Witwen des Dorfes ja nicht einmal für dich reichen.«

»Stimmt«, lachte Niyazi selbstzufrieden. »Wie gut, daß ich mich vor dem Militär gedrückt habe, Mann o Mann, sonst hätten mich bei Sarikamiş auch die Läuse gefressen, wie gut, daß ich mich verdrückt habe! Und wenn du mich fragst, warum, darüber habe ich lange nachgedacht, mein Freund, der Mensch muß nun mal nachdenken, dafür hat Gott ihm einen Kopf gegeben. Ich überlegte, mein Freund, meine sechs Onkel wurden eingezogen und kehrten nicht zurück, mein Großvater fiel im Jemen, mein Vater, dessen Bruder, drei meiner Brüder, meine Vettern, wer auch hinauszog, kam nicht mehr heim. Nun, bin ich denn ein Esel, fragte ich mich, nachdem ich alle Männer des Dorfes so zusammengezählt hatte. Nun gut, fürs Vaterland, aber gehört dieses Vaterland denn uns? Die Herren dieses Vaterlandes sind unser Efendi, der Padischah, und Haşmet Bey der Kurde. Sollen doch diesmal sie losziehen, dies Vaterland gehört ja ihnen. Warum sollen wir Barfüßler denn hingehen und für ihr Vaterland sterben, nicht wahr? Hast du gedient?«

»Nein.«

»Hör dir diese Frage an, wo bleibt nur mein Verstand? Wärst du zu den Soldaten gegangen, könntest du hier ja nicht sitzen. Die Läuse hätten dich längst gefressen, die Schmelzwasser deine Knochen in eine Schlucht geschwemmt. Da, nimm, dreh dir eine Zigarette, wenn du nicht rauchst, habe ich Pech gehabt!«

Er reichte ihm seine gravierte Tabakdose und sein Dochtfeuerzeug. »Dreh dir eine«, wiederholte er, »dies ganze Gebiet von Antep, die Erde von Maraş und sogar die Gegend von Adana haben so einen Tabak noch nie zu Gesicht bekommen. Von hier bis Aleppo und Damaskus liefere ich allen Beys ihren Tabak. Auch Haşmet Bey bekommt seinen Tabak von mir, und Haşmet Bey schickt davon einen Teil an den Oberbefehlshaber des Heeres, Enver Pascha, in Istanbul. Ja, auch Enver Pascha raucht diesen Tabak. Drum rauche, Sohn eines Kurden, rauche von Enver Paschas Tabak! Vielleicht bist du ja auch ein Bey, und ich habe keine Ahnung. Ich habe noch nie einen Kurden gesehen, der wie du gekleidet ist. Du trägst auch eine goldene Uhrkette, und dein Umhang ist golddurchwirkt. Die armen Kurden tragen ärmellose Jacken aus Ziegenleder, die reichen haben Mäntel aus Kalbfell. Du siehst wie ein anderer Kurde aus.«

Ismail Aga drehte sich eine Zigarette und zündete sie mit dem Feuerzeug an. Dann nahm er mit geschlossenen Augen einige tiefe Züge. »Reiner Tabak«, sagte er, als er den Rauch ausstieß.

»Blonde Jungfrau«, belehrte ihn Niyazi, »Faden für Faden, sieh her!« Er nahm eine Prise und hielt sie hoch. Goldgelb hingen die Fäden bis in die Tabakdose. »Den bringe ich Haşmet Bey. Er ist der Bey aller Kurden in dieser Gegend um Adana, Maraş und Antep. Sein Sohn ist der einzige hier, der aus dem Krieg zurückgekehrt ist. Er kämpfte in den Dardanellen. Ein Arm wurde ihm abgerissen, doch wenn er dafür sein Leben behält, soll er doch ruhig einen Arm verlieren. Als er vom Felde heimkehrte, war Haşmet Bey verrückt vor Freude. Weil er lange Jahre kinderlos geblieben war, soll er seinerzeit geschworen haben, einen Sohn, falls er ihn bekäme, nicht vom Militärdienst freizukaufen. Sieh, Bruder, nicht weit von hier hat er einen Palast, groß wie ein Land, riesig wie dieses Vaterland. Und da läßt er seinen Sohn in den Krieg ziehen, nur weil er einen Schwur geleistet hat, und dieser Sohn kommt auch noch zurück, während unsere Dummköpfe dagegen in den Dardanellen vom Meer verschluckt und in Sarikamiş von Läusen gefressen werden ...«

Einmal in Fahrt, redete Niyazi in einem fort. Von Adana und Antep, von Maraş und den Gavurbergen, von Bilal Bey und den Beys der Turkmenen, von Haşmet Bey, den Kurden der Sippe Lek und der aussterbenden Sippe der Kozanoğlu. Und Haşmet Bey habe seinen Sohn mit der Tochter des Beys von Pazarcik verlobt und dränge auf eine baldige Hochzeit. Mit seinem Brautgeschenk an die Beys von Pazarcik hätte man ein Maultier voll beladen können! Und nun suche er noch einen einmaligen Schmuck für die Braut, habe deswegen seine Reiter zu den Juwelieren in Adana, Antep und Maraş geschickt, sogar mit der Eisenbahn sollen seine Männer zu den Goldschmieden in Istanbul unterwegs sein. Das alles erzählte Niyazi, ohne abzusetzen oder zu ermüden, wie in einem Atemzug.

»Einen einmaligen Schmuck?« Ismail Agas Augen leuchteten.

»Einen einmaligen Schmuck«, wiederholte der andere, »und Haşmet Bey wird die Hochzeit nicht ausrichten, bevor dieser in der ganzen Welt einmalige Schmuck gefunden ist.«

»So viel Geld hat Haşmet Bey?«

»So viel«, antwortete Niyazi. »Soviel, daß ein Zimmer im Palast bis an die Decke mit Krügen voller Gold gefüllt ist.«

»Woher hat er soviel Gold?«

Niyazi war so überrascht, daß er seine Zigarettenspitze aus Bernstein vor seinen Lippen hielt und nicht weiterrauchte. »Oho, mein Bruder Ismail, du weißt aber auch gar nichts. Haşmet Bey hat doch diesen Palast ...«

»Du sprachst davon«, nickte Ismail Aga.

»Nun, um diesen Palast hochzuziehen, brauchten genau einundsechzig armenische Meister und zehntausend Steinmetzen sieben lange Jahre. Und in weiser Voraussicht hatte Haşmet Bey, für den Fall, daß der Palast zerstört würde, an allen vier Ecken für seine Nachkommen je einen goldgefüllten Krug ins Fundament einmauern lassen. Verstehst du, was ich meine?«

»Ich verstehe.«

»So sind sie hier in Maraş, Antep und den Gavurbergen, die Beys; Adler mit beutegierigen Augen.«

»Und reich«, ergänzte Ismail Aga.

»Was denkst du denn. Jeder von ihnen schwimmt im Gold. In Adana lebt einer, Memet Aga der Närrische! Er hat sich einen Pflug schmieden lassen – aus purem Gold. Pflügen kann man damit ja nicht. Damit wollte er nur zeigen, daß er all seine Pflugscharen aus Gold gießen lassen könne. Er hat sich also diesen Pflug schmieden und auf dem Platz vor der Großen Moschee aufhängen lassen. Gibt es bei euch auch solche Beys?«

Ismail überlegte eine Weile. »Die gibt es schon, aber nicht so in aller Munde.«

»Kann es auch nicht geben«, rief Niyazi. »Hier sind wir eben im Land von Antep, Maraş und Adana, und im Land der Gavurberge, und auch der Çukurova, einer Ebene, wo du ein Samenkorn in die Erde steckst und nach drei, vier Monaten hundert Körner erntest. Diese Ländereien, die sieben Sultanaten reichten, gehören allesamt den Beys und die meisten davon Haşmet Bey. Er wohnt in der Gegend von Anavarza, will sich zum Padischah ausrufen lassen ...«

»Ein Gerücht.«

»Ein Gerücht«, wiederholte Niyazi, »Haşmet Bey soll schon immer mit diesem Gedanken gespielt haben ...«

Plötzlich hob Ismail Aga den Kopf, sah seinem Gegenüber prüfend in die Augen, als wolle er sich über etwas Klarheit verschaffen. Darauf war Niyazi nicht gefaßt, er stutzte, wurde unsicher.

»Ich werde dich etwas fragen, Niyazi.«

»Warte, warte«, stotterte Niyazi, »zuerst will ich dich etwas fragen: Bist du einer von ihnen?«

»Nein!« antwortete Ismail Aga. »Stimmt es, daß du auf dem Wege zu Haşmet Bey bist, und daß er seinen Sohn verheiraten will?«

»Es stimmt, es stimmt«, rief Niyazi erleichtert.

»Dann los, gehen wir doch zu ihm, los, steh auf«, schlug Ismail Aga ihm mit Nachdruck vor.

»Also los!« Niyazi sprang auf, ging zu seinem Pferd, ergriff die Zügel und wartete. Als Ismail Aga bei ihm war, hielt Niyazi ihm die Steigbügel, sagte: »Steig auf, mein Bruder Ismail Bey!« und sah ihn mit eigenartiger Neugier an.

»Dein Pferd reitest du!« befahl Ismail Aga diesmal ohne Umschweife.

»Zu Befehl!« rief Niyazi und sprang in den Sattel. Vorweg Ismail Aga, dicht hinter ihm Niyazi, so machten sie sich auf den Weg und überquerten die Brücke. Niyazi redete nicht mehr. Die Augen auf Ismail Agas breite Schultern geheftet, hing er seinen Gedanken nach. Sollte dieser Kurde ihn zum Narren gehalten haben und gar nicht aus Van, sondern aus dieser Gegend stammen und obendrein ein Verwandter Haşmet Beys, vielleicht sogar dessen Bruder sein ... Sieh dir doch seine Kleidung an. Sieht er denn wie einer aus, der vor dem Feind geflohen und eineinhalb

Jahre lang hungrig und durstig durch die Haran-Ebene gezogen ist? Wenn Haşmet Bey diesen Ismail jetzt in die Arme schließen und von ihm hören wird, daß er außer dem Raum voller Gold noch an vier Ecken seines Palastes vier Krüge voller Goldstücke im Fundament habe, und dieser Haşmet mit dem irren Blick und dem mächtigen, gezwirbelten Schnurrbart ihn zu sich rufen und sagen wird: O du Zungendrescher Niyazi, du Schmuggler der Schmuggler, so gehst du also mit unserem Ruf über Stock und Stein hausieren, seit wann bist du denn fahnenflüchtig, ich habe dich aus der Hand des Hauptmanns befreit, weil du mir immer guten Tabak besorgt hast, wegen dieses Tabaks habe ich dein Leben gerettet ... Mensch, Niyazi, wäre es dann nicht besser, die Erde täte sich auf, und du versänkest in Grund und Boden? Ob dieser großgewachsene Mann ihn aus dem Sattel schösse, wenn er jetzt das Pferd herumrisse und ihm die Sporen gäbe? Und wenn er jetzt seinen Revolver zöge, auf den Kopf dieses Mannes zielte und abdrückte? Handelte es sich aber wirklich um einen Verwandten Haşmet Beys, würde der ihn dann nicht in Stücke reißen und Stück für Stück seinen Hunden vorwerfen?

»Wie einen Turban hast du dir das Unglück um den Kopf gewickelt«, murmelte er. »Mensch, Niyazi, wer weiß, welches Unheil du durch deine Redewut, dein loses Mundwerk, deine Anbiederei und Prahlsucht noch auf dich ziehen wirst ... Verdammt, Schwätzer Niyazi, verdammt!« Und so mit sich hadernd, näherten sie sich Haşmet Beys Herrenhaus.

Ismail Aga blieb stehen und betrachtete von weitem das Gebäude. »Wirklich ein prächtiger Palast«, rief er aus und schaute Niyazi ins Gesicht, der sehr blaß war und dessen Lippen zitterten. »Was ist mit dir, Niyazi Efendi?«

»Ach, nichts«, antwortete dieser verstört.

»Ob der Bey zu Hause ist?«

»Aber ja, er wartet auf mich, vielmehr auf seinen Tabak.«

»Das ist gut«, sagte Ismail Aga, »das ist gut.«

Sie gingen den Hang hinunter ins Tal. Je dichter sie an das Landhaus herankamen, desto deutlicher wurde die Größe und Pracht des Konaks mit seinen behauenen Steinen und dem

Schnitzwerk seiner Türen und Fenster. Sie hielten auf den Vorhof zu. Rechts und links vom Hoftor standen zwei aus schwarzem Granit gemeißelte, gleichartige, mannshohe Löwen mit weit aufgerissenem Rachen, hervorquellenden Augen und riesigen Fängen ... Sie stammten aus einem antiken Bauwerk in Maraş, von wo man sie hergeschleppt hatte. Beide hatten eine Tatze vorgestreckt, die Krallen entblößt, als seien sie jederzeit bereit, ihr Opfer zu zerfleischen. Jeden, auch Niyazi, ergriff leichtes Grauen, wenn er durch dieses Tor in den Hof ging.

Haşmet Bey stand auf der weitläufigen Galerie des Konaks und hängte sich über das aus Nußbaum geschnitzte Geländer, kaum daß er die beiden durchs Tor kommen sah. »Komm sofort herauf zu mir!« schrie er. »Wo strolchst du nur herum, Kerl, ohne meine Zigaretten bin ich fast gestorben. Du weißt doch, daß ich keinen anderen Tabak rauche. Seit gestern hat keine Zigarette meine Lippen berührt.«

Niyazi warf die Zügel über den Hals des Pferdes, ergriff den prall mit Tabak gefüllten Mantelsack und eilte die Treppen hoch. »Bitte, mein Bey«, keuchte er. »Verzeih mir, aber ich habe unterwegs jemanden getroffen, er steht da unten, ein hochgewachsener, stämmiger Mann, der mich aufgehalten hat und unbedingt zu dir wollte. Er ist ein Bey wie du, ein kurdischer Bey. Die Beys der Kurden sind ja großzügig und stattlich ... Dieser Bey ist deinesgleichen, er spricht auch wie du, herzlich und mit schöner Stimme. Er sagte, tu mit mir, was du willst, bringe mich meinetwegen um, aber führe mich zu unserem Bey. War es von mir nicht gutgetan, ihn herzubringen?«

Haşmet Bey hörte gar nicht zu, er hatte eines der blauen Päckchen aufgerissen und drehte sich in Windeseile eine Zigarette. Erst nachdem er sie angezündet und zwei tiefe Züge genommen hatte, wandte er sich wieder Niyazi zu: »Was sagtest du eben, Niyazi, worum geht es?«

Aus der Fassung geraten, begann Niyazi von neuem: »Da unten wartet ein kurdischer Bey, er soll Ihr Verwandter sein und bat mich: Bring mich zu deinem Bey, und da habe ich ihn hergebracht. Und wenn die Beys auch nicht verwandt sind, weiß ich, daß Beys die Beys mögen. Aus diesem Grund hab ich ihn hergebracht. Beys sind ja miteinander verwandt, meine ich. Und dieser hier soll in Van eine eigene Burg haben. Er hat es mir nicht selbst gesagt, aber ich habe es aus Gesprächen in den hier aufgeschlagenen kurdischen Zelten herausgehört, denn er selbst spricht nicht viel, macht den Mund nicht auf. Du weißt ja, Beys reden wenig. Und ich habe ihn hergebracht. Da ist er, dort unten steht er ...«

Plötzlich brüllte Haşmet Bey, daß Niyazi vor Schreck zur Seite sprang: »Soll das heißen, unser Gast steht noch immer da unten, Niyazi? Geh hinunter und bring ihn herauf!«

Niyazi lief los. Im Hof und außerhalb der Mauer gingen bewaffnete Männer mit Feldstechern auf und ab. »Komm schnell mit, du hättest beinah meinen Tod verursacht. Der Bey schäumt vor Wut, hat mich angeschrien: Wie kannst du meinen Besuch wie eine Waise vor der Tür warten lassen. Du hast es ja selbst gehört. Los, gehen wir!«

Gelassen stieg Ismail Aga ganz langsam die Treppe hoch; währenddessen flüsterte Niyazi ihm ins Ohr: »Um Gottes willen, Bey, sag dem Bey nichts von der Hochzeit seines Sohnes, darüber regt sich der Bey immer mächtig auf.«

Haşmet Bey begrüßte Ismail Aga am Treppenabsatz auf kurdisch, und Ismail Aga erwiderte den Gruß. Daß der Bey ihn kurdisch ansprach, gab ihm Selbstvertrauen.

»Hab ich's nicht gesagt, ich wußte es doch, am Ende seid ihr noch miteinander verwandt«, freute sich Niyazi und tänzelte immerfort um die beiden herum.

Haşmet Bey hatte sich bei diesem stattlichen, hochgewachsenen Fremden, der trotz Krieg und Not so sauber und gut gekleidet war, eingehakt und führte ihn wie einen alten Freund in das geräumige Gästezimmer. Den gesamten Fußboden bedeckte ein großer Kelim, bestickt mit märchenhaften, blauen Vogelmustern. Die Wände waren mit blankgehobeltem Nußholz verkleidet, die Wandschränke und Schranktüren mit verschiedenen Rosenmustern und Gazellenfiguren beschnitzt, die Sitzbänke ringsum entlang den Wänden mit orangegrünen Teppichen belegt.

»Nimm bitte Platz, Bey, setz dich hierher!«

An der gegenüberliegenden Wand hing goldgerahmt eine Photographie aus jungen Jahren Haşmet Beys mit gezwirbeltem Schnurrbart.

»Willkommen, Bey, darf ich deinen Namen erfahren!«

Ismail Aga hatte sich mit verschränkten Armen achtungsvoll auf die Kante der Sitzbank gesetzt und nannte seinen Namen.

»Mach es dir bequem, Ismail Bey, betrachte dieses Haus als dein eigenes.«

»Ich danke dir, Bey, aber ein Bey bin ich nicht.«

»Ismail Aga, mach es dir bequem!«

Kurz darauf betrat ein Mann den Raum und nahm Haltung an.

»Bringt Essen, Ismail Aga wird hungrig sein. Bittet auch Niyazi zum Essen herein. Nun, Ismail Aga, woher kommt Ihr und wohin seid Ihr unterwegs?«

Sie sprachen kurdisch, und Ismail Aga erzählte in allen Einzelheiten, was ihnen widerfahren war, erzählte es mit seiner schönen, tiefen Stimme wie eine Sage, und je länger er sprach, desto leidenschaftlicher wurde er, wurde zu einem Barden alter Zeiten, zu einem Abdale Zeyniki, einem Haçike Şorey. Währenddessen wechselte Haşmet Bey in einem fort die Farbe, seine Augen wurden feucht, hin und wieder hob er die geöffneten Hände und rief: »O mein Gott, sieh doch, was Menschenkinder erleben und ertragen müssen!« Plötzlich huschte ein Schatten der Besorgnis über sein Gesicht. »Was meinst du«, fragte er erschrocken, »ob der Feind auch bis hierher kommt?«

»Es heißt, der Krieg sei zu Ende«, antwortete Ismail Aga. »Und er muß zu Ende sein, denn es stoßen keine Fahnenflüchtigen mehr zu uns.«

»Sie haben alle getötet, unser Heer wurde aufgerieben«, sagte Haşmet Bey und wurde ganz traurig. War sein Gesicht eben noch ängstlich besorgt, hatte er sich im nächsten Augenblick wieder gefangen, und er lächelte unter seinem weit gezwirbelten Schnauzer. Der Blick des Beys der Kurden war kindlich, seine großen, traurigen, in der Tiefe leuchtenden und wie geschminkt wirkenden Augen erinnerten an eine Gazelle. Daß er viel erlebt, viel erlitten hatte, war aus jeder seiner Bewegungen zu erkennen. »Neunzigtausend Soldaten, erfroren in Sarikamiş, ist es so, Ismail Aga?« fragte er mehrmals.

»Sie sind erfroren«, antwortete Ismail Aga. »Vielleicht auch mehr. Manche reden von hundertundfünfzigtausend.«

In diesem Augenblick betrat Niyazi das Zimmer und sagte zum ersten Mal auch auf kurdisch: »Neunzig-, hundert-, dreihunderttausend, sie sind erfroren. Gott sei Dank, sie sind erfroren!«

»Warum Gott sei Dank, Niyazi, ist das ein Grund zu frohlocken?« Ismail Aga war über Niyazis Ausbruch verwundert, aber auch verärgert, und er wartete ab, wie Haşmet Bey sich verhalten würde.

»Ihr laßt einen ja nicht ausreden«, beeilte sich Niyazi, »Gott sei Dank, sie sind erfroren und mit ihnen, Gott sei Dank, die Läuse.« Er lachte: »Gott sei Dank, sie sind erfroren, aber damit hat das Osmanische Volk sich wenigstens an den Läusen gerächt, mein Bey. Wer weiß, wieviel Millionen, wieviel Milliarden Läuse neunzigtausend Soldaten hatten. Sind unsere Soldaten erfroren, sind ja die Läuse mit erfroren ...«

»Dieser Enver Pascha ist wahnsinnig«, meinte Haşmet Bey. »In der Partei arbeiteten wir zusammen. Ein wilder, wahnsinniger, dumpfer Mensch. Verantwortungslos. Wir sind verloren ... Auch dieses Gebiet soll in Feindeshand fallen, ich weiß nicht, was aus uns werden soll.«

»Wir werden Läuse züchten«, sagte Niyazi. »Wir werden Läuse züchten und heimlich des Nachts mehrere Handvoll in die Zelte der schlafenden feindlichen Soldaten werfen ... Und am Morgen werden wir erleben, daß die Läuse das feindliche Heer genau so wie das osmanische aufgefressen haben.«

Das Lächeln war aus Haşmet Beys Gesicht gewichen, seine Hände zuckten. Niyazi wußte, daß der Ärger zuerst Haşmet Beys Händen anzumerken war, und er bereute bitter seine derben Witze. Geriet der Bey jetzt in Wut, sah es bestimmt nicht gut für ihn aus. Der Bey würde ihn am Kragen packen und zur Armee zurückschicken, geradewegs nach Sarikamiş, den Läusen zum Fraß.

Aber Gott sei Dank war nicht Niyazi der Anlaß seiner Wut. »Du hast recht, Niyazi«, rief er, »sogar du hast recht, dich über den Osmanen lustig zu machen. Dieser Staat ist in die Hände ungebildeter Emporkömmlinge gefallen, und wir können froh sein, daß uns nicht noch größeres Unheil heimgesucht hat. Und daß auch die Läuse erfroren sind. Und du, Ismail Aga, erzähle bitte weiter!«

Ismail Aga beschrieb lang und breit ihre Flucht entlang des Euphrats, des Tigris, der Ebene von Diyarbakir nach Mesopotamien, das blindwütige Aufeinanderprallen Hunderttausender, die sich gegenseitig die Augen auskratzten, mehr ihresgleichen als Feinde töteten, wie sich die Ebene von Mesopotamien mit menschlichen Leichen und Kadavern von Pferden, Rindern und Schafen füllte und der Gestank der Verwesung unerträglich wurde, wie sie für einen Schluck Wasser tagelang herumirrten, den Feind aber überhaupt nicht zu Gesicht bekamen, hinter Bitlis auch die Kanonen nicht mehr hörten, der Feind ihnen aber immer auf den Fersen geblieben war, und wohin sie auch kamen, das Töten und Getötetwerden mit unverminderter Härte angehalten hatte.

»An den Ufern des Euphrat und des Tigris dauern die Kämpfe mit unverminderter Härte an, das Volk geht sich an die Kehle, und das Töten nimmt kein Ende. Für eine Ziege, einen Bissen Brot, einen Schluck Wasser! Ich begreife noch immer nicht, wie wir davongekommen sind. Rechts von uns Feinde, links von uns Feinde, im Süden, im Norden, im Osten, im Westen, wohin wir uns auch wandten, stießen wir auf sie ... Wir waren von ihnen umzingelt, Bey, und irrten über ein Jahr im Kreis ...«

Ein junger Mann brachte die Eßmatte, faltete sie auseinander und breitete sie auf dem Kelim mit den Vogelmustern aus. Sie war mit schneeweißem, nach Seife duftendem Leinen überzogen. Gerolltes Fladenbrot und Löffel lagen in der Mitte des Tuches.

»Geben Sie mir die Ehre!« sagte der Bey, stand von der Wandbank auf und setzte sich an die Eßmatte auf dem Kelim. Zuerst wurde in verzinnten Kupfernäpfen die mit siedender Butter und Minze bedeckte Yoghurtsuppe mit gesäuerter Teigeinlage gebracht, danach ein mit Fadennudeln durchsetzter Pilaw, gebratenes Huhn und Rehragout. Dazu wurde in kristallenen Gläsern gesäuerte Milch gereicht und anschließend Rahm mit Honig.

Den Kaffee tranken sie auf der Wandbank.

»Und wohin soll es jetzt gehen, Ismail Aga?« fragte der Bey und strich sich über den Schnauzbart.

»Ich weiß es noch nicht«, antwortete Ismail Aga.

»Wie lange reichen die Vorräte der andern dort im Wald?«

»Noch einige Tage.«

»Haben sie Zelte?«

»Ja.«

»Das ist gut«, meinte Haşmet Bey. »Bäte ich euch, hier auf meinem Gut zu bleiben, brächte es nichts, denn ich weiß, der Feind wird auch hierher kommen. Deswegen solltet ihr euch in die Çukurova aufmachen. Dort sind freie Äcker, leere Häuser und verlassene Höfe. Außerdem habe ich dort einen einflußreichen Freund, einen Bey der Turkmenen. Ich werde dich zu ihm schicken.«

Dann erzählte Haşmet Bey ausführlich von den Armeniern, ihrer Vernichtung, dem Krieg und der Flucht der Armenier aus der Çukurova.

»Genauso ist es uns auch ergangen«, sagte Ismail Aga. »Mit Eurer Erlaubnis«, fügte er hinzu, »ich muß mich auf den Weg machen, aber vorher habe ich noch ein Anliegen …« Dann schwieg er.

Haşmet Bey schaute Niyazi kurz an, der sofort begriff und hinausging. Kaum war er verschwunden, griff Haşmet Bey in seinen Gürtel, zog drei Goldstücke hervor und sagte: »Bitte, nimm sie, Ismail Aga!«

»Ich danke dir«, erwiderte Ismail Aga, nahm das Geld aber nicht an. Sie stritten eine Weile, doch der Bey konnte Ismail Aga die Goldstücke nicht aufzwingen.

Vor Anstrengung war Haşmet Bey ganz außer Atem, doch Ismail Aga starrte nur verschämt zu Boden, und ihm war, als kreisten Hunderte dieser blauen Vögel auf dem Kelim kreischend und flügelschlagend um seinen Kopf. Schließlich hob er den

Blick und schaute mit sehr weichem Ausdruck Haşmet Bey an. »Tust du mir einen Gefallen?« fragte er mit heiserer Stimme schüchtern wie ein Kind, das drauf und dran war, die Flucht zu ergreifen.

»Er sei mir Befehl!« antwortete der Bey erwartungsvoll.

Ismail Aga griff an seine Bauchbinde, löste sie, zog sein Hemd aus seiner Pluderhose, schnallte den Gürtel ab und legte ihn vor den Bey hin. Mit großen Augen schaute dieser auf den Gürtel und sagte kein Wort.

»Wenn du mir einen Gefallen tun willst, kaufe mir diesen Gürtel ab.«

»Man nennt mich Haşmet Bey«, entgegnete dieser wieder gefaßt, »mir gehört dieser Konak und diese Ebene mit meinen Rinderherden, meinen Pferderudeln und Wildpferden. Diesseits der Ebene Gündeşli sind Güter und Dörfer mein. Und du meinst, mein Hab und Gut genüge dem Wert dieses goldenen Gürtels ...«

»Gib mir, was du willst«, sagte Ismail Aga lächelnd.

»Verkaufe ihn nicht, diesen Gürtel. Seinen Meister gibt es auf dieser Welt nicht mehr, er ist tot. Weißt du, was das für ein Gürtel ist, Bey?«

»Ich weiß es«, antwortete Ismail Aga, dem sofort aufgefallen war, daß sein Gegenüber ihn jetzt Bey und nicht Aga genannt hatte.

»Verkaufe ihn nicht, ich leihe dir Geld, soviel du willst, aber verkaufe ihn nicht. Nicht einmal Memet Aga der Narr in Adana kann dir das Geld für diesen Gürtel bezahlen.«

»Ich muß ihn verkaufen, Bey«, sagte Ismail Aga bestimmt.

»Weißt du, aus welcher Gegend dieser Gürtel stammt, Ismail Bey?«

»Ich weiß es.«

»Aus dem Kaukasus.«

»Aus dem Kaukasus, aus Georgien«, bestätigte Ismail Aga. »Ich muß ihn verkaufen, früher oder später. Die Vertreibung ... Der Krieg, die Fremde, das ist nicht leicht ...«

»Gut, ich nehme ihn«, sagte Haşmet Bey vorwurfsvoll. »Ich nehme ihn unter einer Bedingung.« Er schwieg, strich sich über den Schnauzbart und überlegte kurz. »Unter einer Bedingung, abgemacht?«

»Welche Bedingung auch immer, abgemacht«, entgegnete Ismail Aga.

»Ich kaufe diesen Gürtel, doch wenn du wieder Geld hast – und ich weiß, daß du eines Tages viel Geld haben wirst, denn du bist ein ehrlicher Mensch mit kindlichem Gemüt –, gibst du es mir zurück und nimmst deinen Gürtel wieder mit, versprochen?«

»Versprochen«, lachte Ismail Aga und streckte ihm die Hand hin.

Haşmet Bey hob den Gürtel auf und lief sofort in den Harem, um ihn seiner Frau und seinen Schwägerinnen zu zeigen: »Seit es diese Welt gibt, hat es keinen zweiten Gürtel wie diesen gegeben, und ich habe sofort gesehen, daß es eine kaukasische Handarbeit ist. Die Arbeit eines kaukasischen Armeniers.«

Seine Frau war die Tochter eines turkmenischen Beys aus der Amik-Ebene und kannte sich damit aus. Als sie den Gürtel betrachtete, umwölkte sich ihr Blick. »Was ist mit dir, Hanum?« fragte Haşmet Bey, dem es nicht entgangen war.

»Mir fehlt nichts«, antwortete sie, »ich wurde beim Anblick des Gürtels nur traurig. Wer weiß, wen er einmal schmückte. Freuen wir uns nicht über die Gegenwart, ohne an die Zukunft zu denken. Wer weiß, wie stolz der Mann war, der dieses Kunstwerk geschaffen, wie glücklich die Frau, die es um ihre Hüfte legte; die Welt gehöre ihnen, meinten sie bestimmt.«

»Wer weiß«, seufzte Haşmet Bey. »Ich wollte ihn ja nicht annehmen, aber ...«

»Der hochgewachsene Gast?«

»Ja, er«, antwortete Haşmet Bey. »Vertriebene. Sie kommen aus Van. Sind vor dem Krieg geflohen. Der Feind hat ihr Land besetzt.«

»Welch ein Unglück«, sagte die Hanum. »Aber wenn der Junge heimkehrt ... Der Gürtel würde gut zur Braut passen.«

»Das ist es, wonach ich jahrelang gesucht habe.«

»Wem hat er gehört, seiner Frau, seiner Mutter?«

»Er hat es mir nicht gesagt. Aber es ist ein sehr altes Stück. Der

Mann muß ein Bey der Kurden sein. Diese Beys sind sehr reich, reich wie Krösus.«

»Dann kaufe«, sagte die Hanum. »So geht es nun einmal zu in dieser Welt mit ihren Höhen und Tiefen. Wenn du nicht kaufst, wird es ein anderer tun.«

»Ich werde ihn kaufen, Hanum«, sagte Haşmet Bey, »ich kann gar nicht anders. Aber wenn ich den rechten Preis bezahlen will, reicht mein Hab und Gut nicht.«

Als Haşmet Bey zurückkam, stand Ismail Aga im Zimmer, und sein Gesicht war kreidebleich, was dem Bey der Kurden sofort auffiel.

»Ich nehme ihn«, sagte er, »ich nehme ihn, auch wenn es Sünde ist, ihn zu verkaufen, doch das hast du zu verantworten. Wann immer du Geld hast, wirst du dein Eigentum zurückkaufen, auch wenn meine Schwiegertochter, meine Tochter oder meine Frau es tragen sollten!«

»Ich werde den Gürtel zurückkaufen, mein Wort darauf!«

»Du sollst auch wissen, daß du so einen Gürtel weder in Indien noch in Persien, noch bei den arabischen Scheichs im Jemen finden würdest, auch nicht im Serail der Osmanen, ist dir das klar?«

»Das ist mir klar.«

Der Bey musterte Ismail Aga, schaute auf den Gürtel, dann wieder auf Ismail Aga, so wanderte sein Blick hin und her.

Da lachte Ismail Aga und sagte: »Nicht doch, Bey, nicht was du denkst. Er gehört meiner Frau.«

»Um Gottes willen, Ismail Bey, um Gottes willen!« entsetzte sich Haşmet Bey. Er legte den Gürtel mit Bedacht auf die Wandbank, und der große, weiße Edelstein in der Schnalle funkelte in allen Farben. Dann verließ der Bey den Raum und kam mit einer bestickten Tasche aus Atlasseide zurück. Er ließ sich mit fröhlicher Gelassenheit, aber auch ein bißchen bekümmert, auf die Wandbank nieder, zog aus der Tasche einen roten Geldbeutel hervor, löste die Schnüre, schüttete Goldstücke in seine linke Hand und begann sie zu zählen. Ismail Aga stand da und schaute mit wachsendem Staunen zu, als habe das, was da vor sich ging, mit ihm gar nichts zu tun.

»Eins, zwei, drei ...« zählte Haşmet Bey gelassen mit geübten Fingern. »Zwanzig, einundzwanzig ...« Als der erste Beutel geleert war, holte er den nächsten hervor, dann den übernächsten. Schließlich lag dort ein Häuflein blinkender Goldstücke. »Bitte, Ismail Bey«, sagte er, »das ist alles, was ich jetzt an Barem habe.«

In diesem Augenblick kam die Hanum herein. »Bey, ich habe auch noch etwas, gib es Ismail Bey dazu«, sagte sie und versuchte, Ismail Aga einen Geldbeutel in die Hand zu drücken. »Bitte, Ismail Bey!«

Als habe sie Feuer berührt, zog Ismail Aga seine Hand zurück, und der bestickte Beutel aus Satin fiel mit einem dumpfen Knall auf den Boden. »Unmöglich«, stieß er mit bebenden Lippen hervor, »es ist mehr als genug.« Er zitterte vor Aufregung.

Haşmet Bey bückte sich und sammelte einige Goldstücke, die aus dem Beutel gerollt waren, wieder ein, ohne seinen Blick von Ismail Aga zu wenden. Auch die Hanum musterte diesen gutaussehenden Mann mit den großen Augen, der da mit hängenden Armen vor ihr stand.

»Gib's auf, Hanum!« sagte Haşmet Bey schließlich, »er wird es nicht nehmen. Drängen wir unseren Gast nicht zu sehr!« Verwundert, als wolle sie sagen: Was für ein eigenartiger Mensch, musterte die Hanum Ismail Aga noch einmal vom Scheitel bis zur Sohle und verließ den Raum.

»Hast du eine Waffe«, fragte Haşmet Bey mit Nachdruck, während er die Goldstücke in den Beutel schob und diesen Ismail Aga reichte.

»Ich bin bewaffnet«, antwortete Ismail Aga, nahm den Satinbeutel, legte ihn beiseite und holte seinen Nagant-Revolver hervor.

»Wie viele seid ihr?«

»Nur noch zu zweit. Als wir die Heimat verließen, waren wir neun Mann.«

»Die Gegend ist voller Wegelagerer«, sagte Haşmet Bey wieder mit hartem Tonfall, »die werden euch ausrauben. Ich gebe dir zwei von meinen Männern mit, du kannst dich auf sie verlassen. Es gibt niemanden in dieser Gegend, der nicht weiß, daß diese beiden, Cemşid und Resul, zu meinen Leuten gehören. Daher wird euch niemand behelligen. Die beiden begleiten euch bis in die Çukurova. Geh du jetzt deine Angehörigen holen, Bey, ihr sollt eine Woche lang hier meine Gäste sein. Dann könnt ihr in die Çukurova aufbrechen und dort das Ende des Krieges abwarten. Ich werde dir auch ein Empfehlungsschreiben mitgeben.«

Haşmet Bey klatschte in die Hände, und der Bursche vor der Tür kam herein. »Rufe Cemşid und Resul!«

Kurz darauf betraten Cemşid und Resul den Raum, zwei ältere, hochgewachsene Männer mit gezwirbeltem Schnurrbart. Sie trugen Waffen, über die Brust geschnallte Patronengurte und nahmen vor Haşmet Bey Haltung an.

»Nehmt euch einige Pferde, und sattelt meins für Ismail Bey!«

»Auf keinen Fall, Haşmet Bey!« rief Ismail Aga, der bisher wie unbeteiligt dagestanden hatte, empört, »und wenn du mir den Kopf abschlägst, werde ich dein Pferd nicht reiten. Kommt nicht in Frage!«

»Dann nehmt den Brandfuchs!«

Cemşid und Resul sagten kein Wort, standen stramm.

»Macht euch sofort auf, ihr werdet mit Ismail Bey zu seinen Angehörigen reiten, sie herführen und im Gästehaus unterbringen, geht!«

»Behalte ihn hier«, bat Ismail Aga und reichte dem Bey den Geldbeutel.

»Nein, nein, das Geld soll bei dir bleiben«, sagte Haşmet Bey und rief seinen Männern hinterher: »Gebt Ismail Bey einen Mantelsack, einen von meinen!«

Sie nahmen eine Abkürzung und erreichten im Galopp die Quelle in wenigen Stunden. Die Mutter, Hasan, Zero und die anderen waren nicht wenig erstaunt, Ismail Aga auf einem unbändigen Pferd und in Begleitung zweier Männer angeritten kommen zu sehen.

Ismail Aga, dessen Kehle vor Aufregung wie zugeschnürt war, hatte seine Selbstbeherrschung bis zu diesem Augenblick, da er seine Mutter erblickte, eisern bewahrt. Doch als er jetzt vom Pferd stieg, konnte er sich nicht mehr halten: »Haşmet Bey«, keuchte er, »ein mächtiger Bey der Kurden, der Padischah dieser Gegend, mit einem Serail nicht weit von hier, er hat uns eingeladen.«

»Und das andere?« fragte die Mutter.

»Das ist auch erledigt«, antwortete Ismail Aga, jetzt wieder gefaßt. Er zeigte auf den Mantelsack: »Voll«, sagte er, »pures Gold. Haşmet Bey hat es mir gegeben.«

Während die Mutter ihre offenen Hände gegen den Himmel hob und betete, fragte sie zwischendurch: »War es denn so viel wert?« Dann griff sie in den Mantelsack, wühlte in den Goldstücken, zog die Hände blitzschnell wieder heraus, streckte sie gegen den Himmel und rief: »Mein Gott, vielen Dank!«

Haşmet Bey ließ es sich nicht nehmen, sie wohl zwanzig Tage in seinem Konak zu bewirten. Am liebsten hätte er sie gar nicht mehr fortgelassen, so sehr hatte er Ismail Aga ins Herz geschlossen. Und er bedauerte, daß Ismail Aga sich's nicht länger bequem machen, sondern so schnell wie möglich in die Çukurova wollte.

Auf kräftigen Pferden machten sie sich eines schönen Tages im Morgengrauen mit ihren Begleitern Cemşid und Resul auf den Weg. Die Mutter saß diesmal hinter Ismail Aga auf der Kruppe des Braunen, den Haşmet Bey dem Aga geschenkt hatte.

Hin und wieder rastend, ritten sie gemächlich über die weit verstreuten Dörfer in die Çukurova hinunter. In Ismails Tasche wohl verwahrt das Empfehlungsschreiben, das Haşmet Bey mit Sorgfalt seinem Sekretär diktiert und mit goldenem Stempel versiegelt hatte. Es war an den mächtigsten Bey der Çukurova gerichtet, der ihnen den Weg ebnen sollte, obwohl sie seiner Hilfe gar nicht mehr bedurften. Auch wenn sie hinterm warmen Ofen nicht hervorkämen, würde Haşmet Beys Gold zehn Jahre lang für ihren Lebensunterhalt in der Çukurova genügen. Ismail Agas Freude hatte alle angesteckt, sie unterhielten sich und scherzten, und seine alte Mutter auf weichem Daunenkissen hinter ihm, die Arme eng um seine Hüfte gelegt, sang zwischendurch ein fröhliches Lied.

Sie erreichten die Quelle des Deutschen, an dieser Stelle verbreiterte sich der Pfad zu einer Landstraße. Cemşid hatte ihnen erzählt, weiter unten läge der schöne Ort Osmaniye mit seinen Weinbergen und Gärten. Unter einer Platane bei der Quelle des Deutschen saßen sie ab. Die Luft war lau, und Ismail Aga gab Cemşid ein Goldstück, damit er bei den Nomaden, die in der Nähe ihre Zelte aufgeschlagen hatten, ein Lamm kaufe. Kurz darauf kam Cemşid mit einem alten Aga der Nomaden zurück, der Ismail Aga das Goldstück reichte.

»Nimm es bitte, Ismail Bey«, sagte der Nomade. »Cemşid gab es mir, doch ihr seid meine Gäste. Haşmet Beys brüderliche Freunde sind auch mir herzlich willkommen. Kommt in mein Zelt!«

»Ich danke dir, Aga, darf ich deinen Namen erfahren!«

»Man nennt mich Taniş der Alte«, sagte der Nomade. Er hatte einen langen, kräftigen Rotbart, trug Weste und rostbraune Pluderhosen, eine breite persische Bauchbinde und ein lila Käppi.

Ismail Aga nahm seine Mutter auf den Rücken und trug sie ins Nomadenzelt. Das Innere dieses mächtigen Siebenmastzeltes glich einem Garten Eden. Die durchgehend perlmuttverzierten Pfeiler, die hohen, ringsum handgemusterten Tuchwände, die mit Teppichen, Kelims, bestickten Atlasdecken und Kissen bedeckten Fußböden gaben dem Menschen das Gefühl, plötzlich in eine ganz andere, in eine ausgewogene Welt voller Geborgenheit versetzt worden zu sein.

Die Zeltbewohner waren freundliche, gesunde, stattliche Menschen. Aus ihrem Verhalten war ersichtlich, daß sie Menschen einer friedlichen Welt waren. Ismail Aga und die Seinen spürten zum ersten Mal, seitdem sie Haşmet Beys Konak verlassen hatten, wieder dieses Glücksgefühl. Taniş der Alte, dieser herzliche Rotbart, wich nicht von ihrer Seite. Vor dem Zelt waren Araberpferde angepflockt, nicht weit von ihnen entfernt schimmerten die metallbeschlagenen Sättel dort hockender Dromedare.

Taniş des Alten Ehefrau setzte ihnen ein schmackhaftes Essen vor: Lammfleisch vom Blech, Yoghurt, gesäuerte Suppe mit Teigeinlage, den so seltenen, köstlichen Rahm aus der frischen Milch einer jungen Kuh, die gerade gekalbt hatte, und schließlich den ersten Honig eines neugegründeten Bienenvolkes, der ganz anders mundete als der alltägliche.

An jenem Tag ließ Taniş der Alte sie nicht weiterziehen. Sie legten sich in einem der sieben abgeteilten Räume zur Nachtruhe nieder und schliefen traumlos in schneeweißen, nach Seife duftenden Lagern. Ismail Agas Bettstatt hatte Taniş der Alte bei sich aufschlagen lassen, und Ismail Aga kann sich nicht erinnern, jemals einen so prächtigen und sauberen Raum gesehen zu haben. Sie lagen in Federbetten, und eine große, duftende Kerze aus Bienenwachs brannte die ganze Nacht. Das Lager bestand aus etwa hundert Zelten, in deren Mitte Taniş des Alten Großraumzelt emporragte. Den Eingang bewachten bewaffnete Männer mit riesigen weißen und sandfarbenen Hirtenhunden. Taniş der Alte und Ismail unterhielten sich, ohne zu schlafen, bis in den frühen Morgen.

»Wir sind am Ende«, seufzte Taniş der Alte, »das Nomadentum geht unter, diese prächtige Welt stirbt. Für unsere Kinder werden diese Wälder, diese blühende Erde mit ihren Quellen, diese Berge zum verbotenen Land. Sich dagegen auflehnen ist zwecklos, wir müssen in der Çukurova seßhaft werden. Ich weiß es, spüre es hier in meinem Herzen, wir gehen in eine andere, eine uns unbekannte Welt. Wir haben dieses prachtvolle Leben genossen, die nach uns kommen, werden dafür bezahlen.

»Sie zahlen den Preis«, nickte Ismail Aga. Er wußte, wovon Taniş der Alte sprach.

Vor jedem Zelt saßen Greife auf den Krücken: Falken, Adler oder Bussarde. Als sie morgens im Zelt ihren Kaffee tranken, bemerkte Taniş der Alte, wie Ismail Aga immer wieder zu ihnen hinausschaute, und seine Stirn umwölkte sich: »Bald werden wir sie alle freilassen, und sie werden zu ihren Bergen fliegen«, sagte er, griff nach Ismail Agas Hand und drückte sie. »Wenn sie fortgeflogen sind, ist endgültig Schluß, und wir werden seßhafte Bauern. Was ist aus euren Vögeln geworden?«

Ismail Aga blickte ins Leere. »Wir ließen sie schon vor langer Zeit davonfliegen, Bey. Es ist wohl fünfzig Jahre her.«

Am Morgen beluden sie ihre Pferde. Taniş der Alte gab jedem ein Abschiedsgeschenk, darunter das schöne Fell eines Damhirsches für die Mutter, und begleitete sie noch bis zur großen Platane unten am Bach. Dann machten sie sich fröhlich auf den Weg, und es schien, als sei die Not der letzten eineinhalb Jahre weggewischt, vergessen.

Ismail Aga drehte sich so weit wie er konnte zu seiner Mutter um, die wieder hinter ihm auf dem Pferd saß. »Nun, Mutter, was sagst du dazu?«

»Dem Guten hilft letztlich der liebe Gott.«

»Und was sagst du zu diesem Nomadenzelt?«

»Was Gott uns genommen, hat Er ihm gegeben«, antwortete die Mutter.

»In Kürze wird Er es auch ihm nehmen, Mutter. Taniş der Alte und ich haben nicht geschlafen und uns bis morgens unterhalten. ›Die werden uns nicht erlauben, so weiterzuleben‹, meinte er, ›wir werden die Vögel freilassen.‹«

»Ich kann mich dunkel daran erinnern, wie meine Mutter mir erzählte, daß auch die Unseren Greife freilassen mußten. Und damit habe unser Elend angefangen. Davor waren wir wie sie. Und jetzt? Alles verloren!«

»Alles verloren«, sagte auch Ismail Aga.

Im Schatten von Platanen folgten sie über einen Pfad dem Lauf des Baches. Die alte Frau redete ununterbrochen von alten Zeiten, vom Nomadenleben, vom verlorenen Paradies, als sie etwas weiter zu ihrer Rechten aus einem Busch leises Wimmern hörten. Es kam immer näher, wurde leiser, verebbte fast, schwoll wieder an. Plötzlich unterbrach die Mutter ihren Redefluß. »Wartet, ich höre eine wimmernde Stimme«, sagte sie und horchte.

Sie waren schon an den Büschen vorbei, als sie, diesmal hinter sich, das Wimmern hörten. »Geht zu den Büschen dort und seht nach, da wimmert jemand«, befand die Mutter. »Vielleicht ein Kranker, der Hilfe braucht!«

Das Wimmern erstarb, sie horchten, doch kein Laut weit und breit.

»Ich habe es gehört«, versteifte sich die Mutter, »da hat jemand gewimmert. Er stirbt. Geht und sucht, er darf nicht sterben!«

»Mutter, hast du dich auch nicht verhört? Deine Ohren ...«

»Ich habe mich nicht verhört, mein Junge ...« In diesem Augenblick begann das Wimmern von neuem. »Na, bitte«, sagte die Mutter, »los, geht ihn suchen, es ist das Wimmern eines Sterbenden.«

Cemşid vorweg, gefolgt von Hasan, stiegen sie von ihren Pferden, gingen etwa zweihundert Schritte zurück zum Gebüsch, entdeckten nach kurzer Suche im Gestrüpp unter einem Baum ein Kind und brachten es an den Wegrand. Das Kind, nur noch Haut und Knochen, konnte nicht auf seinen Beinen stehen, streckte mit hervortretenden, schielenden Augen seinen spindeldürren Hals und starrte ins Leere. Seine Kopfverletzungen waren vereitert, sein Zeug hing in Fetzen, und zwischen diesen Fetzen schimmerte die faltig hängende Haut hervor. Seine kleinen Hände und nackten Füße starrten vor Wunden, auch nur zu wimmern, dazu fehlte ihm jetzt die Kraft.

Cemşid und Hasan hatten das Kind an die aufgeworfene Erde des Straßengrabens gelehnt und standen regungslos da.

»Was steht ihr da herum und guckt so blöd, als hättet ihr noch nie einen Menschen, noch nie ein verletztes Kind gesehen«, schimpfte die Mutter vom Pferd herunter. »Los, einer von euch nimmt es auf den Arm und trägt es zum Konak, dort werde ich mich um das Kind kümmern. Und wir lagern bei der nächsten Quelle. Es soll nicht sterben, das arme Kind.«

»Hasan«, rief Ismail Aga.

»Zu Diensten, Aga!«

»Nimm das verletzte Kind zu dir aufs Pferd.«

Verärgert, mit ekelverzerrtem Gesicht nahm er das Kind in den Arm, stieg auf und hielt sich mit der anderen Hand, um die er die Zügel geschlungen hatte, die Nase zu. Bei der Quelle angelangt, stieg er ab, lehnte das Kind an die Platane und ging mit dem Pferd ein Stück den Wasserlauf entlang. Der Gestank der eitrigen Wunden und der faulenden Haut des Kindes hatte sich in seiner Kleidung und im Fell des Pferdes so festgesetzt, daß er ihn nicht loswerden konnte, wie weit er sich auch entfernte. Er wusch sich Gesicht, Hände und Füße im Quellwasser, spülte den Sattel damit ab, rieb Lederzeug, die Flanken des Pferdes, die Brust, die Läufe und den Bauch mit duftender Poleiminze ein, doch der Gestank blieb haften. Schließlich drehte er sich eine Zigarette und setzte sich ins Gras zwischen die Poleiminzebüschel. Wimmerte das Kind, legte Hasan sofort los, verfluchte unflätig den Balg samt Religion und Mutter.

Während des ganzen Weges hatte er immer wieder würgen müssen. »Mensch, stink nicht!« hatte er gebrüllt. »Verdammte Plage. Drei Tage lang habe ich in einem Bach zwischen Hunderten Leichen gelegen, Verhungerten, die schon vierzehn Tage vorher abgekratzt waren. Nicht einmal die haben so gestunken wie du!«

Wie von Sinnen verfluchte Hasan das Kind, den Krieg und sein finsteres Schicksal.

»Mensch, ich dachte schon, ich hätte alles hinter mir, und da kommst du mir in die Quere! Und zöge ich mir die Haut ab, bliebe dieser Gestank an mir kleben. Nun gut, du stirbst, aber mußt du nichtsnutziger Junge mich noch so quälen! Wie kann ein Mensch nur so stinken! So stinkt kein Toter, auch nicht nach vierzig Tagen.«

Hasan hatte sich so beeilt, daß von den andern noch nichts zu sehen war. Und so schimpfte und fluchte er, was das Zeug hielt, ohne einen Blick auf das Kind zu werfen, das er an einen Baumstamm gelehnt hatte. Aber hin und wieder horchte er doch in die Richtung des sterbenden Jungen, wartete, bis er das leise Wimmern hörte, und legte dann, wütender als zuvor, wieder los: »Verdammt, du wirst nicht sterben, verdammt, du wirst uns in dieser Fremde als Plage erhalten bleiben, Mensch, wie komme ich bloß von dir los, du Stinker?«

Als er Ismail Aga an der Spitze der anderen zwischen den Bäumen auftauchen sah, lief er ihm entgegen. »Er stinkt! Der Junge stinkt. Sein Gestank zerreißt einem die Lungen. Menschen, die so stinken, genesen nicht, sie sterben. Er stinkt, uff, stinkt, daß es einen Menschen umbringt. Ich habe ihn dort unter den Baum gebracht. Der Baum wird jetzt tausend Jahre stinken. Die Quelle stinkt, die Poleiminze, der Pfad, die Tannen, alles stinkt, was nun?«

»Sei still, du mitleidloser Mensch versündigst dich, sei still! Keinen Ton!« schrie die Mutter.

Hasan gehorchte sofort, sammelte sich, doch als er der Mutter eine geharnischte Antwort geben wollte, fing Ismail Aga ihn ab. »Schweig, Hasan!« wies er ihn zurecht. »Es hätte uns beiden genauso ergehen können wie ihm.«

»Ich werde ihn eigenhändig waschen«, bekräftigte die Mutter, »du darfst dich nicht versündigen, mein Sohn, wir werden jetzt Wasser aufsetzen ...«

»Bemüh dich nicht, Mutter«, mischte sich Zero ein, »laß mich ihn waschen, dann kannst du ihn übernehmen, Hauptsache, der Arme stirbt uns nicht!«

»Ich danke dir, mein gutgeratenes Mädchen mit dem mitleidigen Herzen!«

Pero, Hasans Frau, saß abseits mit mürrischem Gesicht auf ihrem Pferd und schwieg wie immer, wenn es Streit gab.

Sie saßen ab und trugen die Lasten in den Schatten der Platane. Ismail Aga schnupperte: Ja, Hasan hatte recht, vom Jungen am Fuße der Platane breitete sich ein wirklich übler Gestank faulenden Fleisches aus. Der Junge war zehn, höchstens elf Jahre alt, ein Häufchen Haut und Knochen.

Ismail Aga breitete die Lagerstatt der Mutter unter dem weiten Geäst der Platane aus.

»Mädchen, mach Feuer!« gebot die Mutter.

»Zu Diensten, Mutter!«

»Und setz einen vollen Kanister Wasser auf. Dann nimmst du ein Stück Seife und wäschst den Jungen vom Kopf bis zu den Zehen!«

Zero griff sich sofort einen Blechkanister und eilte zur Quelle.

»Ismail!«

»Ja, Mutter!«

»Und du wirst im Wald die von mir gewünschten Harze und Kräuter sammeln!«

»Ich kenne die hiesigen Harze, Pflanzen und Kräuter doch gar nicht. Sind die Wälder hier nicht ganz anders als bei uns, Mutter?«

»Ich kenne mich da aus«, warf Cemşid ein. »Ich kenne alle Kräuter, Harze und Wurzeln, die es gibt. Auch meine Mutter machte aus Kräutern, Wurzeln und Blumen Heilmittel. Damit konnte sie Tote zum Leben erwecken! Schau her, Mutter!« Er zog eine Dose aus der Tasche, klappte den Deckel auf, und ein Duft von Blumen, Harzen und Wurzeln überdeckte den Gestank des wimmernden Jungen. Die Mutter ergriff die Dose, roch daran, und ihre Miene hellte sich auf: »Eine gute Arznei«, bestätigte sie. »Gut gegen Schußwunden.«

»Sie ist für Schußwunden«, sagte Cemşid, »woher wußtest du es, Mutter?«

»Verletzte gingen nicht zum Chirurgen oder Landarzt, sie kamen zu meiner Mutter«, antwortete Ismail Aga an ihrer Stelle. »Auch ihre Salben und Säfte machen Tote wieder lebendig.«

Mit einem Wink gab die Mutter Cemşid zu verstehen, sich zu ihr zu setzen. Und während er neben ihrem Lager kniete, zählte sie dem immer wieder nickenden Cemşid die Kräuter, Wurzeln und Blumen auf, die sie benötigte.

»Es wird nicht lange dauern, und ich bringe dir alles, Mutter«, sagte Cemşid, als er sich erhob. »Was du auch an Pflanzen, Kräutern und Honig haben wolltest, sollst du bekommen!«

Als er nach einer knappen Stunde wieder zurückkam, waren Zero und Hasans Frau, Pero, dabei, den auf einem Stein sitzenden Jungen zu waschen. Zero seifte den zum Skelett abgemagerten und mit Wunden übersäten Körper immer wieder ein, und Pero spülte ihn napfweise mit warmem Wasser ab. Es dauerte noch eine Weile, bis der Junge ganz sauber war. Sie wickelten ihn in ein großes Leintuch, und Zero bettete ihn auf ein mit Filzmatten bedecktes Strohlager, das Ismail Aga aufgeschüttet hatte. Dann ging sie zur Mutter und raunte ihr zu: »Dieser Junge kommt nicht mehr auf die Beine. Die Wunden sind voller Würmer, und in seinen Kopfwunden wimmeln sie fast fingergroß ... Er spricht kein Wort, seine Kiefer sind wie verklammert.«

»Wärm du ihm Honig und Butter auf, und flöße es ihm ein. Nun mach schon, mein Mädchen mit dem großen Herzen!« entgegnete die Mutter. Dann wandte sie sich an Cemşid: »Und du brühst alle mitgebrachten Kräuter, Blumen und Wurzeln mit den Harzen und dem Honig auf, schüttest die Heilkräuter deiner Mutter dazu und läßt alles so lange kochen, bis ich ›Halt‹ sage, klar?«

»Klar, Mutter!« rief Cemşid freudig erregt, zündete neben der Quelle ein Feuer an, legte im Dreieck drei große Steine um die Flammen und setzte den mit Wasser und den Kräutern gefüllten Kessel auf. Als er dann die Kräuter im brodelnden Wasser umrührte, stieg ein Duft empor, der alle Gerüche verdrängte.

Auf einem anderen Feuer kochte Pero das Abendessen: eine Yoghurtsuppe mit Minze und Teigeinlage, dazu Grützpilaw. Ismail Aga saß etwas abseits mit dem Rücken an eine Tanne gelehnt und dachte nach. Verdeckt von Poleiminzebüscheln, war Hasan im Gras eingeschlafen, nur sein Schnarchen war zu hören. Resul hockte breitbeinig am Quellbecken und beobachtete die spielenden Jungfische im Wasser. Außer dem Plätschern des Quells war es sehr still. Nur hin und wieder tönte noch das tiefe Gesumm einer großen, schwarzen Hummel, die wie ein runder Kreisel hin und her flitzte.

Plötzlich schallte von der Platane her Zeros jubelnde Stimme: »Mutter, Mutter, der Junge hat seinen Mund geöffnet, er hat auch die Augen aufgeschlagen, und er schlürft sogar die Butter mit dem Honig!«

»Er wird leben!« freute sich die Mutter. »Dazu noch meine Arznei. Der Körper eines Kindes erholt sich schnell. Wenn er bis jetzt so viel ausgehalten hat, holt ihn auch eine Kanone nicht von den Beinen. Cemşid, mein Junge, köchelt es?«

»Es köchelt, Mutter.«

»Laß es köcheln, bis es schön dunkel und breiig wird! Hast du auch den Honig hineingetan?«

»Hab ich, Mutter.«

»Es riecht gut. Gut riechende Arzneien heilen auch gut. Was gut duftet, gibt dem Leben Kraft. Was nicht gut riecht, steck dir nicht in den Mund! Der Tod kommt übelriechend daher. Riecht es gut, beiß hinein, und du bleibst gesund!«

Als Cemşid rief, es sei soweit, erhob sich die Mutter von ihrem Lager und schleppte sich zu dem Jungen mit dem spindeldürren Hals und den jetzt weit geöffneten graublauen Augen. Seitdem er den Napf mit dem gewärmten und gebutterten Honig geleert hatte, wimmerte er nicht mehr.

»Bringt mir Tücher!« rief die Mutter.

Da sie keine Tücher hatten, zog Zero einen ihrer Röcke aus dem Kleidersack und riß ihn in Streifen.

»Jetzt werden wir eine Made nach der anderen aus den Wunden klauben, und dann kommt Salbe drauf!«

»Ich kann euch dabei helfen. Ich hab meiner Mutter oft geholfen, wenn sie Wunden von Würmern säuberte«, sagte Cemşid.

»Hol du lieber ein Rasiermesser und schabe ihm den Kopf glatt!«

Cemşid zog ein großes Klappmesser aus seiner Tasche, zog die Klinge eine Weile sorgfältig auf seinem Ledergürtel ab, prüfte ihre Schärfe an den Härchen auf seinem Handrücken, nahm dann den Jungen, brachte ihn etwas abseits zum Gebüsch, seifte seinen Kopf ein und begann, ihm die Haare abzurasieren. Zuerst schrie der Junge jedesmal auf, wenn Cemşid das Messer ansetzte.

»Halt still, mein Kleiner, halt still«, beschwichtigte ihn Cemşid mit weicher Stimme, »wenn wir deinen Kopf nicht rasieren, sterben diese Würmer nicht und fressen dies bißchen, was von dir übriggeblieben ist, mit Haut und Haaren.«

Schließlich beruhigte sich der Junge.

»Dieses Kind wird nicht sterben«, frohlockte die alte Mutter, als sie sah, wie der Kleine die Zähne zusammenbiß. Vor Freude kam sie sogar sofort auf die Beine. »Cemşid, mein Kleiner«, rief sie, »und nun reibe mit deinen schönen Händen die Salbe auf seine Wunden, ganz sanft, ohne ihm weh zu tun. Ach, mein Kindchen, ach, mit Gottes Hilfe wirst du wieder lebendig.«

Länger konnte sie sich nicht auf den Beinen halten, ging zur Platane, hockte sich nieder und blieb fröstelnd sitzen.

Nachdem Cemşid den Kopf des Jungen rasiert hatte, zog er

den Topf mit dem Brei zu sich, prüfte mit dem Finger, ob er schon abgekühlt war, und roch daran. »Das macht Tote wieder lebendig«, sagte er, nahm den Kopf des Jungen in seine Armbeuge und begann, die Wunden vorsichtig einzusalben. »Diese Salbe macht Tote wieder lebendig, mein Kleiner, hab keine Angst! Du wirst nicht sterben, es dauert keinen Monat mehr, und du bist ein Löwe, mein Kleiner.«

Kopf und Körper voller Wickel aus Zeros Kleid, eingehüllt in Ismail Agas Hemd wie in einen zu lang geratenen Beutel, aß der Kleine zum Abendbrot schon so viel, daß die andern aus dem Staunen nicht herauskamen. Sie konnten nicht begreifen, wo eine so kleine Handvoll Mensch so eine große Menge Essen lassen konnte.

»Iß, mein Kleiner, iß, das Leben kommt durch die Kehle!« feuerte die Mutter den gierig schlingenden Jungen an. »Wenn du ißt, rettest du vielleicht dein süßes Leben, iß, mein Recke, iß!« Und ihre Freude stieg, je mehr der Junge aß.

»Dies Kind wird leben«, frohlockte plötzlich Hazal die Lange, Ismail Agas jüngere Schwester, die bisher noch keinen Ton gesagt hatte, »ruht ihr euch aus, ab jetzt werde ich mich um den Kleinen kümmern!«

»Wo hast du denn bis jetzt gesteckt, Hazal?« lachte Ismail Aga.

»Warum sollte ich mich um ein totes Kind kümmern, Aga, ist es nicht besser, ein lebendiges zu umsorgen?« antwortete Hazal fröhlich. »Bei Gott, dieser Junge wird immer lebendiger!«

Argwöhnisch wanderten die Augen des Jungen von einem zum andern, blickten ins Leere und blieben dann prüfend auf Ismail Aga haften.

In jener Nacht lagerten sie bei der Quelle; sie legten sich unter der Platane zwischen Büscheln würziger Minze schlafen, umfächelt vom Duft blühenden Enzians und harziger Kiefern. Gegen Morgen beluden sie die Tiere und begannen den Abstieg nach Osmaniye. In diesen Bergen kam auch die Mutter wieder zu sich. Sie wurde immer lebendiger, und es schien, als habe sie ihre Krankheit überwunden. Besonders die Genesung des Jungen hatte ihre Lebensgeister wieder geweckt.

Nach einigen Tagen erreichten sie Osmaniye, wo sie ein Haus bezogen. Es stand in einem Garten, umringt von Pappeln und Feigenbäumen, um deren Stämme sich Weinreben rankten. Der Hauseigentümer war ein Verwandter Cemşids. Sie blieben dort nur zwei Tage, obwohl dieser Ismail Aga bat, nicht weiterzuziehen. Er brauche einen Mitarbeiter, sagte er, ein so guter Mann wie der Aga fehle ihm, er habe Höfe, Gärten und Häuser, aber er sei allein und habe sonst niemanden. Doch soviel er auch bat, Ismail Aga ließ sich nicht erweichen, er mußte diesen Brief in seiner Tasche unbedingt Haşmet Beys Freund bringen.

»Ich muß zu Arif Bey«, sagte er immer wieder und sonst nichts.

Mit den Worten: »Wann auch immer ihr in Schwierigkeiten geratet, dies Haus ist auch eures!« verabschiedete der Mann sie schließlich.

Sie kamen nach Toprakkale.

»Sind wir schon in der Çukurova?« fragte die Mutter.

»Hier sind wir in der Çukurova«, antwortete Ismail Aga.

»Wir werden uns in diesem Ort niederlassen!« bestimmte die Mutter.

»Aber Mutter, was redest du da, wir haben noch zwei Tagereisen vor uns«, entsetzte sich Ismail Aga, »zwei Tage noch, und wir sind am Ziel.«

»Und das hier ist mein Ziel, Ismail«, versteifte sich die Mutter.

»Aber Mutter!«

»Hör mir zu, Ismail, hör gut zu«, entgegnete sie und zeigte auf ein weißgetünchtes, zweistöckiges, geräumiges Haus mit großen, rosengemusterten Gardinen vor den Fenstern, »du gehst jetzt ins Ladenviertel, mietest so ein Haus, Zero, Pero und Hazal fegen und feudeln die Zimmer, und du kaufst schöne Leintücher, die nach Seife duften wie das Bettzeug bei Haşmet Bey!«

Ismail Aga wußte, wenn seine Mutter etwas sagte, war es beschlossene Sache, und er hatte keine andere Wahl, als zu tun, was sie ihm aufgetragen.

»Es ist dein Wille, Mutter«, sagte er, »also mache ich mich gleich auf den Weg.« Und zu Cemşid gewandt: »Hast du hier einen Bekannten, und meinst du, daß wir hier ein Haus finden werden?«

»Ich habe hier Bekannte«, antwortete Cemşid, »und ein Haus finden wir auch. Die meisten Einwohner sind jetzt im Sommer hinauf in die Hochebene. Haşmet Bey hat hier einen Vetter, Salih Bey. Ihm gehören in dieser Stadt wohl fünfzehn Konake. Er ist der Bey der Sippe Cerit.«

Sie luden ihre Lasten in einem Garten ab, und Cemşid und Ismail Aga machten sich auf den Weg.

Nicht weit von ihnen verlief der Bahndamm, und dahinter auf einem Hügel lag die Burg. Dunkel zeichneten sich ihre Wälle und Mauern gegen den westlichen Himmel ab.

Die Hand gegen die Brust gepreßt, die Landstraße, auf der Cemşid und Ismail Aga verschwunden waren, nicht aus den Augen lassend, saß die Mutter da und wartete. Erst am späten Nachmittag, als der Westwind aufkam und die Quellwolken aufstiegen, kamen die beiden gemeinsam mit Salih Bey zurück, einem kleinen, bauchigen Mann mit Schnurrbart und Goldzähnen, der Stiefel trug und sich eine Krawatte umgebunden hatte.

Ismail Aga stellte ihn seiner Mutter vor: »Salih Bey, Mutter, er ist der Bey der Sippe Cerit.«

»Willkommen, mein Sohn«, sagte die Mutter in schwer verständlichem Türkisch.

»Salih Bey hat uns ein sehr schönes Haus gegeben, Mutter, schöner noch als jene dort.«

»Oho«, rief Salih Bey, »Häuser haben wir genug, und Haşmet Beys Freunde können über meine Häuser und über mich jederzeit verfügen. Sagt nur, was ihr braucht, diese Stadt Toprakkale steht euch zu Diensten.«

»Gott segne dich, Salih Bey, mein Sohn, und Er möge dir ein langes Leben auf deinen Ländereien gewähren!«

Als sie kurz vor Einbruch der Dunkelheit das Haus betraten, blitzte es bis in den letzten Winkel. Überglücklich rief die Mutter Zero zu sich: »Hör zu, meine Tochter, du und dein Mann, ihr hattet unterwegs eure Last mit mir ...«

»Was redest du da«, unterbrach sie Zero, »aus deinem Munde diese Worte!«

Die Mutter tat, als habe sie nicht gehört. »Ihr hattet eure Last mit mir, ja, eure Last«, unterstrich sie das Gesagte. »Doch nun tu mir noch einen letzten Gefallen: Setz einen Kessel Wasser auf, aber einen großen Kessel. Bitte Salih Bey, er wird dir einen geben, falls du keinen findest. Dazu noch ein Stück Seife mit Zitronenblütenduft. Und wenn das Wasser warm ist, wasche mich gründlich!«

Salih Bey hatte mitgehört und sofort einen Mann losgeschickt, der kurz darauf mit einem großen Waschkessel und drei Riegeln duftender Seife zurückkam.

»Danke, Salih Bey, mein Sohn, ich werde für dich beten«, sagte die Mutter.

Cemşid und Resul standen hinter Salih Bey, jetzt kamen sie zu ihr, küßten ihr die Hand und baten, sich verabschieden zu dürfen.

»Gute Reise, und vergebt, falls ich in eurer Schuld stehe!« sagte die Mutter, umarmte die beiden und küßte sie auf die Wangen.

Ismail Aga begleitete sie bis zur Landstraße nach Osmaniye. Es dämmerte bereits, als er zurückkam. Salih Bey hatte auf ihn gewartet. Er saß auf einem Stuhl und ließ seine Gebetskette aus Bernstein durch die Finger gleiten.

»Ich habe auf dich gewartet, Aga, um dir zu sagen, daß euer Abendbrot in meinem Haus schon zubereitet wird. Es wird dann hergebracht. Außerdem wird einer meiner bewaffneten Männer vor eurer Tür Wache stehen. Fühlt euch wie zu Hause, und falls du einen Wunsch hast …«

Zero hatte die Mutter mit der duftenden Seife sorgfältig gewaschen, trocknete sie jetzt ab und trug sie zu ihrem Nachtlager, das sie mit den von Salih Bey geschickten Linnen auf der breiten Wandbank aufgeschlagen hatte. Die Mutter war nur noch Haut und Knochen und schien geschrumpft.

»Ich danke dir, mein Mädchen«, sagte sie, »und nun bring mir mein Nasenflügelringlein, mein Fußkettchen, meine Halskette, und leg mir alles an. Zieh mir auch das grüne Kleid über, das ich während meiner Brautzeit getragen habe. Dann kämme mir die

Haare, binde mir mein seidenes Kopftuch um, reibe mich mit Duftwasser ein, und gib mir meine Gebetskette in die Hand. Breite auch mein Hirschfell dort in der Ecke aus!«

Zero tat, wie ihr die Mutter geheißen.

Mittlerweile war auch das Essen gekommen, und die ganze Familie samt dem Neuankömmling, der, wenn auch weiterhin stumm, immer lebendiger wurde, scharte sich um Schüsseln und Brotlaibe. Das Gesicht der alten Mutter leuchtete rein und schön, schien sich verjüngt zu haben. Sie aß sehr ruhig und schien vor Freude überzuschäumen. Nach dem Essen stand sie auf, ging zu ihrem Hirschfell, setzte sich, und während sie die Gebetskette durch ihre Finger gleiten ließ, rief sie Ismail zu sich: »Komm ein bißchen zu mir«, bat sie aufgeräumt.

»Ja, Mutter?«

»Komm näher, setz dich an meine Seite, ich muß mit dir reden.«

Ismail Aga setzte sich zu ihr aufs Fell.

»Mein Sohn, ich bin mit dir sehr zufrieden«, begann die Mutter. »Kein anderer Sohn, so denke ich, hat seiner Mutter so viel Gutes getan wie du. Ich habe einen Sohn mit einem reinen Herzen geboren, und darüber bin ich froh. Ich weiß, ein Sohn, der sich seiner Mutter gegenüber so verhält, ist auch gut zu anderen Menschen. Zero, meine Schwiegertochter, ist auch gut, und so Gott will, schenkt Er euch ein Kind. Verlasse sie nicht, auch wenn sie dir kein Kind gebiert. Zero ist ein gutes Mädchen. Wer sie ist, hat sie in dieser eineinhalbjährigen Hölle gezeigt. Trage sie auf Händen! Hasan wird nie erwachsen werden, er wird immer ein einfältiges Kind bleiben. Hab immer ein Auge auf ihn, er wird dich immer brauchen. Und was Hazal anbelangt, sie ist zu unbedarft und wird niemals glücklich sein. So groß wie sie ist, wird sie vielleicht auch keinen Mann finden ... Und noch etwas, mein Sohn, wenn du in diese Stadt kommst, nimm keines dieser Häuser an, aus denen die Armenier vertrieben wurden! Auch keinen ihrer Äcker! Ein verlassenes Nest ist keine Zuflucht. Wer den Nestfrieden stört, wird selbst keinen Frieden finden, und niemand wird glücklich in einem Haus, das jemandem nicht zum

Segen gereichte. Wo Grausamkeit gesät wurde, wird Grausamkeit geerntet! Du bist ein guter Mensch, Gott wird dich überall beschützen und sei es am anderen Ende der Welt. Und wenn ich sterbe, begrabe mich hier auf dem Friedhof, ich habe diesen Ort liebgewonnen.«

»Sprich nicht so, Mutter, Gott gebe dir ein langes Leben!«

Darauf gab die Mutter keine Antwort. Sie schwieg, ließ die Gebetskette durch ihre Finger gleiten und bewegte im pausenlosen Rhythmus der Gebete die Lippen.

In jener Nacht wachte Ismail Aga immer wieder auf, blickte bedrückt zu seiner Mutter hinüber, die mit der Gebetskette in der Hand unverändert in ihrer Ecke hockte und betete.

Auch als er morgens aufwachte, galt sein erster Blick der Mutter. Mit dem Rücken zur Wand hockte sie regungslos auf ihrem Fell und hielt, den Kopf zur Seite geneigt, ihre Gebetskette.

»Zero, steh auf«, sagte er, und seine Stimme klang traurig wie eine Totenklage.

Zero sprang sofort aus dem Bett. Sie hatte sich, wie immer in diesen eineinhalb Jahren, angezogen schlafen gelegt. »Was ist, Ismail?«

Ismail Aga zeigte in die Ecke: »Mutter!«

Zero eilte zu ihr hinüber und fing im selben Augenblick an zu weinen und zu klagen. Auch Pero und Hazal kamen herbei und stimmten in die Totenklage ein. Ismail Aga ging hin, streckte seine Mutter auf dem Fell aus und bedeckte sie mit einer der so wohlriechenden Decken. Der Tod der Mutter hatte sich schnell herumgesprochen, bald stießen die Frauen der Turkmenen mit den weißen Kopftüchern zu den Trauernden, und ihre türkisch gesungenen Klagelieder vermischten sich mit denen der Kurdinnen.

Ismail Aga brauchte sich nicht ums Begräbnis zu kümmern, Salih Bey hatte alles von seinen Leuten regeln lassen. Schon am Nachmittag, wenn im aufbrisenden Westwind die wandernden Wolken über dem Mittelmeer aufquellen und der durchdringende Duft der Pflanzen und Blumen in Wellen über die versengte Erde der Çukurova zieht, wurde die Mutter, bedeckt mit grasgrünen Myrtenzweigen, beigesetzt. Sie war die sechste unter den Toten, die sie seit ihrem Auszug unterwegs begraben mußten.

Einige Tage danach mieteten sie sich in Toprakkale ein Fuhrwerk und machten sich auf den Weg in die Provinzstadt. Vorweg Ismail Aga auf dem Brandfuchs, den Haşmet Bey ihm geschenkt hatte.

Nachdem sie noch im Ort Tecirli übernachtet hatten, überquerten sie auf einem breiten Floß einen Fluß und waren am nächsten Tag am Ziel. Sie rasteten am Fuße eines Hügels unter Granatapfelbäumen mit vielen Kriegsflüchtlingen. Umgeben von einem Stimmengewirr aus Arabisch, Kurdisch, Georgisch oder Tscherkessisch, trafen sie auf einen einzigen Verwandten.

»Seit einem Monat bin ich hier und warte«, jammerte er, »werde jeden Tag bei der Kommission für Siedlungswesen vorstellig und habe bis heute noch kein Dach über dem Kopf. Geh heute, komm morgen, so geht es Tag für Tag. Wenn es so weitergeht, werde ich mit Kind und Kegel noch verhungern. Seit zwei Tagen habe ich keinen Bissen mehr gegessen.«

Unauffällig steckte ihm Ismail Aga etwas Geld in die Tasche. »Mach dir keine Sorgen mehr«, tröstete er ihn, »morgen komme ich mit dir zur Kommission, und wir erledigen alles.«

Der Leiter der Kommission war eine spindeldürrer Mann. An ihn war Haşmet Beys Brief gerichtet. Kaum hatte er ihn gelesen, ging er auf Ismail Aga zu und hängte sich bei ihm ein. »Sei willkommen, Bey, du bringst Freude ins Haus!« rief er aus. »Ismail Bey, Freund meines großen Freundes Haşmet Bey, dessen Linie bis auf die Gökoğuz zurückgeht und der dich edlen Bey mir anvertraut.« Er bestellte Kaffee, stellte mit rühmenden Worten Ismail Aga den Anwesenden vor.

»Nun zu deinem Anliegen. Ihr kommt also aus Van, ja, ihr habt dort Heimat, Haus und Hof verloren. Doch unser erhabener Staat wird sich eurer annehmen und unter Berücksichtigung eurer noblen Herkunft großes Entgegenkommen zeigen. Ich notiere für Sie erst einmal den zwölfzimmrigen Konak des reichen Armeniers Kendirliyan. Einverstanden, meine Herren?«

»Einverstanden«, riefen die übrigen Herren der Kommission.

»Diesen Konak möchte ich nicht«, sagte Ismail Aga.

»Gut, dann den Hof des Semail«, schlug Arif Bey mit weicher Stimme vor. »Für Haşmet Beys edlen Freund ist uns nichts zu teuer!«

»Ich danke dir untertänigst, mein Bey!«

»Nun, Kendirliyans Konak ist der prächtigste dieser Stadt, sie alle hier können es bezeugen. Wenn er dir nicht genügt, kann ich euch ja noch einen dazugeben, Freund des berühmten Haşmet Bey aus dem Stamme der Gökoğuz.«

»Leben sollst du, Bey, aber ich möchte keinen Konak eines Armeniers, weder seinen Hof noch Acker.«

Arif Bey wurde wütend: »Warum bist du dann zu mir gekommen, Efendi?«

»Damit du mir einen Platz zuweist, ein kleines Haus, eines mit zwei, drei Zimmern, eines, das ich mir leisten kann. Außerdem sagte mir Haşmet Bey ...« Ismail Aga schwieg und senkte den Kopf.

»Und was hast du gegen das Haus und den Hof eines Armeniers?« Arif Beys Stimme zitterte, wurde zusehends barscher.

»In einem verlassenen Nest sollte kein anderer Vogel Schutz suchen.«

»Das waren keine Vögel, sondern Armenier«, brüllte Arif Bey mit blecherner Stimme und stampfte mit den Füßen. »Was erzählst du da, du gedankenloser, verrückter Kurde, ein Armenier ist kein Vogel ... Und sein Haus ist kein Nest, kann es gar nicht sein.«

»Sie sind Vögel!« Ismail Aga war aufgestanden und schaute Arif Bey gerade in die Augen. Auch er war wütend geworden, und seine Schlagader schwoll an: »Und ihre Häuser sind ihre Nester und können es sehr wohl sein ...«

»Keine Vögel, Armenier, Armenier, du blöder Kurde, Armenier, Armenier!«

Völlig außer sich, brüllte Arif Bey schwitzend und trampelnd so laut er konnte. »Sie sind Vögel«, wiederholte Ismail Aga unbeirrt, »ja, Vögel, Vögel, Vögel!«

»Armenier.«

»Vögel.«

Die kräftige Stimme des zornigen Ismail Aga war weithin zu hören.

»Armenier, Armenier! Kann ein Armenier denn ein Vogel sein?« tobte Arif Bey und versuchte, Ismail Agas Stimme zu übertönen.

»Vögel!«

Schließlich ließen die Anwesenden Arif Bey einen Kaffee kommen und redeten auf ihn beruhigend ein. »Du hast Ismail Bey mißverstanden«, sagten sie.

Nachdem Arif Bey sich mit mehreren hintereinander getrunkenen Kaffee beruhigt und sich den Schweiß von der Stirn gewischt hatte, blickte er dem noch immer stehenden Ismail Aga flehentlich in die Augen und fragte ihn erneut: »Ismail Bey, Bruder, Freund meines Freundes – und ein Freund Haşmet Beys ist mir wertvoller als mein Leben –, sag mir bitte, du meintest doch Armenier, nicht Vogel, und ich habe dich mißverstanden, nicht wahr?«

»Ich sagte Vogel«, beharrte Ismail Aga mit fester Stimme. »Wer ein Nest zerstört, dessen Nest wird auch zerstört, und das geplünderte Nest eines Vogels gereicht einem anderen nicht zum Segen! Es sind Vögel, ja, Vögel.«

»Schweig!« brüllte Arif Bey. »Ich werde dich in ein Dorf einweisen, wo dir Hören und Sehen vergeht! Eine Hölle, eingezwängt zwischen zwei Felsen, wo du, so Gott will, in einem Monat das Zeitliche segnen kannst. Ein Land, auf das kein Vogel, kein Käfer, ja, kein Tausendfüßler auch nur einen Fuß setzt. Mit Gendarmen lasse ich dich in jenes Dorf bringen.«

»Zu Befehl, zu Befehl!« sagte Ismail Aga, drehte sich um und verließ das Zimmer. Vor der Tür erwartete ihn sein Verwandter Ömer. »Es hat nicht geklappt, Ömer, sie verbannen mich aus dieser Stadt.«

»Ich komme mit dir, bitte«, bat Ömer, »nimm mich mit in das Dorf, wohin sie dich verbannt haben.«

Ismail machte kehrt und ging wieder hinein.

»Was willst du?« fragte Arif Bey unwirsch und rückte seine Brille zurecht.

»Mein Freund, ein Verwandter, der dort an der Tür steht, will mit mir in jenes Dorf kommen.«

»Gut, er geht mit dir«, antwortete Arif Bey. »Wartet draußen, der Gendarm kommt gleich!«

In diesem Augenblick erschienen zwei Gendarmen in der Tür. »Nehmt die beiden mit«, befahl Arif Bey barsch, zeigte auf Ismail Aga und fügte hinzu: »Und bringt sie in das felsige, höllisch heiße Dorf mit den Schlangen!«

»Zu Befehl!«

Dann wandte er sich mit hartem Blick wieder Ismail Aga zu und fragte: »Wollt ihr euch sofort auf den Weg machen?«

»Jetzt, sofort!« antwortete Ismail Aga.

4

Am nächsten Morgen brachten die Gendarmen sie in das Dorf und übergaben sie dem Ortsvorsteher.

»Sei willkommen, Aga!« sagte dieser. »Da ist das Dorf, laß dich nieder, wo du willst.«

»Und leere Häuser?«

»Im Augenblick kein einziges.«

»Ich habe gehört, es gebe welche«, entgegnete Ismail Aga. »Ich muß in diesem Dorf bleiben, der Vorsitzende der Kommission, Arif Bey, hat mich hierher verbannt. Du mußt für mich ein Haus besorgen!«

»Das kann ich nicht«, sagte der Ortsvorsteher, ein dunkler, dürrer Mann, dessen Fuchsaugen anzusehen war, daß er mit allen Wassern gewaschen war.

»Du kannst und du mußt. Soll ich in diesem großen Dorf denn im Freien übernachten?«

»Bitte, das ganze Dorf gehört dir, laßt euch nieder. Warum hat Arif Bey euch eigentlich hierher verbannt?«

»Weil es eine heiße Hölle zwischen zwei Felsen sein soll, darum«, antwortete Ismail Aga. »Außerdem gefällt mir diese Hölle.«

»Dann bleib!« sagte der Ortsvorsteher. »Wenn dieser Arif Bey meint, du seist für diese Hölle wie geschaffen, bleib! Ich kann dir ein Zelt geben, wenn du willst, setz es hin, wo es dir gefällt, aber ein Haus habe ich vorerst nicht anzubieten.«

»Ein Zelt haben wir«, sagte Ismail Aga.

»Fein! Was habt ihr denn verbrochen, daß Arif Bey euch in diese Hölle verbannt hat? Ich weiß, er ist ein Mann, der wahnsinnig hart sein kann, aber er hat auch seine guten Seiten ... Er ist ein Bey der Turkmenen.«

»Vogel«, antwortete Ismail Aga kurz.

»Was für ein Vogel?«

»Ein ganz normaler Vogel, der durch die Lüfte fliegt ...«

»Hast du einen Vogel getötet?« lächelte der lebenserfahrene Ortsvorsteher verschmitzt.

»Ich habe keinen Vogel getötet, habe Arif Bey nur gesagt, ein Vogel finde keinen Frieden in einem Nest, aus dem ein anderer vertrieben wurde.«

»Das ist richtig, dort findet er keinen Frieden«, pflichtete der Ortsvorsteher ihm bei. »Aber ist das ein Grund, sich aufzuregen und dich in unsere Hölle zu schicken?«

»Er wollte mich in den Konak von Kendirliyan einweisen.«

»Na und?«

»Ich war nicht einverstanden, sagte, es sei das Nest eines vertriebenen Vogels.«

»Und dann?«

»Dann sagte er Armenier, und ich sagte Vogel.«

»Und dann?«

»Armenier, Vogel, Armenier, Vogel – so gerieten wir aneinander.«

»Und dann?«

»Er wurde vor Wut wahnsinnig.«

Der Ortsvorsteher lachte. »Ihm darfst du niemals widersprechen. So sind die Beys nun einmal, sie dulden keine Widerrede. Oder bist du auch ein Bey?«

»Nein, nein«, antwortete Ismail Aga, »sehe ich so aus?«

»Würdest du hier das Haus eines Armeniers nehmen, wenn ich eines hätte?«

»Vogel!« Ismail Aga lachte.

»Aber du bist ein Vertriebener und ein Verbannter dazu!«

»Vogel«, wiederholte Ismail Aga, »denk an den Vogel.«

»Ich verstehe«, sagte der Ortsvorsteher. »Geh hin und bau dein Zelt für diese Nacht irgendwo im Dorfe auf, und morgen ... Gott ist groß und gnädig!«

»Gott ist groß und gnädig!«

Vor dem Dorf am Fuße der Burg schlugen sie ihre Zelte auf. Hier stand nur ein einzelnes Haus. Im Garten verdorrte der Mais, die Kolben waren nicht geerntet.

Sie suchten nach Wasser, denn der Fluß, der ohne Windungen im gleißenden Licht der Sonne durch die Ebene floß, war ziemlich weit entfernt, und es würde eine halbe Stunde dauern, von dort Wasser zu holen.

»Morgen verlegen wir das Zelt an den Fluß«, meinte Ömer.

»Wir bleiben hier für immer«, widersprach Ismail Aga. »Hier, mit Blick auf die unendliche Ebene und den Strom, der riesig wie ein Meer dahinfließt ... Ich hole euch Wasser.« Er griff die Wassersäcke, eilte den Hügel hinunter, füllte sie und kam über den felsigen Hang nach höchstens fünfzehn Minuten wieder zurück.

Bis zum Abend hockte er danach auf dem Felsen vor dem Zelt und betrachtete versunken die blauschimmernde Ebene mit den darübersegelnden Wolken, die über das Flachland verstreuten, dunkelnden Dörfer, den sich über die Ebene erhebenden Anavarza-Felsen und dahinter die Burgmauern von Yilankale und Dumlukale.

Währenddessen richteten Hasan, Zero, Pero, Hazal und Ömer mit Frau und Kindern das Zelt ein. Anschließend schichteten sie vor dem Eingang dürre Zweige, zündeten sie an und kochten ein Abendessen aus Teigwaren und Dörrfleisch, das ihnen Haşmet Bey mitgegeben hatte.

Frauen, Mädchen und Kinder rissen Ismail Aga aus seiner Versunkenheit. Sie kamen vom Dorf heraufgeströmt, sagten: »Seid willkommen« und stellten nacheinander vor dem Zelt ihre Gaben ab: Töpfe, Schüsseln oder Matten mit Näpfen. Während Ismail noch überlegte, was es mit diesem Gedränge auf sich habe, stieg ihm köstlicher Essensgeruch in die Nase. Das scheint hier wohl Sitte zu sein, dachte er beruhigt. Die Sonne war schon hinter den Anavarza-Felsen verschwunden, aber die Schlange der Dörflerinnen mit Töpfen und Pfannen nahm kein Ende. Sie reihten alles vor dem Zelt auf, legten Löffel dazu, so daß der Platz zu einer riesigen Festtafel wurde. Und dann kamen, angeführt vom Dorfvorsteher, die Männer herauf, hinter ihnen, mit bauchigen Bechern aus Kiefernholz in den Händen, die jungen Burschen. Ismail Aga erhob sich, begrüßte die Männer, und sie umarmten sich.

Noch vor Einbruch der Dunkelheit hatten sie die Eßmatten in einem großen Kreis ausgebreitet und sich, Frauen und Männer getrennt, zum Essen niedergesetzt.

Das wiederholte sich über eine Woche lang jeden Abend. So war es Sitte in dieser Gegend, und Ismail Aga fügte sich. Als er wieder einmal Wasser holen wollte, lachten die Dörfler, denn bei den Turkmenen war es nicht üblich, daß Männer zum Brunnen gingen. Sofort liefen die Mädchen herbei, nahmen ihm die Wassersäcke aus der Hand, eilten zum Fluß und brachten anschließend das Wasser zum Zelt.

Im Dorf hatte sich die Geschichte mit den vertriebenen Vögeln herumgesprochen, und alle lachten voller Zuneigung über diesen verrückten Kurden, der einen prächtigen Konak samt Bauernhof ausgeschlagen hatte. Der Dorfvorsteher Memet Efendi war deswegen bei Arif Bey vorstellig geworden.

»Unverständlich, meine Herren, einen so übergeschnappten Kurden habe ich noch nie erlebt«, hatte dieser gerufen. »Weil wir die Armenier davongejagt haben, will dieser Kerl in keinem ihrer verlassenen Häuser wohnen und auch keines ihrer Felder unter seinen Pflug nehmen!«

»Und er betet, wie vorgeschrieben, fünfmal am Tag«, bemerkte Memet Efendi.

»Er soll aus sehr gutem Hause stammen, Haşmet Bey hat ihn mir geschickt, und deswegen wollte ich ihn mit dem größten Wohlwollen unter meine Fittiche nehmen, doch dieser Kerl hat es nicht begriffen. Nun soll er dort in der Dürre auf steinigem Boden brennen und braten«, erregte sich Arif Bey von neuem.

»Brennen und braten wie wir«, bekräftigte Dorfvorsteher Memet Efendi.

Als Ismail Aga eines Morgens vom Fuße der Festungsmauern hinunterschaute, fiel ihm geschäftiges Treiben im Dorf auf. Ein stetiges Hin und Her, Geschleppe von Brettern und Ried, lautes Hämmern und Hobeln ... Frauen brachten Wasser, Männer hoben Erde aus, trieben Stangen in den Boden, schnitten Schilfrohr zurecht; Rufe, Gebrüll, Lachen und Gesang ... Ein Barde spielte ununterbrochen die Saz, irgend jemand blies die Schalmei, und während der Arbeitspausen tanzten die Burschen den Reigen.

Am nächsten Tag kam Ismail dahinter: Ein großes Haus wurde gebaut, wie all die andern Häuser im Dorf mit Wänden aus Schilfrohr und strohgedeckt.

Nach einer Woche war der Bau unter Dach. Mit der Rückwand am Felsen, erstreckte er sich bis zu einem Granatapfelbaum und einem Brunnen. Um das Haus pflanzten sie eine Hecke aus Kakteen und verputzten und verzierten die Wände im Innern mit grüner, blauer, roter und ockerfarbener Lehmerde. Diese Arbeiten führte der Ornamentemaler des Dorfes, Ibrahim der Hinkende, aus. Flink wie ein Zauberer war Ibrahim bei seiner Arbeit. Manche Figuren waren halb Mensch, halb Vogel, andere halb Mädchen, halb Gazelle, einige Blumen hatten die Form von Augen, und Pferde flogen im Galopp über eine weite, blaue Ebene dahin.

Eines Morgens, kurz nach Sonnenaufgang, kamen, angeführt vom Ortsvorsteher Memet Efendi, die angesehenen Dörfler zu den Zelten am Fuße der Festung. Ismail Aga verrichtete hinter dem Felsen gerade sein Morgengebet. Er hatte die Dörfler wohl bemerkt, sein Gebet jedoch nicht unterbrochen. Die Dörfler warteten stehend, obwohl Zero ihnen Filzteppiche und Matten hingelegt hatte. Der Aga beeilte sich, neigte sich abschließend im rituellen Gruß nach rechts und nach links, stand lächelnd auf, rückte die violetten Troddeln an seinem Fez zurecht und ging freudig erregt auf sie zu.

Ortsvorsteher Memet Efendi war ihm entgegengekommen, er hakte sich bei ihm ein und führte ihn zu den andern am Eingang des Zeltes. »Bitte!« sagte er und reichte ihm einen Schlüssel. »Das Haus möge dir Glück bringen! Es ist eines Mannes deiner Herkunft nicht würdig, aber mehr konnten wir für dich nicht tun. Mögest du mit Freude darin wohnen!«

Ismail Aga hatte sich schon auch seine Gedanken über den Bau des Hauses gemacht, dennoch war er überrascht. Seine Augen wurden feucht, und hätte ihn das Leben nicht abgehärtet, hätte er geweint. Voller Freude umarmte er den Dorfvorsteher und die andern. »Wie soll ich das je wiedergutmachen.« Dann rief er nach hinten: »Los, reißt die Zelte ab, wir ziehen sofort um! Das neue Haus da unten ist unser.«

»Es ist euer!« bestätigte Dorfvorsteher Memet Efendi.

Noch am selben Tag begannen sie, das Haus einzurichten. Ismail Aga bestellte beim Tischler im Nachbardorf Pritschen, Zero stellte mit Hilfe der Dorfmädchen unter dem Granatapfelbaum ihren Webstuhl auf, ließ sich von den Nomaden pfundweise Wolle besorgen, und die alten Dorffrauen brachten ihr Naturfarben.

Noch vor Tagesanbruch hockte Zero sich mit einigen Mädchen des Dorfes vor ihren Webstuhl und verließ ihn nicht vor Sonnenuntergang; sie machte keine Essenspause, arbeitete in einem fort, und wie ein bunter, heller Strom flossen jahrtausendealte Muster in die straff gespannten Fäden. Die Mädchen des Dorfes waren voller Stolz, lernten sie doch von dieser meisterhaften Frau neue Ornamente und Webmuster und bekamen von ihr auch noch gutes Geld. Eigentlich hätte Zero sich von dem Geld, das sie jedem Mädchen gab, die Kelims ja gleich kaufen können, aber die von ihr gewobenen waren nun einmal anders als die herkömmlichen: Ein von Zero gewobener Kelim war unbezahlbar. Nach einem Monat waren fünf farbenprächtige Kelims hergestellt, und Zero hatte währenddessen von den Mädchen so gut Türkisch gelernt, daß ihre Anweisungen schon halbwegs verständlich waren, als sie den Webstuhl unterm Granatapfelbaum wieder abbauten.

Nachdem Zero die Kelims im Hause ausgelegt und an die Wände gehängt hatte, wollte sie sich im Dorf eine Glucke mit Küken besorgen, schließlich war ein Haus ohne Hühner im Hof noch kein Haus! Doch sie mußte erfahren, daß es im Dorf kein einziges Huhn gab.

»In diesem Dorf überleben Hühner nicht.«

»Warum nicht?«

Sie zeigten auf die hohen, schroffen Felsen in Sichtweite. »Dort nisten die Adler. Wenn sie auch nur ein Huhn entdecken, eine Ente oder Gans, stürzen sie wie der Blitz von den Felsen herunter ins Dorf und schnappen es sich.«

»Gibt es denn keinen im Dorf, der mit einem Gewehr umgehen kann?« fragte Zero verwundert.

»O doch, es gibt viele. Sie schießen einen, schießen zwei ... Und es fehlt nicht viel, und die hungrigen Adler greifen die Menschen an. Einmal sind wir mit Knüppeln auf den Dorfplatz gerannt und konnten die Küken doch nicht vor den Adlern retten.«

»Es wurde so schlimm, daß die Adler die Strohdächer zu durchlöchern versuchten.«

»Um an die Küken heranzukommen.«

»Und als wir feststellten, daß wir ihrer nicht Herr werden konnten, gaben wir die Hühnerzucht auf.«

Doch Zero war hartnäckig. Sie ließ von Hasan aus dem benachbarten Dorf drei Glucken holen und legte jeder fünfundzwanzig Eier unter. Als die Küken geschlüpft waren, ließ Zero die Glucken mit ihren Jungen nicht ins Freie und stellte außerdem Salman als Wächter auf. Die Wunden des Knaben waren verheilt, und auf seinem Kopf sprossen struppige blonde Stoppeln. Innerhalb kurzer Zeit war er gewachsen und kugelrund geworden. Noch damals in der Stadt, gerade fünf Tage seit ihrer Ankunft im Garten mit den Granatapfelbäumen, hatte Pero voller Freude geschrien: »Der Junge spricht, er hat gesprochen!« Sie waren alle zu ihm gelaufen, und Ismail Aga hatte ihn nach seinem Namen gefragt. Doch es war offensichtlich gewesen, daß der Junge kein Wort verstanden hatte. Verständnislos hatte er mit einem traurigen Lächeln in die Runde geschaut, wobei seine Mundwinkel wie bei einem alten Mann faltig geworden und die schmalen, verkniffenen Lippen fast verschwunden waren.

Ismail Aga versuchte es auf Zaza-kurdisch, doch der Junge zeigte keine Regung. Auch nicht, als der Aga auf arabisch, auf persisch und Sorani-kurdisch fragte. Vielleicht stammt er aus der Gegend von Mardin, überlegte Ismail Aga und stellte die Frage auf Alt-Syrisch. Wieder nichts!

Nach einer ganzen Weile hörten sie, wie der Junge lauthals lachte und immer wieder »Sal ... Sal ... Sal ...« rief. Nach dem »Sal« stammelte er noch etwas, das sie nicht verstanden.

»Was mühst du dich«, sagte Zero, »der Junge heißt Salman. Er sagt es doch. Nicht wahr, Salman?«
»Sal ... Sal ... Sal!« lachte der Junge.
»Na, siehst du, sein Name ist Salman«, nickte Zero, und dabei blieb es.

Während Salman im Hause schlief, hatten sich Zero und die anderen Frauen ins Dorf aufgemacht. Aber auch die Glucken mit den Küken hatten einen Weg gefunden und waren ins Freie geflüchtet. Kaum hatten die Adler droben in den Felsen sie entdeckt, kamen sie mit rauschenden Schwingen herabgeschossen, schnappten sich eines der Küken und waren mit ihrer Beute im nächsten Augenblick wieder in ihren Horsten verschwunden. Vorm Haus war ein wüster Tumult, denn die Adler jagten hinter den unter die Kakteen flüchtenden Glucken und Küken her und hackten sich dabei untereinander, daß die Federn flogen. Salman war aufgewacht und hatte sich mit einem Knüppel auf die kämpfenden Adler gestürzt; jetzt schlug er auf sie ein, wobei er zwischen ihren riesigen Flügeln mal verschwand, mal wieder auftauchte, bis er sich schließlich in den Hals eines mächtigen Adlers krallte und mit ihm über den Boden rollte. Er ließ ihn nicht los und schrie dabei aus Leibeskräften, so daß die Dörfler aufgeschreckt aus ihren Häusern angelaufen kamen. Einige schlugen scheppernd auf Blechkanister, andere schossen oder warfen Steine, ganz beherzte schlugen sogar mit Knüppeln auf die Adler ein, so daß diese erschrocken aufflogen. Sie schraubten sich hoch, flogen aber nicht davon, sondern kreisten drei Pappellängen über dem Haus und wurden immer mehr. Salman hatte den großen Adler nicht losgelassen; die Hände um den Hals des Vogels geklammert, wälzte er sich mit dem zappelnden Tier in einer Staubwolke über den Boden. Die Hände, der Kopf, ja, der ganze Körper des Jungen waren blutverschmiert, und sein Zeug hing in Fetzen.

Die Dörfler mühten sich, den Adler aus den Händen des Jungen zu befreien, doch sie konnten die um den Hals des Vogels gekrallten Finger nicht auseinanderbiegen. Als sie es schließlich geschafft hatten, rührte sich der Adler nicht mehr. Die Nickhäute wie Schleier über seinen Augen, lag er mit ausgestreckten Flügeln im Staub.

Trotz der Pflege und reichlicher Medikamente waren Salmans Wunden erst einen Monat später verheilt. Zero aber ließ sich auch jetzt nicht davon abhalten, Hühner zu züchten. »Auch nächstes Jahr lasse ich Eier ausbrüten«, verkündete sie, »diesmal von sieben Glucken sogar ... In diesem Jahr hat mein Salman einen von ihnen umgebracht, nächstes Jahr wird er sie alle töten, diese Adler.«

Der Sommer kam früh. Schlagartig senkte sich die gelbe Hitze über die Çukurova. Felsen und Erde knisterten in der Sonnenglut, und dampfend strömten die Gewässer dahin. Die Luft flimmerte, daß die Menschen die Augen nicht öffnen konnten, ohne vom Tageslicht wie von Feuerkugeln geblendet zu werden. Aus den Sümpfen von Akçasaz am Fuße des Anavarza-Felsens stiegen Wolken von Mücken, ließen im Dorf niemanden schlafen, brachten den Tod. Wohl die Hälfte der Dörfler litt bereits am Sumpffieber, und kaum war der Sommer da, hatten sie schon mehrere Sterbefälle. Auch die Familien von Ismail Aga und Ömer wurden vom Fieber geschüttelt und zitterten zähneklappernd in der brütenden Hitze. So hatten die Zähne der Reiter nicht aufeinandergeschlagen, als sie über die Eisdecke des Van von einem Ufer zum andern geprescht sind. Es gab keine Medikamente, gab kein Chinin, und in der Stadt gab es nur einen Arzt: Ahmet Bey. Der setzte jedem Patienten eine Spritze, schlug dann die Hände über dem Kopf zusammen und jammerte: »Was kann ich dagegen ausrichten, ich habe ja nichts anderes.«

Ismail Aga mietete sich im Dorf ein Fuhrwerk, lud die Familie mit Kind und Kegel auf den Wagen und brachte sie in die Stadt zu Doktor Ahmet Bey. Nur eines der Kinder war gesund und quietschvergnügt: der rundum gutgenährte Salman.

Nachdem der Arzt jedem eine Spritze gegeben hatte, sagte er zu Ismail Aga: »Hör mir gut zu, diese Krankheit wird Sumpffieber genannt, und dagegen gibt es keine Medizin. Es gibt sie schon, aber nicht in unserem Land. Ich gebe dir einen guten Rat: Sorge dafür, daß deine Angehörigen diesen Sommer viel Gemüse essen und auch viel Obst. Außerdem gibt es Moskitonetze, schon mal gesehen?«

»Habe ich noch nie gesehen«, antwortete Ismail Aga.

»Du wirst dir diese Moskitonetze besorgen und nachts darunter schlafen, verstanden?«

»Verstanden«, sagte Ismail Aga.

Vom Arzt ging er sofort in die Ladenstraße, wechselte ein Goldstück und kaufte für seine Familie, aber auch für die Ömers Moskitonetze, die ersten im ganzen Dorf.

So einen heißen Sommer hatten die Menschen auch in der Çukurova noch nicht erlebt. Die einfallenden Sonnenstrahlen zerstoben funkelnd auf den Felsen und verwandelten sich in flimmernde Schleier. Die Sümpfe, dichtes Schilf und endlos weit verstreute Schwarzdornbüsche wiegten sich in dunstiger Grelle, knisterten in der alles verdorrenden Glut. In dieser Hitze flogen nicht einmal Vögel am Himmel. Bienen, Käfer und Schmetterlinge hatten sich in den Schatten geflüchtet, ihre Flügel zusammengelegt und schwitzten. Nur die Zikaden zirpten umso lauter von überall her, je heißer es wurde. Sie sirrten in den Bäumen, in Büschen, im Gras, auf Felsen und auf der Erde. Weit draußen in der Leere des Horizonts flossen die blaue Ebene und der Himmel ineinander, stieg wie feiner Nebel ein fahles Licht auf, rötlich gleißend wie Eisen im Schmiedefeuer der Esse und ebenso heiß, stieg schwingend auf und verwandelte die Welt in einen Glutofen. Außer den Reisfeldern, die in allen Grüntönen leuchteten, den weitgestreckten Sumpfwiesen gab es keine Pflanze, keine Blume, nicht den kleinsten grünen Halm. Die Bäume unten in der Ebene, die Krüppeleichen hoch oben zwischen den Felsen waren bis zu den Wurzeln schwarz angelaufen, ihre verdorrten Blätter an den Rändern verkohlt.

Handbreite Risse durchzogen die Erde, Wolken von Staub glitten über die Ebene, hüllten Dörfer, Hügel und Pappeln ein. Nur die Wipfel der hohen Platanen, die Gipfel der schroffen Felsen und die Spitzen der Minarette lugten aus den Staubwolken hervor.

Über die Mittagszeit kam kein Laut mehr aus den Dörfern und

der Ebene. Nur wer genau hinhörte, vernahm in der Erde, in den Felsen und den verdorrten Pflanzen ein leises Knistern. Während dieser Stunden schien jedes Geschöpf zu ersticken, man mußte eine ganze Weile Mund und Maul aufreißen, um Luft zu holen. Voller Ungeduld sehnte jedermann den Spätnachmittag herbei. Die Schwalben waren die ersten, die aus ihren Nestern schossen, danach fingen vereinzelt und zögernd die Zikaden wieder an zu zirpen, zogen im Süden drei Minarettlängen über dem Mittelmeer weiße Wolken auf, fing sanft der Westwind an zu wehen, erhoben sich schimmernd feine Staubsäulen auf den Wegen, um gleich wieder zu verschwinden, zeichneten immer mehr pfeilschnelle Schwalben schwarze Linien in den glasklaren Himmel, schraubten sich die Adler von den Felswänden in die Höhe, streckten mit ausgebreiteten Flügeln die Brust in den schwachen Wind; die Wolken stiegen, schimmerten heller, blähten sich, türmten sich übereinander, Himmel und Ebene färbten sich von Weiß in Blau, der Westwind wurde heftiger und kühler, die Staubsäulen vermehrten sich, wurden länger, fielen nicht mehr in sich zusammen, wanderten wie ein lichter Silberwald nordwärts zu den übereinandergeschichteten Bergketten des Taurus, und das Gezirpe der Zikaden steigerte sich ohrenbetäubend, während die Schatten heller wurden, sich nach Südosten ausdehnten; und das war die Zeit, wo sich die Fieberanfälle häuften: Zitternd und zähneklappernd stürzten die Kranken ins Freie, wälzten sich wimmernd im Staub und Dung des Hofes. Alle Geschöpfe schienen vom Sumpffieber gelb angelaufen zu sein und im Todeskampf zu beben. In dieser Stunde nahm Ismail Aga Salman bei der Hand und wanderte mit ihm hinter den haushohen Felsen am Fuße der Festung, denn in seinem Schatten war es kühl, auch wenn die Welt vor Hitze knisterte, hier wehte der Wind frei von Staub, ein bißchen feucht sogar und geschwängert vom bitteren Geruch der brandigen Erde, des wild wuchernden Thymians und der verdorrten blauen und gelben Blütenköpfe der Karden. Ismail Aga breitete das Hirschfell seiner Mutter im Schatten aus und stellte sich darauf zum Nachmittagsgebet auf, während Salman ihn nicht einen Lidschlag lang aus den Augen ließ und jede Bewegung seines so mutigen und stattlichen Vaters in seinem Innersten festhielt. Ismail Aga spürte die Liebe und Bewunderung, die Salman für ihn empfand, las es in dessen Augen, und erfüllt von unendlichem Stolz und Glück, gab er sich dieser Freude hin und dankte am Ende des Gebets seinem Herrgott, daß dieser ihm auf dem Weg durch die Hölle zum Trost für die zu sich gerufenen sechs Angehörigen den Jungen geschenkt hatte.

Es mußte einen Grund geben, daß von all den Dorfkindern nur Salman vom Sumpffieber verschont blieb. Ganz sicher auch, weil Ismail Aga und Zero ihn so umsorgt hatten. Außer den Söhnen Memet Efendis war er der einzige, der Schuhe hatte, gebügelte Hosen, seidene Hemden und eine gestreifte, blaue Jacke trug. Jedesmal wenn Ismail Aga in die Stadt fuhr, brachte er Salman irgend etwas mit, kam er nie mit leeren Händen. Salman bekam die frischeste Butter, den besten Honig, das fetteste Fleisch. So manche Nacht stand der Junge auf, schlich zu Ismail Aga, umarmte ihn mit all der Liebe eines Kindes und schlief, die Nase in den Haaren seines Vaters vergraben, neben ihm ein. Zwischen diesem großen, stattlichen Mann und dem helläugigen Jungen floß ein nicht versiegender Strom von Liebe.

Hinter dem Felsen bekam auch Ismail Aga Malariaanfälle, und wenn sich dieser riesige Mann stöhnend und zitternd auf dem Boden krümmte, seine Zähne aufeinanderschlugen, als würden sie zerbrechen, und er sich manchmal wimmernd wälzte, weil er es nicht mehr aushalten konnte, dann durchlitt auch der Junge heimlich diese Anfälle. Er wimmerte, flog am ganzen Körper, warf sich zu Boden, krümmte sich, wenn auch unauffällig, in einer Felsnische, durchlitt gleichfalls mit hervorquellenden Augen die Schmerzen seines Vaters, kauerte dann völlig ausgepumpt eine Weile in der Mulde, mit schmerzverzerrtem Gesicht, als seien seine Glieder in einem Mörser zerstampft worden. War er wieder bei Kräften, erhob er sich, ergriff Ismail Agas riesige, wie knorrige Baumwurzeln rauhe Hände und drückte sie an seine Brust.

Nach wenigen Monaten schon sprach Salman so fließend Türkisch wie die einheimischen Kinder. Er hatte auch Kurdisch gelernt, so daß er für Zero, für Pero, Hazal, Hasan und die anderen dolmetschen konnte. Der Vater brüstete sich mit dem Talent seines Sohnes und nahm ihn mit, wohin er auch ging. Vater und Sohn waren immer zusammen, trieben in einem Meer von Glück; war der eine traurig, härmte sich auch der andere, war der eine krank, wurde es auch der andere. Sie sangen gemeinsam, spielten gemeinsam, und manchmal sang Salman in einer Sprache, die Ismail Aga noch nie gehört hatte, sang mit seiner kindlichen Stimme Lieder, die einen Menschen so aufwühlten, daß er vor Freude oder Wehmut nicht stillhalten konnte. Manchmal kamen darin die Wörter »Ismail Aga«, »Ismail Bey« vor, und Ismail Aga wußte, daß er gemeint war, und freute sich, denn diese Stellen barsten vor Liebe und Glück. Ergriffen stimmte auch er mit seiner dunklen, anrührenden Stimme ein langes kurdisches Lied an, daß es von den Felsen widerhallte, dann hockte Salman sich zu seinen Füßen nieder, schaute in Bewunderung versunken zu ihm hoch und rührte sich nicht. Bei Sonnenuntergang kehrten Vater und Sohn Hand in Hand nach Hause zurück. Zero empfing die beiden, nahm Salman in die Arme, dann drückte sie heimlich die Finger ihres Mannes und wurde dabei rosarot vor Verlegenheit.

In jener Zeit drängten die Flüchtlinge aus dem Osten, dem Südosten und der Mesopotamischen Ebene in die Çukurova. In den Senken, am Rande von Sumpf und Schilfdickicht, unter Bäumen und Felsvorsprüngen mehrten sich die verblichenen Zelte. Seuchen und Sumpffieber rafften so viele der Menschen dahin, daß die geschwächten Überlebenden sie nicht begraben konnten. Hunde, Adler, Geier und Schakale zerrissen die auf Feldern und im Gestrüpp abgelegten, stinkenden Leichen. Und wen das Sumpffieber verschonte, der starb vor Hunger. In der so fruchtbaren Çukurova fanden die Flüchtlinge keinen Bissen Brot. Wenn sie nicht verhungerten, gingen sie den Einheimischen für eine Handvoll Hafer, für einen Napf Yoghurttrank an die Kehle.

Ismail Aga krempelte die Ärmel hoch, griff sich Memet Efendi, ging mit ihm von einem Bey der Turkmenen zum nächsten und schilderte jedem von ihnen das Elend der Flüchtlinge. Sie wußten es schon längst, aber erst die aus ehrlichem Herzen kommende, mit warmer Stimme vorgetragene Fürbitte, dazu in ihrem heimatlichen, ostanatolischen Türkisch, zeigte bei ihnen Wirkung. Die Beys ließen in ihren Dörfern Nahrungsmittel sammeln, gaben den Flüchtlingen Unterkünfte und bewahrten viele von ihnen vor dem Hungertod. Aber nach und nach war auch das Geld, das der kostbare Gürtel gebracht hatte, aufgebraucht. Trotz der Proteste Zeros, Hasans und Ömers hatte Ismail Aga es unter die Flüchtlinge verteilt. Jetzt kannte jeder in der Umgebung den Großen Ismail Aga, wie er genannt wurde, und jeder wollte diesen gütigen, stattlichen Mann sehen, seine schöne, herzlich klingende Stimme hören. Die Geschichte von Salman, von den Häusern der Armenier, die Geschichte der vom Nest vertriebenen Vögel gingen von Mund zu Mund, jeder tat das Seinige dazu, und so entstand eine stetig wachsende Legende. Und da Ismail Aga bei jedem seiner Schritte Salman an seiner Seite hatte, konnte auch niemand übersehen, wie zugetan sich die beiden waren.

Nun ließ sich die Not auch bei ihnen nieder. Den ganzen Winter gab es für sie nur noch trockenes Brot. Die Nachbarn ahnten es wohl, konnten sie aber nicht dazu bringen, auch nur die kleinste Hilfe anzunehmen. Bis es eines Nachts Memet Efendi zuviel wurde. Er kam mit einem Karren, auf den er Grütze, Mehl, Kichererbsen, Bohnen und Linsen und einen Krug Butter geladen hatte, angefahren, ließ alles, ohne ein Wort zu verlieren, eilig ins Haus tragen und machte sich, stumm wie er gekommen war, wieder davon.

Doch mit Wassereimern läßt sich kein Mühlrad drehen! Wie lange konnten bei so vielen Mündern die von Memet Efendi herbeigekarrten Nahrungsmittel schon vorhalten ... Und kein Schimmer von Hoffnung. Ismail Aga zerbrach sich den Kopf, aber in diesem abgelegenen Dorf gab es für ihn kein Auskommen. Hin und wieder bereute er jetzt, all seinen Besitz an die Vertriebenen verteilt zu haben, aber dann tröstete er sich mit den Worten: »Du kannst schließlich nicht mit Taschen voller Gold herumlaufen, während das Volk im Elend umkommt.« Und an die Stelle seiner von Selbstvorwürfen genährten Wut trat heitere Gelassenheit, spürte er unbändige Freude.

Der eisige Poyraz aus dem Norden, der von den Hängen des Taurus herunterstürmte, schlug die Menschen schlimmer als die Fieberanfälle. Die Torkelnden Disteln, dornige Ballen doppelt so groß wie ein Menschenkopf, losgerissen von den violetten Felshängen am Fuße der Festung, wirbelten ins Dorf, rollten über die Plätze und häuften sich in den engen Gassen. Viele trieb der schneidende Nordwind auf den Fluß, daß es zeitweise aussah, als flössen Dornen dahin. Nachts fiel Reif, bedeckte das Dorf, die Felder und Hänge, und die Erde knirschte unter den Füßen. In dieser bittern Kälte gab es im Hause Ismails nicht einmal Feuerholz. Das Dorf war arm, und wie im Osten des Landes teilten sich die Dörfler hier die Häuser mit ihren Tieren. Für Ismail Aga war das unverständlich. Im Osten mußten die Menschen sich bei ihren Tieren wärmen, der harte Winter dauerte dort neun Monate. Aber hier, wo der eisige Poyraz höchstens zehn Tage wehte und nicht öfter als vier oder fünfmal im ganzen Winter? Ein milder Winter zudem, mit viel Regen, aber auch sonnigen Tagen! Wie kam es also, daß diese Menschen mit ihren Tieren zusammenlebten?

Eines Morgens rief Ismail Aga seinen Bruder zu sich. »Hasan, wir müssen etwas unternehmen. Der letzte Rest Mehl geht zur Neige, Fett haben wir überhaupt nicht mehr, wie sollen wir so durch den Winter kommen?«

»Ich kann zu Memet Efendi gehen und ihn bitten«, schlug Hasan vor.

»Das geht nicht«, winkte Ismail Aga ab, »Memet Efendi ist schließlich nicht das Haupt unserer Familie. Und wie sollen wir zurückgeben, was er uns gibt?«

»Im Sommer finden wir Arbeit«, sagte Hasan.

»So lange will ich nicht warten.«

»Ich kann mich im Dorf als Hirte verdingen.«

»Das Dorf hat einen Hirten.«

»Dann sag du, was wir tun sollen«, meinte Hasan.

»Ich habe lange überlegt, und da ist mir etwas eingefallen, ob wir wollen oder nicht, wir müssen ...«

»Und was ist es?« fragte Hasan.

»Wir arbeiten bei Memik Aga, die Wurzeln der Bäume roden«, sagte Ismail Aga.

»Wir haben doch noch nie Wurzeln gerodet!«

»Wir werden es lernen«, antwortete Ismail Aga. »Niemand kommt schließlich als Wurzelausreißer auf die Welt.«

»Was werden denn die Dörfler dazu sagen?« entgegnete Hasan. »Das ist doch keine Arbeit, die unsereinem ziemt.«

»Sie paßt zu uns«, lachte Ismail Aga, »und wie sie zu uns paßt. Es gibt keine unpassende Arbeit, Hasan. Wo du im Schweiße deiner Stirn dein Brot verdienst, da ist Schönheit!«

Sie machten sich gleich auf den Weg. Memik Agas Konak stand am Fuße der Hänge in der Nähe eines Felsens, von dem klares Wasser in ein großes Becken tropfte. Am Hoftor empfing sie ein Diener in rohledernen Opanken. Über seine handgewobenen Pluderhosen hatte er gemusterte Kniestrümpfe gezogen.

»Oho, Ismail Aga, seid willkommen!« rief er freudig erregt, doch dann stutzte er einen Augenblick. »Ihr wollt bestimmt den Aga sprechen, ich sage sofort Bescheid.« Er lief zur Außentreppe des Konaks. Kaum war er im Haus, öffnete sich ein Fensterladen zum Hof.

»Sag, Kurdensohn«, rief von oben herunter in rüdem, leicht spöttischem Ton Memik Aga, »sag mir, was du willst!«

»Ich bin Ismail«, entgegnete Ismail Aga mit zitternder Stimme.

»Ich weiß, ich weiß, nun sag schon, Kurdensohn, was willst du?«

»Wir sind gekommen, um nach einer Arbeit zu fragen«, antwortete Ismail Aga, der sich wieder gefangen hatte.

»Was für eine Arbeit?« Sein Gesicht war länglich, seine Lippen schmal, wie mit einem Rasiermesser eingeschlitzt, und mit seinen hervortretenden Backenknochen, der spitzen Nase und den schrägen, engen Augenlidern sah er einem Schakal sehr ähnlich. Er musterte Ismail Aga mit verkniffenem, haßvollem Blick.

»Wir könnten Wurzeln roden«, entgegnete Ismail zurückhaltend mit klarer Stimme.

»Hast du denn schon einmal Baumwurzeln ausgehoben?« fragte Memik Aga, und der Spott in seiner Stimme war offensichtlich.

»Wir werden's schon schaffen«, sagte Ismail Aga.

»Wir werden's schon schaffen«, echote Hasan kaum hörbar, denn er hatte noch Schwierigkeiten, Türkisch zu sprechen. »Wurzelrodung ist die schwerste Arbeit der Welt, weißt du das?«

»Ich weiß«, lächelte Ismail Aga.

»Weißt du auch, wie hoch der Tagelohn ist?«

»Ich weiß.«

»Meldet euch morgen früh vor dem Morgengebet dort im Stall, wo sich alle Waldarbeiter versammeln. Der Vormann wird euch Hacke und Spaten geben, einverstanden?«

»Einverstanden«, antwortete Ismail Aga.

Krachend wurden die Fensterläden zugeschlagen.

Ismail Aga war's recht so, ja, er war froh darüber, denn dieser Gang hatte ihm schwer auf dem Magen gelegen. Er hatte sich immer wieder vorgestellt, wie Memik Aga, der ja immer am Fenster stand und zur Festung hinaufstarrte, ihn sofort entdeckt, in den Hof eilt, ihn untergehakt die Treppe hinaufgeleitet und bewirtet. Hinterher bei Memik Aga um Arbeit nachzufragen, dazu noch um Tagelöhnerarbeit, wäre ihm doch sehr schwergefallen. Nächtelang hatte er sich diese Szene zurechtgelegt ... Eine reich gedeckte Tafel, Ehrbezeugungen, danach Säfte und Kaffee und dann Memik Agas unausweichliche Frage: »Hat Ismail Bey vielleicht ein Anliegen«, und seine mit Hängen und Würgen gestammelte Antwort: »Ja, ich hätte da ein Anliegen.«

»Zu Diensten, jede Bitte unseres Ismail Bey ist uns Befehl.«

»Eine Arbeit, Aga.«

»Was für eine Arbeit?«

»Hasan und ich wollen auf Ihren Feldern Baumwurzeln roden.«

Vor Aufregung wird Memik Agas langgestrecktes Schakalgesicht noch länger, er springt im Kreis, wird rufen: »Aber ich bitte Sie, um Gottes willen!«

»Wir beide haben uns überlegt, anstatt tatenlos herumzusitzen ...«

»Aber ich bitte Sie ...«

»Gehen wir doch auf unseres Memik Agas Ländereien und heben dort Wurzeln aus.«

Und wie Memik Aga sich noch ein bißchen windet und dann mit funkelnden, schlauen Schlitzaugen die Hand in den Halsausschnitt steckt, seinen großen, seidenen Geldbeutel hervorholt, die Goldstücke und Silbermünzen herauszählt und ruft: »Bitte, Ismail Bey, nimm, soviel du brauchst, mein Hab und Gut gehört auch dir!«

Nun war es besser verlaufen, als er gedacht hatte. Zumal Memik Aga ihn von oben herab behandelt, ihn Kurdensohn genannt und sich über ihn lustig gemacht hatte. Mehr froh als betroffen, eilte er nach Haus und machte sich daran, für sich und Hasan aus rohem Rindsleder, das er sich bei einem Nachbarn besorgt hatte, Opanken zu nähen. Hasan hatte sich ihm gegenüber hingehockt und ließ ihn nicht aus den Augen.

»Was ist, Hasan, warum starrst du mich so an?« fragte Ismail, der das erste Paar Opanken schon fertiggenäht hatte und hochschaute.

Hasan, zitternd und kurz vorm Weinen, ging aus der Hocke in die Knie und ergriff Ismails Hand: »Mein Aga, mein Ismail, tu uns das nicht an, werde kein Tagelöhner, du hast doch gesehen, wie dieser Fünfkuruşkerl sich benommen hat, ist dir nicht aufgefallen, daß er dich mit dem Wort Kurdensohn erniedrigen wollte?«

»Na und?«

»Geh bitte nicht hin, bring mich meinetwegen um, aber tu uns das nicht an. Wir kommen aus einem Haus, wo ein Abdale Zeyniki sich niederkniete, um Balladen vorzutragen. Mach uns nicht zum Gespött in der Çukurova!«

»Wieso zum Gespött?« entgegnete Ismail Aga. »Sollte Abdale Zeyniki erfahren, daß ich in der Çukurova Wurzeln gerodet habe und von einem Aga wie ein Knecht behandelt wurde, wird er auch darüber eine Ballade singen.« Und er lachte vor überschäumender Freude.

»Tu's nicht, bitte!« jammerte und flehte Hasan.

»Ich werde Baumwurzeln roden, und wenn's sein muß jahrelang. Sind die Männer, die zehn, fünfzehn Jahre rastlos Wurzeln ausgraben, denn keine Menschen?«

»Natürlich sind es Menschen, aber sie sind arm.«
»Wir sind auch arm, Hasan, wir sind es auch!« erregte sich Ismail Aga.
»Ich werde allein Wurzeln roden, mein Aga, das wird für den Lebensunterhalt der Familie reichen.«
Bereits vor Anbruch des Tages, lange vor dem Morgengebet, standen sie vor dem Stall von Memik Aga. Hasans Lippen waren so fest aufeinandergepreßt, als seien alle seine Angehörigen letzte Nacht verschieden und ihre Leichname ihm gerade über den Weg gelaufen. Er tat Ismail Aga leid, denn er war sicher: Hasan hätte sein Leben geopfert, damit sein Aga Ismail sich nicht verdingen mußte, ohne zu zögern. Hasan sah in seinem Aga einen Heiligen, einen großen Bey, ein unerreichbares, übermenschliches Wesen. Und dieser Übermensch durfte nicht mit rohledernen Opanken an den Füßen im Kreise gewöhnlicher Landarbeiter Wurzeln roden. Aber ihm widersprechen konnte er auch nicht, denn er wußte seit seiner Kindheit, dieser Ismail war jemand, der – einmal gesagt! – keine Widerrede duldete.

Noch war niemand zu sehen, und sie setzten sich nebeneinander auf einen behauenen Marmorblock mit gemeißeltem Widderkopf. Bald danach hörten sie Stimmen im Stall, verschlafene Männer kamen in Unterzeug heraus, stellten sich hinter die Bambushütte und pinkelten. Andere Tagelöhner kamen herbei, gingen gähnend in die Hütte oder hockten sich am Eingang nieder. Vom Konak schleppten zwei Frauen an Henkeln einen großen, dampfenden Kupferkessel herbei, aus dem der Duft einer Yoghurtsuppe mit Knoblauch und gebratenem rotem Paprika in die klare Luft des dämmernden Morgens stieg. Die Frauen verschwanden im Stall, ihnen folgte ein Diener mit einem Stapel ausgerollter Brotfladen, und als dieser hineinging, steckte ein dunkelhäutiger, fast mohrenschwarzer Knecht mit langem Schnurrbart den Kopf heraus, musterte die beiden auf dem Marmorblock, verzog das durchfurchte Gesicht zu einem spöttischen Lächeln und rief: »Na, ihr Kurdenjungen, gestern sagte der Aga, ihr würdet mit uns Wurzeln roden, stimmt's?«

Hasan richtete sich auf, wollte diesem dunkelgesichtigen Mann eine gebührende Antwort geben, fing sich aber, als Ismail Aga seine Hand ergriff.

»Wir kommen mit«, antwortete Ismail Aga selbstsicher und ein bißchen von oben herab.

»Dann kommt erst einmal herein und eßt euch satt!«

»Wie du wünschst«, sagte Ismail Aga zurückhaltend.

»Es ist eine schwere Arbeit«, fuhr der Mann fort, »eine beschissene Arbeit, die nicht jeder schafft. Und was mich anbelangt, ich mache keine Unterschiede zwischen den Leuten und dulde keine Drückeberger.« Er sprach in Befehlston und ahmte in jeder seiner Bewegungen Memik Aga nach. »Bitte, bedient euch«, sagte er dann und bereute im selben Augenblick, daß ihm gegenüber diesen fremden Kurden das Wort »bitte« herausgerutscht war. »Eßt, soviel ihr könnt, einen solchen Überfluß findet ihr in diesen Zeiten der Not kein zweites Mal ... Eßt, bis ihr satt seid, aber arbeitet es dann auch ab!« Dann warf er ihnen zwei schwarz angelaufene, grobe Holzlöffel hin. »Und beeilt euch. Noch vor Sonnenaufgang müssen wir in den Schwarzdornbüschen sein!«

Aus dem großen, völlig verrußten Kessel füllten der dunkle Vorarbeiter und die beiden Frauen mit ihren Kellen die Suppe in drei große Schüsseln, in denen die pausenlos eingetauchten Holzlöffel aneinanderstießen.

Als sie das Feld erreichten, war die Sonne noch nicht aufgegangen. Von hier bis zum Fuß des Berges, der sich in der Ferne wie eine riesige blaue Welle abzeichnete, dehnte sich pechschwarz und drohend das dichte Gestrüpp des Schlehdorns. Wie zwei hohe Hügel türmten sich nebeneinander die geschnittenen Büsche und ausgehobenen Wurzeln. Nicht weit davon waren Eichenstämme wohl pappelhoch gestapelt. Memik Aga hatte angeordnet, keinen einzigen Baum auf dem Feld stehenzulassen. »Nichts, was auch nur Baum genannt werden kann, auf meinem Feld!« hatte er gesagt. »Nichts ist schädlicher als Bäume in der Natur unseres Allmächtigen.« Zu ihrer Rechten bis zu einem nur verschwommen erkennbaren Hügel mit einem alten, verfallenen Friedhof, zu ihrer Linken bis zu einer Flußbiegung, in deren Wasser sich eine lichte Reihe Weiden spiegelte, dehnten sich Hunderte

Morgen von gerodeter, wie durch ein Schüttelsieb verlesener Muttererde.

»Hör mir zu!« sagte der Dunkelhäutige, den sie Araber nannten, jetzt mit versöhnlicher Stimme und nahm Ismail Aga bei der Hand. Und sogar Hasan war nicht mehr so empört darüber, daß so ein Schwarzledergesicht sich erdreistete, die Hand seines Agas zu ergreifen, wenn er sich auch insgeheim sagte: »Ach, wären wir doch in unserer Heimat, dort würde ich es diesem hündischen Araber schon zeigen!« – »Hör mir gut zu«, wiederholte der Vorarbeiter, »denn du siehst nicht aus wie einer, der schon mal Wurzeln gerodet hat. Zuerst mußt du das Buschwerk mit dieser Hippe dicht am Boden abschneiden. Das abgeschnittene Gesträuch bringst du zu jenem Haufen dort, entweder gleich nach dem Schneiden oder am Feierabend, das kannst du entscheiden. Und dann, mein Bruder Efendi, schlägst du die Hacke in die Erde und hebst sie aus. Hör zu, Kurdensohn, ich bin seit drei Jahren dabei, kam damals weither aus dem flachen Ödland, der ausgedörrten Hölle Gottes, wo wir alles gaben für einen Tropfen Wasser, ein grünes Blatt, ein Büschel Gras, und hier habe ich bisher keinen Baum stehenlassen, habe jeden gefällt und zersägen lassen, und in wenigen Jahren werde ich auch die Çukurova in eine Wüste verwandeln. Nachdem ich sechs Monate gerodet hatte, beförderte mich der Aga zum Vorarbeiter. Es gibt keine festen Regeln fürs Roden, jeder Arbeiter hat seine eigene Art, gerade so, wie nach unserem Sprichwort jeder Recke auf seine Art den Yoghurt ißt. Nur eins: Es darf auch nicht das kleinste Stückchen Wurzelwerk im Boden zurückbleiben. Denn diese Schlehe ist so frech, daß auch das kleinste Stückchen, und sei es noch so tief im Boden, grad wie das Unsterblichkeitskraut Schößlinge treibt und wieder aus der Erde sprießt. Mehr habe ich dazu nicht zu sagen, außer daß du keine Brunnen ausheben mußt. Das bringt gar nichts. Grabe an den Wurzeln entlang bis zu ihren Spitzen. So wird deine Arbeit leichter. Alles andere hängt von deinem Köpfchen ab. Denk dran, daß ich dem, der die größte Fläche Brache schafft, den höchsten Tagelohn zahle. Siehst du den Mann dort, man nennt ihn Zalimoğlu Halil. Der dunkelbraune Junge dort, groß, jung und stattlich. Der bekommt immer den dreifachen Tagelohn. So einen Holzhauer findest du in der ganzen Çukurova nicht. Wieviel Jahre er schon im Dienste des Agas rodet, weiß er selbst nicht mehr. Sieh dir nur seine Hände an, diese Hände! Wie die Eichenwurzeln, die er ausgräbt!« Er rief zu Zalimoğlu hinüber: »Kommst du bitte ein bißchen her, Halil, diese Männer hier wollen dich kennenlernen, ich habe dich nämlich über alles gelobt!«

Die Hacke in der Hand, kam Zalimoğlu herüber. Er lächelte, und sein ganzer Körper, schlank und gutgebaut, sogar seine abgearbeiteten, schwieligen Hände schienen diese verhaltene Freude zu verströmen, mit der er sie aus leuchtenden, quicklebendigen Augen liebevoll anblickte, als seien sie uralte Freunde.

»Seid willkommen, Brüder«, sagte er. »Viel Glück bei der Arbeit, sie möge euch leicht fallen!«

Er musterte Ismail Aga, schaute dann Hasan an und sagte plötzlich mit jungenhaftem Lachen, als freue er sich über einen Spaß: »Augenblick, ich will vor euren Augen mal diesen Schwarzdorn rauszupfen. Schaut gut zu, danach werdet ihr wissen, wie es leichter von der Hand geht. Habt ihr schon einmal beim Roden zugeschaut?«

»Nein, wir haben es noch nie gesehen«, antwortete Ismail Aga verschämt lächelnd.

Halil nahm ein Beil zur Hand und hatte mit wenigen Hieben einen riesigen Strauch Schlehen abgeschlagen und zur Seite geschoben. Dann rückte er mit seiner großen, schweren Hacke, mit seinen Händen und Füßen, ja, seinem ganzen Körper dem Wurzelwerk so unglaublich schnell zu Leibe, daß er wie aus dem Wasser gezogen dastand, als er den Rest Erde aus den säuberlich gerodeten Wurzeln schüttelte. »So wird's gemacht«, lachte er, »und nun seid ihr dran, viel Glück!«

Mit gesenktem Kopf stapfte er davon, doch bevor er weiterarbeitete, richtete er sich noch einmal auf und rief: »Was ich noch sagen wollte: Haltet Hippe und Hacke locker, packt ihr sie zu fest an, bekommt ihr Schwellungen an den Händen!«

»Machen wir«, entgegnete Ismail Aga.

Seite an Seite machten sie sich an die Arbeit und rodeten bis zum Abend mehr Wurzeln als die anderen Holzhauer. Aber bei Arbeitsschluß gab es an ihren Körpern auch keine Stelle mehr, die nicht schmerzte. Beider Hände waren angeschwollen, hatten dicke Blasen bekommen.

Auf dem Rückweg ins Dorf blieben sie weit hinter den anderen zurück, sie bekamen die Beine nicht auseinander, und Halil hockte sich am Wegrand hin und wartete auf sie. »Morgen bekommt ihr eine Salbe von mir, die nimmt euch alle Schmerzen, und nach zehn Tagen habt ihr schützende Schwielen an den Händen. Ich weiß, ihr habt das Gefühl, als fiele euch das Fleisch von den Knochen, und ihr seid so zerschlagen und erschöpft, daß ihr nicht mehr wißt, ob ihr noch alle Glieder beisammen habt. Nun, ein knapper Monat noch, und ihr habt es hinter euch. Roden ist ein schweres Gewerbe, Gott schütze Seine Diener davor, aber ihr werdet euch daran gewöhnen, und Gott möge euch baldigst von dieser Arbeit erlösen!«

»Amen!« sagte Hasan, der sonst nie vor seinem älteren Bruder das Wort ergriff.

Kaum im Hause, warfen sich Ismail Aga und Hasan auf ihr Lager, mochten nicht einmal an Essen denken. Aber einschlafen konnten sie auch nicht, sie wälzten sich bis in die frühen Morgenstunden vor Schmerzen in ihren Betten. Dann schwankten sie unausgeschlafen und eigenartig benommen vor Tagesanbruch wieder zum Eingang von Memik Agas Stall und setzten sich auf den antiken Stein mit dem Widderkopf und den unverständlichen Schriftzeichen.

Wieder wurde der dampfende, nach Knoblauch duftende Kessel in den Stall getragen. Ismail Aga und Hasan hockten sich zum Essen nieder, doch sie waren so erschöpft, daß es ihnen sogar schwerfiel, den Löffel zu halten.

»Das wird schon wieder«, tröstete sie Halil und lächelte. »Gestern abend habe ich für eure Hände diese Medizin gekocht«, sagte er und reichte Ismail Aga ein Fläschchen. »Damit salbt ihr heute abend vorm Schlafengehen eure Hände ein und verbindet sie.«

»Ich danke dir, Bruder!«

Auch der Tag verging bei harter Arbeit. Zuerst trat ein, was sie befürchtet hatten: Sie konnten mit den angeschwollenen, stellenweise aufgesprungenen Händen weder Hippe noch Hacke halten. Doch sie hatten keine Wahl, und bei jedem Schlag zog der Schmerz pochend durch sämtliche Glieder. Dabei wurde ihnen so übel, daß sie am liebsten gekotzt hätten. Doch je mehr sich ihre Körper erhitzten, desto weniger schmerzten ihre Hände, bis schließlich das Pochen ganz aufhörte.

Bei harter Arbeit überstanden sie mit Hängen und Würgen auch diesen Tag und kehrten völlig erschöpft abends wieder heim. Dort herrschte Stille wie in einem Trauerhaus. Niemand lachte, und auch Salman, der am Herd saß, starrte mit unbeweglichem Gesicht in die glimmende Asche.

»Was ist geschehen, was ist los?« fragte Ismail Aga.

»Ach, gar nichts«, antwortete Zero mit verbissenem Gesicht.

»Ach, gar nichts«, wiederholte Ömer. »Wir haben bloß hin und her überlegt und meinen, daß du ab morgen nicht mehr roden wirst und ich statt deiner gehe.«

Ismail Aga war mitten im Zimmer stehengeblieben und sagte scharf: »Ich werde roden gehen!«

»Aber das ist unmöglich, Aga«, widersprach Ömer. »Es geht doch nicht an, daß ein Bey deiner Herkunft Baumwurzeln ausgräbt. Hast du dafür in Van so lange studiert?«

Zero ging sofort zu ihm. »Sei still, Ömer!« flüsterte sie ihm ins Ohr. »Wenn du weiter so sprichst, bringst du ihn in Wut.«

Schwer atmend ging Ismail Aga zum Kamin und hockte sich hin. Er fühlte sich wie zerschlagen. Mit seiner Hand, die er mit Lappen umwickelt hatte, strich er Salman übers Haar, doch der Junge trotzte, hob nicht einmal den Kopf.

»Was denn, Salman, du auch?«

Salman blickte hoch, seine Augen waren voller Tränen. »Geh da nicht hin, Wurzeln graben«, schluchzte er. »Es ist schade um dich, schade!«

Ismail Aga nahm ihn in die Arme und drückte ihn an seine Brust. »Weine nicht, mein Junge, aber ich muß dahin, damit wir von niemandem abhängig sind. Auch diese Tage gehen vorüber, wenn erst einmal der Sommer kommt ...«

»Verkaufen wir doch die Kelims«, sagte Zero. »Sie wiegen die Tränen des Jungen schließlich nicht auf. Wenn wir mehr Luft haben, webe ich noch viel bessere.«

Ismail Aga warf ihr einen Blick zu, daß sie erstarrte und tausendmal bereute, so unbedacht geredet zu haben. »Verzeih, Aga«, sagte sie schließlich, »das war nicht recht von mir, verzeih!«

Ismail Aga wiegte Salman in seinen Armen und flüsterte ihm beruhigende Worte ins Ohr, bis der Junge plötzlich vor den erstaunten Augen der anderen losprustete. Dann lachten Vater und Sohn lauthals, sahen sich an und konnten gar nicht mehr aufhören.

»Soll ich das Essen bringen?« fragte Zero, die sich wieder gefangen hatte.

»Worauf wartest du noch?« rief Ismail fröhlich. »Und nach dem Essen wirst du meine Hände verbinden. Dort in der Flasche ist ein Heilmittel, das mir Halil, der beste der Holzhauer, zusammengebraut hat.«

Zero breitete sofort die selbstgewobene Matte in der Mitte des Zimmers aus. Es gab nur Grützpilaw und Trinkyoghurt. Ismail Aga hatte auch heute keinen Appetit, aber nach diesem unangenehmen Vorfall mußte er wohl oder übel den Heißhungrigen spielen, um die Wogen ganz zu glätten. Nach dem Essen ließ er sich die Hände einsalben und verbinden und legte sich sofort ins Bett. Diesmal konnte er, wenn auch erst nach Mitternacht, einige Stunden schlafen.

Am Abend des dritten Arbeitstages kam Memet Efendi vorbei und versuchte, Ismail Aga von der schweren Arbeit abzubringen. Als er ihn trotz aller Überredungskünste nicht überzeugen konnte, ging er hinaus und schlug wütend die Tür hinter sich zu.

Aber auch die Dörfler wußten nicht, was sie von Ismail Aga halten sollten, von diesem Mann, der bei seiner Ankunft mit Goldstücken nur so um sich geworfen hatte, der alle vierzehn Tage, mindestens aber einmal im Monat, nicht nur für sich, sondern auch für Freunde und Nachbarn vor seiner Tür Lämmer und Schafe schlachten ließ, der in seinem Hof Webstühle aufstellte, an denen die Mädchen des Dorfes gegen gutes Geld die schönsten Kelims weben konnten, der seinem Adoptivsohn Salman Woche für Woche die schönsten Schuhe und Kleider aus der Stadt mitbrachte, siechen und malariakranken Dörflern Ärzte schickte und Medikamente besorgte und immer zur Stelle war, wenn man ihn brauchte. Ja, was war nur in diesen Mann gefahren, daß er jetzt an Memik Agas Tür klopfte, um sich als Holzhauer zu verdingen?

»Dieser Mann ist verrückt«, meinten einige. »Hat sein ganzes Geld, sogar das Entgelt für den goldenen Gürtel seiner Frau, den Hungrigen, Malariakranken und vertriebenen Kurden geschenkt und steht jetzt selbst verarmt und hungrig da.«

»Wenn ein Mann so großzügig und guten Herzens ist«, hielten andere dagegen, »wird er einfach für verrückt erklärt. Was sollte er denn anderes tun, wenn nicht Wurzeln roden? Er hat keinen Acker, kein Gerät, hat weder Kuh noch Ochs, noch Schaf, noch Ziege! Was sollte er denn anderes tun, mitten im Winter und in dieser Hölle von Çukurova?«

»Ein Mann, der in seinem Haus Agas und Beys empfing und von ihnen hoch geachtet wurde, soll im Dienste eines Memik Wurzeln roden?«

»Unmöglich!«

»Wie schade um den Armen.«

»Was einer nicht im Kopfe hat, das hat er in den Beinen!«

»Seine ganze Familie muß darunter leiden.«

»Die Armen wagen sich im Dorfe nicht mehr zu zeigen.«

»Sogar der kleine Salman verkriecht sich vor den Menschen.«

»Der doch sonst nur in blanken Schuhen und Festtagszeug durchs Dorf schlenderte ...«

»Jetzt nimmt er vor jedem Kind Reißaus, versteckt sich in der Kakteenhecke oder schleicht hinauf zur Burg.«

»Gott bewahre jedermann vorm Schlimmsten!«

»Gott allein kann nicht fallen!«

»Daß es mit diesen Kurden so enden würde, war vorauszusehen.«

»Vor lauter Etepetete konntest du nicht in ihre Nähe!«
»Schweig und lüge nicht, sonst verdorrt deine Zunge!«
»Die Armen waren ja auch nicht zimperlich!«
»Hätte dieser verrückte Ismail seine Goldstücke nicht verteilt, er wäre mit dem Geld ewig und drei Tage ausgekommen ...«
»Und das ganze Dorf dazu ...«
»Und wir Dörfler hielten diese Sprachlosen für was Besonderes und bauten ihnen auch noch einen Palast von Haus.«
»Und dieser vornehme Ibrahim der Hinkende, der nicht einmal sein eigenes Haus verziert, malt die Hauswände dieser Babbelkurden auch noch an.«
»Jetzt bereut er's tausendmal.«
»Lüge nicht! Ibrahim der Hinkende ist heute noch stolz darauf.«
»Er bereut es!«
»Er ist stolz darauf!«
»Seit er mit dem Roden angefangen hat, mag Ismail sich nicht vor anderen zeigen.«
»Armer Ismail, immer so fröhlich ...«
»Armer Ismail, immer so menschlich ...«
»Armer Ismail, der unsere Herzen mit Freude füllte, wenn er mit uns sprach.«
»Armer Ismail, Bey und Pascha der Kurden.«
»Armer Ismail, Gott bewahre jeden vor Vertreibung!«
»Und was fällt ihm denn ein, den Konak des Armeniers auszuschlagen?«
»Und wieso nimmt er keinen Acker eines Armeniers?«
»Und wieso widersetzt sich dieser Kurde in Opanken den Beys von Adana?«
»Seine Hände sind angeschwollen.«
»Er ist nur noch Haut und Knochen.«
»Leute haben gesehen, daß er beim Gehen schwankt.«
»Tag für Tag bei Morgengrauen in rohledernen Opanken zwischen Holzhauern vor Memiks Stalltür ... Und kein Wort wechselt er mit ihnen, sagt man ...«
»Der Araber läßt ihn nicht aus den Augen.«

»Arbeite, Kurdensohn, arbeite, Gott hat dich nicht umsonst so hochwachsen lassen!«

»Ja, so macht er sich über ihn lustig.«

»Memik kommt auf den Acker, sagt man, wo sie roden, und dieser Ismail soll aufspringen ...«

»Und vor diesem Fünfpara-Nichtsnutz ...«

»Mit verschränkten Händen strammstehen.«

»In geflickten Fetzen strammstehen!«

»›Nun, Kurdensohn‹, soll Memik ihn, morgens und abends, fragen, ›wie geht's denn unserem Holzhauer, wie ist denn das werte Befinden?‹«

»Und was soll der arme Ismail schon antworten? ›Dank unserem Memik Aga‹, soll er sagen.«

»›Dank deiner Hilfe müssen wir mit Kind und Kegel in der Fremde nicht Hungers sterben!‹ soll er sagen.«

»Sogar zum Brunnen geht Zero nur, wenn es dunkel ist.«

»Warum schämt sie sich denn, ist arbeiten Schande?«

»Gibt es in diesem Dorf denn jemanden, der nicht arbeitet?«

»Jemanden, der nicht unter der gelben Hitze beim Ackern verbrennt?«

»Und wir haben diese halbwilden Kurden für was Besonderes gehalten ...«

»Haben uns gefreut, daß was Besonderes in unser Dorf gekommen ist ...«

Nach einer Woche begannen die Wunden an Ismail Agas und Hasans Händen zu heilen, doch die umgewickelten Lappen konnten sie noch nicht entfernen. Auch die Muskelschmerzen hielten an, so daß sie sich noch immer die halbe Nacht in ihren Betten wälzten. Halil hatte ihnen in allem geholfen. Von Freude und kindlichem Stolz erfüllt, hatte er doch das Verständnis und Wissen eines Weisen. Um ihre Schmerzen zu lindern und ihnen die Arbeit zu erleichtern, hatte er getan, was er konnte. Wenn es nach ihm gegangen wäre, hätte er nach Feierabend auf seinen Schlaf verzichtet und auch noch ihren Abschnitt gerodet. Während der Arbeit ließ er sie nicht aus den Augen und hielt sie mit

Märchen und Geschichten aus den Bergen so bei Laune, daß sie oft laut herauslachen mußten, ihre Schmerzen vergaßen und sich wunderten, wie schnell der Feierabend herangekommen war.

Ismail Agas und Hasans Gesichter und Hände waren voller Kratzer und Schnittwunden. Ihr Zeug hing in Fetzen, und es gab wohl keine Stelle an ihren Körpern, die der Schwarzdorn nicht geritzt hatte.

»Mach dir nichts draus, Ismail, mein Aga«, lachte Halil. »Das ist das erste Gebot des Schwarzdorns. Es ist sein Gesetz, und dagegen ist kein Kraut gewachsen. Du weißt ja, wer einen Herd vernichtet, zerstört auch seinen eigenen! Wir fällen den Schwarzdorn, reißen seine Wurzeln heraus, vernichten sein Heim; dagegen darf er sich doch ein klein wenig wehren und unsere Nasen zerkratzen. Aber die Schlehen gewöhnen sich ans Sterben, und wir gewöhnen uns daran, ihre Heime zu zerstören ...«

»Wir werden uns daran gewöhnen«, nickte Ismail Aga, »werden bald Brüder des Schwarzdorns, dessen Herd wir löschen.«

Und er fragte sich wie schon so oft: Die ganze Ebene ist öd und leer, ist voll verlassener Felder und Höfe der Armenier, was hat diesen Memik Aga bloß geritten, daß er so mühevoll Ödland in Ackerland verwandelt?

Schließlich fragte er eines Tages Halil. »Schwarzdornerde ist sehr fruchtbar«, antwortete dieser.

»So fruchtbar nun auch wieder nicht«, meinte Ismail Aga, »es muß noch etwas anderes dahinterstecken.«

Später erfuhr er den wahren Grund: Memik Aga hatte zu viele Felder der Armenier unter den Pflug genommen, bei Nachfragen würde er dreist behaupten, er habe viel Ödland roden lassen. Außerdem waren die Holzhauer aus dem Taurus billige Arbeitskräfte, sie schufteten schon für einen Hungerlohn. Ein Taschengeld für jemanden mit Geld ... Memik Aga war schlau und gehörte zu denen, die vor Geiz ein Haar vierzigmal spalteten. Seit Ismail Aga dabei war, hatte er den Holzhauern nichts außer trockenem Grützpilaw vorsetzen lassen. Nun ja, frühmorgens die gute Yoghurtsuppe mit heiß übergossener roter Paprikabutter, mit Minze und Knoblauch, dieses traditionelle Essen der Turkmenen hatte Memik Aga, wer weiß, warum, nicht verwässert, aber mittags diese Grütze ohne Fett und dieser magere Yoghurt! Warum sie bei diesem kargen Essen überlebten, wurde Ismail Aga bald klar. Beim Roden entdeckten die Holzhauer Pilze im Gehölz, sie wuchsen hier zwei Handteller groß in Mengen, und Zalimoğlu Halil wußte, welche giftig waren. Die er für eßbar erklärte, wurden von allen gegessen, die anderen ließen sie links liegen.

Mit Halil hatte sich Ismail Aga in kurzer Zeit angefreundet. Er liebte ihn, wie er Salman, seinen Bruder Hasan und seinen in Van zurückgelassenen Vetter Hüseyin liebte. Und Halil hatte Ismail Aga auch ins Herz geschlossen.

»Es dauert nicht mehr lange, mein Aga Ismail«, sagte er, »es dauert nicht mehr lange, und ich kehre heim ... Bei Memik Aga habe ich schon viel Geld in Verwahrung. Er bewahrt auch meinen Lohn auf, den ich fünf Jahre lang als Pflücker in Adana gespart habe. Wenn ich dieses Jahr durcharbeite und vielleicht noch nächstes Jahr, dann bin ich mit allem durch. Und dann geht es heim! Seit Jahren habe ich meine Mutter nicht mehr gesehen, sie ist schon alt und lebt dort in den Bergen. Und dann ist da noch etwas, was auf mich wartet ...« Weiter kam er nicht, und wie in kindlicher Scham lief sein von Dornen zerfurchtes Gesicht puterrot an, starrten seine Augen zur Erde.

Der Frühling kam mit Macht. Ismail Aga und Hasan hatten sich zu guten Holzhauern gemausert, und die Dörfler schienen sie vergessen zu haben. Wie Schatten wanderten Zero, Salman, Hazal und Pero durchs Dorf. Ömer, der nach einigen Tagen die schwere Arbeit des Rodens nicht mehr schaffte, hatte, als alles schlief, seine Sachen gepackt und war bei Nacht und Nebel mit Frau und Kind aus dem Dorf verschwunden.

Der Frühling kommt mit Blüten und Knospen, Klatschmohn und Wildtulpen in die Çukurova, aber auch mit Bienen. Ganze Völker von Honigbienen hängen in riesigen Trauben an den Ästen, schwärmen um Stöcke und Felsen, dazu Wespen, Hummeln, Hornissen, Wildbienen, manche funkeln wie Goldtropfen oder Silberblitze, andere stahlblau oder pistaziengrün, sie überfluten die Welt mit ihrem hellen Gesumm, sammeln sich mit dunklem Gebrumm vor den Waben, schießen wieder in die Höhe, flitzen hin und her, schwärmen auseinander, ballen sich zusammen, gleiten wie Wellen ins Weite ...

Mit dem Frühjahrsregen wurde das Roden leichter. Und von morgens bis abends hielt Halils einschmeichelnde Stimme sie mit aufmunternden, vor Lebensfreude berstenden Liedern bei Laune. Ismail Agas und Hasans Wunden waren völlig verheilt, sie bekamen keine Muskelschmerzen mehr und konnten wieder schlafen. Auch die anderen fühlten sich in ihrer Würde nicht mehr verletzt. Sogar die Dörfler hatten vergessen, daß sie bei ihrer Ankunft keine Holzhauer wie diese Bergbauern waren. Memik Aga kam nicht mehr jeden Tag aufs Feld, fragte auch nicht mehr von oben herab: »Nun, Kurdensohn, hast du dich ans Roden gewöhnt?« Der Alltag war bei ihnen eingekehrt, Ismail Aga hatte Salman sogar ein Paar nagelneue, rote Schuhe aus der Kleinstadt mitgebracht.

Eines Morgens, sie waren beim Roden, kam plötzlich Cemşid angeritten, stieg lachend von seinem Pferd und umarmte die beiden. »Es war nicht leicht, euch zu finden«, rief er aufgeregt. »Zum Glück fiel mir Arif Bey ein. Der überlegte und überlegte, konnte sich aber zuerst nicht erinnern, wohin er euch geschickt hatte. Auf einmal schrie er: ›Vogel! Ist es dieser Vogel, den Haşmet Bey sucht? Diesen verrückten Vogel?‹ Er nannte dieses Dorf, und da bin ich! Haşmet Bey ruft nach dir, sagt: ›Er soll keine Zeit verlieren, sich auf sein Pferd schwingen und herkommen!‹ Er braucht dich, denn da ist etwas, das er ohne dich nicht erledigen kann. ›Er soll kommen, und wenn's ihm noch so schlecht geht‹, sagt er, ›denn in schlimmen Zeiten zeigt sich, was einer wert ist.‹ Und es gibt niemanden in dieser Gegend, der nicht gehört hat, daß du dein ganzes Geld den Vertriebenen gegeben hast und hier das Land rodest.«

»Ist doch nichts Besonderes«, sagte Ismail Aga betreten, holte seine Tabakdose hervor und reichte sie ihm.

Cemşid zog seine Tabakdose aus dem Gurt. »Laß uns davon rauchen«, ereiferte er sich. »Es ist Niyazi-Tabak!«

»Ist mir recht«, meinte Ismail Aga, und sie drehten sich Zigaretten. »Morgen früh machen wir uns auf den Weg. Aber mein Pferd ... Nun, Haşmet Bey wird's mir nicht übelnehmen, ich mußte auch das Pferd verkaufen, das er mir geschenkt hatte.«

»Du reitest mein Pferd, und ich kaufe mir eins im nächsten größeren Ort.«

»Einverstanden. Wir werden hier bis zum Abend arbeiten.«

»Ich bleibe hier«, sagte Cemşid. Dann musterte er den riesigen Schwarzdorn, drehte sich zu Ismail Aga um und sagte lachend: »Gutes Gelingen!«

»Danke!« antwortete Ismail Aga und machte sich an die Arbeit. Wenn auch nicht so behend, so rodete er doch fast so schnell wie Halil. Ohne sich aufzurichten, ja, ohne Zigarettenpause arbeitete er bis zum Abend. Die Schlehe stand schon in gelber Blüte. An fast jedem Ast hingen schüsselgroße Waben. Bevor Ismail Aga einem Schwarzdorn an die Wurzel ging, nahm er sie, ohne die wimmelnden Bienen zu schrecken, geschickt von den Ästen und brachte sie zu einem weit abgelegenen Strauch, der zumindest in diesem Jahr nicht mehr gefällt werden würde.

Als sie, wie schon gewohnt, lange vor der Morgengebetszeit aufwachten, gab Ismail Aga Hasan noch letzte Anweisungen:

»Bruder, ich weiß nicht, wann ich zurück sein werde. Vielleicht hat Haşmet Bey eine günstige Arbeit für mich. Du bist nun für unser Heim verantwortlich. Gib auch das Roden nicht auf, kein ehrlicher Broterwerb ist minderwertig. Und halte dich an Halil, er hat sich als brüderlicher Freund erwiesen. Solltest du irgendwelche Schwierigkeiten bekommen, Halil weiß immer einen Ausweg und wird uns helfen, wo er nur kann.«

»Ich werde befolgen, was du mir aufträgst«, sagte Hasan und küßte Ismails Hände.

»Und kümmere dich um Salman. Er ist verwaist und ein zutiefst verletztes Kind. Behandle ihn mit Rücksicht, und solltest du hin und wieder in die Stadt fahren, bring ihm, wenn du kannst, irgend etwas mit!«

Nachdem sie noch eine nach Minze duftende Grützsuppe

gegessen hatten, machten sich Ismail Aga zu Pferde und Cemşid zu Fuß auf den Weg. Gegen Abend erreichten sie die Provinzstadt. Von hier waren es noch mehrere Tagesreisen zu Haşmet Bey. Sie übernachteten in dem Haus mit den von Weinranken bewachsenen Pappeln und den Oliven- und Feigenbäumen ringsum, wo Ismail Aga und die Seinen schon bei ihrer Herreise gerastet hatten. Der Hausbesitzer begrüßte sie freudig, bemühte sich rührend um sie, ließ auffahren, was die Küche hergab, und beschwor sie, doch einige Tage zu bleiben. Erst als sie ihm sagten, daß Haşmet Bey sie erwarte, zeigte er Verständnis, gab Cemşid beim Abschied aber noch sein eigenes Pferd mit den Worten:

»Schicke es mir zurück, wann du willst. Wir reiten hier ja nicht mehr. Ihr seid mir jederzeit und hoffentlich für länger herzlich willkommen. Zum Fest der ersten Weinlese erwarte ich euch und Haşmet Bey! Früher ließ er es niemals aus. Auf Wiedersehen!«

Haşmet Bey war entsetzt, als er Ismail Aga erblickte. »Was ist mit dir denn geschehen, mein lieber, brüderlicher Ismail Bey?« schrie er auf, und seine Augen weiteten sich vor Schreck. »O Bruder, du siehst ja aus wie der leibhaftige Tod! Sieh dir doch deine Hände an, dein verwüstetes Gesicht ... Du bist ja nur noch Haut und Knochen. Was ist geschehen, sag's mir sofort, spann mich nicht auf die Folter!« Und er schloß Ismail in die Arme.

»Ich habe für einen Aga dort unten in der Çukurova Wurzeln gerodet«, antwortete Ismail Aga mit verlegenem Lächeln.

»Mein Gott!« sagte Haşmet Bey und schob ihn eingehakt ins Wohnzimmer. »Und nun erzähl!« donnerte er. »Oder hat dieser niederträchtige Arif dir kein Armenierhaus und keinen Hof gegeben?«

Und während Ismail Aga auf dem Wandsofa den herbeigebrachten Kaffee trank, erzählte er ausführlich von den letzten Tagen seiner Mutter und ihrem Tod, von seinem Streitgespräch mit Arif Bey über nesttreue Vögel und Armenier, vom Leben im Dorf, vom Bau seines Hauses durch die Dörfler, vom Elend der Vertriebenen in der Ebene, von der schweren Erdarbeit des Rodens und vom Verhalten der Dörfler gegenüber Ismail, dem Tagelöhner. Gutgelaunt und lachend hörte Haşmet Bey ihm zu, rief dabei immer wieder: »Gut gemacht, mein edler Sohn und löwenstarker Bruder!« Und seine gute Laune sprang auch auf Ismail Aga über.

Nachdem Haşmet Bey seinerseits ausführlich über das Land, über Enver Pascha, die Franzosen, Engländer und Russen erzählt hatte, stand er auf und sagte beim Hinausgehen: »Morgen früh reden wir weiter, erhole du dich erst einmal von der Reise.«

Kaum war er verschwunden, kam Niyazi, der nur darauf gewartet hatte, ins Zimmer gestürzt. »Willkommen!« brüllte er begeistert und umarmte Ismail. »Du lebst im Glück, ja, im Glück! Was doch ein zufälliges Treffen zweier Menschen auf einer Brücke so alles nach sich zieht. Was wäre, wenn wir uns nicht getroffen hätten! Menschen bereden sich, wie sich Tiere beschnuppern, nicht wahr, mein Ismail Aga? Du bist ein Glückskind, Gott fügte wohl, daß deine Mutter dich in der Heiligen Nacht des Ramadan gebar!«

»Komm, setz dich erst einmal und gib mir eine Zigarette, Marke Blondes Mädchen oder wie du den Tabak nennst«, sagte Ismail Aga und zog Niyazi neben sich aufs Wandsofa. Dann drehten sie sich zwei mit dem hellgelben, lockeren Tabak gut gestopfte Zigaretten.

»Laß mich das machen«, rief Niyazi, schob Ismails Hand mit dem Dochtfeuerzeug beiseite und zog ein einfaches, mit einem Zunder und einem Feuerstein versehenes Feuerzeug aus seiner Tasche. Als der geschlagene Funke übersprang, breitete sich im Zimmer dieser Duft glimmenden Zunders aus, den Ismail Aga schon so lange vermißte und der ihn ganz benommen in eine Welt rauschhafter Gedanken versetzte.

»Wir wollen ja nicht so trocken paffen«, meinte Niyazi, »eine Zigarette sollte so angezündet werden!«

»Ja, so und nicht anders«, bekräftigte Ismail Aga, schloß die Augen und nahm einen tiefen Zug.

»Weißt du, daß du ein Glücksvogel bist, Ismail Aga, und weißt du auch, warum der Bey dich rufen ließ?«

»Ich weiß es nicht«, antwortete Ismail Aga neugierig, »ich weiß gar nichts.«

»Nun, dann will ich lieber nichts sagen, er soll es selbst tun.«
»Ja, er soll es selbst tun«, nickte Ismail Aga.

»Weißt du«, fuhr Niyazi fort, »bei diesen Beys weiß man ja nie, woran man ist. Mal decken sie dich mit Geschenken ein, mal sind es Schläge! Weißt du, daß alle Bäume in diesen Bergen, auch die in den Gavurbergen und im Taurus, allein Haşmet Bey gehören? Der Padischah, unser Efendi, hat sie alle Haşmet Bey geschenkt. Die Kiefern dieser Berge, die Zedern, die Tannen, die Platanen, der Wacholder und was es sonst noch gibt, ist sein. Ihm gehören die schäumenden Quellen, die roten Forellen, die Hirsche, die Wölfe und Hyänen, die Eichhörnchen, Schakale und Bären, die Luchse, Panther und Marder, die Rebhühner, Adler und Falken, ihm gehört alles, was du hier siehst, ob in den Bergen oder am Himmel. Der Padischah, unser Efendi, hat all das dem Großvater und dem Vater unseres Beys huldvoll zukommen lassen, und die haben dafür Truppen ausgehoben und mit ihnen die aus der Wüste anstürmenden Araber zusammengeschossen. Einem dieser Wüstenscheichs, Ibrahim Pascha, der Anspruch auf den Thron erhob, gelang es, durch die Çukurova bis nach Istanbul vorzustoßen, und als er mit seinen Truppen am Tor des Serails angelangt war, was meinst du, wer ihm den Eingang verwehrte? Der ebenso blutdürstige Bey der Kurden, der Vater oder Großvater unseres Haşmet Bey. Und als da unten Küçükalioğlu sich erhob und sagte: Diese Çukurova ist mein, und da oben Cadioğlu, Kozanoğlu und Çapanoğlu aufstanden und riefen: Diese Berge, diese Burgen, dies ganze oströmische Gebiet Anatoliens ist unser, wer ist wohl mit blanker Klinge gegen sie marschiert? Dieser Kurdensohn, der Großvater unseres Haşmet Bey mit seinem ganzen Stamm. Und da hat der Padischah seinen Geldbeutel geöffnet und zu Haşmet Bey gesagt: »Greif zu!« Und seitdem fällt Haşmet die Bäume in diesen Bergen, das heißt, er läßt sie fällen, er sieht sie nicht einmal, und die großen Schiffe übernehmen die Stämme im Hafen von Mersin. Auch darum kümmert er sich nicht selbst ... Er schickt seinen Mann hin, und der sammelt das Geld für die Baumstämme ein. Und diesen Mann haben die Holzfäller vor kurzem beim Flößen ertränkt.

Niemand weiß, warum sie es taten, denn gesehen hat es keiner. Die Frau des Mannes und seine Kinder weinen und klagen. Die Waldarbeiter fällen und entasten die Bäume, binden sie zu Flößen und lassen sie auf dem Fluß nach Adana treiben und von dort auf Ochsenkarren in den Hafen von Mersin bringen ... Ja, ja, der Arm von Haşmet Bey ist lang, reicht weit in sieben Herren Länder, und von überall her fließt ihm das Geld zu. Doch aus irgendeinem Grund hält es niemand länger bei ihm aus. Und wenn er ihm Millionen gäbe, könnte er auch den unfähigsten nicht in seinen Diensten halten. Ich erzähle dir das alles, damit du dich darauf einstellen kannst.«

»Schon gut, schon gut, aber warum bleibt keiner bei ihm?«

»Ich weiß es nicht, sie bleiben eben nicht.«

»Es muß einen Grund geben.«

»Wenn du mich fragst ... Die Leute haben eine Heidenangst vor ihm.«

»Und warum?«

»Wenn ihn der Zorn packt, zieht er ohne Federlesens seinen Revolver und schießt. Er ist ein Schütze, der sein Ziel nie verfehlt, und er zielt mitten in die Stirn. Wenn er im Jahr nicht einen oder zwei umbringt, findet er keine Ruhe. Zuerst verdingen sich die Leute bei ihm, doch es dauert nicht lange, und sie machen sich entsetzt aus dem Staub, um ihr Leben zu retten.«

»Wenn es so ist, warum hat er dich bis heute noch nicht umgebracht?«

»Ich steh ja nicht in seinen Diensten, und außerdem kenne ich seine Schwächen.«

»Ich kann es nicht glauben, Niyazi.«

»Ich hab's dir jedenfalls gesagt. Er hat natürlich auch viel Vieh. Von diesen Bergen bis Antep, von Antep bis Maraş, von Maraş bis Kozan, von der Burg des Nemrut bis in die Çukurova züchten Dörfler und Nomaden Schafe, Ziegen, Pferde und Rinder für ihn. Halbpart, und das Muttertier stirbt nie ...«

»Ich verstehe das nicht, Niyazi.«

»Warte, ich erkläre es dir, denn es ist keine Erfindung unseres Beys, sondern ein altes Verfahren. Alle Beys halten sich daran, woher sollten sie sonst soviel Geld bekommen, wovon sich sonst so viele Konake bauen lassen!«

»Nun erzähl schon, Niyazi!«

»Warte, nicht so hastig, ich erzähl's dir ja, worum ging es noch, um Halbpart, so nennt man es: Halbpart. Ein eigenartiges Verfahren.« Und Niyazi lachte erst einmal ausgiebig. »Du weißt also nicht, worum es bei Halbpart geht, he?«

»Woher soll ich's denn wissen!«

»Na, dann spitz deine Ohren, mein Ismail Aga, betrachte mit wachen Augen, wie geschickt sie sind, die Beys! Ich bin ja nur der Sohn einer Witwe, der seinen Vater nicht kennt. Versteh mich nicht falsch, ein Bastard bin ich nicht. Ich weiß nicht, aus welchem Krieg mein armer Vater nicht mehr zurückkehrte, als ich noch im Schoße meiner Mutter schlummerte. Wer weiß, in welcher Wüste er zum Fraß der Ameisen wurde. Denn die Ameisen lieben Menschenaugen, haben sie zum Fressen gern. Und wer weiß, wieviel tausend andere Menschenaugen mit denen meines Vaters von Ameisen gefressen wurden. Ameisen lieben auch Honig. Hast du schon einmal gesehen, wie sie sich millionenfach zusammengeballt wie goldgelbe Bienen mit blitzendem Rücken über einer Schüssel Honig auftürmen? So wimmeln sie auch zu Millionen auf Menschenaugen, höhlen sie saugend aus und machen sich davon, ohne sich um den menschlichen Körper weiter zu kümmern ... Was sagte ich, auch meinem Vater, den ich nie kennenlernte, höhlten Ameisen die Augen aus. Und alle Ameisen der Wüste sind Türken. Vielleicht auch Kurden. Weißt du, ob auch Kurden in der Wüste in die Schlacht gezogen sind?«

»Sie sind es nicht«, antwortete Ismail Aga.

»Dann sind alle Ameisen der Wüste Türken.«

»Warum denn Türken?«

»Weil im Magen jeder Ameise ja ein Stückchen vom Auge eines Türken liegt. Sag mal, du kommst aus der Kälte, gibt es bei Eis und Schnee auch Ameisen, krabbeln sie dort auch auf die Augen der Menschen, mögen die Ameisen dort auch Menschenaugen?«

»Ja, sie mögen sie«, lachte Ismail Aga.

»Oho, wenn das so ist«, grämte sich Niyazi, »wenn das so ist, waren unsere neunzigtausend Männer, die in Sarikamiş von den Läusen umgebracht wurden, für die Ameisen ein Festessen, bei meiner armen Mutter, ein Festessen! Züge von Ameisen im Schnee, zu Tausenden, zu Millionen, lange Züge wie Striche zu hundertachtzigtausend Augen, hundertundachtzigmillionenfach haben sie sich zusammengeballt und tagelang Augen ausgesaugt. Bei meiner armen Mutter! Wo war ich stehengeblieben? Ich habe wohl den Faden verloren, wie immer, wenn ich an die Augen meines Vaters denke. Wer weiß, was er für Augen hatte, vielleicht sahen sie meinen Augen ähnlich. Seit meiner Kindheit gehen meine Hände sofort zu meinen Augen, wenn ich morgens aufwache, und stelle ich fest, sie sind noch da, dann freue ich mich, sag ich dir, dann freue ich mich … Nur damit die Ameisen meine Augen nicht aushöhlen können, habe ich mich vorm Militärdienst gedrückt und diesem Haşmet Bey ausgeliefert. Aber ich weiß, früher oder später werden die Ameisen auch meine Augen aushöhlen, genau so, wie sie die Augen meines Vaters gefressen haben.«

»Wer hat dir denn erzählt, daß die Ameisen deines Vaters Augen ausgehöhlt haben?«

»Niemand.«

»Vielleicht ist dein Vater ja ins Wasser gefallen und ertrunken.«

»Denkst du denn, es gibt in der Wüste so viel Wasser, daß jemand darin ertrinken kann?«

»Zum Beispiel das Nilwasser.«

»Mein Vater war nicht am Nil.«

»Da gibt es noch den Tigris, den Euphrat.«

»Mein Vater ist nicht ins Wasser gefallen.«

»Ist er doch«, beharrte Ismail Aga.

»Auch falls er hineingefallen ist, meine Augen werden die Ameisen fressen. Davor habe ich Angst. Ist es nicht schrecklich, daß die Ameisen die Augen eines toten Menschen fressen!«

»Ganz schrecklich«, bestätigte Ismail Aga.

»Ekelhaft.«

»Ekelhaft«, sagte Ismail Aga.

»Wo waren wir eigentlich stehengeblieben?« fragte Niyazi erneut. Schweißperlen sammelten sich auf seiner Stirn, und kaum hatte er mit seinem Taschentuch Gesicht und Nacken gewischt, strömte der Schweiß von neuem. »Da siehst du's, jedesmal, wenn ich eine Ameise sehe oder nur an sie denke, fange ich an, so zu schwitzen. Ja, wo waren wir stehengeblieben?«

»Bei den Halbparts.«

»Ja, die Halbparts ... Ein Halbpart heißt einer, hör mir gut zu, denn alle Beys und alle Agas sind es, nicht nur sie, auch ihre Söhne, und ihre Augen werden von Ameisen nicht gefressen. Nur die Armen und Elenden sind der Fraß der Ameisen. Ach ja, ein Halbpart! Nehmen wir an, du besitzt eine Stute, eine junge, dreijährige, und du gibst diese Stute einem Dörfler zur Pflege, und diese Stute fohlt sechsmal in sechs Jahren, klar? Drei Fohlen von den sechsen gehören dann dir, die anderen drei gehören dem, der die Stute pflegt. Nehmen wir an, drei der Fohlen sind Stutfohlen, und die bekommen wieder Junge, dann gehört die Hälfte wieder dir und die andere Hälfte dem Pfleger.«

»Und was ist mit dem Muttertier?«

»Das Muttertier gehört immer dir. Deswegen ja: Halbpart, und das Muttertier stirbt nie.«

»Und all diese Berge, diese Dörfer?«

»Wohl hundert, vielleicht hundertfünfzig Dörfer ... Und seit Menschengedenken ist Haşmet Bey ihr Halbpart.«

»Die Haşmet Beys sind es, überall!« sagte Ismail Aga.

»Ja, die Beys«, bekräftigte Niyazi. »Und all diese Pferde, Jungstiere, Kühe, Ochsen, Schafe und Ziegen verkauft Haşmet Bey in ganzen Herden an die Armee und an die Fremden ... Siehst du diesen Konak, sein Kellergeschoß ist voller Gold. Das Gold dieser Welt hat Haşmet Bey in den Kellern dieses Konaks zusammengetragen, und Treppen führen brunnentief in diese Verliese, ein jedes mit eiserner Tür ...«

Bis zum Abend erzählte Niyazi ununterbrochen, ließ Ismail Aga nicht zu Wort kommen, sprang von einem Thema zum andern, aber jedes endete mit augenaushöhlenden Ameisen. Bei Einbruch der Dunkelheit kam Haşmet Bey mit einigen Gästen herein, warf

Niyazi einen strengen Blick zu, worauf dieser sofort gehorsam das Zimmer verließ. Kurz darauf wurde das dampfende, duftende Essen hereingetragen ... Junge Mädchen reihten die Schüsseln auf eine große, ziselierte Kupferplatte, die auf einem Dreifuß stand.

Nach dem Essen kam Niyazi und bat Ismail Aga, unter dem Vorwand, ihm das Gästezimmer zu zeigen, nach draußen. Als sie vor der Tür waren, neigte er sich dicht an Ismails Ohr und flüsterte: »Ismail Bey!«

»Ja, Niyazi, was ist?«

Niyazi war leichenblaß, und er zitterte. »Ich muß es dir noch sagen.«

»Was mußt du mir sagen?«

»Dieser Mann, den die Holzfäller umgebracht haben ...«

»Ich erinnere mich, einer von Haşmet Beys Männern.«

»Glaubst du wirklich, er sei ertrunken?«

»Das hast du mir gesagt.«

»Schon gut, wieg du dich in dem Glauben, es sei so gewesen«, winkte Niyazi ab, ging zur Treppe, drehte sich am Absatz noch einmal um, rief: »Gute Nacht!« und stieg mit schweren Schritten die Stufen hinunter.

Das Frühstück nahmen Haşmet Bey und Ismail Aga gemeinsam ein.

»Deine Arbeit als Holzhauer kommt mir zupaß«, begann Haşmet Bey.

»Wie das?« lachte Ismail Aga.

»Du kommst doch von dieser Arbeit, nicht wahr?«

»Ja, ich habe alles stehen und liegen lassen und bin gekommen.«

»Und wenn du eine andere, eine bessere Arbeit gehabt hättest ...«

»Wäre ich auch gekommen«, unterbrach ihn Ismail Aga.

»Dann hör mir zu!«

»Ich höre, Bey ...«

»Ich mag nicht mehr mit irgendwelchen Leuten arbeiten, ein Mann braucht Männer seinesgleichen.«

»So ist es«, sagte Ismail Aga.

»Also, hör zu! Ich verlade seit Jahren Rinder, Schafe, Jungstiere und Pferde nach Istanbul, Mersin und Adana. Auch an das Militär in Dörtyol schicke ich Rinder und Schafe. Das haben für mich bisher Leute getan, die mir unbekannt waren. Jetzt sollst du diese Arbeit übernehmen.«

»Was ist aus diesen Leuten geworden?« fragte Ismail Aga ohne Umschweife.

Haşmet Bey blickte verdutzt, fing sich aber schnell. »Sie sind gestorben«, lachte er. »Menschen sterben nun einmal.«

Hat Niyazi die Wahrheit gesagt? Hat dieser fröhlich lachende Mann diese Leute in einem Wutanfall selbst getötet, dachte Ismail Aga mißtrauisch.

»Ja, alle Menschen sterben«, sagte er.

»Ab jetzt wirst du alle Lieferungen nach Adana, nach Dörtyol, nach Istanbul auf den Weg bringen, einverstanden?«

»Einverstanden«, nickte Ismail Aga.

»Der Gewinn wird geteilt. Halbe-halbe.«

»Danke sehr«, sagte Ismail Aga.

»Auch um die Lieferungen von Pferden und Maultieren ans Militär mußt du dich kümmern!«

»Wie du befiehlst, Bey.«

»Auch da sind wir Partner.«

»Leben sollst du, Bey!«

»Aus Syrien und Arabien kommen Vollblüter. Auch in Urfa werden für mich arabische Vollblüter gezüchtet. Auf fünf Farmen. Auch diese Pferde wirst du verkaufen! Die meisten Käufer dieser Pferde sind in Izmir. Auch dieser Gewinn geht halbpart.«

Dann erzählte Haşmet Bey vom Taurus und von den Gavurbergen, daß dort alle Holzfäller für ihn arbeiteten, diese Arbeit allerdings sehr einfach sei, daß alles wie am Schnürchen laufe, diese Partnerschaften auch mit fremden Leuten ziemliche Gewinne einbrächten und er ihm auch davon einen Teil abgeben werde.

»Bist du im Lesen und Schreiben bewandert?«

»Bin ich«, antwortete Ismail Aga gehemmt.

»Wie gut?«

»Ich habe in Van studiert.«

»Dann wirst du auch die Forstarbeiten beaufsichtigen. Rechnungen und Zahlungen werden über dich laufen!«

Dann schleppte er Berge von Papieren herbei, verstaute sie in eine lederne Aktentasche und übergab sie Ismail Aga, der sich gleich an die Arbeit machte.

Nach einigen Monaten hatte er alle Schwierigkeiten aus dem Weg geräumt, und Haşmet Bey war zutiefst befriedigt, daß die Geschäfte so gut liefen.

Ismail Aga trieb Herden von Rindern, Schafen und Pferden nach Adana und Dörtyol, hin und wieder mußte er auch bis nach Istanbul reisen. Er ritt in die Berge, um die Holzfäller zu kontrollieren, fuhr nach Mersin, um in den Sägereien nach dem Rechten zu sehen, und begab sich nach Urfa, um mit den Pferdezüchtern zu hadern.

»Bring mir ja keine Banknoten ins Haus!« hatte Haşmet Bey ihm ans Herz gelegt. »In diesem Konak hat es noch nie welche gegeben, und solange ich lebe, werden auch keine hereinkommen, denn du wirst jeden Schein sofort in Gold einwechseln. Und bleib du auch dabei: Laß keine Banknoten zu dir in dein Haus!«

Und Ismail Aga ließ jeden Schein, den er für Haşmet Bey einnahm, aber auch seinen Anteil daran sofort gegen Goldstücke eintauschen.

Er konnte nur einige Tage im Monat zu Hause verbringen und brachte jedesmal, wenn er kam, für Salman kleine Geschenke, Kleider und Spielzeug mit. Peros und Hasans Neugeborenes war noch im Kindbett gestorben. Die Dörfler meinten, das Sumpffieber habe es getötet. Hasan selbst arbeitete nicht mehr als Holzhauer, er hatte damit an dem Tag aufgehört, als sein Bruder Ismail ins Dorf gekommen war und seiner Zero die ersten Goldstücke zur Aufbewahrung in die Hände drückte. Seitdem spazierte er im Dorf herum. Für Salman wurde jede Ankunft des Agas ein Fest, bei dem er vor Freude ganz aus dem Häuschen geriet. Der Junge konnte nicht stillsitzen, trieb auf des Vaters Knien seine

Possen, zog seine neuen Kleider und Schuhe an, setzte seinen neuen Fez auf und stolzierte, still vor sich hin lachend, durchs Dorf, blieb vor jedem Haus eine Weile stehen, ging weiter, bis er auch das letzte Haus abgeschritten hatte. Hin und wieder setzte Ismail ihn auch hinter sich aufs Pferd und nahm ihn mit nach Adana, nach Dörtyol, wo so viele Apfelsinen wuchsen, nach Payas, Mersin und Antep. Obwohl diese langen Ritte mit dem Vater den Jungen anstrengten, berauschten sie ihn jedesmal, verwandelten sie seine Welt in ein Paradies. Die Bindung zwischen Ismail Aga und Salman wurde immer stärker, so daß der eine ohne den anderen sich nicht glücklich fühlen konnte. Wie endlos fließendes Wasser strömten die Herden der Schafe, Rinder und Pferde an Ismail Aga vorbei, bedeckten die Çukurova mit Wolken von Staub, verwandelten weite Strecken in Schlamm. Haşmet Bey sprach nur noch von seinem Bruder Ismail, sagte: »Mein Bruder Ismail, ohne dich wäre ich schon längst untergegangen. Du hast mein Leben gerettet, Gott segne dich, Bruder! Mein Bruder Ismail!«

So gingen drei Jahre ins Land, und die Geschäfte liefen immer reibungsloser. Mittlerweile waren die Franzosen in Antep und Adana einmarschiert, wimmelten die Berge von Banden, die von Haşmet Bey und Ismail Aga unterstützt wurden. Sie versorgten die Männer mit Waffen und Nahrungsmitteln. Sie boten auch Offizieren, die aus Ankara kamen, Unterschlupf. Und da ein Teil der Banden sowieso in Haşmet Beys und Ismail Agas Diensten stand, unterstellten sie diese Einheiten der Befehlsgewalt der Offiziere. So wurden sie Vertrauensmänner Ankaras. Das Sultanat ging zu Ende, es begann die Zeit der Republik, und die Geschäfte Haşmet Beys und Ismail Agas gingen mit wenigen Veränderungen jetzt noch gefestigter weiter.

Doch dann geschah eines Tages Unerwartetes: Einer der Leibwächter tötete Haşmet Bey beim Morgengebet, stieg auf die Felsen und stürzte sich in den Abgrund. Danach brannte der Konak, und niemand konnte sich erklären, wie das Feuer entstanden war.

Ismail Aga war zutiefst betroffen, und da er das Jahr fast nur im Sattel verbracht hatte und sehr erschöpft war, kehrte er ins Dorf zurück. Mittlerweile war er selbst Herr großer Herden von Schafen und Pferden geworden. Sein erster Gedanke war, im Dorf ein Haus zu bauen. Er ließ Meister aus Maraş, aus dem Taurus und vorwiegend aus Sivas kommen. Unter ihnen auch einen Armenier. Diesen armenischen Meister schickte der Aga auf die Reise zu Haşmet Beys Anwesen, wo er in der Brandruine genauestens untersuchen sollte, was das Feuer nicht zerstört hatte. Erst nach fünf Monaten kam der Armenier wieder ins Dorf.

»Ich habe mir den abgebrannten Konak angeschaut, Aga«, sagte er. »So einen Bau bringt man heutzutage nicht mehr zustande. Dafür reichen weder Geld noch Steine, und außerdem gibt es in Anatolien keinen Meister mehr, der so einen Konak hochziehen kann.«

»Nun gut, aber einen ähnlichen, kleineren?«

»Kleiner können wir ihn bauen«, antwortete der Meister.

Der Grundstein wurde gelegt, und begeistert halfen alle Dörfler beim Bauen mit. Aus dem Taurus kamen noch die besten Zimmermeister, und so war alles unter Dach und Fach, bevor ein Jahr vergangen war.

»Warum ist er roden gegangen?«

»Weil er nichts zu essen hatte.«

»Hatte Memet Efendi ihm nicht Butter, Grütze und Nudeln gegeben?«

»Und hätte er das nicht auch weiterhin gegeben?«

»Warum hat er trotzdem im Mundgeruch Memik Agas den Diener gemacht?«

»Um Wurzeln zu roden?«

»Das muß doch einen Grund haben.«

»Es steckt noch etwas dahinter.«

»Woher hat er soviel Geld und Gold, so viele Rinder, Pferde und Schafe?«

»Wer hat ihm das alles gegeben?«

»Hat er vor unseren Augen sein ganzes Geld nicht unter die Vertriebenen verteilt?«

»Ist er nicht samt Weib und Sippe fast verhungert?«

»Und ist Ömer der Lange nicht eines Nachts mit Kind und Kegel fort, weil er das Elend nicht mehr ertragen konnte?«

»Woher hat er also das Geld?«

»Was denkst du denn, auf wen der Hügel im Alten Friedhof gewartet hat?«

»Die Holzhauer behaupten ...«

»Zalimoğlu Halil sagt ...«

»Nach der Arbeit hat er sich nie zu uns gesetzt ...«

»Setzte sich nicht zu uns, sondern legte sich unter die Eiche beim Hügel im Alten Friedhof.«

»Was ist denn mit diesem Hügel im Alten Friedhof?«

»Denkst du denn, Ismail weiß nicht, was damit ist?«

»Von Van ist er mit Papieren gekommen, auf denen war der Hügel im Alten Friedhof eingezeichnet.«

»Die hat er von dem Armenier bekommen.«

»In der Stadt hat man ihm das Serail des Armeniers angeboten, warum hat er denn abgelehnt?«

»Sie haben ihm armenische Bauernhöfe angeboten, warum hat er abgelehnt und immer wieder nach diesem Dorf hier verlangt?«

»Und warum hat er sein Hab und Gut verschenkt und ist Holzhauer geworden, warum?«

»Und konnte sich Tag und Nacht nicht vom Hügel des Alten Friedhofs trennen?«

»Und hat den Hügel mit einem Spaten durchlöchert und umgegraben?«

»Wer hat denn dort soviel Gold herausgeholt und in Adana und Istanbul umgetauscht?«

»Und schaut euch bloß diesen Salman an, den kahlen Salman!«

»Zieht sich die blanken Schuhe an ...«

»Und seidene Hemden ...«

»Die Taschen voller Geld ...«

»Denkst du, er redet auch nur zwei Worte mit den Dorfkindern?«

»Den Kopf gereckt und ohne sich umzublicken, stolziert er durchs Dorf wie der Sohn des Elfensultans.«

»Seine Nase in den Wolken.«

»Und alle Kinder des Dorfes machen sich vor ihm krumm.«

»Buckeln um ihn herum.«

»Weil den Kindern aus Angst vor ihm der Atem stockt, aus Angst vor Salman dem Kahlen.«

»Was sagt denn Salman der Kahle dazu ...«

»Der redet doch mit niemandem ...«

»Einmal hat er sich herabgelassen und etwas gesagt. Sein Vater, hat er gesagt, habe den Hügel im Alten Friedhof umgegraben und eine, na, so große eiserne Kiste aus der Erde geholt.«

»Nur einmal macht er den Mund auf, und da seht ihr, was dabei herauskommt!«

»Wer weiß, was Salman der Kahle noch alles erzählen könnte, wenn er den Mund nur auftäte.«

In einer dunklen Sommernacht kam zuerst Memet Efendi samt Söhnen und Knechten mit Spaten und Schaufeln zum Alten Friedhof. Dann erschienen nach und nach die anderen Dörfler und begannen, wie versessen im Hügel des Alten Friedhofs nach goldgefüllten, eisernen Truhen zu graben. Sie gruben unermüdlich eine Woche, zehn Tage und länger, bis sie schließlich den Buckel fast abgetragen hatten und sich die Gruben wie Brunnen aneinanderreihten. Dabei förderten sie Unmengen von beschrifteten Marmorplatten zutage. Auch marmorne Köpfe und Skulpturen von schönen Frauen mit großen Augen, geraden Nasen und sorgfältig hergerichteten Haaren, von bezopften Männern, die Schild und Schwert trugen, den Bogen spannten, um die Wette liefen oder die Flöte spielten, von galoppierenden Pferden, rennenden Windhunden und Gazellen. Die Abbilder von Menschen zerschlugen sie aus Empörung, ein bißchen auch aus Wut, mit ihren Spitzhacken an Ort und Stelle, brachten dann die Marmorsteine mit Inschriften und Abbildern von Tieren ins Dorf zu Ismail Aga, der ihnen dafür von dem Geld, nach welchem sie unter dem Hügel so vergeblich gegraben hatten, etwas abgab und die Steine in das Mauerwerk seines Konaks einbaute.

Hatten die enttäuschten Dörfler dann mehrere Monate auf ihren Feldern gearbeitet, griffen sie plötzlich mit neuer Hoffnung zu Hacke und Schaufel, legten sich am Hügel auf dem Alten Friedhof wieder ins Zeug, kehrten das Unterste zuoberst und machten sich dann, enttäuscht darüber, keine Kisten voller Gold gefunden zu haben, in aller Stille mit hängenden Köpfen auf den Heimweg, nachdem sie aber noch wutentbrannt die gefundenen steinernen Bildnisse in Stücke gehauen hatten. Diese Stille dauerte jedesmal so lange an, bis irgendein Ereignis im Hause Ismail Aga für neuen Gesprächsstoff sorgte, Zeros goldener Gürtel etwa, Salmans neue Uhr mit goldener Kette oder das sich unter Ismail Aga aufbäumende, neu zugerittene Pferd. Dann schnappten sich die Dörfler, ungestümer als zuvor, Hacke und Schaufel, verschnauften erst am Hügel auf dem Alten Friedhof, gruben wie wild eine Woche und länger tiefe Löcher in die Erde, zerschlugen alle Skulpturen und behauenen Marmorplatten in kleine Stücke, um dann kleinlaut wieder ins Dorf zurückzukehren.

Als der Bau beendet war, kamen Gäste aus der Umgebung, aus Adana, Antep und Mersin, um den Konak zu bewundern ... Und wer immer kam, brachte ein beachtliches Gastgeschenk mit. Sogar Arif Bey hatte von Ismail Agas Neubau gehört, sich aufs Pferd geschwungen und war mit vier weiteren Freunden zu dem Mann gekommen, den er einmal verbannt hatte, und Ismail Aga hatte ihn wie einen alten Freund herzlich und mit gebührender Achtung empfangen. Die Dörfler aber ließen keine Gelegenheit ungenutzt und erzählten jedem Neuankömmling von der eisernen Truhe unter dem Hügel auf dem Alten Friedhof. Und viele Gäste begannen nach der Rückkehr in ihre Dörfer und Ortschaften, die Hügel der näheren Umgebung zu durchwühlen.

Während seiner Zusammenarbeit mit Haşmet Bey hatte sich Ismail Aga mit vielen Leuten angefreundet, von Antep bis Maraş, von Adana bis Mersin, von Izmir und Kayseri bis hin nach Aleppo. Auch von diesen Freunden, die vom Bau des Konaks gehört hatten, kamen Geschenke. Besonders Salman überschütteten sie mit geschnitzten Nußbaumkisten voller Trockenfrüchte aus der jeweiligen Gegend, mit Rosinen, Feigen, Maulbeeren, gepreßten Aprikosenfladen, aber auch Äpfeln und Apfelsinen. Damit auch jeder sehen konnte, wie es ihm schmeckte, spazierte Salman vor allen Kindern knabbernd durchs Dorf, ließ aber die Dorfkinder wie die Dörfler an diesen unbekannten Köstlichkeiten nicht einmal schnuppern.

Ismail Aga ließ neben dem Haus noch einen großen Pferdestall bauen und aus Urfa, Aleppo und Iskenderun die edelsten Pferde kommen. Für die Pflege nahm er tscherkessische Stallmeister aus Uzunyayla in seine Dienste ...

Ismail Aga wurde reich und reicher, sein Handel wuchs und brachte ihm immer mehr ein. Dagegen wurde das Dorf, wie alle Dörfer in der Umgebung, immer ärmer. Der wagemutige, offenherzige Ismail half im Dorf und in den Nachbardörfern nach Kräften. Wer in seiner Not an die Tür des Konaks klopfte, ging nicht mit leeren Händen davon. Denn er hatte nicht vergessen, wer ihm damals, in den Zeiten der Not, in zehn Tagen ein Haus gebaut hatte. Aber er hatte auch Memik Aga nicht vergessen, und wenn sie sich hin und wieder trafen, herrschte Schweigen. Zalimoğlu Halil, den guten Freund in böser Zeit, hatte er in den Schwarzdornbüschen aufgesucht und ihm vorgeschlagen, das Roden aufzugeben und mit ihm zu arbeiten. Doch Halil hatte abgelehnt. »Nun hab ich das Schaf schon bis zum Schwanz abgezogen, mein Aga ...« hatte er geantwortet, »da werde ich nach sieben harten Jahren nur noch meinen verdienten Lohn einstecken und in die Heimat zurückkehren.« Nicht einmal die Einladung in den Konak hatte er angenommen. Halil war nicht zu überreden, ja, weigerte sich sogar, Ismail Aga zu treffen, der, darüber erbost, Halils Namen zuletzt nicht einmal mehr in den Mund nahm. Warum zürnte Halil? Wie sehr Ismail Aga sich darüber auch den Kopf zerbrach, er konnte es nicht herausfinden.

Mit Hasan traf Halil sich hin und wieder. Aber der hatte ja das Dorf und das gemeinsame Haus verlassen, hatte sich aus dem Taurus einen schönen, mit Sonnenmustern bestickten Schäfermantel kommen lassen und war Hirte geworden. Ob Rinder, Pferde, Schafe oder Ziegen, für jede Herde gab es die entsprechenden Hirten, und Hasan war der beste. Schon in Van war er der Hirte in der Familie gewesen. In allem hatte er Ismail Aga nacheifern wollen. Und hätte Ismail damals in Van nach Schulschluß nicht immer die Tiere gehütet, wäre Hasan auch kein Hirte geworden. Mit Tieren konnte er sehr gut umgehen. Und schon bald war sein Geschick in aller Munde. Mit einem Blick hatte er die ganze Herde überschaut und konnte seine Helfer genauestens nach jedem einzelnen Tier und jedem seiner besonderen Merkmale befragen. Und keines der Tiere, und sei die Herde noch so groß, fiel jemals einem Wolf zum Opfer. Und Wölfe gab es viele in seiner Gegend.

Hasan konnte Salman nicht ausstehen. Wieviel Mühe er sich auch gegeben hatte, den Jungen zu lieben, seine Abneigung war immer größer geworden. Und wäre sein Bruder nicht so verrückt nach Salman gewesen, er hätte ihn eines Nachts bestimmt erwürgt. Der Junge wurde aber auch immer feister und eingebildeter, sah auf alle andern herab, als seien sie niedere Wesen, spazierte gespreizt durchs Dorf, musterte die Menschen nur aus den Augenwinkeln, als wolle er sagen: Der Schöpfer des Alls bin ich! Wie oft hatte Hasan die Dorfjungen gegen diesen unnahbaren Bastard aufgewiegelt, jedoch ohne Erfolg. Alle Kinder hatten Angst vor Salman, erschraken, wenn er nur den Kopf hob und seinen Körper straffte.

Und Salman trennte sich nie von seinem Vater, stieg mit ihm zu den Festungsmauern hoch, und während sein Vater sich am Fuße des Felsens zum rituellen Gebet aufstellte, sang der Junge ganz leise in einer unbekannten Sprache Lieder vor sich hin, die noch niemand gehört hatte.

Eines Tages brachte ein Araber Ismail Aga einen Rotfuchs aus Aleppo, gab es ihm mit den Worten: »Dieses Pferd schickt dir dein brüderlicher Freund Onnik.« Sprach's und ging, ohne auch nur einen Kaffee getrunken zu haben. Ismail Aga, verwundert, erinnerte sich an den Vorfall in Van, zeigte Memet Efendi das Pferd und erzählte ihm, was er mit Onnik erlebt hatte. Im Nu machte die Geschichte im Dorf die Runde. Das Pferd war sehr schön und edel, und Ismail Aga ritt lange Zeit kein anderes.

Als der Schnee pappelhoch lag, kam von den Bergen ganz außer Atem ein Hirte zu Ismail Aga.

»Ich habe in einer Höhle in Sor deinen Freund Onnik gesehen«, erzählte er ihm. »Er war zusammengeschrumpft und krümmte sich vor Hunger. Ich gab ihm zu essen und frisch gemolkene Milch, aber er war so hungrig, daß er nichts zu sich nehmen konnte. Ich stellte das Essen vor ihn hin und eilte hierher, denn ich weiß, du bist mit Onnik gut befreundet. Außerdem habe ich fünf Jahre für ihn gearbeitet, und er hat viel Gutes für mich getan. Als die Dörfler hörten, daß in der Schlucht von Sor ein Armenier zurückgeblieben ist, haben sie sich bewaffnet, und als ich mich auf den Weg machte, sah ich, wie sie Höhle für Höhle absuchten.«

Er hat die Flucht also nicht geschafft, dachte Ismail Aga, hat sich von Riza dem Kahlen also nicht befreien können, dieser dumme, ungeschickte Kerl! Er griff sich ein Mausergewehr, gab eines auch dem Hirten, streifte sich die Schneeschuhe über, und die beiden liefen los. Über Abkürzungen brachte der Hirte ihn zur Höhle, die sie noch nicht erreicht hatten, als die Dörfler auftauchten.

»Da ist ein Armenier, Ismail Aga, wir sind gekommen, ihn zu töten«, schrien sie.

»Er ist krank«, entgegnete Ismail Aga, »ihr dürft ihn also nicht töten.«

»Doch, um so besser, so dicht am Tod, haucht er sein Leben leichter aus«, sagte einer der Dörfler.

»Es ist Onnik, er ist mein Freund.«

»Und wäre er dein Vater, würden wir ihn töten«, sagte Sofi.

»Es wäre Sünde, Sofi«, meinte Ismail Aga, »darf man in unserer Religion Kranke töten?«

»Er ist nicht krank«, antwortete Sofi, »er ist knackig wie ein Rettich.«

»Hast du ihn denn gesehen?«

»Hätte ich ihn gesehen, wäre er schon tot«, antwortete Sofi.

»Ihr könnt ihn nicht töten, ohne vorher mich umzubringen.«

»Wenn's sein muß, bringen wir dich mit diesem Ungläubigen gemeinsam um.«

Ismail Aga und der Hirte rannten in die Höhle. Onnik hatte sich vor Angst irgendwo im Dunkel in eine Nische verkrochen.

»Onnik, ich bin's, Ismail, dein Freund, gib uns einen Laut!«

Von weit hinten war ein Wimmern zu hören, Ismail Aga und der Hirte liefen sofort dorthin, entdeckten Onnik und brachten ihn ins Helle. Entsetzt sahen sie, daß Onnik, zu einem Kind geschrumpft, sich nicht auf den Beinen halten konnte.

»Seit Tagen esse ich nicht, Ismail«, stöhnte er. »Ich habe Hunger, Ismail. Sie werden mich töten, Bruder. Meinst du, daß ich wieder auf die Beine komme? Ist Riza der Kahle auch dabei?«

»Du wirst wieder gesund«, antwortete Ismail. »Aber wie kriege ich dich hier heraus? Sie lauern vorm Höhleneingang. Riza ist jetzt nicht dabei.«

»Sie werden mich töten, Ismail, laß mich hier. Mir ist sowieso nicht mehr zu helfen, ich werde sterben, rette wenigstens du dein Leben.«

»Sei still, Onnik«, fuhr Ismail ihn an. »Vielleicht schaffen wir es gemeinsam.«

Vor der Höhle warteten dreißig bis vierzig bewaffnete Männer. Als Ismail Aga im Eingang erschien, sprach Sofi, seinen Bart streichend, gerade zu ihnen.

»Sofi!« brüllte der Aga im Befehlston, so laut er konnte. »Ali der Hirte wird meinen Freund Onnik jetzt auf den Arm nehmen, denn er ist todkrank. Dann werden wir, ich vorweg, Onnik in der Mitte, herauskommen. Wenn ihr ihn töten wollt, tötet ihr auch uns. Bevor wir hierherkamen, habe ich dem Bey Bescheid gegeben, habe ihm gesagt, daß, falls ich erschossen werde, er mein Blut nicht ungesühnt in der Erde versickern lassen darf, habe gesagt, mein Blut komme über Sofi!«

Im Laufschritt kam Sofi herbeigeeilt. »Gib mir den Armenier, ich muß ihn töten! Wenn ich noch diesen Armenier töte, habe ich mein Soll erfüllt und werde in den Himmel kommen. Gib ihn mir, und tu für mich ein gutes Werk zu deinem Segen! Ich habe ihn von Riza gekauft.«

»Ich kann diesen kranken Mann nicht ausliefern, und ich kann meinen Freund von niemandem töten lassen.«

Sofi hatte seine Hand ergriffen und flehte ihn an: »Tu mir das nicht an, Sohn meines Freundes! Ich habe mich auf Gottes Wegen schon so quälen müssen, und jetzt bin ich seit Monaten mit Stock und Stiefel hinter meinem letzten Armenier her, nach meinem Schlüssel zum Paradies, und endlich hab ich ihn gefunden, da wirst du mir doch bitte nicht meinen Platz im Paradies verwehren! Versuchst du es, dann töte ich auch dich!«

»Dann töte mich und Ali und gehe dann ins Paradies!«

»Tu mir das nicht an! Es gibt keinen einzigen Armenier mehr in dieser Gegend, nicht einen! Wenn ich wüßte, ich könnte einen anderen Armenier finden, du Sohn meines Freundes, ich würde dir diesen Onnik schenken. Zumal er einer der besten Menschen der Welt ist, so wertvoll wie zehn Moslems zusammen. Hat für jeden ein gutes Wort, ist großzügig und gibt sein Leben für einen Freund. Aber was soll ich denn tun, ich muß ihn töten und dafür das Himmelreich gewinnen. Wenn du ihn mir übergibst, werde ich auch für dich beten, und dann kommst du auch in den Himmel. Gib ihn mir!«

»Ich kann nicht, Sofi!«

»Ich werde ihn töten.«

Ismail Aga schüttelte Sofi so entschlossen ab, daß dieser in den Schnee fiel und den Aga mit Flüchen überschüttete. Er schlug die Hände vors Gesicht, raufte sich den Bart und tobte. Ismail Aga machte kehrt und ging wütend in die Höhle zurück.

»Stell Onnik auf den Boden!« befahl er dem Hirten, zog seinen Mantel aus, gab ihn Ali und sagte: »Wickle Onnik darin ein!«

Der Hirte tat, wie ihm geheißen.

»Nimm ihn wieder auf deinen Arm, und wenn ich mich jetzt umdrehe, drücke mir meinen Freund fest gegen meinen Rücken. Und so werden wir unzertrennlich hintereinander … Bis ins Dorf!« Eng hintereinander gingen sie ins Freie.

Als Sofi Anstalten machte, sich auf sie zu stürzen, brüllte Ismail Aga: »Bleib stehen, Sofi, machst du auch nur einen Schritt, fängst du die Kugel ein!«

Den Finger am Abzug, hatte er den Lauf seines Gewehrs auf Sofi gerichtet. Sofi und die andern standen wie angewurzelt, als die drei an ihnen vorbei durch den Schnee stapften. Doch bald schon hatte Sofi sich wieder gefangen und folgte ihnen mit seinen Leuten, raufte sich den Bart, flehte Ismail Aga an. »Gib mir meinen Glückstreffer, du Bey der Beys, Ismail, gib mir mein Paradies, denn wenn ich diesen da töte, gewinne ich mein Paradies. Gib mir Onnik heraus!«

Ismail Aga schwieg, sagte kein Wort.

Einigemal zielte Sofi auf Onnik, doch zu schießen, wagte er nicht, denn kaum hatte er sein Gewehr auf Onnik gerichtet, nahm Ismail Aga seinerseits Sofi aufs Korn.

So kamen sie ins Dorf und wurden an der Tür von Ismail Agas Mutter empfangen.

»Mein kleiner Onnik«, rief sie und zog ihn ins Haus. »O Gott, was haben sie dir angetan, diese Gottlosen, diese Ungläubigen«, empörte sie sich lauthals. »Ich werde dir sofort Arzneien brühen und dich mit Salben einreiben, dann wirst du wieder gesund. Ich fange gleich damit an.« Dann stellte sie ihm Essen hin, doch Onnik bekam die Kiefer nicht auseinander. Die alte Mutter wickelte ihn in Decken, öffnete ihm den Mund und flößte ihm mit einem Löffel warme Milch ein. Es dauerte drei Tage, bis Onnik sich erholt hatte und zu erzählen begann:

»Nachdem ich mein Haus verlassen hatte, merkte ich, daß Sofi mich mit fünf Männern verfolgte. Was er vorhatte, wußte ich wohl und flüchtete zum See, wo ich mich in einer Schlucht verstecken konnte. Zwei Tage und Nächte verbrachte ich, ohne zu essen und zu trinken, in einer Felsspalte. Von dort zog ich nachts weiter zum Dorf Isviran, wo man mich nicht kannte, und suchte Unterschlupf im Hause des Sufi Ibrahim. Der Sufi wußte wohl, wer ich war, denn oft war ich mit meinem Vater zu Gast in seinem Hause gewesen. Eines Tages hatte er uns sogar vorgeschlagen, Schüler seiner Gemeinschaft zu werden; wie sollte er mich da nicht kennen!«

»Er kennt dich.«

»Er tat aber, als kenne er mich nicht, sagte: ›Willkommen, der Gottesgast hat bei mir immer einen Ehrenplatz ...‹ Bei ihm verbrachte ich fünf Tage. Dann erfuhr ich, daß Sofi und seine Männer auch nach Isviran gekommen waren und nach mir suchten.

Eines Nachts kam der Sufi und sagte: ›Die Dinge laufen schlecht, und meinen Gottesgast vor dem Zugriff dieses wildgewordenen Ungeheuers zu schützen, wird meine Kraft nicht reichen. Es wäre gut, wenn der Gottesgast noch in dieser Nacht das Dorf verließe.‹ Ich machte mich sofort auf den Weg. Wohin ich auch floh, in welchem Dorf, in welchen Bergen ich mich auch versteckte, dieser Sofi fand meine Spur. Dann entdeckte ich jene Höhle und blieb dort eine Woche, ohne zu essen und zu trinken. Dann stöberte mich der Hund des Hirten auf. Als ich die Hirtenflöte hörte, wußte ich, daß es nur Ali sein konnte. Ich schleppte mich zu ihm, sagte: ›Ali, ich bin's, Onnik, such Ismail auf und bitte ihn um Hilfe!‹ Und Ali brachte mich zurück zur Höhle. Ich bin sicher, daß der Sufi Ibrahim mich erkannt hat.«

»Er hat dich erkannt.«

»Auch die Menschen in den anderen Dörfern taten so, als würden sie mich nicht erkennen, und gaben mir Unterschlupf. Dann tauchte Sofi auch dort auf, und meine Gastgeber sagten genau wie Scheich Sufi Ibrahim: ›Der Gottesgast hat einen Ehrenplatz bei uns, doch es wäre gut, wenn er noch in dieser Nacht das Dorf verließe.‹ Denkst du denn, in all den Dörfern wußten sie nicht, wer ich war?«

»Sie wußten es.«

Sofi lief mit seinen Männern zum Bey, ging sogar zum Vater von Ismail Aga, bestürmte sie: »Händigt mir aus, was mir zusteht, mein Recht aufs Paradies«, flehte, drohte, jammerte und schrie. Sie taten kein Auge zu und schoben rund um die Uhr und rings um Ismail Agas Haus Wache, damit Onnik ihnen ja nicht entwischen konnte.

Ismail Aga gelang es nach geraumer Zeit dennoch, Sofi zu täuschen. Umringt von fünf bewaffneten Freunden ritt er bis vors Dorf, dann brachte er Onnik zu den Arabern in den Irak, wo er ihn bei einem Jesiden, einem Freund seines Vaters, unterbrachte.

Dieser Onnik war bestimmt jener Onnik, der Ismail Aga aus Aleppo das edle Vollblut schickte.

Eines schönen Morgens kam ein pechschwarzer Ford vorgefahren und hielt vor Ismail Agas Konak. Ein nagelneues, wunderschönes Auto unter einer dichten Staubschicht. Das ganze Dorf hatte sich auf dem Felsen vorm Hof des Konaks versammelt, um es zu bewundern. Ein großer, stämmiger Mann mit ausladendem Bauch und starrem Blick stieg aus. Er trug einen gestreiften Sommeranzug aus Leinen und milchweiße Schuhe. Sein Hemd war offen.

Kaum hatte Ismail Aga ihn erblickt, kam er aus dem Konak herbeigeeilt. »Willkommen, Bey, willkommen, Arif Saim Bey, welch eine Freude und Ehre!«

»Hast du mich schon einmal gesehen, Ismail Aga?« fragte Arif Saim Bey, während er kerzengerade die Stufen emporstieg. »Wie kannst du wissen, wer ich bin?«

»Nein, ich habe dich noch nie gesehen«, antwortete Ismail Aga, vor Aufregung zitternd. »Aber sogar der Schäfer in den Bergen würde auf den ersten Blick wissen, wen er vor sich hat, würde unseren Retter sofort erkennen. Wer dich ansieht, kennt dich.«

Dann sprachen die beiden auf kurdisch weiter. »In Ankara sind wir angesehen«, begann Arif Saim Bey ohne Umschweife. »Der Pascha vertraut uns, und er mag uns. Und das müssen wir uns zunutze machen. Ich bin zu dir gekommen, um gemeinsam mit dir vom Schatzamt den Hof von Panosyan zu kaufen. Ich werde jetzt in die Stadt fahren und die öffentliche Ausschreibung in die Wege leiten. Zum Hof gehören fünfzehn bis zwanzig Morgen Land, vielleicht noch mehr. Niemand wird von der Ausschreibung erfahren. Und wenn, so schert es mich nicht. Denn ich werde in Umlauf bringen, daß ich dieses Gut kaufen werde, dann wagt niemand mehr zu bieten. Schade um jeden, der es dennoch täte! Und du wirst die Ländereien für mich kaufen!«

»Zu Diensten, Bey, es ist mir eine Ehre.«

»Im Grundbuch wird dein Name eingetragen. Denn ich habe da unten noch einen größeren Hof, sehr ertragreich, das weiß der Pascha. Er hat mich aber nicht zur Rede gestellt, als er davon hörte, hat nicht weiter nachgefragt, woher und wie. Und einen

Hof werde ich oberhalb von Kozan kaufen, das Schatzamt von Kozan hat den Verkauf erst einmal ausgesetzt. Den Hof wird Büküoğlu für mich kaufen, ein treuer Freund. Er würde meine Freundschaft für nichts auf der Welt, auch nicht für den Schatz des Osmanischen Reiches eintauschen. Und der Pascha wird es nicht erfahren. Und wenn, wird er bestimmt nichts sagen ... Trotzdem, es geht niemanden etwas an! Wie gesagt, das Grundbuch auf deinen Namen, und später einmal, Gott gebe dem Pascha ein langes Leben, er nehme meines für das seine, aber der Arme trinkt Tag und Nacht, und macht er so weiter, wird er nicht lang mehr leben, und wenn die Vorsehung den Pascha abberufen sollte, dann wirst du die Hälfte des Hofes auf mich übertragen!«

»Wie du befiehlst, Bey!«

»Ich sehe dich zum ersten Mal, Ismail Aga, aber ich habe von meinem Freund Haşmet Bey viel über dich gehört und kenne dich so gut, wie ich mich selbst kenne. Ich vertraue dir. Nicht nur die Hälfte eines Hofes, dir würde ich mein Leben mit Kind und Kegel, mit Frau, Mutter und Vater anvertrauen!«

»Leben sollst du, mein Bey!«

»Und als Zeichen meiner Freundschaft schenke ich dir diese Uhr.« Er zog aus seiner Westentasche eine Uhr, deren goldene Kette wohl hundertundfünfzig Gramm wog, und legte sie ihm an.

»Du bist gar zu gütig«, stotterte Ismail Aga vor Aufregung, ratlos von einem Bein aufs andere tretend.

»Hör sofort auf, setz dich zu mir, und hör mir gut zu.«

Wortlos nahm Ismail Aga sofort Platz.

»Was wollen wir denn für den Hof bezahlen?« fragte Arif Saim Bey, während er seine Hand auf das Knie von Ismail Aga legte. »Oder erst einmal: Hast du Geld? Wenn nicht, strecke ich es dir vor.«

»Ich habe Geld, mein Bey.«

»Was meinst du, wieviel sollen wir dem Schatzamt geben? Der Staat ist nicht irgendein Fremder. Wir alle sind ja ein bißchen der Staat, und da meine ich, daß es nicht zu seinem Schaden sein sollte, wir können die Ländereien unseres Staates ja nicht umsonst einsacken.«

»Nein, das können wir nicht.«

»Wieviel sollten wir denn nach deiner Meinung ausgeben?«

»Mein Bey wird es schon wissen.«

»Ich dachte an dreihundert Lira, was meinst du?«

»Es wäre wenig«, antwortete Ismail Aga nach kurzem Zögern.

»Ich weiß, es wäre wenig, aber wir werden danach noch Geld brauchen. Auch wenn uns der Staat Maschinen und Saatgut zur Verfügung stellt, brauchen wir trotzdem noch etwas Geld. Was die Erträge aus dem Betrieb anbelangt, da sind wir ab heute Partner.«

»Zu Diensten, Bey!«

»Sind dreihundert Lira wirklich zu wenig?«

»Dieser Hof hat mehr als zwanzigtausend Morgen Land, da sind dreihundert Lira zu wenig.«

»Fünfhundert?«

»Sind auch zu wenig.«

»Oho«, lachte Arif Saim Bey, »mit dir als Partner gehe ich noch pleite. Du stehst mir ja wie ein Vertreter des Staates gegenüber. Nun gut, ich mische mich da nicht ein, schließlich ist es dein Geld. Dann also siebenhundertfünfzig.«

»Wenigstens tausend«, schlug Ismail Aga verlegen vor.

»Nun gut, tausend«, sagte Arif Saim Bey, »aber nur dir zuliebe.«

Und so wurde Ismail Aga gegen Bezahlung von tausend Lira einige Monate später als Eigentümer des Landgutes ins Grundbuch eingetragen.

Und die Freundschaft zwischen ihm und Arif Saim Bey wurde zusehends enger. Arif Saim Bey beriet alles, was er in Ankara und im Parlament in die Wege leitete, mit Ismail Aga, unternahm nichts ohne dessen Rat. Der Bey war der einflußreichste Abgeordnete der Republik, und so fielen auch für Ismail Aga die verschiedensten Aufträge ab, und das Geld strömte nur so in seine Kasse. Im Dorf wurde er zu einem angesehenen Mann, wer Schwierigkeiten hatte, kam zu ihm, und er half in angemessenem Rahmen den Dörflern, wo er konnte.

Doch wenn sie sich in letzter Zeit trafen, waren die ersten Worte Arif Saim Beys immer: »Irgend etwas beschäftigt dich, Ismail, mein Bruder, irgend etwas trägst du mit dir herum.«

»Nein, nein, ich habe nichts«, entgegnete dann Ismail Aga verdrossen und versuchte, dem Gespräch eine andere Wendung zu geben.

War es dieser Bauernhof, daß er dem Rat seiner Mutter nicht gefolgt war und sich im Nest eines vertriebenen Vogels niedergelassen hatte? Nun, das bedrückte ihn auch, war aber nicht der eigentliche Grund, den er wohl kannte, aber nicht wahrhaben wollte.

Bis eines Tages Zero nicht mehr an sich halten konnte: »Ich kenne den wahren Grund deines Kummers«, platzte es aus ihr heraus. »Du willst ihn nur nicht wahrhaben und bringst es nicht über dich, darüber zu sprechen. Doch mich läßt du darunter leiden. Was soll ich denn tun, wenn wir kein Kind bekommen? Sterben? Wir haben doch Salman. Wenn wir kein Kind bekommen, wozu gibt es denn so viele Heilkundige, so viele Hodschas, Hebammen und Ärzte ...«

Ihre Offenheit erzürnte Ismail Aga, aber er war doch erleichtert. Nun gingen Mann und Frau von einem Heilkundigen zum andern, von einem Arzt und Hodscha zum nächsten. Monate vergingen, das Jahr neigte sich dem Ende zu, und es geschah nichts. Nächtelang betete Ismail Aga, flehte: »O Gott, ein Kind ... Schenk mir ein Kind!« Er ließ Opfertiere schlachten, legte Gelübde ab, um mit einem Kind gesegnet zu werden.

Als eines Morgens kurz vor Sonnenaufgang Ismail Aga die Treppe hinuntereilte, weil er am Tor den Motor eines Autos gehört hatte, traf er im Hof auf Arif Saim Bey, der mit wütender Miene den Wagen nicht verließ und Ismail Aga auch nicht die Hand reichte.

»Bitte, Bey!«

»Sag deiner Frau, sie soll sich fertigmachen, und du zieh dich auch an, wir fahren nach Adana!«

»Einen Kaffee?«

»Nein, nicht nötig.«

In aller Hast machten sich Ismail Aga und Zero fertig, stolperten eilig die Treppe hinunter und nahmen auf dem Rücksitz Platz, denn der Bey hatte sich inzwischen zum Fahrer gesetzt. Der Motor lief noch, und kaum waren sie im Auto, setzte sich das Gefährt in Bewegung und hatte kurz darauf das Dorf verlassen. Die Räder versanken fast bis zur Achse im Staub der Landstraße, und während der über fünfstündigen Fahrt nach Adana hatte weder Arif Saim Bey den Mund geöffnet, noch Ismail Aga ein Wort sagen können.

Als das Auto in Adana auf der Uferstraße des Ceyhan vor einem großen Konak hielt, ging der Tag schon zur Neige. Der Fahrer öffnete die Türen, Arif Saim Bey stieg aus, rief: »Kommt mit!«, stieg die Treppe hoch, blieb vor einer Tür stehen und winkte die beiden zu sich.

»Dr. Ahmet, Gynäkologe«, las Ismail Aga auf dem Schild an der Tür, die der Arzt selbst öffnete.

»Hier ist der Mann und brüderliche Freund, von dem ich gesprochen habe, Doktor Bey. Der Mann, der sich mir nicht anvertraute. Nun wirst du diese beiden untersuchen und ihnen sagen, ob sie Kinder bekommen werden oder nicht!« Dann wandte er sich Ismail Aga zu. »Mit dir bin ich sehr böse, Ismail Aga«, haderte er, »verheimlicht der Mensch denn seinen Kummer vor seinem älteren Bruder?«

»Verzeih«, antwortete Ismail Aga, während er sich in den vom Arzt angebotenen Sessel setzte.

Der Arzt bat zuerst Zero ins Sprechzimmer, und die Untersuchung dauerte wohl eine Stunde. Anschließend bat der Arzt Ismail Aga herein, der bald darauf wieder entlassen wurde.

»Den beiden fehlt nichts, mein Bey, mach dir keine Sorgen«, sagte Ahmet Bey, der sich erschöpft in einen Sessel hockte und sich eine Zigarette anzündete.

»Und warum bekommen sie keine Kinder?«

»Sie werden Kinder bekommen«, antwortete Ahmet Bey. »Der Hanum fehlt nichts. Sie wird gebären.«

»Nun, dann gratuliere ich«, rief Arif Saim Bey. »Ihr werdet Kinder haben.«

»Wirklich?« Ismail Aga hatte Ahmet Beys Hand ergriffen.

»Ganz sicher«, antwortete dieser, »Zero Hanum ist kerngesund.« Nachdem der Fahrer Arif Saim Bey vor einem Konak in Adana abgesetzt hatte, fuhr er die beiden noch in derselben Nacht nach Haus.

Danach waren sowohl Zero als auch Ismail Aga wie verändert. Sie waren fröhlich wie nie zuvor, sie lachten und sie scherzten. Kiloweise brachte Ismail Aga die verschiedensten bunten, duftenden Süßigkeiten aus Adana mit und verteilte sie morgens, mittags und abends an die Dorfkinder. Die beiden Eheleute wußten nicht, was sie vor Freude beginnen sollten. Und Salman, wie vergessen in einer Ecke abgestellt, spürte, daß sich da irgend etwas tat, doch wie sehr er auch seinen Kopf anstrengte, er kam nicht dahinter und grämte sich.

Stieg Ismail Aga an Nachmittagen zu den Burgmauern hoch, nahm er außer Salman jetzt auch die Nachbarskinder mit und behandelte sie auch mit ebensoviel Zuneigung.

Und Zero wurde schwanger, und eines Tages im Herbst gebar sie einen Sohn. Noch am Tag der Geburt wurde vor Ismail Agas Konak eine Festtafel gedeckt. Paukenschläger, Oboenbläser, Sazspieler, Barden und Flötenspieler kamen, Ringkämpfer kämpften, der Reigen wurde getanzt, die Barden sangen Lieder über diesen glücklichen Tag, spielten auf, und Ismail Aga steckte besonders ihnen großzügige Geldbeträge zu.

Einige Tage darauf kam ein Leutnant der Gendarmerie und überbrachte aus Ankara eine Order von Arif Saim Bey. Darin stand: »Sie möchten dem Kind vor meiner Ankunft noch keinen Namen geben, ich werde die Patenschaft des Jungen übernehmen.«

Nach etwa zehn Tagen erschien der blitzblanke Ford im Dorf. Ismail Aga ließ wieder Opfertiere schlachten, und wieder wurde das ganze Dorf zum Festessen eingeladen. Dem Jungen wurde der Name des Befreiers des Landes und Präsidenten der Republik gegeben: Mustafa.

5

Mustafa wuchs heran, machte seine ersten Gehversuche und plapperte die ersten Wörter. Weither aus Istanbul hatte Arif Saim Bey eine mit Perlmutt eingelegte Wiege geschickt, es hieß, sie sei aus Rosenholz. Und wenn Arif Saim Bey auf der Reise von Ankara nach Adana den Abstecher zu seinem brüderlichen Freund machte, um über die Lage in der Çukurova, im Lande und in der Welt zu diskutieren, brachte er für Mustafa auch jedesmal die verschiedensten Geschenke mit. Ismail Aga erfüllte es mit Freude und Stolz, er fühlte sich von Mal zu Mal seinem Bruder Arif Saim Bey enger verbunden. Für so einen Menschen, für so einen Freund war ihm nichts zu teuer ...

Vom Tag der Geburt an war Ismail Aga in den Jungen vernarrt. Er ließ den Kleinen nicht aus den Augen, schaukelte seine Wiege, sang dazu ganz alte Wiegenlieder. Riefen ihn die Geschäfte, schob er unter tausend Vorwänden die Abreise hinaus, und hatte er sich endlich in den Sattel geschwungen, stieg er mehrmals wieder ab, um nach dem Jungen zu sehen; er beschnupperte ihn mit bekümmerten, dann wieder freudigen Blicken, saß dann widerwillig auf und fegte wie ein jauchzender Orkan aus dem Dorf in die Ebene, mit verhängten Zügeln, ohne zurückzublicken, um ja nicht der Versuchung zu erliegen, das Pferd zu zügeln und kehrtzumachen.

Um Salman kümmerte sich niemand mehr. Das Kind war wie weggewischt. Weder sein Vater noch Zero, noch Hazal oder sonst jemand im Haus nahm von ihm Notiz, es war, als gäbe es ihn nicht. Es lag keine Absicht dahinter, nein, sie hatten eben nur Augen für Mustafa und für niemanden sonst ... Und Salman selbst versuchte auch nicht, auf sich aufmerksam zu machen, er lebte im Haus wie ein Schatten, und wurde ihm das Herz schwer, zog er allein in die Berge zu den Adlern, Rebhühnern, Bienen, Käfern, Gräsern, Blumen und Schlangen. Er sprach kein Wort mehr, weder im Haus noch mit den Kindern, Mädchen und Frauen im Dorf, das er früh am Morgen verließ, um erst am Abend nach Sonnenuntergang heimzukehren. Am Burggraben hatte er ein ganz junges Rebhuhn gefangen, diesem Küken gehörte nun seine ganze Liebe. Er schlief mit ihm, redete mit ihm, spielte mit ihm. Und alle zwei Wochen baute er ihm aus Zweigen des Kalebassenbaums und der am Flußufer duftenden Keuschlammsträucher einen Käfig. Alle Heuschrecken am Hang und im Burggraben waren nur für sein Rebhuhn da! Das Küken wuchs, Beine und Schnabel wurden hennafarben, und das bräunlichgraue Gefieder der Brust bekam einen grünlichen Schimmer. Seit Mustafas Geburt hatte Salman sich kein einziges Mal zur Wiege gedreht, nie den Kleinen angeschaut. Vielleicht sah er auch die Menschen im Haus und im Dorf nicht, er lebte mit den Vögeln und Insekten, lebte mit den Schwalben. Wie aus einem inneren Antrieb machte er sich für seine Umwelt unsichtbar, er wollte nicht, daß sich jemand um ihn kümmerte, und es kam ihm zupaß, daß niemand Augen für ihn hatte. In den ersten Tagen, als er die Gleichgültigkeit seiner Umwelt, das Nachlassen ihrer Liebe zu ihm spürte, fühlte er sich in eine unendliche Leere verstoßen. Der Schmerz darüber ließ ihn nachts nicht schlafen, er mußte immer an den Tag denken, an dem sie ihn gefunden hatten. Jetzt fühlte er sich tausendmal elender als damals. Getrieben von einem eigenartigen Wahn, glitt er nachts oft aus dem Bett, schlich sich ins Schlafzimmer seiner Eltern und blieb dann starr und steif neben der Wiege stehen; manchmal lähmte schon ihr Anblick seine Glieder, so daß er nicht weitergehen konnte und wie angewurzelt verharrte. Zero hatte ihn einigemal dabei überrascht, aber sich nichts dabei gedacht, vielleicht weil sie von ihrem Glück so überwältigt war.

Eines Tages, Mustafa war schon etwas größer, lief Salman plötzlich in die Berge und ließ das Rebhuhn frei. Doch das Tier wollte sich nicht von ihm trennen, flog dicht hinter ihm her, folgte ihm wie ein verlassener, herrenloser Hund. An einem Abend kletterte Salman zu den Felsen hoch, auf denen die Adler hockten, setzte das Rebhuhn unter der Felswand ab und verwischte beim Abstieg seine Spuren. Doch als er zu Hause ankam, war der Vogel schon dort. Warum er dieses schöne Geschöpf freilassen wollte, mit dem er schon so lange zusammen war, das sich an ihn so gewöhnt hatte, ihm so anhänglich überallhin folgte, konnte er sich nicht erklären. Aber er wollte sich von ihm freimachen. Einmal band er es am Fuße des schroffen, rötlichen Felsens unter der Burg an einen Dornbusch. Es hieß, dort lebe eine gehörnte Klapperschlange, die beim Gleiten rassele und ein ganzes Ziegenlamm verschlingen könne. Salman häufte Hände voller Heuschrecken, die er gefangen und deren Köpfe und Beine er herausgerissen hatte, vor dem Rebhuhn auf, damit es, bis die Schlange kam, nicht zu hungern brauchte. Doch danach konnte er die ganze Nacht nicht schlafen. Immer wieder sah er in Gedanken, wie die Schlange um das Rebhuhn schlich, das erregt zu zappeln begann, in Todesangst mit den Flügeln schlug, fiepte und sich im Dornbusch verfing, woraufhin die Klapperschlange heranglitt, mit ihrer roten Zunge das Rebhuhn berührte, es schnappte und verschluckte. Noch vorm ersten Hahnenschrei rannte er zur Burg hinauf. Doch das Rebhuhn stand ganz ruhig unterm Dornbusch, hatte alle Heuschrecken aufgefressen und scharrte.

Das brachte Salman zur Weißglut. »Warte nur ab«, schrie er, »sie wird schon noch kommen, die Klapperschlange wird schon noch kommen.« Bei diesen Worten liefen ihm kalte Schauer über den Rücken. Dann ging er los, fing wieder Heuschrecken, häufte sie vor dem Rebhuhn auf, nachdem er ihnen mit geübtem Griff die Köpfe, Flügel und Beine abgerissen hatte. In dieser Nacht würde die Klapperschlange das Rebhuhn bestimmt wittern, und warum sollte sie dann nicht zum gedeckten Tisch kommen! Ein fettes Rebhuhn, das Salman mit Eiern, Fliegen und Heuschrecken gemästet hatte!

Im Bett hing er wieder seinen Gedanken nach. Die Schlange gleitet mit herausschießender Zunge um das Rebhuhn, kriecht näher und näher, richtet sich ringelnd auf, ihre Augen funkeln korallenrot durch das Dunkel. Das Rebhuhn schreckt hoch, sein Gefieder sträubt sich, es zappelt, will sich vom Strick losreißen, flattert wie wild vom Boden in den Busch und wieder zurück, kann sich vor der Schlange mit der blutrot züngelnden Zunge nicht retten, die Schlange schnappt zu, würgt mit schwellenden Backen seelenruhig das Rebhuhn hinunter, bis nur noch die Beine aus ihrem Maul heraushängen, und gleitet dann satt und zufrieden rasselnd zu den Burgmauern hinauf. Erschöpft schläft Salman ein, in seinen Träumen kämpfen Rebhühner und Schlangen in einer Wolke, die den Fluß entlanggleitet. Die Klapperschlangen rasseln bis in den frühen Morgen mit ihren Hornringen, wirbelnde Rebhuhnfedern verschwinden in Wolken grüner Heuschrecken, Schlangen, aus deren Mäulern hennafarbene Rebhuhnbeine ragen, schlängeln sich über den Fluß hin und her.

»Halt«, ruft Salman, »halt, komm nicht näher, sonst reiß ich dir den Kopf ab!« Er hat die lange Schlange, die jetzt zur Felsspalte kriecht, am Schwanz gepackt. »Komm«, keucht er, »komm zurück!« Er zieht an ihrem Schwanz, ihre Hornringe klappern, die Schlange bebt und schwitzt, das Rasseln vermischt sich mit dem Zirpen der Grillen und hallt von den Felswänden wider. Die Schlange spannt sich wie ein Drahtseil kurz vor dem Reißen. Salman bekommt keine Luft mehr. Halt ein, Salman, was tust du da? Er hat die Schlange losgelassen und flüchtet. Unter seinen Füßen donnert es, strömt irgend etwas dahin. Von Yilankale, der Schlangenburg, stürzen Schlangen auf die staubigen Wege, wirbeln rasselnd in Tromben von Staub hinter ihm her. In der Schlangenburg lebt Şahmaran, der Schah der Schlangen, in seinem Maul das Rebhuhn, die hennafarbenen Beine hängen heraus. Unter der roten Zunge Şahmarans bewegen sich noch die Schenkel eines Frosches. Bedächtig schluckt die Schlange den Frosch, danach einen Adler und anschließend Mustafa, nur noch seine Beine hängen aus dem Maul der Schlange mit den korallenroten Augen und zappeln, Hähne krähen, ohrenbetäubend hallt das Gezirpe der Grillen, Schlangen bedecken alle Felsen und nähern sich mit rasselnden Hornringen ... Salman preßt den Schlund der Schlange zusammen, und Mustafa schlüpft aus ihrem Rachen ins Freie. Siehst du, ich habe dich gerettet, Mustafa, sagt Salman leise, ja, ich habe dich aus dem Magen der Schlange herausgeholt. Auf dem Felsen unter der Burg ist Mustafa mit einem roten Strick an einen Strauch gefesselt, das Rebhuhn in seinem Arm ... Plötzlich ist das Rasseln der Klapperschlange zu hören, ein dumpfes Geräusch, lauter als das Zirpen der Grillen, kommt immer näher, Steine rollen den Hang herunter ... Kommt immer näher zu Mustafa, der ahnungslos mit dem Rebhuhn spielt, die Schlange gleitet um ihn herum, umschlingt ihn. Jetzt ist Mustafa unrettbar verloren. Salman hängt sich an den Schwanz der Schlange, zieht, die Schlange reckt sich, wendet den Kopf, erblickt Salman, spuckt ihm mit ihrer giftigen Zunge kräftig ins Gesicht, Salman begreift und läßt los.

»Halt ein, Schlange, halt ein!«

Die Schlange verschlingt Mustafa mitsamt dem Rebhuhn, ihr Bauch bläht sich, und sie gleitet davon.

Salman rannte wieder zum Felsen; als er atemlos dort ankam, war das Rebhuhn noch da. Er band es los und ging in Richtung Kirmit, zum Brunnen aus uralter Zeit, tief und dunkel. Auch in diesem Brunnen wimmelten die Schlangen. Das Rebhuhn folgte ihm, flog und tappte hinter ihm her.

»Was soll ich nur tun, was soll ich nur tun?« fragte er sich immer wieder in einer Sprache, von der er nicht wußte, woher sie stammte. Er kann sich an jenen Berg, an jenen Wald gut erinnern, sogar, wenn auch nur lückenhaft, an die Zeit davor, erinnert sich daran wie in einem Wachtraum. Irgendwelche Leute hatten ihn wohl ins Wasser geworfen, um ihn herum eine Meute Hunde, er versank im Wasser und wurde kurz vor dem Ertrinken gerettet ... Immer wieder sieht er es vor sich, wie er inmitten einer Hundemeute im Fluß versinkt und umgeben von knurrenden, zähnefletschenden weißen Hunden am Ufer die Augen aufschlägt.

Diese Dörfler samt Zero, Pero und besonders Hasan erschreckten ihn. Sie wollten ihn ins Wasser werfen. Jeder wollte ihn ins Wasser werfen. Nur der Papa, nur Ismail Aga schützte ihn, sogar vor Mustafa. Denn am meisten fürchtete er Mustafa. Sogar vor diesem Rebhuhn fürchtete er sich. Solange er denken kann, hatte er in Anspannung und Furcht gelebt. Alles erschreckte ihn, die

Nacht, die Adler, die Bienen und besonders die Spinnen, er brauchte nur eine zu sehen, um an Ort und Stelle zu erstarren. Wut packte ihn, er war wie von Sinnen, ja, er mußte aus diesem Dorf flüchten, hinaus in die unendliche Ebene!

Gefolgt vom Rebhuhn, kehrte er dem Brunnen von Kirmit den Rücken. Zu Hause angekommen, konnte er sich kaum auf den Beinen halten. Als er auf der Treppe des Konaks Zero erblickte, packte ihn wieder der Zorn, stumm pflanzte er sich vor ihr auf und blieb so stehen.

Waren es fünfzehn oder zwanzig Tage hintereinander, an denen er das Rebhuhn immer wieder als Fraß für die Schlange gefesselt hatte? Ihm schien es eine Ewigkeit zu sein. Schließlich stumpfte er ab, und wenn er abends, nachdem er das Rebhuhn unterhalb der Burg angebunden hatte, nach Hause kam, empfand er gar nichts mehr, schlief, kaum im Bett, traumlos bis in den Morgen, rollte sich nach dem Aufstehen einen Klumpen frischer Faßbutter in einen ausgerollten, dünnen Brotfladen, biß herzhaft hinein, trank dazu warme Milch mit reichlich Zucker, kaute gemächlich und machte sich dann, überzeugt, das Rebhuhn unversehrt vorzufinden, gelassen auf den Weg zu den Burgmauern.

Er mußte weg von hier, aber er hatte diesen Plagegeist von Rebhuhn am Hals, der keine Ruhe gab. Auf den Gedanken, das Rebhuhn einfach mitzunehmen, kam er nicht.

Eines Abends kehrte er nicht heim. Er nahm das Rebhuhn auf den Arm, überquerte den Fluß mit dem Floß, überlegte, in welcher Richtung die Schlangenburg lag, und machte sich auf den Weg. Der Westwind hatte sich gelegt, es knisterte vor Hitze, und er vermeinte, ersticken zu müssen. Überall roch es nach aufgewirbeltem Staub, der einem in der Kehle brannte. Schweiß perlte bei jedem Schritt, und die staubige Erde unter seinen Füßen fühlte sich an wie glühendes Eisen. Hinter einer Staubwolke ging blutrot flammend die Sonne unter, alles versank in tiefe Stille. Salman marschierte und rannte abwechselnd. War er zu erschöpft, verhielt er und eilte sofort weiter, wenn er wieder zu Atem gekommen war.

Mittlerweile war es so dunkel geworden, daß er nicht mehr

ausmachen konnte, wohin er ging. Die Nacht war voller Gezirpe, Dörfer, Bäume, die Burgmauern auf dem Anavarza, die Schlangenburg, alles weggewischt. Angst beschlich ihn, wuchs immer mehr, und ihm war, als stürze er koppheister und kotzübel in einen finsteren Abgrund. An mehr konnte er sich nicht erinnern, als er im Morgengrauen am Ufer eines Flusses neben dem dahockenden Rebhuhn aufwachte und Wasserschildkröten, die zum Sonnen an Land gekrochen waren, bei seinem Anblick zurück in den Fluß tappten ... Als erstes sammelte er am Flußufer Heuschrecken für das Rebhuhn. Eine langgedehnte Natter schlängelte sich vor seinen Füßen geräuschlos ins dichte Gestrüpp. Nicht weit vom Fluß stiegen dünne, weiße Rauchfahnen von den Dächern eines Dorfes in den Himmel. Bald würde die Sonne aufgehen und die Hitze unerträglich werden. Von einem nahen Acker hallten gedämpft die Stimmen von Bauern herüber, die sich an die Feldarbeit machten. Nachdem Salman das Rebhuhn hastig gefüttert hatte, ging er zum Fluß, grub ein Wasserloch in den Sand und trank das quellende, kalte Wasser, bis sich sein Bauch spannte. Dann bestimmte er die Himmelsrichtung und marschierte los. Die Schuhe hatte er ausgezogen, mit den Schnürsenkeln aneinandergebunden und über die Schulter gehängt. Barfuß und mit dem Rebhuhn im Arm meinte er, schneller voranzukommen.

Die Sonne stieg schnell, und Salman schritt aus. Es wurde Mittag, und die Hitze senkte sich wie Blei auf die Erde. Es wurde flirrend weiß rundherum, die geblendeten Augen waren wie blind, die Umwelt wie finstere Nacht am hellichten Tage. Weiter als zwei, drei Meter war nichts wahrzunehmen, alles verschwamm in weißer, glasiger Helle. Salman weiß nur noch, daß er in dieser Hitze, die sein Blut fast zum Kochen brachte und ihm wie ein Fausthieb entgegenschlug, bis zur Schlangenburg gelaufen war. Aber Dörfler, die dort vorbeigingen, berichten, sie hätten einen barfüßigen, laut schreienden Jungen mit kurzen, stacheligen Haaren und einem Rebhuhn im Arm am Fuße der Felsen zur Schlangenburg laufen sehen, der sich immer wieder aufgerappelt habe, wenn er vor Erschöpfung taumelnd hingefallen sei.

Wie Salman von der Schlangenburg zurück ins Dorf kam, weiß

er auch nicht. Vielleicht hat ihn jemand hergebracht, vielleicht hat er sich wie in einem Traum herumirrend hergetastet. Als die Hahnenschreie ihn unter dem alten Granatapfelbaum am Fuße des Felsens weckten, schmerzte sein Körper wie durch den Fleischwolf gedreht. Humpelnd ging er ins Haus. Die Schuhe hingen noch an seinem Hals. Kleinlaut schlich er in die Küche zu Zero und den anderen Frauen. Wie immer schmierte ihm Zala die Turkmenin einen großen Teigfladen mit frischer Butter und ungeschleudertem Honig und reichte ihm einen großen Henkelbecher heiße Milch ... Diesmal wurde Salman davon nicht satt, er verlangte nach einem weiteren Fladen und einem Becher Milch, und danach das Ganze noch einmal ... Niemandem war seine Abwesenheit aufgefallen, niemand fragte ihn: Was ist denn mit dir los, Salman, wo warst du denn, Salman! Als sei ihm nichts widerfahren, als sei er gar nie weggewesen. Von oben hörte er das herzhafte Lachen seines Vaters, der mit Mustafa spielte. Nachdem er sich sattgegessen hatte, stieg er die Treppe zur offenen Diele hoch und stampfte wohl fünfmal dicht an Ismail Aga vorbei, der nur einmal kurz aufschaute, ihn anlächelte und sich dann wieder dem Spiel mit Mustafa widmete. Salman marschierte hin und her, rannte die Treppe hinunter, hinauf, das Rebhuhn immer hinter ihm her ... Bei diesem Treppauf und Treppab flog das Rebhuhn ab und zu plötzlich auf, überholte Salman und ging vor ihm nieder. Wirbelnd kreisten Salman und das Rebhuhn um Ismail und Mustafa, bis die beiden endlich aufblickten und zuschauten, wie Salman in seinem wilden, zornigen Spiel stampfend über die offene Diele rannte, vom Rebhuhn mit hartem Flügelschlag umschwirrt. Dann rannte Salman über die Treppe hinunter in den Hof, um ein anderes Spiel zu beginnen. Er versteckte sich unter den Kakteen, im Granatapfelbaum oder in einer der Felsnischen, wo ihn das Rebhuhn jedesmal nach kurzer Suche aufstöberte. Dann kam Salman wieder zurück, blieb mitten auf dem Vorhof stehen, während das Rebhuhn so eng um seinen Kopf kreiste, daß es mit den Flügelspitzen seine Ohren streifte, anschließend niederging, von der Erde bis zu seinen Schultern an Salman emporkletterte, in seinem Hemdausschnitt verschwand, weiter unten wieder zum Vorschein kam, auf die Erde sprang und hopp, hopp, von dort wieder auf seine Schulter kletterte ... So rannten und kreisten sie, Salman mit geschlossenen Augen, die Arme wie Flügel ausgebreitet, sich wiegend, das Rebhuhn am Boden, genau wie er, mit ausgebreiteten Flügeln, dann bewegen sie sich auf den Granatapfelbaum zu, schreiten ganz langsam, bis Salman wieder lospurtet, und das Rebhuhn auffliegend hinter ihm her ... Salman lacht lauthals, ist schweißnaß, die Schweißtropfen brennen in seinen Augen. In sein Spiel vertieft, hat er seine Umgebung, die Menschen, ja die ganze Welt vergessen.

Erst als er zur Diele emporschaute, gewahrte er am Geländer Mustafa und Ismail Aga, die ihn beobachteten. Mustafa, verstört, mit weit aufgerissenen Augen, Ismail mit unmerklichem Lächeln. So stand er eine Weile mitten im Hof, während ihm der Schweiß von der Stirn und von den Haaren übers Gesicht rann. Zu seinen Füßen das Rebhuhn, schweißnaß wie er, ließ es die Flügel in den Staub hängen.

Salmans Augen wanderten von der Diele zur Burg, von der Burg zur Ebene, dann weiter zu dem sich lila färbenden Berg, über dem mit weitgestreckten Schwingen die Adler kreisten, wanderten wieder zurück zur Diele, wo sie sich mit Ismail Agas Augen trafen und dann zur blühenden Kaktushecke abirrten. Ein Schmetterling hockte atmend im Staub, Salmans Blick blieb eine Weile auf ihm haften, dann entdeckte er unter einem Kaktus eine gelbe Honigwabe, ganz versteckt. Blitzartig sahen seine Augen vieles, was er bis dahin nicht wahrgenommen hatte: vom Fuße eines Kaktus bis zu seiner Spitze strichdünn einen Zug gelber Ameisen, eine Feder, die vom hellen Himmel schaukelnd zur Erde schwebte, dabei immer wieder die Richtung änderte. Eine Wolke ballte sich über der Burg und glitt Richtung Süden zum Mittelmeer. Über der Ebene ging der blaßblaue Himmel in Weiß über, darunter wiegten sich vereinzelte Staubsäulen, als könnten sie sich nicht von der Erde losreißen. Dazwischen immer wieder Mustafas große, bräunliche Augen, die sich angstvoll weiteten und wieder verengten. Ismail Aga aber bleckte die weißen, kräftigen Zähne und lachte übers ganze Gesicht, in dem Leid und Trauer auch nicht die geringste Spur hinterlassen hatten. Wie immer war sein Lachen offen und ungetrübt ... Sogar im Lachen eines Kleinkindes kann ein Anflug von Traurigkeit, Schmerz oder Enttäuschung liegen, doch Ismail Agas Lachen war ungetrübte Freude. Salman konnte seine Augen nicht mehr von Ismail Aga wenden, er sah nichts außer dessen Freude. Da bückte er sich, hob das zu seinen Füßen mit aufgeplustertem Gefieder hockende Rebhuhn hoch, und während er Ismail Aga mit stahlhartem Blick in die Augen schaute, ging seine Hand zum Hals des Rebhuhns, und nach einem kurzen, heftigen Ruck hielt er den Kopf des Vogels in der einen, den Körper in der anderen Hand. Einen Augenblick schaute er verdutzt auf den toten Vogel herunter, der seine Beine zitternd streckte und noch ganz leicht mit den Flügeln schlug, dann bückte er sich, bettete den toten Rumpf sanft in eine staubige Mulde und legte den Kopf obenauf. Der Schnabel des Vogels stand weit offen, die Augen waren bis zur Hälfte von den Nickhäuten bedeckt. Auch das fiel Salman auf. Ismail Aga war das Lachen auf den Lippen gefroren, und Mustafa starrte mit entsetzt aufgerissenen Augen auf das tote Rebhuhn.

Salman kehrte den beiden den Rücken zu, verließ ohne Hast den Hof, ging zum Fluß hinunter, und wie ein wohliger Schauer durchrieselte ihn verhaltene Freude. Er hob einen Kiesel auf, warf ihn ins Wasser, und aus den Heidebüschen gegenüber ertönte eine Vogelstimme, wie er sie noch nie gehört hatte. Zuerst wollte er hinüberwaten, doch dann hörte er lautes Gesumm, als schwärmte ein neues Bienenvolk aus, und er verließ das Ufer und wanderte zum Tal des Weißdorns. Halbfertige Mühlsteine lagen am Wegrand, aus blauem Granit gehauen, dessen Äderung teilweise wie Glassplitter funkelte.

Im Tal des Weißdorns stand ein Baum, der keinem der anderen ähnelte. Überall, bis hinunter zu den Wurzeln, sprossen die Äste aus seinem Stamm, so daß er von weitem aussah wie ein abgerundeter Kegel, wie ein kleiner Hügel in der Senke. Im Frühjahr schmückte er sich über und über mit weißen Blüten, verstreute sein makelloses Weiß über die violetten Felsen und wiegte sich sanft wie eine geblähte Wolke. Bienen aus der Çukurova, in tausenderlei Farben funkelnd, strömen dann zum Baum, so dicht, daß manchmal die Blüten unter ihnen gar nicht mehr zu sehen sind und das Gesumm von den Hängen widerhallt. Der in Wellen brisende Wind bringt den Geruch der Berge, in dem sich die Düfte des Bitterwurz, des Thymians, der Minze, von Fels und Erde vermischen. In diesem Tal wimmelt es von Schlangen, und schon oft hat sich Salman hier, umgeben von Bienengesumm und Blütenduft, auf einem flachen Felsen ausgeruht.

Er lief zu seinem Felsen, und kaum hatte er sich auf dem flachen Stein ausgestreckt, war er auch schon eingeschlafen.

Mitternacht war längst vorüber, als er aufwachte. Die Eulen schrien in einem fort, der Berg atmete und bebte in der Tiefe. Salman rannte hinunter in die Ebene und weiter zum Dorf, als sei ein Ungeheuer mit glühenden Augen hinter ihm her. Sein Herz pochte wie wild ...

Bis zum Morgen fand er keinen Schlaf. Manchmal war ihm, als fiele er in einen dunklen Abgrund, dann kletterte er die Steilwand wieder hoch, immer in Angst. Angst, nichts als Angst auf dieser Welt. Die Bienen, die Vögel, die Schmetterlinge, die Adler dort oben, die Heuschrecken, die Ameisen, sie alle hatten Angst. Als er dem Rebhuhn den Kopf abriß, genau in diesem Augenblick, trafen sich ihre Augen, und das Rebhuhn senkte seine Nickhäute, um den Tod nicht sehen zu müssen. Aber weil es in diesem Moment starb, deckten die Nickhäute die Augen nur halb zu. Während er an das Rebhuhn dachte, war ihm, als bliebe sein Herz stehen, er zitterte genau so wie der sterbende Vogel. Ihm schauerte, sein Mund war wie ausgedörrt. Doch als er Mustafas aufgerissene, gläserne Augen und Ismail Agas gefrorenes Lachen in Gedanken vor sich sah, erfüllte ihn eine wilde, unbändige Freude.

Mustafa hockte auf der offenen Diele in der Sonne, spielte für sich allein und murmelte ab und zu irgend etwas vor sich hin. Zero stand drinnen am Herd, sie hatte einen Topf aufgesetzt, Salman konnte durch die offene Tür den aufsteigenden Dampf erkennen. Ismail Aga war nicht zu sehen. In aller Frühe hatte er sich aufs Pferd geschwungen und war wohl auf die Felder geritten. In den letzten Tagen hatte er sich schon oft vor Morgengrauen zu Pferde davongemacht. Draußen auf seinem Landgut ließ er den Blick über die Äcker schweifen, die sich von den Bergen bis zum Fluß erstreckten. Manchmal stieg er ab und nahm von einem der Maulwurfhügel eine Handvoll Erde und prüfte sorgfältig die schwarze, fette, körnige Krume, streute sie dann übers Gras wie der Sämann die Saat, saß dann wieder auf und preschte mit verhängtem Zügel weiter. An solchen Tagen vernachlässigte er sogar Mustafa. Allein gelassen, saß Mustafa dann auf der Diele neben den großen Tontöpfen mit Basilikum und spielte mit seinen Sachen, mit seiner Nase oder seinen Fingern wie die Katze mit ihrem Schwanz, bis er müde wurde und einschlief. Salman hatte dann Mitleid mit diesem verlassenen Jungen wie mit einem armen Waisenkind. Er wäre ihm dann liebend gern sehr nahe gewesen, aber er las in Mustafas Augen dessen unüberwindliche Angst. Der Junge hatte Angst vor allem, vielleicht auch vor seinem Vater. Er hatte sogar Angst vor den jungen, nackten Schwalben, die mit weit aufgerissenen, gelben Schnäbeln ihre Hälse aus den Nestern an der Dielendecke streckten, als wollten sie ihre Köpfe von ihren Körpern reißen. Er fürchtete sich vor Ameisen, Bienen, Kaktusblüten und den staubgeschwängerten Windhosen, die hin und wieder um das Haus wanderten.

Salman blieb neben dem Kind stehen. Mustafa saß in sich versunken da. Womit er auch spielte, was er auch erblickte, er vertiefte sich auf der Stelle so angespannt darin, daß er für nichts mehr Augen hatte. Wurde er dann aus irgendeinem Grunde aus seiner Selbstvergessenheit geweckt, schrak er entsetzt hoch.

»Mustafa!« sagte Salman behutsam.

Mustafa blickte auf und sah ihn an. Diesmal nicht erschrocken, aber mit großen, gläsernen Augen. War es das erste Mal, daß Salman ihn ansprach?

»Mustafa«, wiederholte er, »wollen wir zusammen spielen?«

Das Kind sagte kein Wort.

»Ich kenne wunderschöne Spiele.«

Mustafas große, gläserne Augen starrten nur.

»Schau her!« Salman machte einen Kopfstand und begann sich zu drehen. Und während er sich drehte, linste er gleichzeitig neugierig zu Mustafa hinüber. Doch Mustafa verzog keine Miene, saß nur so da und schaute unbeeindruckt zu. Auch Zero hatte in der Küche mitbekommen, wie Salman Mustafas Nähe suchte, und wunderte sich. Obwohl sie sich den Kopf darüber zerbrach, konnte sie sich sein verändertes Verhalten nicht erklären. Es erschreckte sie, und sie verspürte einen eigenartigen Schmerz, eine eigenartige Trauer, die nicht weichen wollte.

Salman stand kopf, aber er drehte sich nicht mehr, sondern begann seine Beine wie eine Schere zu öffnen und zu schließen, sprang plötzlich auf die Füße, kletterte geschmeidig wie eine Katze blitzschnell den Pfosten rauf und wieder runter, rannte zur Treppe, schwang sich aufs Geländer, rutschte hinunter und kam lachend wieder heraufgelaufen. Er brachte ein grasgrünes Steckenpferd aus Schilfrohr mit. Es stand auf den Hinterbeinen, hatte das Maul aufgerissen und spitzte die langen Ohren. Silberdurchwirkte Seide war strickartig zu Zügeln geflochten, zwei breite Ringe aus Tulasilber hingen um Widerrist und Lende, dazwischen diente ein Stück goldbeschlagenes Leder als Sattel. Salman galoppierte an Mustafa vorbei, der Reiter zügelte sein Pferd, das ausschlug und wiehernd stieg, nicht stillstehen konnte, wieder über die Diele hin und her galoppierte, sich immer wieder wütend auf der Hinterhand aufbäumte und wie von Sinnen langanhaltend wieherte. Salman konnte wirklich wiehern wie ein Pferd, doch auch das schien den regungslos dasitzenden Mustafa nicht zu beeindrucken.

Salman ließ das Pferd wiehern, über die Dielen galoppieren, tränkte es wie bei echten, erhitzten Pferden mit leisen, ablenkenden Pfiffen, ließ es mit eingebildeten Berittenen um die Wette rennen ... Zwischendurch versuchte er es die Treppe hinunterzutreiben, und als es am Absatz verweigerte, peitschte er das steigende Pferd, das ihn dreimal abwarf, so lange, bis es schließlich auch die Stufen nahm. Außer Atem kam er unten an und konnte sich vor Lachen nicht halten. Das Pferd am Halfter führend, kam er wieder nach oben, blieb vor Mustafa stehen, lachte noch immer lauthals, und sein Gesicht lief puterrot an.

»Komm«, sagte er zu Mustafa, »komm mit!« Er zog ihn hinter sich aufs Pferd, schlang Mustafas Beine um seine Hüfte und rannte mit ihm auf der offenen Diele wiehernd hin und her. Und wieder ging's treppab, treppauf, und das täuschend ähnliche Pferdegewieher hallte durchs Dorf ... Die Diele wurde diesem übermütigen, halbwilden, mit Hunderten anderer um die Wette rennenden Pferd zu eng. Sie preschten in den Hof, von der Kaktushecke zum Granatapfelbaum hin und her. Bis es ihnen auch hier zu eng wurde und sie zum Fluß galoppierten, zwischendurch steigend und wiehernd ... Dort tränkten sie das Pferd sehr lange. Mustafa war abgestiegen, stand oben auf der Böschung und starrte auf den Kopf des saufenden Pferdes. Nachdem es seinen Durst gestillt hatte, schlugen sie den Weg über den Felshang zur Burg ein, und nachdem Salman sein Reittier an eine verkrüppelte Eiche gebunden hatte, kletterte er in eine Senke, kam mit einem Armvoll frischen Grases zurück, warf es dem Pferd vor, das sich sofort darüber hermachte und mit mahlenden Zähnen zu fressen begann.

»Schau doch, wie es frißt!«

Mustafa, ein bißchen blaß geworden und verschwitzt, hockte auf einem Felsblock und schaute Salman so ruhig zu, als sei es ganz selbstverständlich, daß dieser wie ein Gras fressendes Pferd mit den Zähnen knirschte.

»Los, steh auf, laß uns Blumen pflücken. Von diesen Pferden habe ich so viele, wie du haben willst.« Er verschwand zwischen den Felsen und kam mit einem Blumenstrauß zurück. Teilweise waren die Blumen schon verdorrt, manche noch nicht aufgegangen, andere in voller Blüte.

»Los, du auch!«

Mit bleichem Gesicht starrte Mustafa ihn noch immer gebannt an.

»Los, komm mit, wir pflücken zusammen noch viel mehr!« Er zog Mustafa hoch, und beide kletterten den Abhang hinunter. Wie ein riesiges, pechschwarzes, atmendes Maul ragte pappelhoch unter der Burg der Eingang der Felsenhöhle. Am Ende des Felsens über der Höhle stand ein üppiger, dunkelblau blühender

Dornbusch. Salman musterte ihn genau, ließ Mustafas Hand los und sagte: »Siehst du die vielen Blumen dort, die gelben, geh hin und pflücke!«

Vorsichtig glitt Mustafa zwischen die Felsen und kam nach einer Weile mit einem Armvoll langstieliger, gelber Blumen zurück. Zum ersten Mal bemerkte Salman, wie ein Hauch von Freude, vermischt mit scheuem Stolz, über Mustafas Gesicht huschte. Beglückt fing er wieder an zu singen und zu spielen. Er krähte wie ein Hahn, und das Echo hallte tausendfach von den Hängen wider, er jaulte wie ein Schakal, heulte wie ein Wolf und rasselte wie eine Klapperschlange, so daß es schien, als wimmelten die Berge von Schakalen, Wölfen und Schlangen. Dann stimmte er ein Lied in der Sprache an, die er selbst nicht verstand ... Es kam ihm wie ein Traumlied in einer Traumsprache vor, vielleicht war es auch ein Lied ohne Worte. Ihm war, als erinnere er sich an jemanden mit langem Bart, der die Hirtenflöte spielte und ihm dieses Lied beibrachte. Ein schmales Messer, rot, funkensprühend, rauschend wie ein Regenschauer, rot aufblitzend und verlöschend, in blitzende Kristalle zerfließend, Rauch, ein gelber Fluß, Sumpf, ein schriller Schrei, dann wieder blutrot spritzende Punkte, pechschwarze, brechende Augen ... Vor den Toren Mardins, jenseits der Ringmauern, sangen Frauen mit weißen Kopftüchern Klagelieder. Sie wiegten sich im Takt. Rauch hatte sich auf die tiefer gelegene Ebene gesenkt. Neben den Kindern eine kindsgroße, rote Wassermelone. Dem Hirtenflöte spielenden Mann wird der Kopf abgeschlagen. Das spritzende Blut färbt die weißen Kopftücher der sich wiegenden Frauen rot. Männer ziehen unter den Leichen ein Kind hervor. Sie sprechen in einer unverständlichen Sprache, betrachten verächtlich das Kind. Dann versinkt alles im Dunkel der Nacht. Pferdegetrappel dröhnt durch die Finsternis, durch die naßkalte Luft hallt es lauter als sonst. Und wieder das Wiehern von Pferden, dann Totenklagen, und wieder Blut, weiße Kopftücher und auf den Stadtmauern handtellergroß wie Bernstein funkelnde Skorpione ... Der abgeschlagene Kopf rollt mit der Flöte im Mund den Abhang hinunter und spielt das älteste Lied dieser Welt. An den Berghängen gegenüber brechen sich die

Klagelieder. Dann Stille, Dunkel, eine nasse Baumwurzel, Erschöpfung, stärker noch als Todesangst, würgender Gestank ... Tod, umgeben von Gras und Veilchenduft, Finsternis ... Eine Stimme ... Ein lachendes Gesicht, weit weg, wie vergessen, weiße Zähne, nach Bergluft duftende Heilkräuter in kochendem Wasser, und dann strömt Licht, hell, überwältigend ...

Mustafa legte die Blumen auf den Boden und beobachtete die Schnecken, die über das Gestein krochen und silbern glänzende Spuren auf dem Fels hinterließen.

»Soll ich dir die violette Blume vom Fels da oben herunterholen? Schau doch, wie schön sie ist.«

Salman rannte an die Felswand und begann zu klettern. Mustafa schien zuerst Anteil zu nehmen, doch dann stand er wie früher bewegungslos da. Dennoch ließ er Salman, der in der Steilwand hing, nicht aus den Augen. Nach und nach wurde Salman langsamer, und als er eine Felsspalte zu fassen bekam, blickte er hinunter und spürte, wie ihm schwindelig wurde. Er hatte nicht einmal mehr die Kraft, seine Arme auszustrecken, aber da unten stand Mustafa und verfolgte ihn voller Bewunderung. Da gab es kein Zurück, und koste es das Leben. Entweder die blühende Blume vom Felsvorsprung pflücken oder sterben! Er atmete durch und kletterte weiter. Die Felswand war glatt, und ohne die kleinen Spalten im Gestein hätte er es nicht einmal bis hierher geschafft. Er wäre auch schon längst wieder umgekehrt, stünde Mustafa nicht da unten und schaute zu.

Salman gab sich alle Mühe, kam aber keine Handbreit weiter. Er konnte sich fast nicht mehr halten, und wenn er hinunterschaute, drehte sich ihm der Kopf. Ganz unwillkürlich hangelte er sich plötzlich wieder abwärts bis zu einem kleinen Mastixbusch, an dem er sich festhielt. Seine Hände bluteten, sein Herz pochte wild, und seine Arme wurden immer kraftloser. So hing er pendelnd da und klammerte sich an den Busch mit den roten Blättern. Als er zu Mustafa hinunterschaute, kreuzten sich ihre Blicke, und da mußte er an Hadschi Yusuf denken. Der war an einer noch glatteren und viel höheren Steilwand hochgeklettert und hatte aus einem Adlernest Jungvögel geräubert, sogar drei

Stück! Danach hatte er sich nie wieder den Nestern nähern können. Wie Yusuf die Steilwand bis zu den Adlerhorsten hochzuklettern, war seitdem jedes Dorfjungen, sogar Salmans Traum.

In Mustafas Augen, die bewundernd zu ihm heraufstarrten, vermeinte er Funken von Freude zu entdecken.

Als er nach langem, anstrengendem Abstieg unten anlangte, waren seine Hände blutverschmiert, lief ihm der Schweiß in Strömen, kochte er vor Wut. Mustafas Augen lachten noch immer. Mit wutverzerrtem Gesicht und giftigem Blick blieb er vor dem Jungen stehen, der plötzlich kreidebleich wurde vor Schreck.

»Warum lachst du denn, Kerl, steht vielleicht meine Hose offen? Wenn es so einfach ist, da hinaufzuklettern, dann versuch's doch mal!« Und er packte ihn bei der Hand und zog ihn wütend an die Felswand. »Los, wenn's so leicht ist, dann klettre doch eine Handbreit, anstatt über mich zu lachen!«

Wortlos ging Mustafa an die Felswand und zog sich hoch. Auch wenn es ihn übermäßige Kraft kostete, er kletterte ... Er war schon mannshoch über dem Erdboden, als Salman wieder losbrüllte: »Komm da sofort herunter; wenn du abstürzt und dir den Hals brichst, dann reißt mich diese Zero, deine Mutter, mit ihren Krallen in Stücke!«

Der Kleine hangelte sich langsam wieder herunter und verschnaufte. Sein Gesicht war aschgrau.

»Los, gehen wir. Morgen kommen wir wieder her, dann klettre ich bis zum Gipfel und hole dir die Blumen.«

Salman vorweg, Mustafa hinterher, liefen sie ins Dorf zurück. Wenn Mustafa auch immer wieder stolperte, er hielt mit Salman Schritt.

Aufgeregt empfing Zero die beiden: »Wo seid ihr so lange geblieben?«

»Oben bei der Burg«, antwortete Salman unbekümmert, aber auch ein bißchen aufsässig. »Mustafa und ich haben dort lange gespielt. Und morgen werden wir wieder hingehen und jeden Tag danach auch.« Ein Glücksgefühl durchlief ihn, er freute sich, ihm war, als seien die alten Zeiten zurückgekehrt. »Nicht wahr, Mustafa? Und morgen werden wir beide das Pferdespiel und das Adlerspiel spielen. Nicht wahr, Mustafa?«

Mustafa schwieg.

»Nicht wahr, Mustafa?«

Mustafa hatte den Kopf gesenkt. Salman ging zu ihm, griff seine Hand und drückte sie hart. »Nicht wahr, Mustafa, wir gehen wieder hin, nicht wahr!«

»Wir werden hingehen«, antwortete Mustafa mit tonloser Stimme.

Salman sprang vor Freude, tanzte, lachte, schlug Rad, machte einen Kopfstand, schrie: »Hoho, jeden Tag gehen wir hin!« Dann lief er zu Mustafa, hob ihn hoch, rief: »Ich werde dir aus Schilfrohr ein Pferd bauen, gleich morgen, ich hab riesiges Schilf, es wird ein Pferd werden mit sooo großen Ohren, du wirst schon sehen, gleich morgen früh ...«

Als Ismail Aga abends vom Gehöft zurückkehrte, berichtete Zero ihm als erstes, was sie mit den Jungen erlebt hatte.

»So, so, Salman hat seinen Bruder huckepack zum Fluß und hinauf zur Burg getragen, und sie haben dort gespielt, war es so?« wandte sich Ismail an die beiden.

»Und wir werden jeden Tag hingehen, nicht wahr, Mustafa?« antwortete Salman und blickte Mustafa beschwörend in die Augen.

»Wir werden hingehen.« Mustafas Stimme zitterte.

Danach ließ Salman Mustafa nicht mehr allein. Jeden Tag spielten die beiden am Fuße der Burg, am Flußufer, zwischen den Bienenkörben im Garten Ibrahims des Hinkenden. Salman hatte es auch geschafft, die Felswand bis zum Kamm hochzuklettern und für Mustafa die gelben Blumen zu pflücken, die dieser in eine Vase steckte, wo sie verdorrten. Sie wanderten auch zum Adaca, einem felsigen Hügel mitten in der Ebene, um Narzissen zu pflücken. Schon beim Näherkommen fächelte ein lauwarmes Lüftchen den durchdringenden Duft der Blumen von seinen Hängen zu Tal. Sie gingen auch zum Tal des Weißdorns und ließen sich seine wohlriechenden Beeren schmecken. An manchen

Tagen beobachteten sie stundenlang die Adler und ihre Horste, die Hadschi Yusuf seinerzeit geplündert hatte. Aus Keuschlammsträuchern bastelten sie Wagen, aus Schilfrohr Pferde, und oft gruben sie sich am Flußufer kleine Brunnen und tranken das hervorquellende kalte Wasser. Sie stahlen Feigen von den Bäumen im Nachbarviertel und Melonen von den Feldern. Mustafa konnte sich darüber nicht freuen, und wortkarg ließ er sich wie eine willenlose Puppe von Salman überallhin mitschleppen. Der Junge kapselte sich immer mehr ab. Natürlich konnte das Zeros wachen Blicken nicht entgehen, doch meinte sie, daß sie sich da nicht einmischen, es nicht einmal Ismail Aga erzählen sollte. Und daß hin und wieder während seines Spiels mit Mustafa ein eigenartiges Glitzern in Salmans Augen sie mit Angst erfüllte, nein, damit konnte sie Ismail Aga auf keinen Fall belasten.

Salman hielt Mustafa wie einen Gefangenen, der ohne Widerspruch gehorchte. Und als Salman merkte, daß von Mustafa keine Klagen zu befürchten waren, fing er an, ihn insgeheim zu quälen. Da er wußte, daß der Kleine sich vor Heuschrecken, Schnecken und Fröschen ekelte, legte er ihm haufenweise Schnecken, deren Gehäuse er geknackt, Heuschrecken, deren Köpfe und Beine er ausgerissen, Frösche, die er auf angespitztes Schilfrohr gespießt hatte, vor die Füße. Vor den zerstoßenen Schnecken, den aufgespießten, mit glotzenden Augen noch atmenden Fröschen und den leblosen Heuschrecken schloß Mustafa zitternd die Augen, während Salman in ungezähmtem, wildem Tanz brüllend um ihn kreiste, anschließend ein riesiges Feuer anzündete und haufenweise Heuschrecken und Schnecken in die Flammen warf; aber auch aufgespießte Frösche, die ihre Schallblasen noch blähten und ihre Beine bewegten. Und ein ekliger, würgender Gestank überzog die felsigen Hänge.

Manchmal gelang es ihm, nach langem Lauern eine Ringelnatter zu fangen. Er hielt sie Mustafa hin und befahl: »Los, faß an!« Wenn Mustafa dann wieder die Augen zukniff, packte er dessen Hand und legte sie auf die kalte Schlange. Dann zuckte Mustafa zurück, als habe er glühendes Eisen berührt. Doch Salman schrie ihn an: »Feigling, Feigling, ein Dreckskerl bist du, doch kein Mann«, griff immer wieder Mustafas Hand, strich sie über die Schlange, bis Mustafa die Ringelnatter krampfhaft festhielt.

Einmal hatte Salman eine besonders lange Natter gefangen, bei deren Anblick Mustafa sofort die Augen schloß und seine Hände so verkrampfte, daß Salman sie nicht öffnen konnte. »Feigling, Feigling, feiger als ein Frosch, was fürchtest du dich denn vor dieser klitzekleinen Schlange«, schrie er, drückte und riß mit der freien Hand so lange, bis er schließlich Salmans Finger auseinanderbiegen konnte. »Faß sie an«, brüllte er, »faß diese schöne Schlange an!« Mustafa zitterte und hielt die Augen fest geschlossen. »Los, schnapp sie, du dreckiger Feigling! Und so etwas will wachsen und der Sohn meines Vaters sein, nicht wahr? Los, schnapp sie!« Er schrie so laut, daß sein Gebrüll lange Zeit von den Felsen widerhallte. »Schnapp sie!«

Plötzlich richtete Mustafa sich auf, öffnete die Augen, griff die Schlange mit beiden Händen und rannte den Hang hinunter. Salman rief hinter ihm her, doch der Junge hörte nicht. Er rannte, während die Schlange sich um ihn ringelte, ihn wieder losließ, sich hinter ihm im Wind wellte. Unten am Weg angekommen, stolperte Mustafa über eine Baumwurzel, überschlug sich und blieb längelang liegen. Kurz darauf war Salman bei ihm.

Mustafa keuchte wie ein Blasebalg, seine Augen standen weit offen, und er war leichenblaß. Salman versuchte, ihn aufzurichten, doch jedesmal, wenn er ihn auf die Beine gestellt hatte, knickte Mustafa wieder ein und fiel dicht bei der Schlange, die wie leblos langgestreckt dalag, zu Boden. »Feigling, Feigling«, schimpfte Salman in einem fort, während er sich mit Mustafa abmühte, »krepieren sollen sie, die Feiglinge, ob ein feiger Mann lebt oder nicht, macht überhaupt keinen Unterschied.« Schließlich gelang es ihm, Mustafa huckepack zum Flußufer zu schleppen. Der Junge war besinnungslos, er atmete so flach, daß Salman es nicht spüren konnte. »Stirb nicht, stirb nicht«, flehte er ihn an und goß ihm Wasser ins Gesicht. »Stirb nicht, stirb nicht, sei so gut und stirb nicht!« Er schleppte ihn hin und her. »Stirb nicht, mein Bruder, stirb nicht, Mustafa, ich werde dich auch nie wieder Nattern anfassen lassen. Wenn du stirbst, wird mein Vater mich auch töten.« Er schlug sich auf die Brust, rannte mit wilden Gesten hin und her und wimmerte: »Krepieren soll sie, die Schlange, zum Teufel mit der Natter!«

Schließlich hockte er sich neben Mustafa hin und starrte ihn an. »Dann stirb doch«, murmelte er wütend, »hab ich dich denn getötet? Du bist von ganz allein gestorben. Deine Mutter hätte ja nicht so einen Weichling wie dich gebären müssen. Stirb!« Dann sagte er kein Wort mehr, hockte neben Mustafa nur so da, verfolgte aber lauernd jede seiner Bewegungen, und jedesmal, wenn Mustafa sein Gesicht auch nur unmerklich verzog, hüpfte Salmans Herz vor Freude.

Die Sonne stand schon tief, doch Mustafa lag noch immer regungslos auf den Kieseln. Salman hockte neben ihm, seine Glieder waren taub, und er hatte nur einen Gedanken: Er mußte den Jungen hier liegenlassen, in die Berge fliehen und in ihrem dunklen Lila dort drüben verschwinden. Denn wie konnte er nach dem Tod dieses Jungen seinem Vater in die Augen schauen? Ismail Aga würde ihn doch sofort töten und neben Mustafa begraben. Also mußte er die Nacht abwarten und fliehen, auch wenn er sich vor diesem violetten Dunkel auf den Feldwegen zu Tode fürchtete. Und während er sich in einem Wahn verzweifelter Wut noch ausmalte, wie er den Jungen noch in Stücke reißt, bevor er in die Berge flieht, öffnete Mustafa plötzlich die Augen. Salman konnte dieses Wunder zuerst nicht fassen, und jetzt war er es, dessen Glieder wie gelähmt waren. Er konnte nur noch »Mustafa« murmeln, »Mustafa!« Und Mustafa richtete sich auf, blickte Salman verwundert ins Gesicht, so als wolle er ihn fragen, was sie hier suchten und was mit ihm geschehen sei. Sein Schatten fiel auf den dahinströmenden Fluß, dehnte und wellte sich auf dem gekräuselten Wasserspiegel. Mustafas schweifender Blick war an diesem Schattenspiel hängengeblieben, und erst Salmans Freudenschreie rissen ihn aus seiner Versunkenheit. Denn Salman hatte sich wieder gefangen, tanzte über das sandige Ufer, lachte, schlug Rad, sang seine Lieder und schrie wie von Sinnen: »Du bist nicht tot, bist nicht tot, wie schön, daß du noch lebst, daß Vater mich nicht töten wird und ich nicht in die Berge muß, wo die Riesen leben; wie schön, wie schön, wie schön!«

So sprang er eine ganze Weile um Mustafa herum, doch plötzlich blieb er wie angewurzelt am Uferrand stehen und dachte eine Zeitlang angestrengt nach. Dann hob er den Kopf und rief in rüdem Ton: »Mustafa, komm her!« Seine Stimme war rasiermesserscharf.

Schwankend kam Mustafa näher und blieb in einiger Entfernung vor ihm stehen.

»Mustafa!«

Der Junge konnte den Kopf nicht heben.

»Mustafa, wenn wir nach Haus kommen, wirst du deiner Mutter und meinem Vater nicht erzählen, daß du gestorben bist, einverstanden?«

Mustafa stand da und schwieg.

»Wenn Vater hört, daß du gestorben warst, tötet er mich auf der Stelle. Willst du denn, daß ich sterbe? Wenn er mich aber nicht tötet, nehme ich dich wie dein Pferd auf meinen Rücken. Ich hole dir auch Jungadler, bringe dich zu den Bienen von Ibrahim dem Hinkenden und fange dir auch schillernde Wespen. Mein Vater darf mich nur nicht töten, einverstanden?«

Mustafa stand mit hängenden Armen da und blickte zu Boden.

Salmans Unruhe wuchs. »Wenn du aber dem Vater von deinem Sterben und von der Natter erzählst ... Schau zu den Felsen hinüber, hinter denen ist ein Brunnen voller Klapperschlangen, voll bis an den Rand. Da werfe ich dich dann hinein, und die Schlangen werden dich noch in der Luft zerreißen und dich mit Haut und Knochen fressen. Wirst du es erzählen?«

Mustafa rührte sich nicht, blickte nicht ein einziges Mal zu Salman hoch.

»Siehst du die Höhle dort?« Salman faßte Mustafa unters Kinn und zwang ihn, den Kopf zu heben. »Siehst du sie?« Er ließ Mustafa los, der den Kopf wieder sinken ließ.

»Die Höhle ist voller Fledermäuse. Da hängen kopfunter bestimmt tausend von ihnen. Wenn du hingehst und meinem Vater die Sache mit der Natter erzählst, und daß du gestorben warst, und mein Vater mich totschlägt, dann bringe ich dich in diese Höhle und binde dich dort fest. Vor Angst wagt sich niemand in diese Höhle, nicht einmal in ihre Nähe. Und wenn ich dich dort festgebunden habe, werden die Fledermäuse kommen und sich auf deine Augen setzen und daran saugen und saugen ... Dann werden sie sich über dein Gesicht hermachen, über deinen Bauch, über deinen Piephahn, und sie werden dein Blut aussaugen, werden sich darüber hermachen und saugen ... Wirst du meinem Vater etwas sagen?«

Mustafa hatte keinen Tropfen Blut mehr im Gesicht, und er begann wieder zu schwanken.

»Kennst du den Sumpf? Den Sumpf unterhalb der Burg von Anavarza? Nun, da bringe ich dich hin und werfe dich hinein. Da fressen dich die Mücken auf. Wenn du den Sumpf auch nur mit einem Fuß berührst, zieht er dich in die Tiefe, und du schreist so lange, bis du erstickst ... Klapperschlangen, Fledermäuse, Sumpf ... Wirst du es sagen?«

Wie sehr Mustafa sich auch anstrengte, er bekam den Mund nicht auf.

»Wirst du es sagen?«

»Ich werde nichts sagen«, kam es schließlich mit dünner, zitternder Stimme kaum hörbar von Mustafas Lippen.

Und in einem erneuten Freudentaumel hob Salman Mustafa hoch, küßte ihn, setzte ihn auf seine Schulter, rief: »Ich bin dein Pferd« und rannte mit ihm bis an den Weg. Von dort gingen sie Hand in Hand bis zu der Stelle, wo zusammengerollt die Schlange lag. Salman packte sie am Schwanz und sagte: »Sie ist tot, ach Gott, die arme kleine Schlange. Los, Mustafa, gehen wir!«

Er zog die Schlange hinter sich her. Ihr Kopf stieß gegen die Steine, und wo sie den Boden berührte, wurde die schwarze Haut vom Staub ganz weiß. Während er sie hinter sich über den Weg schleifte, drehte Salman sich nicht ein einziges Mal nach der toten Schlange um.

Zu Haus angekommen, legte Mustafa sich sofort ins Bett. Er hatte Schüttelfrost. Sie brachten ihm das Abendessen, doch er mochte nicht. Bis in den Morgen hinein plagten ihn Fieberträume, redete er von Fledermäusen, Ringelnattern und Klapperschlangen. Ohne ein Auge zuzutun, wachte Ismail Aga bis Tagesanbruch am Bett seines Sohnes. Gegen Mittag kam aus der Provinzstadt ein Arzt, untersuchte den Jungen, sagte, ihm fehle nichts, gab ihm ein Mittel ein und fuhr mit seinem Auto wieder davon.

Eine Zeitlang ging Salman sanft, zuweilen sogar liebevoll mit Mustafa um. Dann löste sich Mustafas Verkrampfung, und er schien richtig glücklich zu sein. Salman nahm ihn auf die Schultern, schnitzte ihm Flöten, bastelte ihm Pferd und Wagen aus Schilfrohr, auch Mühlen, die sich im seichten Wasser drehten, und Kamele aus Pfeilkraut, die sie mit duftender Heide beluden. Gemeinsam pflückten sie pechschwarz glänzende, honigsüße Brombeeren, sammelten handtellergroße Pilze. Mustafa war wie immer wortkarg und in sich gekehrt, aber bei weitem nicht mehr so abweisend. Er befürchtete ständig, daß Salman seine Spielchen mit Nattern, Fledermäusen, Klapperschlangen, Eidechsen und Skorpionen wieder aufnehmen würde.

»Los, gehen wir zur Burg hinauf«, schlug Salman vor.

Mustafa wollte sich weigern, doch Salman warf ihm so einen Blick zu, daß er den Kopf senkte und ergeben hinter Salman hertrottete. Danach kletterten sie wieder auf Bäume und Felsen, fingen Schlangen, spießten lebende Frösche auf langes Schilfrohr, zerstörten Schwalbennester und rissen den Jungvögeln die Köpfe ab, klauten Wassermelonen auf den Feldern ... Und nach und nach gewöhnte sich Mustafa daran.

»Gehen wir zur Höhle!« schlug Salman eines Tages vor, als sie unterhalb der Burg bei den Berberitzen am Steilhang standen. »Los, wir gehen zur Höhle, Fledermäuse fangen!« wiederholte Salman und machte sich auf den Weg. Doch Mustafa rührte sich nicht. »Komm mit, Mensch!« brüllte Salman so laut er konnte. »Sonst komme ich zurück und ...« Aber Mustafa machte keine Anstalten. »Mustafa ...!« Doch Mustafa scherte sich nicht. »Marsch, marsch!« Den Kopf gesenkt, machte Mustafa keinen Schritt. Salman kam im Laufschritt zurück, packte Mustafa bei der Hand und zerrte ihn mit sich. Die Hände und Knie von Dornen zerkratzt, erreichten sie schweißtriefend den Höhleneingang. Die Burgmauern hoch über ihnen waren hinter tiefhängenden Wolken nicht mehr zu sehen.

»Los, gehen wir rein!« sagte Salman. Auch ihm war nicht geheuer. Und Mustafa war wie von Sinnen vor Angst. »Los!« Salman zerrte ihn zur Höhle hoch, doch Mustafa wehrte sich. »Was, du kommst nicht?« Mustafa schüttelte den Kopf. »Du kommst also nicht mit, du dreckiger Feigling. Paß auf, wie ich dich in die Höhle hineinkriege!« Er hob den Jungen hoch, wollte ihn hineintragen.

Doch Mustafa zerkratzte ihm das Gesicht, sträubte sich mit Händen und Füßen, zappelte und ruckte. Plötzlich konnte er sich aus Salmans Armen befreien, er rannte den Berg hinunter und Salman hinter ihm her ... Mustafa stolperte über eine Wurzel, überschlug sich und rollte wie ein Ball vor niedergehendem Geröll in die Tiefe. Wenn er weiter unten über einen Felsvorsprung rutschte, stürzte er unweigerlich im freien Fall in die Schlucht. Das wußte Salman und versuchte, ihn mit tollkühnen Sprüngen einzuholen. Dicht vor der Felskante blieb Mustafa an einem Dornbusch hängen. Im Nu war Salman bei dem Jungen, der blutverschmiert im Buschwerk zappelte, dessen Mund, Nase und Augen vor Blut starrten. Salman krümmte sich vor Entsetzen, und wie ein Blitz schoß es ihm durch den Kopf, der Junge würde so blutverschmiert doch geradewegs zu Ismail Aga laufen, und wenn der ihn so sähe ...

Er packte Mustafa an den Händen, schleifte ihn an den Felsrand und spürte, wie der Junge, dem er nicht ins Gesicht schauen mochte, sich aus dem Griff zu befreien suchte. Doch in dem Augenblick, da er ihn mit aller Kraft über die Felskante kippen wollte, schlug Mustafa ihm seine Zähne tief ins Handgelenk, und der Schmerz, der ihn bis ins Mark durchzuckte, brachte Salman plötzlich wieder zur Besinnung. Als kurz darauf vom Landweg auch noch Stimmen heraufhallten, nahm er Mustafa auf seine Schultern und stieg mit ihm hinunter zum Flußufer. Dort reinigte er seine Wunden, wusch ihm das geronnene Blut aus Gesicht und Haar und reinigte seine Kleider. Die Wunden waren nicht tief, es waren nur Kratzer, nicht mehr. Mann, hatte der Junge geblutet!

»Du wirst es niemandem sagen, einverstanden?«

Doch Mustafas Gesichtszüge blieben hart und abweisend.

»Wenn du das jemandem erzählst, wirst du sterben, und ich auch.« Er hatte es so bestimmt gesagt, daß Mustafa kalte Schauer über den Rücken liefen.

Bei Tagesanbruch kamen sie nach Haus.

»Wo seid ihr denn abgeblieben?« fragte Zero.

Mustafa sagte kein Wort.

»Kind, wie siehst du denn aus?«

»Wir haben Brombeeren gepflückt, Berberitzen geschnitten ... Die Dornen ...« sagte Salman hastig.

»Mein armes Kind. Daß nur der Vater dich nicht so sieht.« Und während Zero ihm Salbe ins Gesicht rieb, fügte sie hinzu: »Ihr geht nicht mehr Brombeeren pflücken und laßt euch nicht mehr von Dornen zerstechen. Wenn Ismail Aga diese Kratzer sieht, läßt er euch nirgendwo mehr hingehen.«

Einige Tage waren vergangen, und sowohl Salman als auch Mustafa hatten sich wieder gefangen, als Salman leise Mustafa rief, der oben am Geländer des Vorraums lehnte. »Komm mit, wir gehen zum Fluß, ich habe drei Adlereier gefunden, komm!«

Mit leeren Augen im ebenso ausdruckslosen Gesicht schaute Mustafa auf ihn herunter und rührte sich nicht. Ismail Aga begutachtete im Hof Zaumzeug, Steigbügel und die Zwiesel eines mit nielliertem Silber verzierten Tscherkessensattels, der ihm aus der Uzunyayla im Norden geschickt worden war. Zero spann Wolle, und im Schatten der Treppe ölten die Leibwächter ihre blitzblanken Deutschen Flinten, füllten die vor ihnen aufgehäuften Patronen in silberbestickte Patronentaschen und unterhielten sich dabei mit gedämpften Stimmen.

»Wir werden nie wieder in die Höhle klettern.«

Der Kleine sagte kein Wort. Als habe er Salman nicht gehört.

»Schau, ich habe dir Weißdornbeeren gepflückt. Los, komm herunter, und wir gehen!«

Salman sprach mit flehender Stimme, doch Mustafa scherte es

nicht, und das brachte den anderen in Wut. »Kommst du nicht mit?« fragte er jetzt mit drohender Stimme, lief die Treppe hinauf und packte Mustafa am Arm. »Komm!«

Da geschah, was niemand erwartet hatte: Wie von der Sehne geschnellt, stürzte sich Mustafa auf ihn, und mit Schreien, die durchs ganze Dorf schrillten, schlug er auf ihn ein, biß ihn, zerkratzte sein Gesicht, so daß Salman seinen Kopf mit den Armen abdecken mußte. Im Laufschritt kam Ismail Aga herbeigeeilt, nahm Mustafa in die Arme, der immer noch schrie und um sich schlug und sich aus den Händen seines Vaters zu befreien versuchte.

Mit ängstlich eingezogenem Kopf stand Salman noch immer da. »Ich habe ihm doch nichts, gar nichts getan«, stotterte er. »›Laß uns zum Fluß gehen‹ hab ich nur gesagt, und da hat er auf mich eingeprügelt. Ich hab ihm doch nichts getan ... Gar nichts ...«

Nach diesem Vorfall suchte Salman noch einige Male Mustafas Nähe und ging jedesmal anders vor, mal mit lachendem Gesicht, mal traurig dreinblickend, mal mit drohender Gebärde, dann wieder weinerlich flehend, doch Mustafas Antwort war jedesmal die gleiche: Er ging mit fürchterlichen Schreien auf ihn los.

Schließlich rief Ismail Aga Salman zu sich. »Salman«, sagte er ungehalten, »du mußt dem Jungen etwas Schlimmes angetan haben. In Zukunft laß ihn in Frieden! Erwische ich dich noch einmal in seiner Nähe ...«

In Schweiß gebadet und ohne ein Wort der Widerrede, ging Salman mit hängenden Schultern davon. Von nun an ließ er sich wieder, wie früher, so selten blicken, daß es den Anschein hatte, er lebe gar nicht mehr in diesem Haus. Wie ein Schatten huschte er ein und aus, und wie ein Schatten glitt er durchs Dorf, so unauffällig, daß die Dörfler bald nicht mehr wußten, ob er noch lebte, ja, überhaupt gelebt hatte.

Wieviel Jahre seitdem verstrichen waren, ob vier oder sechs, wußte Ismail Aga nicht mehr, als Salman ihn wieder einmal aufsuchte. Ihm fiel nur auf, daß er gewachsen war, breitere Schultern hatte und einen flaumigen Schnurrbart trug. Seine Augen hatten sich zu Schlitzen verengt, in ihnen war erlittenes Leid zu lesen, aber auch funkelnde Härte und Haß ... Er trug blitzblank gewienerte Stiefel und Pluderhosen mit silberbestickten Schlägen, Biesen und Taschen. Sein gestreiftes Hemd war aus Seide, sein Jackett aus teurem, grünlichblauem englischem Stoff, der über die syrische Grenze ins Land gebracht wurde. Um seine Hüfte hatte er ein Tripolistuch mit knielangen Fransen geschlungen, in dem ein Nagant-Revolver steckte. Er zieht sich an wie ich und trägt wie ich den Nagant mit elfenbeinernem Griff in seiner Bauchbinde, dachte Ismail Aga, wir unterscheiden uns in der Kleidung nur durch das schwefelgelbe Ziertuch in seiner Brusttasche.

»Sprich, Salman, mein Junge!«

»Ich möchte einen deutschen Karabiner haben und ein Pferd.«

»Gehört dir in diesem Haus nicht alles?« lachte Ismail Aga.

»Nun ja, es gehört mir schon«, antwortete Salman bitter lächelnd, »aber ...«

»Geh und hol dir aus dem Stall ein Pferd, das dir gefällt, und such dir im Waffenschrank ein Gewehr aus ... Und solltest du nichts Geeignetes finden ... Hier, nimm dieses Geld und kauf dir beides, so, wie du es haben willst!«

»Ich danke dir, Vater«, sagte Salman, steckte das Bündel Geldscheine ein, das Ismail Aga ihm gutgelaunt in die Hand gedrückt hatte, machte kehrt und ging.

Ismail Aga blickte hinter ihm her, und liebevolle Erinnerungen an längst verflossene Zeiten zogen an seinem geistigen Auge vorüber. Er dachte an Haşmet Bey, an die Tage, als sie Wurzeln rodeten, an den Tod seiner Mutter und an Salmans Kopfverband, der nach Salbe duftete. Immer wenn er an die alten Tage dachte, sah er zuerst Salman vor sich, der, nur Haut und Knochen, mit weißen Tüchern verbunden nach tausenderlei Heilkräutern roch. Und noch immer spürte er diesen beruhigenden Duft der Berge, wenn sein Auge auf Salman fiel. Warum Zero und die anderen im Hause so gegen den Jungen waren, konnte er nicht begreifen. Der Junge tat ihm leid. Nach Mustafas Geburt hatte er ihn etwas vernachlässigt, hatte seine ganze Liebe auf Mustafa gelenkt. Aber er verstand auch Mustafa nicht. Was hatte Salman nicht alles versucht, um ihm nah zu sein, seine Liebe zu gewinnen, doch

Mustafa war ihm gegenüber immer feindseliger geworden. Eigenartig, Mustafa hatte Angst vor ihm und stürzte sich angsterfüllt dennoch auf ihn. Hatte Salman dem Kind etwas getan, vor langer Zeit, als es vier oder fünf Jahre alt war? Manchmal kam Ismail Aga dieser Gedanke, aber er hing ihm nicht länger nach.

Aber eine andere Frage beschäftigte ihn immer wieder, auch wenn er sie zu verscheuchen suchte, sie setzte sich fest, verfolgte ihn Tag und Nacht bis hinein in seine Träume. Ismail Aga fragte sich: »Wer liebt mich mehr, Salman oder Mustafa?« Mustafas Liebe war instinktiv, war natürlich, mehr ein Gefühl der Freude über die Blutsbande, war wie ein sprudelnder Quell. Salmans Liebe dagegen war eine Anbetung, ein grenzenloses Bewundern. Salmans Welt war nur er, Ismail Aga. In dieser Welt konnte Salman an nichts anderes denken, er machte jeden Schritt, jede Bewegung nur für ihn. Für ihn atmete, für ihn lebte er. Salman hatte keinen Gott und keine Eltern, hatte niemanden, weder Dorf noch Dörfler, noch Bruder, hatte niemanden außer ihm. Und deswegen lebte er, fühlte er ihn in jeder Faser seines Körpers. Vielleicht war das die wahre Liebe. In dieser Welt nichts anderes sehen, nur für dies eine atmen ... Er war Salmans Atem. Wie der Junge ihn ansah, wenn es niemand bemerkte, vielleicht nicht einmal er selbst, so voller Liebe, als seien seine Augen, Haare, Hände, Wimpern, Brauen, ja, die Erde unter seinen Füßen und die Kleidung an seinem Körper in Liebe erstarrt. Weder seine Frau noch seine Mutter, weder seine Geschwister noch irgend jemand, auch nicht Mustafa, waren ihm je so nah, in so leidenschaftlicher Liebe verbunden gewesen wie Salman. Sollte ihm ein Unglück geschehen, Salman würde es nicht überleben. Mustafa dagegen würde sein Ableben als natürlich empfinden, es wie jeder Sohn in Trauer ertragen, so wie er die Trauer beim Tod seines Vaters eine Zeitlang ertragen hatte. Vielleicht würde Mustafa seinem Sohn den Namen Ismail geben, doch irgendwann gar nicht mehr an ihn, Ismail Aga, denken, wenn er seinen Sohn riefe. Und der Name Ismail wäre am Ende nichts anderes als der Name eines Kindes.

Der Gedanke an Salman ließ ihn nicht los. Er mußte etwas für den Jungen tun, ihm Haus und Acker geben, aber wie? Zero würde ihm das nie verzeihen, auch Hasan und Mustafa nicht. Nun, er wird schon einen Weg finden, um Salman seine Liebe zu beweisen, um ihm zu zeigen, wie viel er ihm bedeutete.

Nur kurze Zeit verschwand Salman diesmal von der Bildfläche, danach schwang er sich jeden Morgen vor Sonnenaufgang auf seinen dreijährigen Rotfuchs, ein englisches Halbblut, eines der schönsten Pferde aus Ismail Agas Stall, und ritt mit der Deutschen Flinte überm Rücken und reihenweise umgeschnallten, silberdurchwirkten Patronengurten durchs Dorf zum neuen Landgut hinter dem Paß und kam manchmal erst nach einer Woche, stolz und kerzengerade im Sattel aller Augen auf sich lenkend, mit verhängten Zügeln zurück ins Dorf galoppiert. Manchmal bekam ihn auch einen Monat und länger niemand zu Gesicht, wurde er für die Dörfler zu einem schemenhaften Traumgebilde, zu einem Schattenmann.

»Vater«, sagte er eines Morgens, als Ismail Aga mit leuchtendem Gesicht gerade sein rituelles Morgengebet beendet hatte, »erlaube mir, das Dorf von seiner Plage, den Adlern, zu befreien! Ich werde sie ausrotten. Und gleichzeitig Osman rächen.«

Beim Namen Osman erbleichte Ismail Aga, was Salman nicht entging.

»Und wie willst du es anstellen?«

»Gib du nur die Erlaubnis, den Rest laß meine Sorge sein!«

»Sag aber den Dörflern Bescheid, damit die Kinder sich nicht ängstigen.«

»Einverstanden«, nickte Salman, ging zu Zero, küßte ihr die Hand und sagte: »Mutter Zero, du kannst wieder Hühner, Gänse, Puten und, wenn du willst, Fasane züchten. Die Adler werden nicht noch einmal in dieses Dorf herunterkommen.«

»Was wirst du dagegen tun?«

»Ich werde einen nach dem anderen abschießen.«

»Sofort kaufe ich einige Glucken und lege ihnen hundert Eier unter. Und du laß sehen, was du kannst!«

Salman lachte gutgelaunt. So aufgeräumt und fröhlich hatte ihn noch niemand erlebt.

Er ging ins Untergeschoß und kam mit einem großen Käfig voller Stare zurück. Ismail Aga, Zero, Mustafa und die Leibwächter standen oben an der Brüstung und beobachteten, wie Salman, gebeugt unter der Last, den randvollen Käfig vom Hof schleppte. Seinem gespannten Gesichtsausdruck war anzusehen, daß er angestrengt nachdachte. Er ging bis zum Granatapfelbaum, erklomm den dahinterliegenden Felsen, holte einen Star aus dem Käfig und band ihn mit einer Schnur von zwei Armlängen an den äußersten Zweig des Baumes. Weitere Stare fesselte er an eine Felsspitze, an die Stange auf dem mit rotem Tannenreisig bedeckten Dach der Gartenlaube und an die Steineichen und Malven zwischen den Felshängen. Je nach Länge der Schnur flogen die Vögel immer wieder auf und nieder, während Salman sich in der Mitte der rundum verteilten Stare einen schwer einsehbaren Platz zwischen den Felsblöcken aussuchte. Mit dem Rücken zur Wand, das Gewehr im Anschlag, hockte er sich in den Schatten. Auch die Dörfler hatten von seinem Vorhaben gehört und waren gekommen, Salmans Krieg gegen die Adler zu verfolgen.

Salman, Ismail Aga und die Seinen, die Leibwächter, von denen jeder eine hochgeworfene Münze treffen konnte, die Dörfler, sie alle starrten stumm auf die Stare im Granatapfelbaum, in den Felsen und auf der Laube und warteten bis in den Nachmittag hinein auf die Adler. Nur vereinzelte kamen von der felsigen Ostflanke des Berggipfels herübergeflogen, strichen aber wieder ab, nachdem sie mit gereckter Brust in der leichten Brise hoch über dem Dorf gemächlich gekreist waren. Den Staren hatten sie sich nicht einmal genähert. Was war denn mit den Adlern los? Trieben sie ein Spielchen mit Salman? Denn zeigte sich früher im Dorf auch nur ein Küken oder ein Vogel, kamen sie – als hätten sie es gewittert – mit angelegten Flügeln wie der Blitz heruntergeschossen, um im nächsten Augenblick mit ihrer Beute wieder in den Himmel zu verschwinden. Wenn Ali der Sergeant, der immerhin die Schlacht um die Dardanellen überstanden hatte, sein Gewehr schnappte und auf sie schoß, waren sie mit dem aufgespießten Küken an ihren Krallen schon wieder am Berggipfel.

Erst als am Spätnachmittag der Westwind aufkam, kamen die Adler einzeln oder zu zweit näher, neigten äugend ihre Köpfe zur Seite und begannen über dem Dorf zu kreisen. Salman entsicherte das Gewehr, den Finger am Abzug. Er versuchte, ruhig Blut zu bewahren, er durfte die Geduld nicht verlieren! Das war die erste große Prüfung seines Lebens. Und wenn diese Vögel nicht näher kamen? Oder er sie verfehlte? Er hatte die Adler jahrelang beobachtet, wußte, wie sie sich verhielten. Fast zu schnell für das Auge stürzten sie sich plötzlich vom Himmel herab auf ihre Beute und stiegen im Nu wieder auf. Und wenn sie nun mit ihrer Beute verschwanden, bevor er auf sie anlegen konnte? Davor graute ihm am meisten. Sie würden kommen. Und er wird sie abschießen. Oft hatte er in letzter Zeit in den von Adlern wimmelnden Bergen beim Landgut auf sie geschossen und nicht ein Mal sein Ziel verfehlt. Dennoch packte ihn die Angst schon bei dem Gedanken, daß seine Hand zittern könnte, und obwohl er sich zusammenriß und seinen Körper wie einen Bogen spannte, durchlief ihn ein kaum merkliches Beben. Jeder Blick zu seinem Vater, der da oben an der Brüstung stand, vervielfachte seine Aufregung, die er vergeblich zu unterdrücken versuchte. Die Dörfler kamen und gingen, stiegen die Treppe hinauf und hinunter, nur Ismail Aga rührte sich nicht von der Stelle, stand da wie erstarrt und ließ ihn nicht aus den Augen. Wer ahnte, wieviel Liebe und Herzenswärme in diesen Augen lag, wie angespannt er hoffte, daß sein Sohn die Adler abschießen würde. »Lieber Gott«, betete Salman, ohne zu merken, daß er mit lauter Stimme sprach, »lieber Gott, stell mich vor meinem Vater nicht bloß, willst Du mich heute vor meinem Vater bloßstellen, dann nimm auch mein Leben … Schick Deine Adler, lieber Gott!«

Die Adler äugten mit seitlich geneigten Köpfen herunter, als hielten sie nach irgend etwas vergeblich Ausschau. Mit weitgespannten Schwingen hatten sie ihre Brust in den Wind gedreht und schwebten so ruhig, als trieben sie in einem Meer dahin. Salman ließ sie nicht aus den Augen, und bei der kleinsten Veränderung ihres wogenden Gleitfluges machte sein Herz einen Sprung. Seine Anspannung wurde unerträglich, wenn der Flug der Adler auch nur unmerklich an Höhe verlor. So wartete er, bis der Tag sich neigte und in der Dämmerung auch die letzten, verschwommen auszumachenden Adler vom dunkelnden Himmel verschwanden. Den verkrampften Finger noch am Abzug, erhob er sich mit steifen Knien und glasigen Augen. Sein Kopf war wie leer, als er die Stare von ihren Fesseln löste und in den Käfig steckte. Er brachte sie in den Keller und schloß ab. Ohne sich ums Abendessen zu kümmern, ging er zu seinem Pferd, stieg in den Sattel und trieb es in die Ebene hinein, dem Nachbardorf zu.

Als er am nächsten Morgen zurückkam, war sein Mantelsack bis zum Rand mit gerupften Küken und Hühnchen gefüllt. Als er sein Pferd bei den Kakteen angepflockt hatte, holte er die Stare aus dem Keller, fesselte sie wie am Vortag an denselben Stellen, legte aber diesmal einige gerupfte Küken und Hühnchen neben sie. Mit seinem Gewehr ging er wieder auf die Lauer. Und wie am Vortage kamen Ismail und Mustafa und nahmen bei der tönernen Schale mit dem Basilikum ihre Plätze ein. Der Vater hält also noch zu mir, dachte Salman und freute sich. »Nun kommt schon, ihr Dreckskerle«, murmelte er, »ich hab euch Dreckskerlen sogar gerupfte Hühnchen gebracht, was wollt ihr noch mehr? Schick sie her, lieber Gott, ich bitte Dich, schick sie her. Es müssen ja nicht viele sein, sagen wir: nur drei von ihnen, und ich bringe Dir einen riesigen Widder zum Opfer. Ach, alles tue ich für Dich, wenn Du sie mir schickst! Damals, da oben in den Bergen, hast Du Hunderte über mir kreisen lassen, und ich habe jeden, auf den ich schoß, heruntergeholt. Warum, mein schöner Gott, schickst Du mir heute nicht einen einzigen?«

An diesem Tag zeigten sich die Adler früher. Es ging schon auf Mittag zu, und noch war nicht der kleinste Hauch des Westwinds aufgekommen, als die Adler über Salman zu kreisen begannen. Er schöpfte wieder Hoffnung. Und wieder hatten sich viele Menschen auf Ismail Agas Balkon eingefunden, waren die Dörfler auf den Dorfplatz geströmt und warteten ab.

Aber auch heute kam kein Adler heruntergeflogen. Ein einziger näherte sich bis auf zwei Pappelhöhen, und Salman hätte ihn mit Sicherheit getroffen, aber er traute sich nicht abzudrücken, und so gemächlich, wie er gekommen war, schraubte sich der Greif wieder hoch und verschwand. Und als der Tag sich neigte, war der Himmel wieder leer.

Am dritten Tag war Salman wieder an seinem Platz. Die ganze Nacht hatte er wachgelegen und hin und her überlegt. Sollten die Adler auch heute nicht versuchen, die Lockvögel zu schlagen, war er verloren, machte er sich zum Gespött aller. Dann konnte er nur noch seine Flinte schultern und davonreiten. Aber wie konnte er sich davonmachen, ohne seinem Vater gezeigt zu haben, was für ein Kerl sein Sohn Salman doch war! Und wohin sollte er? Wo sein Vater nicht war, bekam er keine Luft, ohne seinen Vater konnte er nicht leben. Wenn er ihn nur einige Tage nicht sah, kam er um vor Sehnsucht, und nun sollte er ihn über Monate, über Jahre, vielleicht ein Leben lang nicht mehr sehen? Ihm wurde schwarz vor den Augen, wenn er nur daran dachte.

Es war später Vormittag, die Sonne strahlte schon heiß, als Salman mit laut pochendem Herzen zwei Adler über den Felsen aufsteigen sah. Sie flogen zum Dorf herüber. Er kannte diese Adler gut, diese raubgierigsten, von den Dörflern Cingir genannten kupferroten Greife mit den breiten, gelben Augenringen. Nach den beiden stiegen vier oder fünf, danach etwa zwanzig weitere auf. Sie haben die Beute gewittert, freute sich Salman, erhob sich, drehte zwei kleine Runden und kauerte sich wieder in sein Versteck. Auch die Dörfler hatten die anfliegenden Cingirs entdeckt. Und jetzt kamen immer mehr dieser Adler, die sich sogar auf die pfeilschnell entwischenden Schwalben stürzten. »Cingiiir!« frohlockten plötzlich die Dörfler wie aus einem Mund. Die Greife verloren an Höhe und begannen zu kreisen. »Cingiiir!« Immer mehr dieser roten Adler kamen von dem schroffen, violetten Felsen, an dessen Gipfel eine weiße Wolke hing, herüber und kreisten argwöhnisch äugend über dem Dorf. »Cingiiir!« Bald darauf rückten sie enger zusammen und begannen über Salman zu kreisen. Seinen Augen, die nicht minder scharf waren als die der Adler, entging keiner ihrer Bewegungen. Er sah, wie sie mit zur Seite gedrehten Köpfen zwischen die Felsen linsten, wie ihre Flügel leicht zu beben begannen, als sie die angebundenen Stare und die gerupften Küken erspähten, wie sie zum Sturzflug ansetzten, sich aber im letzten Augenblick eines anderen besannen und mit bebenden Flügeln noch etwas näher kamen. Früher oder später würde der erste von ihnen die Flügel anlegen, sich wie eine Kugel zusammenballen und mit langgezogenem Rauschen auf einen Star herunterstoßen, ihn schnappen und ... Salman hatte den Vogel schon ausgemacht, er flog etwas abseits, drehte sich jetzt gegen Osten und schraubte sich mit seinen spitzen, bebenden Flügeln behutsam immer tiefer. Salman hatte den Finger am Abzug. Der Vogel blieb in einer bestimmten Höhe stehen, rüttelte und rüttelte ... Plötzlich ballte er sich zusammen, wurde kugelrund, wie ein Blitz glitt ein Lichtschimmer über seinen roten Rücken, der feuerrot aufleuchtete, und noch während der Adler auf den Granatapfelbaum zuschoß, drückte Salman ab. Alle Aufregung und Ängste waren verflogen, seine Hand war ruhig geworden, kaum daß der Vogel zum Sturzflug angesetzt hatte. Wie eine feuerrote Kugel sauste der getroffene Adler jetzt durch die Luft, einer seiner Flügel rutschte zur Seite, dann glitt der Vogel schlenkernd in die Tiefe und fiel zwischen die Felsen über dem Granatapfelbaum.

Immer mehr Cingirs kreisten. Salman nahm jeden Adler schon aufs Korn, wenn er sich zusammenballte, und er schoß, noch bevor dieser die halbe Strecke zur Beute hinter sich hatte. Wie ein wirres Knäuel taumelte der getroffene Vogel dann eine Weile, bevor er leblos zu Boden fiel.

Ohne eine einzige Patrone zu verschwenden, holte Salman die Adler vom Himmel. Nach den rotgeflügelten Cingirs kamen auch große Adler mit langen Flügeln angeflogen, ballten sich über Salman und schossen mit unheimlichem Rauschen, das von den Felswänden widerhallte, zur Erde hinunter. Diese großen Vögel waren leichter zu treffen. Salman nahm sie gar nicht mehr lange aufs Korn, hob nur zielend die Mündung, drückte auf den Abzug, und wie abgeblockt sanken die Adler kreiselnd mit gebrochenen Flügeln, hängendem Kopf und zuckenden Fängen zu Boden. Besonders die waidwunden Vögel fielen ihm auf. Einer hatte sich schon hoch oben zusammengeballt und war schon auf doppelte

Pappelhöhe herangekommen, als er auf ihn abdrückte. Der getroffene Vogel drehte sich mit gestreckten Flügeln zuerst um sich selbst, dann legte er sie an und glitt mit Schwung wieder in die Höhe, bis er vor Erschöpfung taumelnd wieder zurückfiel, sich fing, mit weitgespannten Flügeln wieder um sich selbst kreiste, eine Weile hin und her segelte, den Kopf streckte, ihn fallen ließ, dann wie ein Schmetterling flügelschlagend in Salmans Nähe niederging, verwundert das dort ausgelegte, gerupfte Küken anstarrte, sich ihm, den verletzten Flügel über den Boden schleifend, näherte, den Hals ausstreckte, als wolle er es beschnuppern, dann den heilen Flügel ausstreckte, sich umdrehte, auf Salman zu tappte, plötzlich vor ihm hochsprang, zu fliegen versuchte, nach drei Schritten bäuchlings auf die spitzen Felssteine sackte, den Kopf gestreckt eine Weile dort liegenblieb, sich schließlich wieder aufraffte und um seine eigene Mitte zu taumeln begann.

Im Dorf häuften sich die toten und sterbenden Adler. Waren sie nur verletzt, wurden sie von den Dorfkindern eingefangen. Sie banden den Vögeln Schnüre um die Hälse und spielten mit ihnen so begeistert, daß sie alles um sich, sogar Salman, vergaßen. Die alten, gebrechlichen, von Gicht geplagten Dörfler sammelten die Kadaver der großen Adler ein, aber auch die waidwunden Vögel, denen sie die Kehle durchschnitten. Adlerfett lindert, hieß es, also rupften sie die Greife, nahmen sie aus, und bald köchelten die Vögel in den Waschkesseln. Und bald gerieten sich die Alten mit den Kindern in die Haare. Die Alten wollten auch die angeschossenen Tiere kochen, die Kinder sie als Spielzeug behalten. Sie wußten ja nicht, daß Salman siegestrunken noch viele Tage weitermachen wollte, bis auch die letzten Adler ausgerottet waren oder das Weite gesucht hatten.

Bei Sonnenuntergang stand Salman auf, klopfte sich die Kleider ab und atmete tief durch. Seine Patronengurte waren fast leer, er sammelte die leeren Hülsen auf, stopfte sie in die Jagdtasche an seinem Gürtel und ging zum Konak zurück. Viele Dörfler hatten sich schon auf den Heimweg gemacht und waren längst beim Abendgebet, doch einige standen noch bei Ismail Aga und warteten auf Salman. Mustafa aber war schon beim ersten Schuß, mit dem der erste Adler vom Himmel fiel, leichenblaß geworden. Am ganzen Leibe zitternd, hatte er die Hand seines Vaters losgelassen und sich im Bettenschrank zwischen die dort verstauten Decken, Matratzen und prallgefüllten, bestickten Beutel verkrochen.

Salman kam in den Konak, ging zu Ismail Aga, nahm das Gewehr von der Schulter und legte es ihm zu Füßen. Dann richtete er sich auf, ergriff des Agas Hand, küßte sie, zitternd vor Freude und Stolz, und sagte mit belegter Stimme: »Mögen deine Feinde auch nicht länger leben, Vater!«

»Leben sollst du, mein Junge, mein Recke Salman«, entgegnete Ismail Aga mit Tränen in den Augen. »Ich wußte, daß du zu einem Mann heranwachsen würdest, zu so einem Recken, ich wußte es seit langem!«

»So einen Scharfschützen«, warf Memet Efendi ein, »findest du nicht in Fevzi Paschas Heer, nicht unter den Kurden Kurdistans, den Georgiern Georgiens, nicht in der Wüste Arabiens und auch nicht im Frankenland! Freue dich, Ismail Aga, aus deinem Sohn ist ein Recke geworden!«

So redeten auch die übrigen Dörfler.

Salman hatte sich gestrafft, stand aufrecht da wie ein Handschar, den man in die Erde gestoßen hatte. »Vater«, sagte er plötzlich und hob den Kopf. Seine Augen waren wie verändert, sie funkelten wie die eines Raubvogels. »Vater!«

Ismail Aga horchte auf.

»Vater, jahrelang habe ich diese Kunst gelernt, habe die Nacht zum Tage gemacht und geübt. Ich habe mich nicht ohne Grund geplagt, schon gar nicht, um diese armen Adler abzuschießen. Vater, ich habe eine Bitte!« Dann schwieg er und senkte den Kopf.

»Sprich sie aus, mein Kleiner!« forderte Ismail Aga ihn mit weicher, liebevoller Stimme auf.

»In der Ebene wimmelt es von feindseligen Agas und Beys, in den Bergen von feindseligen Räubern ...«

»Nun sag schon, worum es geht, mein Recke!«

»In Zukunft werde ich dein Leibwächter sein. Ich werde mit dem Gewehr in der Hand dich von morgens bis abends, von abends bis morgens bewachen.« Die anderen Leibwächter lehnten mit ihren Flinten am Treppengeländer und beobachteten die beiden. Salman sah zu ihnen hinüber: »Die Agas dort werden dich auch bewachen, auch sie sind mutige Männer, die für meinen Vater, für ihren Aga, ihr Leben hergäben. Ich werde mit ihnen gemeinsam meinen Vater bewachen.«

Ismail Aga ging langsam auf Salman zu, beugte sich hinunter und küßte ihn auf die Stirn. »Ich wußte es, ja, ich wußte, daß aus meinem Sohn ein Löwe werden würde. Mein Sohn wird mich bewachen, wie schön, er wird mich bewachen in regnerischen Nächten, in tiefer Dunkelheit, bei Wind und Wetter.« Er strich Salman übers Haar, klopfte ihm auf die Schulter, streichelte ihm zärtlich den Rücken.

Auch Zero lächelte glücklich und zufrieden. Niemandem war aufgefallen, daß Mustafa sich nicht blicken ließ.

Ismail Aga wandte sich an die Anwesenden. »Freunde«, rief er, »morgen werdet ihr meine Gäste sein. Um meinen tapferen Sohn vor dem bösen Blick zu bewahren, werde ich Opfertiere schlachten. Stehen diesem Recken etwa keine Opfertiere zu?«

»In der Tat, sie stehen ihm zu, diesem Löwen und Recken«, antwortete Memet Efendi. »In der Tat, sie stehen ihm zu«, bekräftigten die anderen.

Am frühen Morgen wurden Schafe und Ziegen von den Weiden geholt, geschlachtet und das Fleisch an die Dörfler verteilt. Alle Männer des Dorfes wurden zu einem Festessen an einer riesigen Tafel in den Konak gebeten. Salman war glücklich und wich nicht von Ismail Agas Seite. Noch in derselben Nacht nahm er sein Gewehr, ging unter den Granatapfelbaum und bezog Posten. Seit Jahren hatte er sich darauf vorbereitet, und so stand er, den Finger am Abzug, bis zum Morgen Wache, döste nicht, schloß nicht ein Mal die Augen. Als der Tag graute, ging er zu Ismail Aga, weckte ihn, sagte: »Vater, ich lege mich schlafen, wecke mich, wenn du irgendwohin willst, denn ab jetzt gehst du ohne mich nirgendwo mehr hin.«

Wie im Traum lachte Ismail Aga, stieg aus dem Bett, umarmte Salman und küßte ihm das Haar. Eine Liebe, wie Salman sie ihm entgegenbrachte, hatte es seit Menschengedenken nicht gegeben.

Wenn der Junge ihn nur ansah, war er vom Scheitel bis zur Fußsohle Bewunderung, aus seinen Augen, seinen Händen, aus seinem ganzen Körper sprudelten Liebe, Glück und Freude. Von Kopf bis Fuß in Liebe erstarrt, stand er vor ihm, und die Wärme, Freude und Zuneigung, die aus seinem Herzen strömte, füllte das All.

Es war wohl einen Monat später, als aus den Häusern am Fuße der Felsen Lärm und Geschrei herüberhallte und Salman wachgerüttelt wurde. »Die Adler«, hieß es, »die Adler greifen an!« Salman zog sich an und rieb sich noch die Augen, als er ins Freie trat. Es nieselte. Er linste zum Berg hinüber und sah, wie vom Gipfel Flügel an Flügel die Adler zum Dorf herüberflogen, über der Burg und dem Schmalen Paß kreisten und sich langsam tiefer schraubten. Salman wußte sofort, was da vor sich ging, schnallte sich die Patronengurte um, griff sein Gewehr und machte sich zum Schmalen Paß auf den Weg. Auch die Dörfler waren ins Freie gelaufen und hatten die am Himmel wimmelnden Adler beobachtet. Jetzt machte sich Jung und Alt mit Kind und Kegel auf und heftete sich an Salmans Fersen.

Witwe Fatmalis Tochter Hüsne war siebzehn Jahre alt und eines der schönsten Mädchen im Dorf. Sie war mit Duran verlobt, der seinen Wehrdienst ableistete. Als Hüsne mit einer Gruppe Frauen auf Memet Efendis Feld Linsen pflückte, kam Osman der Lange, blieb bei den Frauen stehen und sagte mit ruhiger Stimme: »Los, gehen wir, Hüsne!«

Hüsne hob nur stumm den Kopf.

»Wohin denn, Osman?« fragte Fatmali.

»Ich bin gekommen, Hüsne abzuholen, Mutter Fatmali«, antwortete Osman. »Hüsne ist nicht Durans, sondern meine Verlobte.« Nachdem er eine Weile gewartet hatte, ging er auf Hüsne zu und sagte: »Komm, Hüsne!« In diesem Augenblick drehte Hüsne sich um und rannte in die Maisfelder. Osman lief hinterher. Am Flußufer holte er sie ein, und wenn er sie nicht gepackt hätte, wäre sie ins Wasser gelaufen. Osman war ein großer, starker

Mann, Hüsne dagegen schlank und zerbrechlich, dennoch wehrte sie sich eine lange Zeit. Am Ende hob Osman das erschöpfte Mädchen auf seine Schulter und schlug den Weg zum nahegelegenen felsigen Berg ein. Hüsne schrie und biß, sowie sie wieder zu Kräften kam. Osman schleppte sie über einen Felskamm und durch ein Wäldchen von Mastixsträuchern bis zu einer geräumigen Grotte mit einem glatten Boden aus Feuerstein. Osman hatte sie wohnlich eingerichtet, hatte dort ein Nachtlager aufgeschlagen und auch Essen und Trinken bereitgestellt. Kaum hatte er Hüsne aufs Bett gelegt, zog er sie und sich aus und kroch zu ihr. Als Hüsne seinen warmen, nackten Körper auf ihrer Haut spürte, verkrampfte sie sich, und wie sehr Osman sich auch anstrengte, gelang es ihm nicht, ihre stocksteifen Glieder zu lockern. Er wurde immer wütender, verlor fast die Sinne, doch sie lag da, so steif wie ein Brett. Als sich nach einer Weile ihre Glieder lockerten, drückte er, verrückt vor Freude, ihre Beine auseinander. Erst als er sich zwischen ihre Schenkel zwängen wollte, stellte er fest, daß Hüsne nicht mehr lebte. Jetzt verlor er völlig die Beherrschung. Wie von Sinnen griff er nach seinem Handschar, zerschnitt zuerst Hüsnes Brüste, dann ihre Scham, ihre Nase und Ohren und stach ihr dann die Augen aus … Bis zum Abend schändete er ihre Leiche, und als die Gendarmen ihn entdeckten, saß er stumm neben dem zerstückelten, zu einem Haufen geschichteten Körper Hüsnes.

Eine Woche lang wurde Osman in die Zelle der Distriktwache gesperrt, dann brachte man ihn vor den Staatsanwalt des Bezirks. Doch nachdem er dort nur drei Tage eingesessen hatte, kehrte er frei und munter ins Dorf zurück. Fatmali rannte vom Bezirksamt zum Präfekten, vom Richter zum Staatsanwalt, lief sich tagelang von Amtsstube zu Amtsstube die Hacken wund, bis sie schließlich unverrichteter Dinge wieder heimkehrte. Alle Frauen des Dorfes, ob jung, ob alt, sangen für Hüsne die Totenklage. Auch Dorfvorsteher Memet Efendi und Ismail Aga wurden wegen dieses schreienden Unrechts bei Richter und Staatsanwalt vorstellig. Doch nach ihrer Rückkehr zogen sie es vor, mit niemandem darüber zu reden.

Als Duran in der Kaserne vom Schicksal seiner Verlobten erfuhr, verließ er mit Gewehr heimlich seine Einheit und kam ins Dorf. Vor der Moschee traf er auf Osman. Osman war unbewaffnet und flüchtete. Duran verfolgte ihn, legte aber mit dem Mauser-Gewehr nicht auf ihn an, setzte nur kaltblütig und verbissen hinter ihm her. In Todesangst rannte Osman von einem Haus zum andern, doch wohin er auch kam, wurde die Tür vor seiner Nase zugeschlagen, so daß er schreiend zur nächsten lief und noch lauter brüllte, wenn ihm auch dort nicht geöffnet wurde. So rannte er, Duran auf den Fersen, laut schreiend mehrmals durchs Dorf. Osmans Eltern und Brüder standen wie gelähmt vor der Hofmauer und verfolgten mit leeren Augen das Geschehen, und niemand konnte begreifen, daß Osman seine eigene Tür ausließ. Schließlich erlahmte Osman und stolperte nur jammernd weiter. Doch Duran trieb ihn noch bis zum Platz vor der Moschee, kniete dort mit einem Bein nieder, legte an und drückte ab. Noch bevor Osman zu Boden stürzte, schoß Duran ihm noch dreimal in den Rücken. Dann ging er hin, setzte ihm die Mündung an den Kopf und schoß ihm in beide Augen. Er lud und schoß, lud und schoß, leerte ein Magazin nach dem andern. Als er einmal hochblickte, gewahrte er, daß inzwischen das ganze Dorf auf dem Platz versammelt war, einen dichtgedrängten Kreis um ihn gebildet hatte und ihm zuschaute. Er lächelte zu den Dörflern hinüber, zog ein weißes Schnupftuch aus seiner Tasche, wischte sich das verschwitzte Gesicht ab, schulterte sein Gewehr, packte den Toten am Fuß, bahnte sich mit ihm eine Gasse durch die Menge, schleifte ihn bis zum Haus von Fatmali, die im Garten stand und ihn mit großen Augen anschaute, verhielt vor ihr und sagte: »Ich konnte nicht anders, Mutter, das Schicksal hat es so gewollt.«

Er schleppte den Toten weiter. Mit den Dörflern im Gefolge schleifte er ihn bis zum Schmalen Paß. Dort blieb er vor einer tiefen Mulde stehen und warf den Toten hinein, der rücklings in einem dichten Gestrüpp Doldendisteln landete. Anschließend wandte sich Duran der versammelten Menge zu. »Dieser Tote wird so liegenbleiben. Weder seine Eltern noch irgend jemand anders wird ihn dort herausholen und begraben! Ich schwöre: Wer auch immer diesen Toten anrührt, dessen Herd werde ich auslöschen. Der Leichnam dieses Hundes soll in dieser Grube liegenbleiben, bis seine Knochen verrottet sind.«

Dann bahnte er sich eine Gasse durch die schweigende Menge, schlug den Weg in die Berge ein und verschwand.

Am Schmalen Paß angekommen, blieb er stehen, suchte einen Platz zum Sitzen und hockte sich schließlich auf einen abgeflachten Felsblock. Vom Berggipfel kamen ununterbrochen rote und schwarze Adler zur Mulde geflogen und gingen mit seltsamen Schreien bei Osmans Leiche nieder. Geier und Adler drängten sich so dicht, daß der Tote unter ihnen nicht zu sehen war. Im Nu hatten sie Osmans Kleider zerfetzt, so daß sein nackter, blutiger Körper zum Vorschein kam. Untereinander kämpfend, stürzten sie sich immer wieder auf den Leichnam.

Die Dörfler ließen Salman nicht aus den Augen; sie fragten sich, ob er wie damals die Adler einen nach dem andern wohl vom Himmel herunterholen würde. Doch Salman hockte wie im Halbschlaf da, hatte die Stirn an den kalten Gewehrlauf gedrückt und rührte sich nicht. So saß er bis zum Abend, während die Vögel mit schrillem Gekreisch und lautem Flügelschlag miteinander kämpfend in die Mulde schossen und wieder aufflogen. Als es dunkel wurde, stand er auf, mischte sich unter die Menge, und lachend und schwätzend, kehrten sie alle ins Dorf zurück.

6

Im Frühling schäumt das Flußwasser trüb dahin, tritt über die Ufer und überschwemmt die nahen Dörfer und Felder. Gelblicher Schlamm überzieht kilometerweit die Ebene. Ganz plötzlich beruhigt sich der Fluß, und nach und nach sind die Kiesel auf seinem Grund und die dahinhuschenden Fische im klaren Wasser wieder zu sehen. In der mit Blumen überbordenden Ebene tummeln sich große, grüne Fliegen, schwärmen die verschiedensten Bienen, funkeln die Panzer der Käfer im Sonnenlicht ... Wolken von Schmetterlingen, leuchtend blau, orange oder grün, schweben auf und nieder über Felder, Wiesen und Röhricht. Aus allen Himmelsrichtungen finden sich Vögel ein: Kraniche, Trappen, Enten, Schwäne, Flamingos und tausenderlei andere Arten, deren Namen wir nicht kennen, die wir noch nie gesehen haben. Der Wiedehopf mit seinem prächtigen Federschopf ist der Schönling der Ebene, in Scharen staksen die langbeinigen Störche gelassen über die Getreidefelder, die Stare mit den weißen Punkten auf dem schillernden Gefieder lassen sich kurz sehen und sind bald wieder auf und davon. Die Berge, die Felsen und die Ebene duften nach Blumen, nach Heidekraut und Gras, und durch die Dörfer zieht der beißend bittere Geruch von Dünger.

Noch bevor die Hähne krähten, wachte Hasan auf, öffnete leise die Tür und schlich sich in die Halle. Nicht durchs Tor, sondern durch ein rückwärtiges Fenster, das Salman und die anderen Leibwächter nicht einsehen konnten, glitt er ins Freie. Seit es diesen Konak gab, hatte außer Mustafa noch niemand dieses eisenvergitterte, mit hölzernen Läden abgedeckte Fenster geöffnet. Mustafa flog vor Freude, als er es eines Abends entdeckte. Memet der Vogel wartete auf ihn im Getreideschacht unter den Kakteen. Er war schon nach Mitternacht hergekommen und in den Schacht geklettert. In dem alten Brunnen wucherten jetzt Brennesseln, Mannstreu und Spritzgurken.

Mustafa stieß einen Pfiff aus. Vor kurzem hatte er es gelernt und pfiff nun bei jeder Gelegenheit. Memet kletterte heraus; er schien schläfrig zu sein, hatte die Hände in die Hosentaschen vergraben, als er tief gebeugt hinter den Kakteen hervorkam.

»Schau, da ist er«, sagte er, als er bei Mustafa war.

Mustafa gewahrte auf den Felsen Salmans Silhouette. Unsicher ging er leicht schwankend einige Schritte vor und machte sofort wieder kehrt.

»Er hat mich nicht gesehen«, flüsterte Mustafa, »ich kam durchs Rückfenster ... Vater und Mutter haben mich auch nicht gesehen. Los, gehen wir zu Raupe!«

Yusuf die Raupe wartete in der Senke am Flußufer. Als Memet wie ein Vogel pfiff, kam er aus seinem Versteck hervor. Leise sagte er: »Ich bin halb tot vom Warten. Seit es dunkel wurde, bin ich hier. Mein Vater schläft überhaupt nicht, er murmelt sein Abendgebet bis in den Morgen hinein.«

Schaudernd hasteten sie mit schnellen Schritten am Friedhof entlang und erreichten die Böschung, die der Fluß auf seinem Weg durch die fruchtbare Ebene kilometerlang an den Ufern aufgeworfen hatte.

»Muslu die Zecke und die andern wollten uns hier treffen«, sagte Raupe.

»Nun sag schon«, wandte sich Memet an Mustafa, »du wolltest doch etwas erzählen.«

»Sei still«, antwortete Mustafa erschrocken. »Später.«

»Was ist los«, maulte Yusuf, »habt ihr zwei etwa Geheimnisse?«

»Nein, nein«, sagte Mustafa eilig.

»Fangen wir an!« rief Memet. Sie sprangen die Böschung hinunter und gingen auf den Kieseln weiter. Der glatte Wasserspiegel wurde heller, durch das klare Wasser konnten sie die Schatten dahinhuschender Fische erkennen.

Mustafa zog seine blanken Schuhe, die er vor zwei Tagen aus Adana bekommen hatte, und auch die Strümpfe aus und versteckte sie unter einer Tamariske. Barfuß wateten sie zu den Weiden hinunter. Schwärme von klitzekleinen Fischen schwammen heran, als wollten sie die Kiesel am Ufer beschnuppern, und stoben dann in heillosem Durcheinander davon. Am gegenüberliegenden Ufer standen Wasservögel auf einem ihrer langen Beine, hatten die Köpfe unter die Flügel gesteckt und schliefen. Drei Adler zogen in weitem Bogen ihre Kreise. Hätte das langsam dahinfließende Wasser an einigen seichten Stellen nicht geplätschert, wäre die Stille vollkommen gewesen. Von den Keuschlammsträuchern weiter unten kam jetzt das wütende, laute Gesumm einer hin und her flitzenden Hummel.

Yusuf zog unter einer Tamariske eine Kreuzhacke, eine Dechsel und eine Schaufel hervor, die er dort vergraben hatte. »Die hat keiner gesehen«, freute er sich. »Jetzt können wir anfangen.«

»Sag du, wo!« bestimmte Memet.

»Hier sind ihre Löcher überall«, antwortete Yusuf. »Bis zum Anavarza-Felsen haben sie ihre Nisthöhlen in die Böschungen gegraben.«

Der Eisvogel ist makellos blau. Seine schwarzen Augen blicken scheu und samtweich. Der schöne Kopf ist von dunklerem Blau als der Körper und verengt sich gleichmäßig zum Schnabel hin. Kein anderer Vogel hat einen so formvollendeten Kopf, weder der goldgelbe noch der teilweise, besonders am Rücken, orangefarbene Pirol, auch nicht der Star und auch nicht der Wiedehopf.

Wenn die Eisvögel aufsteigen, überzieht ein leichtes Blau den Wasserspiegel, die Kieselsteine, sogar das Tageslicht. Kein Kind kann einem Eisvogel ohne Herzklopfen in die scheue Wärme seiner Samtaugen schauen, noch das reine Blau seines Gefieders berühren. Die Welt eines Kindes, das einen Eisvogel gefangen hat, wird zu einer stolzen, zu einer blauen Welt: Blaue, nach Heide duftende Lüfte umwehen es, Wolken blauer Schmetterlinge durchstreifen das Licht, sein Schlaf, seine Träume färben sich blau. Der Tag beginnt in leuchtendem Blau, die Sonnenstrahlen fallen in weichem Blau auf die Berghänge und auf den Grund der Gewässer, und blau funkelnde Fische stieben davon. Der Regen nieselt blau, und blau sind die Strahlen der aufgehenden Sonne, das Licht im Regen, der Nebel, die Wolken; in leuchtendem Blau gleiten die Sternschnuppen am nächtlichen Himmel, in flammendem Blau zucken die Blitze, und der Planet Venus am

Morgenhimmel streut gleitend sein blaues Licht über Berge und Gewässer, über Himmel und Erde.

Mustafa hatte einmal einen Eisvogel in der Hand, der ihm wie ein blauer Pfeil wieder entwischte und über dem Fluß verschwand. Nach jenem Tag lebte Mustafa in einer blauen Welt wie in einem Tagtraum, aus dem er sich nicht lösen konnte. Er hatte den Dorfkindern davon erzählt, hatte sie in seine blaue Welt gelockt und sie schließlich überredet, die Vögel in ihren Nistplätzen, die sie sich tief in die Böschungen gruben, zu fangen.

Den Eisvogel, den er damals entwischen ließ, hatte ihm Salman geschenkt. Verzaubert vom Anblick der samtweich leuchtenden pechschwarzen Augen, stand er wie gelähmt, und er spürte, wie die Angst des Eisvogels auf ihn überging, als er ihn in die Hände nahm. Er fühlte, wie das Gefieder zitterte und das kleine Vogelherz gegen seine Handflächen pochte. Dann dehnte sich das Blau, blähte und schüttelte sich, glitt ihm aus den Händen, zog einen dünnen, schnurgeraden, blauen Strich dicht über das Wasser bis hin zur Burg und weiter bis zu den Felsen und immer wieder um sie herum, als wolle es das Gestein in blaue Linien einweben. Seit jenem Tag sieht Mustafa jedesmal, wenn er die Felsen erblickt, die wie eine kleine Insel am Ufer emporragen, wie sich von oben bis unten in einem fort blaue Ringe um sie winden. In seinen Träumen senkten sich blaue Wolken auf das Gestein, und aus den blauen Wolken purzelten leuchtend blaue Vögel auf den Wasserspiegel und färbten ihn in silbern glänzendes Blau, darüber, wimmelnd wie Bienenschwärme, glitten Tausende glitzernde, flatternde Flügel.

Auch Memet der Vogel, Yusuf die Raupe, Ali der Barde und Poyraz sahen dauernd diese blaue Wolke gemächlich auf die Felsen niedersinken. Und aus dieser Wolke regneten Tausende blau flammende Vögel, deren Flügelspitzen wie Bienenflügel bebten.

»Paß du hier auf«, sagte Memet der Vogel, »während ich grabe. Wenn ich tief genug bin, hältst du deine hohlen Hände vor das Loch.« Dann begann er zu graben. »Das Loch ist sehr groß, hier müssen mehrere Vögel sein.«

»Es muß ein Pärchen sein«, belehrte ihn Raupe. »Diese Vögel leben zu zweit.«

»Sie lassen sich nicht fangen«, seufzte Mustafa. »Du haust die Hacke tiefer und tiefer, und bist du dicht am Nest, prrrt, fliegen sie auf, flitzen dir durch die Hände und sind verschwunden.«

»Dann halte sie doch fest!« sagte Memet der Vogel. Er grub sich immer näher an das Nest heran, die Erde, die Dechsel, die Kiesel, der Fluß, Memet der Vogel, Mustafa, die Tamarisken, Yusuf die Raupe, alles färbte sich blau.

Memet war in Schweiß gebadet, war aber schon dicht am Nest. »Spann deine Hände jetzt über das Loch, Mustafa!« befahl er atemlos. Yusuf stand mit hochrotem Gesicht geduckt daneben. Mustafa ging an das Loch und versperrte die Öffnung mit seinen Händen. Memet hackte behutsam weiter, ließ Mustafas Hände jetzt nicht aus den Augen. Und plötzlich war der blaue Vogel da, streifte im nächsten Augenblick Mustafas offene Hand, füllte sie mit einem samtweichen Blau und schoß davon. Wie tiefblau leuchtende Flammen schwebten nur noch drei Federn in der Luft, landeten umeinanderkreisend auf dem Wasser und glitten flußabwärts.

»Diesmal hatte ich ihn in der Hand«, keuchte Mustafa aufgeregt.

»Er ist dir entwischt«, sagte Memet der Vogel, und sein schweißnasses Gesicht leuchtete vor Stolz. »Und wie sein Rücken schimmerte...«

»So einen, so einen schönen habe ich noch nie gesehen«, meinte Yusuf die Raupe.

Sie gruben am Ufer einen kleinen Brunnen in den Kies und tranken das hervorquellende eiskalte Wasser. Noch japsend gingen sie zur Böschung und hockten sich, an den Hang gelehnt, nieder.

»Bekämen wir sie doch einmal zu fassen«, sagte Mustafa. »Zehn von ihnen, hundert von ihnen!«

»Bis nach Yilankale und weiter nach Milis, und von dort bis zum Meer sind die Uferböschungen voller Nistlöcher dieser Eisvögel. Sie sind so zahlreich wie die Vögel am Himmel.«

»Wir müssen es anders machen«, versicherte Yusuf die Raupe.

»Ein Netz über das Loch spannen, eine Schlinge legen oder einen Käfig flechten und davorstellen. So mit der bloßen Hand sind sie nicht zu fangen ...«

»Wenn wir sie fangen, dann mit der Hand«, hielt Memet der Vogel dagegen.

»Ich, mit meiner Hand«, bekräftigte Mustafa und schwenkte seine Hände in die Runde.

Währenddessen ging die Sonne auf, und der Schatten der Burg dehnte sich über den Fluß hinaus in die Ebene, über Heidekraut, Tamarisken und Brombeergestrüpp hinweg, kühl, dunkel ... Der Eisvogel zog einen blauen Strich zu den Felsen, umkreiste sie, ließ sein Blau dort zurück und verschwand. Bald danach kamen die Dorfkinder angelaufen, plapperten und schrien.

»Schschsch, seid still, erschreckt die Vögel nicht«, warnte Mustafa.

»Habt ihr welche gefangen?«

Stolz zeigte Memet der Vogel auf das gegrabene Loch: »Da kam ein riesengroßer ... Ein Blau, sag ich dir!« Er stieß einen Pfiff der Bewunderung aus. »Freunde, so einen Vogel habe ich noch nie gesehen.« Dabei öffnete er die Arme so weit, als wolle er den Himmel umarmen.

»Und weich«, schwärmte Mustafa, »weich und warm ...« Hingerissen leckte er sich die Lippen. »Ich habe schon so viele Vögel in der Hand gehabt, aber einen so weichen ...«

»So kann man keine Vögel fangen«, meinte Battal. »Wie tief du auch gräbst: frrrt, und der Vogel ist weg!«

»Seine Mutter hat ihm fünf Netze geknüpft, fünf Beutelnetze«, sagte Poyraz.

»Na und?« lachte Memet der Vogel spöttisch.

»Wir werden sie nicht mit Netzen, wir werden sie mit bloßen Händen fangen«, brüstete sich Raupe.

Mustafa pflichtete ihm bei: »Mit einem Netz kann es jeder, mein Junge, die Kunst ist ja, mit bloßen Händen Vögel zu fangen!«

»Wir werden fünf Löcher suchen«, sagte Battal, »und vor jeder Öffnung einen Beutel festmachen. Hier, mit diesen Pflöcken. Und wenn der Vogel herauskommt, fällt er hinein, verheddert sich im Netz, flattert und flattert und kann nicht mehr heraus. Er kann weder ins Freie noch zurück ins Loch, er kann nirgendwohin.«

»Der Arme«, sagte Memet der Vogel. »Das ist eine Sünde ... Wie kann man nur!«

»Ihre Nester zerstören ist auch nicht besser«, entgegnete Battal. »Weißt du denn, wieviel Zeit der Vogel braucht, um sein Nest zu bauen?«

»Ich weiß es«, antwortete Mustafa.

»Was ist schon dabei?« warf Raupe ein. »Der Vogel gräbt sich ein neues Loch. Und weißt du, daß Vögel Spaß daran haben, sich Nistlöcher zu graben?«

»Woher weißt du das?«

»Mein Vater hat's mir gesagt. Mein Vater weiß alles! Oder etwa nicht?«

»Er weiß nicht alles«, erwiderte Poyraz.

»Er weiß es doch«, ärgerte sich Mustafa. »Sein Vater ist Schmied, gibt es denn etwas, was ein Schmied nicht weiß? Nun sagt schon, wessen Vater hier ist sonst noch Schmied?«

»Niemandes Vater sonst«, sagte Memet der Vogel.

Darauf fanden die andern fürs erste keine Antwort und schwiegen.

»Wir gehen«, sagte Battal schließlich. »Ihr werdet es ja sehen, wie wir an einem Tag zehn, ja, zwanzig Stück fangen.«

»Ihr werdet es bleibenlassen«, entgegnete Memet der Vogel. »Vögel mit Netzen fangen ist hier verboten.«

»Wer hat es denn verboten?«

»Ich«, sagte Memet und schlug sich mit der Faust auf die Brust. »Ich werde meine Netze ja nicht vor eure Löcher spannen. Ich geh da hinunter und spanne sie weit weg von hier auf.«

»Wir haben es verboten«, sagte Mustafa. »Wenn ihr wollt, können wir uns ja schlagen.«

»Wer schlägt sich schon mit euch großmäuligen Wilden«, rief Poyraz. »Ihr, du, dein Vater, ihr alle seid Wilde, und vor Wilden hat jeder Angst. Mein Vater fürchtet sich ja auch, aber ich nicht.«

»Großmäulige Wilde sind eure Sippen«, sagte Memet der

Vogel. »Wenn dein Vater nur in die Nähe von Mustafas Vater kommt ... Schau her, sooo schwänzelt er dann um fünf Kuruş.«
»Gerede, was geht es mich an! Ich schwänzel ja nicht.«
»Ist er nicht dein Vater? Dein Vater schwänzelt.«
Darauf fanden die andern wieder keine Antwort. Ratlos standen sie da.

Auf einmal stürzte sich Nuri, ein sehr magerer Junge mit spindeldürrem Hals, großen Augen und schlaffer, faltiger Haut, der sich still im Hintergrund gehalten und kein Wort gesagt hatte, auf Mustafa, und die beiden begannen sich zu balgen. Mustafa war der Stärkere, der andere dafür geschmeidiger. Daraufhin griff Vogel ohne Vorwarnung Battal und Poyraz zugleich an. Raupe rührte sich nicht, schaute eine Weile ruhig zu, wie Vogel sich mit den beiden schlug.

»Ich misch mich nicht ein«, lachte er. »Memet wird euch beide schon plattmachen.« Dann wandte er sich Mustafa zu: »Dreh Nuri dem Lahmen nur nicht die Luft ab. Laß den Armen los, bevor du ihn noch totschlägst!«

Mustafa ließ von Nuri, der unter ihm lag, ab, erhob sich und blieb verwundert blinzelnd dicht am Wasser stehen. Im Nu war auch Nuri aufgesprungen und stürzte sich diesmal auf Yusuf, der ihn von oben herab abschätzig anblickte und mit spitzen Fingern kurzerhand an den Uferrand stieß, so daß der Junge auf die Kiesel fiel und, mit einem Bein im Wasser, auf dem Rücken lag. Von Sinnen vor Wut, schnellte Nuri pfeilschnell wieder hoch und biß Yusuf in die Hand, die zu bluten begann. Yusuf schrie auf und ging Nuri so hart an die Kehle, daß dieser keine Luft mehr bekam. Seine Augen traten aus den Höhlen, er würgte erstickt, und seine Arme sanken zur Seite. Mustafa sprang hinzu, packte Yusufs Hände und riß sie von Nuris Hals. Kaum hatte sich Yusufs Griff gelockert, sackte Nuri zusammen und blieb wie leblos lang ausgestreckt liegen. Da ließ auch Memet, der Battal und Poyraz an die Böschung getrieben hatte, von den beiden ab.

»Hast du ihn umgebracht?« fragte er.
»Soll er doch krepieren«, antwortete Yusuf wütend, »was denkt sich dieser Hänfling denn, mit wem er es zu tun hat ...«

»Die Regierung steckt dich aber ins Gefängnis, wenn er stirbt«, sagte Battal.

»Soll er doch sterben«, versteifte sich Yusuf. »Wenn er stirbt, holt mich Mustafas Vater schon aus dem Gefängnis heraus. Ihr habt also Mustafa einen großmäuligen Wilden genannt?«

»Haben wir ja gar nicht«, entgegnete Poyraz.

»Wie kann man nur so lügen! Für so eine Lüge macht Gott dich blind.«

»Sieh hin, er stirbt, und wir haben zu dem Kurden da nicht großmäuliger Wilder gesagt.«

»Doch, ihr habt.«

»Haben wir nicht.«

So ging das eine ganze Weile weiter, während Nuri immer noch wie leblos dalag. Bis er plötzlich wieder aufsprang und seine Zähne noch einmal in Yusufs Handgelenk schlug. Und für den kräftigen Yusuf war es ein leichtes, ihn noch einmal auf die Kiesel zu schleudern.

Während des immer wieder aufflammenden Lärms und Handgemenges war ihnen völlig entgangen, daß über ihnen bei den Tamarisken jemand stehengeblieben war und sie beobachtete: Salman.

Yusuf drehte Nuri, der sich gerade wieder auf ihn stürzen wollte, plötzlich den Rücken zu, flüsterte ängstlich: »Pst, Freunde, pst!« und zeigte dabei auf Salman. Mustafa wurde kreidebleich und begann zu zittern.

Die Kinder drängten sich aneinander, duckten sich dicht an die Böschung und beobachteten aus den Augenwinkeln Salman, der da oben regungslos bei den Büschen stand, mit geschultertem Gewehr, umgehängtem Fernglas und im Gurt Revolver und Handschar.

»Er ist schon wieder hinter uns her«, sagte Memet der Vogel.

»Er will Mustafa töten«, flüsterte Nuri.

»Er wird uns alle töten«, seufzte Poyraz. »Er wird alle Kinder unseres Dorfes töten. Seine Augen schauen so, als wolle er sie alle töten, alle auffressen.«

»Mich tötet er nicht«, meinte Nuri.

»Woher weißt du das?« fragte Battal.

»Meine Mutter hat es gesagt«, antwortete Nuri. »Sonst wird er alle, zuerst Mustafa, dann Memet, dann Ali den Barden ...«

»Warum soll er Ali den Barden töten?« fragte Poyraz. »Der mischt sich doch nie ein und kann nichts anderes als singen. Warum soll er ihn also töten?«

»Weil Salman immer weint, wenn er singt«, trumpfte Nuri auf und zog dreimal die Nase hoch. »Vielleicht wird Salman Ali den Barden sogar als ersten töten, sagt meine Mutter.«

»Aber dich tötet er auch.«

»Warum denn mich?«

»Weil dein Hals spindeldürr ist«, sagte Poyraz.

»Und deine Ohren riesengroß«, fügte Battal hinzu, »wie eine Kelle so groß.«

»Und deine Augen glotzen wie die Augen vom Frosch«, sagte Memet der Vogel. »Vor Angst kann nicht einmal ich in deine Augen schauen. Soll Salman dich da nicht töten?«

So stichelten sie in einem fort, konnten aber Salman nicht aus den Augen lassen.

Mustafa hatte sich immer mehr zusammengekrümmt, und Nuri hatte sich dicht an ihn gedrängt. »Er wird mich töten«, wimmerte Nuri, drängte sich noch dichter an Mustafa und schaute ihn Mitleid heischend an. »Er wird mich zuerst, noch vor dir, noch vor euch allen, töten. Seine Augen sehen mich an, als wolle er mich gleich umbringen.«

Ganz langsam rutschten sie zum Fuß der Böschung, krochen hinter die Salweiden und spähten durch die Zweige. Salman stand noch an derselben Stelle. Die Kinder blieben eng aneinander und übereinander hinter den Bäumen liegen. Salman hatte sich dem Fluß zugewandt, bückte und streckte sich in einem fort.

»Hauen wir uns doch dort ins Gestrüpp und verstecken uns unter den Brombeeren«, schlug Memet der Vogel vor. »Mal sehen, was Salman machen wird, wenn wir verschwunden sind.«

Sie sprangen von den Weiden in die Senke, wo Tamarisken, Heidekraut und Brombeerranken wucherten. Außer Atem krochen sie unter die Sträucher und warteten ab.

Erst am späten Nachmittag verließen sie die Senke und schauten sich nach Salman um. Er war nirgends zu sehen. Sie rannten zu den Salweiden, und plötzlich erblickten sie ihn in einer Felsnische, wo er sich mit zusammengekniffenen Augen und dem Gewehr im Arm sonnte. Wie vom Donner gerührt, starrten sie ihn eine Weile an, dann machten sie kehrt und rannten davon.

Die da auszogen, Eisvögel zu fangen, wurden von Tag zu Tag zahlreicher. Noch vor Morgengrauen kamen sie auf verschiedensten Pfaden an die Böschungen, gaben sich mit Pfiffen oder Vogelstimmen die untereinander verabredeten Zeichen und machten sich an die Arbeit, wenn sie sich zusammengefunden hatten. Sie hatten sich allerlei Möglichkeiten ausgedacht, legten Schlingen, versuchten es mit Käfigen, flochten Netze, doch kein einziger Eisvogel ging ihnen in die Falle. Von Nistloch zu Nistloch, arbeiteten sie sich fast bis ans untere Dorf heran, fanden Hunderte Nistlöcher, aus denen Eisvögel herausschossen und funkelnd wie blaue Blitze über den Fluß in die weite Ebene glitten.

Vom Graben, Käfigeflechten und Netzeknüpfen hatten die Kinder schon wunde Hände und eingerissene Fingernägel, doch gefangen hatten sie nicht einen Vogel. Die blauen Vögel flogen durch die Träume der Dorfkinder, überzogen ihre Tage und Nächte mit Blau. Vom Scheitel bis zur Sohle waren sie in eine Sehnsucht nach Blau getaucht. Und sie hatten alle denselben Traum: Flügel an Flügel steigen wie eine Wolke blaue Vögel von den Böschungen auf, kreisen am Himmel, wirbeln ineinander und kommen vom Anavarza-Felsen über den Fluß so tief zurückgeflogen, daß ihre Flügelspitzen das Wasser streifen. Dann schwebt diese tausendfach glitzernde, die Augen blendende Vogelwolke über den Berg in die Ebene, bedeckt Wiesen und Felder. Plötzlich knallen Büchsen tausendfach, die Vogelwolke stiebt auseinander, abgerissene Köpfe, blaue, abgerissene Flügel und Vogelrümpfe taumeln ziellos durch die Luft. Dann verwischt sich alles, die Vogelwolke, der Fluß, das weite Land. Inmitten einer endlosen Ebene erscheint Salman, Hahnenschreie, Pferdegewieher und das Rattern von Wagenrädern hallt von den Bergen wider, und es donnert im Tal des Weißdorns, wo der riesige Schatten Salmans die Kinder zu den Felsen treibt und sie erschießt. Mustafa wird wohl von hundert Kugeln getroffen, springt jedesmal wie ein Frosch hoch in den Himmel, liegt dann lang ausgestreckt auf dem Boden. Die Kinder rennen mitten in Meuten von Hunden, Schakalen, Füchsen und Mardern, brüllen und jammern. In der Schlucht wimmeln Bäume, Sträucher, Dornengestrüpp und Felsen von jungen Schwalben, sie haben ihre riesigen Schnäbel weit aufgerissen, schreien mit hervorquellenden Augen und weit ausgestreckten Hälsen. Der Berg schwankt, Bienen tragen den Duft der Keuschlammsträucher hinunter in die Ebene, vom Scheitel bis zur Sohle blutverschmiert rennt Mustafa hin und her, sein Kopf taucht im Fluß auf und versinkt.

Morgens trafen sich die Kinder am Fuße der Böschung und erzählten sich ihre Träume, und Salman stand bei den Tamarisken und beobachtete sie. Wer nicht geträumt hatte, hörte sich erst einmal den Traum des anderen an und erzählte danach haargenau denselben. Da zerhackte Salman die Leichen der Kinder, die er auf Tausende Regenpfeiferkadaver in eine Senke geworfen hatte, mit seinem Handschar, am meisten die Leichen von Memet dem Vogel und Mustafa. Wie ein Weberschiffchen schoß seine Hand dabei hin und her. Das Blut der Kinder spritzte auf die jungen Schwalben, auf die Weißdornsträucher, auf die Bienen und Felsen, tiefblau. Knirschend zerbarst der blutig blaue, von Vögeln wimmelnde Himmel, und blauer Flitter regnete herab.

Mit einem großen Käfig ging Salman durch das Tor in den Vorhof bis zur Kakteenhecke. Im Käfig, der ihm bis zur Hüfte reichte, schimmerte es blau vor lauter Eisvögeln. Ismail Aga stand mit Mustafa auf dem Balkon und schaute herunter. Salman blickte auf, lächelte den beiden zu, zögerte einen Augenblick, dann ging er zur Treppe, stieg langsam die Stufen hoch, blieb vor Mustafa stehen und hielt ihm mit stolzem Lächeln den Käfig hin.

»Die habe ich für dich gefangen, Mustafa«, sagte er und senkte, puterrot geworden, die Augen.

Mit unbändiger Freude und klopfendem Herzen griff der Junge

nach dem Käfig, doch plötzlich verwandelte sich die Freude in rasende Wut. Mit dem Käfig, den er kaum heben konnte, stampfte er, unbeherrscht und wie von Sinnen, immer wieder im Kreis. Ismail Aga und Salman standen da und schauten ratlos zu, konnten sich sein Verhalten nicht erklären. Plötzlich blieb Mustafa vor Salman stehen, und im selben Augenblick zitterte er nicht mehr. Er hob den Kopf, schaute Salman vorwurfsvoll in die Augen, setzte den Käfig ab, öffnete die Klappe und schleuderte den ersten Vogel, den er greifen konnte, hoch in die Luft. Der Vogel fing sich, flog auf und nieder, kreiste einige Male über dem Hof, schlug dann die Richtung zum Fluß ein und verschwand. Jetzt arbeiteten Mustafas Hände maschinenschnell, warfen einen Vogel nach dem andern in die Höhe. Im Nu war der Käfig leer. Ganz kurz nur flogen die Vögel im Zickzack über dem Hof, bevor sie hintereinander zum Fluß hinunterglitten. Mustafa aber hob den Käfig auf, ging zu Salman, schaute ihm gerade in die Augen, sagte: »Nimm!« und drückte ihm den Käfig in die Hand. Salman ließ den Käfig sofort fallen. Sein Gesicht war aschfahl geworden. Er schaute den Jungen so wütend, so feindselig an, daß auch Ismail Aga zusammenschrak und zum ersten Mal Angst verspürte. Mustafa rannte weinend in den Abstellraum und verkroch sich hinter den gestapelten Matratzen.

Salman sah Ismail Aga an, seine Augen blickten ungerührt, als wolle er sagen: »Da siehst du es!« Dann ging er nachdenklich mit wutverzerrtem Gesicht zum Hof hinunter, öffnete das Tor und ging hinaus.

»Er ist doch noch ein Kind, Salman, du darfst ihm das nicht übelnehmen«, murmelte Ismail Aga hinter ihm her.

Nach diesem Vorfall war Mustafa noch ängstlicher. Tagelang verkroch er sich in einer dunklen Ecke des mit Kelims ausgelegten Abstellraums. Er spielte mit den Mustern der Kelims, mit den Lichtstrahlen, die durchs Fenster fielen, und den Bienen, die in diesen Strahlen flogen. Bis ihn schließlich eines guten Tages sein Vater nach der Rückkehr vom Gut in die Arme nahm und aus diesem selbstgewählten Gefängnis hinaustrug. Mittlerweile hatte sich Mustafa an die Einsamkeit in dem Abstellraum gewöhnt, hatte sich aus den Farben der Kelims, dem glitzernden Staub in den Lichtstrahlen, den schwirrenden Bienen eine ganz andere Welt geschaffen, hatte alles andere da draussen, die blauen Vögel und die Dorfkinder, vergessen, bis auf Salman, dessen Abenteuer mit dem rotbraunen Fohlen wich nicht vor Mustafas Augen. Salman geht in den Stall, nimmt die Weichen des rotbraunen Fohlens in die Hände, dreht die glänzende Kruppe zu sich, lässt seine Pluderhose und die Unterhose rutschen, holt das Ding heraus ... Salman schliesst die Augen und gleitet dicht hinter dem Fohlen sanft hin und her. Dem Fohlen scheint es zu gefallen, denn es drängt sich sachte an Salman heran. Als Salman fertig ist, spreizt das rotbraune Fohlen die Hinterbeine, streckt seine Kruppe und pisst, während Salman seine Leibbinde mit den Troddeln wieder knotet. Und im selben Augenblick steigt ein eigenartiger Geruch in Mustafas Nase. Dieses Spiel zwischen dem rotbraunen Fohlen und Salman hatte sich Mustafa eingeprägt, doch er konnte es niemandem erzählen, und das erfüllte ihn mit wilder Wut.

Als Mustafa das Haus verliess, ging er geradewegs zu Memet dem Vogel, der ihn in banger Erwartung begrüsste. Die beiden sassen sich eine Weile schweigend gegenüber. Dann rannten sie zum Fluss hinunter an die Böschung mit den Nistlöchern der Eisvögel, holten Dechsel und Schaufel aus dem Brombeergestrüpp und begannen, die Löcher aufzuhacken. Jedesmal, wenn sie sich zum Nest vorgearbeitet hatten, schoss ein tiefblauer Blitz für einen Augenblick in Mustafas gespreizte Hände, brannte in seinen Handflächen, dass ihm siedendheiss wurde, glitt ins Freie und war auch schon überm Fluss, bevor die Kinder ihre Köpfe gehoben hatten. Und für einen Augenblick waren die Kinder vom Scheitel bis zur Sohle, waren ihre Münder, Haare und Füsse in Blau getaucht. Und im selben Augenblick schimmerten auch das glatt dahingleitende Wasser, das Flussbett, die Kieselsteine, die Tamarisken, Brombeersträucher und Salweiden am Ufer in reinem Blau.

Bis Sonnenuntergang jagten die beiden bis weit den Fluss hinunter nach Eisvögeln. Erst als es Abend wurde, fiel ihnen auf, dass von Salman weit und breit nichts zu sehen war. Sie wunderten sich, spürten aber gleichzeitig eine Leere in ihrem Innern.

»Er ist nicht gekommen«, sagte Mustafa traurig.
»Warum wohl?« fragte Memet der Vogel.
»Vielleicht denkt er, ich sei noch in meinem Zimmer.«
»Das denkt er nicht«, widersprach Memet der Vogel, »denn du bist für ihn das Wichtigste auf der Welt.«

Es war schon dunkel, als sie ins Dorf kamen. Doch bevor die Hähne krähten, waren sie schon wieder auf den Beinen, rannten hinunter zu den Uferböschungen, hackten wieder die Nistlöcher auf, schrien wieder vor Freude, sowie ein Vogel in Mustafas Hände flog, und tauchten, wenn auch nur für einen Augenblick, stolzgeschwellt und glücklich wieder ein in das reine Blau. In diesem Freudentaumel vergingen einige Tage. Dann, eines Morgens, hockte Mustafa sich oberhalb der Salweiden auf einen Hügel und stützte sein Kinn auf die Knie. Kurz darauf hockte sich Memet daneben. Hacke und Schaufel blieben im Brombeergestrüpp. Die Ecktürme der Burgmauern schimmerten im Morgenlicht. Von weit her, aus der Richtung Yilankale, segelte eine weiße Wolke herüber und glitt über die beiden hinweg. Dumpf hallte von fern das Rattern mehrerer Wagen auf dem Weg zur Stadt. Der Anavarza-Felsen lag im Frühnebel. Wie eine orangefarbene Wolke blähte sich ein Schwarm Schmetterlinge, flog auf und nieder, segelte von einer Richtung in die andere, färbte den Wasserspiegel orangegelb und glitt flußabwärts. Danach kam eine lila Wolke Schmetterlinge, glitt genau wie die vorige flußabwärts und verschwand. Über Dumlukale wirbelte eine rötliche Staubtrombe. In einem fort schossen die Eisvögel aus ihren Nistlöchern in den Böschungen heraus und wieder zurück. Die Sonnenstrahlen wurden vom Fluß zurückgeworfen und spiegelten sich am Ufer und in den Bäumen wider. Staub hob sich auf fernen Wegen, und aus der Ebene und über den Dörfern stiegen da und dort dünne Rauchsäulen senkrecht in den Himmel. Erde, Kiesel, Keuschlammsträucher und Kräuter dufteten wie nach einem Regen. Wie benommen waren die Kinder vom Duft des Heidekrauts, den hin und wieder ein laues Lüftchen vom gegenüberliegenden Ufer herüberfächelte.

Sie hockten am Ufer und sprachen kein Wort. Nichts entging

ihren gespannt linsenden Falkenaugen, kein Käfer, kein Insekt, nicht die blühende Blume, nicht die gelbliche Ameise. Im Keuschlammbaum dort drüben wob, geduldig hin- und herpendelnd, eine knallgelbe Spinne ihr Netz zwischen die Zweige. Am Himmel reckte ein roter Adler seine Flügel in den Wind, der hier unten nicht zu hören war, und rührte sich nicht von der Stelle. Tauben und Schwalben flogen an ihm vorbei, er scherte sich nicht ... Vor ihrem Nest lagen Ameisen ganz ruhig in der Sonne, bewegten kaum merklich nur ihre Vorderbeine. Auf einen Dornenstrauch hatten sich wie Tausende Punkte grün, rot und blau gepanzerte Käfer niedergelassen, der Strauch funkelte in der grellen Sonne, daß die Kinder wie geblendet waren. Die Erde dröhnte, das Dröhnen aus der Tiefe vermischte sich mit dem Plätschern des Wassers. Große Fliegen summten am Ufer, flitzten dicht über dem Wasserspiegel. Rinder waren gemächlich über den Strand ins Wasser gewatet, in den Bergen pfiff ein Vogel eintönig lang.

Reglos blieben die Jungen bis zum Abend dort hocken. Am nächsten Morgen saßen sie schon vor Sonnenaufgang mit dem Kinn auf den Knien wieder da. Im Morgengrauen des dritten Tages kam auch Raupe dazu, setzte sich neben sie, legte sein Kinn auf die Knie und starrte ins Leere. Nach ihm kamen Battal und Poyraz und danach Nuri und Talip. So fanden sich im Laufe des Tages einzeln oder zu zweit auch die übrigen Dorfkinder auf dem Hügel ein. Sie hockten sich nieder, stützten das Kinn auf die Knie und schauten bis zum Abend schweigend ins Weite. Von da an verließen die Kinder jeden Tag vor Morgengrauen ihre Häuser, blieben von Sonnenaufgang bis Sonnenuntergang auf dem Hügel sitzen und schauten schweigend zu den Quellwolken hinüber, die fern über dem Mittelmeer aufstiegen. Keiner sprach, niemand stellte Fragen. Sie saßen wie zu Stein erstarrt, und wer sie von weitem beobachtete, könnte meinen, es handle sich um das Ritual eines geheimen religiösen Kultes, bei dem es Sünde sei, sich zu bewegen.

Eines Morgens hob Mustafa langsam den Kopf, ließ seine Augen über die Kinder schweifen, die aufgereiht wie Vögel auf der Stange dahockten, und ließ den Kopf wieder sinken. Als er nach einer Weile noch einmal aufschaute, ruhten aller Kinder Augen fragend auf ihm. Er stand auf und sagte: »Er wird nicht kommen.«

»Er wird nicht kommen, wird nicht kommen«, riefen die Kinder aufgeregt durcheinander. Dann sprangen sie auf und liefen mit Freudengeschrei den Hügel hinunter zu der Stelle am Ufer, wo dichtes Brombeergestrüpp wucherte. Sie pfiffen, sangen und brüllten.

Mustafa und Memet der Vogel waren noch auf dem Hügel geblieben, sahen sich unentschlossen an. »Er wird nicht kommen«, wiederholte Memet mit einem Blick auf die Tamariske, wo Salman so oft gestanden hatte.

»Er wird nicht kommen«, bestätigte Mustafa seufzend. Dann ging er dicht an Memet heran. »Memet«, begann er, und seine Stimme hallte in Memets Ohr. »Hör mir zu! Und versprich mir, daß du es niemandem weitersagst!«

»Versprochen«, antwortete Memet.

»Gib mir dein Wort«, begann Mustafa erneut.

»Meine Augen sollen auslaufen, wenn …«

»Gib mir dein Wort!«

»Das Gift einer Klapperschlange soll mich töten!«

»Gib mir dein Wort!«

»Ich soll meine eigene Leiche sehen, wenn …«

»Still! Sag so was nicht! Komm dorthin, es soll niemand sehen, daß wir miteinander reden!«

»Es soll niemand sehen«, bekräftigte Memet der Vogel. Sie durchstreiften eine mit Weißdorn bewachsene Senke und hockten sich schließlich hinter dichtes Schilfrohr.

»Halt dein Ohr dicht an meinen Mund!«

Memet der Vogel rückte an Mustafa heran.

»Hör mir gut zu!«

»Ich höre dir gut zu«, antwortete Memet der Vogel.

Und Mustafa erzählte ihm von Anfang an in allen Einzelheiten Salmans Abenteuer mit dem rotbraunen Fohlen. Am Ende war er ganz außer Atem und in Schweiß gebadet. Plötzlich sprangen sie auf und rannten ins Dorf.

Es war später Nachmittag, als Salman erwachte. Er nahm die Wasserkanne, ging in den Hof und wusch sich sorgfältig das Gesicht. Mustafa und Memet der Vogel hatten sich unter die Kakteen gelegt und beobachteten jede seiner Bewegungen. Salman ging zum Toilettenhäuschen beim Granatapfelbaum, und die Kinder hörten, wie er im Stehen pißte. Als sie sahen, daß er im Stall verschwand, rannten sie los und drückten ihre Augen an den Spalt zwischen den Brettern. Salman war auf einen Trog gestiegen, er hielt die Kruppe des Fohlens umklammert und streichelte sie sanft ... Dann ließ er seine Pluderhosen fallen.

»Mustafa«, flüsterte Memet, ohne seine Augen vom Spalt zu wenden.

»Was ist?«

»Die Jungs ... Sie sind alle da!«

Mustafa blickte hoch, die meisten Dorfjungen hatten sich einen Spalt in der Bretterwand gesucht und beobachteten atemlos, was da drinnen vor sich ging.

»Salman wird uns alle umbringen«, jammerte Mustafa entsetzt.

»Er wird uns umbringen«, kam das Echo von Memet.

Wer hatte es ihnen gesagt, und wie konnten sich so viele Kinder in so kurzer Zeit hier am Stall einfinden? Woher wußten sie überhaupt, wann Salman zum Fohlen ging?

Verstört und von Angst gepackt, schaute Mustafa mit großen Augen Memet an: »Memet, du?«

»Bei Gott, nein«, beteuerte Memet. »Außer mit dir habe ich doch mit niemandem gesprochen ...«

Salmans Bewegungen wurden langsamer, er streckte sich, schloß die Augen und zog sein Gemächt aus dem Fohlen. Es ragte noch steil nach oben. Mit blinzelnden Augen blickte er sich um, bückte sich plötzlich, zog die Pluderhosen hoch und knotete sie fest.

Irgend etwas mußte ihm verdächtig vorgekommen sein, denn er horchte mit gespitzten Ohren eine Weile mißtrauisch in die Runde. Währenddessen spreizte das Fohlen seine Beine, reckte seine Kruppe und pißte ausgiebig wie immer.

»Er hat Verdacht geschöpft«, flüsterte Memet, »machen wir uns davon!«

»Ja, wir hauen ab«, nickte Mustafa.

»Wir sind tot, wenn er uns sieht«, meinte Memet.

»Ja, dann sind wir verloren.«

»Und wenn er die Jungs hier entdeckt?«

»Die wird er gleich sehen«, sagte Mustafa.

Sie glitten aus ihrer Deckung, schlichen hinter der Senke entlang zum Hof Memets, hockten sich hinter die Hecke und horchten. Als es nach bangem Warten beim Stall ruhig blieb, atmeten sie erleichtert auf.

»Also hat er niemanden gesehen«, freute sich Memet.

»Er hat sie gesehen«, entgegnete Mustafa.

»Hätte er dann nicht getobt und gebrüllt und sie getötet?«

»Er hätte sie nicht getötet«, antwortete Mustafa.

»Warum nicht?«

»Weil er sich nichts anmerken läßt«, sagte Mustafa. »So ist er nun mal. Er wartet auf eine Gelegenheit, und wenn es soweit ist, tötet er alle Kinder im Dorf.«

»Das bringt er fertig«, nickte Memet.

»Laß uns nicht mehr zum Stall gehen, auch nicht in seine Nähe. Schwören wir, daß wir nicht einmal mehr hinschauen werden, denn es wird ein schlimmes Ende nehmen, ich spüre es«, sagte Mustafa. »Daß alle Kinder des Dorfes zugeschaut haben, wird Salman nicht schlucken.«

»Nein, das schluckt er nicht«, nickte Memet.

»Wenn er die Kinder, die ihn beobachtet haben, eines Tages zu fassen kriegt, möchte ich nicht in ihrer Haut stecken.«

»Er hat ein schönes Gewehr, und wie es funkelt!«

»Mein Vater hat es ihm gegeben.«

»Wer denn sonst! Salman soll ein früherer Sohn deines Vaters sein, von einer anderen Frau ... Als ihr von dort, von eurer Heimat gekommen seid, soll dein Vater Salmans Mutter unterwegs getötet und in einen Brunnen geworfen haben. Und danach hat er deine Mutter geheiratet.«

»Wer hat dir das erzählt?«

»Wer soll es mir denn erzählt haben. Es gibt doch keinen im Dorf, der es nicht weiß. Hast du nie davon gehört?«

»Nein, nie. Soweit ich weiß, hat mein Vater ihn unterwegs in einem Gebüsch gefunden. Und meine Mutter erzählt, daß meine Großmutter – ich hatte eine Großmutter, sie soll so gut gewesen sein – mit ihren Kräutern Salman das Leben gerettet hat, denn er lag im Sterben. Wenn meine Großmutter nicht gewesen wäre, hätten sie Salman im Gebüsch liegen lassen, und er wäre gestorben. Hätten sie ihn doch nur dort liegen lassen.«

»Hätten sie doch nur«, sagte Memet der Vogel und senkte den Kopf.

»Und jetzt wird dieser Mann eines Tages sein Gewehr nehmen und alle Kinder im Dorf töten.«

»So, wie er die Adler getötet hat.«

»Und dich wird er auch töten.«

»Uns alle ... Auch deinen Vater ...«

»Er tötet jeden«, meinte Mustafa, »einzig und allein meinen Vater nicht. Denn außer meinem Vater hat er ja niemanden auf dieser Welt ...«

»Und weil er sein Sohn ist«, fügte Memet der Vogel hinzu und sah dabei Mustafa in die Augen.

»Er ist nicht sein Sohn«, schrie Mustafa und sprang auf die Beine, »nein, ist er nicht!«

»So sagen sie im Dorf.«

»Sollen sie doch«, sagte Mustafa schroff. »So, wie das rotbraune Fohlen seine Frau ist, seine angetraute Frau, nicht wahr?«

»Ja, sein Weib«, bestätigte Memet. »Und was für ein Weib! Mein Vater hat gesagt, er sei dein leiblicher Bruder.«

Mustafa stutzte, seine Miene veränderte sich, er schürzte die Lippen, zog die Stirn in Falten, kniff die Augen zusammen und ergriff Memets Hand. »Memet!«

Memet sah ihm in die nachdenklich blickenden Augen. »Was ist?«

»Soll Salman wirklich mein Bruder sein?«

»So hat es mir mein Vater erzählt. Meinem Vater hat es dein Vater erzählt, und das ganze Dorf weiß es von deiner Mutter.«

»Nur ich weiß es nicht«, empörte sich Mustafa. Plötzlich strahlte er, schrie: »Hurrah« und schnellte aus dem Stand in die Höhe. »Hurraaah!« Er sprang im Kreis, lachte lauthals, rannte hin und her, machte einen Kopfstand und drehte sich vor Freude um sich selbst. Memet stand verdattert da und wartete darauf, daß dieser Wirbelsturm der Freude abflaute. Doch Mustafa war nicht zu halten, schüttete sich aus vor Lachen, tanzte, sang ein Lied nach dem andern, sogar auf kurdisch. Schließlich öffnete er die Arme, so weit er konnte, und schrie: »Wir sind ihm entwischt!«

Memet ging zu ihm, nahm ihn bei der Hand und sagte: »Nun sag schon, wem sind wir entwischt?«

»Dem Tod«, rief Mustafa. »Salman wird weder dich noch mich, noch meinen Vater töten.«

»Und warum sollte er nicht?«

»Weil Salman mein Bruder ist und mein Vater sein leiblicher Vater. Und du bist mein Freund. Tötet der Mensch denn seinen eigenen Bruder?«

Memet versank in tiefes Nachdenken. Er suchte nach einer Antwort auf die schwierige Frage, ob der Mensch auch seinen Bruder töten könnte.

»Was überlegst du? Tötet der Mensch denn seinen Bruder?«

Memet der Vogel hatte die Lippen zusammengekniffen und grübelte.

»Tötet der Mensch denn seinen Vater?«

Gedankenverloren spielte Memet der Vogel mit seinen Fingern, und seine Lippen bebten.

»Tötet der Mensch denn den Freund seines Bruders?«

»Er tötet ihn nicht«, schoß es jetzt aus Memet heraus, und er verfiel wie Mustafa in einen Freudentaumel. Mustafa vorweg, dicht gefolgt von Memet, rannten die beiden zurück ins Dorf. Auf dem Platz vor der Moschee verhielten sie, blickten prüfend um sich und fingen an zu tanzen. In einer unverständlichen Sprache, vielleicht erfunden, vielleicht kurdisch oder in Salmans fremd klingenden Worten, hatte Mustafa ein rhythmisches Lied angestimmt und drehte sich im Takt. Hingerissen von der Melodie, tanzte Memet in schnellen Drehungen um ihn herum. Sie wiegten sich in einem fremdartigen, uralten Reigen, den sie von niemandem gelernt hatten und der stark an die alten Tänze der Komödianten erinnerte. Wie aufeinander abgestimmt bewegten sie ihre Hände, ihre Beine und schwingenden Oberkörper. Vielleicht war es der Tanz des Adlers oder der nachgeahmte Aufstieg eines anderen mächtigen Vogels in den Himmel. Vielleicht hatten die Kinder diesen Tanz auch den Zigeunern abgeguckt, die ins Dorf kamen. Sie kamen mit den ersten Frühlingsboten und noch einmal im Herbst und schlugen unterhalb des Dorfes, von der Brücke bis zum Berghang, ihre Zelte auf. Sie schmiedeten Silberschmuck, Kohlebecken, Grillroste und Beile, die sie den Dörflern verkauften. Nach einem Monat verschwanden sie so lautlos, wie sie gekommen waren, und keiner im Dorf redete mehr über sie. Unter ihnen war ein sehr alter Zigeuner, nur Haut und Knochen, und der drehte sich in diesem Tanz von Haus zu Haus ... Dankbar nahm er an, was man ihm dafür gab, und vor jedem Haus tanzte er andere Figuren. Trat er auf, trug er ein lila gestreiftes Kleid aus roter Seide mit Fransen, die an seinen dunkelhäutigen, ausgemergelten, spindeldürren Beinen herunterhingen ... Mal begleitete er seinen Tanz mit der Flöte, ein andermal mit der Geige, oder er zupfte eine zweisaitige Cura. Auf dem Rücken trug er noch eine kleine Trommel, die er aber nur schlug, wenn er auf Plätzen und vor großem Publikum tanzte. Verzückt aus der Hocke aufspringend, flog er mit geschmeidigen Sprüngen, die man einem Mann seines Alters nie zugetraut hätte, im Rund, daß die Troddeln am Saum seines Kleides durcheinanderwirbelten, und streichelte dabei in beschwingtem Takt seine Trommel wie ein Verliebter so sanft. Die Adern seines faltigen, tiefdunklen Halses schwollen, an und seine weißen Locken troffen vor Schweiß ... Die Dörfler warfen Münzen, Glasperlen, Kupferstücke, unechten Schmuck oder was sie sonst noch entbehren konnten in seinen Fez. Oft zogen die Dorfkinder mit ihm von Haus zu Haus und eiferten ihm nach. Mag sein, daß Memet und Mustafa diesen Tanz von ihm gelernt hatten. Selbstvergessen hatten sie sich dem Rhythmus hingegeben, fanden kein Ende, und zu guter Letzt war auch Memet in dieses fremdsprachige Lied eingefallen. Frauen, Mädchen, Kinder und junge Männer waren gekommen und schauten staunend ihrem übermütigen Treiben zu. Ihre Bewegungen wurden langsamer, ihr Gesang eintöniger, doch plötzlich brach es wie ein Sturmwind wieder aus ihnen hervor. Die beiden nahmen weder die Dörfler in den Gassen wahr, noch die Menschenmenge, die sich auf den Dorfplatz drängte. Im Rhythmus ihres Liedes tanzten sie mit bemessenen Schritten um sich herum, zeichneten in schönster, natürlicher Harmonie ihre Figuren. Wie aufeinander eingespielt, standen die Jungen sich plötzlich Aug in Aug gegenüber, sahen sich an, und während der Schweiß sogar von ihren Haarspitzen tropfte, begannen sie sich vor Lachen wieder auszuschütten. Die Umstehenden beobachteten verblüfft die beiden Kinder, die sich da gegenüberstanden und sich vor Lachen nicht halten konnten, doch dann fingen auch sie, wie angesteckt von den beiden, einer nach dem andern grundlos an zu lachen. Als habe ein Lachanfall das ganze Dorf heimgesucht. Wer auf den Platz kam, wunderte sich erst einmal, und dann begann er mit den beiden Kindern, die sich da gegenüberstanden und sich prustend die Seiten hielten, mitzulachen.

Memet der Vogel gewahrte sie zuerst. »Schau, Mustafa«, sagte er, »sieh dir das an!« Mustafa blickte um sich. »Komm!« rief er, als er die Menge auf dem Platz singen und tanzen sah, und rannte hinauf zum Schmalen Paß. Und Memet hinter ihm her. Als sie schon oben in den Felsen waren und zurückschauten, sahen sie, wie die Dörfler da unten noch immer lachend und singend tanzten; Frauen, Männer, Kind und Kegel.

»Was ist los?« fragte Mustafa mit großen Augen, als habe er geträumt.

»Ja, was ist los?« fragte auch Memet.

»Wir sind gerettet!« schrien beide auf einmal.

»Salman wird dich nicht töten«, rief Mustafa.

»Dich auch nicht«, entgegnete Memet.

»Meinen Vater auch nicht, denn er ist auch sein Vater!«

Sie schauten sich an und liefen den Felshang wieder hinunter. Talip war der erste, der ihnen im Dorf begegnete und den sie sofort festhielten. Talip erschrak bei ihrem Anblick, zitternd versuchte er wegzulaufen, doch Memet ließ ihn nicht los.

»Ich hab doch nichts getan ...«

»Doch, du hast«, sagte Mustafa und gab ihm einen Tritt.

»Du hast«, wiederholte Memet und ging ihn so hart an, daß er auf die Steine stürzte.

»Was hab ich denn getan«, schrie der Kleine, so laut er konnte.

»Warum hast du unsern Salman Aga beobachtet, als er mit dem rotbraunen Fohlen das da machte?« rief Memet, während er ihm wieder einige Tritte versetzte.

»Haben doch alle«, wimmerte der Kleine, »alle. War ich denn der einzige?«

»Wir werden ja auch alle töten«, antwortete Memet.

Nachdem sie Talip verhauen hatten, ließen sie ihn stehen, rannten jetzt wild vor Wut ins Dorf, entdeckten Battal und stürzten sich auf ihn. Als nächster lief ihnen Nuri, der drei Wespen an Fäden gefesselt hatte, über den Weg. »Schaut her, was ich habe«, rief er, als er sie sah. Nachdem sie ihm die Wespen aus der Hand genommen und samt den Fäden hatten fliegen lassen, begannen sie, auch auf ihn einzuschlagen. Danach gerieten sie sich mit Poyraz, mit Ali dem Barden, mit Yusuf der Raupe und noch vielen anderen in die Haare ... Ganz plötzlich hatten sich die Kinder des Dorfes in zwei Lager gespalten, die sich zum Dorf hinausprügelten, vorbei an Gökburun bis hinunter an den Fluß, wo sie sich mit wütenden Steinwürfen eindeckten. Nachdem die Steinschlacht beendet war, gingen sie mit Händen und Zähnen erneut aufeinander los, hieben unerbittlich, wohin sie konnten. Waren sie erschöpft, ließen sie voneinander ab, hockten sich auf die alten Mühlsteine bei den Felsen, liefen dann zum Fluß hinunter, wuschen sich das Blut aus dem Gesicht und prügelten sich weiter. Dieses Hin und Her dauerte bis zum Nachmittag, bis Halil der Gefreite, der dort vorbeifuhr, sein Pferdegespann zügelte, eine Weile dem Treiben zuschaute und dann mit der Peitsche in der Hand vom Wagen sprang, mitten zwischen die Kämpfenden, die bei seinem Anblick noch wilder wurden. Und dann ließ Halil der Gefreite seine Peitsche, ohne Rücksicht auf die Ebenbilder Gottes, auf deren Köpfe, Rücken und Beine niedersausen. Wie Schlangen zischten die Riemen, bevor sie auf die kämpfenden Kinder klatschten. Bald schon stoben sie vor Schmerzen auseinander und flüchteten zum Fluß hinunter. Als erstes waren Mustafa und Memet am Wasser, sie wuschen sich die Gesichter und hockten sich bei den Tamarisken auf die Kiesel. Ihnen folgten ihre Mitstreiter, die sich wie aufgefädelt neben sie setzten. Keiner sprach ein Wort, alle starrten ins Wasser. Nach ihnen kamen die anderen, mit Veli an der Spitze, und setzten sich in Sichtweite bei einem nahen Strauch Tamarisken in Reihe hin. Auch sie sprachen nicht. So saßen sie sich, zu Stein erstarrt, eine Weile gegenüber. Nur das Plätschern der Wellen unterbrach die Stille. Weiter unten tanzte ein Schwarm weißer Schmetterlinge über einem Strudel, der sich vor der kleinen Wassersperre gebildet hatte. Vom Bauernhof auf einem gegenüberliegenden Hügel hallte das dumpfe Ächzen eines schwerbeladenen Karrens herüber. Die Kinder schauten sich nicht an, schienen auf irgend etwas zu warten. Einige Eisvögel schwirrten über sie hinweg, zeichneten eine blaue Leuchtspur in die Luft. Außer Mustafa waren sie niemandem aufgefallen. Die Sonne senkte sich langsam flußabwärts, tauchte den Wasserspiegel in silbriges Licht. Die Schatten streckten sich lang.

Plötzlich vernahmen die Kinder Mustafas Stimme: »Schlagen wir uns nicht länger. Wir sind geschlaucht.«

»Ja, geschlaucht«, wiederholte lächelnd Veli. »Mann, haben wir uns schön gekloppt!«

»So haben wir uns noch nie geprügelt«, sagte Memet.

Kurz darauf hockten beide Parteien in Eintracht beisammen, und niemand sprach mehr von der Schlägerei. Als seien sie nicht dieselben, die sich kurz vorher die Köpfe einschlagen wollten.

»Wir sind gerettet«, sagte Mustafa.

»Salman wird uns nicht mehr töten«, ergänzte Memet.

»Ist das wahr?« fragte Veli mit leuchtenden Augen.

»Salman ist Mustafas leiblicher Bruder, nicht wahr, Mustafa?«

»Mein leiblicher Bruder«, antwortete Mustafa mit einem Anflug von Stolz.

»Mustafas Familie hat ihn nicht im Wald gefunden. Vor Mustafas Mutter hatte Ismail Aga noch eine andere Frau. Die hat Salman geboren. Und Mustafas Vater hat Salmans Mutter getötet, nicht wahr, Mustafa?«

»Er hat sie getötet«, seufzte Mustafa. »Und weil mein Vater seine Mutter getötet hat, ist Salman so böse geworden. Deswegen ist er auf jeden wütend, will er jeden töten. Der arme Salman. Warum sollte er sonst mich, sollte er uns alle töten wollen?«

»Wir sind gerettet«, warf Memet ein. »Salman wird Mustafa nicht mehr töten.«

»Der tötet ihn«, widersprach Veli und stand auf. »Habt ihr denn nicht gesehen, was er heute dem Fohlen getan hat?«

»Er wird mich nicht töten«, fuhr Mustafa auf und ballte wieder die Fäuste. »Und welcher erwachsene Mann in unserem Dorf macht mit seinen Stuten nicht dasselbe wie er?«

»Ich habe auch Velis Vater beobachtet«, ereiferte sich Nuri. »Am Strand hat er seine Stute mit ihrer Kruppe an die Böschung gezogen und sein Ding herausgeholt ... Und wie ein Hengst beschält. Genau wie Salman. Und Velis Vater ist außerdem noch Imam. Er murmelte ein Gebet, als er die Stute bestieg ... Ich lag ein bißchen weiter weg in den Fenchelstauden und schaute zu.«

Veli lachte lauthals. »Ich hab's auch gesehen. Als mein Vater die Stute beschälte, lag ich im nächsten Busch. Ich hab's meiner Mutter erzählt, und sie hat gerufen, sei still, um Gottes willen, und sag es bloß niemandem weiter. Was soll dein armer Vater denn anderes tun als die Stute besteigen, ich bin ja krank!«

»Jedermanns Vater besteigt Stuten, mein Vater sagt, es gäbe keinen Mann, der es nicht macht, aber sie tun's heimlich«, sagte Nuri.

»Sie machen es überhaupt nicht heimlich«, widersprach Talip.

»Er wird ihn nicht töten«, brüllte Memet plötzlich. »Warum sollte er ihn töten? Tötet der Mensch denn seinen Vater?«

»Er tötet ihn nicht«, erklärte Veli.

»Ismail Aga ist Salmans Vater. Warum sollte Salman seinen eigenen Vater töten?«

Es wurde still. Die Kinder hatten das Kinn in die Hände gestützt und überlegten.

»Der Mensch tötet seinen Vater nicht«, schrien plötzlich einige zugleich.

»Und Salman ist Mustafas leiblicher Bruder, tötet der Mensch denn seinen eigenen Bruder?«

»Salman wird Mustafa töten«, sagte Nuri. »Ich hab's gesehen.«

»Mensch, was kannst du schon sehen, du Einfaltspinsel?«

»Ich habe Salmans Mörderaugen gesehen, als er Mustafa sah. Er schaute ihn an wie der Tod ... Er wird ihn töten.«

Schreiend stürzte sich Mustafa pfeilschnell auf Nuri, und wenn Yusuf die Raupe, Memet und noch einige kräftige Jungen nicht sofort dazwischengegangen wären, hätte er ihn erwürgt.

»Er wird mich nicht töten, er wird mich nicht töten«, schrie Mustafa. Er zitterte, schlug wie von Sinnen um sich, doch die Kinder ließen ihn nicht los. »Er wird mich nicht töten!«

»Halt ein, Mustafa, halt ein! Er wird dich nicht töten«, bekräftigte Veli.

»Er wird dich nicht töten, warum sollte er«, rief Poyraz.

»Tötet ein Mensch denn seinen kleinen Bruder?« sagte Talip, und auch Nuri lenkte ein: »Ich hab nur Spaß gemacht, Mustafa, tötet ein Mensch denn jemals seinen kleinen Bruder?«

»Nuri hat nur Spaß gemacht«, sagte auch Memet.

So redeten die Kinder auf ihn ein, und während sie redeten, beruhigte sich Mustafa nach und nach.

Schließlich drückten sie ihn langsam in die Hocke und setzten ihn auf die Steine.

»Mich wird Salman auch nicht töten. Und wenn ihr fragt, warum, nun, weil ich Mustafas Freund bin. Tötet ein Mensch denn den Nachbarn, den Freund, den Blutsbruder seines Bruders? Wißt ihr, Mustafa und ich sind Blutsbrüder geworden. Tötet ein Mensch denn den Blutsbruder seines leiblichen Bruders?«

»Er tötet ihn nicht«, riefen fröhlich alle auf einmal.

Und leise murmelte auch Mustafa: »Er tötet ihn nicht.«

Dann schwiegen alle, zeichneten Striche und Figuren in den

Sand und dachten nach. So hockten sie da, bis der Tag sich neigte, ohne auch nur einmal Blicke zu wechseln. Als hätten sie Angst davor, miteinander zu reden, aufzustehen oder sich nur zu bewegen.

Ein Schwarm Vögel schwirrte laut zwitschernd über sie hinweg und schreckte sie aus ihren Gedanken. Ein rotgeflügelter, kleiner Adler war in den Pulk geflogen und jagte ihn in alle Richtungen. Völlig aufgelöst schoß der Vogelschwarm zwischen den Felsen und dem Flußufer hin und her. Die Flucht der Vögel vor dem jagenden Adler dauerte an, die Kinder sprangen auf, den Kampf zu beobachten, der da über ihren Köpfen ausgetragen wurde, und sie fragten sich voller Neugier, ob es dem rotgeflügelten Greif wohl gelingen würde, einen Vogel zu erbeuten. Anstatt auseinanderzustieben, rückten die Vögel zusammen, wenn der Adler sie angriff, verdichteten sich, je öfter der Raubvogel zustieß, nach und nach zu einer schwarzen Kugel, die, in Pappelhöhe über dem Wasser hin- und her- und auf- und abkreiselnd, zu entkommen versuchte. Schließlich erhob sich ein tausendfaches Gezwitscher, als sich der rote Adler mit einem aufgespießten Vogel in den Fängen zu den Bergzinnen hochschraubte. Wie auseinandergesprengt zerstreute sich der Schwarm im selben Augenblick, und jeder Vogel suchte in einer der vier Himmelsrichtungen das Weite.

»Es wird dunkel«, sagte Veli.

»Laßt uns gehen!« schlug Memet vor.

Mustafa stand etwas abseits im Gras zwischen den Kieseln und blickte noch immer hinter dem Adler her, der hinter der schroffen Felswand des violett schimmernden, kahlen Berges verschwunden war.

Memet ging zu ihm und berührte seinen Arm. »Gehen wir!« sagte er.

Mustafa drehte sich um, sah einem nach dem andern in die Augen, verzog verbittert das Gesicht und seufzte: »Er wird uns töten.«

»Er wird uns töten«, wiederholte Memet, ohne seinem Blick auszuweichen.

»Er wird uns töten«, echote Veli.

Nuri klatschte in die Hände, umkreiste die Jungen, murmelte etwas, das niemand verstand, blieb vor Mustafa stehen und sagte: »Er wird uns töten.«

»Es wird dunkel«, rief Veli und rannte dem Dorf zu. Bald schon hatten Mustafa und Memet ihn eingeholt und hinter sich gelassen.

7

»Wer in die Çukurova geht, kehrt nie wieder«, sagte die alte Anşaca. »Geh nicht, mein Kleiner!« flehte sie ihren Enkel Halil an. »Sterben wir denn hier vor Hunger? Gott sorgt schon dafür, daß wir immer etwas zu beißen haben.«

Halil stand unter der Platane neben der Tränke, von der niemand mehr wußte, wann sie in einen Baumstamm gehöhlt und hier aufgestellt worden war, und lächelte.

»Dein Großvater ist in die Çukurova gezogen und nicht zurückgekommen. Er blieb verschollen, und niemand weiß, wo er begraben liegt. Auch dein Vater ging und kam nicht wieder. Ihn hat das giftige Sumpffieber dahingerafft. Und deine Onkel kamen verkrüppelt aus den Reisfeldern zurück, Arme und Beine von Sense und Pflugschar verstümmelt. Wer nach dem Jemen in den Krieg zieht oder in die Çukurova auf die Felder, der kehrt niemals wieder. Geh nicht, mein Kleiner. Außer dir haben wir doch niemanden mehr.«

Eingerahmt vom ausgebreiteten Saum ihres blauen Umhangs, hockte Anşaca mit gekreuzten Beinen am Boden und schlug mit ihren flachen Händen die Erde. »Wer diese Çukurova erfunden hat, soll das Paradies nicht erleben!« stieß sie aus. »Wer weiß, nach wieviel Jahren du erst heimkehrst, wenn überhaupt ...«

»Ich werde wiederkommen«, sagte Halil überzeugt. »Es wird keine drei Jahre dauern, dann bin ich wieder da. Mit genügend Geld für zwei Ochsen, eine Hochzeit, einen Pflug, eine Kuh und ein Pferd. Sei unbesorgt, Großmütterchen, liebes ...«

»Dein liebes Großmütterchen soll anstelle deiner Opfer sein!« rief Anşaca und schlug die Erde immer wieder. »Bestimmt wirst du zurückkommen, so Gott will, doch werde ich dann noch da sein? Das meiste hab ich hinter mir, nur kurze Zeit verbleibt mir noch, steh ich mit einem Fuß etwa nicht in der Grube?«

»Ich werde zurückkommen, und ich werde dich hier vorfinden,

Großmutter«, antwortete Halil bestimmt. »Du nimmst es doch mit einer Zwanzigjährigen noch tausendmal auf ...«

Und Halil lächelte seiner Großmutter, die nur noch Haut und Knochen war, liebevoll zu. Seine Mutter Döndülü stand in der Tür und starrte auf den von Halil kunstvoll geschnitzten Spinnrocken, mit dem sie aus einem Wollbündel gezogene Fasern zu Fäden drehte. Sie wirbelte die Handspindel in nervöser Hast und überlegte. Als sie aufblickte, unterhielten sich ihre Mutter und ihr Sohn noch immer. Sie hielt die Spindel an und nahm sie in die rechte Hand.

»Du wirst uns verlassen, mein Sohn«, sagte die lebenserfahrene Frau. »Auch wenn noch niemand zurückgekommen wäre, wirst du uns verlassen, sogar wenn du wüßtest, daß es für dich keine Heimkehr gäbe ... Es ist das Schicksal, das die Vorsehung uns Bergbewohnern ins Buch geschrieben hat. Wenn es auch heißt, daß keiner zurückkehrt, hast du je erlebt, daß ein Mann nicht in den Jemen, ein Bursche nicht in die Çukurova gezogen ist? Geh also leichten Herzens, mein Junge, und kehre mit lachendem Gesicht wieder heim!«

»Und wann wird er heimkehren, wenn er heimkehrt?«

»Er wird heimkehren!« antwortete Döndülü.

»Wenn er mich nur noch hier vorfindet!«

»Er wird«, sagte Döndülü.

Halil hatte sich an den Stamm der Platane gelehnt und lächelte. Morgen früh würden sie zu elft das Dorf verlassen. Elf junge Männer, die ihre Väter verloren hatten; neun waren im Jemen gefallen, die Väter der andern, unter ihnen Halils Vater, waren aus der Çukurova nicht zurückgekehrt. Seit einer Woche schon bereiteten sich die jungen Männer auf die Reise vor, und kam der Tag des Abschieds heran, verschoben sie ihn auf den nächsten. Die weite, heiße, höllische Ebene da unten machte ihnen angst, obwohl keiner von ihnen sie je gesehen hatte. Sie kannten sie vom Hörensagen, die Çukurova mit ihren Mücken, den giftigen Wassern, der brennenden Hitze, den grausamen Agas und Beys, dem Sumpffieber, dem Siechtum, dem Tod. Doch sie würden gehen, komme, was da wolle. Denn wer zurückkam, der hatte das Geld für ein Ochsengespann, einen Motorpflug oder eine Pflugschar, für eine Kuh und ein paar Ziegen in der Tasche. Gar mancher hatte sogar das Brautgeld und das Geld für die Hochzeit verdient. Und für ihre Angehörigen brachten sie Zeug und Kleider mit. Es gab in den Bergen auch junge Männer, die die Reise nicht wagten; die meisten mußten sich dann ein Leben lang in tiefster Armut quälen. Ein Mann, der nicht in der Çukurova gewesen war, zählte in den Bergen nicht, man gab ihm nicht einmal ein Mädchen zur Braut.

Seit etwa einem Jahr, und je näher die Reise rückte, desto öfter, hatte sich Halil in Gedanken immer wieder die Çukurova ausgemalt, diese schreckliche, unendliche Ebene mit ihren Stechmücken, die wie reißende Wölfe Menschen zerfetzten, ihren blutwarmen, nur abgekocht genießbaren Gewässern, ihren wie Nägel in die Köpfe der Menschen eindringenden glutheißen Sonnenstrahlen, ihren siebenarmigen, hinter Wolken lauernden Drachen, ihren Feldern, auf denen bis zum Umfallen geschuftet wird, wo niemand dem andern auch nur einen Löffel Wasser gibt, wo der Mensch des Menschen Feind ist, wo die Erde sich vor Hitze endlos spaltet und im Winter in einem von Wildwassern gespeisten Meer versinkt. Dort wurden der Tagelöhner und der Bergbauer von jedem erniedrigt, waren sie keine Menschen mehr, sondern nichts als niedere Wesen, die Tag und Nacht zu arbeiten hatten und mit denen keiner redete. Ein Tagelöhner aus den Bergen könnte mit dem Mund Vögel fangen, er bliebe unbeachtet. Und wenn er starb, wurde seine Leiche ohne Beisein eines Imams wie ein Hundekadaver in irgendeinen Graben geworfen …

Wenn Halil an die Çukurova dachte, hatte er das Gefühl, er stürze sich in den weit aufgerissenen Rachen eines lauernden, zähnefletschenden Ungeheuers. Es war das Land, dessen Flußbette und Wassergräben in den Reisfeldern mit den Gebeinen von Bergbauern angefüllt waren, wo sich streunende Hunde um blutige Körperteile von Tagelöhnern balgten, wo, ausgedörrt von der brennenden Sonne, kranke, von allen verlassene Bergbauern mit heraushängender Zunge in Ställen, auf Äckern, im Schlamm, auf Stroh, Dung und nackter, rissiger Erde wimmernd starben.

Und die aus der Çukurova zurückkamen, hatten nur noch wenig von einem gesunden Menschen. Viele waren verkrüppelt, viele schwindsüchtig, und viele trugen für ihr Leben lang das quälende Sumpffieber in sich ... Zitternde Hände, spindeldürr geschrumpfte Hälse, unverständliches Gestotter ... Von dieser giftigen Erde kehrte nur einer von tausend gesund zurück. Und auch der krümmte sich in Todesangst.

Doch es war zum Brauch geworden, es mußte sein, und so zog das Bergvolk in die Çukurova, um auf dieser giftigen Erde in Tagelohn Baumwolle zu pflücken, Reis zu pflanzen und Getreide zu mähen. Wie hinkommen, war die Frage, nicht, wie zurückkehren ...

Wie konnte Halil da im Abseits stehen? Er irrte durchs Dorf, suchte nach einer Antwort, sogar in den Augen der Dorfhunde. Und außer seiner Großmutter riet ihm niemand ab, fortzugehen. Alle schienen zu Stein erstarrt. Was das Zeug hielt, fluchte er über das Dorf, über dieses Leben samt Ipekçe, sogar samt seiner Mutter. Wohl seit sechs Monaten hatte er jedem, der ihm über den Weg lief, zugerufen: »Die Çukurova ist mörderisch!« und als Antwort nichts anderes erhalten als: »Ja, ja, sie ist mörderisch, diese Çukurova.«

»In einigen Monaten machen wir uns auf in die Çukurova, elf Mann.«

Er hatte ihnen in die Augen gesehen und nach besorgter Anteilnahme gesucht. Doch nichts von alledem. »Gute Reise!« – mehr hatten sie nicht gesagt.

»Kann sein, daß manch einer nicht wiederkehrt ... Der Tod ...«

»Der Tod ereilt uns überall.«

So blieb für Halil die Çukurova ein dunkler, bodenloser Abgrund, der ihm lähmende Angst einjagte. Nächste Woche endgültig, da machen wir uns auf den Weg, sagte er jedesmal, wenn sich die Freunde trafen, und die andern bejubelten seinen Entschluß.

»Aber diesmal ist es endgültig, und daß mir jeder reisefertig zum Treffen kommt!«

Sie packten ihre Siebensachen, warfen die Bündel über die Schulter und trafen sich unten am Weg, der in die Schlucht führt, setzten sich dort auf die Wurzeln der Platane nahe der weiß schäumenden Quelle, senkten in Gedanken versunken die Köpfe, verzogen plötzlich ihre Mienen und redeten so laut durcheinander, daß keiner auch nur ein Wort verstand, sprangen anschließend auf, eilten im Laufschritt zurück in ihre Häuser, warfen dort ihr Bündel in eine Ecke, sagten zu ihren Angehörigen nur: »Nächste Woche!« und hüllten sich in Schweigen. Die Dörfler fanden es belustigend, denn alle jungen Burschen, die zum ersten Mal in die Çukurova wollten, hatten dieselben Hemmungen, wanderten tagelang bedrückt und voller Angst durchs Dorf, bis sie schließlich eines Tages auf und davon waren.

Diese Nacht wollte Halil sich mit Ipekçe treffen, und er hatte jetzt schon Herzklopfen. Als er nach Hause kam und sein Bündel neben dem Mittelpfosten auf den Boden warf, rief er fröhlich: »Nächste Woche, Freitag; Freitag, ein gesegneter Tag!«

Mutter und Großmutter freuten sich, weil er wieder zurückgekommen war. Er selbst war auch froh, ließ es sich jedoch nicht anmerken.

»Ich wußte, daß du wiederkommst«, jauchzte Anşaca und fiel ihrem Enkel um den Hals, »ich wußte, daß du nicht in die Çukurova, in dieses Land des Todes, der Grausamkeit und des Unheils, ziehen würdest.«

Obwohl Halil die Freude der Frauen teilte, machte er sich mit gleichgültiger Miene auf den Weg zu Ipekçe und begann vor ihrem Haus auf und ab zu schlendern. Ipekçe wußte sofort, worum es ging, kam kurz darauf in ihrem schönsten Kleid in den Hof, schaute zu den Bergen hinauf und lächelte, als Halil wieder am Tor vorbeiging. Sie würden sich heute nacht wie immer im Hain am Hang treffen, wo die mächtigen Zedern in den Himmel ragten.

Ein leichter, lauer Regen nieselte, und der Hain roch angenehm nach feuchtem Grün, nach Harz und morschem Holz. Es war so dunkel, daß man die Hand nicht vor den Augen sehen konnte. Halil stieß seinen Pfiff aus, und Ipekçe hüstelte ganz in seiner Nähe. Sie umarmten und küßten sich wohl zum ersten Mal, lehnten sich dann mit den Rücken an einen der riesigen Zedernstämme und nahmen sich bei den Händen. Regenwasser tropfte von den Zederzweigen auf sie herab, einige Glühwürmchen blitzten wie rote Funken im tiefen Dunkel auf und verlöschten.

»Ich werde auf dich warten«, sagte Ipekçe, »und sei es bis zum Tode. Gott beschütze dich auf deinem Weg, komm ja gesund zurück!«

»Ich werde zwei Ochsen kaufen.«

»Ich warte auf dich, zehn Jahre, fünfzehn … ich werde warten …«

»Ich werde hart arbeiten«, sagte Halil. »Keine zwei Jahre, und ich bin wieder da.«

»Es regnet«, sagte Ipekçe.

»Das Jahr wird gut«, meinte Halil. »Und für Großmutter kaufe ich eine gefütterte Jacke; sie friert immer, die Arme.«

»Es regnet ganz schön. Hoffentlich auch in der Çukurova, dann gibt es dort eine reiche Ernte«, sagte Ipekçe.

»Hoffentlich hält dein Vater Wort und erhöht das Brautgeld nicht, wenn ich mehr Geld verdiene«, murmelte Halil.

»Und du wirst immer, bis an mein Lebensende, bei mir bleiben, und du sollst nie an meiner Treue zweifeln«, seufzte Ipekçe.

»Wenn ich zurückkomme, werde ich unterhalb der Schlucht Land roden und ein Feld anlegen … Du kannst mir beim Roden helfen. Wir können uns auch zehn kräftige Burschen zu Hilfe holen …«

»Das machen wir«, nickte Ipekçe.

So unterhielten sie sich bis Mitternacht. Aus der Tiefe des Hains drang das Gurren einer aufgeschreckten Turteltaube an ihre Ohren, vermischte sich mit dem Plätschern eines anschwellenden Gewässers. Immer mehr Glühwürmchen blitzten feuerrot durch das regenverhangene Dunkel. Ipekçe verströmte wohlige Wärme. Hand in Hand gingen sie ins Dorf, wo kein Licht mehr brannte. Nur aus Ipekçes Fenster schimmerte noch der schwache Schein einer Lampe …

»Bis morgen!« sagte Halil.

»Bis morgen!« antwortete Ipekçe.

Nachdem Halil und seine Freunde tagelang durchs Dorf gewandert waren, sich nächtelang mit Alpträumen in ihren Betten gewälzt und von der Çukurova gefaselt hatten, trafen sie sich am Ende wieder unter der Platane, hockten sich auf die Steine und grübelten, ein jeder für sich, vor sich hin. Sie sprachen nicht miteinander, und ihre Mienen waren eisig. Es schien, als seien sie noch nicht ausgeschlafen.

»Sind alle da?« fragte Halil brüsk, ohne aufzuschauen.

Wie aus dem Halbschlaf aufgeschreckt, blickten die andern hoch, und jemand antwortete leise: »Es sind alle da.«

»Dann los, machen wir uns auf den Weg!« rief Halil, stand auf und ging den Hang hinunter. Auch die andern erhoben sich, schulterten ihre Bündel und folgten ihm.

Halil vorweg, die andern in Reihe hinter ihm, schritten sie immer schneller aus und erreichten gegen Abend den großen Nußbaum. Gewöhnlich waren es drei Tagemärsche bis hierher, aber sie waren so schnell gegangen, daß man meinen konnte, ihnen sei ein Ungeheuer auf den Fersen gewesen. Weder Halil noch die andern hatten während ihres Eilmarsches auch nur einmal zum Dorf zurückgeblickt. Und Halil hatte immer noch die Rufe seiner Großmutter Anşaca im Ohr: »Halil, Halil, wohin gehst du, Halil, und läßt mich in meinen alten Tagen allein im Dorf zurück?« Die Stimme verfolgte ihn den ganzen Weg entlang, sie gellte in seinen Ohren und hallte von den Felsen wider. »Halil, Halil, was soll ich in diesem verlassenen Dorf ohne dich nur anfangen, Halil, Haliiil …«

Auch Ipekçe erschien vor seinem geistigen Auge, sie kommt in dunkler Regennacht aus einem von flimmernden Glühwürmchen wimmelnden Gebüsch, bleibt lachend und vor Glühwürmchen schimmernd vor ihm stehen, und auch sie ruft: »Halil, Halil, warum gehst du in die Çukurova? Und wenn du mich nach deiner Rückkehr nicht mehr vorfindest, Halil, was dann, Halil, Haliiil?«

Links und rechts hallt es von den Felswänden, und Ipekçe

kommt durch die Nacht hinter ihnen hergeflogen, streut Glühwürmchen überallhin in das Dunkel. »Halil, Halil, Haliiil ... Der Regen fällt, Halil ...«

Und eines regnerischen Tages standen sie bei Morgengrauen auf einer Anhöhe und schauten auf die in Regendunst getauchte Çukurova hinunter.

Unter einer Mastix-Pistazie warteten sie das Ende des Regens ab. Als er sich gelegt hatte, taten sie den Rest ihres Proviants zusammen und aßen ihn auf bis zum letzten Krümel. Nach und nach schälte sich unter ihnen die Ebene aus dem Dunst. Als die Sonne hervorbrach, funkelten die Flüsse auf, die sich in tausend Windungen durchs Land schlängelten. Rauchfahnen stiegen kräuselnd aus den Dörfern empor. Die Wolken verteilten sich, verschwanden eilig hinter den Zinnen im Rund und gaben einen glasklaren, fleckenlos blauen Himmel frei. Wie eine blaue Riesenschüssel, über der weißer Rauch aufstieg und auf der Wasserläufe zu schweben und Dörfer sich sanft zu wiegen schienen, breitete sich die Çukurova unter ihnen aus. Die Angst der jungen Männer unterm Mastixbaum verflog, verhaltene Freude erfaßte sie, und während sie immer wieder auf die Ebene hinunterschauten, lächelten sie sich verstohlen an.

»Da ist sie, die Çukurova«, sagte Halil.

»Woher weißt du ...?«

»Nun, welche Ebene ist so groß wie die Çukurova?«

»In ganz Anatolien sehr viele.«

»Aber diese ist tiefblau«, entgegnete Halil. »Die anderen Ebenen sind nun mal nicht blau. Und hinter der Quellwolke, die da aufsteigt, seht ihr das Mittelmeer. Deswegen ist die Çukurova so blau. Das Meer gibt der Erde seine Farbe.«

»Hast du das Meer denn schon einmal gesehen?«

»Ich habe es nicht gesehen, aber Ibrahim der Gefreite hat es mir beschrieben. Er hat sieben Jahre lang am Meer gegen die aufsässigen Araber gekämpft. Er hat es mir gesagt, das Meer ist das Himmelszelt auf Erden.«

»Dann fragen wir doch erst einmal den Wanderer dort auf dem Weg in die Berge.«

»Fragen wir ihn!«

»He, Wanderer!«

Der Wanderer blieb stehen.

»Ist die Gegend da unten die Çukurova?«

»Macht euch um Gottes willen nicht lustig über mich«, lachte der Wanderer. »Ich bin seit drei Tagen unterwegs und schwitze mir sowieso schon die Seele aus dem Leib!«

»Niemand macht sich über dich lustig«, sagte Halil, »wir haben nur gefragt, ob die Gegend da unten die Çukurova ist.«

»Was soll es denn sonst sein?« antwortete der Wanderer. »Kann es da unten denn etwas anderes geben als die Çukurova?«

»Nein, das kann es nicht«, nickte Halil.

Gebeugt unter dem großen Bündel, das er auf den Schultern trug, setzte der Wanderer seinen Weg fort.

»Los, suchen wir erst einmal Kösereli und dann den Hof von Duran Aga!«

Sie erhoben sich, waren plötzlich ausgeruht und voller Tatendrang. Singend und lachend, erreichten sie noch vor Mittag die Ebene. Die erste Nacht verbrachten sie auf einem Stapel Maisblätter unter einem Laubdach in einem Dorf, von dem sie nicht einmal den Namen kannten. Die Dörfler hatten ihnen warme Suppe, fetten Grützpilaw, frische, grüne Zwiebeln und mit Wasser verdünnten Yoghurt gegeben. So gut hatte noch keiner von ihnen gegessen. Sie schliefen traumlos, und als sie morgens erwachten, stellten sie verwundert fest, daß sie nicht einen Mückenstich hatten. Schlaftrunken sahen sie sich an: »Keine Mücken!«

»Vielleicht sind sie noch nicht geschlüpft«, meinte Halil.

Sie liefen vom Laubdach zur Wasserpumpe hinunter, die neben einem Maulbeerbaum stand. Die mit Stroh und Dung vermischte nasse Erde neben der Pumpe war von den Hufen der Esel, Pferde und Rinder zu zähem Schlamm getreten worden. Eine Pappelreihe erstreckte sich bis zum Dorfrand, die silbrigen Blätter bewegten sich zitternd in der leichten Morgenbrise. Die Jungen wuschen mit dem gepumpten Wasser ihre Gesichter und trockneten sich mit den Taschentüchern ab, die ihnen ihre Mütter, Schwestern und versprochenen Bräute bestickt und geschenkt hatten. Währenddessen versammelten sich die Dörfler unter einer nahen Platane. Frisch gewaschen blickten die Jungen sich um. Es war wärmer geworden. Die Sonnenstrahlen fielen auf die Reetdächer der hitzegebleichten Häuser aus lehmverschmiertem Röhricht. Mit Knäueln von Küken im Gefolge spazierten Glucken in den Höfen, ein Bächlein floß trüb und träge mitten durchs Dorf. Nicht weit entfernt waren die Felswände des Anavarza-Felsens zu sehen, und hoch über ihm standen wie dunkle Flecken Adler am Himmel, hatten die Brust in den Wind gereckt und bewegten sich nicht von der Stelle. Die Hunde in den Gassen hatten die Schwänze zwischen die Beine gesteckt und ließen schon vor der Mittagshitze hechelnd ihre Zungen heraushängen.

Ein älterer Dörfler trat aus dem Schatten der Platane heraus, ging einige Schritte auf die Jungen zu und rief: »He, ihr Bergburschen, kommt mal her!«

Die Jungen gingen zu ihm.

»Seid ihr gekommen, um zu arbeiten?«

»Wir sind zum Arbeiten hergekommen«, antwortete Halil.

»Könnt ihr mähen?«

»Können wir«, sagte Halil.

»Was verlangt ihr als Tagelohn?«

»Da kennt ihr euch besser aus«, lachte Halil.

»Stimmt«, nickten die Dörfler. »Da kennen wir uns seit jeher besser aus.«

»Ihr gebt uns, was in diesem Jahr üblich ist. Schließlich werdet ihr uns ja nicht betrügen …«

»Nein, Gott strafe uns, wenn wir die Regeln nicht achten!«

»Ihr werdet mit meinem Feld anfangen«, sagte der Alte, der sie zuerst angesprochen hatte. »Das Korn steht, Gott sei Dank, sehr gut dies Jahr, die Halme können die Ähren nicht tragen. Es ist auch schnell gereift. In zwei Tagen können wir mit der Mahd beginnen. Ihr schlaft heut nacht bei uns!«

»Einverstanden, wir danken dir«, sagte Halil.

Das Weizenfeld war eben und ohne den kleinsten Stein. Die Ähren mit den dunklen Grannen wiegten sich goldfunkelnd im sanften Morgenwind. Wie ein grellgelbes Meer wellte sich das

Feld mit leisem Rascheln, das sich von einem Ende bis zum andern fortsetzte, wenn der Wind darüberstrich. In einer Reihe aufgestellt, machten sich die Jungen an die Arbeit, und bald schon zischten ihre Sicheln im Takt. Erschreckt flog aus dem Kornfeld ein Vogelschwarm auf, und von weit her war das Girren gleich dreier Frankoline zu hören. Noch war die Sonne nicht aufgegangen und der Tau auf den Halmen nicht verdunstet. Eine leichte Brise fächelte, erfrischte die Jungen, die begeistert ihre scharfen Sicheln schwangen.

Wie von Heißhunger gepackt, sichelten sie in drei Tagen eine so große Strecke durchs Kornfeld, daß der Bauer seinen Augen nicht traute. »Herrgott im Himmel!« wunderte er sich, als er aufs Feld kam. »Ihr habt mich gerettet, und ich werde auf euren Tagelohn, egal wie hoch, und sei er eine Lira, noch fünfundzwanzig Kuruş drauflegen.«

Und als wollten die jungen Schnitter das goldgelb wellende Getreide vor sich hertreiben, machten sie sich mit ihren scharfen, immer wieder aufblitzenden Sicheln darüber her und ließen in den gemähten Bahnen Haufen von geschichtetem Weizen zurück. Singend stürzten sie sich auf die schweren Ähren, berauscht von einem beim Schnitt im Rachen brennenden, bitteren Duft nach Sonne.

Viele Bauern des Dorfes hatten das Korn am Halm gelassen, waren in die kühle Hochebene gezogen und warteten schon auf die Tagelöhner aus den Bergen.

Nachdem die Jungen des Alten Feld abgeerntet hatten, nahmen sie ein zweites und danach ein drittes in Angriff. Und dann bedeckten plötzlich Wolken von Mücken Dorf und Felder. Es wimmelte von ihnen, und sie stachen nicht nur nachts, sondern auch in der Hitze des Tages.

Die Mahd zog sich einen Monat hin, danach begann die Arbeit auf dem Dreschplatz. Das von Mähmaschinen oder Tagelöhnern geschnittene Korn wurde auf dem Rücken oder mit einspännigen Schlitten zum Dreschplatz gefahren. Diese Arbeit dauerte etwa zwanzig Tage. Dann wurde mit einer Dreschmaschine oder einem einspännigen Dreschschlitten, der über das geschichtete Getreide glitt, das Korn von der Ähre getrennt. Währenddessen krümmte sich die ganze Çukurova im Sumpffieber, schüttelte es die Menschen Tag und Nacht, doch – Blei in Schaitans Ohren! – unsere Jungen aus den Bergen waren bisher verschont geblieben.

Bis Ende Juli hatten sie aus Angst, getrennt zu werden, immer eine gemeinsame Arbeit gesucht. Nach und nach hatte die Angst sich wieder in ihren Herzen eingenistet, als sie zu arbeiten begannen, ja, die Angst wurde immer größer, und so drängten sie sich von Tag zu Tag näher aneinander.

Anfang August bekamen sie eine recht ungewöhnliche Aufgabe. Sie sollten die Reisfelder bewachen. Vom Anavarza-Felsen bis unterhalb Kozan, weiter nach Kadirli und über die Ufer des Ceyhan hinaus nach Osmaniye, Toprakkale und Mersin war auf tausenden Morgen Reis gepflanzt worden. Die ganze Çukurova war in ein riesiges, überflutetes Schwemmland verwandelt worden. Die Aufgabe Halils und seiner Freunde bestand darin, vom frühen Abend bis in den Morgen mit Mausergewehren in der Hand die Reisfelder zu bewachen. An den Feldrändern stand alle hundert Meter ein drei bis vier Meter hoher, mit Laubdächern bedeckter Hochsitz mit Matratzen, auf denen die Feldwächter hockten; das Gewehr im Anschlag ...

In Rotten fallen Wildschweine bei Anbruch der Dunkelheit in die Reisfelder ein, kehren gefräßig das Unterste zuoberst und walzen die voll in Frucht stehenden Pflanzen in den Schlamm. Auf einem von Wildschweinen heimgesuchten Feld gibt es für lange Zeit keinen Halm mehr zu ernten. Daher krachten in den Lauben am Feldrand bis in den Morgen hinein die Büchsen, hallten die Schüsse durch die warmen Nächte der Çukurova. Dennoch gelang es einigen Rotten, ob sie sich nun unter der Laube eines vom Schlaf übermannten Wächters hindurch ins Feld stahlen oder trotz einiger hingestreckter Wildschweine weiterstürmten, in den endlosen Pflanzungen zu verschwinden. Am nächsten Morgen schon begann die Treibjagd auf sie, häuften sich die erlegten Tiere in einem der Bäche, zog der Gestank faulender Kadaver über die Çukurova, und grüne Wolken von Schmeißfliegen hoben und senkten sich über dem Bach, in dem die toten

Wildschweine übereinanderlagen. Und nachts, manchmal auch am hellichten Tag, schlichen Füchse, Schakale, Hyänen, Wölfe und Hunde in feindseligem Durcheinander um die Kadaver, knurrten sich an, fetzten und verbissen sich in schrecklichen Kämpfen.

Hitze und Fliegen nahmen einem den Atem, Moskitos zerstachen Mensch und Tier.

Halil und seine Freunde, auf Sichtweite in ihren Laubdächern, mit schußbereiten Gewehren, ließen kein Wildschwein entwischen. Durch ihre Reihe von Hochsitzen war bisher noch keines der Tiere in die Reisfelder gelangt, nur das sumpfige Gelände, die Stechmücken, der Mangel an Schlaf und besonders der bestialische Gestank machten den Jungen zu schaffen. Sei's denn, meinten sie, Feldwächter werden gut bezahlt! Den Reisbauern war schon aufgefallen, daß diese Burschen aus den Bergen kein Wildschwein durchließen und besser zurechtkamen als die einheimischen Wächter. Auch das Verscheuchen der Tiere mit Blechtrommeln war ihre Idee gewesen. Nun hallte dies Getrommel auf Blechkanistern lauter noch als das Gewehrfeuer durch die Nächte der Çukurova.

Irgendwann begannen Adler, über den wachsenden Haufen krepierter Wildschweine zu kreisen. Jetzt kämpften Wölfe, Hunde, Füchse, Hyänen, Schakale und, Flügel an Flügel, Geier und Adler in wildem Getümmel um die Kadaver. Und genau zwei Tage, nachdem die Adler von den fernen Berggipfeln herübergeflogen waren, packte alle jungen Bergler auf einmal das Sumpffieber. Krampfhaft zitternd warfen sie sich wimmernd von einer Seite auf die andere, froren erbärmlicher als im kältesten Winter oder in der eisigsten Bora, um gleich darauf vor Hitze zu glühen, als habe ein Schmied sie aus dem Feuer gezogen. Gegen diese Anfälle war kein Kraut gewachsen, den einen packte das Fieber abends, den andern in der Mittagshitze oder am späten Morgen. Und wer vorerst verschont geblieben war, mußte hilflos zusehen, wie die vom Fieber geschüttelten Freunde wimmernd um sich schlugen, während er voller Angst auf den nächsten seiner Anfälle wartete …

Immer wieder ließ Halil den Kopf sinken. »Ich mache mich davon«, stöhnte er. »Und schenkten sie mir die ganze Çukurova, hier bleibe ich nicht, das halte ich nicht aus.«

»Sie ist unser Tod, diese Çukurova«, sagten seine Freunde.

»Nichts als Qual«, sagten sie.

»Kein menschliches Wesen hält es hier aus.«

»Laßt mich erst einmal gesund werden, und sowie ich wieder Kraft in den Beinen habe, bleibe ich keinen Tag länger«, beharrte Halil.

Einige Tage darauf kam einer der Agas mit einer Flasche Medizin. »Hey, Gebirgsburschen!« rief er.

»Willkommen, Aga!«

»Eure Mutter muß euch in der Heiligen Nacht der Geburt des Propheten geboren haben!«

»Gott segne dich, Aga!«

»Habt ihr schon mal das Wort Chinin gehört?«

»Noch nie, Aga«, antwortete Halil.

»Es ist ein Wundermittel gegen das Sumpffieber, es ist fast nie zu finden, und ein anderes Mittel gibt es nicht.«

»Leben sollst du, Aga«, freuten sie sich.

Der Aga gab ihnen das Chinin, erklärte ihnen, wie sie es einnehmen mußten, und machte sich wieder auf den Weg.

Nach einigen Tagen war Halil wieder auf den Beinen. Bei den andern verringerten sich die Anfälle, bei manchen aber blieb alles beim alten, das Medikament brachte keine Linderung.

»Jetzt bist du gesund, Halil, wann brichst du auf?« fragten einige.

Halil ließ seine Augen über die endlosen, sich raschelnd wellenden Reisfelder schweifen und erwiderte, ohne den Blick zu wenden: »Wohin soll ich denn gehen, Freund, ich habe ja noch nicht genügend Geld beisammen. Und wie du siehst, schickt Gott uns auch das Heilmittel gegen die Pein, mit der Er uns schlägt!«

Einige Tage, nachdem das Chinin verbraucht war, befiel das Fieber den wimmernden Halil erneut. »Hier bleibe ich nicht«, brüllte er, »ich werde doch nicht wie diese Wildschweine zum

Fraß der Adler und Schakale ... Sowie ich wieder Kraft in meinen Beinen spüre, Freunde, mache ich mich davon!«

Zehn, fünfzehn Tage darauf kam der Aga wieder mit einer Flasche Medizin. »Jungs, hat das Chinin geholfen?« fragte er.

»Es hat uns alle zu neuem Leben erweckt«, antwortete Halil, »aber als wir nichts mehr hatten, fing das Fieber wieder an.«

»Ihr dürft die Einnahme des Mittels nicht unterbrechen.«

»Hauptsache, du versorgst uns mit Nachschub«, lachte Halil mit wachsgelbem Gesicht. »Nichts gegen Chinin, aber dieser Gestank ist unerträglich.«

»Bis jetzt haben die Adler und Geier jedes Jahr die Kadaver gefressen«, entgegnete der Aga.

»Wir haben so viele geschossen, daß die armen Vögel sie nicht schaffen können«, meinte Halil. »Adler, Geier, Schakale und Hunde kommen seit Tagen zuhauf, sie fressen und fressen und schaffen es nicht.«

»Die schaffen es«, sagte der Aga. »Bald gibt es hier weder Gestank noch Adler.« Dann gab er seinem Pferd die Sporen und verschwand.

Innerhalb weniger Tage hatte Halil sich erholt, er konnte wieder lachen und singen. Und bei den andern kamen die Fieberanfälle nicht mehr so häufig.

Aslan, der Sohn von Dönes dem Dunklen, gab als erster auf. »Halil, ich gehe«, sagte er, »auch wenn es mir besser geht, wie du siehst. Bleibe ich auch nur einen Tag länger hier, Freunde, bin ich ein toter Mann. Kommt jemand mit mir?«

Er wartete, und als niemand antwortete, ging er zur Baracke des Buchhalters, ließ sich seinen Lohn auszahlen und schlug den Weg ins Gebirge ein.

Ging das Chinin zur Neige, bekam Halil wieder Fieber, kam neuer Nachschub, hörten die Anfälle auf.

Als nächster ging der fiebernde Hamza zur Baracke des Buchhalters, steckte seinen Lohn ein und machte sich auf den Weg in die Berge.

»Halil, Halil, kommst du nicht mit?«

»Nein, ich komme nicht mit«, antwortete Halil.

Die Hitze wurde immer drückender. Schweißtreibende, nach Moder riechende Nächte mit Wolken von Stechmücken und der vom nahen, ausgetrockneten Flußbett herüberwabernde Gestank der Wildschweinkadaver machten Halil und den anderen Feldwächtern schwer zu schaffen. Im Mondlicht fielen die Adler, Geier, Hunde, Schakale, Füchse und Wölfe unentwegt übereinander her, hallte das Gekreisch und Gebrüll der wilden Tiere anschwellend durch die nächtliche Ebene. Die Blut witternden Tiere ließen sich nicht mehr vom Lärm der krachenden Gewehre und scheppernden Blechkanister abschrecken, der von den Feldrändern lauter noch als Schlachtengetümmel in die umliegenden Dörfer drang und den Menschen ihren Schlaf raubte.

Seine Freunde hatten dem Sumpffieber und den Stechmücken standgehalten, aber nicht diesem von den Bergen dumpf widerhallenden Lärm und dem scheußlichen Kadavergestank, da war Halil ganz sicher. Und müßten sie auch Hungers sterben – Burschen, die ins Dorf zurückgekehrt waren, ziehen nie wieder in die Çukurova. So war es jedem Jungen ergangen, der die Feldarbeit abgebrochen und das Weite gesucht hatte. Nicht Tod noch Teufel hatten ihn noch einmal in die Çukurova treiben können.

Auch Halil ertrug den Aasgeruch nicht. Hielt er sich die Nase zu, um durch den Mund zu atmen, blieb dieser fettige, ekelerregende Gestank an seinem Gaumen kleben. Von Kopf bis Fuß schien sein ganzer Körper mit diesem Gestank getränkt zu sein. Bäume, Menschen, Gräser, die endlosen, mit goldglänzenden Rispen sich wellenden Reisfelder, die blutwarmen Gewässer, die Sümpfe und Blumen, alles stank. Auch das Himmelszelt, die Sterne und die milde Morgenbrise, sie stanken. Halil versuchte alles, um diesem Gestank zu entkommen. Er zerkrümelte Kräuter und Blumen und stopfte sie sich in die Nase, steckte seinen Kopf unter Wasser, solange er die Luft anhalten konnte, rannte zum Kamm des nahen Hügels hoch, kletterte auf die alte, hohe Pappel am Feldrand, marschierte kilometerweit gegen Norden, machte tausenderlei Versuche und konnte dennoch den Gestank nicht fliehen. Ihm war, als würde er sich nie wieder davon befreien können. Jeder Bissen Brot und jeder Schluck Wasser stank. Und als reichte es nicht, wurden Tag für Tag noch mehr tote Wildschweine ins Flußbett geworfen. In Zukunft würde alles, auf Schritt und Tritt, so stinken. Jetzt, in diesem Augenblick, stank es so im ganzen Taurus, sein Dorf eingeschlossen!

Mit ihren Gewehren in der Hand kamen auf der von Brombeerhecken gesäumten, staubigen Landstraße Feldwächter vorbeigeeilt. Mit ausgreifenden Schritten riefen sie Halil zu: »Mach, daß du fortkommst, mein Freund, riechst du denn nichts? Flieh, mein Freund, flieh, dieser Gestank wird dich noch umbringen!«

Und an Stelle der geflüchteten Feldwächter kamen andere, aber auch sie liefen schon nach einigen Tagen, höchstens zwei Wochen, mit geschulterten Gewehren davon, als sei ihnen ein Ungeheuer, ja, der Tod auf den Fersen. »Flieh, mein Freund, flieh«, riefen auch sie, ohne die Schritte zu verlangsamen, von der Landstraße aus Halil zu. »So einen Gestank hat es noch nie gegeben!«

Aber Halil harrte aus, nein, Halil konnte nicht flüchten! Denn in kurzer Zeit mußte er viel Geld verdienen, damit er ins Dorf zu seiner Großmutter zurückkehren konnte, bevor sie starb, und zu Ipekçe, bevor ihr etwas geschah. Die Arbeit wird zu Ende geführt und kostete es sein Leben!

Als zur Reisernte im Herbst wieder Tagelöhner mit Kind und Kegel aus dem Bergland kamen, war Halil schon bis auf die Knochen abgemagert. Aber er gönnte sich keine Ruhe, sondern half bei der Ernte mit, kaum daß er seinen Lohn für die Feldwacht bekommen hatte. Auch für seine neue Arbeit gab es, wenn auch nicht soviel wie für die frühere, gutes Geld. Trotz des Gestanks und der Fieberanfälle hielt er bis zum Ende der Ernte durch. Als der Reis eingebracht worden war, versuchte er es noch bei den riesigen Dreschmaschinen, mußte aber nach drei Tagen aufgeben, denn für diese schwere Arbeit reichte seine Kraft nicht mehr, und er machte sich auf nach Adana. In Adana verbrachte er den ganzen Winter bei einem Aga, der Zitrusfrüchte anpflanzen wollte. Ob Hagelschauer, ob Regen, Halil grub hektarweise Löcher für die im Frühjahr zu pflanzenden Setzlinge von Apfelsinen, Mandarinen und Zitronen in den Humus. Auch das war eine schwere Arbeit, aber von Fieberanfällen blieb er verschont. Nachts schlief er im Stall, wo es nach frischem Kuhmist und nach Stroh duftete. Nach und nach vergaß er den Gestank in den Reisfeldern, seine gute Laune kehrte zurück, seine Gedanken schweiften zuerst zu Ipekçe, dann sah er seine Großmutter vor sich, wie sie ihn anfleht zu bleiben, und seine Mutter, die in einem fort die Spindel dreht. Ein Leben lang hatte sie die Spindel nicht aus der Hand gelegt. Sie webte auch Strümpfe für die Beys in Maraş. Es hieß, sie halte irgendwo viel Geld versteckt, aber sie ließ niemanden auch nur an einem einzigen Kuruş ihres Geldes schnuppern.

Als der Frühling kam, dachte er wohl zehn Tage hintereinander unentwegt an Ipekçe, dann schämte er sich dafür und versuchte eine Zeitlang, überhaupt nicht an sie zu denken. Dieser Zitrusgarten und auch der Aga, dem er gehörte, gefielen ihm ganz gut, aber vom Bergvolk gab es außer ihm niemanden hier, jedenfalls hatte er noch keinen einzigen getroffen. Die Tagelöhner, mit denen er zusammenarbeitete, waren aus dem Süden, aus der Wüste, aus Urfa, aus der Haran-Ebene, dem Land der Gazellen, gekommen ... Gute, brave Männer allesamt, aber er verstand ihre Sprache überhaupt nicht. Sie waren mit der ganzen Familie angereist, und sie unterhielten sich kurdisch und arabisch.

Halil blieb eineinhalb Jahre. Eines Tages holte er sein Geld, das er, in einem Beutel eingenäht, im Hemdsärmel unter der Achselhöhle trug, hervor und begann es zu zählen. Es wird nicht reichen, dachte er, damit kann ich nicht alles kaufen, was ich brauche, ich muß also noch eine Weile in der Tiefebene ausharren. Er steckte das in Wachstuch eingewickelte Geld wieder in den Beutel und versteckte es am angestammten Platz. Dort war es sicher, nur über seine Leiche konnte jemand an das Gesparte heran. Und nicht einmal dann würde er im Ärmel einen geschickt verborgenen Geldbeutel vermuten. Halil hatte sich auch daran gewöhnt, stur auf seiner rechten Seite zu schlafen, so daß er immer auf seinem Geld lag.

Jetzt holte er alle drei, vier Tage das Geld hervor, zählte es, überlegte lang und breit und rechnete hin und her. Schließlich verabschiedete er sich auch vom Besitzer der Gärten, sagte sich: Auf in die Berge! Der Aga war mit Halil sehr zufrieden gewesen, hatte ihn unbedingt halten wollen, konnte ihn aber nicht mehr überreden, nachdem dieser sich zum Aufbruch durchgerungen hatte. Und eines schönen Morgens kam er ans Ufer des Ceyhan, legte erschöpft seinen groben Leinensack unter einen Keuschlammbaum, hockte sich in den Sand und wartete auf das Floß, das im Pendelverkehr mit einem Drahtseil ans andere Ufer gezogen wurde. Er ließ seine Augen bergwärts schweifen, konnte aber den schneebedeckten Gipfel des Düldül nicht ausmachen. Vielleicht lag er hinter den Wolken oder wurde von der Bergfestung auf den gegenüberliegenden Zinnen verdeckt. Nach ihm kamen noch einige Burschen, die übergesetzt werden wollten, Bergler sie alle, die wie er von der Feldarbeit kamen.

»Mein Name ist Halil«, sagte er.

»Und ich heiße Dursun«, sagte der größte der Burschen, er hatte ein kleines, dunkles Gesicht und buschige Augenbrauen. Auch die andern nannten ihre Namen. Außer Dursun war keiner von ihnen vom Sumpffieber verschont geblieben.

»Auch in diesem Jahr werde ich nicht in die Heimat zurückkehren«, sagte Dursun, »ich habe noch nicht genügend Geld verdient, ich brauche viel mehr. Denn außer zwei Ochsen werde ich mir noch ein Pferd kaufen und einen Windhund, einen von denen, deren Fell an Beinen und Ohren in langhaarigen Locken fällt ... Mein Pferd wird einen mit Tulasilber beschlagenen Sattel tragen und silberverziertes Zaumzeug. So werde ich durchs Dorf reiten. Und zur Hasenjagd, mit meinem Windhund ... Ich werde mir auch ein Gewehr kaufen, eine Deutsche Flinte ... Wer in unserem Dorf keine Deutsche Flinte hat, dem geben sie auch kein Mädchen zur Braut. Mein Onkel hat eine wunderschöne Tochter, die werde ich heiraten. Das Mädchen wartet schon fünf Jahre auf mich, und sie würde noch fünf Jahre, sogar zehn, auf mich warten. Sie liebt mich. Ich brauche viel Geld, sehr viel! Und wenn ich wieder im Dorf bin, werde ich bis an mein Lebensende nicht mehr in diese Hölle zurückkehren.«

Während Dursun erzählte, schlug Halil sich ins Gebüsch, holte den Beutel unterm Arm hervor, zählte ganz schnell sein Geld noch einmal durch, verbarg den Beutel wieder im Ärmel und dachte angestrengt nach. Sein Herz klopfte bis zum Hals. Der Berg Düldül war von hier noch immer nicht zu sehen. Entweder war er noch zu weit weg, oder diese verdammte Burg verdeckte ihn. Mit dem Düldül vor Augen könnte er seine Gedanken bestimmt besser sammeln!

»Und wo willst du diesen Winter arbeiten?« fragte Halil, nachdem er sich wieder zu den andern gesellt hatte.

»Oho, Kamerad, was gibt es denn reichlicher als Arbeit in dieser Çukurova!« antwortete Dursun.

»Was für Arbeit denn?«

»Arbeit in Mengen«, rief Dursun und riß dabei seine Augen unter den buschigen Brauen weit auf. »Zum Beispiel Wurzeln roden in dem Dorf da drüben …« Er zeigte übers Wasser hinweg. »Es ist nicht schwer und wird auch ganz gut bezahlt. Da ist ein Aga, den sie Memik Aga nennen. Ein strenger Mann mit dunklem Gesicht, aber zuverlässig, wenn's um Geld geht.«

Während sie miteinander sprachen, hielten die malariakranken Wanderarbeiter ihre Köpfe gesenkt und zeichneten mit angeschwemmten Reisighölzern Figuren in den Sand.

»Komm doch, mein Freund«, bettelte Dursun, »komm doch mit zu Memik Aga, Wurzeln roden!«

Noch war kein Fährmann auf dem am anderen Ufer vertäuten Floß, und sie warteten. Eine kräftige Bö wirbelte den Sand über den Strand, und Dursun, einmal in Fahrt, redete in einem fort auf Halil ein, versuchte, ihn zu überreden. »Du wirst schon sehen«, beschwor er ihn, »wenn du Memik Aga erst einmal kennengelernt hast … So einen Menschen habe ich noch nie erlebt. Einer aus unserem Dorf, der bei ihm schon drei Monate gearbeitet hatte, brachte mich zu ihm. Zuerst fragte Memik Aga mich, hast du Geld, fragte er mich. Und ich sagte: Ja, ich habe. Gib mir das Geld, sagte er, in Wildnis und Weite trägt der Mensch kein Geld bei sich. Und ich gab ihm alles, was ich bei mir hatte, schlotternd vor Angst …«

»Und mit zitternden Händen«, warf Halil ein.

»Wie Espenlaub«, bekräftigte Dursun. »›Hol es dir wieder, wenn du gehst‹, sagte er, ›sieh her, ich trage es hier ein in mein schwarzes Heft, und hier bleibt es stehen, auch über meinen Tod hinaus.‹ Er zog sein schwarzes Heft hervor, zählte das Geld, leckte ordentlich an der Bleistiftspitze und schrieb es auf. ›Eine sichere Sache, Dursun, mein Sohn‹, sagte er dann, ›trink erst einmal einen Kaffee, bevor du jetzt gehst!‹ Und ich trank den Kaffee und ging los, suchte den Araber auf und fing an zu arbeiten. Als ich nach getaner Arbeit heim wollte, ging ich zum Aga, sagte, ich gehe, mein Aga, und er stand auf, und nachdem er meine beiden Augen geküßt hatte, zog er ganz von selbst mein Geld aus seiner Tasche, legte meinen Lohn fürs Wurzelroden drauf und gab mir mit den Worten: ›Weil du so gut gearbeitet hast‹, noch fünf grüne Scheine aus seiner Tasche dazu. ›Ich laß dich nicht gehen, Dursun, bevor du deinen Kaffee getrunken hast‹, sagte er noch. Ich trank meinen Kaffee und küßte ihm die Hand. Er küßte mich noch einmal, sagte: ›Komm wieder, mein Sohn, wann dir danach ist, für dich gibt es hier immer ein offenes Haus und einen freien Arbeitsplatz.‹ Und deswegen gehe ich jetzt zum Haus meines Memik Aga und werde bei ihm Wurzeln und Baumstümpfe roden. Vielleicht gibt er mir diesmal auch eine andere Arbeit. Ich könnte mich um sein Pferd kümmern. In meiner Religion gehört Pferdepflege zu den segensreichen Taten, denn das Pferd ist ein heiliges, glückbringendes Geschöpf. Vielleicht gibt er mir auch eine Deutsche Flinte in die Hand und sagt, beschütze mich, mein Sohn, dir vertraue ich.«

Inzwischen war das Floß über den Fluß gekommen und hatte am Anleger festgemacht. »Kommt rüber«, brüllte der Fährmann.

Im Laufschritt hasteten sie aufs Floß, und der Fährmann machte sich an die Arbeit. Das Drahtseil lief über eine eiserne Winde, mit der das Floß gezogen wurde. Drüben angekommen, sprangen die Jungen an Land und marschierten bis zum Berghang unter der Burg, wo Dursun dicht bei den Felsen plötzlich stehenblieb.

»Lebt wohl und vergebt, falls ich in eurer Schuld noch stehe«, rief er lachend, »ich gehe ins Dorf zu meinem Memik Aga.«

»Leb wohl«, sagten die andern, »Gott füge es zum Besten!«

Dursun nahm den Weg zum Dorf, die andern den Pfad zum Paß. Als sie nach einer Weile zurückblickten, sahen sie, daß Halil stehengeblieben war.

Dursun hatte mit ausgreifenden Schritten schon den zur Hälfte verdorrten Feigenbaum erreicht, als er hinter sich Halil rufen hörte: »Warte, mein Freund, ich komme mit!«

Dursun blieb stehen und freute sich, als Halil angelaufen kam. »Du wirst schon sehen, was für ein guter, väterlicher Mann Memik Aga ist!« rief er ihm zu. Rasch ausschreitend erreichten sie bald das Dorf, gingen geradewegs zu Memik Agas Konak und warfen ihre Leinensäcke im Stall der Tagelöhner ab.

Memik Aga war zu Haus. Als er Dursun erblickte, hellte sein Gesicht sich unmerklich auf. »Setzt euch dorthin und trinkt einen Kaffee!« sagte er. Neben der Schwelle setzten sie sich auf die blanken Dielen und warteten starr und stumm auf den Kaffee. Memik Aga schaute aus dem Fenster. Ein ganz junges Mädchen brachte mit einem Tablett den Kaffee in rotgestreiften, henkellosen Täßchen, und der durchdringende Kaffeeduft war schon durchs Zimmer gezogen, als es die Treppe heraufkam. Genüßlich schlürfend leerten sie die Tassen.

»Hast du Geld?« fragte vom Fenster her barsch über die Schulter Memik Aga den verschämt lächelnden Halil.

»Ja, Memik Aga, mein Aga«, antwortete Halil vertrauensvoll.

»Gib es mir!«

»Bitte«, sagte Halil, der das Geld schon längst in seiner Hand hielt.

Memik nahm ihm das Geld ab und begann es sofort zu zählen. »Hast du es auch gut gezählt?« fragte er Halil, nachdem er es mehrmals nachgezählt hatte.

»Ich hab's gut gezählt, mein Memik Aga.«

»Dursun!«

»Zu Diensten, mein Aga.«

»Bringe ihn morgen zum Araber, er kann sofort an die Arbeit gehen.«

»Zu Befehl, mein Aga.«

»Wie ist dein Name?«

»Halil.«

»Dann viel Glück, Halil.«

»Wie ist er, na, wie ist er, unser Memik Aga?« fragte Dursun, als sie die Treppe hinuntergingen. »Hast du in dieser Çukurova jemals einen freundlicheren, hilfsbereiteren, einen so guten Mann erlebt?«

»Nein, noch nie«, antwortete Halil freudig. »Ein großer Aga. Und wir durften in seinem eigenen Zimmer Kaffee trinken.«

Vor Begeisterung konnte Halil die ganze Nacht nicht schlafen. Er malte sich bis in den Morgen die unglaublichsten Wunschträume aus. Er wird das Flachland unterhalb des Felsens Asarkaya urbar machen, wird die riesigen, wohl tausendjährigen Platanen, Zedern und Tannen fällen und Getreide anpflanzen. Und auf diesem fruchtbaren Lehmboden wird ein Weizen wachsen, so dicht und stark, daß auch ein Tiger da nicht eindringen kann. Dann wird er ein Haus bauen lassen, auf der rechten Seite vom Dorfbrunnen, unter der mächtigen Platane, ein Haus wie jenes vom Aga in Adana, rundum mit Glas. Einen Pflug wird er sich kaufen, vor den er anstatt Ochsen zwei Pferde spannen wird, starke, ungarische Zugpferde … Und wie die Frauen der Agas auf ihren Ländereien in Adana wird Ipekçe keinen Finger mehr rühren. Die Mutter bekommt einen Mantel mit Pelzkragen, so wie ihn die Mütter der Agas von Adana tragen. Das Flachland unterhalb Asarkayas war groß. Vielleicht könnte er es in drei Jahren roden, wenn er sich fünf Landarbeiter nähme. Männer aus den Bergen, die besonders in der Gegend für sehr wenig Geld arbeiten. Vielleicht ließen sich am Südhang der Schlucht auch Apfelsinen züchten. Die Hänge in Südlage bekommen viel Sonne und gar keinen Wind. Und vielleicht reichte es auch für einen Traktor. Wer weiß, bis dahin wird es von diesen Maschinen immer mehr zu immer günstigeren Preisen geben. Ja, Halil hatte während dieser paar Jahre in der Çukurova viel gesehen und viel gelernt.

Er ließ seinen Träumen freien Lauf, flog mit verhängten Zügeln durch die Çukurova und war drauf und dran, die ganze Tiefebene mit Stock und Stein, Blumen und Gras, Lastern, Autos und Fabriken in sein Bergdorf zu verlagern.

Ich muß sehr schlau vorgehen, sagte er sich, muß jedes Ding bis ins kleinste überlegen, ein einzeln Haar vierzigmal spalten, darf keinen unbedachten Schritt mehr tun, um alle meine Wünsche zu erfüllen.

Schon früh am Morgen gingen Halil und Dursun zum Araber.

»Ist das jener Halil?« fragte der Araber, gleich als er sie sah. »Der Aga hat von ihm gesprochen. Er soll ein reicher Mann sein.« Dann musterte er Halil mit strengem Blick und sagte: »Ich kenne weder reich noch arm, ich brauche einen Mann, der arbeiten kann.«

Halil starrte verschämt zu Boden. »Ich kann arbeiten, Efendi Aga«, sagte er.

»Wie denn? So wie du aussiehst, mein Junge, bist du ja nur Haut und Knochen.«

»Ich kann arbeiten«, beharrte Halil. »Mich hat oft das Sumpffieber gepackt, und deswegen ...«

»Hier bekommt jeder das Sumpffieber, besonders die Gebirgler, die trocknet es aus mit Stumpf und Stiel«, brüllte der Araber. »Du wirst hier viel Suppe und viel Brot essen. Brot gibt es hier für naß.«

»In Ordnung«, sagte Halil, ohne aufzublicken, mit zitternder Stimme.

»Los, fang an zu essen.«

Im Kessel wurde die nach gesottenem Fett und gesäuertem Knoblauch duftende Yoghurtsuppe hereingetragen, in kupferne Schüsseln gefüllt, und die Tagelöhner tauchten ihre Löffel ein. Der Araber beugte sich zu Halils Ohr herunter: »Reicher Bruder«, flüsterte er, »du hast Appetit, dann schaffst du auch die Arbeit. Ran an die Suppe. Sie ist nach uraltem turkmenischem Rezept gekocht und kräftigt das Blut. Das Roden ist nicht wie andere Arbeiten. Es erfordert Geschick, Fleiß und Kraft.«

Noch vor Tagesanbruch waren sie am Feld. Nachtschwarz dehnte sich der Schwarzdorn von hier bis zum Fuß des Anavarza-Felsens. Die Tagelöhner griffen nach ihren Spitzhacken, Sensen, Sicheln und Hippen und machten sich an die Arbeit.

Der Araber reichte auch Halil Hacke, Hippe, Sichel, Sense und

Schaufel. »Na, dann«, sagte er, »mit Gottes Hilfe und in Seinem Namen ... Fang an, Halil! Erst beten, dann arbeiten!«

Halil lächelte. »Ich werde einige Tage nur zuschauen, mein Efendi Aga«, sagte er und sah den Araber bittend an.

»Du mußt wissen, was du tust«, antwortete dieser verwundert. »Aber du weißt doch, daß ich für dich dann keinen Lohn aufschreibe, nicht wahr?«

»Ich weiß«, sagte Halil.

»Und für die Tage, an denen du nicht arbeitest, ziehe ich dir auch das Geld fürs Essen von deinem Verdienst ab.«

»Zieh es ab!«

»Warum arbeitest du nicht, Halil?« fragte Dursun, der dazugekommen war.

»Ich werde einige Tage nur mitkommen und zuschauen.«

»Aber ich arbeite.«

»Arbeite du nur«, sagte Halil.

Die andern waren bereits im Gange. Zuerst schnitten sie fünf bis fünfzehn Sträucher, dann gruben sie die Wurzeln aus. Halil zählte siebenundzwanzig Mann, die in einer losen Reihe langsam voranschritten. Sie klopften die abgeschnittenen Stümpfe und ausgegrabenen Wurzeln sorgfältig ab und schichteten sie zu einem berghohen, die abgetrennten Sträucher zu einem anderen, noch höheren und breiteren Haufen. Die Haufen wuchsen von Tag zu Tag. Halil ging von Mann zu Mann, schaute ihnen auf die Hände, beobachtete bis ins kleinste, wie jeder mit Hacke und Schaufel umging. Er wähnte sich an der Stelle eines jeden dieser Männer, schwitzte mit ihm, keuchte mit ihm und verfluchte mit ihm jeden Schwarzdornstrauch, dessen Wurzel sehr tief ins Erdreich eingedrungen war.

So kam Halil jeden frühen Morgen mit den Tagelöhnern aufs Feld und beobachtete jeden einzelnen eine Zeitlang bei seiner Arbeit. Und als habe er den ganzen Tag mit ihnen gerodet, kam er müde wie sie, vielleicht noch erschöpfter als sie, abends ins Dorf zurück, fiel gleich nach dem Essen ins Stroh und war schon eingeschlafen, kaum daß er ein Büschel Heu unter seinen Kopf geschoben hatte.

Wie jeder einzelne der siebenundzwanzig Männer Wurzeln rodete, hatte sich Halil genau eingeprägt. Und als sie nach einer Woche bei Morgengrauen wieder aufs Feld kamen, machte er sich als erster an die Arbeit. Er arbeitete sehr langsam. An diesem Tag schaffte er nur fünf Schwarzdornsträucher. Dem Araber war es nicht entgangen, aber er ließ Halil gewähren und sagte nichts. Am zweiten Tag waren es schon sieben Sträucher, die Halil ausgegraben hatte, und dabei blieb es zehn Tage lang. Der Araber wartete ab und sagte noch immer kein Wort. Nach fünfzehn Tagen war die Anzahl der von Halil gerodeten Wurzeln auf jeweils elf Stück gewachsen, und am Ende eines Monats grub Halil täglich mehr Wurzeln aus als Şahin der Bartlose aus Sivas. Es war, als sei er mit Händen, Beinen, Fingernägeln und Zähnen, mit seinem ganzen Körper bei der Arbeit. Alle Baumfäller wunderten sich über das Geschick dieses vom Sumpffieber ausgemergelten Neulings aus den Bergen und beobachteten mit Hochachtung und Neid, wie schnell er die Sträucher schnitt, die Wurzeln ausgrub und das Gerodete zu den Haufen brachte und schichtete.

Auch Şahin der Bartlose musterte ihn vom Scheitel bis zur Sohle. »Ach, ja, die Jugend«, sagte er. »Es ist die Jugend, die das Blut so zum Wallen bringt.«

Halil lächelte ihm zu. Şahin der Bartlose machte seine Arbeit langsam, aber zuverlässig und so meisterlich, daß kein Stückchen Wurzel in der Erde steckenblieb. Von den siebenundzwanzig Mann war er der beste. Er hatte riesige Hände, einen riesigen Kopf und riesenlange Arme. Seine Augen lagen unter buschigen Augenbrauen tief in den Höhlen, und seine Stimme klang brüchig. Er sprach sehr wenig, war meistens in Gedanken vertieft, und wenn er grübelte, betrachtete er seine Hände. Sie ähnelten den Wurzeln des Schwarzdorns, wie alle Hände der Männer, die den Schwarzdorn rodeten, doch seine Hände sahen nicht nur so aus, sie schienen es zu sein: schwarz, knorrig, mit Knoten und Rillen … Schon bald begannen Halils Hände denen von Şahin zu ähneln. Und wenn Şahin der Bartlose sich bewegte, könnte man meinen, nicht ein Mensch, sondern ein zum Leben erwachter, von Rissen übersäter Lehmklumpen habe sich aufgerichtet und wanke dahin.

»Ach, ach, die Jugend ... Auch wir haben unsere Jugend wie dieser junge Halil auf den Feldern von Fremden vergeudet. Und was haben wir davon gehabt, und was wird Halil davon haben? Wir sind satt geworden, mehr auch nicht. Und so wird er, Halil, auch nichts weiter werden als satt.« Er hatte noch etwas auf dem Herzen, wollte es Halil sagen, brachte es aber nicht über die Lippen, sagte nur jedesmal, wenn er Halil sah: »Ach, ach, die Jugend«, und hüllte sich in Schweigen.

An jenem Tag war Halil im Dorf geblieben und hatte vormittags Memik Aga in dessen Konak aufgesucht. »Oho, Halil, komm her!« rief Memik Aga, als er ihn erblickte. »Komm und setz dich, Zalimoğlu Halil!«

Halil wunderte sich. Woher wußte dieser Mann, daß er zur Familie der Zalimoğlu gehörte? Außerhalb seines Dorfes wußte es niemand. Und Halil hatte niemandem, nicht einmal Dursun, diesen Namen genannt. Nun, er wird es irgendwie erfahren haben, sagte sich Halil und dachte nicht weiter darüber nach.

»Einen Kaffee!« brüllte Memik Aga hinunter. »Komm, setz dich hierher, Zalimoğlu Halil. Wie ich höre, arbeitest du für fünf, ja zehn Mann, sollst Berg und Hang, Wüste und Wildnis urbar machen.«

»Dank meines Agas«, lächelte Halil und senkte kindlich verschämt den Blick.

»Warum bist du denn heute nicht zur Arbeit gegangen, Zalimoğlu, hast du etwas mit mir zu besprechen?«

»So ist es«, antwortete Halil. »Ich arbeite soviel wie vier Männer zusammen und bekomme den Tagelohn wie jeder andere. Ist das gerecht?«

»Nein, das ist nicht gerecht«, entgegnete Memik Aga. »Was verlangst du also von mir?«

»Das muß der Aga entscheiden«, sagte Halil, erhob sich und verschränkte die Hände achtungsvoll.

»Setz dich!« befahl Memik Aga froh. »Wir werden uns die Sache überlegen. Ich will nicht, daß einem Menschen, der arbeitet, besonders einem, der wie du ganze Berge abträgt, Unrecht geschieht.«

»Das weiß ich, und deswegen bin ich heute nicht zur Arbeit gegangen, sondern zu dir gekommen.«

»Nun gut, und was verlangst du?«

»Bezahlung nach Leistung«, antwortete Halil. »Wieviel Morgen ein Tagelöhner rodet, ist bekannt. Der Araber Efendi Aga weiß es genau. Auch Şahin der Bartlose rodet soviel Wurzeln wie mehrere Tagelöhner zusammen. Ist es dann gerecht, daß auch er nur soviel Lohn bekommt wie jeder von ihnen? Von ihm habe ich das Roden gelernt, habe immer wieder zugeschaut, wie seine Hände arbeiten. Ist sein Lohn gerecht?«

»Nein, er ist nicht gerecht«, antwortete Memik Aga.

Die Absätze klapperten auf den Stufen, als das Mädchen von damals wieder den Kaffee heraufbrachte. Halil stand auf und nahm das auf einem Tablett dargereichte, dampfende Täßchen. Der Aga hielt ihm die Tabakdose hin: »Bediene dich, Zalimoğlu!«

»Wir schätzen den, der raucht!« lehnte Halil errötend ab und legte dabei eine Hand auf die Brust.

»Wir machen es so, wie du sagst«, sagte Memik Aga und legte die Tabakdose vor sich auf den Kelim. »Ich werde Lohn für den gerodeten Morgen zahlen. Je nach den Morgen, die du im Jahr schaffst ... Von Opferfest zu Opferfest werden wir abmessen und dir das Geld dafür geben.«

»Ich danke dir, mein Aga.«

»Und sag Şahin dem Bartlosen, er kann ab sofort auch auf Leistung arbeiten ... Und die andern auch, wenn sie wollen. Wieviel ich für den gerodeten Morgen zahlen werde, bespreche ich mit dem Araber. Morgen bekommst du Bescheid.«

»Leben sollst du, mein schöner, menschlicher Aga!«

»Auch du sollst leben, Zalimoğlu! Wir werden noch lange zusammenarbeiten.«

»Jederzeit jede Arbeit für dich, mein menschlicher Aga. Mein Memik Aga!« Er stand auf, und weil er sich schämte, Memik Aga den Rücken zuzukehren, ging er rückwärts bis zum Treppenabsatz, drehte sich dann erst um und stieg die Treppe hinunter.

An diesem Tag schlenderte er mit hängenden Armen mutterseelenallein durchs Dorf. Bedrückt ging er zum Fluß hinunter und beobachtete die spielenden Fische, die sich aneinanderdrängten, davonstoben und sich wieder zu Schwärmen vereinten. Von dort wanderte er zu den Melonenfeldern und plauderte mit dem Feldwächter, einem Bergler wie er. Er war erst dieses Jahr in die Çukurova gekommen. Nachdem er sich eine Weile mit Halil unterhalten hatte, hockte er sich hin und stimmte ein Lied an. Die Augen geschlossen, hockte er ganz entrückt da und sang mit heller Stimme. Sein Mund und seine Nase waren voller Wunden. Hin und wieder unterbrach er seinen Gesang und wandte sich Halil zu. »Ich werde sterben, Halil, mein Aga«, sagte er, »dieses Sumpffieber wird mich töten.«

»Es wird dich nicht töten«, entgegnete Halil mit Nachdruck, »es wird dich nicht töten!«

»Es tötet mich.«

»Es tötet dich nicht.«

»Ob ich meine nach Poleiminze duftenden Berge mit den violetten Veilchen, den Rottannen und den kühlenden Quellen noch einmal sehen werde, bevor ich sterbe? Komme ich noch einmal in das Land jenseits des schneebedeckten, rotschimmernden Bergs Düldül da drüben?«

»Du kommst noch hin«, entgegnete Halil brüllend und wünschte sich von ganzem Herzen, ihn damit überzeugen zu können.

»Ich habe Heimweh.«

»Das haben wir alle.«

»Du auch?«

»Ich sterbe vor Heimweh«, lachte Halil.

Da lachte auch der junge Mann.

»Eben, und ich sterbe auch. Nacht für Nacht schwinge ich mich hinterm Berg Düldül auf den Rücken eines Adlers, der mich nach schnellem Flug mitten in meinem Dorf bei der Quelle unter der mächtigen Platane in die Poleiminze setzt ... Das Wasser duftet nach Veilchen, und ich trinke dieses duftende Wasser. Ich trinke und trinke, und plötzlich sind all diese Wunden verheilt, ist dieser aufgedunsene Bauch verschwunden, ja, ganz plötzlich ...«

Plötzlich schloß er die Augen und stimmte ein neues Lied an. Dann erhob er sich aus der Hocke, ging am Ufer des flammendrot in der Sonne gleißenden Flusses entlang und verschwand. Auch Halil erhob sich, verließ das Melonenfeld und schlug den Weg zur Bergfestung ein. Bei jedem seiner Schritte schnellten Heuschrecken vor ihm in die Höhe.

Vom Fuß der Burgmauern konnte man weit hinter den verschwommen in bläulichem Dunst liegenden Kuppen der niedrigen, gestaffelten Bergketten den hochragenden Berg Düldül erkennen. Der spitze Gipfel lag taghell im Sonnenlicht, die Hänge waren nebelverhangen. Halil setzte sich auf einen Felsblock, um ihn herum sprangen die Heuschrecken, und in tausendundeiner Farbe und Form surrten Bienen aufblitzend durch die Luft. Schwärme von Schwalben segelten zwischen ihm und den Bergen hin und her. Halil setzte sich auf einen Stein, versank in Gedanken, sah und hörte nichts mehr, weder den Flug der Schwalben noch das Gesumm der Bienen, nicht den kreischenden Ruf der Rebhühner vom Gemäuer über ihm, noch das laute Girren der Frankoline in den Keuschlammbüschen unten am Fluß und auch nicht das von den Felswänden widerhallende Echo. Er hatte nur den schneebedeckten, rötlich schimmernden Berg Düldül vor Augen, der hinter den fahlen Bergketten emporragte ... Der Berg Düldül veränderte sich jeden Augenblick, ob wolkenverhangen oder im Regen, ob im Dämmer oder lichtüberflutet, ob der Westwind wehte oder der Poyraz aus dem Norden stürmte, er veränderte seine Farbe, seine Breite, und auch die Schatten in seinen Schluchten veränderten sich. Aber er war immer berückend schön, manchmal tiefblau, manchmal fahl, manchmal grau, manchmal kupferfarben, manchmal wiegte er sich in den Wolken, manchmal verschwand er fast hinter ihren Schleiern, dann ragte er wieder klar und deutlich in den Himmel, manchmal war er von drohendem Dunkel, manchmal badete er in gleißendem Licht, blitzte er in tausendundeiner Farbe der aufgehenden Sonne, manchmal funkelte er wie ein Stern, der seine Strahlen über die verschwommenen Bergketten wirbelt, manchmal war er grasgrün, manchmal voller Veilchenduft, den der linde Morgenwind von den Hängen herüberwehte.

Ohne den Blick vom Berg zu wenden, begann er leise zu singen, und er sang, bis der Tag sich neigte und der Berg Düldül im Dunkel verschwand. Als er sich erhob, war ihm, als sei sein Inneres wie reingewaschen, fühlte er sich glücklich und vor Freude wie beflügelt.

Danach arbeitete Halil von früh bis spät. Noch lange vor Morgengrauen, oft schon kurz nach Mitternacht, sprang er aus seinem Bett, wusch sich mit einem Krug Wasser, den er sich schon am Abend bereitgestellt hatte, machte sich im Laufschritt auf den Weg zu den Schwarzdornfeldern und stürzte sich mit der Kraft und Ausdauer eines Arbeitskamels auf Stümpfe und Wurzeln. Und seine Kraft wuchs von Tag zu Tag. Den gebrechlichen Jungen Halil der ersten Tage gab es nicht mehr, an seine Stelle war ein ganz anderer, war ein Riese getreten, der Brache und wuchernden Wurzeln einen unerbittlichen Kampf lieferte. Er redete nicht, nahm an keinem Vergnügen, keinem Geplauder teil, und wenn er sich unterhielt, dann über Gestrüpp, Wurzeln, Brachland und die fernen Hänge des Berges Düldül. Als reichten ihm die Tage nicht, ging er dem Schwarzdorn auch noch in mondhellen Nächten zu Leibe.

Sein Zeug hing in Fetzen, die Schäfte seiner Halbstiefel fielen in Streifen, durchs löchrige Hemd schimmerte die Haut. Es scherte ihn nicht, er arbeitete. Arme, Beine, Gesicht, Stirn und Ohren waren von Dornen zerkratzt, sein ganzer Körper starrte vor Wunden, Schorf und Beulen. Ein Stück vom Nasenflügel, ein Stück vom linken Ohrläppchen, und ein Stück seiner rechten Augenbraue hatten die Dornen mitgenommen. Halil war geworden wie Şahin der Bartlose. Beide wühlten sich gemeinsam durch Sträucher und Dorngestrüpp und Wurzeln in aufgegrabenen Erdlöchern. Wer ihnen im Dunkeln begegnete, dem schlotterten vor Schreck die Knie.

Die Tagelöhner und Dörfler wunderten sich über diese zwei, waren nicht wütend auf sie, zogen auch nicht über die beiden her. »Die Armen müssen große Sorgen haben«, sagten sie nur. »Arbeitet denn sonst ein Mensch so unmenschlich und macht sich nur des Geldes wegen tot?«

»Zum Opferfest werde ich von Memik Aga meinen Lohn verlangen«, keuchte mit überschäumender Freude Halil, als die beiden eine Atempause einlegten. »Zuerst werde ich mir unten in Mercimek ein Pferd kaufen. Ein schönes Pferd mit einem turkmenischen Sattel und silberverzierten Zügeln. Und dann hänge ich mir eine Deutsche Flinte über die Schulter, und auf geht's geradewegs zum Berg Düldül! Und dort werde ich das ebene Gelände unterhalb des Felsens Asilikaya bearbeiten, werde daraus einen Acker machen, einen Acker, sage ich dir, werde pflügen und säen, denn die schlammige Krume dort gibt vierzigfache, fünfzigfache Frucht, und kein Wildwasser schwemmt sie fort. Und neben der Quelle unter der riesigen Platane werde ich einen Konak bauen lassen, drumherum ein Rosenland von eingezäuntem Garten. Aus Adana werde ich mir Blumen und Bäume bringen lassen und einpflanzen. Wenn du willst, komm auch du in unser Dorf, komm mit Kind und Kegel!«

»Ich werde auch kommen«, erwiderte Şahin der Bartlose. »Sowie ich hier alles erledigt habe. Doch erst einmal muß ich genug Geld beisammen haben …«

Halil zählte sehnsüchtig die Tage bis zum Opferfest, noch lagen Monate dazwischen. Schon jetzt hatten die beiden für den Aga ein Gelände der Größe eines Landgutes gerodet. Nicht nur der Schwarzdorn, auch Ipekçe erschien in Halils Träumen und auch die Großmutter und, wie immer mit der Spindel in der Hand, die Mutter … Am bräunlichen Schwarzdorn wuchsen runde, schmale, gelbliche Früchte mit Kernen, sie schmeckten angenehm bitter und säuerlich … Und schwer von gefangenen Fliegen, Käfern und kleinen Bienen, wogten von Zweig zu Zweig gespannte weiße Spinnweben im sanften Wind, der über das endlose Gestrüpp dahinstrich. Halil tat es leid, diese bettuchbreiten Netze zerstören zu müssen, während die Spinnen, die in einen Winkel geflüchtet waren, mit traurigen Augen der Vernichtung ihres so mühevoll geschaffenen Wunderwerkes zuschauten.

In den Büschen waren sehr viele Vogelnester und Bienenwaben. Waren noch Eier oder Jungvögel in den Nestern, ließ er die Sträucher bis zum Winter stehen. Vereinzelt standen sie wie dunkle Flecken im weiten Feld, und die Vögel kamen zu ihnen zurück. Mit den Waben war es schon schwieriger, und wenn Halil sie vorsichtig ans Flußufer zu den Brombeerhecken trug und dort absetzte, stachen ihn die Bienen. Das war auch der Grund, daß sich niemand mehr in die Brombeeren wagte, denn die Bienen hier waren angriffslustig. Doch Halil schreckte nicht zurück, und immer wieder ging er mit Waben so groß wie Tabletts und einer Wolke Bienen überm Kopf zu den Brombeerbüschen hinunter.

»Halil, Halil, wo bist du abgeblieben? Wie viele Jahre ist es her, daß du fortgegangen bist?« Vom Tal des Weißdorns hallt es herüber. Und von der Ebene im goldgelben Sonnenlicht tönen die girrenden Schreie der Frankoline ... Sonnverbrannte, von Dornen zerlumpte Männer scharen sich um ihn.

»Halil, Haliil!«

An manchen Tagen stieg er noch vor Morgengrauen zum Fuß der Festungsmauern hoch und betrachtete von dort den Berg Düldül, wie er sich ganz langsam aus dem lichten Nebel schält und der Gipfel, plötzlich von der Sonne angestrahlt, sich ganz kurz in flammendes Gold verwandelt, das sofort wieder verlöscht wie eine Sternschnuppe, die glitzernd am klaren Horizont verschwindet. Diese Augenblicke erfüllten Halil mit unbändiger Freude, die auch noch anhielt, wenn er das Schwarzdorndickicht erreicht hatte.

»Halil, Halil, wo bist du abgeblieben? War es das, was wir einander versprachen, Halil?«

Und Halil stürzte sich auf die Schwarzdornstümpfe, auf Erde und Wurzeln, ohne hochzublicken, sich umzudrehen, in seinem Fahrwasser Şahin der Bartlose, den er mitgerissen, in seinen Bann geschlagen hatte, der tat, was er ihm sagte. Als seien Şahin und er zu einem Körper zusammengewachsen, so haargenau stimmten ihre Bewegungen überein. Sogar ihre Gesichter sahen sich ähnlich. Und auch in Şahins Ohren hallte es hin und wieder von weit her aus dem Hochland Mittelanatoliens: »Şahin, Şahin, wo bist du abgeblieben, Şahin? Fliegt, Kraniche, fliegt, weit hinein in das Land jenseits der Berge!«

Endlich kam das Opferfest. Als erste legten Halil und Şahin die Arbeit nieder, mischten sich unter die Dörfler und gingen mit ihnen in die Moschee zum Festtagsgebet. Jedermann musterte mit empörtem Gemurre die zwei zerlumpten, mit Narben und Wunden übersäten Gesellen.

Gleich nach dem Festtagsgebet gingen die beiden geradewegs zu Memik Aga. »Gesegnet sei dein Festtag, Aga!« wünschten sie ihm und küßten ihm die Hand.

Der Aga ließ für sie Kaffee bringen, den sie genüßlich schlürften. »Ihr habt fleißig gearbeitet«, lobte sie der Aga, »habt soviel geschafft wie zehn Mann zusammen. Wir haben uns mit dem Araber hingesetzt, euren Verdienst sorgfältig ausgerechnet und festgestellt: Ihr seid ja reich geworden! Bitte, hier ist euer Geld!« Dann wandte er sich an Halil: »Willst du auch dein Geld haben, das du bei mir damals hinterlegt hast?«

Halil überlegte kurz. »Behalte es noch bei dir«, antwortete er dann. »Wenn ich in einigen Tagen in die Heimat zurückkehren werde, hole ich's mir.«

Memik Aga freute sich. Das hieße nämlich, Halil würde dieses Jahr nicht in die Heimat zurückkehren, ihm das Geld zurückbringen und sich noch grimmiger als zuvor in die Arbeit stürzen.

Die Taschen voller Geld, machten sich Halil und Şahin der Bartlose zu Fuß auf den Weg in die Stadt, übernachteten dort in einer Herberge und aßen morgens, mittags und abends bei Ibrahim dem Kurden Kebab mit Sumach und tranken Rotrübensaft dazu ... Dann kehrten sie ins Dorf zurück, setzten sich vor Morgengrauen am Fuß der Festungsmauern in die Thymiansträucher und betrachteten von Tagesanbruch bis Sonnenuntergang den Berg Düldül. Sie sprachen kein Wort. Nur einmal, als es dunkel wurde und der Berg in der Ferne verschwand, sagte Halil: »Unser Dorf ist hinter diesem Berg. Dort sind auch die Quelle, die Platanen, meine Mutter und meine Großmutter, sie alle sind dort hinter dem Berg.«

An einem anderen Tag streiften sie bis zum Abend durchs Dorf, und einen Tag verbrachten sie im Tal des Weißdorns, wo sie sich unter einen Baum setzten, ihr Geld zählten und nachdachten. Als der Abend hereinbrach, stand Halil auf, und mit ihm sprang auch Şahin der Bartlose sofort auf die Beine.

»Was meinst du, wollen wir auch dieses Jahr nicht heimkehren? Hätten wir nicht noch mehr Geld, wenn wir uns erst nächstes Jahr auf den Weg machen? Meine Großmutter ist doch gesund, nicht wahr, meine Mutter ist noch jung, und Ipekçe wird doch auf mich warten, nicht wahr?«

Şahin der Bartlose sagte nichts, und Halil gab sich selbst die Antwort: »Wenn wir dies Jahr nicht weggehen, haben wir im nächsten Jahr nochmal soviel Geld. Als ich sie verließ, war Großmutter kerngesund und Mutter munter wie ein Fisch im Wasser, um sie muß ich mich nicht sorgen. Und Ipekçe wird auf mich warten, auch wenn ich dieses Jahr nicht heimkehre. Was meinst du, bleiben wir noch?« Und ohne Şahin Gelegenheit zu geben, darauf zu antworten, fast so, als befürchte er, dieser könne sich gleich davonmachen, was er unbedingt verhindern müsse, fügte er sofort hinzu: »Laß uns dies Jahr noch hierbleiben, Bruder Şahin; wenn wir schon heimkommen, dann nur mit Händen voller Geld!« Und er machte sich so schnell auf den Rückweg ins Dorf, daß Şahin weder antworten noch Schritt halten konnte und ihm hinterherlaufen mußte.

Halil verhielt erst am Fuße der Treppe von Memik Agas Konak, wartete kurz und stieg gleich die Stufen hoch, kaum daß Şahin ihn eingeholt hatte.

Der Aga saß auf der Polsterbank, Halil ging zu ihm, reichte ihm mit gesenktem Kopf wortlos das Geld, drehte sich um und lief die Treppe wieder hinunter. Şahin tat es ihm gleich.

»Dies Jahr werden wir noch mehr verdienen«, sagte Halil und atmete tief.

»Dies Jahr noch mehr«, bestätigte Şahin.

»Los, gehen wir uns ausschlafen!«

»Schlafen wir uns aus«, nickte Şahin.

Am folgenden Morgen vor Tagesanbruch, bevor die Morgenbrisen aufkamen, als im Osten noch der Morgenstern über den Gavurbergen funkelte, waren sie schon bei den Schwarzdornsträuchern und machten sich mit frischen Kräften an die Arbeit. Die Tagelöhner in ihrer Nähe richteten sich auf, stemmten die Hände in die Hüften und schauten mit ungläubigen Blicken kopfschüttelnd zu, wie die beiden kreiselten.

Anstatt zu ermüden, arbeiteten Halil und Şahin der Bartlose im Lauf des Tages immer schneller. Und so ging es wochenlang weiter, ließen sie fruchtbare, fette, eins zu vierzigfachen Ertrag verheißende Erde hinter sich. Schwärme von Vögeln und Bienen, Käfer mit grünlich, bläulich, gelblich und in tausenderlei Farbpunkten flammenden Panzern flogen von Strauch zu Strauch, von Blume zu Blume, dazwischen wimmelten Ameisen, wirbelten große violette und orangefarbene Schmetterlinge, die Flügel mit feinen, glänzenden Mustern verziert. Dieser neugewonnene Grund war ungeheuer fruchtbar. Mit dem Schwarzdorn rodeten sie auch Schilfrohr, Binsen, Bäume und Brombeergestrüpp. Oft trafen sie auf Marienkäfer, einmal drängten sich im runden Blütenkopf einer Distel Hunderte. Dann geriet Halil vor Freude außer sich.

»All meine Wünsche werden wahr, Şahin«, rief er, »hast du in deinem Leben jemals so viele Marienkäfer, so viele Käfer Gottes auf einem Haufen gesehen ...« Er blieb stehen, holte tief Luft, betrachtete mit zärtlichen Blicken die wimmelnden Marienkäfer, bückte sich, griff sich aus dem Schwarm einen der größeren Käfer, setzte ihn auf die schwarzen Haare seiner rissigen, von Wunden und Schwielen starrenden, erdverschmutzten Hand und sagte: »Flieg, Marienkäfer, flieg. Wenn du fliegst, werden meine Wünsche wahr!« Er starrte auf den über seinen Handrücken kriechenden roten Käfer mit den schwarzen Punkten und wiederholte immer wieder: »Flieg!« Flog der Käfer nicht, regte er sich auf, bebten seine Lippen, wurde er blaß. »Flieg, Marienkäfer, flieg!« Wie einen Kehrreim leierte er diese Worte, während der Käfer mühsam durch die Haare zum Handgelenk krabbelte, von dort zurück zu den Fingern, über jeden einzelnen hinweg, wobei er auf jeder Kuppe eine Verschnaufpause einlegte, und wenn

Halils Herz schon bis zum Halse schlug, blieb der Käfer meistens auf der Daumenkuppe stehen, verhielt eine Weile auf diesem Startplatz, der Halil schon geläufig war, öffnete gemächlich seine Flügel und hob sich plötzlich in die Luft. Und Halil, von einem Freudenrausch gepackt, stand da und blickte ihm hinterher. Anschließend fing er den nächsten Käfer und danach einen dritten ... Waren drei Käfer davongeflogen, holte er tief Luft und entspannte sich. »Los, Bruder«, forderte er dann Şahin auf, »ruhen wir uns unter der Eiche da drüben ein bißchen aus!« Tausende rote Glückskäfer mit schwarzen Punkten flogen in seiner Phantasie funkelnd durch die Lüfte.

Sogar ihre Eßgewohnheiten befremdeten die übrigen Tagelöhner. Wenn das Essen aus dem Dorf gebracht wurde, füllten sich die beiden Grützreis und Yoghurtgetränk aus den Kesseln in jeweils zwei große Näpfe und setzten sich, getrennt von den andern, in einen Winkel nieder. Gleichzeitig hockten sie sich hin, gleichzeitig standen sie nach dem Essen auf, gleichzeitig begannen sie wieder zu arbeiten, so daß die andern sie schon als fremdartige Wesen betrachteten, verwunschen und verhext von einem Dschinn auf immer und ewig.

Der Herbst schüttelte die Blätter vom Schwarzdorn, die braunen Dornen, die gelben, mantelknopfgroßen, kugeligen Schlehen wurden immer dunkler, das sich endlos dehnende, kahle Gestrüpp immer furchterregender. Auch Halil veränderte sich, wenn der Herbst kam. Seine Bewegungen wurden langsamer, er arbeitete nicht mehr schneller als die anderen Tagelöhner, und Şahin der Bartlose glich sich, wenn auch im Laufe einer Woche oder von zehn Tagen, ihm an. Gegen Ende dieser besinnlichen Zeit begann Halil ganz leise ein Lied zu singen, er sang bei der Arbeit, beim Essen und hörte auch nicht auf, wenn er Marienkäfer fing oder Honigwaben schleppte. Und während er sang, überkam ihn das Heimweh so stark, daß er plötzlich innehielt und angestrengt horchte.

»Halil, Halil, so komm doch, Halil! Steigt dir vor Sehnsucht der Duft unserer Berge gar nicht mehr in die Nase? Haliiil, Halil!«

Blumen bedecken die Berghänge, die violetten Veilchen stehen kniehoch. Dicht an dicht blühen Narzissen und Hyazinthen im felsigen Gelände, sprießt vom Kamm bis ins Tal Hundsrose und Knabenkraut, leuchtet an Quellen das Blau der Poleiminze. Siehst du im Traum nicht, wie sanft sich unsere Berge im Winde wiegen? Die Kraniche sind auch wieder da, am Himmel glitzern Siebengestirn und Waage, und die funkelnden Sterne spiegeln sich im Violett der Veilchen, im leuchtenden Quell und im rötlichen Schnee der Gipfel.

»Es reicht, Halil, komm doch zurück!«

Wenn ihn der Trübsinn so übermannte und er, mit gespitzten Ohren regungslos in die Welt hineinhorchend, die Geräusche krabbelnder Käfer, hüpfender Heuschrecken, schlängelnder Schlangen im Gras und summender Bienen in der Luft hören konnte, drehte er sich nach einer ganzen Weile plötzlich um, schlug den Weg zum Dorf ein, stieg zur Festung hoch, setzte sich dort auf einen Stein, nahm seinen Kopf zwischen die Hände und versank in Gedanken, bis der Himmel über dem Gipfel des Düldül von Sternen wimmelte.

»Halil, Halil, die violetten Veilchen wachsen nicht mehr kniehoch, es duftet nicht, die Quellen sind vermoost und sprudeln nicht, Halil!«

Jeden Herbst kommen Männer vom Hochland hinter jenem Berg, jenem hellen, violetten Berg mit dem kupfern schimmernden, spitzen Gipfel.

»Ein Mann mit eirunden Augen von hinter den Bergen, aus dem Dorf Doruk, sein Name ist Ali, er kann hervorragend mähen, ist hochgewachsen, hat sehr lange Finger, verzieht beim Lächeln die Lippen schief zur Seite, trägt bestickte Wollstrümpfe und ein mit Veilchenmustern besticktes Halstuch. Er macht ausgreifende Schritte und keinen ohne seinen Windhund im Gefolge, hast du diesen Mann gesehen, Bruder?«

»Ich habe Ali nicht gesehen.«

»Sein ganzer Körper riecht nach Stroh, nach Wasser, nach Regen, nach reifenden Weizenähren und dem Fell des Damhirsches.«

»Ich habe Ali nicht gesehen.«

»Von Alis Haus zu unserem sind's zehn Schritt, er spielt die lange Hirtenflöte, schmiedet seine Pflüge selbst, fährt auf einem Floß in die Çukurova, in sieben Tagen und sieben Sternennächten. Ali ist in dieses Dorf gekommen und hat nach mir gefragt, hast du ihn nicht gesehen? ›Ich bin's, Halil; Halil, Halil, wo bist du, Halil, in welches Loch hast du dich verkrochen‹, soll er gerufen haben, hast du es nicht gehört?«

»Ich hab es nicht gehört, Bruder.«

Es regnete. Mit nackten Füßen stapfte Halil im strömenden Regen durch Schlamm und reißendes Wasser, und Şahin hinter ihm. Im felsigen Gebirge und über der Burg zuckten Blitze, die den pechschwarz fließenden Fluß immer wieder aufleuchten und ins Dunkel zurückfallen ließen. Bei jedem Blitz schien der taghelle Berg Düldül näher zu rücken, und über ihm das Himmelszelt, aus Tausenden fortwährend dahingleitenden Lichtfäden gewoben, bis alles wieder in ein undurchdringliches Dunkel eintauchte und verschwand.

Roden im Regen ist hart. Schon wenn die ersten Tropfen fielen, flüchteten die Tagelöhner mit geölten Fußsohlen ins Dorf, schneller als eine fliegende Kugel! Doch Halil und Şahin fielen weiterhin über den Schwarzdorn und seine tief in die Erde hineingewachsenen Wurzeln her und sahen, gewälzt im Schlamm, nach kurzer Zeit so aus, als seien sie Menschen aus Lehm. Nur ihre Augen und Zähne schimmerten. Und auch im Regen lief der Schweiß in Strömen.

Kamerad aus den Bergen, Bruder mit dem Rucksack, durchnäßt wie wir, kommst du von jenseits des Bergs Düldül? Bist du auf deinem Herweg in unserem Dorf eingekehrt, hast du die alte Anşaca gesehen, dich nach meiner Mutter erkundigt, unter der großen Platane haltgemacht, etwas über Ipekçe mit den goldenen, in der Sonne schimmernden Haaren erfahren? Und hat sie dir aufgetragen, du mögest hingehen und den Treulosen grüßen? Krähte Ahmetçes Hahn, fließen die schlammtrüben Bäche wieder klar, wurdest du von Wildwassern überrascht?

Der Mann schwieg, blieb auf der Landstraße stehen, legte den Kopf in den Nacken und betrachtete den Himmel. Wolken barsten, Blitze zuckten ununterbrochen, umschlängelten sich, türmten sich zu einem Gewirr, zu einer riesigen Kugel, die in das Dunkel des Himmels eindrang und ihn von einem Ende bis in die endlose Tiefe des Horizonts erhellte. Und schlammbedeckt standen Halil und Şahin einen Augenblick in diesem Strudel von Licht, bevor sie im Dunkel der vom Himmel fallenden Wassermassen verschwanden. Der Regen durchlöcherte die von Strauch zu Strauch weitgespannten, wehenden Spinnweben, und bekümmert blickten mit großen Augen die langbeinigen Spinnen drein, die sprungbereit in einer Ecke ihres Netzes regungslos lauerten. Brodelnde Wolken und Blitze, die den Himmel krachend mittendurch zu spalten schienen, jagten dahin, der Donner hallte von den Felsen wider, rollte über die Ebene, und zeitweise leuchtete der Gipfel des Berges auf wie am hellichten Tag.

Bruder, mein Bruder von den Hängen jenseits jener Berge, führte dein Weg dich ins Dorf Doruk? Hast du ihn vielleicht getroffen? Er ist genauso groß wie du, sogar sein Gesicht ist dem deinen ähnlich, wie bei dir hängen seine Schnurrbartspitzen, strahlen seine Augen, auch schürzt er wie du die lachenden Lippen, und von weitem schon fallen seine Zähne auf, die so schimmern wie deine. Er hat aus der Çukurova ein Ochsengespann, eine Deutsche Flinte, ein Araberfohlen mitgebracht, hat genau dreihundert Lira Brautgeld gezahlt und geheiratet, hat die Ufer des Keşiş urbar gemacht, Getreide angebaut, durch das kein Tiger dringt, er ist es, der bei der Hochzeit des Elfensultans drei Tage und drei Nächte lang den Reigen führte, und alle Elfen waren in ihn verliebt ... Hast du ihn getroffen? Bringst du mir eine Nachricht von ihm? Ja, Wanderer, er sieht aus wie du.

Bei Mondschein arbeiteten sie jetzt nachts, tagsüber schlenderten sie wie Schlafwandler ziellos durchs Dorf, musterten die Menschen, in der Hoffnung, Neuigkeiten aus dem Dorf Doruk, aus der Gegend des schneebedeckten Düldül oder aus Kazova im Bezirk Sivas zu erfahren. Sie hielten jeden an, der ihnen in den Gassen, ja, bis hin zur Landstraße, über den Weg lief, gingen dann unverrichteter Dinge enttäuscht und ratlos wieder an die Arbeit, stürzten sich erneut auf den Schwarzdorn, rodeten ohne hochzublicken, vergaßen sogar zu essen und legten nach ein, zwei Monaten plötzlich die Arbeit nieder, machten sich auf ins Dorf, irrten wieder durch die Gassen und erhofften sich von irgend jemandem, ob fliegender Vogel oder summende Biene, eine Nachricht aus der Heimat.

Würde meine Mutter mich denn erkennen, wenn sie mich so sähe, würde meine Großmutter sagen: »Ja, das ist mein Halil.« Und würde Ipekçe rufen: »Das ist Halil, Halil, Halil« und mir um den Hals fallen?

Am Vorabend des Opferfestes standen vor Memik Agas Haus drei Schafe mit roter, blauer und grüner Fellmarkierung und zwei Ziegen mit buntem Halsband und fraßen vergnügt vom Gras, das für sie aufgehäuft worden war.

»Morgen ist Feiertag«, sagte Halil.

»Und die Deinen halten jetzt Ausschau nach dir.«

»Kazova ist so weit von hier«, seufzte Halil.

»Hinter den sieben Bergen«, sagte Şahin, »schwer hinzukommen.«

»Diesmal müssen wir hin«, meinte Halil. »Diesmal ... Sie werden auf mich warten.«

Mit Schwung eilte er die Treppe hoch und traf oben auf den Stufen den wie immer lächelnden Memik Aga.

»Komm herein, Halil«, begrüßte ihn Memik Aga, weiterhin lächelnd, blickte hinunter und brüllte: »Zwei Kaffee!« Dann zog er zwei Bündel Geldscheine hervor, reichte Halil den einen und Şahin den andern und sagte mit vorwurfsvollem Blick: »Nehmt nur, aber beim letzten Mal habt ihr in der Stadt viel Geld ausgegeben, haltet euch doch diesmal ein bißchen zurück. Schließlich habt ihr euch für dieses Geld wie Galeerensträflinge der Heiden fast zu Tode geschuftet. Das hat die Welt noch nicht gesehen, wie ihr gearbeitet habt. Schade um euer Geld!«

Der Kaffee wurde gebracht. Schweigend setzten sich die beiden auf den Rand des Wandsofas und nahmen mit zitternden Händen die Täßchen vom Tablett.

»Alle Achtung, Jungs«, lachte Memik Aga, »dieses Jahr habt ihr soviel Wurzeln gerodet, daß die Fläche für zwei Bauernhöfe reicht. Und ihr habt dafür etwa soviel verdient, wie all die andern Tagelöhner zusammen. Gott vermehre eure Kraft! Geht es wieder in die Stadt?«

»Ja, in die Stadt«, antwortete Halil.

»Kebab essen«, fügte Şahin hinzu.

»Viel Spaß!« rief freundlich lächelnd Memik Aga hinter ihnen her.

Wieder gingen sie rückwärts bis zum Treppenabsatz, drehten sich dann erst unaufgefordert um, stiegen die Stufen hinunter und machten sich auf den Weg. In der Stadt suchten sie als erstes einen Friseur auf. Halil erkannte sich im Spiegel nicht wieder und betrachtete sein Gesicht so überrascht, als gehöre es einem Fremden. Nur die Augen dieses Fremden im Spiegel sahen denen Halils ähnlich, und bis zum Ende der Rasur haftete sein Blick auf seinen Augen im Spiegel. So, als suche er etwas in ihnen.

Nach Kölnisch Wasser duftend, gingen sie zum Kebabröster, bestellten sich jeder eineinhalb Portionen, und zu dem fetten, mit Sumach gewürzten Fleisch gab es einen großen Teller, angehäuft mit roter Bete, grünen Paprikaschoten und Petersilie. Sie aßen mit Bedacht, tranken genüßlich einen Becher Rotrübensaft hinterher, verließen dann die von fettigem Kebabrauch geschwängerte Bratküche und machten sich auf ins Ladenviertel. Im Kaffee Zu den Drei Platanen tranken sie einige Glas zuckersüßen Tee. Am Fuße der drei mächtigen Platanen oberhalb des Kaffees waren die Aborte, unter die ein Bächlein floß. Mit etwas Scheu betraten sie die Kabinen. Halil mußte plötzlich lachen, und nebenan lachte auch Şahin, und lachend hockten sich beide hin und entleerten sich. Herrlich, wie ihr Kot ins Wasser plumpste und vom schnell dahinschäumenden Bach fortgeschwemmt wurde. Und Halil schwor sich im stillen, gleich nach seiner Ankunft im Heimatdorf und noch vor dem Bau seines Konaks so einen Abort aufzustellen!

Jetzt wird er sich geradewegs zu Memik Aga aufmachen, die Stiegen hochsteigen, wird sagen: Mein Aga, ich kann hier keinen Lidschlag länger bleiben, drum gib mir mein Geld, das du für mich verwahrst, ich gehe in die Heimat ... Jetzt, sofort? ... Jetzt, sofort, mein Aga ... Will auch Şahin sein Geld? ... Auch er will sein Geld, wird er antworten, denn auch er kommt mit in unser Dorf.

Begeistert kam er aus der Hocke hoch und rief: »Şahin!«
»Was ist?« fragte Şahin mit schläfriger Stimme.
»Los, komm hoch, wir müssen sofort zum Aga!«
»Ich bin schon auf den Beinen«, entgegnete Şahin und knotete sich eilig den Hosenbund zu.

Sie nahmen gar nicht mehr wahr, wie sie aus der Stadt herauskamen, auf welchen Wegen sie ausschritten, wer ihnen über den Weg lief, wann sie den Fluß überquerten und zur Treppe des Agas kamen, so hatte die Freude, nach Haus zu kommen, sie berauscht und sie wie im Traum hergeführt. Ganz kurz nur verhielten sie am Fuß der Treppe, dann eilte Halil, noch vor Freude zitternd, die Stufen empor.

Memik Aga empfing sie noch freundlicher als sonst. »Komm herein, mein Halil«, rief er mit weicher Stimme, »mein Recke, so wertvoll wie tausend rodende Tagelöhner, komm, setz dich an meine Seite und trink erst einmal einen Kaffee ... Und wie gut du nach Kebab riechst!« Dann wandte er sich Şahin zu: »Auch du, mein Löwe Şahin der Bartlose, Halils Weggenosse, setz dich zur anderen Seite!« Und während er die dreiunddreißig Perlen schwere Gebetskette klappernd durch seine Finger gleiten ließ, brüllte er: »Zwei Kaffee«, warf seine Tabakdose vor den dahockenden Halil und sagte: »Dreh dir eine!«

»Wir schätzen den, der raucht«, entgegnete Halil ablehnend mit kindlicher Scham.

»Und wie ist es mit dir?«

Auch Şahin dankte mit der Rechten auf seiner Brust und sagte, zu Tränen gerührt: »Leben sollst du!«

Eine ganze Weile herrschte Schweigen, auch Memik Aga schaute wortlos vor sich hin. Und die beiden jungen Männer hatten die Hände mit ausgestreckten Fingern auf ihre Knie gelegt und starrten in achtungsvoller, kerzengerader Haltung auf die gegenüberliegende Wand.

Plötzlich zerriß des Agas schneidende Stimme die Stille: »Heraus mit dem Geld!« befahl er. »Nachher vergeßt ihr es noch in euren Taschen und laßt es euch von einem Finsterling wegschnappen. Beinah hätte ich auch nicht daran gedacht. Wie stündet ihr denn da, wenn ich es so wie ihr vergessen hätte, und jemand wäre dahergekommen und hätte euer mit Blut und Schweiß in so unmenschlicher Arbeit verdientes Geld gestohlen? Was hättet ihr dann getan?«

»Mein Aga«, versuchte Halil ihn zu unterbrechen, doch als schwane ihm schon etwas, brüllte Memik Aga: »Los, macht schon!«

»Memik Aga …«

»Ihr habt das Geld lange genug mit euch herumgeschleppt … Es reicht, nun ist es genug, ja, übergenug. Und wenn jemand gewußt hätte, daß ihr so viel Geld mit euch schleppt? Gott bewahre, der Wind verwehe mein Unken!«

Wie von selbst war das Geld von Halils Brusttasche in seine Hände geglitten, worauf der Aga mit ausgestreckter Hand schon gelauert hatte und wohin es, wie auch immer, gleich darauf weiterglitt.

»Mein Aga«, stotterte Halil und sah dem Aga in die Augen. »Ins Dorf … in diesem Jahr …«

»Warum diese Eile?« lachte der Aga. »Du bist doch noch so jung.«

Mit gesenktem Kopf und vor Scham hochrotem Gesicht hockte Halil da, dicke Schweißperlen bedeckten seine Stirn.

Auch Şahins Geld war in des Agas Hände geglitten, der kopfschüttelnd die Scheine zählte.

»Ihr habt viel ausgegeben, sehr viel«, murmelte er. »Ein Jammer, wie ihr das mit Qualen verdiente Geld wie die Spreu vom Dreschplatz verwirbelt. Im nächsten Jahr darf euch so viel Geld nicht mehr in die Hand gegeben werden.«

Der dampfende Kaffee wurde gebracht. Und wieder nahmen sie mit bebenden Händen ihre Täßchen, tranken geduckt wie verschüchterte Kinder, standen anschließend sofort auf, eilten hinunter, setzten sich nebeneinander auf den alten Marmorblock mit den eingemeißelten Schriftzeichen und schauten schweigend eine Weile zur Bergfestung hinüber. Hoch über der Burg hatte ein Greif die Flügel weit in den Wind gestreckt, stand dort am Himmel wie festgenagelt. Unten im Dorf wieherte ausdauernd ein Pferd.

»Wir gehen hinein und verlangen unser Geld«, murmelte Halil vor sich hin. »Wir können nicht hierbleiben. Wer weiß, wie es unsern Leuten dort hinter den Bergen geht.«

»Ja, wer weiß«, bekräftigte Şahin der Bartlose. »Warum hast du ihm dein Geld gegeben, und warum hast du das andere Geld nicht herausverlangt?«

»Ich brachte es nicht über mich«, seufzte Halil. »Dieser Mann hat etwas an sich, daß man sich schämt und tut, was er will, so, als habe er einen in seinen Bann geschlagen.«

»Los, gehen wir rauf und verlangen es!«

»Ja, verlangen wir es«, nickte Halil. »Wir müssen es verlangen. Außerdem haben wir uns von allen Freunden schon verabschiedet und ihnen erklärt, wir kehrten ins Dorf zurück. Was sollen wir ihnen denn jetzt sagen?«

»Wir müssen raufgehen und unser Geld verlangen. Ist es denn nicht unser Geld, das wir in Gottes Namen in seine Obhut gegeben haben?«

»Ja, wir müssen es verlangen, es ist in seiner Obhut.«

Sie versanken wieder in Schweigen und starrten wie versteinert eine lange Zeit zur Bergfestung hinüber und zum Greif, der noch immer mit gestreckten Flügeln am Himmel stand. Hin und wieder wendeten sie gleichzeitig den Blick zum Konak Memik Agas und anschließend zum Fluß hinunter, der sich schimmernd durch die weite Ebene schlängelte. Die Sonne stand tief im Westen, würde jeden Augenblick hinterm Horizont verschwinden ... Und von oben hallte des Agas hämmernde Stimme.

»Komme, was wolle, heute kehren wir in die Heimat zurück, mein Freund, ich halte es hier nicht länger aus. Wir werden hingehen und unser Geld verlangen«, begann Halil mit leiser, unterwürfig und mutlos klingender Stimme.

»Wir werden es verlangen«, bekräftigte Şahin der Bartlose entschlossen.

»Wäre ich doch nach der Reisernte gleich ins Dorf zurückgekehrt und nicht zum Roden hergekommen! Ich weiß nicht, was ich jetzt machen soll.«

»Wärst du nur«, nickte Şahin.

»Aber dann hätte ich weder ein Pferd gehabt noch eine Deutsche Flinte, noch dreihundert Lira Brautgeld für Ipekçes Vater. Und dann hätte ich mir weder bei der Quelle neben den großen Platanen einen Konak hinsetzen, noch beim Felsen Asarkaya dreiundvierzig Morgen beste Erde roden können, die fünfzigfache Frucht trägt auf Halmen so dicht, daß auch ein Tiger nicht durchdringen kann. Und außerdem hätte ich dann meiner Großmutter keinen gefütterten Mantel, meiner Mutter keinen blauen Umhang aus der Çukurova und meiner Ipekçe kein silbernes Armband kaufen können, stimmt's?« Er redete wie ein Märchenerzähler.

»Stimmt«, sagte Şahin.

»Käme doch jetzt, in diesem Augenblick, einer aus unserem Dorf und brächte uns Nachricht von zu Haus, sagte, es geht den Deinen gut und Ipekçe wartet auf dich!«

»Und wenn wir jetzt sofort die Treppen hinaufliefen und Memik Aga sagten: ›Gib uns unser Geld‹ und mit dem Geld in der Hand ins Land jenseits des Berges Düldül flögen; in euer Dorf ...«

»In unser Dorf«, unterbrach ihn Halil. Er senkte den Kopf und ließ die Arme sinken. Trauer übermannte ihn. »Und was, wenn ich jetzt nach Hause komme ...« Er schwieg, starrte vor sich hin und schwieg eine ganze Weile. Als er wieder aufblickte, hatte er Tränen in den Augen und wiederholte mit brüchiger, heiserer Stimme: »Wenn ich jetzt nach Hause komme ...« Doch er brachte den Satz nicht zu Ende, die Worte schnürten ihm die Kehle zu. »Wenn ich nach Hause komme, und Großmutter gestorben ist«, schoß es ihm plötzlich über die Lippen, »was nützt mir dann das ganze verdiente Geld ... Wofür ich mich totgearbeitet habe und jetzt aussehe, als sei ich kein Mensch?« Dabei schaute er an sich herunter und sagte: »Genau so! Und wenn Mutter gestorben ist? Sie war damals schon krank. Und wenn Ipekçe einen anderen gefunden hat? Hat sie mich bei unserer Trennung nicht so eigenartig angeschaut, als wollte sie sagen, du gehst auf und davon, und wie lange soll ich denn auf dich warten? Was hat es dann genützt, daß ich mich so zerfetzt habe und an jedem Schwarzdorn ein Stück von mir hängengeblieben ist?«

»Na ja, sie ist ein lediges Mädchen«, meinte Şahin, »da wartet sie ein Jahr auf den Mann in der Fremde, wartet ein zweites Jahr, und am Ende ...«

»Bestimmt hat die arme Großmutter nach mir gerufen, als der Tod nahte, hat gerufen: Halil, Halil, wo bist du geblieben! Ich wollte ihr noch ein weißes Leichentuch mitbringen. Halil, Halil, ich werde ohne Leichentuch begraben, wird sie gegrollt haben.«

»Halil, Halil, warum hast du dich so verspätet, Halil, wird sie noch im Tode geklagt haben.«

»Ja«, sagte Halil und sah Şahin in die Augen. »Was meinst du, Bruder Şahin?«

»So können wir nicht in unser Dorf zurück«, antwortete Şahin und straffte sich. »Ohne zu wissen, woran wir sind.«

»Nein, so können wir nicht zurück«, bestätigte Halil. »Und was sagen wir den Freunden, von denen wir uns schon verabschiedet haben?«

»Oho«, entgegnete Şahin, »seht euch unseren Aga an, werden wir sagen, er hat uns angefleht, noch ein Jahr zu bleiben, hat uns gesagt: Eure Hilfe ist mein Leben. Das werden wir ihnen erzählen und werden ihnen noch sagen: Wie konnten wir ihn dann enttäuschen, unseren Aga, dessen Brot wir jahrelang gegessen haben.«

»Und machen es die andern Tagelöhner nicht genauso wie du und ich«, meinte Halil. »Werfen sie nicht bei jedem Opferfest die Hacken und Spaten weg, um sich auf den Weg in die Heimat zu machen?«

»Und kommen sie nicht jedesmal nach den Festtagen mit gebeugtem Nacken und hängenden Armen zurück?«

»Von denen wird keiner über uns die Nase rümpfen.«

Bei Tagesanbruch erhoben sie sich, gingen ins Dorf und schlenderten ratlos durch die Gassen. Und als seien sie Wesen von einem anderen Stern, schauten die Dörfler, denen sie über den Weg liefen, sie mit großen, ängstlich blickenden Augen an.

Danach verschwanden sie wieder im Schwarzdorngestrüpp, schnitten und rodeten wieder mit unglaublicher Hast Sträucher und Wurzeln, stiegen von Zeit zu Zeit wieder zur Bergfestung hinauf, ließen ihre Blicke über die gestaffelten, blauen Bergketten hinweg zum nebelverhangenen Berg Düldül schweifen. Und kam das Opferfest, gingen sie hinunter in die Stadt und aßen in der rauchgeschwängerten Garküche mit Sumach gewürzte Adana-Kebabs. Anschließend kamen sie zum Aga, tranken Kaffee, übergaben ihm widerwillig das Restgeld, setzten sich eingeschüchtert wieder auf den beschrifteten Marmorblock und stürzten sich aus Angst, ins Dorf zurückzukehren, dann wieder ins Dornengestrüpp, wo sie wie sagenhafte Riesen uralter Zeiten ihren Kampf wieder aufnahmen ... Und so vergingen mehrere Jahre.

Wer bist du, Wanderer, dort unten auf der Landstraße? Deine Augen ähneln denen der Menschen jenseits der Berge, dein Gesicht gleicht ihren Gesichtern, dein Gang dem Schritt des Berglers. Das grobe Tuch deiner Pluderhosen wurde bestimmt von deiner Großmutter mit dem Saft der frischen Walnußschale gefärbt. Du hast dein Halstuch über die Schulter geworfen, den Fez schräg aufgesetzt, schwenkst seine blaue Troddel keck im Wind. He, Wanderer, woher so des Weges, am Vorabend des Opferfestes? Wo bist du zu Haus? Kennst du das Dorf Doruk?

Kaum sah Halil in letzter Zeit jemanden des Weges kommen, warf er die Arbeit hin, eilte mit Şahin dem Bartlosen im Gefolge dem Fremden bis zum unteren Paß entgegen und musterte ihn mit erwartungsvollem Blick, bis er an ihm vorbeigegangen war. Anschließend ging er, gefolgt von Şahin, wieder an die Arbeit.

»Schau«, rief er, »Şahin, schau!« Seine Stimme zitterte. Er hatte seine Augen mit der Hand beschattet und beobachtete den Mann, der des Weges kam. Freude schwang in Halils Stimme: »Der Mann dort kommt von jenseits der Berge, aus unserer Gegend.«

»Woran erkennst du ihn?« fragte Şahin, denn Halil war mit Şahin schon unzähligen Wanderern in den Weg gelaufen, und jedesmal waren sie enttäuscht an ihre Arbeit zurückgekehrt.

»Ich erkenne ihn an seinem Gang«, keuchte Halil mit zitternden Knien und vor Aufregung zugeschnürter Kehle. »Einer wie er ist hier noch nie vorbeigekommen.« Er starrte auf den Wanderer und rührte sich nicht von der Stelle. Sonst war er stehenden Fußes losgerannt, wenn jemand des Weges kam, hatte sich an den Straßenrand gehockt, bis der Fremde an ihm vorbei war. Manch einer grüßte ihn, andere bemerkten ihn gar nicht.

Der Fremde in der Ferne schritt schnell aus und kam immer näher. Halil stand mit aschfahlem Gesicht da und konnte sich nicht rühren. Wäre der Wanderer nicht stehengeblieben und auf die Tagelöhner im Schwarzdorn zugegangen, als er sie gewahrte, diesmal hätte Halil nicht loslaufen können, um ihm den Weg zu verlegen.

»Selamünaleykum!« sagte der Fremde und blieb fünfzehn Schritt entfernt von ihnen stehen.

Halil schwankte und schwieg.

»Aleykümselam!« erwiderte Şahin den Gruß.

Halil stand noch immer da und schwankte.

»Habt ihr etwas Wasser?« fragte der Wanderer. »Ich bin ziemlich durstig ... Seit heute morgen bin ich unterwegs und habe noch keinen Tropfen Wasser gefunden, mein Mund und meine Zunge sind wie ausgetrocknet.«

»Wir haben Wasser«, antwortete Şahin, holte den Wasserkrug aus dem Gebüsch, reichte ihn dem Fremden und sagte: »Trink!«

Während der Wanderer mit langen Zügen trank, hatte Halil sich gefaßt und ging jetzt einige Schritte auf ihn zu. »Wie geht es meiner Großmutter«, fragte er, »der Anşaca? Nun sag schon! Und wie geht es meiner Mutter? Und erzähle mir etwas über Ipekçe!«

Der Mann war noch sehr jung und betrachtete Halil mit prüfendem Blick. »O Gott, Halil«, rief er plötzlich, »wäre da nicht deine Stimme, ich hätte dich auch nach tausend Jahren nicht erkannt. Was ist dir denn widerfahren, was ist mit deinem Gesicht, mit deinen Händen geschehen?«

»Sag, lebt Großmutter noch?«

»Sie lebt«, antwortete der Wanderer.

»Meine Mutter?«

»Lebt!«

»Und Ipekçe?«

»Sie wartet auf dich.«

»Mein Leben für dich, Duranca«, sagte Halil und umarmte ihn. »Dem Herrgott, der dich schickte, sei Dank! Daß ich diesen Tag des Herrn noch erleben durfte!« Er konnte sich nicht mehr auf den Beinen halten und kauerte sich nieder.

Duranca hatte sich noch immer nicht beruhigt, entgeistert stand er regungslos da und starrte Halil an. »Nicht zu fassen, Halil«, rief er, »so etwas habe ich noch nicht erlebt, was ist mit dir … Ich hätte dich wirklich nicht erkannt, Halil, Bruder, aber kämest du in diesem Zustand in unser Dorf, würden dich weder deine Mutter noch Ipekçe, noch deine Großmutter wiedererkennen. Oh, oh, was hast du dir nur angetan?«

Halil hörte ihn gar nicht. Die Hacke war ihm aus der Hand gerutscht, er hatte sich aufgerichtet, und er stand mit hängenden Armen und vor Freude leuchtendem Gesicht, linkisch wie ein Kind, da und blinzelte in einem fort. Schließlich hob er den Kopf und sah Şahin an. »Gehen wir!« sagte er, und zu Duranca gewandt: »Und du kommst auch mit!«

Halil schritt aus, als habe er Flügel. Außer Atem, betraten die drei den Vorhof des Konaks.

»Ist der Aga oben?«

»Er ist oben«, antwortete ein Bediensteter. Halil ging zur Treppe, hinter ihm Şahin der Bartlose, gefolgt von Duranca.

»Oho, Halil Aga, komm herein«, begrüßte ihn von oben lächelnd Memik Aga. »Dieses Jahr kommt ihr früh. Was ist mit dir, du hast diesmal ja sehr wenig gerodet. Das kennt man von dir gar nicht. Bist du etwa, was Gott verhüten möge, krank oder so?« Dann zeigte er auf Duranca: »Und dieser Jüngling, will er auch roden?«

»Nein«, antwortete Halil mit lauter Stimme, »nein, nein, das ist Duranca, aus meinem Dorf.«

»Ach, so ist das.«

»Ja, so ist das«, sagte Halil. Dann wurde seine Stimme härter: »Ich kehre heim ins Dorf, mein Aga. Gib mir mein ganzes Geld, gib mir alles auf einmal, insgesamt tausendzweihundertdreiundsiebzig Lira und sieben Kuruş. Außen vor der Lohn von diesem Jahr!«

Memik Aga überlegte einen Augenblick, sah Halil kurz ins Gesicht, musterte ihn vom Scheitel bis zur Sohle und sagte dann mit weicher Stimme: »Wird gemacht, Halil, mein Sohn, wird gemacht. Jetzt gebe ich euch erst einmal den Lohn für dieses Jahr.«

»Alles auf einmal!« donnerte Halil.

»Alles auf einmal«, forderte Şahin ebenso laut.

Memik zog seine Brieftasche hervor und zählte aus ihr Geldscheine in seine Hand. Dann musterte er Halil noch einmal von oben bis unten und zählte nach.

»Bitte sehr«, sagte er, »euer Lohn von diesem Jahr!«

»Wir wollen alles!«

»Werdet ihr jetzt nicht in die Stadt gehen?«

»Wir werden in die Stadt gehen.«

»Dann nehmt erst einmal dieses Geld mit, nachher sehen wir in Gottes Namen weiter.«

»Alles, jetzt«, wollte Halil sagen, doch da verfinsterte sich Memik Agas Miene, verhärteten sich seine Gesichtszüge. »Nun geht schon los, auf in die Stadt. Und wenn ihr zurückkommt ...«

Diesmal ging Halil nicht rückwärts zum Treppenabsatz, er kehrte beim Weggehen dem Aga sofort den Rücken zu und eilte die Stufen hinunter; und ohne sich länger im Hof aufzuhalten, machten sich die drei sofort auf in die Stadt, marschierten dort geradewegs in den Friseurladen und setzten sich nebeneinander auf die Stühle. Wortlos rasierten die Barbiere sie sehr sorgfältig. Anschließend gingen die drei zum Kebabröster. Die Garküche war so verraucht, daß sie fast nichts sehen konnten. Es roch nach verbranntem Fett, nach Sumach, Zwiebeln, Tomaten und Dill. Sie bestellten sich je eineinhalb Portionen Adana-Kebab. Nach und nach kam Halil wieder zu sich, und je mehr er sich fing, desto redseliger wurde er, desto übermütiger vor Freude rutschte er auf seinem Stuhl ungeduldig hin und her, bis das Essen kam.

Nachdem sie sich gesättigt hatten, gingen sie ins Kaffeehaus der Provinzstadt, bestellten selbstbewußt wie Agas drei gezuckerte

Kaffee und tranken mit genüßlich einhauchendem Schlürfen. Halil redete noch immer. Der vor Freude überschäumende Tagelöhner war nicht zu halten. Vom Kaffee marschierten sie in den Park, durcheilten ihn wie ein Windstoß von einem Ende zum andern, landeten in der Gasse der Eisenschmiede, aber auch dort hielt es sie nicht, sie gingen bis zur Moschee, von dort zum Kutschenplatz, dann zum Rathaus, danach zum Bahnhof, weiter durch eine Erdnußpflanzung zum Getreidemarkt, wo sich, zu Haufen aufgeschüttet, Weizen, Hafer und Baumwolle türmte, von dort … Halil vorweg, durchstreiften sie die Stadt, ohne bei irgendwem oder irgendwo zu verweilen. Mal spazierten sie durch einen Apfelsinenhain, dann durch einen Rosengarten, anschließend unter Bäumen voller Feigen oder Äpfel, wo sie kurz verhielten. Bei einer von mehlbestäubten Bäumen, Gräsern und Mauern umgebenen Mühle, auf deren Mühlrad mit ohrenbetäubendem Rauschen aus großer Höhe Wasser herunterschoß und wo die Luft nach frischem Mehl duftete, machten sie halt.

»Wir sind ganz schön herumgekommen«, sagte Halil und strahlte über das ganze Gesicht. Am Fuße einer Mauer hockten sie sich nieder. Daß Halil immer fröhlicher wurde, war an seinem Gesichtsausdruck, seinen funkelnden Augen und seinem hellen Lachen zu erkennen.

»Sag mal, Duranca, Bruder«, fragte er unvermittelt, »wir haben bei all unseren Sorgen ganz vergessen, uns nach dir zu erkundigen. Was hat dich denn am Vorabend des Opferfestes in die Ferne getrieben? Woher kommst du, wohin willst du?«

»Frag mich bloß nicht«, keuchte Duranca, dem vom schnellen Gehen noch der Schweiß rann, »Wölfe haben meine Ochsen gerissen.«

»Das haben Wölfe so an sich«, lachte Halil. »Sie fressen gerne Ochsen. Wie gut, daß diese Halunken keine Menschen mögen.«

»Und dann hatte ich noch die Steuer am Hals. Da blieb mir kein Bissen Brot.«

»Ja, da bleibt nichts übrig, das kenne ich.« Mit schimmernden Zähnen lachte Halil immer noch.

»Die Kinder laufen schon nackt herum, meine Mutter und

meine Frau haben auch nichts mehr anzuziehen, sie wagen sich gar nicht mehr aus dem Haus, nicht mal bis zu den Nachbarn.«

Halil sprang auf die Beine, nach ihm Şahin und als letzter Duranca ...

»Los, gehen wir!«

Halil voran, die beiden andern dicht hinter ihm, machten sie sich mit ausholenden Schritten wieder auf den Weg. Der Lärm des Mühlenrades hinter ihnen verebbte, und bald schon hörten sie das Hämmern der Schmiede aus den Werkstätten inmitten der Stadt. Am Markt der Manufakturwaren verhielt Halil einen Augenblick, dann verschwand er in einem der Läden. »Schneid ab«, sagte er, »sieben Ellen von der blauen Rolle dort!«

Schwerfällig holte der Verkäufer den Stoffballen herunter, nahm mit Bedacht die metallene Elle in die Hand und begann noch bedächtiger, die entrollte Stoffbahn abzumessen. Als er sie abgeschnitten und zusammengelegt hatte, war Halil vor Ungeduld schweißnaß.

»Auch von dem da«, sagte Halil und zeigte auf einen Ballen geblümten Tuchs.

Wohl angesteckt von Halils Ungeduld, wurde der Verkäufer flinker.

»Und davon auch ...«

Halil ließ in einem fort zuschneiden, drei Ellen, vier Ellen, fünf Ellen lang ...

Sie verließen den Laden, und Halils Begeisterung war nicht weniger geworden, sie nahm eher zu, als er mit unbändiger Freude Duranca die Pakete in die Hand drückte.

»Nimm, Bruder«, rief er überschwenglich, »ich habe viel Geld verdient und das alles für dich gekauft.«

Als sie, wieder unterwegs, aus der Stadt herausgekommen waren, blieb Halil unter einer Pappel stehen, wartete auf Şahin und Duranca, und als sie ihn eingeholt hatten, hockte er sich an den Rand des Straßengrabens nieder. Die beiden taten es ihm gleich. Halil zog sein gebündeltes Geld aus der Tasche, zählte die Scheine, zählte nach und noch einmal nach, lächelte und reichte einen Teil der Scheine Duranca.

»Nimm«, sagte er, »ich habe Geld genug, das soll dir gehören! Für ein Ochsengespann ... Steuern inbegriffen ...«

Verwirrt stand Duranca mit dem Geld in der Hand da, sein Gesicht zuckte, und die weit aufgerissenen Augen schimmerten gläsern. Er war wachsbleich geworden, seine Hände zitterten, während er ungläubig wie vor einem Wunder auf die Geldscheine starrte.

»Versteck es gut, die Straßen sind voller Gesindel!«

»Ich versteck es gut«, erwiderte Duranca mit erstickter Stimme.

»Und jetzt halte dich nicht länger auf, mach dich sofort auf den Weg!«

»Ich mach mich sofort auf«, sagte Duranca, seine Stimme bebte und klang noch gepreßter.

»Mach dich auf zu meiner Mutter, zu Ipekçe und zu meiner Großmutter! Sag ihnen: ›Halil kommt. Er reitet einen Araber und hat das Geld für ein Ochsengespann, einen Mehrscharpflug, fünf Kühe und fünfzehn Schafe ...‹« Halil zählte auf, was ihm auf dem Markt ins Auge gefallen war. »Laß keine Zeit verstreichen, du bist jung, du nimmst die Landstraßen im Flug, und sag Ipekçe: ›Halil kommt, es dauert keine zehn Tage, dann ist er hier im Dorf!‹«

»Ich werde es ihr sagen«, nickte Duranca.

»Dann viel Glück!« wünschte ihm Halil und sprang auf. »Komm du nicht mit, von hier liegt unser Dorf näher. Kümmere dich nicht um Tag, nicht um Nacht!«

»Nicht um Tag, nicht um Nacht!« versprach Duranca und blieb am Fuß der Pappel stehen, während die andern beiden schon wieder unterwegs waren.

Halil holte aus, als habe er Flügel an den Füßen, und Şahin, der ihm gebeugt folgte, fiel es schwer, Schritt zu halten. So kamen sie zum Fluß, das Floß war diesmal schon am diesseitigen Ufer. Sie eilten auf den Anleger und sprangen auf.

»Warte auf keinen mehr«, bat Halil den Fährmann, »zieh los, ich zahle den Preis. Ich muß zurück in mein Dorf und hab's eilig!«

Der Mann griff ins gespannte Seil und begann das Floß hinüberzuziehen. Halil ging zu ihm und half. Danach hängte sich auch Şahin ins Seil. Im Nu waren sie am anderen Ufer.

Halil griff in die Tasche. »Wieviel?«

»Von dir nehme ich nichts«, sagte der Mann, und seine Augen lachten.

»Wieso das?« wunderte sich Halil.

»Bist du nicht Halil?« fragte der Fährmann.

»Der bin ich, na und?«

»Dann gute Reise, Bruder!« sagte der Fährmann und klopfte Halil zärtlich die Schulter. »Dein Weg sei offen, und Gott geleite dich in deine Heimat. Von dir nehme ich nichts!«

Von den Worten des Flößers mit Stolz erfüllt, hatte Halil die Hand noch immer in der Tasche. »Ich danke dir«, sagte er, und seine Augen glänzten noch heller. »Ich wünsche dir ein langes Leben«, fuhr er fort, »wie viele gute Menschen es doch gibt, alles Gute!«

Sie sprangen vom Floß und liefen durch bis zu Memik Agas Haus. Als der Aga sie so außer Atem und schweißtriefend heraufkommen sah, blickte er zuerst etwas befremdet, doch er fing sich schnell und lächelte. »Nun, habt ihr das Geld wiedergebracht? Hoffentlich habt ihr nicht soviel ausgegeben wie beim letzten Mal«, sagte er, und seine Schakalaugen schimmerten listig.

»Ich hab alles ausgegeben«, warf Halil sich begeistert in die Brust.

»Wofür hast du denn so viel Geld ausgegeben? Diesmal wart ihr doch gar nicht so lange in der Stadt.«

»Ich hab's Duranca geschenkt, alles«, antwortete Halil. »Er ist aus meinem Dorf, der Arme war in Schwierigkeiten. Mein Lohn ist ja mehr als genug für fünf Männer so wie ich.«

Memik Agas Gesicht wurde aschfahl, seine Hände zitterten. Sein Fuchsgesicht wurde immer länger, die Lippen schmaler, und auf seiner Stirn perlte Schweiß. »Hast du ihm denn alles gegeben, du Blödmann, dein ganzes Geld? Weißt du denn nicht, wie ich und du dieses Geld verdienen? Denkst du denn, ich habe dieses Geld auf der Straße gefunden?« Er stand auf, machte wütend einige Schritte auf sie zu und fragte Şahin: »Und du auch?«

»Ich habe nichts weggegeben«, antwortete Şahin selbstbewußt. »Mein Geld ist in meiner Tasche.«

»Gott sei Dank!« sagte Memik Aga und atmete tief. Dann griff er Halil am Arm: »Du Einfaltspinsel, du Verächter ehrlicher Arbeit, hast du dem Mann alles gegeben, dein ganzes Geld?«

»Leben sollst du, mein Aga«, lächelte Halil, »nicht alles, aber das meiste.«

»Gott sei Dank!« seufzte Memik Aga erleichtert. »Ehrlich verdientes Geld ...«

»Ehrlich verdient«, bekräftigte Halil, »mit Schweiß und Blut.«

»Gebt es sofort wieder her, bevor ihr es an diesen und jenen verteilt!«

Memik Aga war zum Greif geworden. Er runzelte die Brauen, und seine Armmuskeln traten hervor. Mit seiner Hakennase glich er wirklich einem Raubvogel, der, die Flügel gespannt, den gierigen Schnabel vorstreckte.

»Wir haben aufgehört zu arbeiten«, sagte Halil. »Wir kehren heim. Dir alles Gute, mein Aga, mach unsere Abrechnung!«

»Welche Abrechnung«, schrie der Aga. »Verteilst mein ganzes Geld an diesen und jenen und willst von mir noch mehr haben? Welches Geld, Mensch?«

»Das in den Reisfeldern und jahrelang durch Rodung deiner Brachen verdiente Geld, das wir dir in Verwahrung gegeben haben.«

»Gebt erst einmal den Rest des Geldes in euren Taschen her ... Dann reden wir weiter.«

»Einverstanden«, sagte Halil, zog ein Bündel Geld aus seiner Tasche und reichte es ihm. »Wie du wünschst, mein Aga, bitte!«

Und Şahin tat es ihm gleich.

»So ist's gut«, nickte Memik Aga, atmete tief und setzte sich. »Nun sagt, was verlangt ihr jetzt?«

»Unser Geld, das du verwahrst ...«

Memik Aga verzog die Lippen, streckte die Zunge hervor und leckte an seinem Schnurrbart entlang. »Und?«

»Wir gehen, Aga. Wir haben genug gearbeitet und genügend verdient. Unser Geld ...«

»Welches Geld, mein Sohn?«

»Das ich dir jedes Jahr gegeben habe, dazu das Geld, das ich aus den Reisfeldern und Apfelsinengärten mitgebracht habe ...«

»Sag mal, Halil, wieviel Jahre bist du eigentlich schon hier?« Mit gerunzelten Augenbrauen wartete er auf Antwort. »Nun sag schon!«

»Sechs Jahre, acht Monate und elf Tage.«

»Nun, hast du in dieser Zeit nicht gegessen und getrunken?«

»Das haben wir.«

»Siehst du, und ich habe alles, was du in diesen sieben Jahren gegessen hast, zusammengerechnet, deine Ausgaben bei jedem Opferfest, auch was du gestern verteilt hast, dazugezählt und alles fein säuberlich in dieses Heft eingetragen. Danach bleibst du mir neunundfünfzig Lira und dreiundsiebzig Kuruş schuldig. Ja, Halil Efendi, mein Sohn ... Was ihr durch eure Arbeit verdient habt, das wißt ihr alle ganz genau, aber an das, was ihr gegessen und getrunken habt, könnt ihr euch überhaupt nicht erinnern. Wieviel Garnituren Kleidung hast du in diesen sieben Jahren verschlissen?«

»Drei«, antwortete Halil, »aber die waren schon gebraucht ... Du machst Spaß, nicht wahr, Aga?« Er stand da, lächelte ungläubig, aber auch mißtrauisch, mit einem Anflug von Unterwürfigkeit.

»Kerl, wieso Spaß?« brüllte Memik Aga aufspringend. »Wieso Spaß! Vor lauter Gefutter haben sie kein Gramm Teignudeln, und was für Teignudeln, kein Gramm Weizengrütze, und was für Weizengrütze, kein Yoghurtgetränk, keine Zwiebeln, keine Butter, und was für Butter, übriggelassen, und jetzt stehen sie vor mir und verlangen wohl noch Kaugeld, haben gefuttert und gefuttert und wollen auch noch ...«

»Aga, du machst Spaß, Aga. Bestimmt machst du nur Spaß.«

Der Aga trommelte voller Zorn mit den Fäusten gegen die Wand und brüllte: »Was heißt hier Spaß, Mann! Was heißt hier Spaß!«

Das Lächeln auf Halils Lippen gefror, er war leichenblaß geworden. »Aga, bei Gott, du machst Spaß, nicht wahr, du machst Spaß«, sagte er mit gesenktem Kopf.

»Ich mache Spaß, jaaa, ich mache Spaß, Halil Aga, nichts als Spaß!« Er hatte sich gefaßt, seine harten Gesichtszüge waren wie zu Stein erstarrt. Doch insgeheim schien er zu lachen. Während er einerseits seine Gebetskette durch die Finger gleiten ließ, überlegte und zählte er stumm. Dann hob er langsam den Kopf, sah mit blitzenden Augen Halil ins Gesicht und fragte mit sehr weicher Stimme: »Hast du nun mit der Arbeit, mit dem Roden, aufgehört?«

»Ich habe damit aufgehört.«

»Kehrst du in dein Dorf zurück?«

»So Gott will.«

»Endgültig?«

»Ich kann keinen Tag länger bleiben, und schenkte man mir die ganze Çukurova.«

»Du bleibst!« brüllte der Aga. »Es ist deine Pflicht zu bleiben.«

»Ich kann nicht bleiben, und ginge es um mein Leben.«

»Und was wird nun aus den neunundfünfzig Lira und dreiundsiebzig Kuruş, die du mir schuldest?«

Halil lächelte wieder. »Aga, bei Gott, du machst Spaß.«

»Hör mal, Halil, bevor du dieses Geld nicht zurückbringst, gehst du nirgendwohin, machst du keinen Schritt aus dem Dorf!« Und zu Şahin gewandt, der hinter Halil stand: »Und du, Bartloser, kannst auch nirgendwohin gehen, bevor du nicht deine Schulden von dreiunddreißig Lira und zweiundsechzig Kuruş bezahlt hast.«

Wie ein Vogel hatte Bartloser seinen Hals gestreckt und schaute ihn verständnislos an. »Aga, du machst Spaß, bei Gott, du machst dich über uns lustig.«

Jetzt lächelte Halil nicht mehr. Sein Mund wurde trocken, und seine Halsadern schwollen an.

Wütend sprang der Aga auf. »In dieser Sache spaße ich nicht. Solltet ihr euch davonmachen, ohne eure Schulden zu bezahlen, lasse ich euch festnehmen und in den Eselskäfig werfen, noch bevor ihr durch den Paß seid. Und deinen Landsmann, der mit meinem Geld das Weite gesucht hat, lasse ich abfangen und so herprügeln, daß er Blut pißt.« Seine Stimme gellte. »Ihr Undankbaren, ihr Niederträchtigen, die entmenschlicht ihre Messer in den Tisch stoßen, von dem sie essen.«

»Um Gottes willen, Memik Aga, hör auf, um Gottes willen!«

»Ehrlose! Erst sieben lange Jahre in meinem Hause essen, und dann ... Kommt wie ein räudiger, ja, ein räudiger Köter zuerst hier an, und jetzt baut er sich vor mir auf ... Bezahlt seine Schulden nicht. O Menschheit, o Menschensohn, mit Rohmilch gesäugt ...«

»Um Gottes willen, unser Memik Aga, um Gottes willen, hör auf!«

»Hinaus mit euch! Ich will euch nicht mehr sehen. Hinaus, wenn ihr nicht schätzt, was Güte ist, und in den Napf scheißt, aus dem ihr aßet. Und versucht nicht zu entkommen, ohne eure Schulden zu bezahlen.«

Am Fuß der Treppe waren die Bediensteten Memik Agas zusammengelaufen und hörten zu.

Jetzt ging Memik Aga auf Halil und Şahin los.

»Um Gottes willen, Memik Aga, hör um Gottes willen auf!« riefen die beiden, machten auf dem Treppenabsatz kehrt, stiegen die Stufen hinunter, bahnten sich einen Weg durch die Menge, gingen hinaus und setzten sich Rücken an Rücken auf den gemeißelten Marmorblock.

Und wenn Duranca jetzt ins Dorf kommt und freudestrahlend verkündet, Halil ist reich geworden, seht her, er hat mir bündelweise Geld geschenkt, und wenn Großmutter, Mutter und Ipekçe voller Hoffnung nach mir Ausschau halten, warten und warten und dann die Hoffnung aufgeben ... Ja, was soll dann werden? Ist das nicht schlimmer als Tod und Folter? Wie winde ich mich da nur wieder heraus?

Schweigend saßen sie Rücken an Rücken so da, bis der Tag sich neigte. Was Halil überlegte, was in ihm vorging, ging auch in Şahin dem Bartlosen vor. Sie waren es gewohnt, gemeinsam zu überlegen.

Als die Sonne unterging, stiegen sie zur Bergfestung hinauf und setzten sich, den Rücken an die schroffen Felswände gelehnt, das Kinn auf den Knien, nebeneinander hin. Die Luft duftete nach sonnversengtem Thymian, und eine ungewohnte Brise wehte von Osten. Ganz plötzlich war die Dunkelheit hereingebrochen, war die Ebene unter ihnen verschwunden. Der Berg Düldül hinter den gestaffelten Bergketten schimmerte inmitten dieser Finsternis, wurde immer lichter, glitt wie ein blauer Kristall funkelnd zum Himmel. Bis es hell wurde, beobachteten sie, mit dem Rücken gegen die warme Felswand gelehnt, den sich tausendundeinmal verändernden Berg Düldül, und bis zum Morgen gingen Halil Hunderte Gedanken auf einmal durch den Kopf. So viele Jahre härteste Fron umsonst, so viele Träume vom Winde verweht. Der lachende, zahnlose Mund der Großmutter, die ihn nach so vielen Jahren überglücklich in die Arme schließt, die Mutter, die ihm um den Hals fällt, und Ipekçe, die mit hängenden Armen dasteht, zu Boden blickt und die Augen nicht heben mag, das alles, alles ... In diesen sieben Jahren hatte er Tag für Tag, ob morgens oder abends, beim Roden oder Essen, diesen Traum seiner Heimkehr in einer Wolke des Glücks und der Freude geträumt.

Bis in den Morgen hinein hatte sich ein Strom von Licht über den Berg Düldül ergossen, und als es im Osten graute, bedeckte er sich mit weißem, in unzähligen Glitzern schimmerndem Nebel.

»Hast du jemals so einen Berg gesehen, Bruder Şahin?« fragte Halil, der sich seit dem Vorabend zum ersten Mal ihm zuwandte. »Einen Berg, der in der Dunkelheit bis in den Morgen hinein wie ein Komet funkelt?«

»Noch nie«, antwortete Şahin.

»Steckt nicht etwas dahinter? Ein Geheimnis Gottes? Bedeutet es nicht etwas, wenn dieser Berg die ganze Nacht bis in den Morgen hinein sich vor meinen Augen in funkelndem Licht badet?«

»Bestimmt«, antwortete Şahin.

»Wenn es so ist, steh auf, wir gehen!« sagte Halil und stand lächelnd auf.

»Gehen wir«, nickte Şahin und sprang auf.

Fröhlich gingen sie ins Dorf hinunter, fehlte nur noch, daß die beiden mit kleinen Tschinellen an den Fingern durch die Gassen tanzten. Ohne zu zögern, machten sie sich diesmal geradewegs auf zu Memik Aga, der zuerst erschrak, als er die beiden so gutgelaunt vor sich auftauchen sah, sich aber sofort wieder in der Gewalt hatte.

»Oho, die Jünglinge«, lachte er von oben herab, »wollt ihr etwa eure Schulden bezahlen?«

Halil schwieg, seine Gesichtszüge wurden ernst, verzerrten sich in Wut, hellten sich auf, doch er schwieg.

»Oder wollt ihr wieder arbeiten?«

Mit durchdringenden Augen sah Halil dem Aga ins Gesicht, sah ihn mit der gebündelten Kraft seiner Wut, seiner Freude, Hoffnung und Enttäuschung an und lächelte leicht.

Plötzlich packte Memik blankes Entsetzen, beinahe hätte er sich gehen lassen, hätte gesagt, es wird getan, wie ihr wollt, ich habe nur gespaßt, wollte mal sehen, ob unser Junge, der Halil, sein Recht auch so hartnäckig fordert, wie er den Wurzeln zu Leibe rückt. Doch im Nu hatte er sich wieder gefangen, sagte sich, um Gottes willen, Memik, nimm dich in acht, gibst du ihnen auch nur die Blöße eines Nadelstichs, fressen sie dich. Es sind Raubtiere, ja Raubtiere. Und wenn du nicht ein fünfmal mehr reißendes Raubtier bist als sie, lassen sie dich nicht am Leben. Um Gottes willen, nimm dich in acht! Ja, so dachte Memik Aga.

Halil hatte die augenblickliche Schwäche des Agas gespürt, hatte sich wie ein Fels vor ihm aufgebaut und mit drohender, messerscharfer Stimme geschrien: »Gib uns unser Geld, Aga!«

»Welches Geld?« fragte der Aga verwundert und öffnete mit einfältiger Miene seine Hände.

»Willst du's uns nicht geben, Aga?«

»Allah, Allah, seit es diese Welt gibt, verwandelt sich zum ersten Mal ein Schuldner so in einen Gläubiger.«

»Aga, ich komme zum letzten Mal, gibst du uns, was uns zusteht, oder gibst du es uns nicht?«

»Was steht euch denn zu, mein Junge, bist du verrückt geworden, hast du deinen Verstand verloren?«

»Wenn es so ist, Aga, du mußt ja wissen, was du tust.«

Halil hatte das Wenn-es-so-ist so gedehnt gesprochen, daß Memik Aga, dieser alte Fuchs, bis ins Mark erbebte und sich ihm die Haare sträubten. Er sprang auf die Beine, drehte sich wie ein

Blinder um sich selbst und schrie los, als er sich wieder gefangen hatte: »Ihr undankbaren, niederträchtigen Blutsauger, die ihre Klingen in den Tisch stoßen, von dem sie essen ...«

Wie von Sinnen versuchte er, seine Angst mit Kraftausdrücken zu überbrüllen, die von den Felswänden und Mauern der Bergfestung widerhallten, während in seinen Ohren Halils Worte: »Du mußt ja wissen, was du tust« gellten.

»Du mußt ja wissen, ha? Und auch du weißt es, nicht wahr? Ja, ich weiß es, Kerl, wer denn sonst, du Hund!«

Jetzt erst entdeckte er, daß Halil und Şahin ihm gar nicht mehr gegenüberstanden. Während er brüllte, waren sie hinuntergegangen. Er rannte zum Fenster, schaute auf den Marmorblock, ließ den Blick über den Hof schweifen, konnte aber niemanden entdecken.

»Also, wenn es so ist ...« Dieses Wenn-es-so-ist ließ ihm keine Ruhe. »Wenn es so ist ... Du mußt ja wissen, was du tust ... Ist es so?« Und als wolle er sich selbst Mut machen: »Ja, ja, ja, wenn es so ist, weiß ich, was zu tun ist!«

Bewegungslos stand er mitten im Zimmer und überlegte. Dann lächelte er, murmelte: »Was bleibt mir anderes übrig« und rief nach unten: »Araber!«

»Befiehl, mein Aga!«

Araber kam im Laufschritt die Treppe hoch.

»Hast du gehört?«

»Ich hab's gehört«, antwortete Araber.

»Nimm auch Sadi und Ömer mit!«

»Verstehe, mein Aga.«

»Sie machen sich jetzt auf in ihr Dorf, greift sie euch unterwegs!«

»Ist mir klar, mein Aga.«

»Die Leichen müssen verschwinden!«

»Wir verbrennen sie, mein Aga.«

»In den Bergen.«

»Da bleibt kein Rauchgeruch mehr nach. Und die Knochen in einen Brunnen ...«

»In einen Brunnen«, nickte Memik Aga und lächelte.

8

In den Dorfgassen wimmelte es jetzt von Küken, Hühnern und Hähnen, und Salman blähte sich vor Stolz. Kaum sah er einen Adler vom felsigen Gipfel des Berges aufsteigen und aufs Dorf schwenken, griff er schon nach seinem Gewehr ... Auch heute morgen, die Sonne ging gerade auf, kamen drei Adler in Reihe auf das Dorf zugeflogen. Salman frohlockte insgeheim und wartete darauf, daß sie möglichst dicht herankamen. Als die Greife über Ismail Agas Konak waren, begannen sie sich herabzuschrauben und mit schräggelegten Köpfen ihre Beute zu beäugen. Zu gelben Knäueln dichtgedrängt, wimmelten die Küken zwischen den Häusern, und Salman, den Finger am Abzug, lauerte unterm Granatapfelbaum. Plötzlich setzten die Adler mit angewinkelten Schwingen hintereinander zum Sturzflug an, doch Salman – Kimme, Korn und Schuß ... Und drei Adler trudelten hintereinander mit schlenkernden Flügeln vom Himmel in die Tiefe. Die Kinder rannten sofort zur Stelle, wo ein Vogel tot, die andern beiden verletzt aufgeschlagen waren, und schleiften sie an den Flügeln zum Flußufer hinunter. Aufgeschreckt von den drei Schüssen, waren die Dörfler vor die Türen gelaufen, hatten mit neugierigen Augen die zur Erde torkelnden Adler verfolgt und beobachteten jetzt Salman, der wie ein Feldherr nach gewonnener Schlacht mit hochgerecktem Kopf im Hof einhermarschierte.

Heute, und es konnte nicht mehr lange dauern, mußte die Kutsche eintreffen, die Ismail Aga in Adana gekauft hatte. Das ganze Dorf wußte davon, und auch Salman wartete gespannt. Schon seit Tagen wurde nur von diesem Wagen gesprochen, und aller Augen linsten die Landstraße entlang.

Am frühen Vormittag, als es gerade heiß zu werden begann, war die Kutsche, gezogen von zwei makellosen Schimmeln, auf dem Anleger am gegenüberliegenden Ufer. Kaum hatten die Dörfler sie entdeckt, liefen sie zum Fluß hinunter, und auch die

Kinder vergaßen die Adler, mischten sich unter die Menge und schauten zum Floß hinüber, das, mit dem Gespann beladen, von mehreren Männern herübergezogen wurde. Von den Dörflern war kein Laut zu hören. Mit bewundernden Blicken starrten sie auf diese blitzblanke Kutsche mit dem schimmernden Klappverdeck. Die Zugpferde waren gut genährt, sie konnten nicht stillhalten. Je zwei Mann hielten die Tiere, die jeden Augenblick durchzugehen schienen, nur mit Mühe an Kopf und Zaumzeug. Teile des Pferdegeschirrs, besonders die Ringe und Schnallen am Zaum, waren mit Silber nielliert, und die aufgefädelten blauen Perlen an den Stirnen der Pferde hatten Kerne aus Gold. Die Messingbeschläge der Wagentritte und der Laternen funkelten so hell im Sonnenlicht, daß sie die Augen blendeten. Die zierlichen Räder leuchteten in einem schimmernden, von blauen, schwarzen und weißen Linien durchzogenen Rot. Das Innere des Wagens war mit safrangelbem Leder ausgeschlagen, und sowohl der Kutscher als auch der Wagenmeister trugen betreßtes Zeug.

Mit wenig Mühe war die Kutsche vom Floß. Die Pferde kauten auf den Trensen, scharrten unruhig, als wollten sie sich sofort ins Geschirr legen und mit verhängten Zügeln davonjagen. Die Schar der Dörfler öffnete eine Gasse, im selben Augenblick ließ Süllü die Peitsche knallen, und begleitet von einem bewundernden Schrei der Menge, sauste der Wagen, gefolgt von rennenden Kindern und Jugendlichen, staubwirbelnd ins Dorf hinein.

Die Kutsche hielt im Hof. Die Pferde, noch voller Drang, scharrten mit ihren Hufen und schnaubten laut wie Blasebälge. Lächelnd kamen Ismail Aga und Mustafa langsam die Treppe herunter und gingen zum Wagen. Mustafa ging erst einmal musternd um Pferde und Kutsche herum, er flog vor Glück, und er hatte nur Augen fürs Gespann. Langsam und genüßlich ging er immer näher an die Kutsche heran. Und je näher er kam, desto angenehmer zog ihm ein Geruch von Schmieröl und frischem Leder in die Nase. Diesen Geruch nahm er zum ersten Mal wahr, und ihn erfaßte ein eigenartiges Schwindelgefühl. Verwirrt betastet er das Klappverdeck, die Räder, das Geschirr, die Laternen, trunken vor Freude fühlt er sich emporgehoben, als schwebe er über den Wolken. Plötzlich findet er sich im Wageninnern wieder, hier riecht es anders, noch stärker, und wie eine Katze schnuppert er in jeden Winkel, steigt aus, kriecht unter den Wagen, kommt zwischen den Rädern wieder hervor, und Ismail Aga, der diese Prachtskutsche, die Pferde und das Geschirr betrachtet, lächelt über das Verhalten seines Sohnes, den er nicht aus den Augen läßt. Mittlerweile waren die älteren Dörfler vom Anleger zurückgekommen und gesellten sich zu den andern, die sich vor der Hofmauer versammelt hatten.

Abgewandt von Menschen und Kutsche, saß Salman unterm Granatapfelbaum am Fuße der Felswand. Er hatte sich kein einziges Mal nach der Kutsche umgedreht. Und Mustafa hatte ihn seit heute morgen noch nicht gesehen. Seit er aufgewacht war, hatte er nur an die Kutsche gedacht, und nachdem sie im Hof stand, hatte er nur Augen für das Gespann. Alles war so neu, die Kutsche, die bunten Räder, der Geruch dieser frischen Farben und die lang über das schimmernde Geschirr hängenden Mähnen der Pferde.

»Süllü«, sagte Ismail Aga, »nimm Mustafa mit und fahre mit ihm durchs Dorf, zur Festung hoch, zur Felsnase, wohin immer er fahren will!«

»Zu Befehl«, sagte Süllü, sprang auf den Kutschbock, wendete geschickt und fuhr zum Tor hinaus, wo die stumme Menge sich wieder teilte und eine Gasse freigab. Und wieder rannten die Kinder schreiend hinter dem Wagen her.

Mustafa saß kerzengerade im weich durchs Dorf federnden Wagen, er hatte die Augen vor Wohlbehagen geschlossen und sich dem Traum unendlichen Glücks hingegeben – ja, jetzt war er der größte und stolzeste aller Jungen, aller Menschen dieser Region.

Doch dieser Traum, vor Stolz, Wohlbehagen und Glück sterben zu können, hielt nicht an. Schon bald öffnete er die Augen und rief Süllü zu: »Treib sie an, peitsche sie, die Pferde sollen fliegen!«

Süllü knallte mit der Peitsche, die Pferde bäumten sich, schleuderten im nächsten Augenblick die Hühner zur Seite und waren im Nu in einer Staubwolke zum Dorf hinaus und hinter der Bergfestung. Von dort ging es den Fluß entlang bis weithin zum Felsen Gökburun, und ohne die Pferde zu zügeln, wendete Süllü in vollem Lauf am Fuße der Felsen und fuhr zurück. Mustafa war aufgestanden, hielt sich am Messinggriff zu seiner Rechten fest und gab sich im starken Luftzug dem Rausch der Geschwindigkeit hin.

»Treib sie an!« brüllte er aus Leibeskräften. »Treib sie an, Süllü, gib ihnen die Peitsche!«

Süllü ließ die Zügel schleifen, soweit es ging, und knallte mit der Peitsche. Und so jagte die Kutsche durch das Dorf und wieder hinaus zum Landweg, der am Fuß des Berges über dem Schwarzdorngehölz entlangführte, und sie hielten erst am Rande der Schlucht bei dem mächtigen Mastixbaum, dessen Krone wie eine Kuppe in den Himmel ragte. Schaumflocken wirbelten von den Mäulern der laut keuchenden Pferde, ihre Flanken hoben und senkten sich, und schweißnaß schimmerte ihr milchweißes Fell in leichtem Grau … Sie konnten nicht stillstehen und rissen ungeduldig die Zügel nach vorn.

»Treib sie an«, jauchzte Mustafa, »treib sie an!«

Und angesteckt von Mustafas Begeisterung, trieb Süllü die Pferde wieder an. Beunruhigt von der waghalsigen Fahrt, und aufgeschreckt von den begeisterten Schreien seines Sohnes, war Ismail Aga an den Straßenrand gelaufen und hatte versucht, das Gespann anzuhalten. Doch Süllü hatte ihn weder gesehen noch gehört und war wie der Wind mehrmals durchs Dorf gefahren, so schnell, daß auf dem Kopfsteinpflaster die Funken von den Hufen stoben, bis die Pferde sich schließlich ausgetobt hatten und langsamer wurden.

»Halt an, Süllü!« schrie Ismail Aga.

Bestürzt zügelte Süllü die Pferde. »Bitte, Aga!«

»Du fährst zu schnell, Süllü.«

Mustafa trampelte in der Kutsche. »Bleib nicht stehen«, zeterte er, »treib sie an, gib ihnen die Peitsche!«

»Fahr in den Hof!«

»Auf keinen Fall!«

»Mein Junge, die Pferde sind erschöpft.«

»Sollen sie doch!« schrie Mustafa außer sich. »Auf keinen Fall in den Hof!« Er tobte und rüttelte am Messinggriff, als wolle er ihn brechen.

»Nun komm schon, mein Junge, laß uns nach Haus gehen.«

Doch Mustafa ließ den Griff nicht los. Und nachdem Ismail eine Weile auf Mustafa eingeredet hatte, gab er es auf und sagte lachend: »Süllü, tu, was Mustafa sagt, und treib die Schimmel an, gib ihnen die Peitsche!«

Mit einem lauten »Haydaaa!« peitschte Süllü die Pferde, und wie ein Pfeil, der von der Sehne schnellt, schoß das Gespann aus dem Dorf hinaus. Mustafa klebte am Türgriff, bekam einen Lachanfall, lachte in einem fort und sprang und tanzte im Wagen umher …

Mustafas tägliches Kutschenspiel hielt eine Woche oder zehn Tage an. Auch wenn nicht angeschirrt war, trennte der Junge sich nicht von dem Gefährt, er turnte im Wagenkasten herum oder zwischen den Rädern, klappte das Verdeck auf und zu, wischte den Staub von den Laternen, vom Messing, von den Speichen und Felgen. Wenn er müde wurde, legte er sich auf einen Sitz im Wagen, rollte sich zusammen und schlief. Seine Freunde, mit denen er Vögel gefangen, Verstecken gespielt und sich vor Salman gegraut hatte, scherten ihn nicht, und wenn Süllü einen von ihnen, wie einmal Memet den Vogel, vom Wagen weg scheuchte, tat Mustafa so, als habe er ihn gar nicht gesehen.

Eines Morgens, als Süllü die Pferde aus dem Stall holte und anschirrte, standen sich plötzlich Mustafa und Salman gegenüber, und Salman blickte Mustafa so an, daß dieser am ganzen Körper erbebte und sich wie festgenagelt nicht von der Stelle rührte.

»Los, Mustafa«, rief Süllü, nachdem er die Pferde angespannt hatte, »steig ein, wir fahren mit deinem Vater in die Stadt!«

Mustafa konnte sich noch immer nicht bewegen. Sein Gesicht war aschfahl geworden, die Muskeln seiner verkrampften Kiefer traten hervor.

»Was ist mit dir?« fragte Süllü beunruhigt.

»Er wird mich töten«, ächzte der Junge.

»Wer?«

»Er«, antwortete Mustafa, »Salman.«

»Wenn's nach ihm ginge, würde er jeden töten«, lachte Süllü, »sogar den lieben Gott!« Er nahm Mustafa in die Arme und hob ihn in die Kutsche. »Hab keine Angst«, fuhr er fort, »solche Hunde können niemanden töten; die armen Adler vom Himmel schießen, ist alles, was diese Kriechtiere zustande bringen. Warum fürchtest du also diesen Köter, nur weil er ein Gewehr trägt? Sieh ihn dir doch nur an, eine Handbreit groß und nicht mehr. Und ist sein Gesicht etwa menschenähnlich? Fürchtet sich der Mensch denn vor einem Geschöpf, das weder einem Menschen noch einem Tier ähnlich ist?«

»Ich habe Angst«, sagte Mustafa.

In diesem Augenblick erschien Ismail Aga oben auf der Veranda. »Bist du bereit, Süllü?« fragte er, während er den Revolver mit dem elfenbeinernen, mit Gold eingelegten Griff in das Halfter schob. Dann kam er hoch aufgereckt und selbstsicher die Treppe herunter.

Mustafa ergriff Süllüs Hand. »Sei so gut, Onkel Süllü«, bat er, »sei so gut und sag meinem Vater um Gottes willen nicht, daß ich mich vor Salman fürchte. Eigentlich habe ich ja gar keine Angst vor ihm, ich hab dir das nur im Spaß gesagt, einverstanden?«

»Einverstanden«, antwortete Süllü, »ich sage nichts ... Aber du darfst vor ihm auch keine Angst haben. Wenn dein Vater ihn nur kurz an die Kehle faßt, treten Salmans Augen aus den Höhlen, und er stirbt.« Süllü ahmte Salmans Gesichtsausdruck und Blick nach, so daß Mustafa, eben noch aschfahl, über Süllüs Mimik laut lachen mußte. Nicht weit von ihnen stand Salman im Schutz der Kakteen, hörte, was gesprochen wurde, und sah, wie Süllü ihn nachäffte.

Gutgelaunt stieg Ismail Aga in die Kutsche und umarmte Mustafa. »Mein Sohn«, rief er und drückte ihn an seine Brust, »du Falke, du Recke deines Vaters, du, mein stattlicher Sohn!«

Süllü trieb die Pferde an, und die Kutsche fuhr zum Hof

hinaus. Salman rührte sich nicht, stand nur da und blickte hinter dem Wagen her.

Nach dieser Fahrt in die Stadt mied Mustafa die Kutsche. Auch wenn der Vater ihn rief, fand er immer wieder Ausflüchte, nur um nicht in den Wagen steigen zu müssen. Irgend etwas hatte ihm Angst eingejagt, aber niemandem erzählte er den Grund, wollte ihn nicht einmal sich selbst eingestehen. Hin und wieder verschwanden sein Vater und Salman für eine Woche oder zehn Tage, manchmal auch für einen Monat. Sie seien in die Wälder gefahren, nach Adana oder Mersin, sagte Zero. Bis sie zurückkamen, fand Mustafa weder Rast noch Ruhe. Jede Nacht tötete Salman seinen Vater, erdolchte ihn, schnitt ihn in Stücke. Manchmal schloß er den Vater auch in ein Holzhaus ein, steckte es an, und Mustafa hörte die Schreie seines Vaters durch das knisternde Flammenmeer. Oder Salman warf Ismail Agas Leiche in einen ausgetrockneten Brunnen, über dem Tausende grüne Fliegen wimmelten. Erde, Himmel, alles war grün vor Schmeißfliegen.

Kam der Vater gesund und munter von der Reise zurück, fiel ihm sein Junge, der inzwischen dünn wie ein Bindfaden geworden war, jubelnd vor Freude um den Hals. Aber auch der immer griesgrämige Salman war nach jeder Reise wie ausgewechselt. Er lachte, und er sprach sogar mit den Menschen. Hatça der Hinkenden, einer sehr alten Nachbarin, brachte er Geschenke mit, hockte sich mit ihr in den Schatten einer Hecke, und die beiden plauderten wohl einen ganzen Tag lang miteinander. Jedermann hätte gern erfahren, worüber sie sich von morgens bis abends unterhielten, doch sie behielten es für sich.

Einmal im Monat oder in zweien kamen vom Süden, aus Arabien, hochgewachsene Männer in weißen Gewändern und schulterlangen, von geflochtenen, schwarzen Kordeln zusammengehaltenen Kopftüchern in den Konak. Ismail Aga begegnete ihnen mit Hochachtung. Jeder hatte ein oder zwei edle, arabische Pferde im Schlepp dabei und für Mustafa Kisten, in die Figuren von Gazellen, vielblättrigen Rosen und Kranichen geschnitzt waren. In manchen Kisten waren Datteln, in manchen Spielzeug, in anderen wiederum Schuhe oder Kleidungsstücke. Einmal aber befanden sich in einer größeren Kiste ein goldbestickter Burnus samt Kopftuch mit prachtvoll geflochtenen Rundkordeln, ein Handschar mit goldverziertem Griff, ein Paar arabische Pantoffeln mit zugespitzter Vorderkappe und ein kleiner Revolver. Mustafa schlüpfte sofort in den Überwurf, setzte sich die Kopfbedeckung auf, zog die Pantoffeln an, steckte Handschar und Revolver nach Art der Araber in seinen Gurt und lief vor Freude selbstvergessen durchs Dorf. Bis er eines Tages in dieser Aufmachung auf Salman stieß. Mustafa wurde leichenblaß, zog sich gleich danach um, warf die Kleidungsstücke in eine Ecke und zog sie nie wieder an.

Viele Pferde der Araber blieben bei Ismail Aga. Bei Ankunft der Araber wurde nach dem alten Stallmeister gerufen, der im Nachbardorf lebte. In seinem Beisein begutachteten Süllü und Ismail Aga die Pferde, ritten sie, fütterten und tränkten sie, und hatten sie sich für einen der Vollblüter entschieden, wurde er ausgesondert und in den Stall gebracht. Waren die Araber bezahlt und wieder abgezogen, legte Ismail Aga dem neuen Pferd seinen silberbeschlagenen und wie ein Paradiesgarten schimmernden Turkmenensattel auf, schnallte ihm das mit Silber und Gold durchwirkte Zaumzeug an und setzte als ersten Mustafa auf den Pferderücken. Und Mustafa, in dessen Inneren ein Freudenrausch wie bei der ersten Kutschfahrt wieder auflebte, hielt sich am hohen Vorderzwiesel fest, während Süllü, die Zügel fest im Griff, den stolz wie ein Herrschersohn gereckten Jungen durchs Dorf führte. Doch eines guten Tages wollte Mustafa plötzlich nicht mehr reiten. Wie sehr sein Vater ihn auch immer wieder bat, sich auf eines der neu eingekauften Pferde zu setzen, Mustafa weigerte sich.

Das größte Glück, die alles überragende Freude aber empfand Mustafa, wenn er mit seinem Vater die Felsen zur Bergfestung hinaufstieg, im Duft des Thymians den sogar nachts sichtbaren und im Morgenlicht sternengleich funkelnden Berg Düldül betrachtete, den manchmal über der Ebene schwebenden, zwischen Himmel und Erde dahinschlängelnden Fluß, die kreisenden Adler und summenden Bienen beobachtete und dem Gesang seines

Vaters lauschte. Und nicht einmal Salman, der wie ein Götze da drüben stand, konnte, ehrlich gesagt, einen großen Schatten auf sein Glück und seine Freude werfen. Nicht, daß seine bedrohliche Gegenwart Mustafa anfangs nicht beunruhigt hätte, aber später versenkte sich der Junge so in seine Spiele, in seine Träume und in die Lieder seines Vaters, daß er alles andere um sich herum vergaß und nur in seiner eigenen Welt der Freude lebte. Ach, ach, wenn doch nur Salman noch wegbliebe! Aber käme Salman nicht mit, würden sie seinen Vater töten. Wer waren sie? Mustafa konnte sich diese Männer, wie sehr er sich auch bemühte, nicht vorstellen. An ihrer Stelle kam ihm immer wieder Salman vor Augen, der sich da aufstellte. Jene Männer sahen aus wie Salman, genau wie er ... Ihre Hände, Füße, Augen, Ohren, ihre Kleidung, ihre Gewehre, ihre rhythmischen Schaukelbewegungen, wenn sie dahockten und sangen, ihre mordlüsternen Blicke, alles wie bei Salman. Und Zalimoğlu Halil war nichts anderes als ein Zwillingsbruder Salmans. Mustafa hatte ihn noch nie gesehen, dennoch, er sah aus wie Salman. Aber weil dieser Salman seinen Vater vor den anderen Salmans schützte, verriet Mustafa seinem Vater auch nicht, was dieser Salman trieb. Ja, nur deswegen, denn Angst vor Salman hatte Mustafa doch überhaupt nicht!

Manche Tage stieg die ganze Horde Kinder den Hang hinauf zur Bergfestung, wo sie alle aus Leibeskräften: »Wir haben keine Angst, wir haben keine Angst« in die Felswände brüllten und auf das Echo ihrer Stimmen horchten. Doch wenn sie danach zu den drohend über sie emporragenden Felsen blinzelten und sich ihrer Verlassenheit in dieser Öde und dröhnenden Stille bewußt wurden, hetzten sie mit dem Gebrüll, keine Angst zu haben, ins Dorf zurück; Mustafa allen voran!

Sie hatten es sich angewöhnt, von Zeit zu Zeit zur Bergfestung hinaufzuziehen, dort ihre Furchtlosigkeit hinauszubrüllen, um dann Hals über Kopf und so schnell sie nur konnten ins Dorf zu flüchten.

Salman wußte wohl von der Angst, die er den Kindern einjagte, und er hatte seinen Spaß daran.

Am Abend, als die Kutsche kam, waren die Burschen des Dorfes wieder zum Alten Friedhof gestürmt, hatten den Hügel durchgewühlt, verzierte Marmorblöcke, marmorne Köpfe mit abgebrochenen Nasen gefunden, anschließend den mit Schriftzeichen versehenen Marmor auf den Dorfplatz geworfen und die Steinbüsten mit den gelockten Haaren und den fehlenden Nasen für eineinhalb Lira an Banden-Ali verkauft. Aber Krüge voller Gold, wie Ismail Aga sie gefunden hatte, konnte niemand entdecken.

Die Dorfburschen waren sehr enttäuscht. Daß sich der Alte Friedhof auf dem Gelände einer antiken Stadt befand, wußten sie mittlerweile. Das hatte ihnen der Gefreite der Gendarmerie erzählt. In diesen alten Städten soll es üblicherweise nur einen einzigen Schatz gegeben haben, und den hatte ja Ismail Aga ausgegraben, so war es nun einmal ...

»Die Räder sind mit Gummi gefelgt, nicht mit Eisenblech ...«

»Und als er hier ankam, starb er fast vor Hunger.«

»Wären die Dörfler, wäre Memet Efendi nicht gewesen, dieser Ismail Aga, Kurde obendrein ... Er wäre hier noch verhungert.«

»In der Çukurova ...«

»Warum wollte er denn den Konak des Armeniers, seinen Hof, einen Bauernhof so groß wie ein Land, nicht haben? Sagt, warum wohl nicht!«

»Vogel ... Das war alles, was er sagte.«

»Warum hat er den Armenier ›Vogel‹ genannt?«

»Kann ein Mensch denn ein Vogel sein?«

»Kann ein Armenier denn wie ein Vogel fliegen?«

»Nimmt einen Bauernhof so groß wie ein ganzes Land nicht an und kommt dann her und zählt für den anderen armenischen Bauernhof drüben in den Bergen kling, kling, die Goldstücke auf den Tisch ...«

»Was meinst du wohl, warum!«

»Als Ismail Aga noch in seiner Heimat war, wußte er von diesem Hügel auf dem Alten Friedhof.«

»Er hatte einen Freund namens Onnik, der hatte es mit der Geomantie! Er weissagte, was sieben Stockwerke über der Erde und sieben Stockwerke unter der Erde lag. Vom so weit entfernten Van-See aus hatte Onnik den Schatz hier im Alten Friedhof ausgemacht und den Ort seinem Freund, Ismail dem Kurden, verraten. Und Ismail der Kurde hat den Krieg zum Vorwand genommen, ist hier aufgetaucht, hat sich als Tagelöhner bei Memik Aga verdungen, und dann hat er nachts mit seinem Bruder Hasan und Zalimoğlu Halil im Alten Friedhof nach dem Schatz gegraben.«

»Habt ihr denn schon einmal darüber nachgedacht, warum der Halil den Memik Aga so mir nichts, dir nichts getötet hat?«

»Jaaa, warum hat er den Mann getötet, dessen Brot er aß?«

»Einen Menschen, bei dem er sieben Jahre gearbeitet hat?«

»Von dem er so viel Gutes erfuhr?«

»Warum wohl stieß Zalimoğlu sein Messer in den Tisch, an dem er gegessen hatte?«

»Rottet ein Mensch denn so ohne weiteres einen Mann, bei dem er sieben Jahre in Lohn und Brot gestanden, samt dessen Sippe von Sieben bis Siebzig aus mit Stumpf und Stiel?«

»Erschießt sein Baby in der Wiege?«

»Zündet sein Haus an und brennt es mit Kind und Kegel, Pferd und Hund nieder?«

Ja, Ismail Aga kam gewiß mit der alten Landkarte, die ihm Onnik geschenkt hatte, ins Dorf. Die alten Schriften konnte nur Onnik lesen, von ihm hat es Ismail Aga gelernt. Da bleibt ein Ismail Aga doch nicht in Van, sondern macht sich sofort auf den Weg und ruht nicht eher, bis er die Çukurova erreicht hat. Ein Jahr lang hat er die Nächte durchwacht, hat gesucht und gesucht, im Mondschein mit Hilfe der Karte diesen Ort und den Alten Friedhof gefunden. Was ist ihm da anderes übrig geblieben, als sich zu verdingen, denn Geld hat er ja nicht mehr gehabt. Und beim Roden hat er diesen Dummkopf Zalimoğlu kennengelernt, doch als der Schatz entdeckt wurde, hat Memik Aga davon erfahren ... Und daraufhin hat Ismail der Kurde Memik Aga von Zalimoğlu töten lassen ... Ja, so mußte es sein!

»Und jetzt ist er hinterm Berg Düldül ...«

»In sein Dorf zurück ...«

»Und Zalimoğlu soll sich mit dem Schatzgold einen Konak gebaut haben.«

»Einen Kristallpalast.«

»Genau so einen wie Ismail des Kurden Konak.«

»Sein Konak soll prächtiger sein ...«

»Soll auch größer sein ... Der Konak von Zalimoğlu ...«

»Um Memik Aga zu töten, soll Zalimoğlu den Löwenanteil vom Schatz bekommen haben.«

»Ismail Aga soll Memik Aga angefleht haben. Mein Aga, soll er gesagt haben, wir haben den Schatz gefunden, gib uns wenigstens die Hälfte.«

»Auf keinen Fall. Das Land ist mein Land.«

»Aga, wenn ich diese Karte nicht von Onnik bekommen hätte, wäre der Schatz noch eine Ewigkeit nicht ...«

»Aber der Aga lehnte ab.«

»Bis ans Ende aller Tage wäre der Schatz unter deiner Erde geblieben. Nun gut, gib uns wenigstens ein Drittel.«

»Nein, der Schatz ist mein Schatz.«

»Ein Viertel ...«

»Nein ...«

»Nun, Aga, du hast es nicht anders gewollt.«

»Aga, wer von selbst hinfällt, darf auch nicht weinen!«

»So war's gewesen, warum sollte aus heiterem Himmel Zalimoğlu Halil sonst so etwas tun?«

»Wenn es nicht um den Schatz gegangen wäre ...«

»Warum sollte dann der arme Zalimoğlu hingehen und seinen Memik Aga töten?«

»Aus Arabien sollen Zalimoğlu Pferde gebracht werden, edle Vollblüter ...«

»Er soll drei Söhne bekommen haben ...«

»Alle drei wurden von ihm in goldene Wiegen gebettet.«

»Er vergöttert seine Kinder.«

»Der Präfekt von Maraş soll immer bei ihm einkehren.«

»Zalimoğlu hat noch einen armenischen Bauernhof gekauft und den Präfekten von Maraş zur Hälfte daran beteiligt.«

»Er wolle noch eine Farm kaufen, heißt es, und Mustafa Kemal Pascha als Partner aufnehmen.«

»Eine Kutsche hat er gekauft, der Zalimoğlu, die Räder aus reinem Gold.«

»Mit Schimmeln so weiß wie der Berg Düldül ...«

Ja, mit dem halben Schatz ist Ismail Aga zu Arif Saim Bey geeilt, hat ihm gesagt: »So und so ist die Sachlage, Bey, und bitte sehr, da ist der Schatz!« – »Augenblick mal«, hat der andere geantwortet, »für dieses Geld kaufen wir sofort eine Farm, und den Rest legen wir zurück!« Als Ismail ihm dann das Geld gebracht hat, ist Arif Saim Bey von diesem Kurden begeistert gewesen. Sofort hat er Mustafa Kemal Pascha ein Telegramm geschickt und ihm berichtet, er habe da einen Mann, der um alle Verstecke vergrabener Schätze wisse. Auch Mustafa Kemal Pascha hat sich darüber sehr gefreut und hat Arif Saim Nachricht geschickt und angeordnet, sie sollten von dem Geld für sich und auch für ihn in der Çukurova soviel Bauernhöfe kaufen wie möglich. Und Onnik hat wieder Figuren in den Sand gezeichnet und dann sein Ohr horchend an die Erde gedrückt. Vom Van-See sind Geräusche wie Paukenschläge gekommen. Er hat weiter gehorcht und bald darauf vernommen, daß der Grund des ganzen Sees dröhnte. Das Ohr an die Erde gepreßt, ist Onnik in tiefen Schlaf versunken, und vor seinen Augen sind goldgelbe Ähren in einer ununterbrochen im Sonnenlicht schimmernden Ebene erschienen, wogende Ähren! Dann sind unter den Ähren hervor immer mehr alte Städte emporgestiegen ... Und danach die Schätze dieser Städte! Als Onnik aus seinem Schlaf erwacht ist, hat er Ismail gebeten, mitzukommen, hat ihm gesagt: »Du hast mein Leben gerettet, dafür gebe ich dir den Schlüssel der Çukurova, und alle Schätze dort werden dir gehören.« Ismail hat ihm nicht geglaubt, da hat Onnik gesagt: »Dann drücke dein Ohr an die Erde und höre den Geräuschen so lange zu, bis du ein rollendes Dröhnen vernimmst!« Und er wäre nicht Ismail Aga, wenn er nicht täte, wie ihm geheißen, und Onnik wäre nicht Onnik, wenn er vor Ismails Augen nicht alle Schätze der Çukurova hätte erscheinen lassen. »Jeden dieser Schätze bewachen einundvierzig Klapperschlangen des Anavarza-Felsens«, hat Onnik gesagt, und darin liege die Schwierigkeit. Aber Ismail Aga wäre nicht Ismail Aga, wenn er nicht geantwortet hätte: »Keine Sorge, Bruder Onnik, ich kann alle einundvierzig wachhabenden Klapperschlangen erstarren lassen.« Nun, diese einundvierzig Klapperschlangen, eine jede von kristallenem Grün, zischen und pfeifen so laut, daß sie in der ganzen Ebene zu hören sind, sowie sich jemand einem Schatz nähert ... Und die Schlangen, die in den anderen Städten die Schätze bewachen, tun es ihnen gleich. Als suche ein Erdbeben sie heim, erschüttert das Pfeifen die ganze Ebene.

»Er hat Salmans Mutter getötet, Ismail der Kurde, das Ungeheuer.«

»Hat ihr Blut in eine Flasche gefüllt.«

»Hat die Flasche mit diesem Blut seiner Mutter Salman gegeben.«

»In jener Nacht ...«

»Als sie im Alten Friedhof graben wollten ...«

»Und Zalimoğlu und Hasan und auch Salman haben sich an Ismails Fersen geheftet.«

»Und kamen so zum Alten Friedhof.«

»Beim ersten Spatenstich in den Hügel bebte die ganze Çukurova ... Und alle Klapperschlangen fingen an zu pfeifen.«

»Das Mondlicht, die Erde und das Himmelszelt versanken in Staubwolken.«

»›Salman‹, schrie da Ismail der Kurde, ›öffne die Flasche und begieße mit ihrem Inhalt den Hügel!‹«

»Und so hat es Salman getan ...«

»Das Blut seiner ermordeten Mutter ...«

»Seiner leiblichen Mutter!«

»Und plötzlich herrschte Totenstille im ganzen Land ...«

»So still, daß man die Flügel einer fliegenden Biene hätte hören können.«

»Und da gruben sie weiter.«

Und Onnik hat Ismail gesagt, Ismail der Kurde, mein Bruder, hat er gesagt, um diese Schlangen zum Schweigen zu bringen, bedarf es des Blutes eines Weibes ... Und das beste Weiberblut ist das Blut deiner Frau, denn sie ist sehr schön. Du mußt sie auf dem Weg nach Antep töten, ihr Blut in eine Flasche füllen und die Flasche deinem Sohn geben ... Dann hast du den Schatz schon so gut wie gefunden. Und eine Frau, diese Zero, ist mehr als genug für dich ...

»Wie anders als so hätte denn sonst ein Kurde aus dem fernen Van diesen seit tausend Jahren tief in der Erde verborgenen Schatz finden können!«

»Die Rache seiner Mutter soll Salman doch an Ismail nehmen. Blut für Blut ...«

»Wie konnte dieser kleine Junge denn wissen, daß Ismail die Mutter getötet und ihm eine Flasche mit ihrem Blut in die Hand gedrückt hatte ...«

»Salman weiß ja noch nicht einmal, daß er Ismails leiblicher Sohn ist.«

»Von wegen unterwegs gefunden ...«

»Von wegen ein Findelkind im Sterben ...«

»Und sie hätten es gerettet, hätten sie ...«

»Das können sie meinem Käppchen erzählen!«

»Denken sie denn, daß Salman so etwas schluckt?«

»Kinder sehen alles ...«

»Und sie wissen auch alles ...«

»Kinder sind gewitzt wie Kobolde ...«

»Was mußte dieser Junge nicht alles erleiden ...«

»Und dann noch für Ismail den Kurden sein Leben wagen ...«

»Bewacht ihn Tag und Nacht starr wie ein Fels ...«

»Den Mörder seiner Mutter ...«

»Der ihn, seinen leiblichen Sohn, verstoßen hat.«

»Gott erspare jedem Salmans Schicksal.«

»In den kältesten Nächten ...«

»Bei Regen und Wind ...«

»Ohne mit der Wimper zu zucken ...«

»Dort unterm Granatapfelbaum ...«

»Wie versteinert ...«

»Läßt er keine Fliege ans Haus heran.«

»Salman betet nicht zu Gott ...«

»Seht diese verkehrte Welt ...«
»Salman betet Ismail den Kurden an.«
»Er glaubt nicht an Gott, nicht an die Heilige Schrift.«
»Schon wenn er Vater sagt ...«
»Als spreche er zu Gott, so schaut er ihn an.«
»Den Mörder seiner Mutter ...«
»Was für Zeiten, welch verkehrte Welt!«
»Wenn Salman wüßte, wer der Mörder seiner Mutter ist.«
»Er weiß es.«
»Wenn Salman wüßte, daß sie ihn nicht unter einem Busch im Wald gefunden hatten.«
»Daß er Ismail des Kurden leiblicher Sohn ist ...«
»Salman weiß es.«
»Wenn Salman es nur wüßte ...«
»Ach, wenn Salman einmal dahinterkäme!«

Jedes Jahr ließ Ismail Aga für Mustafa Opfertiere schlachten. Er hatte geschworen, Jahr für Jahr bis an sein Lebensende für seinen Sohn dieses Opfer zu bringen. Und von Jahr zu Jahr wurden es mehr Tiere. Hatte er im ersten Jahr nach der Geburt seines Sohnes drei Tiere schlachten lassen, so waren es im zweiten Jahr schon sieben. Sie stammten alle aus Ismail Agas Herden von mehreren tausend Tieren, die der Oberhirte Hasan für seinen Bruder hütete. Und die zur Opferschlachtung von ihm mit Farbe markierten Schafe, Ziegen und Jungtiere hütete er das ganze Jahr über wie seinen Augapfel. Kam der Tag der Schlachtung heran, führte Hasan voller Stolz dem Aga die Tiere vor. Aber auch Ismail Aga war deswegen stolz auf den so tüchtigen Hasan, der nichts auf ihn kommen ließ, sich über die Gerüchte von der Schatzsuche maßlos erregte und die Dörfler deswegen lauthals beschimpfte. Ismail Aga dagegen lachte darüber mit der Nachsicht eines verständnisvollen Weisen.

Im Dorf wurden die Tage der rituellen Schlachtungen festlich gefeiert. Vom Taurus und von den umliegenden Dörfern eilten Barden mit ihrer Saz, Spielmänner mit ihren Pauken und Oboen, Märchenerzähler mit ihrem Wanderstab herbei, lagerten in Ismail

Agas Anwesen und boten Tag und Nacht ihre Künste dar. Aus Ankara kam Arif Saim Bey mit Freunden, aus Adana, Kozan, Kadirli und Osmaniye stellten sich viele turkmenische Beys ein, um ihren Freund, Ismail Aga, zum Opferfest zu besuchen. Ein Teil der Opfertiere wurde für das Festmahl zubereitet, der Rest an die Dörfler verteilt, so daß es in keinem Haus an Fleisch fehlte. Salman aber verschwand während dieser Tage, niemand sah ihn, aber außer Mustafa fiel es niemandem auf. Mustafa war auch der einzige, der heimlich jeden Winkel nach ihm absuchte. Einmal entdeckte er ihn in einer dunklen Ecke der Scheune. Zusammengesunken kauerte er wie versteinert da. Als er es rascheln hörte, blickte er auf, und die beiden blickten sich an. Salmans Augen waren vom Weinen blutunterlaufen. Als er Mustafa erkannte, ging ein Zittern durch seinen ganzen Körper, und er war wie gelähmt. Auch Mustafa konnte sich nicht von der Stelle rühren. Er stand da und konnte den Blick nicht von Salman wenden. Die Zeit verstrich, beide warteten ab. Dann erhob sich Salman und ging auf Mustafa zu. Seine Hände, Augen und Haare, alles an ihm schien zu beben, er war wie von Sinnen. Mustafa spürte es, und im selben Augenblick war seine Angst verflogen. Wie auf alles gefaßt, richtete auch er sich mit seinem ganzen Körper drohend auf und straffte sich. Salman blieb dicht vor ihm stehen. Seine Augen waren aus den Höhlen getreten, seine Adern angeschwollen, seine Haare wie Stacheln gesträubt. Mit gespannten Muskeln wie ein Adler, bereit, sich auf die Beute zu stürzen, hielt er die Hände wie würgende Krallen. Seine Lippen zitterten, verzerrten sich.

Plötzlich, wie aus heiterem Himmel, keuchte er: »Lauf weg, Mustafa, lauf!«

Mustafa rührte sich nicht vom Fleck, stand da, ohne mit der Wimper zu zucken.

Und noch einmal, diesmal mit lauter Stimme: »Lauf weg, Mustafa«, und es klang ein bißchen flehentlich. »Lauf, Mustafa, lauf! Wie soll ich denn deinem Vater Rede und Antwort stehen, lauf! Wie soll ich denn deinem Vater in die Augen sehen, lauf, Mustafa, flieh!«

Mustafa sah für einen Augenblick nur noch Salmans Schatten, wie er durch das offene Scheunentor ins Freie huschte. »Lauf weg, Mustafa!« Dann erst hielt er selbst mit schweren Schritten auf das Tor zu. Salman rannte im Hof vom Granatapfelbaum bis zum Kaktus am Haupttor hin und her, bis er endlich das Tor öffnete, den Hang hinunter über den Platz zur Moschee rannte, dort einen Augenblick verhielt und schließlich am Flußufer entlang das Weite suchte.

Später kamen Traktoren, Mähdrescher, Mehrscharpflüge und Dreschmaschinen auf den Bauernhof. Die Fahrer dieser Maschinen waren durchweg fröhliche, ölverschmierte, nach Öl riechende Männer. Sie kamen wie in einem festlichen Umzug. Bevor sie das Dorf verließen, wurden diese gelb, rot und metallen glänzenden Geräte vor der Moschee für einen ganzen Tag aufgereiht. Von Sieben bis Siebzig kamen die Dörfler mit Kind und Kegel herbei, bestaunten diese aus einem Märchen entsprungenen Riesen, gingen zaghaft und ängstlich um sie herum, betasteten sie hier und da.

Im Jahr, als erstmals die Maschinen kamen, wurden alle Äcker des Gehöfts bestellt. War die Erde mit einfachem Gerät im Gespann jahrelang nur zwei Handbreit umgebrochen worden, rissen die von Traktoren geschleppten Mehrscharpflüge jetzt Furchen von fast zwei Ellen Tiefe. Außerdem regnete es in jenem Jahr reichlich. Der Weizen stand so gut wie noch nie. Eine Wurzel ergab fünf bis sechs lange, dunkelgrannige Ähren. Wie ein gelbes Meer mit goldenen Blitzen wogte die ganze Ebene dumpf raschelnd im dunstigen Tageslicht, und die Menschen aus den umliegenden Dörfern und Städtchen kamen herbei, um dieses ungewöhnliche Getreidemeer zu bewundern. »Halme wie Ried«, riefen sie, »ein Tiger käme da nicht durch, der Weizen steht wie ein Wald. Seit es die Çukurova gibt«, sagten sie, »hat es solche Felder nicht gegeben.« Der Ruf dieses Getreides drang bis Ankara, und Arif Saim Bey, von Neugier gepackt, kam mit einigen befreundeten Abgeordneten im Auto angereist. Niemand hatte von diesem Hof einen derartigen Ertrag erwartet, denn ein Teil des Landes war sumpfig, ein anderer felsig, ein weiterer von Schwarzdorn überwuchert. Doch Ismail Aga war es gelungen, den Schwarzdorn samt Wurzeln mit Mehrscharpflügen zu roden. Somit hatte er das Ackerland des Hofes verdoppelt. Und als der Schwarzdorn gerodet wurde, hatte Ismail Aga eifrig selbst Traktorfahren gelernt und auch beim Roden und Räumen Hand angelegt. Baumwurzeln und Geäst wurden am Berghang zu einem zweiten Hügel geschichtet, und wer von den Dörflern wollte, konnte sich das Brennholz für Kamin und Herd kostenlos abholen.

Ja, in jenem Jahr gab es eine unglaublich reiche Ernte. Die Dreschplätze quollen über, Lastwagen, großrädrige Ochsenkarren, Pferdegespanne und Kamele konnten den Transport von den Feldern zum Bahnhof Toprakkale kaum bewältigen. Und jetzt quoll auch die Gerüchteküche über, kannte weder Maß noch Grenze. Jeder stürzte sich auf alles, was über Ismail Aga gemunkelt wurde, als sei es Pflicht, daran zu glauben. Es fehlte nicht viel, und auch Zero, Hasan und Hazal hätten den Tratsch für bare Münze genommen. Was Mustafa betraf, der glaubte an jedes Gerücht, das in Umlauf war. An den gefundenen Schatz, daran, daß Salman sein leiblicher Bruder sei, an die Sache mit Onnik, auch daß sein Vater Salmans Mutter getötet habe und eines Tages Arif Saim Bey durch Salman töten lassen werde, um sich danach auf dem ganzen Gehöft breitzumachen ...

Auf welchem Weg auch immer, diese Gerüchte kamen sogar Arif Saim Bey in Ankara zu Ohren.

»Meinst du denn, Bey, jener Ismail, jener Kurde Ismail, ist so, wie er sich gibt? Ist er nicht derjenige, der mit alchemistischen Kunststücken den goldgefüllten Kessel mit vier Henkeln in der Bergfestung gefunden hat?«

»Durch Alchemie?«

»So eine Wissenschaft gibt es. Sie legen Heilige Bücher unter ihre Hintern und schlafen darauf, und dann wird ihnen durch ihre Geomantie alles offenkundig.«

»Geomantie?«

»Wie denn sonst hätte Ismail der Kurde so viel Geld haben können?«

»Durch Arbeit.«

»Kann einer sich nach einigen Jahren Arbeit diesen riesigen Konak hinsetzen?«

»Er kann.«

»Und all die Pferde?«

»Auch das.«

»Und die Herden? Und dann behauptet Ismail der Kurde, das Gehöft gehöre ihm und keinem anderen. Er habe auch keinen Partner.«

»Doch, er hat.«

»Er sagt: ›Arif Saim Bey hat mir ein sumpfiges Feld überlassen, eine Steinwüste. Die Farm ist mein Werk, ich habe das Gelände vom Schwarzdorn gesäubert.‹«

»Das stimmt, er hat das Land gerodet.«

»Weit weg in Van hat Onnik mit Geomantie geweissagt ... Von dort aus konnte er die goldenen Käfer in der Erde der Çukurova sehen ... Tausende goldene Käfer krochen überallhin, wimmelten in einem unterirdischen Serail ...«

»Um den Schatz zu finden, bedurfte es eines Menschen mit blutbesudelten Händen. Er tötete seine Frau, ertränkte auf dem Weg hierher seinen Vetter im Van-See, rettete einen Armenier, fesselte aber in den Bergen seinen eigenen Bruder im Schneesturm an einen Baum, so daß dieser erfror ... Nur so ein Mensch konnte den goldgefüllten Kessel mit den sieben Henkeln finden. Und Ismail fand den Schatz und schickte die Hälfte davon dem Seher Onnik in Syrien. Er hat noch einen angenommenen Sohn namens Salman, der mit dem Mausergewehr im Arm bis morgens sein Haus bewacht ... Wenn Sie mir nicht glauben, fragen Sie ihn doch nach seiner Mutter und wie Ismail der Kurde sie getötet hat.«

»Und wer hat Memik Aga durch Zalimoğlu Halil töten lassen?«

»Wer?«

»Ismail der Kurde natürlich.«

»Warum?«

»Wurde der goldgefüllte Kessel mit sieben Henkeln nicht in seinem Feld ausgegraben?«

»Wirklich? Möglich wär's.«

»Arif Saim Bey ... Ismail der Kurde ... Er will dich eines Tages von Salman töten lassen ...«

»Möglich wär's ja. Bist du sicher?«

»Frag doch Salman, er soll es dir sagen.«

»Und die Pferde aus Syrien ...«

»Sind alle gestohlen. Gestohlen in der Çukurova ... Und Ismail der Kurde beliefert die ganze Welt ...«

»Ist das wahr?«

Die Regenzeit der Vierzig Nachmittage kam. Jeden Morgen schien die Sonne, gegen Mittag wurde es glühend heiß, dann stieg im Westen, über dem Berg Aladağ, eine Wolke auf, quoll kreisend über den Gebirgsketten, die gleich einer Mondsichel die Ebene umgeben, bedeckte bis zum frühen Nachmittag pechschwarz brodelnd den ganzen Himmel; danach wehten aus allen Windrichtungen kühle, staubwirbelnde Brisen, gefolgt von weit hinter den Bergen grollendem Donner und Blitzen, die immer greller und dichter über die blau schimmernde Ebene zuckten, bis der Donner in immer kürzeren Folgen mitten über der Ebene krachte und mit den zu sonnengroßen Feuerbällen anschwellenden Blitzen große, glitzernde Regentropfen zur Erde fielen. Das wiederholte sich jeden Nachmittag. An manchen Tagen, wenn die Blitze inmitten wogender Wolken hintereinander zuckten, tauchten sie die Regentropfen, die Wolken, den Fluß und die ganze Ebene in so gleißendes Licht, daß die Menschen nicht hinausblicken konnten, weil es blendete.

Kaum daß es zu regnen begann, rannte Salman, besorgt um sich blickend, in den Pferdestall und drückte sich sehnsuchtsvoll an das Stutfohlen. Und wie der Blitz liefen die nur darauf lauernden Dörfler hinter ihm her, scherten sich nicht um Regen und Wind, drückten ihre Augen an die von ihnen in die Pfahlwände gebohrten Löcher und verfolgten Salmans Abenteuer, der, über den Rücken der jungen, rotbraunen Stute gebeugt, ihre Kruppe umarmte. Als Salman sich wieder von dem Fohlen trennte, betrachtete er gemeinsam mit dem wie verwundert den Kopf wendenden Stutfohlen sein noch immer steif aufragendes Glied, zog dann schnell die Pluderhosen darüber, knotete sie fest und entfernte sich mit scheuem Blick. Im Nu hatte sich auch die linsende Menge von Männern und Frauen, Alt und Jung samt Kind und Kegel, zerstreut, sie waren wie weggewischt, bis auf einige wenige, die zwischen den Häusern schlenderten, als sei nichts geschehen.

Das wiederholte sich während der ganzen Regenzeit, etwa dreißig bis vierzig Tage lang, doch irgendwie schien Salman es gar nicht zu bemerken. Vielleicht aber schöpfte er auch hin und wieder Verdacht und scherte sich nur nicht.

Dann, eines guten Tages, setzte Salman keinen Fuß mehr in den Stall. Gespannt warteten die Dörfler darauf, doch er hatte sich in sein Zimmer eingeschlossen und rührte sich nicht. Der Regen hatte aufgehört, die Erde war trocken, und grauer Dunst lag über dem Dorf.

Des Wartens auf Salman überdrüssig geworden, ließen die Dörfler ihre Kinder als Beobachter bei den Felsen hinterm Granatapfelbaum Posten beziehen und zogen sich in ihre Häuser zurück. Die Tage vergingen, von Salman war nichts zu hören. So begannen die Dörfler, die während der Regenzeit der Vierzig Nachmittage über Salmans Abenteuer mit dem Stutfohlen striktes Stillschweigen gewahrt hatten, sich langsam zu regen und verhaltene Andeutungen zu machen.

»In diesem Jahr war der Regen besonders schlimm.«

»Ein Gießbach nach dem andern.«

»Und Blitze!«

Von allen Seiten, vom Mittelmeer, vom weiten Rund der regenfeuchten, violetten Berge der Ebene, gefolgt von dröhnendem Donner, zucken die Blitze, spalten von einem Ende zum andern das Himmelsgewölbe, ballen sich mitten im Firmament zusammen, zucken plötzlich zu Hunderten auf und tauchen die Welt im Nu in ein grelles, rasiermesserscharf glitzerndes Licht, das sich wie eine riesige Blume zwischen den Wolken ausbreitet, aufblitzt und verlöscht.

»Ein Gießbach nach dem andern.«

»Blitze wie noch nie ...«
»Ballten sich am Himmel zusammen ...«
»Der Blitz schlug ein, die Erde versengte.«
»Salman, der Arme, hat's gemerkt, er hat Verdacht geschöpft.«
»Er und nicht merken?«
»Bei so vielen starrenden Augen.«
»Was die Leute sich aber auch herausnehmen ...«
»Was war denn schon dabei?«
»Dieser räudige Mustafa ist an allem schuld!«
»Und Memet der Vogel.«
»Man sollte den spindeldürren Hals dieses Mustafa brechen.«
»Und Memet den Vogel dazu.«
»Steigt in die Kutsche ...«
»Schwingt sich auf edle Araber mit silberverzierten Sätteln ...«
»Wie ein Sohn Gottes ...«
»Schaut keinen von uns an ...«
»Und dann kommt er an und macht Salman ...«
»Den armen Salman ...«
»Vor der ganzen Welt lächerlich.«
»Wie soll Salman auch darauf kommen ...«
»Wie soll er auch darauf kommen, der Arme!«
»Wie soll er auch darauf kommen, daß die Augen eines ganzen Dorfes an den Ritzen kleben ...«
»Daß ein ganzes Dorf mit Roß und Hund ihm zuschaut?«
»In diesem Regen.«
»Bei Blitz und Donner ...«
»Während sich die Blitze am Himmel zusammenballen ...«
»Sich wie eine riesige Sonne ausbreiten ...«
»Aufblitzen und verlöschen ...«
»Während Himmel und Erde zusammenstürzen ...«
»Wie soll er dann darauf kommen ...«
»Und daß sogar die Siechen auf den Rücken ihrer Enkel ihre Augen an den Ritzen haben ...«
»Wie kann er das denn ahnen?«
»Sogar eine Schlange vergreift sich nicht am Trinkenden.«
»Und daß ihm alle Dörfler dabei zuschauen.«

»Und dabei so aus dem Häuschen geraten.«
»Salman wird Mustafa töten.«
»Und Memet den Vogel auch ...«
»Was haben sie denn alle gegen diesen armen Salman, daß sie ihn so lächerlich machten.«
»Soll Salman ihn doch töten.«
»Den Mustafa.«
»Soll Salman ihn doch töten.«
»Ismail den Kurden.«
»Soll Salman sie töten! Wie konnte er denn ahnen ...«
Eine Staubwolke senkt sich über das Dorf, Ballen von Distelgestrüpp wirbeln durch die Luft, staubiger Schaum bedeckt den Fluß, dazwischen funkelt gehäckseltes Stroh. Stroh überall. Auf den Wegen, auf den Schilfdächern der Lehmhütten, auf Mauern, Hecken, Felsen und Kakteen. Dichter Häckselstaub kreist im Wind, verdunkelt das Dorf, bedeckt Münder, Nasenlöcher, Haare und Zeug, ist in jeden Winkel gedrungen, bis hinein in die tiefste Felsspalte ...
»Ein Jüngling, dem man in diesem Alter noch kein Mädchen angetraut hat, der geht eben hin und schenkt seine Liebe einem Stutfohlen.«
»Was bleibt dem Armen denn anderes übrig ...«
»Wenn ein junger Bursche kein Weib findet ...«
»Findet er ein rotes Stutfohlen ...«
»Ein Stutfohlen, schön wie ein Mädchen ...«
»Und macht es zu seinem Weib.«
»Er küßte dem Fohlen die Augen.«
»Geradeso wie ein Liebhaber.«
»Streichelte ihm die Kruppe.«
»Geradeso wie ein Liebhaber.«
»Umarmte es.«
»Geradeso wie ein Liebhaber.«
»Was sollte Salman denn anderes tun ...«
»Ich wünscht es nicht einmal den Feinden.«
»Wenn ein Jüngling in dem Alter nicht verheiratet wird ...«
»Von alters her ist es bei jungen Burschen so üblich ...«

»Welcher Jüngling macht es denn nicht so wie Salman?«
»Wes jungen Mannes erstes Weib ist denn kein Stutfohlen ...«
»Warum soll's denn bei Salman anders sein.«
»Ismail der Kurde hat ein riesiges Gut.«
»Er hat dies Jahr eine Ernte ...«
»Sechs Monate schon verfrachtet er nach Adana, und seine Scheunen sind noch nicht leer.«
»Es gehört auch Arif Saim ...«
»Und Arif Saim ist ein besonderer Freund von Mustafa Kemal Pascha ...«
»Gehört das Gut denn nicht Arif Saim Bey?«
»Kemal Paschas besonderem Gefährten.«
»Sein Augapfel sogar.«
»Dieser Kurde geht zu weit.«
»Soll sogar ihm den Anteil nicht gegeben haben.«
»Behauptet, das Gut gehöre ihm allein.«
»Und für wen hält sich dieser rotznäsige Arif Saim Bey, dessen Blut und Leber keine zehn Para wert sind, für wen, frag ich, für wen?«
»Auch Mustafa Kemal Pascha ist schließlich nicht der Herrgott ...«
»Und wenn der eine Arif Saim Bey ist ...«
»So nennt man den andern schließlich Ismail den Kurden.«
»Ist in der Çukurova als Ismail der Kurde bekannt und berühmt.«
»Soll doch einer kommen und Ismail dem Kurden das Gut streitig machen.«
»Von seinen Leuten ließe Ismail der Kurde ihn töten.«
»Und sei er Gottes Löwe, geschweige denn Mustafa Kemals Abgeordneter.«
»Ismail der Kurde, der sogar Berge versetzt.«
»Und dieser Salman ...«
»Kein Salman, sondern flammende Glut.«
»Kein Salman, tödliches Gift.«
»Verschont auf der Erde keinen Wolf, am Himmel keinen Greif ...«

»Wer ihn sieht, ob Erde, Stein und Baum ...«
»Ja, auch der Baum beginnt aus Angst vor ihm zu zittern.«
»Salman, mein Sohn, braucht Ismail der Kurde nur zu sagen ...«
»Mein Sohn und Augapfel, braucht er nur zu sagen.«
»Und Salman steht wie ein Götze stramm. Zu Befehl, Papa!«
»Steck diese Çukurova in Brand.«
»Dann steht er stramm.«
»Wird gemacht, Papa!«
»Und wirst in dieser Çukurova nicht einen Menschen am Leben lassen.«
»Zu Befehl!«
»Wirst zu dem Fluß gehen und ihn anhalten.«
»Jawohl, Papa!«
»Kein Mensch hat je Gott so angebetet wie er seinen Vater.«
»Geh hin und töte Mustafa Kemal Pascha!«
»Wird gemacht, Papa!«
»Und Arif Saim Bey dazu!«

Zu Befehl, Papa, wird gemacht, Papa, jawohl, Papa ... Salman ist die Erde unter deinen Füßen, Papa ... Tritt drauf und über mich hinweg ... Salman soll sich zu Tode quälen, wenn nur kein Steinchen deinen Fingernagel berührt, Papa. Mein Leben als Opfer für dich, Papa. Auch Hasan ist so, und Hüseyin, und Süllü, und der Traktorfahrer Habib der Blinde, und Mustafa, und die anderen Leute, und die Pferdepfleger, und die Leibwächter, und Zalimoğlu, und auch Zalas Sohn ... Alle lieben diesen Ismail den Kurden mit dem Hexenzauber und den blutbefleckten Händen ... Aber Salmans Liebe ist eine andere. Er schaut ihn mit einer Inbrunst an, einer Besessenheit, vor der Gott bewahren möge! Geh, Salman, hebe den Berg dort in die Höhe und türme ihn auf den Berg daneben! Zu Befehl, Papa ... Es käme ihm nicht einmal in den Sinn, daß ein Berg nicht auszuheben ist. Zu Befehl, Papa! Was hat Ismail der Kurde nur an sich? Er war ein kurdischer Viehtreiber, kam in die Çukurova und wurde zu einem Herrn. Obwohl er keinen Bissen Brot hatte, als er dort ankam, nannte er bald ganze Höfe sein eigen, fuhr er in herrschaftlichen Kutschen ... Auf seinen Feldern sind alle Dörfler des Taurus Tagelöhner. Seine Motordrescher, Traktoren, Autos und Mähmaschinen sind dauernd im Einsatz. Es läuft, Bruder, und läuft! Und Emine die Gerte stirbt fast aus Liebe zu ihm. Die Tochter eines mächtigen Beys der Turkmenen! Von edler Herkunft ...

»Sie betet den Kurden an.«

»Tausendmal inniger noch als Salman.«

»Obwohl er Salmans Mutter getötet hat.«

Weiß Salman das etwa nicht? Daß Ismail der Kurde die Mutter getötet und in der Wüstenei von Urfa in einen Brunnen warf?

»Er und nicht wissen?«

Und was erzählte Ömer der Kurde, jener Hochgewachsene mit dem dünnen Hals, der damals aus dem Dorf floh? Erzählte er nicht, daß Salman der leibliche Sohn aus Ismails Lenden sei und derselbe Ismail dessen Mutter getötet und in Urfas Ödland in einen alten Brunnen geworfen habe ...

»Genau diese Frau!«

Als sie kein Geld mehr hatten und hungerten – Ismails Mutter soll ja krank gewesen sein, und Ismail hat sie jahrelang auf seinen Schultern getragen. Kann er ja auch, dieser Riesenkerl. Man sehe sich doch seine Größe an, und seine Breite ... Drei Ellen, bei Gott. Wer so riesig ist, kann seine Mutter nicht nur auf den Schultern, sondern auch auf dem Kopf tragen – jedenfalls soll er seine Frau, Salmans Mutter, für drei Goldstücke an einen aus Urfa verkauft haben ... Doch nach einer Woche ist sie zu ihm zurück geflohen. Daraufhin hat er sie für fünf Goldstücke an einen anderen Mann verkauft, bei dem sie es aber nur drei Tage ausgehalten hat! ... Salmans Mutter soll ja eine wunderschöne Frau gewesen sein, so schön wie ein Stückchen Sonne. Jeder Mann war verrückt nach ihr, kaum daß er sie gesehen hat. Und Ismail hat sie wieder und wieder verkauft. Schließlich ist er sich in der Gegend von Aleppo mit einem kurdischen Bey namens Haşmet einig geworden ...

»Für tausend Goldstücke ...«

»Für tausend gelbglänzende osmanische Goldstücke ...«

Beim Anblick der Frau hat der kurdische Bey fast den Verstand verloren. Gib mir diese Frau, Ismail, soll er gewimmert haben. Der aber hat empört geantwortet, wie der Bey sich unterstehen könne, von ihm die Frau, die angetraute Ehefrau, zu verlangen. Verzeih mir, aber ich habe mich in deine Frau verliebt, hat dieser geantwortet. Da hat der andere vor Wut wie von Sinnen – schließlich war's Ismail Bey und kein anderer! – seinen Revolver gezogen und gebrüllt, wie der Bey es wage, seine, Ismails, Ehre mit Füßen zu treten ...

»Nein, so war's nicht, er soll sie für tausend Goldstücke verkauft haben.«

»Für tausend Goldstücke.«

»Er hat weder gedroht noch nach dem Revolver gegriffen.«

»Bitte, bediene dich ihrer, soll er gesagt haben, benutze sie wie dein angetrautes, eigen Weib.«

»Strich die tausend Goldstücke ein und zog von dannen.«

»Irgendwann würde sein Weib ja wieder bei ihm sein.«

»Es vergingen drei Tage ...«

»Fünf Tage ...«

»Ein Monat zog ins Land ...«

Hier in der Çukurova, da drüben bei Toprakkale, hat er gewartet und gewartet, aber seine Frau kam nicht. Zur selben Zeit ist seine Mutter, die er zeitlebens auf dem Rücken trug, gestorben.

»›Geh hin und töte das Weib, das sich für tausend Goldstücke unter einen andern legte‹, soll sie noch auf dem Sterbebett gesagt haben.«

»Denn diese Frau gereicht dir nicht zur Ehre.«

Und Ismail der Kurde hat sich nach Antep auf den Weg gemacht, ist zu Haşmet Bey gegangen und hat ihm gesagt: »Da, nimm dein Geld und gib mir mein angetrautes Weib wieder!« Haşmet Bey aber hat abgelehnt. Doch Ismail Bey – mit dem ist nicht zu spaßen! – hat seinen Revolver gezogen und gedroht: »Ich werde dich und das Weib töten, ich halte es ohne sie nicht mehr aus, sie hat ihr Wort nicht gehalten und ist nach zehn Tagen nicht zu mir zurückgekehrt, also werde ich sie töten.« Doch Haşmet Bey hat gejammert und gebettelt, hat ihm gesagt, er solle die tausend Goldstücke doch behalten. Er wolle ihm noch seine Schwester Zero dazugeben, wenn er dafür Ismails Frau behalten könne.

»Ich gebe dir auch noch deinen Sohn Salman.«
»Und Ismail war einverstanden.«
»Hat sich die Zero gegriffen ...«
»Und den Salman auch.«
»Die Frau hat ihrem Sohn Salman bittere Tränen nachgeweint.«

Kaum in Toprakkale angekommen, hat Ismail, vor Sehnsucht brennend, gleich wieder kehrtgemacht, ist noch in derselben Nacht zurück nach Antep. Doch was hat er in Haşmet Beys Konak erblicken müssen, zumal der Mond geschienen hat? Die beiden eng umschlungen, die schimmernden Hüften der Frau im Mondlicht und Haşmet Beys Hände auf ihren mondbeschienenen Brüsten. Da sei Ismail dem Kurden der Atem weggeblieben, er hat seinen Revolver gezogen und peng, peng, peng ...

»Hat er Salmans Mutter getötet.«
»Und dieser Salman betet ihn an ...«
»Er weiß ja nicht, daß er sein Vater ist ...«
»Er betet ihn an, weil er meint, dieser Mann habe ihm das Leben gerettet.«
»Du an Salmans Stelle hättest ihn auch angebetet.«
»Solange ich meine, er sei nicht mein Vater.«
»Und er habe mein Leben gerettet.«
»Wüßte ich aber, daß mein eigener Vater ...«
»Ich ließe keine Zeit verstreichen ...«
»Nähme meine Mauser ...«
»Drückte den Lauf Ismail dem Kurden ...«
»Während er in tiefem Schlaf ...«
»Gegen seinen Augapfel ...«
»Und zöge den Abzug durch.«
»Und sein Kopf wäre in Stücke ...«
»Dieser schlampige Kerl, dieser Kurde. Kommt im Fohlenfell daher ...«
»Ein Fohlenfell hätt er gern. Es war ein Ziegenfell!«
»Nein, es war Schaf ...«

»Und kaum hier, wird er reich wie Harun al Raschid.«
»Als Salmans arme Mutter tausendmal zurückkehrte, war sie gut genug, doch als sie ein einziges Mal bei einem Mann blieb, den sie liebte ...«
»Tötet ein Mensch denn so unsterblich Verliebte?«
»Das bringt kein Mensch übers Herz.«
»Ein Mensch von so gemeiner Herkunft tötet sie schon.«
»Dann wird Salman ihn auch töten.«
»Er wird ihn töten.«

Männer in langen schwarzen Mänteln und Lackstiefeln kamen aus Adana. Ihre bestickten Umhänge und goldenen Uhrketten blitzten. Die Männer waren von gedrungenem Wuchs, sonnverbrannt, hatten große Augen und redeten viel; dabei bewegten sie immerfort Arme und Hände. Sie untersuchten jedes Pferd, das ihnen aus den Stallungen zugeführt wurde, öffneten die Mäuler, betrachteten das Gebiß, schauten ihm unter die Schweifrübe, musterten Hufe und Augen. Gefiel ihnen eines, übergaben sie es einem Pferdepfleger, der bei den Kakteen stand. Ismail Aga war nirgends zu sehen. Vielleicht war er gar nicht im Konak, denn wäre er zu Haus, hätte er sich wenigstens einmal blicken lassen, zumindest die Gäste willkommen geheißen. Er war entweder in Adana oder auf seinen Ländereien, vielleicht auch bei Arif Saim Bey. Denn in letzter Zeit ließ sich Arif Saim Bey mit seinem Automobil im Dorf nicht mehr sehen, er rief Ismail Aga zu sich, wenn er ihm etwas zu sagen hatte. Es wird gemunkelt, er sei außer sich geraten, als er von Ismail des Kurden Gerede über ihn und Mustafa Kemal Pascha erfahren habe. Der mit Donnerstimme sprechende, übermächtige Arif Saim Bey wird es in Kürze diesem Kurden schon geben, wird es ihm so geben, daß in jedes Wolfes und Hundes Rachen ein Stück von diesem Ismail hängenbleibt. Mußte er denn die Mutter dieses armen, minderjährigen, ihn wie einen Gott anbetenden, schüchternen Jungen töten?
»Dafür wird Salman ihn auch töten.«
Während die zum Verkauf bestimmten Pferde nacheinander aus den Ställen geführt wurden, scharte sich ein Teil der Dorfbewoh-

ner vor der niedrigen Hofmauer. Nur die älteren Frauen und Männer hatten den Hof betreten, und sie alle verfolgten in stiller Bewunderung, was sich da tat. Es war wie ein Brauch, daß sich die Dörfler dort versammelten, wo ein Handel abgeschlossen wurde. Jeder nahm teil an dem, was der Nachbar tat, und sei es nur als Zuschauer. Als Salmans rotbraunes Fohlen aus dem Stall gebracht wurde, kam Bewegung in die schweigende Menge, ging ein dumpfes Raunen reihum. Gleichzeitig drehten sich alle Köpfe Salman zu, der regungslos oben auf der offenen Diele stand und sein Kinn auf den gewienerten, schimmernden Lauf seiner Flinte stützte. Der Anblick des roten Fohlens mußte ihn tief getroffen haben, denn daß sein Körper einigemal schwankte, sein Gesicht aschfahl wurde und er kurz darauf mit unsicheren Schritten ins Haus wankte, war sogar unten vom Hof aus zu sehen.

Der Pferdehandel dauerte bis in den frühen Morgen. Süllü war ein geschickter Verkäufer. Um jedes Pferd feilschte er so lange, bis er seine Forderungen bei den Einkäufern durchgesetzt hatte. Kam er mit seinem Preis nicht durch, ließ er das Pferd in den Stall zurückführen. Doch als die Reihe am rotbraunen Fohlen war, wurde gar nicht gefeilscht; in aller Stille wechselte das Pferd den Besitzer, und kaum schimmerte das erste Tageslicht, ritten die Käufer mit den Pferden im Schlepp aus dem Dorf. Danach sahen die Dörfler Salman mit geschulterter Flinte den Hang hinauf bis zu den Bergzinnen klettern. Anschließend krachte es. In Deckung hinter einem Felsblock, nahm Salman das Dorf unter Beschuß. Pausenlos pfiffen die Kugeln über die Dächer, ihr Echo hallte von den Bergen wider.

Zuerst flüchteten die überraschten Dörfler in ihre Häuser, doch als sie dahinterkamen, strömten sie ins Freie. Jedesmal wenn Salman abdrückte, sahen sie hinter dem Felsblock das Mündungsfeuer aufblitzen.

»Was soll der Junge denn tun ...«

»Da muß einer ja durchdrehen!«

»Hat die Ameise keine Flügel, fliegt sie auch nicht ins Verderben.«

»Dazu muß sie erst Flügel haben.«

»Sie muß Flügel bekommen, um fliegen zu können.«

»Immer höher fliegen und dann wie dieser Kurdensohn Ismail ...«

»Vom höchsten Punkt des Himmels abstürzen ...«

»Hat sich die ganze Çukurova einverleibt.«

»Das kann ja nicht gutgehen.«

»Was er auch anfaßt, wird zu Gold.«

»Das kann ja nicht gutgehen.«

»Jahrelang hat der arme Panosyan sich mit dieser Erde herumgeplagt ...«

»Hat mit Hängen und Würgen gerade mal sein Saatgut wieder geerntet ...«

»Und kaum hat Ismail, dieser Kurde, das Feld gepflügt, quellen Himmel und Erde über vor Getreide.«

»So dicht, daß kein Tiger durchkommen kann.«

»Wenn das nur gutgeht.«

»Zwölf Monate im Jahr ruft Mustafa Kemal Pascha ihn zu sich ...«

»Läßt sich von diesem einfältigen Kurden beraten ...«

»Der kein richtiges Wort über die Lippen bringt ...«

»Beraten – daß ich nicht lache!«

»Ismet Pascha, mein Schwert ...«

»Arif Saim, mein Wächter ...«

»Und du, Ismail, soll Kemal Pascha sagen, du bist mein Hirn und Auge ...«

»Sagen kann man vieles.«

»Kaum ließ er sich in diesem Dorf nieder, landete der Glücksvogel auf seinem Kopf.«

»Die Schatzkammern des Alten Friedhofs öffneten sich ihm.«

»Das Korn quoll über, kaum daß er Panosyans verkarstete Erde berührte.«

»Zwillinge gebären die Schafe und Kühe seiner Herden.«

»Die mächtigen Beys der Turkmenen, Ramazanoğlu, Kozanoğlu, Kurdoğlu, Karamüftüoğlu, sogar der mächtige Bey der Kurden in diesem Kreis, Ali Aga der Kurde ...«

»Und Yaycıoğlu oben in den Bergen ...«

»Zülfükaroğlu ...«
»Alle blutrünstigen Beys der Turkmenen ...«
»Die mächtigen Adler der Menschheit ...«
»Kommen zu Gast ins Haus dieses Kurden ...«
»Halten ihn, der gestern noch Wurzelwerk rodete, für etwas Besonderes ...«
»Wallfahren zu ihm ...«
»Sieben Mal die Woche ...«
»Sollen sie doch, wir werden ja sehen.«
»Und Ismail der Kurde, mit geschwellter Brust ...«

Ja, er fühlte sich, als sei er der Schöpfer der Berge mitsamt dieser Çukurova. Schickte jeden Tag Berittene nach Osmaniye, nach Adana, denn sein Sohn mußte jeden Tag unbedingt neue Schuhe haben, jeden Tag neue Kleider, Schachteln voller Lokum und andere Süßigkeiten, in allen Farben ... Von einem arabischen Scheich aus Antakya ein grünes Pferd aus Zuckerzeug, das ausgesehen habe wie ein echtes ... Aus Izmir ein rosafarbenes Kamel, die Augen wie lebend, es habe den Hals gestreckt, als wolle es die lila Blumen am Wegrand fressen. Eine Moschee, kindsgroß, mit sechs Minaretten, funkelnd blau, im Innern betende Mullahs, den Koran auf ihren Knien, und auch die Heiligen Bücher seien aus Zucker gewesen ... Ein roter Windhund, mit langgestrecktem Hals einen gelben Hasen durchs Gebüsch jagend, sogar die Gräser aus Zucker ... Ein Elefant, auf seinem Hintern hockend, den Rüssel hochgestreckt, schneeweiß, riesig, mit klitzekleinen glitzernden Augen wie Nadelköpfe. Eine Taube, aus dem Ehrwürdigen Mekka geschickt, ihr Schnabel rot, die Krallen gelb und golden das Gefieder ... Ein Storch, staksend unter einer Platane, im Kleinen wie jene auf dem Platz von Eyüp Sultan in Istanbul. Laß den Storch nur staksen, wir werden ja sehen! Und dieser rotznäsige Mustafa knabberte doch zuerst an den Minaretten dieser schönen Moschee! Ißt ein Mensch denn Minarette, und seien sie auch aus Zucker? Soll er doch, wir werden ja sehen! Er soll auch der Taube in den Kopf gebissen haben, die Augen sind ihr herausgefallen, erblindet ist sie, ja! Meinetwegen, wir werden ja sehen! Einem Mullah aus der Moschee habe er den Kopf abgerissen, ihn aber nicht aufgegessen, sondern in den Dreck geworfen. Den Kopf eines Mullahs, der den Koran liest, in den Dreck werfen! O du Gottloser, hättest du ihn doch wenigstens gegessen! Soll er doch, wir werden ja sehen! Und dann lädt er alle Kinder des Dorfes zu sich ein, stellt die Moschee auf die Veranda und ruft: »Los, Kinder, lecken wir diese Moschee auf!« Darf man denn ein Haus Gottes auflecken?, sollen die Kinder verstört und verängstigt gefragt haben. Ja, man könne, habe er geantwortet, dieser Ungläubige, und hinzugefügt, dieses Gotteshaus und die Mullahs darin und die Heiligen Bücher in ihren Händen seien ja nur aus Zucker. Und alle Dorfkinder, allen voran Mustafa, hätten ihre schaufelgroßen Zungen ganz lang herausgestreckt und am Hause Gottes zu lecken begonnen. Zuerst hätten sie, es bleibe ihnen im Halse stecken, die Minarette aufgeleckt, die Minarette eines Gotteshauses! Dann die goldfarbene Kuppel der Moschee und schließlich den Hofbrunnen. Danach hätten sie die auf den Knien der Mullahs liegenden Korane verschlungen, Gott strafe sie dafür! Zu Stein erstarrt, habe Salman mit dem Gewehr in der Hand dagestanden, und Mustafa habe ihm nicht einmal zugerufen, er möge doch kommen und seine Zunge einen Bissen lang am Hause Gottes reiben. Der arme Salman habe dagestanden und mit wässerigem Mund geschluckt. Kein Wunder, daß Salman diese Rotznase haßt. Erst die Mutter dieses Armen töten ... Und dann muß er auch noch zwölf Monate im Jahr, ob Sturm, ob Schnee, vor eurer Tür wie ein Köter Wache schieben! Ist das denn Rechtens? Während vor seinen Augen alle Kinder des Dorfes ...

»Mit handbreit heraushängenden Zungen ...«

»Von morgens bis abends die Moschee geleckt ...«

»Vollständig aufgeleckt.«

»Sollen sie doch lecken, wir werden ja sehen!«

»Und morgen, soll Mustafa gesagt haben, werden wir die Platane auf dem Platz der heiligen Gefallenen von Eyüp auflecken mitsamt dem Storch ...«

»Sollen sie doch lecken, wir werden ja sehen!«

»Und am Tag darauf essen wir das Ehrwürdige Mekka auf, knick, knack, ohne zu lecken.«

»Ohne zu lecken ...«

»Die wagen es, Gottes Ehrwürdiges Mekka zu essen ...«

»Das nimmt ein böses Ende.«

»Und Ismail hält sich über die Scherze seines Sohnes vor Lachen die Seiten.«

»Über die handbreit heraushängenden, leckenden Zungen der Kinder vor der Moschee ...«

»Mit den Flügeln kommt auch das Unheil über die Ameise ... Warum hat er Salmans Fohlen verkauft?«

»Was hat Salman ihm denn getan, außer zwölf Monate im Jahr seine Tür zu bewachen ...«

»Vor den Räubern ...«

»Vor einer Welt von Todfeinden ...«

»Ist ihm nicht die ganze Çukurova feind?«

»Er hat das Fohlen bewußt verkauft.«

»Um Salman zu quälen.«

Ja, was hat Salman schon Schlimmes getan? Sich hoffnungslos in das rotbraune Stutfohlen verliebt ... Was ist schon dabei? Welcher Junge hat während der Reifejahre denn nicht mit einem Stutfohlen angebändelt? In der ganzen Çukurova gilt nicht als Mann, wer noch kein Stutfohlen umarmt hat! Da kommt dieser wilde Kurde aus den Bergen, dieser Dummkopf, der nicht einmal richtig sprechen kann, und führt in unserer Çukurova neue Gesetze ein, ich bitte euch!

»Verkauft des armen Salman rotbraunes Fohlen.«

»Das hast du nun davon.«

»Sieh zu, wie du Salmans Kugeln entkommst ...«

»Der Verkauf des rotbraunen Fohlens hat den Jungen um den Verstand gebracht.«

»Mit einer blitzblanken Deutschen Flinte in der Hand ...«

»Und wenn er in seiner Wut ...«

»In seiner Wut auf das ganze Dorf schießt, hat er recht ...«

»Tausendmal recht ...«

»Er wird Ismail töten ...«

»Zuerst Mustafa und hinterher Ismail ...«

»Das rotbraune Fohlen verkaufen. Das kann ja nicht gutgehen.«

»Die Geliebte eines armen Jungen.«
»Sein Geld reicht ihm wohl nicht ...«
»Wenn er wollte, könnte er alle Türen in seinem Haus ...«
»Alle Stützbalken ...«
»Alle Stufen ...«
»Mit Gold verkleiden.«
»Warum verkauft er dann Salmans Fohlen?«
»Um ihn zu quälen.«
»Kommt das Quälen von ihm ...«
»Kommt von Salman der Tod.«
»Was soll dieser Junge denn jetzt tun?«
»In seinem Liebeskummer.«
»Und seine Mutter hat Ismail auch getötet ...«
»Er hat doch niemanden.«
»Keine Verlobte.«
»Kein Eheweib.«
»Nicht einmal sein rotbraunes Fohlen.«
»Was soll dieser Junge denn jetzt tun?«
»Vor Wut verrückt werden ...«
»Wer heute das Dorf beschießt ...«
»Geht morgen hin und beschießt Ismails Konak ...«
»Brennt ihn nieder ...«
»Wenn Ismail im Hause ist ...«
Nein, das täte Salman nicht, der krümmt Ismail kein Haar. Schaut nur, wie er ihn anbetet. Betet ihn sogar an, obwohl dieser Salmans Mutter getötet und sie in einen versiegten Brunnen in der Ebene von Haran, in der Wüste von Urfa, geworfen habe ... Dort hat Salman eine Woche, vielleicht zehn Tage oder einen Monat gelegen. Hirten haben ihn dort gefunden, tief im Brunnen mit dem Tode ringend, haben ihn herausgezogen, Ismail gebracht und ihm gesagt: »Nimm deinen Sohn, und wehe, du wirfst ihn noch einmal in den Brunnen!« Ismails verstorbene Mutter war ja eine gute Frau, sie habe sich sechs Monate lang um den Jungen gekümmert ... Er sei voller Würmer gewesen, sein Fleisch habe bereits gestunken. Das alles habe Salman der alten Emine erzählt ... Und kaum konnte Salman ein Gewehr halten ...

»Wenn er deswegen Ismail und Mustafa nicht getötet hat ...«
»Warum soll er denn jetzt?«
»Töten wegen eines rotbraunen Fohlens?«
»Aber er liebt es!«
»Hoffnungslos verliebt ...«
»Er wird sie töten ...«

Über dem Mittelmeer zogen nach und nach weiße Wolken auf, wirbelten in einer Flut von Licht. Je höher sie stiegen, desto makelloser wurde ihr Weiß, das bläulich zu schimmern begann, als sie sich am Zenit zusammenballten ... Und wie eine Fontäne schoß die Lichtflut jetzt senkrecht in den Himmel.

Während die erste der Bergketten, die das Rund der Çukurova umgeben, in einer Dunstwolke immer dunkler wurde, wiegte sich die zweite in violettem Schimmer, und die dritte hüllte sich in helles Blau. Die vierten, kaum noch auszumachenden Bergrücken schienen mit dem Himmel ineinanderzufließen, und die fünfte Bergkette tauchte nur hin und wieder hinter dichten Dunstschleiern auf. Weit im Westen dehnte sich der stellenweise schneebedeckte Berg Aladağ über den wogenden Nebelschwaden. Dunkle Regenwolken zogen über ihn und die anderen Berggipfel hinweg in die Çukurova ... Plötzlich wurde es finster, eine kühle Regenböe strich staubwirbelnd vorüber, und dann zuckten Blitze über den Bergen, die vom Aladağ bis zum Berg Düldül die Ebene wie eine Mondsichel umgeben, tauchten Grat und Hänge immer wieder in grelles Licht. Mit Blitz und Donner flossen die Wolken in die Çukurova, ballten sich über ihr zusammen, und wie eine riesige, immer wieder aufleuchtende Lichtblume strahlten die Blitze nach allen Seiten so grell, daß auch der letzte Erdwinkel, die Bäume, Gräser, Felder, Felsen und Gewässer taghell leuchteten, die Kiesel, die Fische, die Schildkröten und der Tang so klar zu sehen waren, als sei das Wasser versiegt. Dann fielen schwere Regentropfen, bohrten sich durch den Staub, und ein schwerer, scharfer Erdgeruch breitete sich aus, bis schließlich wie ein Sturzbach der Regen rauschte.

Mustafa hatte sich unter die Kakteen gelegt und wartete auf

Memet, der kurz darauf zu ihm kroch. Sie schweigen eine ganze Weile mit zusammengebissenen Zähnen, während die Schüsse über das Dorf hallten. Bald würden die Mitternachtshähne krähen. In den Felsen hatten sich die Adler, aufgescheucht vom Gewehrfeuer, davongemacht und kreisten mit langgestreckten Flügeln hoch über der Festung.

Als erster bekam Memet den Mund auf. »Er wird uns töten«, sagte er.

Mustafa brachte noch immer kein Wort über die Lippen.

»Er ist hinter uns her. Hat uns erst lange gesucht und sich dann in die Berge geschlagen. Sieh, da oben … Die Flammen aus seinem Gewehr …« Er griff nach Mustafas Hand. Beider Hände waren eiskalt.

»Die Dörfler sagen, ich hörte es, als meine Mutter sich mit den Weibern unterhielt, die Dörfler sagen, Salman wird alle Kinder töten, die an der Moschee geleckt, die Gazelle und den Adler aufgegessen und vom Pferd abgebissen haben.« Dabei drängte er sich noch näher an Mustafa heran. »Sag doch was!«

Mustafa gab sich einen Ruck, öffnete den Mund, doch sprechen konnte er nicht. Klein wie ein Stecknadelkopf, blitzte irgend etwas drüben unterm Granatapfelbaum auf und verlosch. Und noch immer pfiffen Kugeln über sie hinweg.

»Die Dörfler sagen, dein Vater sei vor Salman geflüchtet. Die Dörfler, die Weiber und meine Mutter sagen, wäre dein Vater nicht geflüchtet, hätte Salman ihn schon längst getötet und das Weite gesucht. Und sie sagen, er werde dich jetzt aufstöbern und töten. Die Weiber sagen, Salman bete deinen Vater mehr an als den lieben Gott. Deswegen wird er dich töten, damit sich dein Vater grämt wie ein Reh, dem man das Junge wegnimmt, und er sich dann vor Gram selbst tötet. Und dein Vater ist geflüchtet …«

»Mein Vater ist nicht geflüchtet«, stieß Mustafa schließlich hervor. »Mein Vater ist nach Adana gefahren. Denkst du denn, Salman könnte mich töten, wenn mein Vater hier wäre!«

»Und mich …«

»Und dich könnte er auch nicht töten«, bekräftigte Mustafa.

»Aber dein Vater ist jetzt nicht da.«

»Nein, er ist nicht da«, wiederholte Mustafa.

»Und wo sollen wir uns jetzt verstecken, bis dein Vater zurückkommt?«

»Wo wir uns auch verstecken, er findet und tötet uns.«

»Er tötet uns«, sagte Memet.

Sie krochen unterm Kaktus hervor und wurden hellwach, als die Stacheln ihre Rücken ritzten.

»Wohin sollen wir nur? Es gibt kein Plätzchen auf dieser Erde, das er nicht kennt.«

»Wohin wir auch gehen, er findet uns.«

»Er findet uns«, nickte Mustafa.

»Und wird uns töten«, sagte Memet, als in kurzen Abständen wieder fünf Kugeln über sie hinwegzischten.

»Er wird uns töten«, rief Mustafa, rannte los und Memet hinter ihm her. Zuerst hetzten sie die Felsen hoch zur Bergfestung, von dort zurück zu den Pferchen, in deren Schutz sie bis zur Flußböschung kamen. Dort blieben sie eine Weile in einer Einbuchtung hocken und horchten auf das Gewehrfeuer. Doch lange hielten sie es nicht aus, sie schlugen den Weg zum Paß ein, konnten aber auch hier dem Krachen der Schüsse nicht entrinnen. Also rannten sie weiter. Je länger sie rannten, desto mehr wuchs ihre Angst, und je mehr ihre Angst wuchs, desto schneller rannten sie. So umrundeten sie einigemal das Dorf. Alles war auf den Beinen, es herrschte ein ohrenbetäubendes Tohuwabohu. Niemand sah sie, aber auch sie konnten keinen der Dörfler entdecken. Sie waren schweißgebadet, ihre Knie wurden weich, und ihre Lungen pfiffen wie Blasebälge. Unversehens waren sie am Rand der Grube von Osman und sprangen, ohne zu überlegen, hinein. Als sie merkten, wo sie gelandet waren, hatten sie keine Kraft mehr, hinauszuklettern. Sie drängten sich aneinander, krümmten sich und blieben, zusammengepreßt wie eine Kugel, in einem Erdloch liegen.

»Osman«, keuchte Memet.

»Seine Knochen«, stöhnte Mustafa.

»Und Salman?«

»Der wagt sich nicht hierher«, antwortete Mustafa.
»Davor hat er Angst«, fügte Memet hinzu.
An Weiteres kann sich weder Mustafa noch Memet erinnern ...

In einem wahren Alptraum drückten sie sich so fest aneinander, als wollten sie ihre Knochen vereinen ... Ein kugelrundes Etwas, so lagen sie neben den Gerippen von Pferden, Katzen, Hunden und Rindern, fieberten mit gespitzten Ohren den Geräuschen des erwachenden Tages entgegen, scherten sich nicht um die Schüsse, schienen sie nicht einmal mehr zu hören ...

Als die ersten Hähne im Osten krähten, der dämmernde Morgen die Gipfel der Berge erhellte, konnte Mustafa vor Angst die Augen noch immer nicht öffnen, er wagte auch nicht den kleinsten Lidschlag. Als würde er, falls er sie öffnete, als erstes Salman erblicken. Und solange die Jungen ihre Augen nicht öffneten, schien für sie die Zeit auch nicht vergehen zu wollen.

Plötzlich schreckte sie das Knirschen rollender Räder und das Gebimmel von Pferdeglöckchen hoch. Die Augen noch immer fest geschlossen, sprangen sie aus der Grube, rannten ins offene Land bis zum Flußufer; dort kletterten sie in die schroffen Felsen der Knäkenten, verkrochen sich in eine Felsspalte und warteten wieder, eng umschlungen und fröstelnd, auf die ersten Sonnenstrahlen.

Erst bei Tagesanbruch ließen sie voneinander ab und setzten sich mit dem Gesicht zum Fluß auf den Felsabsatz.

»Wir sind ihm entwischt«, sagte Mustafa, als ihm wärmer wurde. »Und jetzt machen wir uns davon.«

»Ja, wir verschwinden«, nickte Memet.

Beide wußten, was zu tun war. Sie mußten dorthin flüchten, wo weder Salman noch Ismail Aga, noch das Dorf, ja, die ganze Çukurova sie auch in tausend Jahren nicht finden und töten konnten: ans andere Ende der Welt! Waren sie diese Nacht Salman und seinen Kugeln entkommen, war alles andere doch ein Kinderspiel!

In einer Felsspalte zur Wasserseite begannen sie zu warten. Sicher würde auch heute wenigstens einer der fünf, sechs Flößer, die täglich ihre Baumstämme flußabwärts treiben ließen, hier vorbeikommen! Die Felsnase dehnte sich bis in den Fluß hinein, auf den sie, wie ein Minarett emporragend, ihren Schatten warf. Links von den beiden Jungen kreiselte ein Mahlstrom, in dem mehrere kleinere Strudel wirbelten, deren Wellen schäumend gegen die Felswand klatschten. Woher auch immer jemand kam, ob von links oder von rechts, er konnte die beiden nicht entdecken. Schon gar nicht, wenn sie sich in die Felsspalte zurückzogen. Auch vom anderen Ufer waren sie nicht auszumachen. Denn hier war das Flußbett sehr breit, und weitflächig dehnte sich der kieselige, weiße Strand. Gegenüber der Felsnase erhob sich aus dem Wasser noch ein kleiner, spitzer Hügel aus violettem Felsgestein. Wenn die Flößer von den Bergwäldern kamen, machten sie hier halt und vertäuten die Stämme an diesem Felsen, dicht am kreisenden Wasser des Mahlstroms. Die Flöße waren von verschiedener Größe. Die großen kamen nur sehr langsam voran, kleine Flöße dagegen, mit langen, weißen Rudern gesteuert, glitten schnell wie die Strömung vorüber. In den Wäldern des Taurus wurden von den gefällten Bäumen vier oder fünf besonders dicke und lange Stämme in Abständen von etwa zwei Metern nebeneinandergelegt, mit einer Schicht Bohlen bedeckt und vertäut. Darüber wurde eine weitere Schicht von Baumstämmen, die jetzt fugenlos nebeneinanderlagen, mit Ketten oder Seilen festgebunden. Höchstens drei Schichten Baumstämme wurden geflößt, weil sonst das Gefährt zu tief lag und an seichten Stellen an Felsen stoßen oder auf Grund laufen konnte. In den Bergen zu Wasser gelassen, trieben die Flöße stromabwärts in die Çukurova bis ans Mittelmeer, von wo aus die Stämme mühelos in die Sägewerke verfrachtet wurden.

Mustafa war früher einmal mit seinem Vater auf einem Floß den Fluß Zamanti hinunter über Stromschnellen in die Çukurova gefahren. Er war damals noch sehr klein gewesen, erinnert sich aber noch daran: an die Flößer mit den gezwirbelten Schnauzbärten, einfache Männer, die immer lachten und allesamt Flinten trugen, genau solche wie Salman, an die Platanen am Ufer, die endlosen Schaumkronen im Strom, die funkelnden Sterne am riesigen Himmelszelt, an die ausgedehnten, weißen Kieselstrände und an beiden Ufern rosa, weiß und rot in voller Blüte stehenden Oleanderbäume, drei Tage und Nächte lang glitten sie an alldem vorbei. Er erinnerte sich an die aus dem Wasser ragenden Felsen, auf die das Floß auflief und erst nach einem Tag harter Arbeit von den Flößern wieder flottgemacht werden konnte, an den Umhang seines Vaters, unter den Mustafa sich verkrochen hatte, an den betäubenden Harzgeruch der Baumstämme und den Duft von Poleiminze, den die linden Lüfte herüberwehten, vermischt mit anderen Düften von den Bergen, an die Blätterteigpasteten, die von den Flößern am Strand in glühender Asche gebacken wurden, Pasteten, die der Mensch, wenn überhaupt, so köstlich nur einmal in seinem Leben zu essen bekommt, an die langgezogenen Gesänge der schnauzbärtigen Flößer, die von den Bergwänden widerhallten, so daß Mustafa gar nicht schlafen mochte und sich grämte, wenn er doch eingeschlafen war, denn die Welt kam ihm vor wie ein Wunder ... Plötzlich erschien auf einem Uferfelsen mit zurückgebogenem Geweih und schimmerndem Rücken ein Hirsch, einer der schnauzbärtigen Männer legte seine Flinte schon an und hätte ihn geschossen, wenn Ismail Aga ihn nicht daran gehindert hätte mit den Worten: »Schau doch, wie lieb er bei seinem Morgenspaziergang in der aufhellenden Dämmerung zu uns herüberblickt ...« Bewegungslos, das feuchtschimmernde Geweih auf den Rücken gebogen, hatte der Hirsch sie beäugt, bis das Floß vorbeigeglitten war und bald darauf für drei Tage im dichten Nebel verschwand, durch den sie nicht einmal das Ufer erkennen konnten, während die Sonne hin und wieder wie ein kaltes Stück Glut hinter dem Dunst auftauchte; ja, an diese Reise kann Mustafa sich bis heute ganz genau erinnern. Nun fällt ihm auch ein, wie der Fluß über die Ufer getreten war und blutrot strömte ... Und er erinnert sich an das Meer, wohin der blutrot strömende Fluß ganze Bäume, die in den Bergen von Wildwassern entwurzelt worden waren, geschwemmt und aufgetürmt hatte. Das in Ufernähe rotgefärbte Meer brandete mit riesigen Wellen gegen einen Wald von Baumwurzeln. Doch weiter draußen dehnte sich endlos und lichtumflutet ein reines

Blau. Vor dem Sägewerk lagen drei riesige, rostige Dampfer, von denen die Farbe abgeblättert war, vor Anker. In der Sägerei roch es nach Harz, Meer und Rost, und von den funkelnd kreisenden Messern wirbelten Späne und Staub. Blitzende Sägen, Hobelmesser, Zahnräder, umlaufende Keilriemen und Hunderte von arbeitenden Männern, ölverschmiert ...

So freundlichen, gutherzigen Männern wie den Flößern war Mustafa noch nie begegnet. Vor seinem Vater standen sie nur mit achtungsvoll verschränkten Händen, und noch bevor er einen Wunsch geäußert hatte, errieten sie ihn schon aus der kleinsten Andeutung und kamen ihm sofort nach. Auch von Mustafa ließen sie sich nichts zweimal sagen, auf die kleinste Bitte hin waren sie zur Stelle. Mittags vertäuten sie das Floß und buken am Ufer Mürbeteigkringel in glühender Asche. Einmal hörte er dicht am Ufer Wachteln schlagen, und kaum hatte er das Wort »Wachtel« ausgesprochen, rief der Vormann: »Stopp, Männer, anhalten!« Dabei steuerten sie gerade durch eine Enge zwischen hohen Felsen, wo der Fluß wie ein Wasserfall toste. Sofort ruderten und stakten die Männer aus der Fahrrinne, und das Floß prallte so hart gegen einen Felsblock, daß die Stämme beinahe aus den Seilen und Ketten gerutscht wären. »Geht und schießt einige Wachteln«, befahl der Vormann, »und bringt aus dem Wald Pilze mit!« Bald danach kamen die Flößer mit zehn, fünfzehn die Köpfe baumelnden Wachteln und einem Sack Pilze zurück. Der Vormann ließ ein großes Feuer machen und garte eigenhändig für Mustafa gefüllte Pasteten in glühender Asche. Die schmeckten ihm so gut, und er aß davon so viel, daß sein praller Bauch die ganze Nacht grummelte und er deswegen bis in den frühen Morgen nicht einschlafen konnte. Mustafa erinnert sich noch an viele, sehr viele Dinge dieser Flußfahrt. Eine riesige, schwarze Schlange wand sich um eine Platane hoch zu einem Vogelnest im Wipfel ... Als das Floß vorbeiglitt, machten die Jungvögel mit weit aufgerissenen Schnäbeln einen Höllenlärm, und um ein Minarett hoch über der Baumkrone kreiste flatternd ein großer Vogel. Kaum hatte Ismail Aga die lange, schwarze Schlange erblickt, rief er: »Jungs, haltet an, wir wollen die Küken da oben retten!« Aus dem Stand stemmten die Flößer die Stangen gegen die Uferböschung und stoppten das Floß. Ismail Aga zog seinen Revolver, und zielen und abdrücken waren eins. Kugelrund wirbelte die Schlange in der Luft einmal um sich selbst und fiel dann längelang auf die weißen Kiesel am Ufer. »Die haben wir gerettet«, lachte Ismail Aga, und im selben Augenblick hörten die Jungvögel auf zu lärmen.

Droben bei den Felsen von Gökburun tauchten drei Flöße auf. Sie lagen tief im Wasser und waren schwer auszumachen. Mustafa mußte wieder an den Vormann mit dem gezwirbelten Schnauzbart denken, wie sich dieser vor ihm mit verschränkten Händen so achtungsvoll vorgebeugt hatte, wie er ihn, die Rechte auf der Brust, mit Sultan oder Aga angeredet und mit liebevollen, pechschwarzen Augen so warmherzig angeschaut hatte, als sei Mustafa wie sein Vater Ismail ein großer, erwachsener Mann. Nein, diese Männer werden Mustafa nie mehr aus dem Kopf gehen, auch nicht, wenn er tot ist und seine Knochen längst verfault!

Alle Flößer, die am Dorf vorbeifuhren, waren so: groß, breitschultrig und braungebrannt, hatten freundliche Gesichter, gezwirbelte Schnauzbärte, Falten in den Augenwinkeln, große Hände und kniffen die Augen zusammen. Für Mustafa war es jedesmal ein Fest, wenn sie ihre Flöße hier am Mahlstrom vertäuten. Oft stieg er mit Memet dem Vogel zur Bergfestung hoch und wartete darauf, daß die Flöße pechschwarz auf dem schimmernden Wasserspiegel hinter den Gökburun-Felsen hervorkamen.

Nun war schon das Funkeln der auf- und abtauchenden Ruder auszumachen. Mustafa und Memet der Vogel spurteten bis zum Felsen der Knäkenten, die jedes Jahr hier niedergingen, wenn sie von ihrem Zug zurückkamen. Eigenartige Vögel, diese Knäkenten, und es gab wohl kein Kind im Dorf, das nicht ihre Eier stahl; allein Mustafa und Memet der Vogel räuberten ihre Nester nicht. Aber die Eier lockten auch Schlangen an, und der Felsen wimmelte von ihnen.

Stehend beobachteten die Jungen, wie die Flöße sich dem Mahlstrom näherten. Sie waren voller Freude, sie waren gerettet!

Im Dorf war sicher die Hölle los, denn Salman ging jetzt von

Tür zu Tür und erschoß alle Kinder. Yusuf die Raupe hatte es wohl geschafft und konnte sich hinter die Felsen retten, auf denen Adler ihre Horste hatten. Auch Mistik dem Kahlen und Ali dem Barden müßte die Flucht gelungen sein. Hidiroğlu dagegen hatte bestimmt eine Kugel eingefangen. Seine Mutter hatte sich Salman zu Füßen geworfen, hatte gejammert: Laß meinen Sohn leben, Salman, und töte mich dafür, doch Salman hatte sich darauf nicht eingelassen. Salman tötet doch nur Kinder!

»Schau dir den Flößer dort an, Memet«, sagte Mustafa. »Schau, wer da kommt!«

»Onkel Hadschi Hasan!« jubelte Memet der Vogel.

Aus Leibeskräften brüllte Mustafa zu Hadschi Hasan hinüber, der, noch weit entfernt, kerzengerade auf dem Floß stand und das Ufer musterte: »Onkel Hasan, Onkel Hasaaan!«

Als Hasan Mustafa entdeckte, winkte er freudig herüber. Jedesmal wenn Mustafa hier am Mahlstrom ein Floß sah, brachte er den Männern Butter, Honig, Zucker, Traubensirup, Bratfleisch, Geflügel und was ihm zu Hause sonst noch in die Hände fiel. Die Flößer liebten Mustafa und Memet den Vogel wie ihre eigenen Kinder, hielten jedesmal nach ihnen Ausschau und brachten ihnen aus den Wäldern selbstgeschnitzte Wagen, Bären und Pferde aus Tannenholz mit. Einmal hatte Onkel Hasan Mustafa einen hölzernen Becher geschenkt, der mit verschiedenen Blumen und Vögeln verziert war und Mustafas Namenszug trug. Vor Freude darüber war Mustafa ganz aus dem Häuschen geraten, hatte tagelang keinen Tropfen Wasser in diesen Becher gefüllt und ihn überallhin mitgenommen, sogar mit ins Bett. Jetzt trank er nur noch aus diesem Becher und machte einen Heidenkrach, wenn die Mutter nicht daran gedacht hatte, ihm das Wasser in diesen Becher zu füllen.

Die Flöße kamen heran und machten nebeneinander am Ufer fest. »Sieh mal an!« rief Hadschi Hasan, als er ans Ufer sprang. »Seid ihr's wirklich? Hallo, Mustafa, hallo, Memet, mein Vogeljunge, hallo! Kommt erst einmal aufs Floß, da unterhalten wir uns ein bißchen. Wir sind spät dran und legen gleich wieder ab.«

»Wir kommen mit euch«, sagte Mustafa.

»Wohin?« fragte Hadschi Hasan und strich sich über den Schnauzbart.

»Da unten im Gehöft des Beys wartet mein Vater auf mich. Er wollte mich in seinem Auto mitnehmen. Doch ich sagte ihm, fahr du nur los, ich komme auf dem Floß von Onkel Hadschi Hasan nach. Er wird in den nächsten Tagen vorbeikommen.«

»Und da bin ich nun, mein Freund«, sagte Hadschi Hasan. »Los, steigt auf!«

Schon immer wollte Hadschi Hasan die Jungen einmal mitnehmen und ihnen die Stadt zeigen, wo auch das Sägewerk stand. Wie oft hatte er sie aufs Floß gerufen und ihnen aufgetragen: »Holt euch die Erlaubnis eurer Eltern, damit ich euch in der Provinzstadt herumführen kann. In drei Tagen bringe ich euch wieder zurück.« Und diesmal kamen die Kinder mit. Darüber freute sich Hadschi Hasan sehr.

»Habt ihr eure Mütter gefragt?«

Mustafa und Memet lachten fröhlich. »Oho, Onkel Hadschi Hasan, was hast du denn gedacht! Meine Mutter hat mich sogar hergebracht. Sie wollte noch auf euch warten, hatte es aber eilig und ist zurückgegangen, als sie eure Flöße hinter der Felsnase Gökburun hervorkommen sah. ›Ich habe großes Vertrauen zu Hadschi Hasan‹, hat sie noch gesagt, ›er bringt dich schon bis zum Gut des Beys.‹ Sieh doch zur Bergfestung hoch, da geht sie!«

Das stimmte insofern, als tatsächlich eine gebückte Frau den Hang zur Burg hinaufstieg.

Sie kletterten aufs Floß. »Wie geht es dem Dorf?« fragte Hadschi Hasan. Er war sehr groß und dunkelhäutig. Mitten auf der Stirn hatte er eine Narbe und im rechten Augenwinkel einen großen Leberfleck. Wenn er sprach, lachte er, lachte sogar, wenn er die schrecklichsten und traurigsten Dinge erzählte.

»Es geht allen gut«, antwortete Mustafa.

»Und Mustafas Mutter schickt dir viele Grüße«, ergänzte Memet.

»Aleykümselam!« antwortete darauf Hadschi Hasan.

Seine Haare und sein Zeug waren von der Rinde der Rottannen rötlich verschmiert, und das Floß roch stark nach Baumharz. Jedesmal wenn die Flöße am Dorf vorbeiglitten, verbreitete sich dieser Geruch von Holz und Harz in den Gassen, sogar in den randvoll mit Dung und Mist gefüllten Höfen duftete es dann nach Tannen und Zedern.

»Es ging alles so schnell, und da konnte ich dir gar nichts mitbringen«, sagte Mustafa. »Mein Vater war ja auch nicht zu Hause ... Und er hatte den Schlüssel zur Vorratskammer in seiner Tasche vergessen.«

»Hauptsache, du bist gesund, mein Freund«, beruhigte ihn Hadschi Hasan. »Du hast uns schon genug feines Essen hergebracht.«

»Mehr als genug«, lachten die anderen Flößer. »Mustafa und Memet sind unsere echten Freunde.«

»Echte Freunde«, bestätigte Hadschi Hasan. »Also werden wir heute abend unseren Ehrengästen das feinste Essen zubereiten. Was soll's denn sein, Kinder, was mögt ihr am liebsten?«

»Pasteten in glühender Asche«, antwortete Mustafa und leckte sich die Lippen.

»Pasteten in glühender Asche«, wiederholte Memet, und das Wasser lief ihm im Munde zusammen. »Ich hab so etwas noch nie gegessen. Einmal hatten Flößer für Mustafa viele Pasteten in Asche gebacken, Mustafa hat gegessen und gegessen und einen dicken Bauch bekommen.«

»Pasteten in Asche sind leicht zu backen«, sagte Hadschi Hasan. »Alle Flößer backen sie in den Bergen, oder sie kochen Pilzgerichte.«

»Ich will auch Pilze essen«, rief Mustafa.

»Ich auch«, sagte Memet.

»Bis zum Gut Gökbucak sind wir noch drei Tage unterwegs. Wir backen euch drei Tage lang Pilze und Pasteten mit Zwiebeln und Wachtelfleisch ...« Er drehte sich zu seinen Leuten um: »Jungs, haben wir für unsere werten Gäste noch Wachteln, Zwiebeln und Pilze?«

Der längste unter ihnen, ein Mann mit dünnem Bartwuchs und Schlitzaugen, antwortete: »Elf Wachteln, drei Beutel Pilze, ein Korb Zwiebeln, ein Kanister Käse, zwei Kanister Fett ... Soll ich noch weiter aufzählen?«

»Es reicht«, lachte Hadschi Hasan. »Wir werden unsere werten Gäste, unsere Augäpfel, wie den Sultan bewirten und ihnen ein Festmahl zubereiten ... Haben sie uns denn nicht auch beim Felsen der Knäkenten unzählige Festessen gegeben? Ehre, wem Ehre gebührt ... Los, legt euch in die Riemen, der Wanderer gehört auf den Weg!« Doch irgend etwas schien ihn zu beunruhigen, als er sich jetzt wieder an die Jungen wandte: »Sagt die Wahrheit, Kinder, wissen sie bei euch zu Hause, daß ihr mit uns kommt? Wenn nicht, sind wir geliefert.«

Wütend sprang Mustafa auf. »Komm, Memet, wir gehen!« befahl er. »Wir fahren nicht mit.«

Memets Gesicht wurde leichenblaß. »Ja, gehen wir«, wimmerte er. »Und wenn uns ... Salman ...«

Hadschi Hasan war so verstört, daß er Memets Worte gar nicht mitbekommen hatte. »Reg dich nicht auf, mein Ehrengast, mein Mustafa, mein Bruder. Was habe ich denn schon gesagt? Hab doch nur gefragt, ob sie bei euch zu Haus Bescheid wissen. Was ist daran so schlimm, mein Lieber? Komm, setz dich wieder.«

Daraufhin kam der rothaarige Flößer mit dem dünnen Bartwuchs, nahm Mustafa am Arm, setzte ihn hin und sagte: »Reg dich nicht über ihn auf, Mustafa, Bruder. Dieser alte Schwachkopf weiß nicht mehr, was Sitte ist. Nie würdet ihr ohne Erlaubnis eurer Eltern mit uns fahren! Mensch, altersschwacher Wolf«, wandte er sich jetzt an den Vormann Hasan, »und du willst auch noch Hadschi sein. Wozu ist in diesen Bergen denn dein Bart grau geworden. Hat Bruder Mustafa dir nicht gesagt, seine Mutter habe ihn sogar hergebracht?«

»Ich muß es vergessen haben«, entschuldigte sich Hadschi Hasan, »das Alter wird mir zur Last ... Verzeih mir, mein verehrter Gast Mustafa!«

»Alles klar«, rief Memet erleichtert, »wir fahren mit euch. Mustafa geht nicht an Land, er hat Onkel Hadschi schon verziehen.«

Insgeheim grinsten die Flößer, was Mustafa nicht entging. Seine Wut stieg, er kniff die Lippen zusammen, und Hadschi Hasan saß neben ihm und versuchte ihn mit einem Wortschwall zu beschwichtigen. Erst als die Flöße am Dorf vorbeigeglitten waren, entkrampften sich Mustafas Gesichtszüge zu einem Lächeln, und Hadschi Hasan, überzeugt, die Gunst des beleidigten Jungen wiedergewonnen zu haben, freute sich.

Im Takt der schimmernd auftauchenden Ruder glitten die drei Flöße hintereinander stromabwärts. Der Fluß wurde breiter, aber auch seichter, je weiter sie kamen, so daß die Stämme stellenweise über die Kiesel schrammten.

»Meine Gäste«, rief Hadschi Hasan, »heute abend werden wir im Bezirk Öküz festmachen, und um unsere Ankunft in der Ebene zu feiern, werden wir euch zu Ehren ein Festessen geben, das sogar die Vorsehung überraschen wird. Wir werden Gerichte zubereiten, an deren Geschmack sich unsere Gäste noch am Jüngsten Tag begeistert erinnern werden.«

»In Asche gebackene Pasteten«, sagte Mustafa.

»In Asche gebackene Pasteten«, bestätigte Hadschi Hasan. »Ein Wink von unseren Gästen, und wir besorgen sogar Vogelmilch. Wenn sie uns schon einmal in tausend Jahren besuchen.«

»In Asche gebackene Pasteten«, sagte Memet der Vogel.

Hadschi Hasan sah Mustafa in die Augen und musterte ihn mit einem langen Blick. Würde Mustafa sich über die nächste Frage auch so aufregen? Als sie am Dorf vorbeigefahren waren, hatten sie ungewöhnlichen Lärm gehört, überall Geschrei und Tumult. Und obwohl sie schon längst flußabwärts getrieben waren, dröhnte es noch immer dumpf hinter ihnen her. Schließlich konnte er seine Neugier nicht zügeln. »Reg dich nicht wieder auf, lieber Gast, aber ich muß dich noch etwas fragen! In eurem Dorf scheint Außergewöhnliches vorzugehen. Als wir vorbeikamen, schien dort die Welt unterzugehen. Hör doch, das Tohuwabohu hallt noch immer herüber. Ist im Dorf irgend etwas geschehen?«

Mit dieser Frage hatte Mustafa überhaupt nicht gerechnet, ihm wurde plötzlich siedend heiß. »Nein, nichts«, schrie er. »Gar nichts ist im Dorf geschehen.« Dann senkte er den Kopf, schaute mürrisch und verschämt vor sich hin und überlegte. Mit irgendeiner Lüge mußte er sich beim Vormann Hadschi Hasan herausreden, aber er befürchtete, es würde ihm nicht gelingen. Doch nachdem er eine Weile mit sich gerungen hatte, blickte er lächelnd wieder hoch, als wolle er sagen: Ich lüge zwar, aber mach du etwas draus und versuche, mich zu verstehen; und nimm's mir nicht übel.

»Gestern nacht kam Räuber Zalimoğlu Halil ins Dorf, das wird der Grund sein.«

»Warum machen sie denn so einen Lärm, nur weil der Räuber Zalimoğlu ins Dorf gekommen ist?«

Einmal in Fahrt, würde Mustafa wie ein Märchenerzähler weitere Geschichten erfinden und jeden Argwohn im Keim ersticken! »Zalimoğlu ist gestern nacht ins Dorf gekommen und hat Muslu, den Sohn Memik Agas, herausverlangt, aber die Dörfler haben sich geweigert. Daher wohl dieser Lärm. Weißt du, daß Muslu sich jeden Tag in einem anderen Haus versteckt, damit Zalimoğlu ihn nicht entdecken und töten kann?«

»Das ist mir neu«, antwortete Hadschi Hasan.

Daraufhin erzählte Mustafa zunächst von Anfang bis Ende die Geschichte von Memik Aga und Zalimoğlu und ging dann auf die herzzerreißende Geschichte von Muslu über.

»Als sie ins Haus eindrangen, hatte Muslu sich schon durch das Rückfenster auf die Felsen gehangelt und war zu Memet Efendi gelaufen. ›Rettet mich, Zalimoğlu Halil tötet meinen Vater, meine Mutter und alle, die er in unserem Haus antrifft‹, hatte er gefleht. Dabei war noch gar nichts geschehen, hatte Zalimoğlu das Haus noch nicht angezündet, war noch gar kein Schuß gefallen, aber Muslu wußte schon im vorhinein, daß Zalimoğlu seinen Vater töten und das Herdfeuer der Familie auslöschen würde. Er wußte es schon, bevor das Haus angegriffen, bevor ihr Herd ausgelöscht wurde ...«

»Ausgelöscht«, wiederholte Memet der Vogel.

»Er kam oft zu uns, zu uns Kindern, der Muslu, er hatte Angst, schwitzte Blut und Wasser, sagte, die rodenden Landarbeiter würden seinen Vater töten.«

»›Welcher Landarbeiter?‹ fragten wir ihn«, warf Memet der Vogel ein.

»›Zalimoğlu Halil‹, war seine Antwort«, fügte Mustafa hinzu.
»›Woher weißt du das?‹ hatte ihn Yusuf die Raupe gefragt.«
»›Ich habe es an Halils Blicken gesehen‹, hatte Muslu geantwortet. An Zalimoğlus Augen muß er es erkannt haben.«
»Wie Mustafa an Salmans Augen ...« Den Rest verschluckte Memet, als er Mustafas zornigen Blick gewahrte. Dann wurde ihm klar, daß er einen Bock geschossen hatte, und er schwieg mit zusammengepreßten Lippen.

Mit unsicherer Stimme erzählte Mustafa weiter, wobei er Memet immer wieder tadelnde Blicke zuwarf. »Als sie das Haus stürmten, wußte er, was sie vorhatten, und entwischte ihnen aus dem Fenster. Die andern steckten den Konak in Brand und erschossen Memik Aga ...«

»Wer?«

»Zalimoğlu Halil; die andern Tagelöhner.«

»Sie haben alle umgebracht und verbrannt. Wer im Hause war, wurde zu Asche.«

»Sie schossen auch auf den Baum, und da fing auch der Baum an zu bluten. Da zündeten sie auch den Baum an, und der Baum schrie und zappelte, streckte sich und wollte flüchten, aber er konnte sich nicht von seinen Wurzeln losreißen.«

»Mit seinen Zweigen und Blättern hat er am Himmelszelt gekratzt, erzählt man. Er brannte, schrie und blutete zugleich. Wie Wasser plätscherte das Blut im Schein der Flammen den Hang hinunter zum Fluß. Als sie morgens zum Fluß hinuntergingen, erzählt Mutter Hava, und Mutter Hava lügt nie, da sei das Wasser blutrot gewesen, sei es vom Blut des Baumes schäumend rot geflossen ... Ja, in Todesangst sollen die Zweige des Baumes wie Vogelflügel auf und ab am Himmelszelt gekratzt haben. Und obwohl der Baum so gezappelt, am Himmel gekratzt und wie von Sinnen getobt hat, konnte er sich nicht vom Erdreich losreißen, ist verblutet und zur Hälfte verbrannt ...«

»Alle Dörfler haben es mit eigenen Augen gesehen. Auch mein Vater.«

»Alle Väter und Mütter haben es gesehen«, sagte Mustafa. »Später kam eines Nachts Zalimoğlu zu uns, und ich hörte, was sie sprachen. Zalimoğlu sagte, nichts habe bisher sein Mitleid so erregt wie dieser Baum, der vor Angst und Schmerz wie von Sinnen gewesen sei ... Er sagte: ›Ich habe noch nie einen Baum aus Todesangst so zappeln und an seinen Wurzeln reißen sehen. Ein Leben lang habe ich Bäume gefällt und Wurzeln gerodet, aber noch nie einen Baum gesehen, der an seinen ächzenden Wurzeln so rüttelte, um zu flüchten, der dort am Rande des Innenhofs unter den Felsen brannte, mit tausend Armen wedelte und mit tausend Mündern brüllte und stöhnte. Und nach Gottes unerforschlichem Ratschluß strömte wie aus einem menschlichen Körper das Blut aus ihm heraus. Und unser Freund, Hadschi der Winzling, schoß ununterbrochen auf den Stamm, und jedesmal wenn er traf, plätscherte Blut.‹«

»So erzählt auch Mutter Hava die Geschichte über den Baum, wenn sie von Dschinnen besessen ist«, sagte Memet.

»Genau so«, bestätigte Mustafa. »Und als Memik Agas Sohn, Muslu, das Weite gesucht hatte, lief er geradewegs in Osmans Grube und versteckte sich. Und Salman, dem es nicht entgangen war ...«

»Eben jener Salman«, warf Memet ein, »dessen Blicke Mustafa beobachtet hatte.«

Mustafa runzelte die Augenbrauen. »Unterbrich mich nicht, Memet!« zischte er. Memet erschrak und verstummte.

»Salman hat eine nagelneue Flinte. Er gürtet sich von Kopf bis Fuß mit Patronengurten. Sein ganzer Körper ist ein einziger Patronengurt.«

»Er hat zwei riesige Revolver und auch noch zwei lange Handschare«, sagte Memet der Vogel blitzschnell.

Ihn nicht aus den Augen lassend, nahm Mustafa ihm ebenso schnell das Wort aus dem Mund: »Und einen Feldstecher hat Salman auch. Und bis zum frühen Morgen hat er Muslu, der in Osmans Grube hockte, belauert. Denn in die Nähe der Grube wagt sich niemand; und in Salmans Nähe auch nicht ...«

»Auch Zalimoğlu hat große Angst vor Osmans Grube. Und auch vor Salman ...«

Hadschi Hasan und die übrigen Flößer waren baß erstaunt, als sie diese altbekannte Geschichte von den Jungen, deren Stimmen sich vor Aufregung überschlugen, in einer ganz neuen Fassung vernahmen, und sie hörten ihnen so gespannt zu, als lauschten sie einem erfahrenen Erzähler alter Sagen.

»Und nachdem Zalimoğlu Halil der Wurzelroder alle getötet hatte, entdeckte er auch noch Muslus Versteck. Entdeckte es, aber wagte sich nicht in seine Nähe.«

»Sagte sich: Den töte ich später, und ging.«

»Und seitdem, alle fünfzehn Tage einmal ...«

»Kommt Zalimoğlu ins Dorf.«

»Verlangt von den Dörflern Muslu heraus.«

»Dringt auch in die Häuser ein, um Muslu zu finden ...«

»Kann ihn ja gar nicht finden ...«

»Wie soll er denn ...«

»Muslu schläft jede Nacht in einem anderen Haus.«

»Woher soll Zalimoğlu denn wissen, in welchem Haus er schläft.«

»Er hat auch schon in allen Häusern des Dorfes gesucht ...«

»In einer Nacht von einem Haus zum andern ...«

»Doch sie haben Muslu zur Flucht verholfen ...«

»Der Tag wird schon noch kommen, an dem ich Muslu schnappen und töten werde ...«

»›Ich bin ein Räuber, mein Leichentuch hängt sowieso an meinen Schultern‹, soll Zalimoğlu gesagt haben. ›Ich habe Gott geschworen‹, soll er gesagt haben, ›die Brut dieses mitleidlosen Memik Aga auszurotten, so daß sie die Menschheit nie wieder erniedrigen kann.‹«

Ja, und jetzt wüte seit gestern nacht Zalimoğlu mit fünfzehn Mann im Dorf, um Muslu zu finden und zu töten, und deswegen habe sich das ganze Dorf vor der Moschee versammelt. Mustafa und Memet seien gar nicht darauf gekommen, auch Muslu mitzunehmen, wären sie doch nur darauf gekommen, sie hätten ihn doch aufs Floß mitnehmen und retten können!

»Hätten wir ihn doch nur hierher mitgenommen und sein Leben gerettet!«

»Hätten wir doch nur«, nickte Memet.

»Hättet ihr ihn denn auch aufs Floß gelassen?« fragte Mustafa und sah Hadschi Hasan prüfend in die Augen.

»Wir hätten«, antwortete Hadschi Hasan. »Wir hätten es doch für dich getan, für unseren lieben Gast, wie können wir da nein sagen!«

»Und du«, fragte Mustafa, »hast du denn keine Angst vor Zalimoğlu?«

»Ich habe keine Angst vor ihm«, sagte Hadschi Hasan. »Wir schulden Gott nur eine Seele, und die nimmt er sich eines Tages sowieso.«

»Und du hast auch keine Angst vor Salman?«

»Wer ist er denn?« fragte Hadschi Hasan mit leiser Stimme und lächelte.

»Salman!« sagte Memet hastig. »Ein leiblicher Sohn von Mustafas Vater ... Ein Sohn von ihm, aber Mustafas Mutter hat ihn nicht geboren. Wie viele Adler auch am Himmel waren, er hat sie alle getötet. Innerhalb von drei Tagen waren die Berge und Felsen, war das ganze Dorf voller toter Adler ... Als dann das Fohlen ...«

Mustafa versetzte ihm einen harten Stoß auf die Schulter und sagte: »Er schießt auf die Vögel am Himmel und die Menschen auf der Erde. Hast du wirklich keine Angst vor ihm?«

»Nein«, lachte Hadschi Hasan wieder selbstbewußt.

»Wenn es so ist, hast du denn auch so ein großes, langes Gewehr und so viel Munition und einen Handschar und einen Revolver?« fragte Memet.

»Mehr als genug«, entgegnete Hadschi Hasan. »Hat denn ein Flößer, ein Mann in den Bergen und auf dem Wasser, etwa keine Waffen bei sich?«

»Dann hast du auch keine Angst vor Osmans Grube.«

»Auch davor nicht.«

»Und auch nicht vor einem brennenden, blutenden Baum.«

»Auch davor nicht«, antwortete Hadschi Hasan und lachte schallend. Und auch die übrigen Flößer lachten sich krumm über die Fragen der Jungen.

»Dann hast du auch vor Gott ...« hub Memet der Vogel an, aber Hadschi Hasan verschloß ihm mit seiner mächtigen, nach

Baumharz riechenden Hand den Mund. Schmerzhaft spürte der Junge die Schwielen der Handfläche im Gesicht.

»Jeder fürchtet Gott«, sagte Hadschi Hasan erschrocken.

»Ja, jeder«, bekräftigte Mustafa, verärgert über Memets vorlautes Gerede.

Die Flöße kamen an eine breite, tiefe und grün schimmernde Stelle, wo der Fluß zu einem See ausuferte. Weiden und Tamarisken, deren Zweige bis ins Wasser hingen, säumten die Ufer. Hier wurde die Strömung so schwach, daß die Männer sich in die Ruder hängten.

Die Dörfler hatten sich auf dem Platz vor der Moschee versammelt, redeten durcheinander, manche schrien, andere schimpften, einige kasteiten sich mit Schlägen oder weinten. Seit gestern nacht gab es im Dorf kein einziges Kind mehr. Alle waren auf geheimnisvolle Weise verschwunden, kaum daß Salman begonnen hatte, das Dorf zu beschießen. Manche Eltern hatten es schon am Abend bemerkt, manche gegen Mitternacht, einige erst am Morgen. Sie waren ins Dorf gelaufen, in die Berge und zur Festung, ihre Kinder zu suchen, aber gefunden wurde kein einziges. Schließlich waren sie vor die Moschee geeilt, hatten sich hier versammelt und hofften auf Hilfe. Und während sie auf dem Platz hin und her wogten, erschien mit zwei Leibwächtern im Gefolge Ismail Aga und bahnte sich einen Weg durch die Menge, ohne sie eines Blickes zu würdigen. Der Rotfuchs unter ihm keuchte stoßweise, Schaum flockte ihm von der Trense, und das Fell glänzte schwarz vor Schweiß. Kaum vor seinem Konak angelangt, sprang er vom Pferd und eilte die Stufen hinauf.

»Zero«, brüllte er mit furchterregender Stimme. »Zero!«

Im Nu erschien Zero auf der Veranda. Sie trug ein schwarzes Stirnband und hatte Tränen in den Augen. »Zu Diensten, mein Aga!«

»Stimmt, was ich gehört habe?«

»Es stimmt«, antwortete Zero und senkte den Kopf.

»Stimmt es, daß er bis zum Morgen das ganze Dorf mit einem Hagel von Blei eingedeckt hat?«

»So ist es«, sagte Zero. »Das ganze Dorf hat bis zum Morgen kein Auge zugetan. Die meisten hatten sich hier versammelt und sind erst vor kurzem wieder fort ...« Daß Mustafa seit dem Vorabend verschwunden war, wagte sie ihrem Mann gar nicht zu sagen. Sie wußte, sowie Ismail es erführe, würde er einen Riesenwirbel veranstalten.

»Ist dieser Junge denn verrückt? Hat er den Verstand verloren?« stieß Ismail Aga zwischen seinen Zähnen hervor.

»Ich weiß es nicht, Aga«, antwortete Zero. »So etwas haben wir noch nie erlebt.«

»Wo ist er jetzt?« wandte sich Ismail an Süllü, der mit seinen glänzenden, gelben Stiefeln an den krummen Beinen regungslos dastand.

»Unten, er schläft in seinem Zimmer«, lachte dieser. »Schläft, als sei nichts gewesen.«

»Geh und rufe ihn her!« sagte der Aga.

Nachdem Ismail eine Weile die Augen hatte schweifen lassen, als habe er etwas Wichtiges vergessen und versuche so, sich daran zu erinnern, entspannten sich plötzlich seine Gesichtszüge, sie wurden weich, seine Stirn glättete sich, und seine Augen begannen zu leuchten, als habe ihn der Schatten einer Freude gestreift.

»Wo ist Mustafa?« fragte er lächelnd.

Zero gab keine Antwort und schaute zu Boden.

Ismail Agas Lächeln gefror auf seinen Lippen. »Wo ist Mustafa?« fragte er mit schneidender Stimme.

Mit tränennassen Augen hob Zero den Kopf. »Seit gestern nacht ist er verschwunden. Süllü und die andern, ja, das ganze Dorf sucht ihn seitdem. Sie haben jeden Winkel durchstöbert, aber Mustafa ist nirgends zu finden ...« Ihre Stimme war voller Angst, sie klang wimmernd wie der Beginn einer Totenklage. »Memet ist auch nicht da; und mit ihm fehlen noch andere Kinder ...«

Wie vom Blitz getroffen, taumelte Ismail Aga. »Mein Gott!« stöhnte er, und es hörte sich an, als habe man ihm bei diesen Worten das Herz aus dem Leib gerissen. Sich taumelnd um seine Mitte drehend, erreichte er mit Mühe die Hofmauer und ließ sich mit aschfahlem Gesicht auf eine Wandbank fallen. Die verschiedensten Vermutungen schossen ihm durch den Kopf, doch es gelang ihm nicht, einen klaren Gedanken zu fassen. Er konnte weder Salmans irrsinniges Gebaren begreifen, noch sich auf das Verschwinden Mustafas einen Reim machen. Was hatte Salman dazu getrieben, ihm so etwas anzutun? Die Vorfälle überstiegen sein Fassungsvermögen. Sein Zorn erreichte den Siedepunkt, um gleich danach wieder abzuflauen, und wie undurchdringliches Dunkel senkte sich dann die Angst um Mustafa in sein Inneres, verflog gleich danach und machte einem lichten Strahl Hoffnung Platz. Wo war der Junge nur abgeblieben? Als er jetzt den Kopf hob, blickte er in das harte, finstere Gesicht Salmans. Der Aga erschrak, und ein böser Verdacht stieg in ihm hoch. Dieses Gesicht blickte entschlossen, war das eines Menschen, der niemals verzeihen würde, war wie die Klinge eines Messers scharf und unbarmherzig. Doch im gleichen Augenblick kam er wieder zu sich, und sein Zorn war verflogen.

»Salman, mein Junge«, begann er zärtlich, »mein Sohn, sag, was ist denn in dich gefahren? Du sollst dich heute nacht in die Berge geschlagen und bis in den Morgen das Dorf beschossen haben. Was war mit dir? Was ist denn über dich gekommen? Sag es mir, mein Junge!«

Salman stand da und hielt den Kopf gesenkt. Die Spitzen seines blonden Schnurrbarts waren nadeldünn nach oben gezwirbelt. Zum ersten Mal fiel Ismail Aga dieser derart gezwirbelte Schnurrbart auf. Salmans Beine steckten in gelben Langschäftern, seine Patronengurte waren wie immer über Kreuz geschnallt, und wie immer hingen die Handschare fast so lang wie er selbst an seinem Gürtel. Seine Pluderhosen waren aus einem der blauen, englischen Stoffe, die aus Antakya gebracht worden waren. Er hatte sich auch einen neuen Feldstecher gekauft, der länger war als der alte.

Salman starrte zu Boden und antwortete nicht.

»Was ist mit dir, mein Junge, warum gibst du mir keine Antwort, warum erzählst du deinem Vater nichts?« Er nahm wahr, daß Salman unmerklich zitterte. Auch seine Wangen zuckten in einem fort, und er runzelte die Augenbrauen. »Wirst du nicht reden, Salman, mein Sohn?« Ismail Aga wurde immer zorniger. »Während du, mein lieber Junge, auf das Dorf Blei regnen ließt, verschwand dein Bruder Mustafa plötzlich von der Bildfläche. Was mag mit deinem Bruder wohl geschehen sein?«

Salman gab wieder keine Antwort. Daß er die Zähne eisern zusammenbiß, war an seiner Haut zu erkennen, die sich über die Backenknochen spannte.

»Du weißt doch«, sagte Ismail Aga mit weicher Stimme, »du weißt doch, mein Junge, daß ich nicht leben könnte, wenn Mustafa etwas geschähe. Du weißt es besser als jeder andere, Salman, mein Kleiner. Und ich lasse auch den nicht am Leben, der Mustafa etwas Böses antut. Nun sag schon, warum hast du das Dorf die ganze Nacht bis in den frühen Morgen beschossen? Ich mache dir deswegen ja gar keinen Vorwurf, ich will nur wissen, warum. Muß ein Sohn seinem Vater nicht den Grund sagen? Nimmt ein Sohn denn eine ganze Nacht das Dorf unter Beschuß, während sein Vater außer Haus ist, er selbst als ältester Sohn die Verantwortung für die Familie trägt und Haus und Hof und Dorf seiner Obhut anvertraut ist? Was soll der Vater denn den Dörflern oder Gendarmen antworten, wenn er den Grund nicht kennt und sie danach fragen? Wirst du mir den Grund denn nicht verraten, mein Junge?«

Er hob den Blick und schaute Salman ins Gesicht. Es regte sich nicht, war finster, hatte sich überhaupt nicht verändert, bis auf die Schweißtropfen, die ununterbrochen perlten.

»Also gut, mein Kleiner, ich verzichte auf jede Erklärung, du brauchst mir nicht zu sagen, warum du das Dorf beschossen hast, ich werde es ermitteln lassen und eines Tages sowieso erfahren. Sag du deinem Vater nur, ob zwischen deinem Gewehrfeuer auf das Dorf und dem Verschwinden Mustafas ein Zusammenhang besteht! Du weißt doch, sollte meinem Sohn Mustafa irgend etwas widerfahren sein ...« Seine Stimme versagte, als habe eine Faust seine Kehle verstopft, redete er nur ein bißchen weiter, würde er in Tränen ausbrechen. Er schwieg, blickte Salman in die Augen und wartete ab. Alles Blut schien aus Salmans Körper gewichen zu sein. Starr und kalt wie Stein, stand er da. Liefe ihm der Schweiß nicht in Strömen, würdest du meinen, ein seelenloser Mensch. Dieses Warten kam Ismail Aga vor wie die Ewigkeit. Er verspürte den Wunsch, diesen schweigenden Salman unter die Füße zu nehmen und ihm sämtliche Knochen zu zertrampeln ... Plötzlich stand er auf, packte ihn an der linken Schulter und schüttelte ihn.

»Du wirst also nicht reden, du adlerjagender Recke?« fragte er in spöttischem Ton. »Wer so viele Schüsse auf die Adler abgegeben hat, kann auch jede Fliege vom Himmel holen. Mit diesem Gewehr in der Hand hältst du dich wohl für den Heiligen Ali, mein Kleiner. Wer so ein Gewehr und so einen Vater sein eigen nennt, schießt doch nicht auf ein winziges Dorf, der geht hin und nimmt eine Großstadt wie Adana unter Feuer. In unserem Land sind Gewehrfeuer und Kugelregen keine Heldentaten, hier ist Mann gegen Mann die Art des Recken, so wie ich dich jetzt hochheben und niederwerfen könnte ... Hast dich mit dem Gewehr in der Hand wohl für etwas Besonderes gehalten ... Greift ein Dorf an, mein Sohn, der Löwenrecke!« Seine Stimme zitterte wie eine zum Zerreißen gespannte stählerne Saite.

Dann schwieg er, trat einen Schritt zurück und begann, Salman von Kopf bis Fuß zu mustern, von oben herab, verächtlich, als betrachte er einen Käfer. Schließlich kehrte er ihm den Rücken, lachte und rief beim Hineingehen: »Nehmt ihm alle Waffen ab, die er trägt, laßt ihm nur einen Handschar. Mal sehen, wie er sich jetzt in die Berge schlägt, um ein ganzes Dorf und sein eigenes Haus zu beschießen!«

Süllü, Hasan und Hüseyin liefen sofort hinzu, nahmen ihm das Gewehr von der Schulter, zogen die Revolver und einen Handschar aus seinem Gürtel, schnallten ihm die Patronengurte ab und warfen alles auf einen Haufen. Auch jetzt rührte Salman sich nicht von der Stelle, er stand noch immer wie zu Stein erstarrt.

»Und bis an mein Lebensende wird dieser Mann nie wieder mein Leibwächter sein!« Bei diesen Worten wurde Ismail Agas spöttische Stimme gallig vor Zorn.

Nachdem die Männer Salman alles abgenommen hatten, ließ

dieser seinen Blick über die aufgehäuften Waffen schweifen, streifte sich dann den Feldstecher vom Hals, legte ihn obendrauf, wandte sich mit langsamen Schritten steif und kerzengerade zur Treppe, stieg die Stufen hinunter und verschwand. Ismail hörte noch, wie er leise das Hoftor zuklappte. »Das war nicht recht von mir«, sagte er sich, »es war nicht richtig, Salman die Waffen abzunehmen und ihm seine Aufgabe, mich zu bewachen, aufzukündigen. Wer weiß, was ihm in die Quere gekommen war. Ohne den wahren Grund zu kennen, hätte ich ihn nicht so verletzen dürfen; und wer kann denn wissen, warum und wohin dieser Wildfang Mustafa verschwunden ist.« Jetzt bereute er, was er getan hatte, aber sich die Blöße geben und zurückstecken, war unmöglich.

Salman seinerseits wandte sich mit hängenden Schultern und schwankendem Gang hinunter zur Moschee. Er schien die in einiger Entfernung vor ihm wogende Menschenmenge gar nicht wahrzunehmen. Als die Dörfler ihn sahen, hielten sie fast den Atem an. Von keinem kam auch nur der kleinste Laut. Ohne nach rechts und links zu blicken, ging der junge Mann auf sie zu. Wie von einem Schwerthieb getrennt, teilte sich die Menge in zwei Hälften. Salman schritt mittendurch und weiter zum Ufer des Ceyhan, ging die Schlucht entlang am Friedhof vorbei, verharrte an der Felsnase, schaute eine ganze Weile nachdenklich auf das Dorf zurück, nahm dann den steilen Pfad in die Felshänge und verschwand.

Als er aus ihren Augen verschwunden war, kam wieder Leben in die Menschenmenge. Alle redeten wieder durcheinander, ein Gerücht jagte das andere, und bei jeder Neuigkeit stieg die Aufregung der Dörfler.

»Seht euch den an …«

»Diesen verfluchten Salman.«

»Ein Gesicht wie ein Tausendfüßler …«

»Augen wie eine Schlange.«

»Das Gewehr wurde ihm genommen …«

»Von Ismail Aga persönlich.«

»Ist doch selbstverständlich …«

»Beschießt man denn bis zum Morgen ein Dorf?«
»Ein riesiges Dorf ...«
»Dann muß man mit so einem Ende rechnen.«
»Als man ihm das Gewehr von der Schulter nahm ...«
»Stand er da wie ein begossener Köter.«
»Mit hängenden Ohren.«
»Mit stumpfem Bajonett hat er sich in die Berge geschlagen.«
»Da liegt ein langer Weg vor ihm ...«
»Bis auf den Grund der Hölle.«
»Was haben die Kinder an ihm denn so gefürchtet?«
»An diesem Winzling.«
»Dessen Augen schielen.«
»Der die Welt doppelt sieht.«
»Mit Schlangenaugen ...«
»Mit klitzekleinem Gesicht ...«
»Mit einem Wasserbauch ...«
»Mit einer Auberginennase ...«
»Ohne Waffen wie mit abgezogener Haut.«
»Sein Hals wie ein Strohhalm ...«
»Tralala, potz ...«
»Die Nase voll Rotz ...«
Ohne Gewehr und Patronengurt ist von dem ja nur eine Handvoll übriggeblieben, feixten sie. Schade um die Spucke, die der Mensch für Salmans Gesicht verschwende! Pferd und Schwert macht den Mann, dazu ein stutenkruppiges Weib! Salman hat ja ein Pferd gehabt und auch eine Waffe, aber kein Weib. Doch, ein Weib hat er schon gehabt, aber das hat Ismail verkauft. Wohlgetan vom Aga, das rotbraune Stutfohlen zu verkaufen ... Zur Hure hat Salman es gemacht, das wehrlose, stumme Geschöpf, das diesem häßlichen Schwein ja nicht einmal hätte sagen können, daß es ihn nicht liebe! Und wie das arme, unschuldige, traurig und ratlos blickende rotbraune Fohlen immer den Kopf gewendet hat, um zuzuschauen, was Salman hinter ihm so treibe ...
»Vielleicht gefiel er dem Fohlen ja.«
»Kein Fohlen findet Gefallen an dem.«
»An diesem Schmutzkerl.«

»Ein Pferd zieht's zum Pferd ...«
»Zu seinesgleichen ...«
»Wie dem Menschen der Mensch gefällt.«
»Wer weiß, vielleicht mag auch ein Pferd ...«
»Es ist Sünde, wenn sich Menschen mit Stuten paaren.«
»Hat das nicht der Hodscha gesagt?«
»Steht es nicht im Koran geschrieben?«
»Das rotbraune Fohlen fürchtete sich vor ihm.«

Solange er ein Gewehr trug, hat ja jeder, ob Adler, Vögel, Ismail Aga und die Kinder, Angst vor dem gehabt. Jedermann ... Sogar Zalimoğlu Halil hat ihn gefürchtet und deswegen das Dorf gemieden. Ohne Salman, hat Halil gesagt, sei Ismail der Kurde für ihn ein Nichts, würde er dessen Haus stürmen, ihm die Augen ausstechen, seinen Konak niederbrennen und seine Frau Zero in die Berge entführen, wenn nur dieser ehrlose, stumm wie ein Stein dastehende Salman nicht wäre!

»Jetzt hat Ismail Aga ihm ja das Gewehr weggenommen.«
»Ob Zalimoğlu jetzt wohl ins Dorf kommt?«
»Das Haus niederreißt und sein Herdfeuer ...«
»Auslöscht für immer?«
»Und die Frauen und Mädchen ...«
»In die Berge verschleppt?«
»Und die Kinder mit seinem Bajonett aufspießt?«

»Gott bewahre jeden davor, zu werden wie dieser Fluch von Salman! Hielt sich für den lieben Gott des Dorfes, ja, der von blutdürstigen Beys beherrschten, gesamten Çukurova. Sollen die Kinder vor Angst und Schrecken denn nicht die Flucht ergreifen, wenn er sie mit giftgrünen Schlangenaugen anstarrt und bis in die Morgenstunden Blei auf das Dorf regnen läßt?«

»Seit gestern nacht sind die Kinder spurlos verschwunden ...«
»Nicht ein einziges Kind ist zu sehen.«
»Wohin sie wohl geflüchtet sind?«
»Daß sie sich vor Schreck nur nicht die Hänge hinuntergestürzt haben!«
»Sie hatten solche Angst!«
»Angst ist die Schwester des Todes.«

»Und zwar seine leibliche Schwester.«
»Was immer dem Menschen auch widerfährt ...«
»Woher ein Unheil auch kommen mag ...«
»Die Angst ist immer im Spiel.«
»Und die Kinder hatten Angst vor seinem Blick.«

Der Hirte Veli sah sich in der Festung nach den Kindern um und konnte kein einziges entdecken. Wo konnten sie sich nur versteckt haben? Die Dorfburschen durchstöberten die große Höhle hinter dem Hügel, dort hingen nur Fledermäuse. Von Gökburun bis Endelin suchten Reiter jeden Winkel ab, doch die Kinder blieben verschwunden. Sie suchten im Tal des Weißdorns, an der Türbe des Geläuterten Derwisches in Adaca und am anderen Flußufer, sie fanden keine Seele.

Der Morgen verging, es wurde Mittag, jedermann kehrte mit leeren Händen zurück. Ismail Aga hatte eine Reiterhorde ausschwärmen lassen; in die Ebene, in die Berge ... Mit verhängten Zügeln flogen sie überallhin, wo die Kinder vermutlich sein konnten. Ismail Aga, die Hand aufs Herz gepreßt, hatte sich in sein Zimmer zurückgezogen und wartete. Die Menschenmenge auf dem Dorfplatz wurde immer aufgeregter, zorniger, besorgter. Der Nachmittag verging, der Tag ging zur Neige, aber alle, die ausgezogen waren, die Kinder zu suchen, kehrten mit leeren Händen heim. Die Menschenmenge auf dem Dorfplatz rührte sich nicht vom Fleck, weder um zu essen noch um zu trinken. Und je mehr Männer von vergeblicher Suche zurückkehrten, desto mehr wuchs der Zorn der Wartenden gegen Salman, murrten sie, wurden rundum ihre Gespräche lauter.

»Das Ungeheuer ...«
»Und wir hielten dieses Ungeheuer für einen Menschen ...«
»Seine Mutter soll Ismail Agas erste Frau gewesen sein. Von wegen!«
»Wer diese Lüge in Umlauf setzte ...«
»Das war niemand anders als Salman selbst.«
»Und wir haben es geglaubt.«
»Am Wegrand hatten sie dieses Stinktier gefunden. Von Läusen

zerfressen, sagt Zero ... Handvoll sollen überall auf ihm Läuse und Würmer gewimmelt haben. Gott bewahre uns! Als sie die Läuse abgestreift hatten, sollen erst die eitrigen Wunden auf seiner Haut zum Vorschein gekommen sein. Vereitert und voller Würmer, und die verfaulte Haut in Fetzen ...«

»Und dann behauptet er vor jedem, der ihm über den Weg läuft, er sei Ismail Agas leiblicher Sohn.«

»Der kann nicht einmal Ismail Agas angestammter Köter sein.«

»Sagt: ›Mein Vater hat meine Mutter in Haran bei Urfa getötet, als sie zu den arabischen Scheichs flüchten wollte.‹«

»Wer sagt das?«

»Salman sagt das.«

»Seine Mutter sei die Tochter eines arabischen Paschas gewesen.«

»Salz ihn ein, damit er nicht stinkt, dieser Zigeuner!«

»Und wer hat das alles erfunden?«

»Gemeinsam mit Salman ...«

»Emine die Gerte ...«

»Die weiß, warum sie lügt!«

»Das Herz von Emine der Gerte ist voller Rachegelüste.«

»Rachegelüste, noch über ihren Tod hinaus ...«

»Sie trägt im Innern eine Wunde, die niemals heilen wird.«

»Emine die Gerte vergißt Ismail den Kurden nie, und wenn sie sterben müßte.«

»Auf ihrem Grab wird kein Gras, sondern Haß gegen Ismail den Kurden wachsen.«

»Wird Rache anstatt Blumen blühen ...«

»Wer anders, wenn nicht sie, erfindet solche Lügen?«

»Sieht dieses Ungeheuer denn aus wie Ismail Agas Sohn?«

»Diese Ausgeburt eines Unmenschen ...«

»Dieses Stinktier ...«

»Dieser Wurm ...«

»Diese Natter ...«

»Wie kann dieser Maulwurf denn Ismail Agas Sohn sein?«

»Zigeuner.«

»Diese Ratte Zigeuner nennen, ist geschmeichelt.«

»Zigeuner sind auch Menschen.«
»Emine die Gerte kann ja Salmans Frau werden ...«
»Soll sie doch, da kann sie was erleben ...«
»Die Nachfolgerin von dem rotbraunen Stutfohlen ...«
»Wird Ismail Aga Emine die Gerte wie das rotbraune Fohlen ...«
»An die Eselhändler verkaufen.«
»Und dieses Stinktier wird dann fuchsteufelswild ...«
»Kinder erschrecken, zu mehr reicht's bei ihm nicht ...«
»Minderjährigen angst machen ...«
»Wo die Armen jetzt wohl sein mögen?«

Ob vielleicht ... Sie brachten es nicht über die Lippen. Vielleicht hatten sich die Kinder ja von den Felshängen ins Wasser gestürzt, und der große Fluß hat sie mitgenommen bis ins Mittelmeer. Ob alle Dorfkinder dort den großen Fischen jetzt zum Fraß ... Schreckliches ging ihnen durch die Köpfe, doch sie wagten nicht, es in Worte zu kleiden, und sie versuchten kaltes Blut zu bewahren und die finsteren Vorstellungen von sich fernzuhalten.

Gegen Mitternacht wurden auf dem Dorfplatz Feuer angezündet. Nur noch vereinzelt machten sich Eltern, Brüder und engste Verwandte, die das bange Warten nicht mehr ertragen konnten, erneut auf die Suche. Unverrichteterdinge kehrten nach und nach die Reiter zurück, die Menge harrte aus bis zum Morgen, aber die Kinder blieben verschwunden, spurlos, als habe sie die Erde verschlungen.

Als es im Osten aufhellte, kam Bewegung in die steifgefrorenen Menschen. Mit lauten Rufen marschierten sie vor Ismail Agas Haus und blieben vor dem Hoftor stehen. Ismail Aga trat vor die Tür, erwartungsvoll ruhten aller Blicke auf ihm.

»Was ist mit unseren Kindern, Ismail?« fragte ein alter Mann aus der Menschenmenge.

»Ich begreife es nicht«, antwortete Ismail Aga mit aschfahlem Gesicht. »Wohin können die Kinder eines ganzen Dorfes denn verschwunden sein?«

»Du solltest nicht uns, sondern deinen teuren Sohn, den verfluchten Salman, der das Dorf beschießt, danach fragen!« rief derselbe Mann.

»Mein Sohn ist schließlich auch unter den Verschollenen«, sagte Ismail Aga verstört.

»Geschieht ihm recht«, meinte der Alte, »du hast es verdient. So endet es, Ismail Aga, wenn du unterwegs unbekannte Kinder aufklaubst, von denen niemand weiß, ob Zigeuner oder Heide, und du sie wie deinen Augapfel behütest und an Kindes Statt aufziehst. Dann nimmt ein Salman auch alle Dorfkinder mit in die Berge, erschießt sie, eines nach dem andern, und dein einziger Sohn ist unter den Opfern.«

Ismail Aga öffnete einigemal den Mund, doch er brachte kein Wort über die Lippen. Die Hände wie zum Gebet erhoben, stand er bewegungslos da.

»Wenn du wüßtest, welche Gerüchte Emine die Gerte und dein teurer Sohn über dich in Umlauf setzen und über die ganze Çukurova verbreiten, liefest du nur noch mit zusammengekniffenen Lippen herum.«

»Aber was soll ich gegen diese Bastarde denn unternehmen, Mahmut Aga?« sagte Ismail Aga und ließ die Hände sinken.

Und wieder ergriff der alte Mann, der einen dichten, weißen Rundbart trug, das Wort. »Leute«, rief er, »von diesem Kurden haben wir nichts zu erwarten, er ist völlig verstört, und wir müssen unsere Sache in die eigenen Hände nehmen. Los, auf in die Berge, in die Täler und Ebenen; und suchen wir die Leichen unserer Kinder, die Salman, der große Recke, getötet hat!« Die grasgrünen Augen des alten Mannes waren blutrot angelaufen. Er hatte fünf Enkel unter den Verschollenen. »Fällt euch nicht auf, daß sich dieser große Held Salman überhaupt nicht mehr blicken läßt?« fragte er. »Wer weiß, wohin er geflohen ist, nachdem er so viele Kinder verschlungen hat!« Dann wirbelte er kreisend den Stock über seinem Kopf und befahl: »Los, wir gehen!«

Stumm setzte sich die Menge in Bewegung, marschierte zum Dorf hinaus und schwärmte von hier aus in die Felshänge, in die Ebene, zur Bergfestung und zum Flußufer.

Zu Pferde, zu Fuß streiften Mütter, Väter und Geschwister

durch die Wildnis, suchten und riefen nach den Kindern. Auch Ismail Aga hielt es nicht länger zu Hause aus, schwang sich auf sein Pferd und ritt in die Ebene hinaus, wo er kopflos umherirrte. Gegen Abend war das Pferd so erschöpft, daß es stolperte und Ismail Aga kopfüber aus dem Sattel flog. Gott sei Dank fiel er am Flußufer in den weichen Sand und blieb unverletzt.

In der Ebene und den Fluß entlang gellten die Rufe: »Ahmet, Ali, Yusuf, Nuri, Taliiip ...«

Von den Hängen hallte es wider: »Salman ist fortgelaufen, ja, fortgelaufen ...«

»Ismail Aga hat ihm die Waffen abgenommen.«

»Kinder, kommt zurück ins Dorf!«

»Mustafa, Memet, Halil, Veliii ...«

»Die Gendarmen haben Salman mitgenommen.«

»Bei Gott, sie haben ihn mitgenommen!«

Als der Tag sich neigte, kehrten die Suchenden völlig erschöpft mit schweren Schritten ins Dorf zurück, versammelten sich wieder auf dem Dorfplatz, um gemeinsam zu warten. Niemand bewegte sich, kein Laut war zu hören, es schien, als sei alles Blut aus ihren Adern gewichen. Die Sonne war schon untergegangen, mildes Zwielicht legte sich über das Dorf, als die Menge plötzlich zum Leben erwachte und Freudenrufe ertönten: »Die Kinder sind da!«

Im Nu löste sich die Menschenmenge auf, fröhliches Stimmengewirr schallte durch die Gassen, das ganze Dorf schien vor Freude zu fliegen. Sogar die strengsten Eltern gaben ihren Kindern, die zuerst vor Angst nicht nach Hause mochten, nicht einen Klaps, sagten ihnen kein böses Wort. So freudig empfangen zu werden, damit hatten sie nicht gerechnet. An jenem Abend wurden in allen Häusern die feinsten Speisen gekocht, die liebevollsten Worte gesprochen, die leidenschaftlichsten Lieder gesungen. Nur zwei Häuser ausgenommen: die Häuser von Mustafa und Memet ... Bis in den frühen Morgen stand Ismail Aga mit starrem Blick ans Geländer der Veranda gepreßt und wartete auf seinen Sohn, doch niemand kam, nichts rührte sich.

Die Kinder stellten sich taub, wenn sie gefragt wurden, wo sie gewesen waren. Ismail Aga hätte gern gewußt, wo sie sich versteckt hatten, schließlich müßte er dort auch Mustafa und Memet finden. Er ging also von Haus zu Haus, doch die Kinder blieben still wie Gräber, gaben ihm auch nicht den kleinsten Anhaltspunkt. Und alle logen, sobald sie den Mund aufmachten. Die einen beteuerten, sie hätten im alten Brunnen gesteckt, andere gaben an, in der Scheune und im Stollen, wo Weizen und Hafer gelagert wurden, gewesen zu sein; die nächsten wiederum hatten sich in den Einbuchtungen der Böschung, im dichten Röhricht, auf den Flößen, im Tal des Weißdorns, in der Türbe, auf der Festung, in den Schluchten oder auf dem Anavarza-Felsen versteckt. Aber all diese Stellen waren bis in den letzten Winkel durchsucht worden.

Als Ismail Aga merkte, daß er so nicht weiterkam, versuchte er es mit der Angst der Kinder vor Salman und drohte: »Wenn ihr mir nicht verratet, wo ihr euch versteckt hattet, gebe ich Salman sein Gewehr zurück und lasse euch alle erschießen!« Doch obwohl jedes der Kinder beim Namen Salman quittengelb wurde und zu zittern begann, was Ismail Aga mit Genugtuung beobachtete, gab keines von ihnen auch nur den kleinsten Hinweis auf das Versteck preis. Ismail Aga behandelte sie mal mit Samthandschuhen, versuchte es dann wieder mit Härte, mit ihm bemühten sich sämtliche Eltern, doch wie sie es auch anstellten, den Kindern kam kein erlösendes Wort über die Lippen.

»Die Kinder wissen nicht, wo sie waren.«

»Warum sollten sie es denn nicht sagen, wenn sie's wirklich wüßten?«

»Eines Nachts ...«

»Kamen die Dschinnen aus der Höhle am anderen Flußufer ...«

»Nahmen sie mit ...«

»Und brachten sie zum Anavarza-Felsen ...«

»Auf dem Anavarza soll der Padischah der Elfen seinen Palast haben. Und die Elfen nahmen die Kinder ...«

»Nahmen sie mit zum Elfenfest.«

»Und auf Yilankale soll Şahmaran, der Padischah der Schlangen, sein Serail haben.«

»Und in Dumlukale sind die Stammplätze der Dschinnen.«

»Elfen lieben Kinder.«

»Alle Jahre nehmen Elfen die Kinder eines Dorfes mit sich zu ihren Freudenfesten und zeigen ihnen ihre Elfenwelt.«

»Gibt es in der ganzen Çukurova auch nur einen Menschen, der das nicht weiß, he, he, Ismail Aga?«

»Die Kinder haben es Mutter Hava erzählt.«

»Die Welt der Elfen soll paradiesisch sein.«

»Die Elfen wohnten in funkelnden Kristallpalästen.«

»Im Reich der Elfen gibt es keine Kälte ...«

»Und keine Hitze.«

»Zwölf Monate im Jahr stehen alle Bäume ...«

»Alle Rosen ...«

»Und alle übrigen Pflanzen in voller Blüte.«

»Zwölf Monate im Jahr ist es weder Winter noch Herbst, noch Sommer ...«

»Zwölf Monate im Jahr herrscht Frühling im ganzen Land.«

»Die Nacht ist der Tag, der Tag ist die Nacht.«

»Die Winde duften nach Frühling ...«

»Wehen so lind wie die Morgenbrise ...«

»Blasen weder eisig noch heiß ...«

»Aber immer erfrischend ...«

»Als die Kinder ins Land der Elfen gekommen seien, habe es ihnen die Sprache verschlagen ...«

»Ein Land, wo Milch und Honig fließt ...«

»Auf der Festtafel hat nicht einmal Vogelmilch gefehlt.«

»Die Kinder haben sich an den gedeckten Tisch gehockt ...«

»Und sich über das Essen hergemacht ...«

»Im ureigenen Garten des Padischahs der Elfen.«

»Die Elfen sollen mit den Kindern auch Mutter Hava dorthin gebracht haben.«

»Hennagefärbte Vögel sind aus Sansibar angeflogen ...«

»Und aus der Serengeti.«

»Jeder Vogel hat eine Speise unterm Flügel getragen ...«

»Und auf der Tafel abgesetzt.«

»Unter den Flügeln des grünen Vogels dunkelgrüne Feigen; gepflückt im Paradies.«

»Der grüne Vogel sei so leuchtend grün gewesen, daß er blendete ...«
»So funkelnd.«
»Als die grünen Vögel kamen ...«
»Und über der Tafel kreisten ...«
»Mit Girlanden von Früchten unter den Flügeln ...«
»Tauchten sie in Grün ...«
»In reines Grün ...«
»Tauchten sie in leuchtendes Grün ...«
»In reines, leuchtendes Grün ...«
»Tauchten sie in Grün alle Menschen, alle Bäume und Blumen ...«
»In reines Grün ...«
»Dann die leuchtenden, wie Kristall flammenden roten Vögel ...«
»In reinem, lichtem Rot ...«
»Haben sie funkelnd über dem Land der Elfen ihre Kreise gezogen.«
»Und dann die in reinem Blau ...«
»Rein blaue Vögel haben den Himmel bedeckt.«
»Mit einem Blau, wie jenes, das sich am Abend ...«
»Kurz bevor die Sonne sinkt ...«
»In den Scheiben spiegelt ...«
»Dieses Blau, das den Menschen mit Liebe erfüllt ...«
»Mit blauer Begeisterung erfüllt ...«
»Ein samtenes, schimmerndes Blau ...«
»Ein reines Blau ...«
»Mit so einem Blau eben haben die Vögel die ganze Welt überzogen ...«
»Mit einem funkelnden, glänzenden, in einem Lichtermeer gleitenden, kreisenden, ganz fein sprühenden, flimmernden Blau, kristallklar ...«
»Die Kinder werden den Ort, wo sie waren, nicht verraten.«
»An ihrer Stelle würden wir es auch nicht.«
»Der Padischah der Elfen habe den Kindern gesagt ...«
»Wenn ihr ins Dorf zurückkommt ...«

»Und erzählt, wo unser Reich liegt, dann seht ihr uns nie wieder.«

»Da sagen die Kinder doch kein Wort!«

»An ihrer Stelle würde ich auch nichts sagen.«

»Ismail Aga soll dort am See Van einen Vetter gehabt haben ...«

»Der habe sich in eine Elfe verliebt.«

»Jeden Morgen sei der Mann zum See gegangen ...«

»Bevor es im Osten graute ...«

»Und habe sich bis Sonnenaufgang mit der Elfe geliebt ...«

»Und was tut dieser unglückselige Ismail ihm an ...«

»Seinem leiblichen Vetter ...«

»Der soll ein so schöner Bursche gewesen sein, daß jede, ob Elfe oder nicht, ihm auf den ersten Blick wie vom Blitz getroffen verfallen sei.«

»Ja, so ein stattlicher Bursche soll Hüseyin gewesen sein.«

»Und die Elfe soll ihm gesagt haben: O Hüseyin, erzähle niemandem von mir.«

»Denn ich werde von dir Kinder bekommen.«

»Kinder, halb Mensch und halb Elfe.«

»Wenn du aber Menschensöhnen von unserem Geheimnis erzählst ...«

»Brichst du diesen Zauber, und mein Vater wird dich töten.«

»Aber dieser unglückselige Ismail bringt mit allen Schlichen den armen Hüseyin dazu ...«

»Ihm sein Geheimnis preiszugeben ...«

»Ihm von der Elfe zu erzählen.«

»Woraufhin der Padischah der Elfen ihn eines schönen Tages erwürgte.«

»Und der Leichnam des Getöteten ...«

»Dümpelte auf den Wellen des Sees.«

»Und die blauen Vögel kamen geflogen ...«

»Und ließen auf den Toten ...«

»Ihr ganzes Blau herniederregnen.«

»Da werden die Kinder doch nicht verraten, wo sie gewesen sind!«

»Schon gar nicht, wenn sie daran denken, wie schlimm es Hüseyin ergangen ist.«

»Die sagen keinen Ton!«

»Das sollen sie auch nicht!«

»Da können die Kinder wenigstens alle paar Jahre aus dieser Hölle hier herauskommen.«

»Und im Reich der Elfen leben.«

Die Tage vergingen, doch von Mustafa und Memet war nichts zu hören. Und die Kinder wußten wirklich nicht, wo die beiden waren. Vielleicht hatte der Padischah der Elfen an ihnen Gefallen gefunden und sie in seinem Serail behalten, um sie, wenn sie erwachsen waren, mit seinen Töchtern zu verheiraten. Und erst wenn sie für Nachwuchs gesorgt hatten, würde er sie in die Welt der Menschen zurückschicken. Niemand glaubte an diese Geschichte, alle gaben dies sogar offen zu, dennoch gab jedermann sie auch weiterhin zum besten. Und am Ende vertraten sie einhellig die Meinung, Salman habe die beiden Jungen getötet, am Halse mit Steinen beschwert und in den Fluß geworfen.

»Es ist klar: Getötet ...«

»Warum auch nicht!«

»Er hätte Salman doch nicht wie einen räudigen Hund behandeln sollen!«

»Salman ist auch ein Mensch ...«

»Kein räudiger Hund vor seinem Tor!«

»So behandelt der Mensch nicht einmal die Hunde vor seiner Tür ...«

»Gott weiß, wie viele Jahre schon ...«

»Bewacht er seine Tür, ob eisiger Wind oder Regen ...«

»Zu Stein erstarrt.«

»Bewacht sie, ohne mit der Wimper zu zucken.«

»Während er in Sommernächten behaglich unterm Moskitonetz schlummert ...«

»Mit seinem Sohn ...«

»Während die Moskitos Salman auf seinem Posten zerfleischen.«

»Das Sumpffieber Salman fast umbringt.«

»Salman zittern muß wie ein Hund, der die Staupe hat.«
»Bis seine Knochen aus den Gelenken springen.«
»Und sein Bauch wie eine Pauke anschwillt.«
»Doch Salman beschwert sich bei niemandem.«
»Zuerst die Mutter des Armen töten ...«
»Dann den Jungen in die Hände einer grausamen Ziehmutter geben.«
»In die Hände der bösen Zero.«
»Die ihn fast zu Tode prügelt.«
»Sich nicht um ihn kümmert ...«
»Während sich in seinen Wunden die Würmer tummeln.«
»Da bringt er Mustafa auch um ...«
»Einem Jungen, der schon herangewachsen ist ...«
»Dazu noch dem leiblichen Sohn ...«
»Die Mutter töten und ihre Leiche den Hunden vorwerfen ...«
»Vor den Augen ihres Sohnes, der schon begreifen konnte ...«
»Und dann diesen zum Jüngling herangewachsenen Sohn nicht verheiraten ...«
»So daß dieser hingeht und einem rotbraunen Stutfohlen verfällt ...«
»Und der Sohn Mustafa posaunt diese unglückliche Liebe auch noch im ganzen Dorf aus ...«
»Wenn dann noch die Dörfler ...«
»Von Sieben bis Siebzig ihre Augen auf die Gucklöcher pressen ...«
»Und ihm dabei heimlich zuschauen ...«
»Und anschließend der Mann hingeht und dieses armen Jungen Stutfohlen verkauft ...«
»Soll da der Junge ihn denn nicht töten?«
»Sogar in Stücke zerteilen und das Fleisch auf den Felsen ausbreiten?«
»Den Adlern zum Fraß?«
»Ja, aber Memet?«
»Hätte der doch diesen rotznäsigen Mustafa nicht so angebetet ...«
»Da tötet er ihn doch; ist doch klar!«

»Wer weiß, was Zero, seine kurdische Frau, dem Armen alles angetan hat, wovon wir gar nichts wissen ...«

»Und da hat der arme Salman seinen leiblichen Bruder, den Augapfel seines Vaters, getötet.«

»Wer weiß.«

Seit jenem Tag war Salman nirgends zu sehen. Er kam nicht mehr nach Haus, er war und blieb verschwunden. Wie Ismail Aga sich um Mustafa sorgte, so sorgte er sich auch um Salman und ließ ihn gemeinsam mit Mustafa suchen. Zahllose Gerüchte über Salman, Mustafa, Memet den Vogel und die anderen Kinder wanderten von Dorf zu Dorf, verzweigten sich wie Wildwuchs in alle Richtungen und erreichten schließlich auch Arif Saim Bey in Ankara, der sich sofort in den Zug schwang, zum Dorf eilte und die gesamte Gendarmerie des Distrikts aufscheuchte.

»Ich will, daß ihr mir den Sohn meines Bruders Ismail bringt«, hatte er allen aufgetragen, »auch wenn er nicht mehr leben sollte. Sonst mache ich dieses Dorf mitsamt seinen Menschen, Pferden, Hunden und allem, was da kreucht und fleucht, zu Asche!«

Dicht aufeinander zuckten Blitze über dem Berg Aladağ, dessen schneebedeckte Hänge grell aufleuchteten, bevor sie wieder in die Finsternis eintauchten ... Pechschwarz wirbelten weitere Wolken, pausenlos Blitze schleudernd, zum weiten Rund der Berge am Rande der Ebene, trafen dort auf Wolken, die über das Mittelmeer zogen, türmten sich mit diesen auf und begannen zu kreisen. Es donnerte, daß die Erde bebte. Blitze fielen immer dichter, funkelten wie wirbelnde, die Augen blendende Sonnen. Und dann fiel ein pechschwarzer Regen, der die Bergbäche zu Wildwassern anschwellen ließ, so gewaltig, daß Brocken von Felsgestein mit in die Tiefe gerissen wurden.

Und in diesem Regen kamen mit verhängten Zügeln zwei Reiter die Ebene heraufgepresscht: Hadschi Hasan, gefolgt von Dursun. Hadschi Hasan hatte Mustafa hinter sich auf der Kruppe des Pferdes, hinter Dursun hockte Memet. Als sie ins Dorf einritten, lenkten die Reiter, ohne sie zu zügeln, die Pferde zum Konak von Ismail Aga, hielten ganz kurz vorm Hoftor, ließen die

Kinder absitzen, machten kehrt und galoppierten mit verhängten Zügeln, schnell wie der Wind, wieder zum Dorf hinaus.

Ismail Aga war wie von Sinnen vor Freude. Im Nu verwandelte sich das Dorf in ein lärmendes Tohuwabohu, und einige Tage darauf ließ Ismail Aga ein Opferlamm nach dem andern schlachten und gab für alle Dörfler ein Festessen, wie sie es bisher noch nie erlebt hatten.

Erst einige Wochen später fragte Ismail Aga Mustafa, wo er denn so lange gesteckt habe. Mustafa und auch Memet schienen bei dieser Frage zu Stein zu erstarren. Sie gaben keine Antwort. Nein, bis zu ihrem Tode würden sie dieses Geheimnis für sich behalten und ihre Freunde, die Flößer, nicht ans Messer liefern! Schließlich war die Angelegenheit so aufgebauscht worden, daß sich sogar die Regierung damit befaßte.

Nachdem Mustafa wieder aufgetaucht war, kehrte auch Salman heim. Bleich und erschöpft, streifte er wie ein Schlafwandler, wie ein Vogel mit gebrochenen Flügeln durchs Dorf... Er hob nicht einmal den Kopf, als Ismail Aga ihn eines Tages zu sich rufen ließ. Salman war anzusehen, daß er im Herzen einen unerbittlichen Groll gegen seinen Vater hegte.

»Nimm dein Gewehr, mein Sohn, gürte dich mit deinen Waffen und bewache mich wie früher, mein Recke, mein Salman!« sagte Ismail Aga so weich und zärtlich, wie er nur konnte. »Nimm's mir nicht übel, mein Kleiner, und wenn ich dich verletzt habe, so verzeihe deinem Vater! Nun geh schon und hole dein Gewehr!«

Salman schluckte und schluckte, doch er konnte nicht sprechen. »Ich will nicht«, brachte er schließlich mit tränenerstickter Stimme noch über die Lippen, bevor er sich umdrehte, die Treppe hinuntereilte und in den Regen hinauslief.

Als er verschwunden war, rief Ismail Aga Süllü zu sich. »Was ich diesem Jungen angetan habe, war gar nicht gut, Süllü«, sagte er. »Ich habe sein Herz gebrochen, und ich weiß nicht, wie ich es gutmachen kann. Dabei ist der Junge mir gegenüber... Und hätte er tausend Leben, und ich sagte ihm, gib sie alle mir, er würde sie mir geben. Ich habe mich ihm gegenüber... Oh,

Welt, oh, du verkehrte Welt!« Er nahm seinen Kopf zwischen die Hände und dachte eine ganze Weile nach. Süllü stand noch immer vor ihm.

»Süllü!«

»Zu Diensten, mein Aga!«

»Sag Salman, er soll sich zum Gut aufmachen und die Aufsicht über die Arbeiten dort übernehmen«, sagte der Aga und fügte hinzu: »Wie soll ich das gebrochene Herz dieses Jungen wieder heilen, wie seine zu Staub zerfallene kristallene Welt wieder aufbauen?«

9

Der Mond war aufgegangen, der Schatten der Bergfestung streckte sich weit über den Fluß bis ans andere Ufer. Im Schutz der Pferche und Kakteen hatten sich Halil und Şahin bis an das Hoftor von Ismail Agas Konak herangeschlichen. Die Zeit des Nachtgebets mußte jeden Augenblick vorüber sein.

»Bis hierher hat uns noch niemand gesehen, nicht wahr?«

»Nein, niemand«, antwortete Şahin. »Und wenn schon, wer kennt uns denn in diesem Dorf?«

»Die kennen uns«, sagte Halil, hob die Hand und klopfte mehrmals mit dem Knöchel des Mittelfingers gegen das Tor.

Jemand rief von drinnen: »Ich komme schon« und fragte kurz darauf dicht am Tor: »Was wollt ihr, wer seid ihr?«

»Ich stand früher in Ismail Agas Diensten.«

»Kommt mit«, bat mit kurdischem Akzent der hochgewachsene Mann, der über den Schultern eine Mauser trug. Er führte sie die Treppe hinauf, blieb auf der Veranda stehen und rief: »Da sind Gäste, Aga.«

»Sie seien willkommen!« ertönte Ismail Agas Stimme von drinnen.

Als Halil und hinter ihm Şahin ins weiträumige Zimmer traten, blickte Ismail einen Augenblick ganz verwirrt, stand auf, umarmte Halil und legte dann seine Hände auf Şahin des Bartlosen Schultern. »Nun, ihr seid willkommen«, sagte er, »setzt euch, was gibt es Neues?«

Dabei zeigte er auf das Ende des Wandsofas neben dem Kamin, wo bestickte, nach Seife duftende, schneeweiße Daunenkissen übereinanderlagen. Als Halil zögerte, nahm Ismail ihn bei der Hand, zog ihn dorthin und drückte ihn auf den offensichtlich für den Aga bestimmten Platz am Kamin. Er selbst ging zum gegenüberliegenden Wandsofa. Şahin hockte sich an das äußerste Ende der Wandbank, auf der Halil saß.

»Habt ihr gegessen, meine Freunde?« fragte Ismail Aga, noch bevor er Platz genommen hatte. Sie hatten nicht gegessen, aber Halil würde keinen Bissen herunterbekommen. Er war von eigenartiger Fröhlichkeit, von überschäumender Freude, ja, die Freude schien aus seinem Körper herauszusprühen.

»Deine Tafel sei immer reich gedeckt, wir haben gegessen«, antwortete Halil.

»Deine Tafel sei immer reich gedeckt, wir haben gegessen«, wiederholte Şahin.

So hatte Ismail Aga Halil noch nie erlebt. Halil war immer ein ernster, schwermütiger, verschlossener Mann gewesen. Jetzt schien er leicht wie eine Feder, unbekümmert wie ein Kind, das sich von seiner Freude mitreißen ließ. Kein Mensch konnte sich so von Grund aus verändern. Schon gar keiner wie Halil, der sich nie von seinen Gefühlen, von Freude, Trauer, Schmerz oder Übermut hatte überwältigen lassen. Etwas mußte in ihm vorgegangen sein, das nicht mehr rückgängig zu machen war.

Ismail Aga wußte, was Halil durchgemacht hatte, er wußte um die Beziehung zwischen Halil und Memik Aga von den Anfängen bis zum Ende. Er kannte sogar Wort für Wort die letzte Unterredung der beiden, und er hatte seit Tagen schon auf Halils Besuch gewartet.

Der duftende Kaffee wurde hereingetragen. Der junge Bedienstete setzte das Tablett vor dem Kamin ab und entfernte sich sofort. Schon während Halil die Tasse vom Tablett nahm, begann er laut lachend, in einem fort zu reden, sprach von den Reisfeldern, von der Großmutter, die im Dorf zurückgeblieben war, von den Felsen, vom Honig in den Baumhöhlen und davon, wie er ihn aus den Waben geschleudert hatte, von der Jagd auf Hirsch, Luchs und Leopard, von den Orangenhainen, von seiner Mutter, sogar von Ipekçe, was er sonst nie getan hatte, und davon, wie sie seit Jahren schon auf ihn warte und ihn, vom Roden verrunzelt und voller Schwielen, einem Menschen nicht mehr ähnlich, bestimmt nicht wiedererkennen würde, sprach mit fliegendem Atem und vor Begeisterung wie von Sinnen. Und Ismail betrachtete verwundert die Verwandlung dieses sonst so stummen Menschen und hörte mit offenem Mund dem überschäumenden Wortschwall zu, den dieser wie ein Märchenerzähler von Geschichten aus Tausendundeiner Nacht zum besten gab und immer wieder mit schallendem Gelächter begleitete.

Am Ende – Mitternacht war längst vorüber – unterbrach Ismail Aga seinen Gast. Halil zuckte zusammen, aber auch als er wieder zu sich gekommen war, leuchtete sein Gesicht noch immer vor Freude. »Ismail Aga«, sagte er schließlich, »ich habe eine Bitte an dich.«

»Dein Wille ist mir Befehl«, entgegnete Ismail Aga.

»Ich bin diese Nacht heimlich hergekommen, und niemand hat mich gesehen. Und niemand wird erfahren, daß ich in dieses Haus gekommen bin und mit dir so gesprochen habe!«

»Niemand wird es erfahren«, versicherte ihm Ismail Aga, bedeutete Halil aber mit einem Handzeichen, daß er ihn ausreden lassen solle. »Hör mir jetzt zu, Halil«, fuhr er dann fort, »hör mir ernsthaft zu, und nimm dir meine Worte zu Herzen! Habe ich auch nicht miterlebt, was du durchmachen mußtest, so bin ich darüber doch sehr gut im Bilde. Dieser Mann hat dir das Schlimmste angetan, was einem Menschen an Grausamkeit widerfahren kann, und dennoch: Tu es nicht!«

Halils Freude verflog im Nu, Gesicht und Augen erstarrten zu Stein. Er wollte sprechen, war aber so überrascht, daß er kein Wort über die Lippen brachte.

»Tu es nicht, Halil, ich erfülle dir jeden Wunsch. Wir kaufen in Kürze ein Gut. Wenn du willst, kannst du es bewirtschaften. Du kannst auch deine Großmutter, deine Mutter und Ipekçe aus eurem Dorf herbringen. Wenn du willst, baue ich dir ein Haus neben meines, oder du wohnst im Konak des Gutes. Ich kann dir, wo auch immer, freies Brachland geben. Und bist du nicht der beste Wurzelroder auf der ganzen Welt? Gemeinsam mit Şahin machst du es urbar, und am nächsten Tag schon lasse ich dir einen Grundbrief ausstellen. Du bist mein Bruder, sogar mir näher als ein Bruder, also kann ich dir Geld geben, soviel du brauchst, und du ziehst dorthin, zu den Hängen hinterm Berg Düldül, kaufst dir einen kleinen Hof, pflanzt Wein, legst Gärten an, was immer du willst ... Gib's auf, Halil! Was hast du davon? Der Mensch begibt sich doch nicht in den Käfig einer Schlange, eines Ungeheuers, eines Wahnsinnigen! Tu es nicht, Halil, hör auf mich, so etwas findet nie ein Ende!«

Bis die Morgenhähne krähten, versuchte Ismail Aga mit Engelszungen, Halil zu überreden. Wovon er ihn aber abbringen wollte, darüber verlor weder Ismail ein Wort, noch machte Halil darüber auch nur die kleinste Andeutung. Als gäbe es gar nichts auszureden, ja, als wisse Ismail Aga gar nicht, was im Herzen Halils vorging.

Es war kurz vor Sonnenaufgang, als Halil plötzlich aufstand. »Ich bin gekommen, weil ich ein Anliegen habe und weiß, daß du mich nicht mit leeren Händen zurückweist.«

»Ich schlage dir nichts ab«, entgegnete Ismail Aga, »aus welchen Gründen auch immer, und ich lasse dich nicht mit leeren Händen gehen. Aber du tätest gut daran, von dieser Sache Abstand zu nehmen.«

»Leben sollst du, Bruder Ismail, ich wußte es und bin deswegen zu dir gekommen. Ich will von dir eintausendvierhundertdreiundzwanzig Lira haben!«

»Wird gemacht«, lachte Ismail Aga, »auf der Stelle.« Er lockerte seinen Gurt, zog Bündel von Scheinen hervor und begann im spärlichen Schein der Nachtlampe zu zählen. »Hier, Halil, nimm!« sagte er dann.

Als Halil das Geld in Empfang nahm, war er so gut gelaunt wie bei seiner Ankunft am Vorabend. Sein ganzer Körper schien in freudiger Erregung zu sein, er verstaute das Geld unter seiner Achselhöhle und drückte mit seinen vom Roden gestählten Armen Ismail Aga fest an sich. »Ich danke dir, Ismail, mein mächtiger Kurde, mein Bruder!« sagte er. »Es dauert keine zwei Monate, und ich bringe dir dein Geld wieder.«

Jetzt war Ismail Aga klar, soviel er auch noch reden mochte, es würde zu nichts führen. Halil war ein ganz anderer geworden, und zwischen dem Mann, den er vor Zeiten kennengelernt hatte, und dem, der da vor ihm stand, gab es auch nicht die kleinste Ähnlichkeit, nicht die geringste Beziehung.

»Halil«, begann Ismail Aga, als er die beiden bis zum Hoftor geleitete. Doch dann stockte er, brachte den Satz nicht zu Ende, sagte nur noch: »Alles Gute«, machte kehrt und eilte so schnell zur Treppe, daß er nicht mehr hörte, wie Halil ihm hinterherrief: »Vergib, wenn ich in deiner Schuld stehe, Ismail, mein großer Kurde, mein Bruder!«

Vorbei am Granatapfelbaum, schlugen sie sich in die Felshänge und geradewegs zur Bergfestung. Auch als sie den Konak verließen, hatte sie niemand gesehen. Bei der Burg setzten sie sich am Fuße eines Felsens nieder und betrachteten eine Weile gedankenversunken den verschwommen im Nebel dampfenden, kupferfarbenen, mehr und mehr in Lila übergehenden Berg Düldül. Das Sonnenlicht fiel auf seinen spitzen Gipfel und verwandelte ihn in ein farbenfroh funkelndes Kristall.

Wie sehr Halil auch seinen Gedanken nachhing, der freudige Ausdruck seiner Gesichtszüge veränderte sich nicht.

Plötzlich blickte er hoch und lachte. »Weißt du, Şahin?«

»Was denn?«

»Daß uns jetzt der Araber auf dem Weg zum Dorf bei Aslantaş und Dikenli sucht?«

»Ich weiß.«

»Daß er mit fünf Bewaffneten dort im Hinterhalt liegt, um uns zu töten …«

»Ich weiß.«

»Daß Memik Aga kein Auge zutun wird, bevor die Nachricht unseres Todes eintrifft?«

»Ich weiß. Der Kerl schwitzte Blut und Wasser. Er mußte schwer an sich halten, um sich uns nicht zu Füßen zu werfen, uns anzuflehen und zu rufen: ›Verzeiht mir, Holzfäller, verzeiht mir!‹«

»›Und nehmt das ganze Feld und alles, was ich habe …‹«

»›Wenn ihr mir nur das Leben laßt‹.«

»Und warum hat er das nicht gesagt?«

»Weil er sich auf den Araber verläßt. Er vertraut darauf, daß uns der Araber überwältigen und uns die Köpfe abschlagen wird.«

»Und auch weil er weiß, daß wir ihm nicht mehr verzeihen werden, was immer er auch tut …«

»Vielleicht aber ...«

»Vielleicht aber sind wir auch nicht mehr als Fliegen für ihn, sind wir in seinen Augen keine Männer. Er ist aber auch sehr knauserig und habgierig. Lieber gibt er tausend Leben hin als einen Kuruş aus seinem Geldbeutel.«

»Ja, viel lieber ...« pflichtete Şahin ihm bei. Dann schwiegen sie wieder.

»Nehmen wir doch einen anderen Weg!« begann Halil nach einer Weile.

»Hast du vergessen, daß wir in die Stadt wollten«, sagte Şahin. »Wir wollten doch in die Stadt gehen und einige Sachen kaufen. Deiner Oma, deiner Mutter und jenem Mädchen ... Deiner Ipekçe.«

»Dann los, auf die Beine!«

Leicht flimmernd fiel von den Berggipfeln das erste, fahle Tageslicht auf die im Halbdunkel liegende Ebene.

»Wir gehen nicht über die Landstraße.«

»Und den Fluß überqueren wir zu Fuß durch die Furt bei Gökburun. Man weiß ja nie!«

»Vielleicht haben sie bei der Fähre einen Beobachter abgestellt.«

Sie stiegen den Hang hinunter und schlugen den Weg quer durch die Felder ein. Sie gingen sehr schnell, fast im Laufschritt. Bei Gökburun zogen sie sich aus und wateten, bis zur Brust im Wasser, durch die Furt ans andere Ufer. Vorbei am Dorf Arapli, an den Ortschaften Degirmenocak, Kirmitli und Yeniköy marschierten sie bis zu den Eisenbahnschienen und nahmen dann den Weg, der durch die Gärten und über den Marktplatz ins Ladenviertel führte. Halil war noch immer freudig erregt, als sie von einem Geschäft ins nächste gingen. Er betrat einen Laden, blieb in der Mitte des Verkaufsraums stehen, ließ die Augen über Tresen und Regale schweifen, sagte: »Das und das!«, zeigte dabei auf die gewünschte Ware, nahm sie in Empfang, bezahlte sofort, ging hinaus auf die Straße und musterte im Vorbeigehen die Geschäfte, bis er sich wieder für eines entschieden hatte.

Ihre Einkäufe dauerten bis zur Stunde des Abendgebets. Am Ende trugen beide zwei Bündel aus roter Seide, die randvoll gefüllt waren mit sorgfältig ausgewählten Geschenken. Vor dem Kaffeegarten unter der Platane blieben sie eine Weile stehen und schauten in den dahineilenden Fluss. Im Wasser wimmelten winzige Fische.

»Ich habe Hunger«, sagte Halil.

Şahin leckte sich die Lippen. »Mir knurrt auch der Magen.«

»Auf zum Kebabgriller!« bestimmte Halil.

Sie wendeten sich zum nahen, von Reben, Flaschenkürbis und Efeu umrankten Lehmbau, aus dem nach Sumachgewürz riechende Rauchwolken strömten. An der Tür kam ihnen dampfgeschwängert der eindringliche Anisduft von Raki entgegen. In einer Ecke war noch ein Tisch frei, dorthin geleitete sie ein mürrischer, schnauzbärtiger Kellner in blauer Schürze, der sich ein schmutziges Wischtuch über die Schulter geworfen hatte. Als sie sich setzten, hob sich vom Tisch eine pechschwarze Wolke Fliegen empor, die der wartende Kellner mit unflätigen Flüchen beschimpfte.

»Zu Diensten, die Agas!« Des Kellners Stimme klang hart und herausfordernd.

Halil maß ihn mit strengem Blick.

Der Mann lächelte und wiederholte in gedämpftem Ton: »Zu Diensten, die Agas!«

»Zwei doppelte Kebab – Adana-Art!«

»Zu Diensten, die Beys!« Als der Mann zum Herd ging, blickte er immer wieder zurück und musterte besonders Halils Hände, wobei sich seine Augen mit eigenartiger Scheu zusehends weiteten. Zwei verzinnte Schalen mit reichlich Petersilie, Kresse, Rettich und Paprikaschoten wurden aufgetragen, dazu in zwei großen Kupfernäpfen schaumig gequirltes Yoghurtgetränk ... Halil griff einen Napf, führte ihn an die Lippen und leerte ihn mit hüpfendem Adamsapfel in einem Zug.

»Noch einen Ayran, Bruder!« bat er und setzte den geleerten Becher auf den Tisch.

Der Kellner, der an einem der Tische bediente, ließ alles stehen und liegen, eilte mit einem zweiten Napf Ayran herbei und stellte das Getränk behutsam vor Halil hin. »Bitte sehr, mein Bey!«

Das Benehmen der Leute Halil gegenüber war Şahin nicht entgangen. Seit sie Memik Aga verlassen hatten, verhielten sich ihm gegenüber die Dorfbewohner, aber auch alle anderen, die ihm begegneten, ganz anders als sonst. Şahin konnte natürlich nicht wissen, daß auch er selbst sich Halil gegenüber jetzt ein bißchen ängstlicher, ein bißchen rücksichtsvoller benahm, immer bedacht darauf, seinen Zorn nicht noch anzustacheln ... An Halils Freigebigkeit konnte es nicht liegen, denn auch früher hatte er die Taschen voller Geld, wenn sie in die Stadt gekommen waren. Wie ein Bey gab er Geld aus, mehr noch als heute. Und wie diesen Kellner wies er jeden, der ihn zuerst unterschätzte, mit einem Wort oder einem Blick wieder in die Schranken ... Aber jetzt hatte er sich eigenartig verändert, es schien, als sei das ganze Ladenviertel drauf und dran, strammzustehen, während er vorüberging. Betraten sie eines der Geschäfte, sahen ihm die Verkäufer nur kurz ins Gesicht und legten ihm dann sofort die beste Ware, schon mit höchstmöglichem Preisnachlaß, vor, noch bevor er zu handeln begonnen hatte. Und jetzt wanderten die Blicke des alten Kochs am Herd zwischen Halil und dem Gehackten, das er für sie besonders sorgfältig um die Spieße knetete, hin und her. Bald darauf kamen auf großen, verzinnten Kupferschalen granatapfelrot gegrillte, über den Tellerrand ragende Kebabs auf den Tisch, und mit ihnen brachte der schnauzbärtige Kellner noch einen Napf schäumenden Ayrans, den Halil gar nicht bestellt hatte, und stellte ihn neben den bereits geleerten Becher.

Zufrieden und glücklich verzehrten sie langsam und genüßlich das Gegrillte, betrachteten dabei mit herzlicher Zuneigung die an den Nebentischen plaudernden und Raki trinkenden Gäste. Halil gab dem Kellner, der auf einen Wink mit den Augen hin schon herbeigeeilt war, außer dem Rechnungsbetrag noch ein ansehnliches Trinkgeld, und auch jetzt konnte der Mann nicht umhin, Halils Hände zu betrachten. Auch als Halil und Şahin aufstanden und hinausgingen, ließ er Halils Hände nicht aus den Augen, bis die beiden Männer in der Menge verschwunden waren.

Die Bäckerei lag neben dem Kaffeehaus. Die Brotlaibe dufteten ofenwarm, der Geruch backfrischen Brotes zog durchs ganze

Ladenviertel. Sie stopften die Brote in ihre Beutel, kauften sich noch ein Kilo schwarze, daumendicke Oliven und machten sich dann unverzüglich in Richtung Düldül auf den Weg. Ohne miteinander zu reden, ja, ohne sich anzuschauen, schritten sie aus, bis es dunkel wurde. Als sie den Kamm eines Hügels erklommen hatten, sahen sie unten in der Ebene eine Reihe Lagerfeuer, hörten sie Hundegebell und Glöckchengeläut. Es ging schon auf Mitternacht, als sie die Lagerfeuer erreichten. Nomadische Hirten empfingen sie.

»Gottesgäste sind wir.«

»Von Gott gesandte Gäste haben bei uns Ehrenplätze«, entgegneten die Hirten.

Das Stammeslager bestand aus einer Reihe von Zelten. Vor jeder Bleibe brannte ein Feuer, und nicht weit von jedem Feuer hockten dösende Greife auf den Querhölzern der Krücken. Die Hirten tischten den beiden sofort ein Essen auf, sie brachten Fladenbrot, Butter, Traubensirup, Yoghurt und warme Milch.

Nach dem Essen brachten die Hirten sie in ein leeres Zelt, und kaum hatten sich die beiden auf den Filzteppichen ausgestreckt, waren sie auch schon eingeschlafen. Noch bevor der Morgen graute, wachten sie auf und machten sich wieder auf den Weg.

Unter ihren schnellen Schritten schien die Landstraße zurückzugleiten, und bei jedem Aufenthalt war Halil voller Ungeduld, bis sie sich wie mit geflügelten Füßen erneut auf den Weg machten. Und vor ihnen, wo auch immer sie waren, reckte sich der Berg Düldül, kupfern, violett, dampfend, flimmernd und mit schneebedecktem Gipfel, der im Sonnenlicht funkelte.

Schließlich erreichten sie die kleine Stadt, die einen Tagesmarsch weit vor ihrem Dorf lag. »Hier werden wir ein wenig rasten, Bruder Bartlos«, sagte Halil. »Rasten und noch ein bißchen einkaufen.«

Sie suchten wieder das Ladenviertel auf, kauften von bunten Süßigkeiten bis hin zu Kopftüchern und zierlichen Taschentüchern alles, was ihnen gefiel, und packten es in einen Beutel, den sich Şahin der Bartlose über die Schulter warf. Dann machten sie sich so schnell wie bisher auf den Weg. Der Proviant hing an ihren Gürteln, erst bei der Quelle Kiraz wollten sie essen und dazu das eiskalte, nach Poleiminze duftende Wasser trinken. Je mehr sie sich dem Dorf näherten, desto ungeduldiger wurde Halil. Gebückt, mit vorgestrecktem Hals, so eilte er dahin, und Şahin hatte Mühe, mit ihm Schritt zu halten. Bei der Quelle Kiraz stellte Halil alles ab, was er auf der Schulter und in den Händen trug, beugte sich über die nach Poleiminze duftende Holzrinne und trank in tiefen Zügen.

»Wer weiß, wie viele Jahre wir so gutes Wasser nicht getrunken haben«, seufzte er, als er sich wieder aufrichtete. Dann beugte er sich zum Felsen hinunter und ließ sich das aus dem Gestein quellende Wasser über den Kopf laufen.

»O mein Gott, ich danke Dir für diesen Tag voller Frische«, sagte er, als er sich erhob, während seine Augen das von Licht durchflutete, über hell schimmernde Kiesel fließende Quellwasser betrachteten, in dem sich die rundum blühenden violetten, orangefarbenen und weißen Blumen spiegelten. »Auch dafür seist Du gepriesen!«

Şahin stand etwas abseits und verfolgte diese eigenartige Andacht Halils, der sich vom Anblick des glitzernden Quells nicht lösen konnte. Drei glänzende Falter mit grünen Flügeln kreisten ganz gemächlich über dem Wasser, ihre Schatten fielen auf den lichten, kieseligen Grund. Nicht weit wirbelte wie von Sinnen vor Freude mit lautem Gesumm eine Biene in einem fort um einen Baum. Eine Platane, deren Stamm drei ausgewachsene Männer nicht hätten umfassen können, streckte ihr weites Geäst über rotgeäderte Felsen. Drei Pappelhöhen über ihr stand ein rötlich geflügelter Greif mit ausgestreckten, mächtigen Schwingen und gereckter Brust wie festgenagelt im böigen Wind, der hier unten nicht zu hören war. Winzige Jungfische trieben in Schwärmen über den Kieseln auf dem Grund der Quelle und schossen dann wieder blitzschnell, als habe eine Bombe eingeschlagen, so glitzernd auseinander, als zögen sie die schimmernde Helle im Wasser mit sich fort. In Wellen brach sich der Widerschein des Wasserspiegels an den rotgeäderten Felsen, den frischen, grünen Wiesen und den Baumstämmen im Rund.

Halil hätte hier wohl tagelang verharren können, ohne zu essen und zu trinken. Die Sonne stand schon sehr tief, dunkle Schatten senkten sich in die gegenüberliegende, von schroffen Felsen aus weißem Feuerstein umgebene Schlucht, aus deren unsichtbarer Tiefe das Rauschen eines Wasserfalls heraufhallte. Vom Fuße des Felsens, dann wieder von seinem anderen Ende, das in die Ebene zu führen schien, gellte unermüdlich der Schrei eines unbekannten Vogels.

Plötzlich sah Şahin der Bartlose die Sterne auf den Grund der Quelle fallen, ineinanderwirbelnd wie Tausende Sonnen. Dann begannen die Bäume, die Felsen im Rund, der Himmel, die Zweige, die Wolken und die Feuersteinschlucht wie Sterne millionenfach zu glitzern, bis schließlich alles in den samtenen Glanz eines makellosen Blaus überglitt.

»Halil, Halil, irgend etwas geht hier vor«, schrie Şahin der Bartlose und zeigte dem aus tiefen Träumen zurückgekehrten Halil einen Himmel, der sich plötzlich mit hin und her flitzenden, laut zwitschernden Schwalben bedeckt hatte.

»Es wird Abend, Şahin«, sagte Halil, lächelnd wie immer, und fügte hinzu: »Dank meinem Gott, Dank dem Schöpfer!« Und dort, wo er gerade stand, hockte er sich mit dem Rücken zur Felswand nieder und sagte: »Ich mag überhaupt nicht essen, Şahin, iß allein, wenn du willst.« Dann ließ er das Kinn auf die Brust sinken und fiel in tiefen Schlaf. Der Bartlose hockte sich daneben, holte seinen Proviant hervor und kaute gedankenverloren, bis er satt war und auch einnickte.

Als sie erwachten, machten die Vögel einen Höllenlärm. Auf jedem Zweig begrüßten Hunderte der verschiedensten Vögel die aufgehende Sonne. Nebelschleier lagen über der Quelle, verdeckten das im gestrigen Licht plätschernd strömende Wasser. Sie frühstückten hastig, schlangen die Bissen fast unzerkaut herunter und machten sich dann sofort auf den Weg. Halil vorweg. Schneller noch als am Vortag, flog er wie mit Flügeln an den Füßen dahin. Er war schweißbedeckt, als sie am frühen Vormittag das Dorf erreichten.

Erst nachdem Halil die große Platane und den Brunnen darunter dreimal umrundet hatte, schlug er den Weg zu seinem Haus ein. Seine Großmutter saß auf der Türschwelle und spann Fäden mit einem Spinnrocken. Sie schien zu einem Däumling geschrumpft.

»Muttchen, Muttchen«, rief Şahin, als sie sich dem Haus näherten, »ist dies das Haus von Halil, ist Halil zu Hause?«

Die Frau hob den Kopf. Wie ein Spinnennetz durchzogen Falten ihr Gesicht. Sie kniff die Augen zusammen, sah zuerst Halil an und dann Şahin, der hinter ihm stand.

»Halil ist nicht zu Haus«, seufzte sie und fügte hinzu: »Woher kommt ihr, wer seid ihr? Halil ist noch nicht gekommen.« Sie sprach so, als sei Halil gerade eben fortgegangen und noch nicht zurückgekehrt.

Jetzt kam auch die Mutter vor die Tür. »Fragt ihr nach Halil, meine Kinder?«

»Ja, nach Halil«, antwortete Şahin, »wir sind seine Kameraden vom Militär …«

»Kommt erst einmal herein und setzt euch«, sagte die Frau. »Halil ist davongezogen und nicht mehr zurückgekommen.«

»Wann kommt er denn zurück?« fragte Halil mit neugieriger Stimme.

Sie gingen hinein, die Frau breitete sofort eine Felldecke auf dem Fußboden aus, legte eine Matratze darüber, dann schob sie ein langstieliges Mokkakännchen ins Herdfeuer.

Die Männer zogen ihre Schuhe aus und setzten sich mit gekreuzten Beinen auf die Matratze.

»Halil hat sich vor uns auf den Weg gemacht«, begann Halil. »Er ist also noch nicht da. Dabei hatte er uns gesagt, er hielte es nicht mehr aus, er wolle schon loslaufen, und wir sollten deswegen seine Bündel übernehmen. Hier sind die Bündel! Darin sind die Sachen, die Halil für euch gekauft hat!«

Er reichte den Frauen die Beutel. Die Mutter nahm sie, legte sie am Fuß der Wand nieder. Eine Zeitlang konnte sie die Augen nicht von ihnen wenden.

Gedankenversunken saß sie schweigend da, und auch die Großmutter war ganz still.

»Wie geht es meinem Halil?« fragte die Frau nach einer ganzen Weile. »Geht es ihm gut? Seitdem er fort ist, haben wir nichts mehr von ihm gehört. Nur dieser Duran, oder wie der Junge heißt, war aus der Gegend gekommen. Halil soll ihn mit Geldgeschenken überhäuft haben. Wir haben den Jungen ja nicht gesehen, aber so erzählten es die Dörfler.«

»Mutter«, fragte Halil, »würdest du Halil wiedererkennen?«

»Was redest du da, mein Sohn«, lachte die Mutter, »welche Mutter würde ihren eigenen Sohn denn nicht wiedererkennen?« Doch irgend etwas schien ihr Mißtrauen geweckt zu haben. Sie rückte näher heran, als wolle sie ihre Gäste beschnuppern.

»Du würdest Halil also wiedererkennen, ist es so, Mutter?« fragte Halil und seufzte tief. »Nein, Mutter, ihn erkennt niemand wieder, nicht einmal seine Mutter noch seine Großmutter. Halil hat sich sehr verändert, Mutter, Halil ist ein ganz anderer geworden, hat nur noch wenig von einem Menschen, ein eigenartiger Halil eben. Den Halil erkennt weder seine Mutter noch irgend jemand anders.«

»Halil, mein Junge!« schrie die Mutter plötzlich und warf sich auf ihn. »Sie soll im Erdboden versinken, deine Mutter! Nicht nur deine Mutter, jeder erkennt dich wieder. Und auch sie wird dich wiedererkennen, die mit großen Opfern jahrelang auf dich gewartet hat. Ich gehe sofort zu ihr.«

Mit wehendem weißem Kopftuch lief sie zum Haus von Ipekçe. Das Mädchen saß draußen unterm Baum am Webstuhl und arbeitete an einem Kelim.

Als sie die Mutter so aufgeregt kommen sah, sprang sie auf. »Mutter, was ist geschehen?«

»Halil«, keuchte die Mutter ganz außer Atem.

»Ist er zurück?«

»Er ist im Haus«, antwortete die Mutter. »Er wartet auf dich.«

Ipekçe rannte los, doch als sie am Haus war, blieb sie vor der Tür stehen. Sie mochte nicht hineingehen. Kurz darauf hatte die Mutter sie eingeholt.

»Komm heraus, unseliger Halil!« brüllte sie. »Und schau, wer hier steht!«

Als Halil vor die Tür trat, stand Ipekçe vor ihm. Zuerst erkannte sie ihn nicht. Doch dann wurden ihr die Knie weich, sie wankte zum Haus und hockte sich am Fuß der Mauer nieder. Halil folgte ihr und hockte sich neben sie. Mit dem Rücken zur Wand saßen sie nebeneinander eine ganze Weile nur so da und sprachen kein Wort.

Schließlich lachte Halil auf. »Zuerst hast du mich nicht erkannt, Ipekçe«, sagte er mit enttäuschter Stimme. »Ich habe mich so verändert, daß mich nicht einmal meine Mutter und meine Großmutter erkannt haben. Ich bin deinetwegen ins Dorf gekommen, Ipekçe. Ich bin ein anderer geworden, und ich wäre nicht hier, wenn du nicht im Dorf gewesen wärst. Ich bin gekommen, weil ich dir etwas zu sagen habe. Laß uns da hinuntergehen und miteinander sprechen, bevor die Dörfler erfahren, daß ich da bin!«

»Reden wir miteinander«, sagte Ipekçe und stand auf. Die ganze Zeit hatte Halil sie nicht aus den Augen gelassen, so, als wolle er sich ihr Äußeres ganz fest einprägen, ja, als befürchte er, sie bis zu seinem Tod niemals wiederzusehen.

Sie gingen talabwärts, setzten sich in eine geschützte Senke und redeten lange miteinander. Halil erzählte ihr in allen Einzelheiten, was ihm widerfahren war und was er nun zu tun gedenke.

»Was sagst du dazu, Ipekçe?« fragte er am Ende, und sein Gesicht leuchtete vor Freude.

Ipekçe kochte vor Wut. »Halte dich hier gar nicht erst auf, laß keine Zeit verstreichen und kehre zurück in jenes Dorf! So viele Jahre habe ich auf dich gewartet, Halil, ich täte es bis ans Ende meines Lebens und dauerte es auch tausend Jahre! Warte nicht länger, kehre zurück, du bist im Recht!«

»Ich bin im Recht«, sagte Halil.

»Dann warte nicht!«

»Ich sagte mir, wir sollten erst heiraten, bevor ich in die Çukurova zurückkehre.«

»Nein«, entgegnete Ipekçe. »Morgen früh vor Sonnenaufgang machst du dich auf den Weg, erledigst, was du vorhast, und wir heiraten, wenn du wieder hier bist.«

»Und wenn ich sterbe?«

»Du stirbst nicht«, schrie Ipekçe auf. »Du bist im Recht. Du stirbst nicht ...«

»Und wenn doch?«

»Dann komm!« sagte sie, stand auf, nahm ihr Kopftuch ab und legte es auf einen Busch. Ihr volles, rotes Haar leuchtete, ihre großen, blauen Augen glühten vor wildem Verlangen, ihre Wangen schimmerten rosarot. Blitzschnell zog sie sich splitternackt aus, legte sich rücklings in eine Felsnische, öffnete ihre Schenkel, spreizte sie und sagte: »Wenn du heiraten willst, bitte sehr! Komm, wir heiraten!«

Brennend vor Gier, beugte Halil sich wie in einem Rausch über sie. Auch er hatte sich schon längst ausgezogen. Und sie drangen ineinander.

An jenem Morgen begann es zu regnen, das Rauschen der Wildwasser, die von den Hängen stürzten, hallte durch den ganzen Wald. Der Berg Düldül war in Dunst getaucht. Nur der spitze Gipfel ragte hervor und glitzerte im Sonnenlicht, während um ihn herum ganze Bündel von Blitzen zuckten.

Die Nacht verbrachten Ipekçe und Halil wie ein verheiratetes Paar im selben Bett.

»Mutter, ich bleibe hier«, hatte Ipekçe zu Halils Mutter gesagt, als die beiden aus der Schlucht zurückgekommen waren. »Geh hin und sag den Meinen, Halil und ich hätten geheiratet ... Halil hat noch etwas in der Çukurova zu erledigen und wird gleich danach wieder zurückkommen.«

Und Halil zog noch am selben Morgen mit Şahin dem Bartlosen durch den Regen in die Provinzstadt hinunter, erkundigte sich dort nach dem Haus von Hamza dem Kurden und klopfte an seine Tür.

»Die Flinten, die ihr haben wollt, sind sehr teuer«, meinte Hamza der Kurde. »Es sind die neuesten. Ihr wärt die ersten, die damit schießen. Ich habe aber noch billigere.«

»Nein, diese da«, sagte Halil. »Ich will diese neuen Flinten haben! Ich bin nämlich im Recht.«

»Ja, du bist himmelhoch im Recht«, nickte Hamza der Kurde. »Ich habe unter denen, die wie du zu mir kamen, noch keinen

Ungerechten erlebt. Weißt du wenigstens, wie man mit diesen Flinten umgeht?«

Halil senkte den Kopf. »Beim Militär traf ich immer die Zwölf«, antwortete er zurückhaltend. »Das scheint in unserer Familie zu liegen. Mein Großvater hat im Jemen, mein Vater in Griechenland, und meine Onkel haben in Sarikamiş gekämpft. Einer von ihnen ist im Nil ertrunken, als er gegen die Engländer gekämpft hat. Auch in den Dardanellen haben einige gekämpft.«

»Und du?« fragte Hamza Şahin den Bartlosen. »Ich weiß, die Bartlosen sind gute Schützen, und wie ist es mit dir?«

Für Şahin antwortete Halil: »Er trifft den fliegenden Kranich ins Auge, das flüchtende Rebhuhn am Sporn, Onkel Hamza. Ich habe mit eigenen Augen gesehen, was für ein gefährlicher Schütze dieser Bartlose ist. Hätte ich nicht so einen Freund, ließe ich die Finger von der Sache, schließlich habe ich ja nicht den Verstand verloren.«

Halils überbordende Fröhlichkeit sprang auch auf Hamza den Kurden über, auch sein Gesicht leuchtete vor Freude. »Hört mich an, meine jungen Freunde, ihr gefallt mir. Wenn ihr wollt, nehmt diese Flinten erst einmal mit und bezahlt sie, nachdem ihr euer Vorhaben erledigt habt.«

»Auf unserem Weg geht es aber um Leben und Tod«, sagte Halil. »Wir haben Geld, Onkel Hamza, Gott segne dich, ich küsse deine Hände!«

»Und ich küsse deine Augen«, lachte Hamza der Kurde. »Und da der Tod mit im Spiel ist, meine Kinder, verzichte ich auf jede Forderung, die ich gegen euch hätte, sowohl in dieser als auch in jener Welt ...«

»Wir danken dir, Onkel.«

»Und ich gebe euch die Gewehre zu dem Preis, den sie mich gekostet haben.«

»Wir danken dir, Onkel Hamza.«

»Wieviel Patronen wollt ihr?«

»Soviel du hast.«

»Ich habe soviel ihr wollt, säckeweise ...«

»Für jeden drei Gurte, also sechs ... Voll bestückt.«

»Und je einen Rucksack. Hast du Tornister?«
»Habe ich.«
»So wie beim Militär.«
»Und je einen Fez.«
»Und je einen Fez«, bestätigte Halil. »So einen, wie ihn der Räuber Gizik Turan getragen hat.«
»Genau so einen«, sagte Hamza der Kurde. »Auf dem Weg, den ihr eingeschlagen habt, klappt nichts ohne Fez, einen roten Fez mit Troddeln. So, wie ihn jeder trug, bevor Mustafa Kemal Pascha gekommen ist. Und ein Fernrohr für jeden. Die Fernrohre sind von mir. Wenn ihr eure Sache erledigt habt, bezahlt ihr sie mir aus eurer ersten Beute, einverstanden?«
»Einverstanden«, antwortete Halil. »Und wenn wir schon einmal dabei sind: noch einen tscherkessischen Dolch für jeden …«
»Die habe ich auch«, sagte Hamza der Kurde.
Vom Kopf bis zu den Zehenspitzen neu eingekleidet und ausgerüstet, verließen sie das Haus des Waffenschmugglers und marschierten beschwingt und gutgelaunt bis zu den bewaldeten, steilen Felshängen von Asarkaya, wo sie die Nacht verbrachten. Im Morgengrauen übten sie mit ihren neuen Gewehren so gründlich, daß die Schüsse von den erbebenden, flammendroten Felsen noch lange nachhallten.

Halils Frohmut hatte nicht nachgelassen, schien sich sogar gesteigert zu haben. Wohin er auch kam, was er auch unternahm, Halil tat es mit einem Lächeln voll kindlicher Wärme und Einfalt, das auch auf Şahin den Bartlosen seine Wirkung nicht verfehlte. Nicht nur auf Şahin, auch auf jeden anderen, den sie trafen, ob in den Dörfern, in den Zelten oder sonstwo. Wohin er auch kam, verbreitete Halil Frohsinn.

Zur mitternächtlichen Stunde drangen sie eines Nachts in Salih Agas Haus ein. Der Aga war ein alter Mann mit gebogener Nase im strengen, knöchernen Gesicht, dessen Augen wie die eines Raubvogels unter den buschigen Brauen hervorblickten. Es hieß, er sei einer der Reichsten in der Çukurova und ebenso geizig wie reich.

Salih Aga saß mit gekreuzten Beinen auf einem Wandsofa in seinem mit Nußbaum getäfelten Zimmer, als Halil und Şahin hereinkamen. Er blickte hoch und musterte mit seinen tiefliegenden Augen die beiden vom Scheitel bis zur Sohle. »Bitte sehr, die Agas«, sagte er. »Ihr seid willkommen, nehmt Platz!«

»Danke«, entgegnete Halil mit vor Freude überschäumender Stimme und lachte. »Aber wir haben nicht die Zeit, uns zu setzen, lang sollst du leben! Wir haben nur eine kleine Bitte, das heißt, wir bitten dich, uns genau dreitausend Lira zu geben!«

Der Aga schien Halils Frohsinn zu teilen. »Da habe ich also noch Schulden bei euch, die ich vergessen habe. Seit wann?«

»Du bist wirklich ein vergeßlicher Mann geworden, Salih Aga«, antwortete Halil. »Wie kann ein so edler, selbstherrlicher, herrischer Mensch, der niemandem Rechenschaft abgibt, denn eine Schuld von dreitausend Lira vergessen?«

»Bedauerlich«, sagte der Aga, »aber ich hab's vergessen.« Doch dann, als sei es ihm gerade eingefallen, fragte er: »Hört mal, Kinder, ihr nehmt es mir doch nicht übel, wenn ich euch etwas frage?«

»Frag, wir nehmen es dir nicht übel, aber fasse dich kurz, wir sind in Eile!«

»Ich werde euch das Geld, das ihr haben wollt, geben müssen, ich habe wohl keine andere Wahl.«

»Wie gut, daß du es begriffen hast, Aga«, lachte Halil.

»Ich weiß ja, leistete ich auch nur den geringsten Widerstand, würdet ihr nicht lange fackeln und mich erschießen.«

»Wir würden dich erschießen«, wiederholte Halil. »Los, nun frag schon und rede nicht soviel.«

»Obwohl es in diesen Bergen« – dabei zog der Alte mit der Hand einen großen Bogen gegen Osten – »von blutdürstigen Räubern wimmelt, die wie Jagdfalken hinter jedem Strauch lauern, hat noch keiner von ihnen mein Haus geplündert, ist seit vierzig Jahren noch niemand mit böser Absicht durch diese Tür hereingekommen. Wußtet ihr das?«

»Wir? Und davon nicht wissen?« grinste Halil übers ganze Gesicht.

»Auch, daß euch dieses geraubte Geld bis an euer Lebensende im Halse stecken bleiben wird?«

»Rede nicht soviel«, schrie Halil ihn mit gellender Stimme an. »Wir wissen sehr wohl, wen wir ausrauben, und wir wissen auch sehr wohl, was wir tun. Und du, Aga, hast auch schon begriffen, mit wem du es zu tun hast.«

»Ja, das habe ich begriffen«, entgegnete der Aga. »Aber ich möchte dir einen Rat geben: Nimm mein Geld, aber gib auf, was du vorhast. Du bist vor Zorn aus dem Ruder gelaufen! Wenn du willst, gebe ich dir fünftausend Lira, aber gib auf, was du vorhast!«

Tiefe Trauer überschattete Halils plötzlich eingefallenes Gesicht, doch im nächsten Augenblick hatte er sich wieder gefangen und lachte lauthals. »Der Pfeil ist schon längst von der Sehne, Aga«, rief er, »aber Gott segne dich, daß du dich um mich sorgst. Diesen freundschaftlichen Rat werde ich dir bis an mein Lebensende nicht vergessen.«

»Wieviel Tage?« fragte der Aga und erhob sich.

»Mir reichen ab jetzt drei Tage. Und während dieser drei Tage nehme ich es mit jedem auf, und sei es ein ganzes Heer.«

»Ist es das erste Mal?«

»Das erste«, antwortete Halil. Şahin der Bartlose stand mit dem Rücken zur Wand hinter ihm, den Finger am Abzug.

Salih Aga war hochgewachsen und von schlankem Körperbau. Er trug Pluderhosen mit silberdurchwirkten Taschen und Säumen, und in seinem Leibgurt steckte ein mit Gold eingelegter Nagant-Revolver. Jetzt öffnete er seine Weste, zog aus einer versteckten Innentasche eine große Geldbörse hervor, entnahm ihr ein Bündel Geldscheine, zählte mit lauter Stimme sechs nagelneue Fünfhunderter heraus und reichte sie mit einem freundlichen, ja, herzlichen Lächeln Halil hin. »Wenn ihr wollt, gebe ich euch noch mehr«, sagte er und drückte Halil die Scheine in die Hand.

»Du beschämst mich, Aga«, antwortete Halil. »So viel reicht; dir ein langes Leben!«

»Wer ist der Mann, der deinen Zorn dermaßen erregt hat, was hat er dir denn getan? Kann ich nicht zwischen euch vermitteln und euren Zwist beenden?« fragte Salih Aga, als die beiden zur Tür hinausgingen.

»Das dürfte sogar dem Allmächtigen schwerlich gelingen«, antwortete Halil über seine Schulter. »Gott möge mir verzeihen, aber dafür ist es schon längst zu spät.«

»Oh, oh«, seufzte Salih Aga noch, als die beiden die Treppe hinuntergegangen waren und sich im Hof durch die Ansammlung von Frauen, Kindern und bewaffneten Männern des Agas einen Weg zum Ausgang bahnten. »Oh, oh! Schon bald werden wir erfahren, wessen Herdfeuer ausgelöscht worden ist.«

Im Laufschritt kamen seine Männer zu ihm und stellten sich vor ihm auf. »Sollen wir sie verfolgen und in einen Hinterhalt locken?« fragten sie.

»Spart euch die Mühe«, antwortete Salih Aga. »Bleibt um Gottes willen da, wo ihr seid, und haltet euch von ihnen fern. Ihr könnt ihnen nichts anhaben, auch nicht aus einem Hinterhalt!«

»Warum denn nicht?« fragte verwundert Salih Agas Neffe, der Vormann der Leibwächter.

»Seht doch!« entgegnete Salih Aga und zeigte durchs Fenster auf die beiden, die den Abhang hinuntereilten. »Diese beiden dort könnt ihr nicht einmal von hier aus treffen. Ihr könnt sie weder töten noch in einen Hinterhalt locken, in wenigen Augenblicken werden sie verschwunden sein. Es sind Tote ... Sie sind gestorben und für einen kurzen Rundgang aus ihren Gräbern auf die Erde zurückgekehrt. Das beste ist, sich nicht mit ihnen anzulegen ... Wenn ihr auf sie schießt und sie verfehlt, wenn ihr ihnen eine Falle stellt und sie euch entwischen, dann bedeutet dies das Ende unseres Dorfes. Seid ganz sicher, sie würden hier kein Geschöpf am Leben lassen.«

»Sie sind zu zweit«, widersprach sein Neffe, der Leibwächter.

Da lachte Salih Aga. »Der Mann dort, der vorangeht, mit Händen so breit wie mein Körper, könnte schon bis morgen früh tausend Mann hinter sich bringen, die mit ihm durchs Feuer gehen, ja, auf eine ganze Armee losmarschieren. Dieser Mann mit den großen Händen könnte schon morgen die Menschen dieser

Berge und Ebenen um sich versammeln; und alle wären bereit, auf seinen Befehl hin zu sterben.«

»Donnerwetter!«

»Ja, Donnerwetter! Wer sonst würde mich in meinem eigenen Haus zwischen Hunderten von Bewaffneten ausrauben?«

»Sie sind zu zweit, wir könnten sie überwältigen und ...«

»Woher willst du wissen, daß sie nur zu zweit sind ...«

Vielleicht sind es wirklich nur zwei, dachte Salih Aga, doch dann verwarf er diesen Gedanken wieder. Der Mann mit den riesigen Händen schien ja wie von Sinnen zu sein, aber verrückt war er nicht. Irgend etwas hatte dieser vor Freude überschäumende Mann an sich. Etwas wie einen eigenartigen Zauber. In seinem ganzen Leben hatte Salih Aga sich noch nie so gefürchtet, war er noch nie in so einen grauenhaften Schrecken verfallen, und noch kein Mensch und kein Ereignis hatten ihn so beeindrucken können wie die Augen und das Verhalten dieses Mannes mit den knorrigen Händen.

»Puhhh, wir sind davongekommen«, seufzte er aufatmend, als er sich wieder auf das Wandsofa niederließ. Er holte seine Tabakdose hervor, drehte sich eine Zigarette und zündete sie mit dem glimmenden Docht seines Feuerzeugs an. Der angenehm brandige Geruch vom verglimmenden Docht breitete sich im Zimmer aus.

»Gott sei Dank, wir sind davongekommen«, wiederholte er und tat einen tiefen Zug aus der Zigarette. Doch von Mal zu Mal wuchs seine Angst, wenn Halil vor seinem geistigen Auge erschien.

Im Mondlicht kreisten Adler über dem felsigen Berggipfel, und tiefe Stille lag über dem Dorf, als die beiden Männer den Paß überquerten. Vor Ismail Agas Konak blieben sie stehen.

»Geh hinein und gib Ismail das Geld«, sagte Halil.

»Laß uns zuerst die Sache erledigen«, entgegnete Şahin.

»Und wenn wir dabei erschossen werden?«

»Aber wenn er hört, daß wir ins Dorf gekommen sind, macht er sich davon.«

»Dann eben später«, lenkte Halil ein. »Und sollten wir sterben, erläßt Ismail mir die Schuld. Sogar Salih Aga hat sie mir erlassen«, fügte er hinzu und lachte.

Sie kletterten über die Hofmauer und gingen bis vor die Haustür. Şahin der Bartlose eilte sofort in die Scheune und kam mit einem Kanister Petroleum und einigen Stofflappen zurück.

»Setzen wir uns ein bißchen auf den Steinblock«, schlug Halil vor.

Sie gingen zum beschrifteten Steinblock und setzten sich nebeneinander hin. Die eingemeißelte Inschrift konnte niemand lesen, weder Ismail Aga noch Arif Saim Bey, nicht einmal der Imam. Die Steine stammten aus heidnischen Zeiten, und die Schatzgräber fanden sie immer wieder im Alten Friedhof. Eine Weile später hockten sich die beiden genau wie früher Rücken an Rücken auf den Stein.

»Also los«, sagte Halil schließlich.

Als sie wieder vor der Haustür waren, riefen beide zugleich: »Memik Aga, Memik Aga!«

Memik Aga streckte den Kopf zum Fenster hinaus. »Wer seid ihr, was wollt ihr?« Das fahle Licht einer spärlichen Nachtlampe drang nach draußen.

»Ich bin Halil, Halil der Baumfäller. Und das da ist Şahin. Şahin der Bartlose, Waldarbeiter wie ich.«

»Was wollt ihr denn um Mitternacht? Geht jetzt und kommt morgen wieder!«

»Wir werden jetzt nicht gehen«, antwortete Halil mit vor Freude überschäumender Stimme. »Und ich sag dir auch, was wir wollen: Wir wollen dich jetzt gleich, in dieser Nacht noch, töten. Einverstanden? Wenn du sofort herunterkommst und dich uns auslieferst und auch den Araber, dann verschonen wir deine Kinder. Mit fünfzehn Mann haben wir dein Haus umzingelt.«

Memik Aga wich ins Zimmer zurück, und kaum war er verschwunden, knallten hintereinander Schüsse.

»Nun gut, Aga«, brüllte Halil, »das Blut der Deinen komme über dich! Los, Bartloser!«

Şahin ging an die Haustür, klemmte die Lappen unter die Schwelle, goß den halben Kanister drüber und zündete sie an.

Dann ging er mit dem Kanister rund ums Haus, schüttete den Inhalt hierhin und dorthin, legte überall Feuer und kam zurück.

»Ich bewache die Rückseite, bleibst du hier?« fragte er.

»Geh nach hinten und schieß auf jeden, der herauskommt!«

»Und die Scheune?«

»Steck alles in Brand!«

Memik Aga und seine Leute schossen aus allen Rohren auf Halil, der hinter dem mächtigen Maulbeerbaum in Deckung gegangen war. Er stand ganz ruhig da, lautlos, ohne sich zu bewegen. Ein steifer Nordost rollte verdorrte Distelballen den Berg herunter. Die Flammen schlossen das Haus immer dichter ein. Die Haustür brannte, und das Feuer sprang schon auf das zweite Stockwerk über. Die Scheune und der Stall brannten plötzlich auch lichterloh, die Flammen schossen nur so in den Himmel, und es wurde hell wie am Tage. Der Hof umschloß das ganze Haus, und Şahin hatte mit großem Geschick an allen empfindlichen Stellen Feuer gelegt. Auch im Dorf herrschte auf einmal heftiger Tumult. Hintereinander glitten die Schatten über die Felswände, fielen zusammen und streckten sich, der Feuerschein der brennenden Gebäude beleuchtete die Türme der Burg, erhellte den Hang bis zum Gipfel und spiegelte sich noch weit draußen auf dem Fluß wider. Plötzlich stürzte sich der Araber in seiner ganzen Länge durch die in Flammen stehende Tür und torkelte blinzelnd kreuz und quer über den Hof. Völlig benommen, beschattete er mit der Hand seine Augen, um etwas sehen zu können. Aus den brennenden Ställen hallte das Wiehern der Pferde, das Brüllen der Rinder, und der Araber rannte noch immer kopflos hin und her.

»Töte mich nicht, Halil, töte mich nicht!« schrie er. »Ich bin doch nur ein armer Flüchtling, ich habe dir doch nichts getan, ich habe doch nur meine Arbeit getan. Töte mich nicht. Meine Mutter wartet in Tripolis auf mich, so, wie die Deinen auch auf dich warten … Töte mich nicht!«

Aus seiner Deckung hinterm Baum schoß Halil auf den Araber, und die erste Kugel durchschlug dessen Schulter. Die nächsten trafen ihn in den Arm, in den Bauch und in den Hals. Mit jeder

Kugel drehte er sich, wie von Sinnen brüllend, immer schneller um seine eigene Mitte. Dann schoß er plötzlich pfeilschnell zum Baum, hinter dem Halil stand, und umklammerte den Stamm. Halil verließ seine Deckung und suchte hinter einem Felsblock Schutz. Röchelnd hielt der Araber den Baumstamm umschlungen und rief mit erstickter Stimme: »Mich zu töten war nicht recht von dir, Halil, es war nicht recht von dir. Mich zu töten ... war nicht recht getan, Haliiil, Haliiiil!«

An den Baum gekrallt, grub er röchelnd Zähne und Fingernägel in die Rinde und schob sich dabei ununterbrochen um den Stamm herum. Halil schoß nicht mehr auf ihn. Und während die erstickten Schreie des Arabers von den Felswänden widerhallten, wurde der Tumult im Dorf immer lauter. Doch niemand wagte sich in die Nähe des Brandherds, jeder beobachtete ängstlich nur von weitem die lodernden Flammen, die in den Himmel schossen, die Bergfestung in helles Licht tauchten und den lilafarbenen, felsigen Hang, der sich mit den huschenden Schatten zu bewegen schien, blutrot färbten.

Eine Anzahl Dörfler hatte sich auf dem Felshang gegenüber eingefunden, von wo aus Memik Agas Hof und sogar die Rückseite seines Hauses überblickt werden konnte. Sie konnten Halil beobachten, wie er mit dem Gewehr in der Hand dauernd seinen Standort wechselte, und sie sahen auch Şahin den Bartlosen, wie er regungslos im Felshang lauerte und jeden abschoß, der durch die Hintertür ins Freie eilte. Sie hatten auch den Araber durch die brennende Tür ins Freie stürzen und kopflos durch den Hof taumeln sehen und wie er, von der ersten Kugel getroffen, in die Höhe geschnellt war und anschließend den Maulbeerbaum wie einen Retter umarmt hatte. In sein schreckliches Röcheln, seine entsetzten Schreie mischten sich jetzt der Lärm aus dem Dorf, die Schreie der im Haus vom Feuer eingeschlossenen Menschen, das Wiehern der Pferde, das Brüllen der Rinder, und über all diesem Krach erhob sich das gemeinsame Geheul der Dorfhunde, das schon begonnen hatte, als die ersten Flammen emporloderten, und, in Abständen, das gleichzeitige Krähen sämtlicher Hähne.

Die Flammen dehnten sich im Poyraz, dem rauhen Nordost,

der manche von ihnen vom Brandherd trennte und weit übers Dorf trieb, bevor sie verlöschten. Eine von ihnen sprang plötzlich auf den Maulbeerbaum über, der sofort Feuer fing. Die Dörfler beobachteten, wie die Flammen von den Zweigen den Stamm hinunterleckten, an dem sich der Araber festklammerte. Sie kamen immer näher an ihn heran, doch der Araber umkreiste den Stamm und schien gar nicht daran zu denken, den Baum loszulassen und zu flüchten. Dann steckten die Flammen die umstehenden Sträucher in Brand, griffen voll auf den Baumstamm über, erfaßten den Araber, der nach wie vor schrie und kreiste, bis er schließlich im Feuer verschwand und auch sein letzter Schrei erstarb.

»Mich zu töten war nicht recht getan, Halil …«

Von Tripolis her war der Araber bis hierhin geflohen. Halil, das ganze Dorf und sämtliche Nachbardörfer kannten seine Geschichte. Ein feindlicher Stamm hatte eines Nachts seinen Stamm überfallen und alle über die Klinge springen lassen, bis auf den Araber, der im Dunkel davonschleichen und sich bis zur Küste durchschlagen konnte. Dabei war er es, auf den es die feindlichen Stammeskrieger abgesehen hatten. Zwar hatten sie den ganzen Stamm ausgelöscht, doch nur sein Tod konnte ihren Rachedurst stillen. Das wußte der Araber, und so floh er weiter die Küste entlang, bis er an eine Stadt mit weißgetünchten Häusern gelangte. Doch schon nach drei Tagen sah er in den Straßen dieser Stadt plötzlich drei Reiter, die den feindlichen Stammesangehörigen sehr ähnlich sahen. Alle drei waren groß und schlank, hatten gebogene Nasen, ritten edle, graue Araberpferde und trugen Säbel, Handschare und Revolver in ihren Gurten. Ihre weißen Kopftücher wehten im Wind. Mit Adleraugen spähten sie um sich. Sofort nahm der Araber wieder die Füße in die Hand und floh in die nächste Stadt. Doch schon nach drei Tagen waren ihm wieder drei Männer mit gebogenen Nasen auf den Fersen. Diesmal lauerte der Araber ihnen nachts in einer dunklen Straße auf und säbelte sie nieder. Als aber bald darauf wieder drei Verfolger auftauchten, bestieg der Araber aufs Geratewohl ein Schiff und ging im erstbesten Hafen, von dem er nicht einmal den Namen wußte, wieder von Bord. Dort schloß er sich einer Karawane an, aber auch dort spürten ihn seine Verfolger auf. Er hatte noch Goldstücke in seinem Gurt und verlangte vom Karawanenführer dessen Rassepferd. Als dieser sich weigerte, verlieh Halil seinem Wunsch mit dem Säbel Nachdruck, schwang sich in den Sattel und ritt in die Wüste. Staubwolken aufwirbelnd waren seine Verfolger bald wieder hinter ihm her. Halil fand schließlich bei einem Beduinenstamm Zuflucht. Dieser starke Stamm lieferte einen Gast nie dessen Feinden aus, sondern verteidigte ihn, und sei es bis zum letzten Mann. So war es Tradition, und diese Tradition wurde nicht gebrochen. Der Araber blieb einige Jahre bei den Beduinen, heiratete eines ihrer Mädchen und bekam auch einen Sohn.

Aber eines Nachts war es wieder soweit. Auf Grauschimmeln tauchten drei Verfolger auf, stürmten säbelschwingend auf ihn zu, doch er konnte ihnen noch einmal entwischen. Kurzum, wohin der Araber auch flüchtete, die drei ließen nicht lang auf sich warten. Am Ende landete der Araber, auf seinem Grauschimmel aus Antakya kommend, im Hof von Memik Agas Haus. Eine Wahrsagerin hatte es ihm prophezeit, und das Dorf, das Haus und Memik Aga entsprachen haargenau der Beschreibung der alten Frau. Bleib dort, hatte sie gesagt, in jenes felsige Dorf kann dir der Tod mit dem Schwert nicht folgen.

»Mich zu töten ...«

Auch Memik Aga sprang durch die brennende Tür ins Freie. Er hatte sich in einen nassen Kelim gehüllt und hob jetzt die Arme.

»Ich ergebe mich«, brüllte er und blieb mit emporgehobenen Armen stehen.

»Zu spät«, rief Halil. »Die Zeit, sich zu ergeben, ist abgelaufen. Deinetwegen mußte ich sogar diesen armen Araber töten.«

Dann ging er auf ihn zu, um ihn zu überwältigen. Als Memik Aga ihn auf sich zukommen sah, zog er seinen Revolver und begann auf ihn zu schießen. Wäre Halil nicht geistesgegenwärtig hinter den brennenden Baum gesprungen, die Kugeln hätten ihn getroffen. Aus seiner Deckung schoß Halil auf Memik Aga, der bei jedem Treffer aufschrie und in die Höhe sprang. Schließlich stürzte sich Memik wieder durch die brennende Tür ins Haus, aus dem die Schreie der Frauen und Kinder gellten, kam aber gleich danach auf den Hof zurückgelaufen. Eine Weile blieb er dort stehen, drehte sich um sich selbst, rannte wieder durch die brennende Tür, schoß heraus, hin und her wie ein Weberschiffchen. Beim letzten Mal wankte er nur noch ins Haus und kam nicht mehr wieder.

Auf der Rückseite des Hauses hatte Şahin jeden erschossen, der zum Fenster hinauszuspringen, zur Hintertür hinauszulaufen versuchte. Nur einen hatte er verfehlt: Memik Agas Sohn Muslu, den Şahin sehr liebte. Und ginge es um sein eigenes Leben, ihn konnte er nicht töten.

Noch bei Tagesanbruch hockten Halil und Şahin Rücken an Rücken auf dem Steinblock mit den Schriftzeichen und warteten, bis das Haus völlig niedergebrannt war.

Die Morgenröte beleuchtete Halils Gesicht. Es wirkte verstört. Die Freude vom gestrigen Tag, der kindliche Ausdruck waren verflogen. »Nicht einen von ihnen haben wir am Leben gelassen«, sagte er voller Zorn, »und so haben wir dieses Gottlosen Nachkommenkette für immer durchschnitten.«

»Wir haben sie durchschnitten«, wiederholte Şahin, seine Stimme klang niedergeschlagen, »wir haben sie durchgeschnitten, aber ...«

»Was heißt aber?« brüllte Halil.

»Einer ist mir entkommen«, antwortete Şahin. »Muslu ist mir entkommen, ich konnte ihn nicht erschießen.«

»Warum nicht?« fragte Halil.

»Wie könnte ich Muslu denn erschießen, Halil? Wenn er so vor dir stünde und dir wortlos in die Augen schaute, könntest du ihn da erschießen?«

»Ich hätte ihn erschossen«, brüllte Halil. »Ich hätte ihn erschossen, Bartloser, ich hätte, Bruder. Hätte ihn erschossen und noch mehr. Jenseits des Todes gibt es keine Dörfer!«

»Gibt es doch«, entgegnete Şahin der Bartlose, zornig auch er.

»Gibt es nicht«, widersprach Halil.

»Gäbe es keine, hätte ich Muslu erschießen können.«

»Los, gehen wir, die Gendarmen werden gleich hier sein!« sagte Halil und sprang auf.

»Und Ismail Agas Geld?«

»Geht jetzt nicht. Wir kommen irgendwann in der Nacht wieder und geben es ihm«, entgegnete Halil.

Bei Tagesanbruch waren die Dörfler etwas näher an den Brandherd herangekommen, sie standen jetzt mit verschränkten Händen wie erstarrt und sagten keinen Mucks. Auch das Wiehern der Pferde, das Rindergebrüll und Hundegeheul waren verstummt, das Dorf lag in tiefer Stille. Mit geschulterten Gewehren schlenderten die beiden durch die dastehenden Dörfler, schlugen den Weg zum Bergpaß ein und verschwanden im felsigen Hang. Kaum waren sie fort, begann mit dem ersten Hahnenschrei der Tumult von neuem und lauter als zuvor.

Für Memik Aga und seine im Haus verbrannten und verkohlten Kinder, Frauen und Enkelkinder wurden im Dorf Totenklagen angestimmt. Auch über den Baum, an dem der Araber sich festgeklammert hatte und verbrannt war, machten Gerüchte die Runde. Ja, der angekohlte Maulbeerbaum blutete jede Nacht bis in den Morgen, daß es nur so plätscherte. Das Blut strömte gurgelnd und funkensprühend in den Fluß, und viele hatten es gesehen. Besonders viele Frauen schworen Stein und Bein, es gesehen zu haben, bezeugten es bei ihrem Augenlicht jedem, der ihnen über den Weg lief. Auch vor Ismail Aga machte das Gerede nicht halt. Unmöglich, ihn da nicht mit hineinzuziehen! Schließlich war jeder über die Freundschaft zwischen Ismail Aga und Halil bestens im Bilde. Warum hatte denn Halil vor einigen Monaten, kurz bevor er das Dorf verließ, Ismail Agas Haus erst um Mitternacht aufgesucht? Warum wohl des Nachts, wenn es helle Tage gab? Fragen über Fragen ...

Dann begannen die Gerüchte zu wuchern. Memik Aga habe Ismail des Kurden Goldmine entdeckt und ihm vorgeschlagen: Komm, werden wir Partner, Ismail, hier häuft sich Gold bis in den Himmel. Aber die Gier habe Ismails Augen verdunkelt, und nur um Memik Aga auch nicht an einer Münze schnuppern zu lassen, habe er dem Bergler Halil die Flinte in die Hand gedrückt und ihm aufgetragen: Rotte dieses Unmenschen Sippe aus mit Stumpf und Stiel! Ich gebe dir dreitausend Lira ... Auch habe Ismail der Kurde ein Auge auf das Brachland geworfen, das Memik Aga gerodet hatte und von dem jede Handbreit ihren Blutzoll wert war. Verkaufe mir dieses Land, habe er zu Memik Aga gesagt, ich gebe dir dafür soviel Gold, wie du willst. Und wenn du auf jede Handbreit dieses Ackers zehn Goldstücke reihst, habe Memik Aga geschrien, so gebe ich dir mein Leben, aber nicht das Feld. Ismail der Kurde, ganz Aga, habe gelacht und gesagt: Einverstanden, einverstanden, mein Memik Aga! – und habe wieder gelacht.

Du wirst mir dein Leben und von Sieben bis Siebzig das Leben deiner gesamten Sippe geben. Und dein Feld dazu. Ausgelöscht, wirst du aus dieser Welt verschwinden. Sogar die Erde, auf der du stehst, werde ich abbrennen lassen, nichts wird von dir übrigbleiben.

Kennst du Zalimoğlu Halil?

Den kenne ich.

Gemeinsam haben wir Baumwurzeln gerodet. Auf deinem Feld. Eineinhalb Jahre lang.

10

Salman drehte seine Runden im Dorf, ging von Haus zu Haus, von einem Nachbarn zum andern und wartete darauf, daß einer von ihnen ihn hereinbat oder auch nur anhielt, um mit ihm einige Worte zu wechseln. Er suchte sogar mit fremden Besuchern oder zutraulichen Dorfkindern das Gespräch. Doch die Dörfler redeten mit ihm nur über Ismail Aga und darüber, wie dieser Salmans Mutter getötet hatte. In einem waren sie sich alle einig: Sie wollten wissen, woher Ismail Aga so viel Gold habe ... Aus dem Alten Friedhof, aus den Gräbern vom Anavarza-Felsen oder aus Yilankale?

»Wer war jener Mann in Antep, in dessen Haus dein Vater eingedrungen war?«

»Wer war jener Bey der Kurden?«

»Er soll eine Kiste voller Gold gehabt haben.«

»Ein Zimmer voller Jade ...«

»Eine Schatztruhe voller Rubine ...«

»Stimmt es, daß Ismail den Konak dieses Beys geplündert hat?«

In der Gegend von Antep sollen sie so hungrig gewesen sein, daß Ismails alte Mutter, die er auf dem Rücken hat tragen müssen, vor Hunger gewimmert habe.

»Stimmt es, Salman, daß Ismail Aga deine Mutter nicht getötet hat, sondern sie unterwegs verhungert ist?«

Sagt, was hätte Ismail denn tun sollen? Schließlich hat sich von seinen fünf Brüdern der eine vor Hunger in die reißenden Fluten des Euphrat gestürzt, und die andern vier sind jammernd und schreiend verhungert. Auch Salmans Mutter, die eine von Ismails beiden Frauen, war am Ende ihrer Kräfte, hat ihn aber gebeten, sie nicht in den Bergen liegen zu lassen, weil sie, bevor sie sterbe, bis zum letzten Atemzug ihren Sohn Salman anschauen wolle. Dann möge man sie aber begraben, damit sie nicht zum Fraß der Wölfe und Vögel werde. Doch Ismail, ein Aga schließlich, hat seinen kranken Sohn Salman bei der Hand gepackt und ist seines Weges gegangen. Wehklagend blieb die arme Frau mitten im Wald ganz allein zwischen den von Schlangen wimmelnden Felsen zurück, denn auch die anderen waren weitergezogen, ohne sich nach ihr umzublicken. Aber nachdem Salman, unser Salman, in jener Nacht nicht hat einschlafen können, ist er heimlich aufgestanden und bis zu der Stelle gelaufen, wo sie die Mutter zurückgelassen hatten. Nun, es ging um die Mutter, soll ein Kind da nicht hinlaufen und sie suchen? Mitten im endlosen Wald, barfuß zwischen den von Schlangen wimmelnden Felsen, hat er nach seiner Mutter geschrien, daß es von den Felshängen widerhallte, drei Tage und Nächte lang, hungrig und durstig. Dann, frühmorgens, hat er aufgehorcht und von den Felsen ein Wimmern gehört. Salman, schließlich ein Kind, sei erschrocken gewesen, zumal von dort auch Wolfsgeheul, vermischt mit dem Gezische von Schlangen, zu hören gewesen sei. Wie erstarrt hat er ängstlich dagestanden. Hätte der heutige Salman etwa Angst gehabt? Der heutige Salman fürchtet nicht einmal den Todesengel! Aber damals konnte er sich nicht von der Stelle rühren, schon gar nicht zu den Felsen gehen, hat nur dem Wimmern, dem Wolfsgeheul und dem Zischen der Schlangen gelauscht und ist darüber eingeschlafen. Und was hat er gesehen, als er aufwachte? Himmel und Erde voller Adler. Flügel an Flügel am Himmel, dicht an dicht auf der Erde ... Kein Wimmern, kein Wolfsgeheul, kein Schlangenzischen. Da hat den Jungen Trauer erfaßt, und er ist zu den Felsen gerannt. Einzig und allein der Kopf seiner Mutter ist noch dort gewesen, und blutige Knochen in den Fängen der Adler. Hals über Kopf ist Salman davongerannt, ziellos durch den verlassenen Wald. Und die wilden Adler hinter ihm her. Hätte er nicht eine Höhle entdeckt und sich darin versteckt, die Adler hätten ihn beinah erwischt und zerfleischt. Kaum war er in der Höhle, hockten sich die Adler mit ausgebreiteten, mächtigen Schwingen vor den Höhleneingang. Wie schrille Pfiffe klangen ihre Schreie. Salman aber ist bis in den hintersten Winkel der Höhle gerutscht. Und erst nachts, als die übereinandersteigenden und vergeblich in die Höhle drängenden

Adler abzogen, hat der Junge ein bißchen schlafen können. Wieder wach, ist er durch den Wald bis zu einer Wüste gelaufen, dort hat ihn ein Reiter entdeckt und ihn hinter sich aufs Pferd gesetzt.

»Und Ismail Aga, sein Vater, ist auf Gottes Wegen, er hält die fünf rituellen Gebete am Tage ein ...«
»Hat er denn überhaupt nicht nach Salman gesucht?«
»Der Reiter soll ein Tabakschmuggler gewesen sein und Salman mitten auf einer Brücke abgesetzt haben.«
»Damit Vorübergehende ihn entdecken.«
»Ihn an Kindes Statt annehmen.«
»Dieses Waisenkind pflegen und großziehen.«
»Doch Tage vergingen, und niemand kam über die Brücke.«
»Da soll der Junge sich in der Nähe der Brücke in ein Gebüsch verkrochen haben.«
»Sein Fleisch habe zu faulen begonnen.«
»Er habe gewimmert.«
»Oh, der Arme, genau wie seine Mutter.«
»Hätten die Adler ihn gewittert ...«
»Die Adler waren in die Wüste geflogen.«
»In jener Zeit sollen in der Wüste haufenweise Menschen verhungert sein.«
»So viele, daß die Überlebenden nicht die Kraft hatten, sie zu begraben.«
»Dorthin waren die Adler gezogen.«
»Wie gut, daß sie dorthin gezogen waren.«
Aber das Schicksal hat es gefügt, daß Ismail Aga mit der kranken Mutter auf seinem Rücken zur Brücke kam und sie bei einer Quelle unter einer mächtigen Platane absetzte, nur weil seine Frau Zero, seine Schwägerin Pero und sein Bruder Hasan trinken wollten, denn zu essen hatten sie ja nichts. Und da kam aus dem Gebüsch ein Wimmern an ihre Ohren. Ismail Aga hat an der Stimme sofort erkannt, wer da so wimmerte. Mit den Worten: »Hier können wir nicht bleiben« hat er seine Mutter auf die Schultern gehoben und ist losgerannt, die Mutter aber hat »Halt, halt, mein Sohn!« gerufen. »Der da wimmert, ist dein Sohn, und

ohne ihn bringst du mich nirgendwohin!« Nun, es ist schließlich Ismail, und mit der Mutter auf dem Rücken rennt er, langbeinig wie er ist, die Brücke hinunter ... Und die Mutter auf seinem Rücken wehrt sich und zappelt, und als Ismail erkennt, daß er mit seiner Mutter nicht fertig wird, nimmt er sich vor, zurückzukehren und Salman zu töten. Er läßt also seine Mutter mit ihrem knurrenden Magen dort liegen; doch als er sich dem Busch nähert, kommt ihm ein Gestank entgegen, der ihm schier das Nasenbein bricht. Er hält sich die Nase zu und beugt sich über Salman, um ihn zu erwürgen. Doch der Junge hat es geahnt und ihn angefleht: »Vater, töte mich nicht, vielleicht kommt jemand des Weges und rettet mich!«

Doch Ismail, wie von Sinnen, hat den Jungen an der Kehle gepackt und zugedrückt, als plötzlich ein Reiter erschien und rief: »Was tust du da, Kamerad!« – »Mein Sohn ist krank, ich versuche ihm zu helfen«, hat Ismail geantwortet, und der Reiter ist davongeritten. Daraufhin hat Salman seinem Vater vorgehalten, was dieser denn davon habe, wenn er ihn umbrächte. Er solle ihn doch dort liegenlassen und fortgehen. Denn weil Gott nicht wolle, daß der Vater den Sohn töte, habe er den Reiter geschickt. Ismail ließ ihn also dort liegen, ging zurück zu seiner Mutter und log ihr vor, der Junge sei gestorben, während er ihn hergetragen habe. »Hast du meinen Enkel auch begraben?« habe da die Mutter gefragt, und da sei ihm ein Nein herausgerutscht. »Bevor mein Enkel nicht begraben ist, gehe ich nirgendhin«, hat sich da die Mutter versteift, und Ismail mußte wohl oder übel mit der Mutter auf dem Rücken zurück, dabei hoffend und betend, Salman möge inzwischen wirklich gestorben sein. Doch beim Gebüsch angekommen, fanden sie Salman in friedlichem Schlummer. Doch der Gestank, der einem in die Nase stieg, hätte jeden zu Boden werfen können. »Nimm den Jungen huckepack!« hat die Mutter gesagt. »Ich werde gehen.« Und ein Ismail hört auf jedes Wort, das seine Mutter sagt. Gefolgt von seiner Mutter, hat er sich mit dem Jungen auf dem Rücken auf den Weg gemacht. Im Schatten einer Platane haben sie sich niedergelassen. Und da die Mutter alle Heilkräuter des Waldes kannte, sei Salman nach einem Monat wieder gesund gewesen. Wie sie einen Monat lang dort rasten konnten? Nun, da sei ein Tabakschmuggler über die Brücke gekommen, der höchstpersönliche Tabaklieferant von Haşmet Bey, dem großen Bey der Jürüken. Und dieser Tabakschmuggler sei Ismail des Kurden Kumpan gewesen aus früheren Zeiten, als er noch selbst mit Onnik dem Armenier schmuggelte und räuberte. Als es Salman wieder besser ging, hat der Tabakschmuggler gesagt: »Hör zu, Ismail, mein Freund, da vorne, oben am Hang jenes Berges, hat Haşmet Bey, ein Bey der Jürüken, sein Zelt aufgeschlagen, ein Nomadenzelt auf sieben Pfosten, ein jeder mit Gold, Perlmutt, Rubinen und Brillanten eingelegt. Diese Zeltpfosten hat Sultan Murat den Großvätern Haşmet Beys geschenkt, als diese gegen Bagdad zu Felde zogen. Er hat auch Kisten voller Geld. Du bleibst bei ihm zu Gast, und dann, im Dunkel der Nacht ...«

»Aber wenn er so reich gewesen sein soll und ein großer Bey, dieser Haşmet Bey, hatte er denn da niemanden bei sich?«

»Ein mächtiger Bey und ganz allein?«

»Mit Kisten voller Gold in einem riesigen Zelt?«

»In jener Nacht war Ismail Gast bei ihm ...«

»Haşmet Bey soll Ismail sehr gemocht haben.«

»Sie sollen sich von früher gekannt haben.«

»Sagt jedenfalls Salman.«

»Er hat mit eigenen Augen Haşmet Bey gesehen.«

»Salman sagt, Haşmet Bey sei ein großer Mann gewesen, mit lang herabhängendem Schnauzbart, gelben Stiefeln und wölfischen Blicken.«

»Salman sagt: ›Sogar mein Vater fürchtete sich vor ihm‹, sagt Salman.«

»Salman sagt: ›Jenen goldenen Gürtel, ich habe ihn gesehen‹, sagt Salman.«

»Er funkelte so, daß der Glanz noch drei Tagereisen entfernt zu sehen war.«

»Und als Ismail diesen Gürtel erblickte, konnte er der Versuchung nicht widerstehen, die Gier verdarb sein Herz.«

»Er rief den Tabakschmuggler zu sich ...«

»Fragte ihn: ›Kamerad, es hat uns doch niemand ins Zelt kommen sehen, nicht wahr?‹«

»Und der sagte: ›Nein, niemand, Kamerad ...‹«

»Das hat er gesagt und hinzugefügt: ›Aber mach schnell ...‹«

»Denn in diesem Zelt mangelt es selten an Gästen.«

»Und in jener Nacht ließ Ismail jeden, der im Zelt war, über die Klinge springen.«

»Als schließlich die Reihe an den Tabakschmuggler kam ...«

»Diesen Gottlosen ...«

»Erwürgte ihn Ismail an Ort und Stelle.«

»Und drückte ihm den blutigen Säbel in die Hand.«

»Dann beschmierte er den Tabakschmuggler von oben bis unten mit Blut, griff sich die Kisten voller Gold und zog hinunter in die Çukurova.«

Und ein Mann mit so viel Gold kauft doch nicht eines Armeniers Rumpelkammer von Haus, nicht wahr? Und was soll er mit dessen Feldern anfangen, wenn er doch kistenweise Geld besitzt!

»Warum hat er aber für Memik Aga gerodet?«

»Wegen dem Schatz im Alten Friedhof.«

»Was soll jemand, der so viel Geld hat, denn mit einem Schatz vom Alten Friedhof?«

»Zuviel Habe tut nicht weh!«

Salman blieb jeden Tag in einem anderen Haus zum Essen und hörte sich die verschiedensten Geschichten über seinen Vater und Zero, über Arif Saim Bey und das Gut an. Auch er war redseliger geworden und erzählte, was er so gehört, sich dabei gedacht und, gedeutet aus seiner Sicht, erlebt hatte. Und je mehr er erzählte und die Dörfler das Gehörte ausmalten, desto umfangreicher gestalteten sich die Legenden, die, von Dorf zu Dorf weitererzählt, auch in die Provinznester weitergereicht wurden, von wo sie über Adana schließlich nach Ankara gelangten und dort Arif Saim Bey zu Ohren kamen.

Aber Arif Saim Bey kam noch mehr zu Ohren! Daß zum Beispiel Ismail Aga einen Weg suche, ihn töten zu lassen und wenn ihm dies nicht gelänge, zumindest sein Ansehen bei Mustafa Kemal Pascha in Verruf bringen werde und dafür auch schon alles in die Wege geleitet habe ... Daß er sich das Gut aneignen werde ... Und daß Ismail Aga, nachdem er, Arif Saim, die Gunst des Paschas verloren habe, sich an seiner Stelle in Adana zum Abgeordneten wählen lassen werde ... All das glaubte Arif Saim Bey selbstverständlich nicht. Aber er hatte schon so viele Gefahren überstehen, so viele Schicksalsschläge erdulden müssen, bevor er sich zum engen Kreis der Männer um den Pascha zählen konnte, daß er jedem Menschen, jedem Vorfall mit Mißtrauen begegnete. Und noch ein anderes Gerücht machte in der Çukurova die Runde. Daß er Mustafa Kemal Pascha töten lassen und an seine Stelle treten wolle ... Sollte hinter diesem Gerücht auch Ismail Aga stecken? In letzter Zeit soll Ismail Aga in Adana mit Ramazanoğlu, in Kozan mit Kurdoğlu, in Antep mit Canbolatoğlu verkehren, soll mit ihnen ein Herz und eine Seele sein. Hatte das etwas zu bedeuten? Wie sonst könnte das Gerücht denn die Runde machen, er wolle den Pascha, den er mehr liebte als sein eigenes Leben, töten lassen und seine Stelle einnehmen? Ja, da war etwas im Busch ... Da war jemand, der rücksichtslos ein Ziel verfolgte. Aber wer? Etwa Ismail Aga? Dabei liebte Ismail Aga ihn doch mehr als jeden anderen. Nun, die Menschenkinder wurden mit roher Muttermilch gesäugt, da weiß man nie ... Hatte er selbst denn nie mit dem Gedanken gespielt, den Pascha zu töten und sein Erbe anzutreten? Warum sollte dieser Gedanke nicht auch Ismail gekommen sein. Aber war Ismail wirklich ein blutrünstiger Mensch? Anzusehen war es ihm nicht. Er machte auf jeden den Eindruck des lauteren, aufrechten, liebevollen Menschen, der für einen Freund zu jedem Opfer bereit war. Aber wenn es so ist, wie konnte er dann Memik Aga von seinem Arbeitskameraden töten lassen, dazu noch auf so grausame Weise? Memik Aga habe ihn erniedrigt, sagen die einen. Er sei in das von ihm für Memik Aga gerodete Ackerland vernarrt gewesen, sagen die anderen. Doch die Çukurova ist voller Felder, Ismail Aga hätte allenthalben soviel Felder haben können, wie er gewollt hätte. Warum also ließ er diesen Mann auf so grausame Art töten? Jedes Dorf kannte Memik Aga, und wer von diesem Vorfall hörte, konnte sich nicht erklären, warum er durch die Hand eines

Feldarbeiters so sterben mußte. Aber Ismail hatte ja auch seine erste Frau töten lassen, die Mutter jenes Mannes, der jede Nacht vor seiner Tür wie ein Götze Wache stand ... Der junge Mann soll sein Sohn sein, auch wenn Ismail Aga es abstreitet. Außerdem hält er sich eine Armee von Bewaffneten. Jede Nacht bewachen ihn fünfzehn bewaffnete Männer!

All diese Gerüchte über Ismail Aga waren in der Çukurova in aller Munde, und die engsten Vertrauten trugen sie Arif Saim Bey zu. Und dann war da noch diese Geschichte über ein rotbraunes Fohlen, die er nicht verstehen, die der Überbringer ihm aber auch nicht erklären konnte ... Wie es in den Dörfern hieß, soll es ein schrecklicher Vorfall gewesen sein.

Salman konnte nicht genug davon bekommen. Wie berauscht hörte er zu, aber in sich gekehrt, und ohne sich auch nur den Hauch des unendlichen Vergnügens anmerken zu lassen, das er dabei empfand. Und was ihm die Dörfler nicht alles erzählten! Innerhalb weniger Tage wußte er in allen Einzelheiten, was sich in den letzten fünfzig Jahren im Dorf ereignet hatte. Auch warum Halil Memik Aga getötet hatte, wurde ihm so ausführlich erzählt, daß man meinen könnte, Halil selbst habe mit ihm gesprochen. Jeder im Dorf war über alles genau im Bilde. Sie wußten vom Dorf am jenseitigen Hang des Düldül, von Ipekçe, von der greisen Großmutter Anşaca, von der Mutter Döndülü, auch daß Ipekçe sieben Jahre lang auf Halil gewartet habe und Memik Aga Halils Lohn, den dieser in Adana gespart habe, nicht habe herausrücken wollen und daß Halil daraufhin tagelang vor Memik Agas Tür flehend auf den Knien gelegen habe ... Die Dörfler wußten einfach alles. Salman selbst konnte sich noch gut erinnern, wie diese riesigen Männer, die fünfzehn Jahre lang für Memik Aga geschuftet und dann vor seiner Tür vergebens auf ihren Lohn gewartet hatten, ins Dorf kamen, um jedem, der ihnen über den Weg lief, ihr Leid zu klagen; bis sie völlig heruntergekommen, erschöpft und verzweifelt, mit rissigen Gesichtern, vernarbten Händen und zerschlissenen Kleidern, einzeln oder zu zweit, tief gebeugt davonzogen. So viele Jahre waren seitdem ja nicht vergangen ... Und jeder im Dorf wußte davon. Wer konnte dann noch auf den Gedanken kommen, es sei Ismail Aga gewesen, der Memik Aga durch Halil töten ließ? Und warum? Als Halil das Haus niederbrannte, Memik Aga und den Araber tötete, sollen Berg und Tal vor Freude außer Rand und Band geraten sein. Er selbst hatte Halil ja beobachtet, als dieser das Dorf verließ und sich über den Paß in die Berge schlug. Sein Gesicht wirkte so zufrieden, ja, so glücklich, als sei er nach einem schönen Traum gerade erwacht. Na also! Aber wer weiß, vielleicht steckte Ismail Aga doch dahinter! Denn Salman hatte noch etwas beobachtet. Hatte einige Wochen, bevor dies geschah, Halil nicht Ismail Aga in seinem Konak aufgesucht? Und hatten die beiden nicht bis zum Morgengrauen miteinander unter vier Augen gesprochen? Niemand außer Salman hatte es damals mitbekommen. Das gäbe vielleicht einen Aufruhr, wenn Salman es den Dörflern erzählte!

»Ich habe im Traum deine Mutter gesehen, Salman. Deine Mutter! Sie war so schön! ›Mein Sohn darf mein Blut nicht ungesühnt versickern lassen‹, hat sie gesagt.«

»Ich habe im Traum deine Mutter gesehen, Salman. Deine Mutter! Man hatte ihr einen Handschar ins Herz getrieben. Er steckte bis zum Griff zwischen ihren Brüsten. Ein Handschar mit goldverziertem Griff. Deine Mutter, gehüllt in weiße Seide, schwebte, schimmernd wie der lichte Tag, aus einer blauen Wolke hervor ... Ich sah sie in meinem Traum, in meinem Traum ...«

Die mit Henna rotgefärbten, zu zwei kräftigen Zöpfen geflochtenen Haare der alten Cennet reichen ihr von den Schultern bis zu den breiten Hüften. Sie trägt silberne Armreife und eine mit Spuren von Gold durchsetzte Halskette aus blauen Perlen. Ihre dicken Lippen sind spröde und rissig geworden. Trifft sie auf Salman, erzählt sie ihm ununterbrochen von seiner Mutter.

»Sie ähnelte Emine der Gerte, deine Mutter, kannst du dich an deine Mutter erinnern, Salman? Ich habe sie gesehen, deine Mutter, habe ihre Hände gehalten, ihre Hände ... Sie war so lebendig, so einmalig schön, hatte ihre Augen weit, weit geöffnet, und sie leuchten. ›Hast du meinen Sohn Salman gesehen‹, fragt sie mich, schwebt in weißen Kleidern inmitten einer azurblauen

Wolke ... ›Dein Sohn Salman ist groß geworden‹, sage ich, ›dein Sohn Salman ist ein einmaliger Recke‹, sage ich, und sie freut sich und freut sich, und wie Blumen blühen Freude und Stolz auf in ihrem Gesicht.«

Gedankenversunken hört Salman zu. Jeden Morgen schaut er bei der alten Cennet vorbei, und jedesmal hat die alte Cennet Salmans der schönen Emine so ähnliche Mutter im Traum gesehen. Im Traum habe ich sie gesehen, im Traum ... Sie schwamm in einem Meer von Blut, schwamm und schwamm und konnte sich nicht retten. Sie haben mich getötet, Schwester Cennet, sie haben meinen Sohn zur Waisen gemacht. Sag meinem Sohn, dieses Blut von mir, in dem ich schwimme, darf er nicht ungesühnt versickern lassen. Und sie schwamm in diesem See von Blut. Dann begann das Blut zu schäumen, die Wellen schlugen über deiner Mutter zusammen, und sie verschwand im schäumenden Blut. Ich hab's in meinem Traum gesehen, in meinem Traum ... Regen fällt. Es regnet einen Tag lang, einen Monat lang, ununterbrochen. Der blutige Handschar steckt bis zum Griff in der linken Brust deiner regennassen, splitternackten Mutter. Deine Mutter, splitternackt mitten in der Ebene, ganz allein im flachen Land, kerzengerade, sie blutet in einem fort, sie spricht kein Wort, steht da, wie zu Stein erstarrt. Ich gehe zu ihr, sage: Zeynep, Zeynep, sorg dich nicht um deinen Sohn! Salman geht es gut, Salman ist ein Mann geworden, bewacht mit seiner Deutschen Flinte seines Vaters Haus. Da wird sie plötzlich zornig, und vom Knauf des Handschars in ihrer Brust spritzt das Blut weit auf die grünen Wiesen und beginnt zu schäumen. Wie Sturzbäche prasselt der Regen vom Himmel. Plötzlich hatte sie ihre Arme nach mir ausgestreckt, und ich hörte, wie sie schrie: Er ist nicht sein Vater, er ist nicht sein Vater! Salman soll ihn nicht Vater nennen, Salman soll ihn nicht Vater nennen, nicht Vater nennen! Er war es, der mich getötet hat, er war es, der mich getötet hat, er war es, der mich ... Und meinen Salman wollte er auch töten! Sie sah genauso aus wie Emine die Gerte, mein Salman, als habe Emine die Gerte dich geboren. Emine kam und stellte sich splitternackt neben sie. Mein Gott, wie gleich sie waren. Mitten in der endlosen Ebene standen sie splitternackt nebeneinander, und im Herzen von jeder ein Handschar, den derselbe Mann in ihre Körper gestoßen hatte. Sie sahen sich so ähnlich, eine genau wie die andere ... Zwei so schöne Menschenkinder hat der Mensch noch nie gesehen! Und das Blut sprudelte. Und plötzlich sah ich die Sonne aufgehen, und dann sah ich wieder eine Sonne aufgehen. Und dann sah ich plötzlich ringsum auf der Ebene Flammen emporschießen, und dann sah ich, wie die Flammen die beiden splitternackten Frauen einschlossen, die Flammen züngelten in den Himmel, und die zwei Frauen hielten sich bei den Händen ... Handschare bis zum Griff in ihren Brüsten ... Inmitten der Flammen winken mir die Frauen zu ... Die schönsten Frauen der Welt ... Beide von demselben Menschen getötet. Im Traum hab ich sie gesehen, im Traum ... Salman, ich habe deine Mutter in meinem Traum gesehen ...

Diesseits der Wüstenei dehnten sich Disteln wie das Dickicht eines Waldes. Mit ihren Dornen ineinander verhakt, trieben sie große, lila Blüten, die in Rot, Rosa und helles Violett übergingen. In ihrem Gestrüpp wimmelten lange, schwarze Schlangen, glitten in kühlen Nächten bei Mondschein in die Wüste. An verdorrten Halmen niedergetrampelter Getreidefelder hingen volle, reife Ähren. Zu Hunderten durchquerten Gazellen in weiten Sprüngen das Ödland ... Und eines schönen Tages fielen Massen von Menschen mit bloßen Händen, mit Messern, Säbeln, Handscharen und Sicheln über die Getreidefelder her, und als seien Schwärme von Heuschrecken eingefallen, lagen die ausgedehnten Felder, die eben noch golden in der Ebene schimmerten, von einem Augenblick zum andern ausgelaugt da, waren Ähren und Halme verschwunden. Hier und da begannen dann in der Ödnis Feuer zu lodern, und bis zum frühen Morgen wurden auf ausgebreiteten Jacken, Kleidern, Bastmatten, Pferdedecken, Kelims und Filzteppichen die zusammengerafften Ähren gedroschen, gleichzeitig die von der Spreu getrennten Getreidekörner aufgesetzt, und kaum waren die Kessel vom Feuer, fielen die seit Tagen Ausgehungerten über sie her und stopften sich den gekochten Weizen in die gierigen Münder. Horden von Menschen durchstreiften die Ebene von Haran auf der Suche nach einer Ähre, einem Dreschplatz, nach einem Getreidefeld, auf dem noch Weizen, Gerste, Hafer oder Roggen stand, und hatten sie eins entdeckt, war es im nächsten Augenblick schon brach. Nichts Grünes hatten sie an den Ufern des Tigris zurückgelassen, keine Wassermelone, keine Zuckermelone und kein Gemüse; wie Heuschrecken hatten diese hungrigen Heere das Grünzeug mit Stumpf und Stiel aufgesaugt. Die schlimmsten, rücksichtslosesten und grausamsten unter diesen wie Heuschrecken schwärmenden Horden aber waren die Kinderheere. Ganze Regimenter dieser Kinder, die unterwegs ihre Eltern verloren, bei Unruhen und Überfällen kopflos ihre Dörfer verlassen oder bei Einmärschen in ihre Städte und Dörfer Reißaus genommen hatten, waren nach tausenderlei Unbill in die Ebenen von Haran und Urfa, an die Ufer des Euphrat und Tigris, ja in das gesamte Gebiet Mesopotamiens gebrandet und hatten sich, halbnackt und wie von Sinnen, über Felder, Pflanzungen, Schafherden und ausgespähte Dörfer hergemacht. Sie starben, töteten, stahlen und ließen sich Unglaubliches einfallen, um satt zu werden. Und auf ihren Streifzügen von Stadt zu Stadt, von Ebene zu Ebene, von einem Dorf zum andern, kamen sie auch wie Heuschrecken um. Vorbeiziehende entdeckten ihre Leichen mal in einem ausgetrockneten Flußbett, mal in einer Schlucht oder einer Senke. Flügel an Flügel kreisten Geier und andere Raubvögel über den jugendfrischen, zu Haut und Knochen ausgemergelten Körpern dieser Kinder zwischen sechs und fünfzehn Jahren, auf die sich, ob Tag, ob Nacht, auch Schakale, Hyänen und Wölfe stürzten. Und obwohl in dieser Öde die Kinder starben wie die Fliegen, wurden die Horden immer größer. Sie rekrutierten sich aus Angehörigen jeder Nation, jeden Stammes, jeder Sippe. Unter ihnen waren Kinder von Tschetschenen aus dem Kaukasus, Karapapaken, Terekemen, Afscharen, Kurden, Armeniern, Jesiden, Arabern, Assyrern, Nestorianern und allen anderen nur erdenklichen Sippen und Volksgruppen. Am ersten Tag verstanden sie nur ihre eigene Sprache, aber nach kurzer Zeit schon sprachen sie in der Sprache, auf die sich alle geeinigt hatten. Viele von ihnen hatten sich schon von Anfang an bewaffnet und wurden zu einer großen Gefahr, wenn sie in den Ortschaften und Dörfern auf Diebestour waren oder einbrachen. Als der Juli kam, waren innerhalb einer Woche alle Melonenfelder im Gebiet der Mündung des Euphrat von ihnen abgeerntet, nachdem sie nachts die schlafenden Feldwächter durch Messerstiche in den Bauch getötet hatten. Schon bald kam es heraus, daß diese Untat von Jugendbanden begangen worden war, also bewaffneten sich die Eigentümer der Felder, schwangen sich auf ihre Pferde, machten Jagd auf die Kinder und töteten jedes, das ihnen über den Weg lief. In kurzer Zeit lagen Landstraßen, Schluchten und das Delta des Euphrat voller Leichen erschlagener Kinder. Die mitleidlosen Menschen scherten sich nicht um das Alter der räubernden Kinder, sondern töteten sie, wo sie ihrer habhaft wurden, wie lästiges Ungeziefer. Nach diesen mitleidlosen Jagden wurden die Kinder noch wilder, noch blutdürstiger, noch listiger und noch grausamer. Nach einigen Wochen schon waren sie so geschickt auf der Hut, daß sie tagsüber niemand mehr zu Gesicht bekam. Aus tausendundeinem Versteck oder Hinterhalt stürzten sie sich dann unvorhergesehen wie wilde Wölfe oder giftige Nattern auf ihre Beute. Es dauerte nicht lange, und in der Ödnis begann ein regelrechter Krieg zwischen Erwachsenen und Kindern. Salman gehörte zu einer dieser Kinderhorden; der wildesten. Er war der kleinste in der Bande, aber auch der mutigste und zäheste, der vor nichts zurückschreckte. Viel später hatte er seinem Vater, nur um ihm zu imponieren, eines Tages eröffnet, dieser wisse ja gar nicht, wer der echte Salman sei, denn wenn er wüßte, wer er sei und was er schon alles erlebt habe, er würde vor Staunen den Mund nicht mehr zubekommen! Doch Ismail Aga hatte ihm damals einen solchen Blick zugeworfen, daß er beschloß, seine Abenteuer lieber für sich zu behalten. Sein Leben lang würde er sie niemandem erzählen können, gleich einem Alp würden die Erinnerungen in seinem Inneren nisten. Wie ein Wirbelsturm waren Salman und Hunderte seinesgleichen in die Niederungen des Euphrat und Tigris gebraust, hatten eines Nachts ein riesengroßes Beduinenlager überfallen, einen Teil der Stammesmitglieder mitsamt ihren Kindern getötet, die übrigen verjagt, ihre Kamele, Herden, Zelte und restliche Habe in die Tektek-Berge verschleppt, wo sie eine Weile wie die Beduinen in den Zelten lebten, bis alle Vorräte und Tiere verzehrt waren und sie, als nichts mehr da war, das Lager verließen und sich wieder auf ihre nächtlichen Raubzüge machten. Ach, wenn der Vater ihm doch nur zuhörte und erführe, was ihm so widerfahren war, ach ... Nicht scheren würde er sich um Salmans kleinen Wuchs, die krummen Beine und die graublau schimmernden Schlangenaugen, sondern nur noch stolz sein auf seinen Sohn! Eines Tages würde er es gewiß seinem Vater erzählen, doch ihm graute davor, dieser könnte ihn mißverstehen. Was, wenn der Vater sich grämte? Wen hatte er denn sonst auf der Welt außer ihn? Sein Vater war sein ein und alles. Wenn er nur daran dachte, sein Vater könnte eines Tages sterben, zitterte er schon am ganzen Körper ... Er wünschte, daß sein Vater ihn gut kennenlerne, daß sein Vater als einziger wisse, wer er wirklich sei, ihn ein bißchen liebe, ihm ein Tausendstel von der Liebe schenke, die er seinem Sohn Mustafa entgegenbrachte, ja, und sei es nur ein Tausendstel der Liebe, die er für Salman vor Mustafas Geburt empfunden hatte. Er soll erfahren, daß auf dieser Welt er der einzige war, der ihn so liebte, und daß niemand, überhaupt niemand ihn so liebte. Nicht einmal Emine die Gerte hat seinen Vater jemals so lieben können, obwohl sie eine Frau war, obwohl sie nicht seine Tochter war ... Und jedesmal wenn er an seinen Vater denkt, erinnert er sich an den Augenblick, da er ihn zum ersten Mal sah, wie er ihm die Wunden von Würmern reinigte und wusch, während die andern sich mit unwirschem Gesicht die Nasen zuhielten und das Weite suchten, weil er so stank, daß er vor Scham in den Boden versinken wollte, doch sein Vater ihm lächelnd und mit liebevollen Blicken die Wunden verband, ihn streichelte, an die Brust drückte, ja, wenn er an den Augenblick denkt, als er seinen Vater zum erstenmal sah, und an die Zeit an seiner Seite bis heute, versinkt er, in welcher Lage er auch sein mag, in paradiesische Träume, entschwebt er in einem Rausch von Glück und Stolz dem irdischen

Alltag. Wie oft schon hatte Salman tagelang mit dem Gedanken gespielt, Emine die Gerte, obwohl sie eine Frau ist und seiner leiblichen Mutter so ähnlich sein soll, eines Nachts in ihrem Bett zu töten, nur weil sie seinen Vater liebte. Wer weiß, vielleicht trug sich sein Vater mit demselben Gedanken, ohne es sich anmerken zu lassen, ja, ohne es sich selbst einzugestehen. Aber war sein Vater sich über die eigenen Gedanken auch nicht im klaren, für Salman war es so sicher, wie der Tag hell. Brachte er aber Emine die Gerte um, wäre sein Vater über ihren Tod sehr traurig, also: Wehe dem, der Emine der Gerte zu nahe kam!

Die Kinder waren aufgebrochen und hatten sich in den Bann eines abenteuerlichen, tödlichen Raubzuges schlagen lassen, manche von Weinkrämpfen geschüttelt, andere in einem Taumel kreischender Freude, die meisten in Todesangst. Eines Morgens erwachte Salman in einem Wald von Dornengestrüpp und umgeben von schwarzen Schlangen, die sich mit vorschnellenden roten Zungen zischend entrollten und dann in Windeseile davonglitten. Mit einem Schrei des Entsetzens stürzte er aus dem Dikkicht und stand mutterseelenallein in einer endlosen, menschenleeren Wüstenei. Schreiend rannte er, immer wieder kreisend um sich blickend, quer durch die Öde weiter. Als es dunkelte, erstarb seine Stimme vor Heiserkeit, ihm wurde schwindlig, und kurz darauf brach er zusammen. Vor Angst krümmte er sich kugelrund. Wenn er könnte, würde er sich faustklein machen und sich selbst weit weg zu irgendeinem Lebewesen schleudern. Jetzt war er nur noch ein Bündel aus kauernder Angst. Auch wenn sie in Horden hausten, hatten die Kinder ständig Angst, waren sie vor Angst wie von Sinnen, hatten sich auf alles, was sich ihnen in den Weg stellte, sogar in den Tod, gestürzt, um ihre Angst zu überwinden, aber diese Angst hier war eine andere. Genau so fürchtete sich Salman manchmal vor seinem Vater, fuhr ihm die Angst wie ein Messer ins Innerste und lähmte ihn so sehr, daß er nicht einmal gegen sie angehen konnte. Und was, wenn sein Vater ihn eines Tages nicht mehr liebte? Mehr noch – wenn er ihm sagte, er wolle ihn nicht mehr sehen? Allein dieser Gedanke stieß Salman schon in einen finsteren, bodenlosen Abgrund.

War Salmans Mutter wirklich so wie Emine die Gerte? Er versuchte, sie sich vorzustellen; doch es gelang ihm nicht, sich von ihr ein ganzes Bild zu machen, vollständig, vom Scheitel bis zur Sohle. Manchmal sah er nur zwei weit geöffnete Augen, mal pechschwarz, dann wieder blau wie das Meer, und manchmal auch pistaziengrün. Sie war schlank und hochgewachsen gewesen, und wann immer er wollte, hatte er ihren Wuchs, ihr orangefarbenes Kopftuch, ihr Nasenringlein, ihre rote, goldverzierte Korallenkette, ihre langen, schlanken und ebenmäßigen Finger vor Augen. Und eigenartig, jedesmal, wenn eine Frau lachte, war ihm, als sehe er die blendendweißen Zähne seiner lachenden Mutter vor sich. Am meisten aber erinnerten ihn Emines Lachen und ihre dabei leuchtenden, großen, schwarzen Augen an seine Mutter. Auch ihre Größe und ihr Wuchs waren so ähnlich. Und so nahm er, ob Tag, ob Nacht, jede Gelegenheit wahr, Emine die Gerte zu betrachten. Wie gebannt konnte er sich aus ihrem Umfeld nicht lösen, zog es ihn immer wieder in ihre Nähe. Und wenn Emine die Gerte wie seine Mutter lachte, flog Salman vor Freude, kannte sein Glück keine Grenzen. Wenn er an sie dachte, ihren Gang beobachtete, ihr Lachen hörte, verhielt er voller Bewunderung, wo er gerade war. Aber in letzter Zeit versetzte ihn auch der Gedanke an Emine die Gerte in Angst und Schrecken, weil er befürchtete, sie könne merken, daß er sie beobachtete, in ihre Wangengrübchen ganz verschossen war und daß er alles daran setzte, ihr Lachen zu hören. Einerseits wollte er in ihrer Nähe sein, andererseits gäbe er alles dafür, sich von ihr lösen zu können. So schwankte er hin und her.

Sein Vater war sehr groß. Er trug einen langen Militärmantel, hatte sich ein altes Mausergewehr mit schartigem Schaft über die Schulter geschnallt und sich ein Tuch um die Stirn gebunden. Seine Füße waren nackt, zwischen den Zehen voller verkrusteten Schlamms und geronnenen Blutes. Kaum hereingekommen, hatte er die Mutter bei den Haaren gepackt und prügelnd über den Boden geschleift. Salman erinnert sich an einen Ort mit vielen Wänden und dicken Mauern. Auch an eine Glocke und ein hohes Minarett.

Es ist kurz vor Morgengrauen; am Rande der Wüstenei eine Menge Menschen, niedergekniet, Jung und Alt, Frauen, Männer, Kinder, sie warten auf den Tagesanbruch. Als die Sonne aufgeht, verneigen sich alle und küssen die Erde. Ihre Lippen bewegen sich. Auf Knien zur aufgehenden Sonne verneigt, murmeln sie Gebete. Das Gemurmel wird immer lauter, formt sich zu einem Lied, das wie das Tageslicht die öde Ebene erfüllt ... Dann kommen mit verhängten Zügeln Berittene aus der Himmelsrichtung des anbrechenden Tages, ihre blanken Säbel funkeln mit der aufgehenden Sonne. Die Reiter treiben ihre Pferde in die knienden Menschen, stoßen die Säbel in ihre Leiber, daß das Blut hervorsprudelt. Doch die da auf Knien singend die Erde küssen, rühren sich nicht von der Stelle. Die davonpreschenden Reiter zügeln ihre schlitternden Pferde, reißen sie herum und stürzen sich mit verhängten Zügeln und blanken Säbeln noch einmal in die kniende Menge. Das sprühende Blut funkelt im Sonnenlicht, Tropfen für Tropfen, rot auf stählernem Blau. Danach kommen die Reiter nicht mehr zurück. Nachdem die Knienden zur Sonne hin ihre Lieder gesungen haben, küssen sie wieder die Erde, erheben sich, drehen sich um und gehen mit langsamen Schritten in die Wüstenei. Die Leichen der Niedergemetzelten bleiben liegen, manche mit abgeschlagenen Köpfen. Die am Leben Gebliebenen ziehen weiter, keiner schaut zurück. Als der Tag sich neigt, verharren sie alle, wenden sich mit gefalteten Händen der sinkenden Sonne zu. Als sie untergegangen ist, erhebt sich erneut Gemurmel, das Gemurmel wird zu einem Lied, das die Wüstenei und die Nacht erfüllt. Jetzt tauchen mit verhängten Zügeln und blankgezogenen Säbeln die Berittenen wieder auf, stoßen die Klingen in die Leiber der Dahinziehenden, doch auch von denen, die durchbohrt werden, ist kein Laut zu hören. Die Reiter machen sich wieder davon, und die Menschen gehen langsam weiter, ohne ihren Gesang zu unterbrechen und ohne sich noch einmal nach ihren Toten umzusehen. Aus allen Himmelsrichtungen ist auch Kettengeklirr und Geschrei zu hören: »Die Jesiden fliehen, die Jesiden fliehen!« Das Geklirr wird lauter, kommt näher, erfüllt weithin die Nacht. Als der Tag anbricht, wendet sich die Menge wieder der aufgehenden Sonne zu und kniet nieder. Die nachts mit Kettengeklirr zu ihnen gestossen waren, haben die Menschenmenge um das Zehnfache, ja Zwanzigfache vermehrt. Und um vieles lauter füllen die Lieder die Wüstenei. Die säbelschwingenden Reiter stürmen jetzt von links, von rechts, von überall her auf sie ein. Die Menschenmenge rührt sich wieder nicht von der Stelle. Erst als die Reiter fort sind, setzen sie, mit Blick zur Sonne ihre Lieder singend, ganz langsam ihren Weg fort. Als die Sonne am Zenit steht, machen sie mit anderen Zügen, die aus Norden, Süden, Osten und Westen auf sie stossen, bei einem Hügel halt und knien sich mit Blick zur Sonne um den Hügel herum ... Dann wirft sich seine Mutter jäh über ihn, Salmans Vater ist unter den Reitern, Salman erkennt ihn. Die Mutter hält noch die Hand eines kleinen, rothaarigen Mannes, der wie ein grosses Kind fröhlich lacht. Einerseits verbirgt sie Salman unter sich, umklammert aber auch den rothaarigen Mann und zieht ihn zu Salman herüber. Die Reiter stürmen von allen Seiten, es sind jetzt sehr viele, aber auch die kniende Menschenmenge hat sich erhoben und wehrt sich; überall Staub, Gewehrschüsse, Blut und Geschrei, ein völliges Durcheinander. Plötzlich sieht Salman seinen Vater, sieht seine schreckerregenden, hervorquellenden Augen ... Er hat seinen Säbel tief in den Rücken des rothaarigen Mannes gestossen und wieder herausgezogen. Auch die Mutter hat sich erhoben, auch sie hat eine blutige Klinge in der Hand, und auch sie stürzt sich auf den Vater, und der Vater, ohne ihren Hieben auszuweichen, packt lachend die Mutter bei ihren langen, blauschwarzen Zöpfen und schneidet ihr den Kopf ab. Dann sucht er mit seinen irren, hervorquellenden Augen nach Salman, der sich geschickt unter einen Haufen Leichen gleiten lässt. Nach einer Weile gibt sein Vater die Suche auf und prescht mit dem blutigen Kopf der Mutter in der Faust mit verhängten Zügeln davon. Die Nacht verhüllt den riesigen, sandigen Hügel, und es ist, als wimmere er wie aus einem Mund. Bei Tagesanbruch erwacht Salman in einem von Kieselsteinen bedeckten, ausgetrockneten Flussbett. Noch im Halbschlaf, kauert er sich ängstlich in eine Vertiefung, als ihn plötzlich Stimmen wecken. Eine Horde Kinder läuft vor ihm einen Pfad hinauf. Kurz entschlossen schließt er sich ihr an. Als es Nacht wird, kriechen die Kinder zum Schlafen eng aneinander. So auch in der nächsten Nacht. Am Tage gehen die Kinder weiter. Eines Morgens kniet Salman sich bei Sonnenaufgang mit dem Gesicht zur Sonne nieder und küßt die Erde. Andächtig warten die Kinder auf ihn ... Salman murmelt, erhebt sich singend, gesellt sich zu den Kindern, die sich wieder auf den Weg machen. Als sie in ein Dorf kommen, schwärmen sie blitzschnell aus, und im Handumdrehen haben sie sich fast vollzählig am Dorfrand wieder versammelt. Jetzt mit Fladenbrot, grünen Zwiebeln oder Käse in den Händen, laufen sie zu einem Ziehbrunnen weit außerhalb des Dorfes ... Und damit beginnt für Salman das große Abenteuer seines Lebens.

Stocksteif geworden, schmerzte sein ganzer Körper, als trenne sich das Fleisch von den Knochen. Hätte er nicht gefürchtet, diese Wüstenei, diese Stille und Einsamkeit, könne ihn töten, er wäre hier für immer stocksteif zusammengerollt geblieben. Wie aus der Tiefe kamen hin und wieder dumpfe Stimmen von weit her an sein Ohr. Nach einer Weile verstummten sie ganz. Das Ohr auf die Erde gepreßt, horchte er. Hörte er sie noch einmal, würde er voll und ganz zu sich kommen und zu neuem Leben erwachen! Bestimmt konnte er in dieser dröhnenden Stille nur noch durch eine Stimme zu sich selbst finden. War er nicht vorhin erst durch Stimmen ein bißchen zu sich gekommen? Er horchte geduldig, aber diese Stimmen, dieses dumpfe Gemurmel war nicht mehr auszumachen. Doch er gab nicht auf, nein; Salman wird die Stimme wieder hören, und sie wird ihn auf Flügeln davontragen. Das Zwitschern eines Vogels, das Summen einer Biene, einer Fliege, das Kriechen eines Käfers, das Hüpfen einer Heuschrecke, sogar das Zischen einer wie damals flüchtenden Schlange könnte ihn jetzt zu neuem Leben erwecken. Der leiseste Laut, eine Ameise, eine klitzekleine Eidechse, ja, der pechschwarz auf den Wüstensand fallende Schatten eines kreisenden Falken ... Alles, was atmete, was sich bewegte ... Egal, was ... Vielleicht war ja so etwas in der Nähe ... Wenn er nur seine Augen öffnen könnte, denn auch seine fest geschlossenen Augenlider waren ganz starr geworden. Da, ein plötzlicher Lärm in seiner Nähe! Aufspringen und die Augen aufreissen waren eins. Die Ruten hochgestreckt, kam mit blutigen Lefzen ein furchterregendes Rudel sandfarbener, grauer, scheckiger, schwarzer und gelber Hunde auf ihn zu, Hirtenhunde allesamt, gutgenährt und riesig. Ohne zu überlegen, lief Salman ihnen entgegen. Die in reissende Bestien verwandelten Hunde verhielten, äugten kurz zum Jungen herüber, wandten sich ab und zogen weiter. Sie scherten sich auch nicht um ihn, als er im Rudel, das ihn von seiner Angst befreit hatte, mitlief. Er hatte seine Schritte dem Lauf der Hunde angepasst und trottete mit. Es war schon gegen Abend, als sie an ein Wasser kamen und die Hunde haltmachten. Zuerst spitzten sie die Ohren und sicherten nach allen Seiten. Dann hockten sie sich mit Blick auf die untergehende Sonne auf ihre Hintern und blieben mit gestreckten Köpfen lautlos sitzen. Weit von Westen her kam dichter Lärm, und wieder spitzten die Hunde die Ohren. Der Lärm wurde lauter und deutlicher, und die Augen der Hunde begannen zu funkeln. Plötzlich erhoben sie sich, liefen durcheinander, und dann, als sähen sie ihn zum ersten Mal, kamen sie einer nach dem andern zum knienden Salman herüber, beschnupperten ihn, wobei einige ihm auch das Gesicht und die Hände leckten. Danach machten sie sich auf und trotteten weiter. Und Salman zog mit ihnen. Hin und wieder verhielten die Hunde, hockten sich auf ihre Schwänze, horchten mit gespitzten Ohren in die Stille und machten sich dann wieder auf den Weg. Und jedesmal bevor sie weitertrotteten, kamen sie zu Salman, beschnupperten ihn und leckten ihm Gesicht, Hände und Füsse.

Salman erinnert sich an den plötzlichen Einbruch der Dunkelheit, an die grossen Sterne, die ununterbrochen von hier nach dort durch den Himmel glitten, am Rande der Wüste zerbarsten und herabregneten, und dass ihm diese abstürzenden Sterne einen Riesenschrecken einjagten. In jener Nacht hatte er sich an die Hunde gedrängt und mit schönen Träumen so kuschelig geschlafen wie seit Tagen nicht mehr. Aber dann war er voller Entsetzen von einem weit über die Wüste hallenden Geknurr und Gebell erwacht. Die Hunde hatten eine Herde Gazellen angefallen und rissen zu viert oder zu fünft die um ihr Leben rennenden und springenden Tiere. Hatten sie eins niedergemacht, ließen sie es liegen und setzten dem nächsten nach. Die verstreuten Gazellen stoben nach links und rechts, nach Nord und Süd durchs Gelände, viele rannten im Kreis. Die Herde bestand aus Hunderten Gazellen mit vielen Jungtieren. Auch diese flohen mit kleinen Sprüngen durch die Wüstenei oder irrten im Kreis zwischen den wildgewordenen Hunden umher. In kurzer Zeit stand in der nahen Umgebung keine Gazelle mehr auf den Beinen. Die gerissenen Tiere lagen im Wüstensand, manche von ihnen hatten im Todeskampf die Köpfe gehoben und betrachteten mit großen, traurigen, schwarzen Augen ihre zerfleischten Bäuche, ihre abgerissenen Beine und legten dann ihre Köpfe vorsichtig wieder zurück in den Sand. Manche lagen auch rücklings und hatten ihre krampfhaft zuckenden Läufe hoch in die Luft gestreckt. Dann machten sich die Hunde zu viert oder fünft über ihre gerissenen Opfer her; Hunderte von Hunden, über einer in den Wüstensand hingestreckten Gazellenherde, veranstalteten ein üppiges Festfressen, wobei sie sich knurrend die fletschenden Zähne zeigten, hin und wieder übereinander herfielen, oft lange und wild miteinander kämpften und einander blutig bissen. Doch obwohl sie so viele Gazellen zerfleischt hatten, rührten sie nicht eines der Kitze an, die, zwischen den kauenden Hunden herumirrend, noch nach den Zitzen der Muttertiere suchten, während diese von den Hunden gefressen wurden. Was dann geschah, hat Salman nicht so gut behalten, er erinnert sich nur noch an die blutigen, wie Mühlsteine mahlenden Gebisse der Hunde, aber auch nicht mehr so deutlich. Und auch, daß die Hunde von oben bis unten blutrot besudelt waren. Noch lange Zeit hatte Salman die ganze Umgebung, alle Hunde, die Wüste, den blauen Himmel, Sonne und Sterne in rotes Blut getaucht gesehen. Und er erinnert sich an die kleinen Kitze, die zwischen den weißen Knochen im Wüstensand nach den Zitzen ihrer Mütter suchten. Die Hunde aber, die eine ganze Herde Gazellen verspeist hatten, hockten da, leckten gemächlich ihr Fell und drehten sich nach den Jungtieren nicht einmal um. Salman hatte eines der Kitze eingefangen, doch das Kleine war wie in Blut gebadet, und da ließ er es sofort wieder los.

Auf einer Feuchtwiese mitten im Grünen öffnete Salman die Augen. Die Köpfe zwischen den Pfoten, lagen die Hunde um ihn herum und schliefen. Kreisende Adler stießen auf die jungen Gazellen herunter, zerfleischten sie mit ihren Krallen und Schnäbeln und fraßen sie, nachdem sie ihnen die Augen ausgehackt hatten. Die Kitze ahnten das Unheil, das wie der Blitz auf sie herabstürzte, und sie versuchten, geduckt zu flüchten und wegzuspringen, konnten den Klauen der Adler aber nicht entkommen. Beim ersten Stoß schon knickten sie ein, und dann begannen die Schnäbel der Adler, wild und gierig zu fetzen. Und ununterbrochen kamen von den verschwommen sichtbaren, in der flimmernden Luft schwankenden, blauen Bergen im Norden weitere Adler auf mächtigen Schwingen herübergesegelt, ballten sich zur Kugel und kamen pechschwarz und zischend auf die Jungtiere heruntergeschossen, die sich nicht zu helfen wußten und kopflos mit kleinen Bocksprüngen zu entkommen versuchten. Zu viert und zu fünft, zerfleischten und fraßen die Greife ihre Beute im Nu. Und während die Hunde hier fest schliefen, fielen dicht vor ihnen die Adler mit Flügeln und Fängen übereinander her und versuchten sich gegenseitig mit lautem Gekreisch das gefetzte Fleisch aus den Schnäbeln zu schnappen; vier, fünf, ja, zeitweise zehn bis fünfzehn Greife schlugen sich in wirrem Durcheinander um die Kitze. Und vom Himmel kamen immer mehr Adler auf das Schlachtfeld herunter, um sich sofort ins Kampfgetümmel zu stürzen. Als ginge die Welt unter, wirbelten Sand, Staub, Flaum und Schwungfedern durch die Luft, betäubte grelles Gekrächz und Gepfeife Salmans Ohren. Plötzlich, wo immer es sich auch versteckt haben mochte, kam ein Gazellenjunges, ein ziemlich großes sogar, auf Salman und die Hunde zugelaufen, gefolgt von fünfzehn bis zwanzig in halber Mannshöhe über ihm Flügel an Flügel fliegenden Adlern. Ohne lange zu überlegen, rannte Salman ihm entgegen. Doch bevor er bei ihm war, hatte sich schon ein Adler aus dem Schwarm gelöst und war mit angelegten Flügeln auf das Jungtier gestürzt, mit ihm die anderen Greife, die sich auf dem Kitz in einen riesigen, schwarzen, kreischend rollenden Ballen verwandelten. Wie angewurzelt war Salman stehengeblieben, ihm wurde schwindlig. Erschöpft machte er kehrt und legte sich zu den schlafenden Hunden.

Eine Zeitlang zog Salman mit den Hunden durch das Ödland. Sein Mißtrauen gegen sie war verflogen, und auch er war für die Hunde kein Fremder mehr … Richtig sattessen aber konnte er sich erst in einem Melonenfeld am Ufer des Tigris. Sie waren alle den Hang hinuntergerannt, als sie das Feld entdeckten. Salman gebot den Hunden, am Feldrand zu warten, und sie gehorchten ihm. Dann ging er zum Hochsitz des Feldwächters, der mit einem Mausergewehr unter dem Laubdach hockte und eine zerlumpte Uniform trug. Sein langer, ebenholzfarbener Bart schimmerte grünlich im Sonnenlicht.

»Seit Tagen bin ich hungrig«, sagte Salman, »hast du etwas zu essen da, Onkel?«

Nachdem der Wächter mit lautem Klicken ein Magazin Patronen in die Kammer gedrückt hatte, sagte er: »Ich habe weder Brot noch Melonen, noch irgendein Essen. Verpiß dich!« Dann zielte er auf Salman und fügte hinzu: »Wir haben die Nase voll von euch Fremden!«

Da drehte Salman sich langsam um, zeigte auf die Hunde und sagte mit kaltblütig ruhiger Stimme: »Siehst du sie? Weißt du, wie viele es sind, die da auf mich warten? Wenn du schießt, pfeife ich nur einmal, und sie reißen dich in Stücke.«

Bedächtig ließ der Mann seine Mauser sinken und sagte lachend: »Komm, du Padischah der Köter, komm!« Er kletterte die Leiter herunter und ging zum Feuer, auf dem in einem irdenen Schmortopf ein duftendes Essen köchelte. »Ich habe gestern eine Gazelle geschossen«, sagte der Wächter stolz, »eine riesengroße Gazelle, sieh!« Er hatte bis zum Flußufer Leinen gespannt, an denen Streifen von angesengtem Fleisch hingen. »Sieh, ich dörre es. Genug Fleisch für einen ganzen Monat. Dein Wolfsrudel dort tut mir doch wohl nichts.«

»Es tut dir nichts«, antwortete Salman. Seine Wangen waren

hohl, er war nur noch Haut und Knochen, ein Windstoß würde reichen, ihn von den Beinen zu holen! Seine Füße waren nackt, sein Hemd hing in Fetzen, und seine Haare standen steil wie Borsten. »Sie haben erst gestern eine Herde Gazellen gefressen.«

»Und du hast beim Festmahl der Deinen zugeschaut, nicht wahr?«

»Was sollte ich sonst tun?«

Der Mann nahm den Tontopf vom Feuer: »Komm«, sagte er, »ich habe dir so ein Allerlei gekocht, daß du auch deine zehn Finger mitißt.« Er schüttete das dampfende Essen in eine große, flache Schüssel und drückte Salman einen Holzlöffel in die Hand. Dann holte er einige mittig durchlöcherte Fladenbrote aus einem großen Beutel, der unter dem Hochsitz lag, und legte sie auf den Kelim, den er neben der Schüssel ausgebreitet hatte.

»Wir fangen gleich an«, sagte er, »gedulde dich noch ein bißchen!«

»Einverstanden«, entgegnete Salman, dem das Wasser im Munde zusammenlief.

Plötzlich veränderte sich das Gesicht des Mannes, die Haut zerfurchte sich, und es schien, als zittere jedes Haar seines grünlich schimmernden Barts. »Ich heiße Abdülvahit«, begann er mit erstickter Stimme. »Wie gut, mein kindlicher Bruder, daß du gekommen bist, mit mir zu reden.« Dann begann er seine Geschichte zu erzählen. »Vor fünfzehn Jahren habe ich meine Frau, in die ich mich verliebt hatte, aus einem Beduinenzelt entführt. Hatte sie entführt und war mit ihr hierher geflüchtet. Ihre Brüder, sechs Araber auf arabischen Pferden, entdeckten uns hier, nachdem sie fünfzehn Jahre nach uns gesucht hatten. Sie verwundeten mich hier am Bach, wo ich mit ihnen gekämpft hatte, und ich konnte mich nicht mehr bewegen. Daraufhin töteten sie meine sechs Kinder vor den Augen der Mutter. Sie hielten mich für tot und nahmen kreischend wie Greife ihre Schwester mit. Als ich zu mir kam, lief mein Blut noch immer. Die Dörfler hatten die Schüsse gehört und waren herbeigeeilt. Die Leichen meiner sechs Kinder lagen nebeneinander, sie hatten allen sechs die Kehlen durchgeschnitten.«

Danach konnte Abdülvahit nicht mehr weitersprechen. Er setzte an, aber seine Stimme versagte, seine Augen füllten sich mit Tränen, und seine Schlagader schwoll an. Mit einem Handzeichen deutete er dem Jungen an, mit dem Essen zu beginnen. Doch auch Salman brachte keinen Bissen herunter. Schweigend saßen sie sich mit den Löffeln in der Hand eine Weile gegenüber. Dann machte sich der Mann plötzlich über das mittlerweile abgekühlte Eintopfgericht her. Auch ihm war anzusehen, daß er seit längerer Zeit nichts mehr gegessen hatte.

Während sie aßen, fiel kein Wort.

Nachdem sie gegessen hatten, sprang Abdülvahit plötzlich mit drohender Gebärde auf und rief mit schneidender Stimme: »Und nun mach, daß du fortkommst, Junge. Steh auf und geh. Bleibst du eine Minute länger, töte ich dich doch noch!«

Salman hatte verstanden. Er pfiff nach den Hunden, die ihn sofort umringten und den Weg zum Ufer einschlugen. Sie liefen flußauf den Tigris entlang. Der gelbe Leithund hatte die Führung übernommen und setzte mit der Meute bei der Furt ans gegenüberliegende Ufer. Salman war zurückgeblieben und pfiff mehrmals nach ihnen, doch sie hörten nicht auf ihn.

Nach einigen Tagen stießen sie auf eine Horde Kinder. Sie waren splitternackt, nur einige trugen dünne Baumwollstreifen um die Hüften. Anfangs standen sich die Horde Kinder und die Meute Hunde mißtrauisch gegenüber und beobachteten sich abwartend, bis die Kinder schließlich Salman entdeckten, ihre Scheu verloren und sich unter die Hunde mischten. Und auch die wilden Hunde hatten nichts gegen diese große Horde von Kindern. So begann sie, die Kumpanei zwischen den Hunden und den nackten Kindern – auch Salman hatte sein Hemd ausgezogen und fortgeworfen –, die sich in reißende Ungeheuer verwandelten. Kamen sie in die Nähe eines Dorfes oder einer Ortschaft, machten die Kinder mit den Hunden, die froh schienen, einen Herrn gefunden zu haben, erst einmal halt und schickten einige Kundschafter vor. Anschließend wurde gemeinsam ein Schlachtplan entworfen, und dann stürmten sie brüllend in den Ort, begleitet von den wild bellenden Hunden. Wie gelähmt vor

Schreck schauten die Einwohner tatenlos zu, wenn die Kinder Bäckereien, Krämerläden und Häuser bis auf den letzten Bissen plünderten und wie der Sturmwind wieder aus dem Ort davonbrausten. Hatten sich die Einwohner vom ersten Schrecken erholt und nach ihren Waffen gegriffen, war der Spuk schon vorüber. Wenn manche von ihnen aufbrachen, die Räuber zu verfolgen, wurden sie von einem Steinregen empfangen und mußten schließlich vor den aufgehetzten Hunden zurückweichen. Hin und wieder trafen die Kinder aber auch auf wehrhafte Einwohner, dann wurden viele von ihnen in den Ortschaften getötet oder von treffsicheren Reitern verfolgt und im freien Gelände niedergeschossen. Das konnte sie nicht aufhalten, sie ließen ihre Toten und Verwundeten an Ort und Stelle liegen und zogen weiter.

Die kleine Stadt lag auf einem felsigen, mit Tannen bewachsenen Berghang. Die Kinder hatten am Fuße des Abhangs haltgemacht und mit den zurückgekehrten Kundschaftern den Schlachtplan festgelegt, die Hunde lagen mit den Köpfen zwischen ihren Vorderpfoten da und dösten.

Nach langem Hin und Her wurde beschlossen, die Stadt anzugreifen. Aus welchen Gründen auch immer scheuten sich sowohl die Kinder als auch die Hunde davor, diese Stadt zu stürmen. Machten die Hunde auch einen ruhigen Eindruck, so war Salman das ängstliche Umherspähen ihrer Augen nicht entgangen.

Auch als von den Hängen der Lärm der Rolläden, die von den Händlern hochgezogen wurden, herüberhallte, zögerten die Kinder und die Hunde noch eine Weile, bis sie schließlich mit ohrenbetäubendem Gebrüll und Gebell in die Kleinstadt einfielen, auf den Platz mit der Moschee vorstießen und im Handumdrehen die Bäckerei an der Straßenmündung geplündert hatten. Im selben Augenblick begann es aber auch zu krachen, vermischten sich die Aufschreie getroffener Kinder mit dem Aufjaulen niedergeschossener Hunde. Alle rannten in heillosem Durcheinander davon, doch wohin sie auch liefen, begann es zu krachen, wanden sich gestürzte Hunde am Boden, wetzten andere, die getroffen waren, blutströmend davon. Übereinander häuften sich Hundekadaver und Kinderleichen. Bis zur Mittagszeit, die Sonne stand bereits am Zenit, währte dieses Gemetzel an den räuberischen Kindern, bald rannten nur noch einzelne von ihnen kopflos durch die Gassen. Um diese Zeit hatten sich die Hunde schon längst von den Kindern getrennt, waren zur Stadt hinaus auf und davon.

Verwundet rannte Salman mit einer Ziegenkeule und einem großen Laib Brot in den Händen durch den Wald; Blut rann von seinem Kopf, seiner Schulter und seinen Beinen. Wie lange er so gelaufen ist, ob Kinder mit ihm rannten oder Hunde, er weiß es nicht. Dunkel nur erinnert er sich daran, von dem Brot gegessen zu haben, aber was mit der Ziegenkeule geschehen ist, will ihm nicht einfallen. Aber von Rauch verdeckt, erscheint in der Ferne eine Brücke und eine Landstraße vor seinen Augen. Der Rest sind Erinnerungsfetzen, die er nicht zusammensetzen kann. Er sieht die glotzenden, sehr grünen Augen des Mannes, der ihn angeschossen hat, vor sich, nicht aber Gesicht und Körper. Sie sind verwischt, ausgelöscht, als habe es sie gar nicht gegeben.

Wie lange war Salman doch erst mit den Kindern, dann mit den Hunden und den Kindern umhergezogen ... Wieviel Tod, Gemetzel und Brutalität hatte er dabei erlebt ... So viel, daß es für ihn alltäglich geworden war. An etwas aber kann Salman sich sehr deutlich erinnern: Auf seinen Streifzügen mit den Kindern und den Hunden von einem Dorf zum andern war er jeden Morgen sehr früh, noch vor Sonnenaufgang, aufgewacht, hatte sich mit dem Gesicht der aufgehenden Sonne zugewandt, sich niedergebeugt, dreimal die Erde geküßt, zu murmeln begonnen und war nach und nach in einen Singsang übergegangen. Zuerst hatten die anderen nackten Kinder schweigend und verwundert zugehört. Doch schon nach einigen Tagen waren sie in Salmans Gemurmel eingefallen, und es dauerte nicht lange, da wachten sie mit Salman auf, wandten sich mit ihm der aufgehenden Sonne zu und küßten dreimal die Erde in dem Augenblick, da sie am Horizont erschien, murmelten, wenn er murmelte, und sangen mit ihm, wenn er sang. Von der Gewohnheit, sich jeden Morgen bei Sonnenaufgang niederzuknien, ließen sie nicht mehr ab ... Aber nicht nur bei den Kindern in Salmans Horde, bald breitete sich diese Art der Andacht aus und wurde zum besonderen Merkmal aller Jugendbanden in den anatolischen und mesopotamischen Ebenen. Und ganz heimlich, manchmal aber auch in der Öffentlichkeit, hatte Salman dieses allmorgendliche Zeremoniell bis heute fortgesetzt, ohne auch nur einen Tag darauf zu verzichten.

»Ach, Vater, wenn du nur wüßtest, wer ich wirklich bin, wer dieser Salman ist, was er getan und wie oft schon er seinem Schicksal die Stirn geboten hat!«

Niemand in dieser riesigen Çukurova wußte, wer er wirklich war. Wenn er es auch hin und wieder nicht lassen konnte, auf seine Erinnerungen anzuspielen, so reichte das nicht, ihn kennenzulernen. Zeit seines Lebens würde Salman für seine Umwelt, sogar sich selbst ein Geheimnis bleiben. Soweit er sich erinnern konnte, hatten die Nachbarn, hatte man in ganz Mesopotamien und in der Stadt Urfa behauptet, seine Mutter sei die schönste Frau gewesen, die jemals auf die Welt gekommen sei. Genau wie Emine die Gerte. Und jedermann habe sie auch mit Emine der Gerte verglichen.

»Und ihr Name war Zeynep.«

»Woher kennst du denn ihren Namen, Mutter Cennet?«

»Ihr Name war Zeynep.«

»Das weiß doch jeder.«

»Im Land, wo sich die Gazellen tummeln …«

»Wo die Vollblüter galoppieren …«

»Die schönste Frau Arabiens …«

»Und daß sie Zeynep hieß, weiß jeder.«

Ja, welch anderer Name hätte für eine Frau, so schön wie sie, denn sonst gepaßt? Etwa Fatma oder Gazel, Zeliha oder Züleyha? Wie hätte sie denn heißen sollen, wenn nicht Zeynep. Und wer hat sie schließlich im Traum gesehen? War sie es denn nicht, die, schimmernd in einer Kugel aus Licht, Mutter Cennet erschienen ist?

»Plötzlich kam sie von weit her.«

»Ich hielt sie für Emine die Gerte.«

»Dieselbe Größe, derselbe Wuchs.«

»Dieselben hellen Augen.«

»Derselbe Lidschatten.«

»Schön wie eine Gazelle.«
»Wohin sie ihren Fuß setzte, begann es zu grünen.«
»Wuchsen Rosen aus der Erde zu ihren Füßen.«
»In einer Kugel aus Licht kam sie schimmernd daher.«
»Wie hätte sie denn heißen sollen, wenn nicht Zeynep?«
»Zeynep, rief ich, Zeynep!«
»Sie kam und griff meine Hand.«
»Setzte sich auf die uralte, prächtige Erde.«
»Nebeneinander saßen wir da.«
»Unter einem Himmel, der sich in weiter Ferne verlor …«
Und dann begann es noch zu regnen. Weither, von Nord, Süd, Ost und West, zuckten Blitze, kamen wirbelnd und brechend näher, ballten sich zu einer flammend kreisenden Kugel, die in der Mitte des hohen Himmels funkensprühend zerbarst. Und für einen Augenblick erhellte sich die Welt wie in einem blendenden Strom von Licht aus tausend Sonnen.

»In Ketten hat er sie geschlagen, in Ketten!«
»Vor lauter Eifersucht …«
»An Händen und Füßen in schwere Ketten hat er Zeynep gelegt. Und ihren Hals in einen dornenbewehrten, eisernen Ring … An einen mächtigen Walnußbaum hat er sie gefesselt und unter einem Zelt aus reiner, gelber Seide versteckt gehalten, weil, wie er sagte, kein männliches Geschöpf sie sehen dürfe.«
»Er hatte allen Grund dazu, der Ismail.«
»Der Sohn des arabischen Emirs war zu ihr in Liebe entbrannt.«
»Sein schwarzer Bart schimmerte wie Ebenholz.«
»Mit sonnengebräuntem Gesicht ein stattlicher Mann.«
»Doch die blauen Augen voll Trauer.«
»Aus unerfüllter Liebe zu Zeynep.«
»Die Ismail in Ketten geschlagen hatte, in Ketten!«
Am anderen Ende der Wüstenei waren Staubsäulen aufgewirbelt, hoch wie Minarette. Sandstürme brausten daher, die Welt schien aus den Fugen geraten zu sein, und sie versank in undurchdringliches Dunkel. Der Sturm trug ganze Sandhügel ab, schüttete sie etwas weiter wieder auf und fegte Wanderdünen in alle Windrichtungen vor sich her. Die Säbel blankgezogen, kamen

Reiter mit verhängten Zügeln aus den Tiefen der Wüste, aus Urfa, Babel und Haran, sie hatten sich in die Mähnen ihrer ungesattelten Pferde gekrallt, und ihre weissen Umhänge wehten im Wind. Inmitten von Gazellenherden, fliegenden Falken und Bussarden.

Kreischend flüchtete die ganze Wüste vor ihnen. Und barbusige, hochgewachsene, dunkelhäutige Arabermädchen tanzten mit leidenschaftlichem Gesang den Reigen plötzlich zwischen Gazellen und ungesattelten Pferden unter leuchtend grossen Sternen, die funkelnd in einem fort dahinglitten, einen Himmel von Licht webten und das Blau einer weichen Wüstennacht mit Gold durchwirkten ... Und inmitten dieser Mädchen ... Und kaum hat Ismail Zeynep auf die Kruppe seines ungesattelten Pferdes gehoben, ist er schon auf dem Weg zum Van-See, zum schneebedeckten Berg Süphan ... Zum einsamen, weiten, menschenleeren Land der Pappeln ... Und hinter ihnen bleiben mit traurigen Augen die Gazellen zurück ...

Salman wurde in Ismail Agas Konak am Seeufer geboren. Mit blanken Säbeln kamen die arabischen Emire aus der Wüste, erblickten Salman in den Armen seiner Mutter und riefen: »O weh! Das schönste Mädchen Arabiens hat sich diesem Kurden ergeben, o weh!« Sie rissen ihre Pferde herum, kehrten dem schneebedeckten Süphan den Rücken und ritten zu ihren härenen, schwarzen Zelten im wüsten Arabien zurück ... O weh ... Und Ismail wachte eifersüchtig über Zeynep, er war eifersüchtig auf den fliegenden Vogel, auf die krabbelnde Ameise, auf jedes sehende Auge, sogar auf sein eigenes.

»In Ketten hat er sie geschlagen, in Ketten.«

»Um ihren Hals einen Dornenring gelegt.«

»Unter einem Zelt aus gelber Seide ...«

»Mitten im blühenden Garten ...«

»Am Rande der plätschernden Quelle.«

»Unter der mächtigen Platane, am Ufer des Van-Sees, am Fusse des Berges Süphan ...«

»Die wehklagende Zeynep.«

»Ihren Sohn Salman im Arm ...«

Es begann der Krieg, und gleich Flüssen wie Euphrat, Tigris und Karasu fluteten Menschen von den schneebedeckten Bergen in die Wüsteneien von Urfa, Mardin und Haran hinunter und weiter zu den Weiden des Propheten Halil Ibrahim mit den hellen Gazellenaugen und dem dunklen Ebenholzbart, denn der hochgewachsene Prophet ließ nur Gazellen auf seinen Weiden grasen, stammte seine Sippe doch von Gazellen ab. Zeyneps gelbes Zelt blieb am Ufer des Van-Sees zurück, doch ihre Ketten trug sie weiterhin. So zogen sie durch die Wüste, ein ganzes Jahr ... Und Zeyneps Hals in Ketten ... Vielleicht sogar drei Jahre lang ... Im Geklirr der Ketten sog Salman an den Brüsten seiner Mutter. Und eines Tages tauchten auf ihren ungesattelten Pferden wieder die arabischen Reiter auf. Sie kamen in einer Wolke aufgewirbelten Staubs vom anderen Ende der Wüste in das herrliche Weideland des Hirten der Gazellen, des Propheten Halil Ibrahim, nachdem sie das alte Ninive und das antike Babel umritten und dreimal den Euphrat überquert hatten. Sie kamen und entdeckten Zeynep, die in einem Weizenfeld Ähren sammelte, hoben sie auf die Kruppe eines ihrer Pferde und ritten davon, noch über Ninive hinaus. Doch eines Nachts ergriff Zeynep eine günstige Gelegenheit, sie war noch immer die schönste Frau Arabiens, schwang sich auf einen arabischen Grauschimmel, krallte sich in seine Mähne und ritt mit ihm ins Land Halil Ibrahims. Dort fand sie schließlich ihren Sohn und ihren Mann, nachdem sie tagelang auf nacktem Pferderücken umhergeritten war. Aber schon einige Tage später hatten die sattellosen, säbelschwingenden arabischen Reiter sie wieder aufgespürt, sie an den Haaren aufs Pferd gezerrt und waren mit ihr über die Stadt Ninive hinaus ans andere Ende der Wüste geritten. Und wieder floh Zeynep, suchte und fand ihren Sohn und ihren Mann. Doch Ismail war verrückt vor Eifersucht, obwohl Zeynep unberührt wie eine Jungfrau zurückgekommen war. Noch einmal verschleppten die Araber sie, und wieder kam Zeynep zu Mann und Sohn zurück. Schließlich fanden sie keinen anderen Ausweg, als im Stamm der Jesiden, die den Teufel anbeten, unterzutauchen. »Wir sind gerettet«, freuten sie sich. Und jeden Morgen, gemeinsam mit den Jesiden ...

»Gemeinsam mit ihnen wandten sie sich dem anbrechenden Tage zu ...«

»Und als das erste Licht die Erde berührte ...«

»Berührten auch sie beim ersten Tageslicht die Erde mit der Stirn.«

»Sangen Lieder dem anbrechenden Tag ...«

»Dem strahlenden Licht ...«

»Sangen gemeinsam mit den andern.«

»Und eines Tages stiegen sie auf einen heiligen Hügel.«

»Da kamen von rechts, von links, aus der Wüste, vom Gebirge Abdülaziz und aus der Richtung der aufgehenden Sonne ...«

In Wellen kamen Jesiden aus dem Osten, vom Van-See, aus dem Flachland des Iran, vom Kaukasus, aus Erzurum und aus der Ebene Pasin zum Hügel. Seine Hänge und seine Umgebung quollen über von Menschen. Nachts wurden Feuer angezündet, wurde auf flammendroter Glut Gazellenfleisch gebraten, und die Edlen der Assyrer tranken am Lagerfeuer bis zum frühen Morgen dunkelroten Wein. Tausende besangen die aufgehende Sonne, das erste Licht, denn im ersten Licht wurde die Welt erschaffen und mit dem ersten Licht auch der Mensch, so priesen sie in ihren epischen Gesängen und großen, alten Sagen das Sonnenlicht ... Und tanzten reihum den rituellen Semah. Und wieder kamen Reiter aus der Wüste, umringten mit blankgezogenen Säbeln den Hügel und die Sonnenanbeter. Nach ihnen kamen noch mehr Reiter, sie kamen aus den östlichen und nördlichen Bergen und von den Quellen des Euphrat und des Tigris, und es kam in der Wüstenei zu einer unbarmherzigen Schlacht. Die Reiter verschleppten die Töchter und Frauen der Anbeter des Lichts, raubten ihre Gazellenherden, und Ismail wurde Zeuge ihrer Untaten ...

»Ismail gewahrte, wie die arabischen Reiter Zeynep griffen und mit ihr davonjagten.«

»O weh! rief Ismail ...«

»Ich verliere Zeynep, o weh!«

»Und diesmal wird sie nicht noch einmal zurückkommen können.«

»O weh! rief Ismail, o weh! ...«

Mit dem Schwert in der Faust holte Ismail die Araber ein, und es begann ein Kampf auf Leben und Tod. Das Blut dreier Araber vergoß er in den glühenden Wüstensand, entriß ihnen Zeynep und machte kehrt. Doch die anderen Araber umzingelten ihn. Sie begannen ihn zu umkreisen, den Säbel in der einen Hand, die langen Mähnen ihrer ungesattelten Pferde in der anderen. Von den arabischen Reitern eingekeilt waren: Ismail, Zeynep und auch Salman. Mit verhängten Zügeln ritten die Araber blitzschnell um sie herum, zogen die Kreise immer enger. Je länger sie kreisten, desto dichter wirbelte der Staub, aber ganz nah an Ismail kamen sie nicht heran, sie hatten Angst. Schließlich wagten sie es doch, ritten so dicht, daß sich die Ellenbogen fast berührten, und über ihren Köpfen funkelten die blanken Säbel. Als sie drauf und dran waren, über Ismail und die hinter ihm mit Salman kauernde Zeynep herzufallen, hatte Ismail keine Wahl. Er schwang wirbelnd sein Schwert und stieß mit blutunterlaufenen Augen zu, schlug und bohrte die Klinge immer wieder in das weiche Fleisch seiner Gegner. Die Ketten an Zeyneps Gelenken klirrten, ohne die Fesseln hätte sie auch ein Schwert getragen und auch einige Araber niedergemacht. Dann durchbrach Ismail den Ring der arabischen Reiter, die verblüfft noch immer im Wüstensand kreisten. Wie Störche, die manchmal aus unerfindlichen Gründen am Himmel ihre Runden drehen, ohne vom Fleck zu kommen!

Ismail hörte ein Röcheln, er drehte sich um und sah, daß Zeynep mit dem Tode rang. Sie war überall voll Blut, auch Salman in ihren Armen, auch ihr eiserner Halsring und ihre Ketten, die nicht mehr klirrten. Ismail zügelte das Pferd, saß ab, umarmte Zeynep und hob sie von der Kruppe. Salman weinte. »Laß mich nicht in dieser Wüste zurück«, bat Zeynep, »die Geier dieser Wüstenei sollen meine Leiche nicht fressen, bring mich fort zur Platane und begrabe mich dort neben der Quelle. Und hüte meinen Sohn Salman wie deinen Augapfel.«

Ismail legte die blutbesudelte, mit Eisenketten behangene Frau über den Pferderücken, sprang in den Sattel, hob Salman hinter sich und wendete sich zur Wüste hinaus den schneebedeckten

Bergen zu, während die arabischen Reiter noch immer im Kreise ritten. Die Landstraßen waren in den Händen der Feinde. Verwundete Soldaten und Horden verwaister Kinder füllten die Pfade und Senken der Ebene, in Wellen fluteten die Nomaden von überall her. Fern waren die Berge Süphan, Nemrut und Esrük, fern der Van-See, der so reich an Kranichen und Wachteln war. Nach einigen Tagen und Nächten – wie lange er geritten war, wußte Ismail nicht mehr – machte er am Fuße hoher Felsen halt. Tief unter ihm schlängelte sich gemächlich und glatt der dunkelgrüne Euphrat zwischen rotgeäderten Felswänden aus Feuerstein. Auf einem nahen Hügel stand eine Eiche so mächtig, daß fünf ausgewachsene Männer ihren Stamm gemeinsam nicht hätten umfassen können. Dorthin lenkte Ismail das Pferd und saß ab. Zeynep war schon lange tot, ihr Blut, mit dem sie auch den frierenden Salman besudelt hatte, längst verkrustet. Am Fuß der Eiche hob Ismail eine Grube aus und bettete die Tote zur letzten Ruhe. Dann hockte er sich ans Grab und stimmte Totenklagen an, die er heute noch singt.

»Ismail hat Zeynep keine Totenklage gesungen.«
»Nie und nimmer.«
»Ismail hat Zeynep umgebracht; die Araber waren es nicht.«
»Ismail hat sie aus Eifersucht getötet.«
»Zeynep war so schön, daß Ismail verrückt war vor Eifersucht.«
»Bis er sie schließlich …«
»Vor Eifersucht in Ketten legte …«
»Und nicht genug damit …«
»Sie noch im Konak einschloß.«
»Und nicht genug damit …«
»Stellte er noch Wächter vor ihre Tür; bewaffnete Kurden mit langgezwirbelten Schnurrbärten …«
»Doch damit auch noch nicht genug …«
»Am Ende brachte er sie um …«
»Aber das reichte noch nicht …«
»Denn er war eifersüchtig sogar auf Wolf und Vogel und Käfer, nachdem er Zeynep getötet hatte.«
»Eifersüchtig auf Schlange und Tausendfüßler …«

»Und so brachte er die Tote auf einen Berg mit Felsen aus Feuerstein.«

»Zu einer in den Fels gehauenen Grabkammer ...«

»Eines Wüstenkönigs Tochter Ruhestätte.«

»Der die Tote dort gebettet hatte, damit weder Schlange noch Tausendfüßler, weder Käfer noch Würmer sie fressen konnten.«

»Ismail kannte diese Grabkammer ... Er öffnete die Gruft, wo mit Gold, Smaragden und Perlen geschmückt die Königstochter lag.«

»Dort lag sie, als sei sie gerade hineingelegt worden, sie sah aus, als lebe sie noch und schlafe nur ...«

»Auf einer goldenen Liege ...«

»Unter einer seidenen Decke ...«

»Der Kopf auf einem seidenen Kissen ...«

»Das bedeckt war vom Fächer ihrer schwarzen Haare ...«

»Und behutsam legte Ismail Zeyneps Leiche neben die tote Königstochter.«

»Drei Tage und drei Nächte sang er in der Grabkammer Klagelieder, betete er, tanzte er den Semah ... Dann nahm er seinen Sohn Salman, ging mit ihm ins Freie, verschloß die Gruft sorgfältig, bedeckte sie mit Erde, so daß der Eingang nicht mehr zu sehen war.«

»Wie ein Zimmer im Serail, so schön soll die Gruft sein.«

»Voller Verzierungen ...«

»Mit Gold eingelegt ...«

»Schöner als Emine die Gerte soll Zeynep gewesen sein, schöner auch als die dort ruhende Königstochter ...«

»Nein, Ismail hat Zeynep in Stücke gerissen!«

Er kletterte auf die Felsen aus Feuerstein, schaute von dort oben sehr lange auf den Euphrat hinunter. Dann hob er Zeyneps Leichnam hoch und schleuderte ihn in den Euphrat. Diese Tote, soll er gerufen haben, ist nur würdig deiner göttlichen Pracht, o Euphrat, soll er gerufen haben, und die Wasser des Euphrat haben Zeynep aufgenommen und sie weit über die sieben Meere in die Unsterblichkeit getragen.

»Emine die Gerte ...«

Als mitternachts die Hähne krähten, klopfte Salman verhalten und ängstlich an die Tür der schönen Emine, die, einen brennenden, brandigen Harzgeruch verbreitenden Kienspan aus Tannenholz in der Hand, mit offenen, drängenden Brüsten und einem Schimmer wehmütiger Freude in den großen, schwarzen Gazellenaugen, sofort öffnete. Sie lächelte ihn an, so daß sich die Grübchen in ihrem Gesicht vertieften und ihre makellosen Zähne noch heller schimmerten, und Salman verspürte, wie ihm die wohlige Wärme und der betörend frauliche Duft ihres Körpers entgegenschlug und ihm die Knie weich wurden. Sein Blut pochte vor Begierde, vermischt mit einer Sehnsucht nach Liebe, vertraulicher Nähe und Geborgenheit. Ihm war, als entglitte ihm der Boden unter den Füßen. So stand er da, berauscht von Wollust und aufkeimender Liebe.

»Komm!« sagte Emine die Gerte. »Komm, mein Salman, ich warte schon lange auf dich, und während ich nach dir Ausschau hielt, wußte ich, früher oder später würdest du in einer Nacht wie dieser zu mir kommen.« Sie nahm den Kienspan aus der Rechten in die Linke, griff in Salmans blonden Haarschopf und zog seinen Kopf zwischen ihre Brüste. »Komm«, sagte sie, »komm herein!«

Ihm schwindelte vor Wollust, vor Liebe und vor so viel Schönheit, und dieser Rausch schien ihm stärker als der Tod. Die Frau nahm ihn bei der Hand und zog ihn vor den Kamin zu einer mit besticktem Leinen bedeckten Pritsche. »Setz dich hierher, mein Salman, mein Recke, meine Rose!« sagte sie. »Du bist willkommen!«

Salman erinnerte sich an Emine wie an eine Traumgestalt. Für ihn war Emine ein Traum, ein sehr alter Traum aus weit zurückliegenden Tagen.

Als sie sich im Dorf niedergelassen hatten, durchstreifte Ismail Aga gleich in den ersten Tagen mit der Neugier einer Katze ganz allein Nachbarschaft und nähere Umgebung. So war es schon in der alten Heimat gewesen. Am Van-See gab es wohl keine Uferstraße, keine Insel, keinen Berg und kein Tal, weder Dorf noch Festung, noch Höhle, wo er sich nicht umgeschaut hatte. Für ihn war es ein besonderer Zauber, in die Natur einzutauchen und umherzuziehen. Schon bald hatte er die Nachbarhäuser und jeden einzelnen ihrer Bewohner kennengelernt.

Von der Bergfestung stieg er durch blühenden, blauen Thymian und weiße Affodille, umgeben von Blumenduft und Bienengesumm, zum Felsen der Knäkenten am Flußufer hinunter. Auch die Keuschlammsträucher hatten ihre lila Blüten aufgesteckt. Am gegenüberliegenden Hang, am Fuße der hohen, schroffen Felsen, wo die Adler ihre Horste hatten, verströmten die Myrtensträucher ihren schweren Duft. Ismail Aga sah die Myrten zum ersten Mal hier in der Çukurova. Für die Einheimischen waren diese Gewächse wie etwas Heiliges. Auch die Olivenbäume hatte Ismail Aga bisher noch nie gesehen. Zwischen den Sträuchern am Felsen der Knäkenten tauchte plötzlich ein junges Mädchen vor ihm auf. Es trug ein grasgrünes Kopftuch, ein hellgrünes Kleid und hatte einen Gurt von noch hellerem Grün um die Hüften geschlungen. An ihren Ohrläppchen hingen goldene Ohrringe aus sehr alter Zeit, Ismail Aga kannte dieses Gehänge turkmenischer Goldschmiedekunst schon aus seiner Kindheit. Eine Weile standen sie sich gegenüber und sahen sich an. Die großen, pechschwarz schimmernden Augen des Mädchens betrachteten ihn zutraulich und mit jener Zärtlichkeit unerschöpflicher Liebe, zu der eine Frau fähig ist. Für einen Augenblick völlig ratlos, senkte Ismail Aga den Blick, während ein lähmender Schauer seinen Körper durchfuhr und ihn mit unglaublicher Wollust erfüllte. Das Mädchen hatte die pechschwarzen, mit Gold, roten Korallen und den einheimischen blauen Perlen zu sogenannten Vierzig Zöpfen geflochtenen Haare wie einen Fächer über ihre Schultern ausgebreitet. Ihr Hals war sehr lang und erinnerte an den eines Schwans. Die Grübchen in ihren Wangen verliehen dem braunen, traurigen Gesicht mit den ebenmäßigen roten Lippen und dem schmalen Kinn eine besondere Schönheit.

Beide rührten sich nicht vom Fleck, und Ismail wagte es nicht, den Kopf zu heben und das Mädchen noch einmal anzuschauen. Im nächsten Augenblick machte er kehrt und ging zwischen den Keuschlammbäumen davon. Was das Mädchen tat, wohin es ging – er schaute ihr nicht nach, so hatten ihn ihre Blicke verstört.

An einem der folgenden Tage stand sie plötzlich wieder vor ihm, als er gerade die Felder mit frisch aufgegangener Saat abschritt. Und wieder durchrieselte Ismail Aga dieser lähmende Schauer, als das Mädchen mit den traurigen Augen ihn voller Liebe ansah, und er senkte abermals verstört den Blick. Auch diesmal verhielt er so eine ganze Weile, doch dann blickte er hoch und entdeckte, daß sie ihn voller Bewunderung zu betrachten schien. Wann und wie sie sich schließlich trennten und das Feld verließen, daran kann sich Ismail Aga beim besten Willen nicht mehr erinnern. Ein drittes Mal standen sie sich im Tal des Weißdorns unter dem höchsten der Bäume gegenüber. Schweigend schaute das Mädchen ihn wieder so an, doch dann machte es plötzlich kehrt, lief davon und verschwand zwischen den Sträuchern.

Ismail Aga fand schnell heraus, wer die junge Frau war. Ihr alter Vater Süleyman stammte nicht aus diesem Dorf. Auf einem prächtigen arabischen Vollblut war er eines guten Tages mit seinen Kamelen, seinen Pferden und Zelten und großem Gefolge hergekommen. Die Brust seiner Frau war reich mit Gold geschmückt, seine Söhne trugen kostbar bestickte Umhänge, und jedem von ihnen hing eine Deutsche Flinte von der Schulter. Mit seinen Leuten und Pferdeknechten, seinen Schafsherden, Rindern und halbwilden Pferden lagerte er in der Ebene unter dem Felsen der Knäkenten, um sich nach einiger Zeit mit Hilfe der Einheimischen am Dorfrand ein geräumiges, mit Ried gedecktes Haus zu bauen, das er mit starkem Röhricht einzäunte. Süleyman war ein turkmenischer Bey, der, geflohen aus der Gegend von Haman, in diesem Dorf Zuflucht fand. In wenigen Jahren hatte er sich voll eingelebt. Die Dörfler betrachteten ihn als einen der ihren und sahen in ihm den großen Bey, denn er entstammte einer Sippe, die hier im Süden, von der Çukurova bis Aleppo, in Liedern, Sagen und Totenklagen besungen wurde. Aber er schien in ständiger Angst zu leben. Selten verließ er das Dorf, und wenn, dann nur in Begleitung von fünf, sechs Reitern. Auch nachts bewachten ihn fünf, sechs Leibwächter rund um die Uhr. Doch eines Nachts, kurz vor Morgengrauen, erhob sich plötzlich der höllische Lärm eines Kampfgetümmels, das sich von Süleyman Beys Haus bis hinauf in die Felsen zu erstrecken schien. Fremde Reiter waren eingefallen, die in einer Sprache redeten, die hier niemand kannte. Soweit die Dörfler es ausmachen konnten, waren es hochgewachsene Männer mit blonden Haaren und grünen Augen. Der Kampflärm im felsigen Gelände währte bis zum Abend. Erst kurz vor Einbruch der Dunkelheit verstummten die Waffen. Die Fremden hatten Süleyman Bey mit seinen beiden Söhnen und seinen Männern gefangengenommen, sie gefesselt auf ungesattelte Pferde gesetzt und waren mit ihnen davongeritten. Die Dörfler fanden in den Felsen viele Leichen, die meisten von ihnen gehörten zu den blonden Angreifern. Aber auch Süleyman Beys Frauen befanden sich unter den Toten. Nur Emine und Tanir der Alte, einer der Pferdepfleger, waren dem Gemetzel entkommen. Emine weinte nicht um ihre ermordete Mutter noch um ihren entführten Vater und ihre Brüder, und sie sang auch keine Klagelieder. Mit unbewegtem Gesicht ließ sie die Toten nach turkmenischem Brauch bestatten, lud zum Totenmahl und ließ nach vierzig Tagen für das Seelenheil der Verstorbenen den Koran lesen. Allein mit Tanir dem Alten, wohnte sie weiterhin im Elternhaus, ohne jemals die Hoffnung auf die Rückkehr ihres Vaters und ihrer Brüder zu verlieren ... Sie wuchs heran, reifte, und Tanir der Alte wurde älter und älter. Wie Vater und Tochter wohnten die beiden im großen Haus und warteten geduldig auf die Rückkehr der Verschleppten. Emines sagenhafte Schönheit war in der Ebene bald in aller Munde, und die Söhne nobler Turkmenen entbrannten schon vom Hörensagen in Liebe zu ihr, ohne sie zu kennen; von nah und fern kamen die jungen Männer herbei, nur um sie zu sehen. Doch sie antwortete jedem, der um sie freite, sie warte auf ihren Vater und ihre Brüder, und vor deren Rückkehr würde keine Männerhand die ihre berühren. Das habe sie mit der Hand auf dem Koran geschworen! Eines Tages kämen der Vater und die Brüder bestimmt zurück! Mit der Zeit gaben die unglücklich verliebten Burschen die Hoffnung auf, und

Emine geriet etwas in Vergessenheit, zumal sie selten das Haus verließ und auch sonst wenig mit den Dörflern redete oder Umgang pflegte. Mit der Deutschen Flinte im Anschlag bewachte und beschützte der alte Tanir das ihm vom großen Bey der Turkmenen anvertraute Gut, ohne mit jemandem auch nur ein Wort zu wechseln. Aber auch Emine hatte immer einen Revolver im Gürtel, wenn sie ins Dorf ging.

So eintönig verlief Emines Leben bis zu dem Tag, an dem Ismail Aga sich im Dorf niederließ.

Was Ismail Aga auch tat, wohin er auch ging – er blickte irgendwann in diese traurigen Augen, die ihn bewundernd und liebevoll anschauten. Und manch einer will das Mädchen sogar nachts bei Regen und stürmischem Poyraz, dem kalten Nordwind, in der Nähe von Ismail Agas Haus gesehen haben.

Ismail Aga tat alles, um Emine aus dem Weg zu gehen, aber es vergingen keine zehn Tage, und sie tauchte vor ihm auf und sah ihn mit ihren vor Leidenschaft leuchtenden Augen an. Ihre Liebe war in aller Munde, jeder in der Ebene bemitleidete Emine und zürnte Ismail Aga. Sogar Zero hatte Mitleid mit ihr. »Heirate sie!« forderte sie ihren Mann auf und fügte hinzu: »Daß sie uns in ihrem Ach und Weh nur nicht verwünscht! Ich werde mich mit ihr bestimmt gut vertragen. Außerdem haben wir noch immer keine Kinder, vielleicht schenkt sie uns welche. Verwünschungen aus unerfüllter Liebe bringen nichts Gutes!« Doch Ismail Aga senkte den Kopf und schwieg.

Emine die Gerte gab nicht auf. Als Ismail Aga rodete, stand sie jeden Tag schon im Morgengrauen mit ergeben gesenktem Kopf so lange am Feldrand, bis die Arbeit getan und er den Heimweg antrat.

»Das Mädchen wird noch sterben.«
»Sieh doch, Ismail, sie ist nur noch Haut und Knochen!«
»Das endet nicht gut für dich, Ismail.«
»So manches Unglück wird über dich kommen, Ismail.«
»Sie wird sich noch umbringen.«
»Und wenn sie sich nicht selbst umbringt, stirbt sie dahin.«
»Sie hat so lange gewartet, doch ihr Vater kam nicht zurück.«

»Die ganze Çukurova ist in sie verliebt.«
»Jünglinge, stark wie Tiger.«
»Und sie hat keinen auch nur angeschaut, Ismail.«

Emines traurige Lieder kamen Ismail zu Ohren. Wehmütige, unheilvolle Lieder. Doch nicht einmal sie konnten das steinerne Herz dieses Kurden erweichen.

Der Morgen graute, als Ismail durch den Paß ritt und Emine vor ihm auftauchte. Diesmal baute sie sich kerzengerade vor ihm auf und sprach ihn an. »Bleib stehen, Ismail«, sagte sie.

Ismail Aga zügelte sein Pferd.

»Diese Liebe hat mich zum Gespött der ganzen Welt gemacht. Habe ich das verdient, Ismail? Halt an und sag etwas!«

Ismail Aga wurde kreidebleich und schwieg.

»Keine Angst, ich werde mich nicht töten. Sich aus unerfüllter Liebe umzubringen ist nicht die Art eines Mädchens aus Horzum, weil dann ja auch die Liebe mit ihr sterben würde. Der Liebe aber den Tod zu geben gilt bei uns als schwere Sünde. Hör mich also an, Ismail ...«

Tränen rannen über Ismails Wangen.

»Ich könnte dir einen Sohn schenken, Ismail, einen Sohn aus der Sippe derer aus Horzum ... Es ist ein edles Geschlecht von alters her, seit den Tagen von Khorassan, auch wenn es jetzt ausstirbt ...«

Ismail Aga hatte den Kopf wieder gesenkt.

»Wirst du mir denn nichts sagen, Ismail, nicht ein einziges Wort?«

Ismail hob den Blick, seine Augen waren voller Tränen, seine Schultern zuckten. »Ich habe geschworen«, antwortete er mit erstickter Stimme, »daß ich hier in der Fremde ...«

Emine lächelte, gab den Weg frei, und Ismail trieb müde und schwerfällig das Pferd wieder an.

Bis Mustafa geboren wurde, ging Emine Ismail Aga aus dem Weg, vermied jeden Ort, wo er hingehen, wo er auftauchen könnte. Vierzig Tage nach Mustafas Geburt aber gewahrten die Dörfler mit Erstaunen, wie Emine in ihren schönsten Kleidern über Ismail Agas Hof ging und im Hause verschwand. Sie ging geradewegs zur Wiege des Kindes, Ismail und Zero waren wie erstarrt, schlug das Deckchen zurück, und nachdem sie dem Kind eine Zeitlang schweigend ins Gesicht geschaut hatte, hängte sie ihm einen goldenen, mit himmelblauen Perlen besetzten Talisman mit der das Unheil abwendenden Inschrift »maschallah« an die Wiege, richtete sich lächelnd auf und verschwand, ohne sich umzuschauen. Eine Woche später feierte sie mit einem jungen, wohlhabenden Mann im Nachbardorf an reich gedeckten Tafeln eine drei Tage und drei Nächte währende, prächtige Hochzeit. Doch schon wenige Tage danach kam sie, noch im Hochzeitsgewand, ins Dorf zurück. Und niemand im Dorf, nicht einmal ihr dreitägiger Ehemann und auch nicht Tanir der Alte, konnte sich Emines Verhalten erklären.

Salman ging mit gesenktem Kopf zur Wandpritsche und setzte sich. Er schaute unentwegt zu Boden. Emine folgte ihm und hockte sich neben ihn auf die Kante. Eine Weile saßen sie schweigend nebeneinander. Emine ließ Salman nicht aus den Augen, der mit einem kindlich schamhaften Lächeln sich nicht zu rühren wagte. In einer Ecke brannte ein Nachtlämpchen, das gelbliches Licht und spielende Schatten auf die mit bläulichem Lehm versetzte Binsenwand warf. Vom andern Ende des Dorfes tönte mehrmals das Krähen einiger verspäteter Hähne herüber. Plötzlich sprang Emine auf, hob das eingerollte Bett aus dem Wandkasten und warf es auf den überwiegend blau getönten Kelim. Vom dumpfen Aufschlag der Matratze schreckte Salman zusammen. In Windeseile breitete die Frau das Nachtlager aus, schüttelte die dicke, gestreifte Unterlage und das bestickte Kissen auf und begann im nächsten Augenblick auch schon, sich auszuziehen.

Mit großen Augen schaute Salman schwer atmend zu, wie sich die Frau entblößte. Emines Körper war von makelloser Glätte. Ihre Brüste standen steil, ihre Hüften zogen zur Taille hin zwei ebenmäßig gebogene Linien. Unter dem sehr runden Bauch mit dem grübchengleichen Bauchnabel hatte sich der Venushügel geschwellt, und wie ein leichter Dunst breitete sich ein schwindelerregend fraulicher Duft von ihrem Körper aus und füllte den ganzen Raum. Emine stand im Bett und sah Salman an, der noch immer mit großen, starrenden Augen wie verzaubert dasaß. Die Frau merkte, wie seine Schultern zitterten. Zum ersten Mal sah Salman den Körper einer Frau, einen Körper, so bereit und voller Hingebung. Auch die Lippen der Frau hatten sich geschwellt. Der Geruch ihres Körpers wurde immer stärker, und Salman versuchte mehrmals, auf die Beine zu kommen, doch es wollte ihm nicht gelingen. Schließlich schaffte er es mit großer Anstrengung. Die Frau sah, wie er schwankte und am ganzen Körper zitterte. Diese Erregung ging auch auf sie über, ihre geschwellten Lippen öffneten sich, ihre weißen Zähne schimmerten, der kleine Hügel wurde praller. Salman konnte weder einen Schritt zum Bett noch zurück zur Pritsche machen. Die Haut in seinem Gesicht hatte sich gespannt, seine weit aufgerissenen Augen glitzerten mit einem Ausdruck verwirrter Ungläubigkeit. Emine blickte ihn unverwandt an. Wie ein Schattenspiel huschte im Wechsel von hell und dunkel der Schein des flackernden Kienspans über die Wände, tauchte das Zimmer in grelles, dann wieder dämmeriges Licht.

Von draußen drang der Ruf eines Nachtvogels herein, der wohl im großen Felsen hinter dem Dorfbrunnen nistete ... So schrie er jede Nacht. Emine hatte sich an diesen Ruf gewöhnt, seit wie vielen Jahren schon, wer weiß, dachte sie, während sie sich auf das Bett kauerte und wartete ... Komm, Salman, komm, bat sie im stillen und schämte sich vor sich selbst. So viele Jahre hat mich keines Mannes Hand berührt, schoß es ihr durch den Kopf, so viele Jahre habe ich darauf gewartet, daß du zu mir kommst, und du wirst der erste Mann sein, mit dem ich mein Bett teile, nun zittere vor mir doch nicht wie ein Blatt im Wind ...

Salmans Augen schweiften zur flackernden Flamme, er schwankte hin und her. Der Regen tropfte auf das Rieddach, und in den Schrei des Nachtvogels droben im Felsen mischte sich das dumpfe Aufheulen der Windstöße. Über dem Herd steckten Büschel getrockneten Enzians zwischen den Binsen der Wand, ausgedorrte, brandig bitter duftende, gelbe Büschel, wie in den sonnendurchglühten Felsspalten der Berghänge, wenn Tromben von Staub und weiße Kumuluswolken vom Mittelmeer heraufziehen. Auch der Stamm derer aus Horzum war aus den Wüsten Arabiens über Antep in die Çukurova gezogen, hoch zu Pferde, kerzengerade, mit Satteldecken aus Tigerfell, das Zaumzeug silberbeschlagen, auch die Zwiesel der Sättel mit nielliertem Silber verziert ... Emines Haare lagen wie ein Fächer über dem Kissen, Vierzig Zöpfe, verflochten mit Silber und Gold und roten, innen leuchtenden Perlen aus sehr alter Zeit.

Die Flamme des brennenden Kienspans flackerte, schien zu verlöschen und züngelte plötzlich lichterloh. Salman konnte sich nicht mehr auf den Beinen halten, er glitt zurück und ließ sich auf die Pritsche fallen. Seine Beine zitterten, sein Herz pochte bis zum Hals, ihm wurde schwarz vor Augen. Ununterbrochen perlte ihm der Schweiß, rann über Gesicht und Hals, verdunstete, und der säuerliche Geruch vermischte sich mit Emines fraulichem Körpergeruch. Wie die Nüstern eines Pferdes weiteten sich Salmans Nasenlöcher, weiteten sich wie vor einer sich frisch öffnenden Blume. Doch dieser betörende Geruch war ihm völlig fremd ... Er hatte mit den Händen sein Glied umklammert, es schwoll an, richtete sich auf und wurde hart. Auch Emine hatte ihre Augen auf sein Glied geheftet, das er vergeblich herunterzudrücken versuchte. Es glitt ihm aus der Hand, stand steil, und er beugte seinen Körper darüber.

»Komm!«

Emines Aufschrei, Salman bei den Händen packen und über sich aufs Bett ziehen, waren eins. Und ohne sich klarzuwerden, wie ihm geschah, hatten sie sich fest umklammert, war sein Glied schon tief in sie eingedrungen.

Die Frau erlebte die Süße ihres ersten Mannes, wie Salman seinerseits, nach seinem Abenteuer mit dem Stutfohlen, den ersten Liebesrausch mit einem Weib. Sie umarmten und liebten sich sehr lange und ließen erst am frühen Morgen voneinander ab. Als die ersten Hähne krähten, stand Emine auf, streifte sich ihren grünen Rock und ihren kurzen, grünen Umhang über, band sich ihr grünes Kopftuch um und ihren grünen Gurt. Dazu die Halskette mit den Goldmünzen und die goldenen Ohrringe ...

Im kleinen Raum gegenüber wachte Tanir der Alte mit dem Gewehr in der Hand. Seit dem ersten Tag hatte er Emine Nacht für Nacht so bewacht, war ihm am Haus und in der Umgebung nichts entgangen. Auch als Salman nachts geklopft hatte, war er mit Emine ans Tor geeilt und hatte sich unbemerkt sofort in sein Zimmer zurückgezogen, als sie öffnete. Nachdem Emine sich niedergebeugt und Salman einigemal geküßt hatte, ging sie hinüber ins Zimmer von Tanir dem Alten. Er saß auf seinem Bett, hatte die Stirn gegen den Gewehrlauf gelehnt und lächelte zufrieden. Er sah jetzt ganz klar. Emines Gesicht war heute morgen anders als sonst, es sprühte nur so vor Freude, und diese Freude war auch auf den Alten übergesprungen. Seit Jahren hatte er dieses unglückliche Mädchen nicht so fröhlich erlebt. »Sie soll heiraten«, sagte er sich, »wenn sie schon den Vater nicht heiraten konnte, soll sie doch den Sohn nehmen.« Aber so ganz geheuer war ihm nicht. Wenn das Dorf erfuhr, daß Salman sich um Mitternacht ins Haus geschlichen hatte und, bewacht von Tanir dem Alten, bis zum Morgen bei Emine geblieben war? Bewacht von ihm? Es brauchte ja nur einer Salman beim Betreten des Hauses beobachtet zu haben ... Wie sollte Tanir der Alte dann im Dorf noch jemandem in die Augen schauen, wie unter die Leute gehen? Und wenn Salman, wie sein Vater, das Mädchen hinter sich herlaufen ließe, ohne es zu erhören? Nun, schwor Tanir der Alte bei allen Heiligen, dann würde er die Kugeln, die er jahrelang in seiner Flinte bereitgehalten hatte, mit den Worten: »Da ist die Mitte deiner Stirn« Salman in den Kopf jagen! »Sieh an, sieh an, wie sich dieses Mädchen freut«, murmelte er in sich hinein und wäre selbst vor Freude beinah in die Luft geflogen.

Salman schlief tief und ruhig, alle Bitterkeit und Härte war aus seinem Gesicht gewichen, und die geschürzten Lippen gaben ihm ein kindliches Aussehen ... Emine, ganz in Grün, ging in einem Taumel von Freude hinaus, kam wieder zurück, drückte Salman einen Kuß auf die Wange, lief hinaus und durch den Hof bis zu den Kakteen, von dort bis zu den Felsen am Fuße des Berges, kam wieder zurück, eilte zum Fluß hinunter, tappte über die Kieselsteine, lief wieder zurück zu den Felsen, pflückte den blühenden Thymian, lief ins Haus und verstreute die Blüten über Salmans Decke.

Auf dem Herd brodelte das Teewasser. Emine trieb die Kühe aus dem Stall, um sie zu melken, und stellte zum Buttern alles bereit. Die Hähne krähten, und hinter der Festung hellte die Morgenröte den Himmel. Im Überschwang der Freude ging Emine alles schnell von der Hand. Im Nu hatte sie die Kühe gemolken und die Milch aufgesetzt. »Bitte, Tanir Aga, paß auf, daß sie nicht überkocht«, hatte sie noch gerufen und sich ans Butterfaß gesetzt. Jetzt war sie schon dabei, die fertige Butter aufzutischen. Gedankenversunken schaute Tanir der Alte zu, wie sie am frühen Morgen so fröhlich ihre Arbeit verrichtete.

Emine spürte noch immer dieses unvergleichliche Wohlgefühl durch ihre Adern und Lenden strömen, und sie meinte, ihr Herzschlag setze aus bei dem Gedanken, alles erreicht zu haben, wovon sie so lange geträumt, wonach sie sich so lange gesehnt hatte.

Erst spät am Morgen wachte Salman verwundert auf, doch im nächsten Augenblick wußte er wieder, wo er sich befand, erinnerte er sich an die vergangene Nacht; und ein breites Lächeln huschte über sein Gesicht, als er in Emines liebevolle Augen blickte.

»Hast du gut geschlafen, mein Salman?« Sie umarmte den jungen Mann und schaukelte ihn, als wolle sie ein Wiegenlied anstimmen. Nichts kommt dem Glück, eine Frau zu sein, gleich, dachte und spürte sie zugleich, während sie ihn wie ein Kleinkind in ihren Armen wiegte.

»Ich habe geschlafen«, antwortete Salman verschämt lächelnd, ohne ihr ins Gesicht zu sehen.

»Dann hoch mit dir, waschen und frühstücken!«

Der Teekessel dampfte, und die Milch im Topf daneben war kurz vorm Kochen. Auf dem ausgebreiteten Kelim lag Fladenbrot und in einer Schüssel ein noch mit Bläschen bedeckter Klumpen Butter, den Emine frisch aus dem Faß geholt hatte, daneben, in schneeweißen Waben, durchdringend duftender Heidehonig …

Salman ging nicht ins Freie, sondern in den Nebenraum für rituelle Waschungen. Mit Schnabelkanne, einem rosa Behälter duftender Seife und einem über die Schulter geworfenen, frischen, gelben Handtuch wartete Emine schon auf ihn. Sie übergoß ihn mit Wasser, Salman ließ die Seife schäumen, wusch sich sorgfältig und blickte dann um sich.

»Hinausgehen kannst du nicht, mein Löwe«, sagte Emine mit weicher Stimme. »Das mußt du schon im Stall erledigen. Ich werfe es nachher weg und mache noch einmal Wasser heiß, damit kannst du dich abspülen.«

Lächelnd ging Salman in den Stall, der an Tanir des Alten Zimmer grenzte, schloß die Tür hinter sich, kam aber bald wieder heraus. Sofort war Emine mit der Schnabelkanne bei ihm, Salman wusch sich im rituellen Waschraum und gab Emine die Kanne zurück. Sie setzten sich zum Frühstück auf den Kelim. »Setz dich zu uns, Tanir Aga!« bat Emine.

»Laßt es euch schmecken«, antwortete Tanir der Alte, »ich werde nachher frühstücken.« Dann ging er hinaus.

Es duftete nach frischer Milch und frischem Heidehonig. Emine hatte den Tee hasenblutrot aufgebrüht. Doch Salman streckte seine Hand weder nach dem dampfenden Teeglas aus noch nach der heißen Milch im kupfernen Napf. Und anstatt sich über Brot, Butter und Honig herzumachen, starrte er Emine an, betrachtete gedankenversunken ihr Gesicht. Als Emine ihn dabei ertappte, begann sie zu lachen. Sie strömte über vor Freude, küßte den verträumten Salman, herzte ihn, hockte sich wieder neben ihn, der sie noch immer selbstvergessen anstarrte, anstatt zu frühstücken, und, erregt durch seine Blicke, drückte sie ihn mit lautem Lachen wieder so fest an sich, als wolle sie ihm sämtliche Knochen brechen. Kurz darauf ließ Salman sich von ihrer Freude anstecken. Ohne in diesem Drunter und Drüber einen Gedanken ans Frühstück zu verschwenden, hatten sie schon die Tür von innen verriegelt und sich in einem Taumel von Freude und Wollust wieder vereint.

So liebten sie sich eine Woche lang hinter verschlossenen Türen, bewacht von Tanir dem Alten, der mit der Flinte in der Hand um sie zitterte.

Es war schon gegen Mitternacht, als Salman sagte: »Ich gehe, Emine.«

»Wohin?«

»Zum Landgut. Mein Vater macht sich Sorgen und sucht nach mir. Und obwohl er seit einer Woche kein Auge mehr zumacht, bringt er es nicht über sich, nach mir zu fragen.«

»Bist du sicher, daß er deinetwegen vor Sorgen nicht mehr schlafen kann?«

»Ich kenne ihn in- und auswendig«, lachte Salman. »Er kann nicht mehr ruhig schlafen, aber sein Stolz erlaubt es ihm nicht, sich nach mir zu erkundigen.«

»Liebst du ihn sehr?« fragte Emine, und ihr Blick umwölkte sich.

»Sehr«, antwortete Salman mit gesenktem Kopf. »So, wie Heilige und Derwische ihre Götter verehren ...« Er schaute auf und sah Emine fragend in die Augen.

Emine schwieg, und Salman wartete auf ein Wort von ihr. Erst nach einer ganzen Weile sagte sie plötzlich mit erstickter Stimme: »Aber er liebt dich überhaupt nicht.« Und fügte dann, wie in Gedanken, hinzu: »Weder dich noch mich ...«

Salman nahm sie bei der Hand und ging mit ihr zur Tür. Eine Weile standen sie so nebeneinander. Erst als er die Tür öffnete, stöhnte er: »Weder dich noch mich ... Und jetzt schon gar nicht mehr ... Jetzt schon gar nicht mehr ...« Dann verschwand er in der Dunkelheit.

Gegen Morgen erreichte Salman das Gehöft. Das Hauptgebäude, ein Konak mit Wänden wie Festungsmauern, lag am Fuße einer Felswand in einem großen Hof, in dessen Mitte ein spitzer Felsen emporragte. Am Fuße dieses Felsens zeichneten sich, überwuchert von Brombeergestrüpp, höhlenartig drei tiefe Einbuchtungen ab. Hinterm Konak standen, wie aus der Felswand gewachsen, drei riesige, stämmige Johannisbrotbäume. Der Eingang zum Konak befand sich im mittleren Teil dreier Arkaden.

Sonne und Regen hatten die Dachziegel gebleicht. Der Bau war zweistöckig, und über die ganze Länge der Westseite erstreckte sich ein breiter Balkon.

Salman öffnete das Hoftor, ging zum Konak, blieb vor der verschlossenen, aus groben Bohlen gezimmerten Eingangstür stehen und brüllte: »Müslüm Aga, Müslüm Aga!«

In dunkelblauer Weste und bestickter, blauer Pluderhose erschien der schnauzbärtige Müslüm Aga auf dem Balkon. Er trug eine Pistole in seiner seidenen Bauchbinde. »Willkommen, Bey, willkommen!« rief er aufgeregt, als er Salman erkannte, eilte sofort die Treppe hinunter, öffnete die Tür und legte ihm voller Freude die Hände auf die Schultern. »Wo bist du abgeblieben, Salman? Es ist schon so lange her, seit Ismail Bey dich angekündigt hat, daß ich vor lauter Ausschau halten schon vier Augen habe. Willkommen auf dem Gut, braver Sohn meines Herrn. Komm erst einmal herein!«

Müslüm Aga war ein welterfahrener Mann, über den sehr viele Gerüchte im Umlauf waren, doch niemand wußte Genaues über ihn und seine Herkunft. Eines Morgens vor Sonnenaufgang hatte er an Ismail Agas Tür geklopft und gesagt: »Da bin ich, Ismail, ich habe von dir gehört und suche bei dir in der Çukurova Zuflucht, doch frage mich nicht, warum, auch nicht, wer ich bin und woher ich komme! Schau mich an, und wenn du nichts gegen mich hast, heiße mich zu bleiben, wenn nicht, sage gar nichts; ich werde dann in einem Monat wieder gehen, ohne daß du es erfährst.« Ismail war von der Art dieses Mannes angetan. »Bleib erst einmal für einen Monat Gast in meinem Haus, dann sehen wir weiter«, hatte er lachend geantwortet.

Salman vorweg, stiegen sie langsam die Treppe hoch. Die Mägde hatten bereits die hölzerne Eßplatte auf den Fußboden gestellt und zum Frühstück eingedeckt. Müslüm Aga zog seine große Eisenbahner-Uhr aus der Tasche seiner mit vierzig Knöpfchen verzierten blauen Aleppo-Weste. »Wir haben noch viel Zeit bis Arbeitsbeginn, mein Löwe«, sagte er, nachdem er einen Blick aufs Zifferblatt geworfen und die Uhr, die an einer mehrreihigen, quer über seine Weste gespannten silbernen Kette hing, eingesteckt hatte. Salman hatte sich schon immer so eine Uhr gewünscht, aber seinen Vater nie darum bitten mögen. Auch in Müslüm Agas Weste mit besticktem Taschenrand und Kragen war er ganz vernarrt. Doch er hatte immer Hemmungen gehabt, die Araber, die mit den Pferden aus Syrien kamen, zu bitten, ihm so eine Weste mitzubringen.

Sie hockten sich nieder und frühstückten schweigend. Vom nahen Felsen hallte der Ruf zum Gebet herüber. Als sie sich schließlich erhoben, waren die Mägde sofort wieder zur Stelle und räumten ab.

»Unter den Arbeitern ist ein junger Imam mit sehr schöner Stimme. Ob sie sich zum Gebet sammeln oder nicht, er steigt morgens, mittags, abends und nachts auf den Felsen und singt seinen Aufruf«, sagte Müslüm Aga lächelnd. »Die ersten Tage betete kein einziger von ihnen, doch nach und nach begannen sie, wie er zu beten, und jetzt tu ich es auch, wenn du willst, beten wir gemeinsam.«

Salman senkte den Kopf. »Ich weiß nicht, wie gebetet wird«, sagte er verlegen, »Vater hat es mich nicht gelehrt ... Er hat mir auch nie gesagt, ich solle beten ...«

»Dann laß es«, befand Müslüm Aga, »dein Vater ist ein kluger Mann, bestimmt wird er gewußt haben, warum.«

»Aber ich möchte es gern.«

»Dann tu es«, nickte Müslüm Aga.

»Und was wird mein Vater dazu sagen?«

»Er betet ja auch, sogar fünfmal am Tag zur rechten Zeit, auch wenn er noch so viel um die Ohren hat ... Beten ist eine gute Sache, dein Vater wird sich freuen, wenn du es tust ...«

»Bist du sicher?« fragte Salman ganz aufgeregt. »Aber wer bringt mir denn bei, wie der Ablauf ist und welche Gebete dabei gesprochen werden?«

»Kennst du denn gar kein Gebet?«

»Kennen schon«, antwortete Salman ausweichend.

»Und?« fragte Müslüm Aga gedehnt.

»Mein Gebet ist ein anderes Gebet. Und ich weiß nicht, was für ein Gebet dieses Gebet ist ...«

»Wie ein Gebet auch sein mag, es ist ein Gebet«, lachte Müslüm Aga, daß sich sein Schnauzbart plusterte.

»Meins ist anders ...«

»Wie anders?«

»Es ist ein Lied an die Sonne, wenn sie aufgeht.«

»Meinetwegen«, sagte Müslüm Aga nachdenklich und stutzte. »Dann singst du eben innerlich das Lied an die Sonne, wenn du dich zum Gebet aufstellst ... Hier betet jeder innerlich, was ihm einfällt, wenn er sich zum Gebet aufstellt. Ich auch ... Auf dieser Welt hat jeder sein Gebet, hat jeder Mensch sein eigenes Gebet.«

»Ist das wirklich so?« freute sich Salman.

»Ja, wirklich«, antwortete Müslüm Aga.

»Und ich dachte immer, jeder betet dasselbe, wenn er sich zum Gebet aufstellt ...«

»Stimmt«, bestätigte Müslüm Aga, »das gibt es auch, aber jene, die kein Gebet kennen, die beten, was ihnen im Innersten einfällt ... Und nach den eingelernten Gebeten betet ohnehin jeder sein eigenes Gebet. Ich bete immer mein eigenes.«

»Wirklich?«

»Ja, wirklich.«

»Kennst du denn sonst keine Gebete?«

»Einige schon, aber meine eigenen Gebete gefallen mir besser.«

»Dann los, beten wir gemeinsam mit den Arbeitern, wenn die Sonne aufgeht«, drängte Salman, ungeduldig wie ein Kind.

»Zuerst einmal die Waschungen!«

»Ja, die Waschungen.« Salman holte die Schnabelkanne. »Wie die Waschung vor sich geht, weiß ich. Habe meinem Vater dabei oft zugeschaut.«

Mit der Schnabelkanne und einem Stück Seife rannte er die Stufen hinab und weiter bis zu den Johannisbrotbäumen, hockte sich dorthin, entleerte, reinigte und wusch sich. Als er zurückkam, hatte Müslüm Aga seine Waschung schon beendet, er war gerade dabei, sich hinter den Ohren abzutrocknen.

Der Imam vorweg, dahinter Müslüm Aga und Salman, gefolgt von den Arbeitern, so gingen sie auf die taufrische Wiese vor dem Konak, stellten sich zum Gebet auf und verrichteten, begleitet von der schönen Stimme des Imams, ihr Morgengebet, beugten sich, gingen in die Knie, richteten sich auf, beugten sich erneut ... Am Ende des Gebets stellte Salman verwundert fest, daß, woher auch immer sie gekommen sein mochte, eine heitere Ruhe in ihm eingekehrt war.

Die Weizenfelder, die sich vom Gehöft weithin zum Fluß erstreckten, waren goldgelb gereift, und die im Morgenlicht vom Tau noch glänzenden, schweren Ähren wiegten sich sanft. Als erstes begannen die Kreiselmäher in der Nähe der Berge zu lärmen, wurden immer lauter. Sie wurden von gutgenährten Pferden gezogen, und ihre Messer tauchten wie die Flügel eines Märchenvogels in das goldfarben funkelnde Getreide ein. Kurz darauf mischte sich das Stampfen der Dreschmaschinen in diesen Lärm. Dazu Hunderte von Schnittern in langer Reihe, die in felsigem, unebenem Gelände und am Fuß der Hänge das Korn sichelten. Dann stieg die Sonne wie ein glühender Ball über dem Fluß auf. Ihr Licht spiegelte sich in den fernen, weit gefächerten Wasserläufen, strahlte bis hierher, huschte in immer wieder neuen Figuren über die Felswände. Wie Blitze schienen die von den Gewässern widergespiegelten goldgelben Funken der Ähren die Felswände in zwei Hälften zu zerschneiden ... Das Licht blendete von den Felsen, von den wogenden Feldern, von den wie geschmolzenes Silber glänzenden Wassern. Die schweren, reifen Ähren und lila Felsen knisterten in der Hitze. Der Lärm der Kreiselmäher, der Dreschmaschinen, Traktoren und Lastwagen, die vereinzelten Schreie der Frankoline, das ferne Rattern der Pferdegespanne, das Gebimmel ihrer Glöckchen, all das klang eigenartig erstickt unter der schwer lastenden Hitze. Sogar das Echo schien in diesem endlosen Glast von den Hängen leiser zu hallen. Hasen, Frankoline, Nattern, lange, dünne, goldgelbe Hornvipern flüchteten vor den Mähmessern. So manches Vogelnest wurde von den schweren, eisernen Rädern mit Eiern und Jungvögeln in die Erde gestampft, und so manches gefleckte Vogelei, aber auch flaumige Jungvögel mit weit aufgesperrten, gelben Schnäbeln, blieben unversehrt zwischen den Stoppeln zurück. Kleine Vögel, noch nicht so richtig flügge, flatterten wenige Schritte weit, junge Hasen, Schakale und Füchse irrten verwirrt zwischen den Stoppeln umher.

Wie gebannt stand Salman am Fuße eines Felsblocks vor dieser flimmernden, in Kaskaden von Licht brodelnden unendlichen Ebene. Wie ein Wunder erschien ihm die immer greller werdende, blendende Helle, das Blitzen der Sicheln Hunderter Schnitter, die ein- und auftauchenden Blätter der Mähmaschinen, das flüchtende Wild, die verstörten Jungtiere, die girrenden Frankoline, die springenden Grashüpfer, die zu Tausenden kreisenden grünen, blauen und gefleckten Käfer, unter deren festen Vorderflügeln hauchdünne, wiederum blau, grün, lila und rot geäderte Flügel funkelten. Die Hitze brütete, schien wie Flammen von den Stoppeln und Felswänden zu züngeln und Erde und Himmel in einer Feuersbrunst zu ersticken.

Müslüm Aga war so in seine Arbeit vertieft, daß er Salman ganz vergessen hatte. Hoch zu Pferd, den Kopf mit einem weißen Tuch geschützt, ritt er hin und her, von den Dreschmaschinen zu den Schnittern, von den Mähmaschinen zu den Frauen, welche die Garben zu den Dreschern oder den mit Pferden bespannten Schlitten schleppten, von den Pferdegespannen zu den Lastern, die das Korn zu den Getreideschächten ins Gehöft brachten.

Es war Abend geworden, als kurz vor Sonnenuntergang ein harter, langer Pfeifton Salman aufschreckte und ihn in diese blendend grelle, die Augen schmerzende Welt voller schwirrender Insekten und funkelnder Käfer zurückbrachte. Vor ihm, rittlings auf dem Rücken seines an Hals und Flanken schaumbedeckten Pferdes, saß Müslüm Aga mit schweißnassen Schultern und weißen Salzflecken auf der am Körper klebenden blauen Weste. Seine lächelnden Augen und Zähne schimmerten hell im braungebrannten Gesicht. Er schien über die weit aufgerissenen Augen des verstörten Salman überrascht zu sein, zumal Salman sich wie ein Schlafwandler bewegte.

»Nimm's mir nicht übel, Salman, mein Bey«, sagte er, »ich habe dich hier völlig vergessen. Oh, diese Zerstreutheit und dieser vergeßliche, unglückselige Kopf! Sollen doch meine Augen herausfallen! Ich fürchte, du hast seit heute morgen auch nichts gegessen, oder?« Er begegnete Salman offensichtlich mit derselben Hochachtung, mit der er Ismail Aga begegnete. Das schmeichelte Salman und steigerte sein Selbstwertgefühl.

Salmans zufriedenes Lächeln beruhigte Müslüm Aga. »Bitte, Bey«, bat er, während er absaß, »bitte, Bey, steig aufs Pferd, wir machen uns auf den Heimweg.«

Salman wehrte ab. Das Pferd am Zügel, gingen beide zu Fuß zum Gehöft. Im Hof und davor drängten sich Vorarbeiter, Fahrer, Schnitter, Schnitterinnen und Tagelöhner. Aus den kleinen Backöfen am Fuße der Mauer wurden weithin duftende Brote herausgezogen und an die in Reihe wartenden Frauen und Männer verteilt. Bis ins felsige Gelände hinein brannten überall kleine Feuer, auf denen Essen köchelte. Salman erkannte mit seiner scharfen Nase am Geruch, was in jedem der aufgesetzten Töpfe garte.

Zwei, drei Stufen auf einmal nehmend, eilten Salman und Müslüm Aga nach oben. Salman hatte Müslüm Aga den Vortritt lassen wollen und war dann, peinlich berührt, vor einem Älteren die Treppe hochsteigen zu müssen, losgelaufen, als dieser ablehnte. Der Tisch war auf der Veranda gedeckt worden, auf einer silbernen Platte stand Grützpilaw, der nach heißer, frischer Butter duftete, dazu überwiegend aus Tomaten und Auberginen bestehendes Allerlei. Die Silberplatte mitsamt den Schüsseln und Näpfen, den goldenen Gabeln und Löffeln hatte Müslüm Aga in einem geheimen Kellerraum entdeckt, war mit verhängten Zügeln sofort zu Ismail Aga geritten und hatte ihm diese frohe Nachricht überbracht. »Um Gottes willen«, hatte dieser ihn beschworen, »erzähl es keinem weiter, mein Bruder Müslüm, wenn die Dörfler davon Wind bekommen, werden wir keine ruhige Minute mehr haben! Und bring, was du da gefunden hast, auf keinen Fall zu mir ins Haus. Mach damit, was du willst, ich will's nicht haben.«

Drei gebratene Frankoline, die der Jäger Heko am Morgen geschossen hatte, waren aufgetischt. Salmans Leibgericht. Eine Zeitlang hatte er für seinen Vater auf den Feldern Frankoline geschossen, weil der sie auch so gerne aß. Als er jetzt das gebratene Wildgeflügel vor sich sah, schnürte es ihm die Kehle zu. Es wollte ihm nicht gelingen, seine Hand zum goldenen Löffel auszustrecken, der im schummrigen Licht der Petroleumlampe schimmerte. Und bevor er nicht zugriff, so verlangt es die gastliche Sitte, besonders gegenüber dem Sohn des Beys, konnte Müslüm Aga auch nicht anfangen zu essen und wartete geduldig.

»Greif bitte zu, mein Bey!« sagte er schließlich. »Was ist mit dir?«

»Diese Frankoline werden mir im Halse steckenbleiben«, antwortete Salman und lächelte verschämt wie ein Kind. »Mein Vater liebt diese Frankoline so sehr ... Früher schoß ich alle paar Tage welche und brachte sie ihm. Meine Augen mögen auslaufen, Müslüm Aga ... Daß ich so lange nicht mehr an meinen Vater gedacht habe ... Daß ich meinen Vater vergessen habe.« Und beim Satz: »Meine Augen mögen auslaufen«, hatte er auch den Tonfall Müslüm Agas nachgeahmt.

Müslüm Aga lachte schallend und ließ seine riesige Hand auf Salmans Schulter niedersausen. »Sieh da, worüber sich mein Salman Bey so seine Gedanken macht! Morgen früh schon werde ich Heko losschicken, der schießt für deinen Vater zehn Frankoline und bringt sie ihm.«

»Die kann ich auch schießen«, lachte Salman und griff zum goldenen Löffel. Er kannte die Geschichte dieser Bestecke, aber er aß damit zum ersten Mal. Obwohl Zero, er selbst, Hasan und alle andern Ismail Aga bestürmt hatten, wollte dieser sie nicht im eigenen Haus haben. Ein Nest, aus dem ein Vogel verjagt wurde, bringt einem andern Vogel niemals Segen, war sein Wahlspruch gewesen, und keiner hatte ihn überreden können. Aber der Gutshof hier, ist er nicht auch ein verlassenes Nest? Diese Frage war ihnen durch den Kopf geschossen, aber Salman und Müslüm Aga hatten sie doch lieber für sich behalten.

Hungrig nahm Salman zwei Frankoline von der Silberplatte, schlang sie mit Pilaw und Schmorgemüse hinunter, daß die Knochen knackten, und leerte hinterher mehrere Näpfe im Brunnen gekühlten, mit Wasser verflüssigten Yoghurt.

Noch vor dem Ruf zum Morgengebet wachte er unter seinem Moskitonetz auf und horchte. Kaum hatte er die Stimme des

Imam vernommen, sprang er auf, schnappte sich die Schnabelkanne, lief zu den Johannisbrotbäumen und machte dort seine Waschungen. Müslüm Aga hatte schon auf ihn gewartet. Schweigend gingen sie zum Imam und stellten sich hinter ihm auf. Heute hatten sich noch mehr Landarbeiter zum Gebet versammelt. Eine sanfte, die Menschen zutiefst beruhigende Morgenbrise fächelte den Duft der taufrischen, mit leisem Rascheln wogenden Felder herüber, deren goldenes Gelb am östlichen Horizont in das aufhellende Blau des Himmels überging.

Danach stand Salman wie am Vortag bei brütender Hitze gedankenversunken am Felsen, ließ sich vom Zauber dieser märchenhaften Welt in Bann schlagen, bis schließlich Müslüm Aga ihn gegen Abend aus seinen Träumen riß.

Von jetzt ab wachte Salman jeden Tag vor dem Ruf zum Morgengebet auf, machte seine Waschungen, stellte sich zum Beten auf und sang dabei leise und mit leichtem Wiegen sein Gebet, an das er sich so gut erinnern konnte, dessen Worte er aber nicht verstand. Dann ging er zum Fuße des Felsens und gab sich dem Zauber dieser flammenspeienden, geheimnisvollen Welt hin mit ihren tausend Lichtern, wirbelnden Tieren, fliegenden Vögeln, krabbelnden Käfern und leuchtenden Blumen, und er vergaß dabei alles andere, dachte weder an seinen Vater noch an Emine die Gerte, noch an das rotbraune Fohlen ...

Aber dieses entrückte Träumen, in das ihn das farbenfrohe, von prallem Leben überschäumende Meer von Licht am Fuße des Felsens versetzt hatte, hörte so jäh auf, wie es über ihn gekommen war. Plötzlich sah man Salman bei der Feldarbeit. Er trieb auf Kreiselmähern die Pferde an, schleuderte in hohem Bogen Garben auf die Stoppeln, lenkte am nächsten Tag den Traktor über die Äcker, reihte sich anschließend bei den Schnittern ein, sichelte geschickt wie sie das Getreide im felsigen, von den Kreiselmähern nicht befahrbaren Gelände, füllte mit den Tagelöhnern die Getreideschächte und schleppte Wasser zu den Dreschern. Wie bisher wachte er noch vor dem Ruf des Imam auf, machte die Waschungen, beugte sich zum Gebet, doch dann eilte er aufs Feld. Er schuftete so hart, daß er an manchen Abenden noch vor dem Essen am Tisch einnickte. Vergeblich versuchte Müslüm Aga ihn dann wachzurütteln, bis er ihn schließlich mit besorgter Miene ins Bett schleppte.

Daß Salman bis zum Umfallen arbeitete, ging von Mund zu Mund, machte bis in die entlegensten Dörfer die Runde. »Ismail Aga kann von Glück sagen«, hieß es, »wem Gott gibt, dem gibt er mit vollen Händen.«

Auch Ismail Aga erfuhr täglich, wie es Salman erging. Denn Müslüm Aga vergaß nie, auch Salman zu erwähnen, wenn er durch einen Vertrauensmann von den Feldarbeiten Bericht erstatten ließ. Der Arbeitseifer seines Sohnes freute Ismail Aga besonders, und jedermann sah ihm an, wie stolz er auf Salman war.

Immer wieder redete Müslüm Aga auf Salman ein. »Es reicht, mein Bey, du hast genug getan, hör auf!« beschwor er ihn. »Ein Bey soll nicht so schwer arbeiten. Außerdem pflegen die Beys nicht wie Landarbeiter die Sichel zu schwingen, Garben zu schleppen, Traktoren zu fahren und sich wie du in einen wettergegerbten Zigeuner zu verwandeln, nur noch Haut und Knochen ... Wenn das dein Vater wüßte und dich so sähe, er wäre entsetzt.«

Salman gab keine Antwort. Mit Grannen und Häcksel im staubigen Haar, das Zeug zerrissen, Stirn und Nase von der Sonne geschält, lächelte er ihn glücklich an und stürzte sich wieder in die Arbeit. Und ein- oder zweimal in der Woche gab er dem Boten einige selbst geschossene Frankoline mit und ermahnte diesen, den Vater unbedingt darauf hinzuweisen, daß sie von Müslüm Aga kämen.

Die Dörfler, die Salman so erlebten oder von ihm hörten, schwankten zwischen Bewunderung und Empörung hin und her. Und Emine wartete Nacht für Nacht geduldig auf Salman, dessen männliche Wärme und Wollust sie noch bis ins Mark verspürte, dessen Gesichtszüge und Körperformen vor ihrem geistigen Auge aber immer mehr verschwammen. Doch komme, was wolle, eines Tages würde er zu ihr kommen, da war sie ganz sicher.

Das Korn war gemäht. Von Morgengrauen bis in die Nacht

hämmerten nun die Dreschmaschinen. Salman saß im Schatten einer Laube, die Müslüm Aga eigens für ihn hatte aufstellen lassen, und schaute diesen Garben fressenden, Häcksel und Körner kotzenden Ungeheuern zu. Doch tatenlos dazusitzen und zuzuschauen langweilte ihn.

»Müslüm Aga«, bat er eines Abends beim Essen, »schicke morgen einen Mann deines Vertrauens ins Dorf, er soll mir meine Waffen, meine Kleider und mein Pferd bringen!«

»Da kann ich keinen schicken«, entgegnete Müslüm Aga, »Pferd, Waffe und Weib, heißt es, vertraut man niemandem an! Ich werde mich morgen früh selbst zum Konak aufmachen und deine Waffen, dein Zeug und dein Pferd herholen, mein Bey.«

Die Arbeiter hatten ihr Morgengebet noch nicht beendet, als Salman beim rituellen Gruß nach rechts am Fuße der Hofmauer Müslüm Aga mit Pferd, Flinte, Feldstecher, Doppeltasche aus Kelimstoff und Handschar entdeckte. Er beendete hastig sein Gebet, lief zu Müslüm Aga, ging ums Pferd herum und musterte es von allen Seiten. Dann erst nahm er Müslüm Aga die Zügel aus der Hand, sagte: »Ich danke dir für deine Mühe«, und ihm war die Genugtuung anzusehen, als er hinzufügte: »Süllü hat mein Pferd wirklich gut gepflegt.«

»Süllü ist ein braver, erfahrener Mann«, entgegnete Müslüm Aga. »Um wessen Pferd sollte er sich denn sonst kümmern, wenn nicht um deins? Er weiß, für wen er's tut, er weiß um den Wert eines Menschen.«

Am Zügel führte Salman das Pferd bis zum Hoftor, band es an einen kleinen Feigenbaum, ging mit der Doppeltasche, seinen Revolvern, den Handscharen, dem Feldstecher und dem geschulterten Gewehr die Stiege des Konaks hoch in sein Zimmer, holte seine Kleider aus der Doppeltasche, wechselte das Gewand, legte die Patronengurte an, steckte Handschare und Revolver in seine Bauchbinde, zog seine Langschäfter an und trat mit geschultertem Gewehr und über der Brust baumelndem Feldstecher ins Freie. Am Tor schwang er sich auf sein Pferd, schlug die Richtung zum weit draußen schimmernden Fluß ein und grüßte freundlich jeden Dörfler, der des Weges kam. Als er an den Tagelöhnern bei der

Dreschmaschine vorbeiritt, rief er ihnen ein fröhliches »Es gehe euch leicht von der Hand« zu, und sie hoben ihre Sicheln zum Gruß und antworteten wie aus einem Mund mit dem üblichen Spruch an die Grundbesitzer, den sie wie einen Singsang dreimal wiederholten: »Segen am Morgen, Friede am Abend, und dem Säckel unseres Agas tausendmal Glück!«

An jenem Tag streifte Salman durch alle Felder des Gutes, und allen, die ihm über den Weg liefen, ob den Ährensammlern oder den Lagerarbeitern, die das Korn in die Schächte schütteten, entbot er ein freundliches »Selamünaleykum, es gehe euch leicht von der Hand!« Und die Angesprochenen begrüßten ihn mit derselben Achtung, die sie einem Aga oder Bey zollten. Besonders ihre bewundernden Blicke schmeichelten Salman. So beritt er eine Woche lang die Felder des Gutes, aber auch die der umliegenden Gehöfte und Dörfer, begrüßte unterwegs die Landarbeiter und fragte sie nach ihrem Wohlbefinden. Nach einer Woche trieb er sein Pferd in die Ebene, überquerte den Fluß und ritt in die Provinzstadt, wo er sich vom berühmten Fleischröster Sülo einen Kebab zubereiten ließ, bevor er sich wieder zum Gut aufmachte. Die folgenden Tage zog er im Sattel ziellos durch die Ebene, bis er schließlich eines Morgens vor Tagesanbruch sein Pferd vor Emines Tür lenkte. Sie empfing ihn voller Liebe und Leidenschaft, und der Duft ihrer Haut, ihre frauliche Ausdünstung, füllte das ganze Haus, raubte ihm die Sinne ... Salman umarmte sie, trug sie in ihr noch warmes Bett und zog sie sofort aus. Drüben in seinem Zimmer hustete Tanir der Alte.

Für alle Dörfler sichtbar, stand Salmans Pferd den ganzen Tag vor Emines Tür. Erst als es Abend wurde, trennte Salman sich von Emine, schwang sich in den Sattel und ritt zum Gut zurück. Doch schlafen konnte er nicht. Er schämte sich, wäre vor Scham am liebsten in den Erdboden versunken. Bestimmt hatten sie dem Vater erzählt, daß sein Pferd den ganzen Tag vor Emines Haustür angebunden gewesen war. Und bestimmt hatte der Vater auch von seiner ersten Nacht bei Emine der Gerte erfahren, ganz bestimmt! Der wußte immer alles, ließ sich nur von keinem anmerken, daß er es wußte. Wer weiß, was er sich dabei gedacht, wie sehr er ihn verachtet hatte. Konnte ein Mensch sich denn so weit gehenlassen, daß er eine Frau umarmte, die in seinen eigenen Vater verliebt, ja, in Liebe für ihn entbrannt war? Allein der Gedanke ließ ihn verzweifeln, er schwor bei jedem Morgengebet vor Gott und der Sonne, Emine nicht wiederzusehen. Er schwor es, aber die Arbeit im Gut war getan, außer einigen Knechten und Mägden und Müslüm Aga war niemand mehr auf dem Hof, und Salman hatte es satt, von morgens bis abends die Gegend abzureiten. Dazu Emines schwindelerregender Geruch, der ihn nicht losließ, wo immer er auch war. Wenn er im Sattel nur daran dachte, versteifte sich sein Glied, war er vor Wollust so von Sinnen, daß er keinen anderen Ausweg wußte, als das Pferd bis zum Umfallen anzutreiben. Mit verhängten Zügeln, die schnaubenden Nüstern weit geöffnet, preschte es in Richtung Dorf, und erst im Schmalen Paß, wie von der eisigen Zugluft da oben ernüchtert, kam Salman wieder zu sich, zügelte das rasende Tier, überlegte, und obwohl er sich so nach Emine sehnte, seine Scham behielt die Oberhand, er wendete und galoppierte, so schnell er konnte, zum Gutshof zurück. Dieses Hin und Her zwischen Gutshof und Schmalem Paß wiederholte sich jeden Tag, manchmal so oft, daß Salman und das Pferd am Abend vor Erschöpfung fast zusammenbrachen. Sowohl Emine als auch Ismail Aga als auch Müslüm Aga und die Dörfler wußten von Salmans wilden Ritten vom Gut bis zum Schmalen Paß, während dieser sich zur eigenen Beruhigung einredete, es habe noch niemand bemerkt. In Wirklichkeit hielt das ganze Dorf den Atem an bei dem Gedanken, Salman könnte Emine die Gerte vielleicht wieder besuchen. Gespannt fragte sich aber auch Ismail Aga, wie der Kampf seines Sohnes gegen sein eigenes Ich wohl ausgehen würde.

Die kühlen Herbstwinde hatten sich erhoben, die Sonne stand schon tief über dem Mittelmeer. An diesem Tag hatte Salman das Pferd bis in den Abend hinein ausgreifen lassen. Es wurde dunkel, die Zikaden begannen zu zirpen, und Salman saß noch immer im Sattel. Wie oft er heute zum Schmalen Paß geritten war und dort angehalten hatte, wußte er nicht mehr. Seine Ohren dröhnten, scharfe Böen strömten von allen Seiten auf ihn ein, und ihn fröstelte, als er vor Emines Haustür stand und nicht weiter wußte. Er drehte sich mit dem Pferd im Kreis und ahnte, jetzt gab es kein Zurück. Stieg er vom Pferd und betrat er Emines Haus, würde er sich nicht mehr von ihr trennen können. Das Pferd drehte sich vor der Schwelle noch um seine eigene Mitte, als Emine mit einem brennenden Kienspan im Türrahmen erschien. In ihrem grünen Kleid wartete sie auf ihn. Salman sprang sofort vom Pferd, lief zu ihr, umarmte sie und drängte sie ins Haus.

Von nun an sahen die Dörfler Salmans Pferd jeden zweiten Tag vor Emines Haustür stehen. Und noch immer hatte Salman seinen Vater nicht aufgesucht und auch Müslüm Aga nicht nach ihm zu fragen gewagt. Aber auch Müslüm Aga erwähnte den Vater mit keinem Wort, was Salman rasend machte vor Zorn.

Es war schon später Vormittag, Salman hatte sein Pferd gesattelt, um Emine die Gerte zu besuchen, als er auf der Uferstraße in einer Staubwolke Arif Saim Beys Auto entdeckte. Salman rührte sich nicht, bis der Wagen am Tor war, denn obwohl er sich so nach seinem Vater sehnte, befürchtete er, dieser könnte auch im Auto sein. Als er dann schnell aufsaß und dem Pferd die Sporen geben wollte, hörte er Arif Saim Beys donnernde Stimme nach ihm rufen. Er wendete und jubelte innerlich, als Arif Saim allein aus dem Wagen stieg. Sofort ritt er zu ihm und schwang sich aus dem Sattel.

»Willkommen, mein Bey!« sagte er und verschränkte achtungsvoll seine Hände.

»Ist Ismail da?«

»Er ist im Dorf, mein Bey.«

»Und Müslüm Aga?«

»Der ist hier, mein Bey.«

»Hier soll es auch noch einen Pflegesohn Ismails, genauer, einen Sohn Ismails geben, sein Name ist Salman ...«

»Der bin ich, mein Bey, sag, was ich für dich tun kann.«

»Du, mein Kleiner?« rief Arif Saim. »Bist du's, der die Adler vom Himmel holt, dieser mutige Kerl, der weder Tod noch Teufel fürchtet, der mit dem Löwenherz?«

Beschämt krümmte Salman sich, wollte etwas murmeln, brachte aber kein Wort über die Lippen.

»Bring dein Pferd hinein, binde es an und komm her!«

»Zu Befehl, mein Bey!« Das Pferd am Zügel eilte Salman stolpernd in den Stall und kam kurz darauf zurück. »Zu Diensten, mein Bey!«

Arif Saim zeigte auf den Beifahrersitz: »Steig ein!«

Zögernd und scheu stieg Salman durch die vom Fahrer geöffnete Tür zum ersten Mal in seinem Leben in ein Auto.

»So sind die …«

»Jesiden sind das!«

»Die beten den Schaitan an.«

»Beten die Sonne an …«

»Einen Tag liegt Salman in Emines Armen …«

»Einen Tag Ismail …«

»Alle Achtung, Emine!«

»Im Morgengrauen nimmt sie Ismail an ihre Brust …«

»Und nach ihm ist Salman dran.«

»So lange das Bett noch warm ist …«

»Beide sind verrückt nach der Frau …«

»Salman hat sie um ihren kleinen Finger gewickelt und läßt ihn tanzen.«

»Wenn sie will, brennt der das ganze Dorf nieder …«

»Wenn Emine die Gerte will …«

»Stellt Salman jeden im Dorf an die Wand.«

»Wenn sie will …«

»Er trennt sich nicht einen Augenblick von ihrem Schoß …«

»Nicht einen Tag …«

»Nicht eine Stunde …«

»Und Ismail weiß es.«

»Und Ismail schluckt das nie!«

»Die Frau, die Ismail liebt …«

»Wie sein eigen Weib …«

»Leidenschaftlich liebt …«

»Die teilt Ismail doch nicht mit seinem Sohn!«

»Was tut er denn jetzt, wenn nicht sie teilen?«
»Mal liegt er in Emines Armen ...«
»Mal der andere ...«
»Vielleicht schaut der eine dem andern zu!«
»Vater und Sohn ...«
»Während sie es treiben.«
»Das schluckt Ismail nicht.«
»Denkt ja nicht, daß ihr ihn kennt!«
»Dieser Ismail ist nicht so, wie er sich gibt ...«
»Der ist ganz anders.«
»Er ist ein Blutsäufer ...«
»Ein Henker ...«

In dem Land hinter den Bergen, am Van-See, woher er kommt, soll es sich zugetragen haben ... Als sich die Nachricht in einem Dorf herumsprach, ein Armenier, der sich vor Angst in die Berge geschlagen habe, sterbe vor Hunger ... Da sind die Dörfler aufgebrochen und haben den Mann ins Dorf gebracht. Der Armenier hat sich dort zum Islam bekannt und ist ein so gläubiger Moslem geworden wie kein zweiter. Denn die besten Moslem seien nun einmal die zum Islam übergetretenen Gläubigen. Ismail aber, der hat diesen verängstigten, nur aus Haut und Knochen bestehenden Mann, der zwei Wochen außer Gras nichts gegessen hatte, nur angeschaut und gebrüllt:

»Im Namen Gottes!«
»Hat seinen Säbel gezogen ...«
»Ihn über seinem Kopf gewirbelt ...«
»Gewirbelt, daß es nur so blitzte ...«
»Und plötzlich sahen sie ...«
»Den blutigen Kopf des Armeniers ...«
»Über den Boden rollen.«
»Denn dieser Ismail ...«
»Der sich fünfmal am Tag betend verneigt ...«
»Dem die Gebete nur so über die Lippen gleiten ...«
»Wie die Perlen der Gebetskette durch die Finger ...«
»Er wußte vom Gold des Armeniers ...«
»Von Krügen voller Gold ...«

»Und auch vom Versteck.«
»Er holte sich also das Gold …«
»Packte seine Siebensachen …«
»Und machte sich mit seiner Familie davon.«
»Von wegen die Russen seien gekommen …«
»Was hatten die Russen denn da verloren?«
»Alles erfunden …«
»Blutsäufer Ismail!«

Ja, mit Krügen voller Gold sind sie eines Nachts aus Van geflohen. Ismail hatte aber noch einen Bruder, der von morgens bis abends am See Gebete murmelte, Gebete an das Wasser, an die Fische, an den lieben Gott. Ein Heiliger war dieser Bruder von Ismail, ein Heiliger im Kreise der Vierzig Auserwählten. In einer Kugel grünen Lichts schritt er schimmernd daher, wohin auch immer, sogar über das Wasser ging er, staubwirbelnd wie auf trockenem Land. Und Ismail neidete ihm den Heiligenschein und war voller Eifersucht, denn er sah sehr gut aus, so daß alle kurdischen Mädchen und alle Elfen sterbensunglücklich verliebt in ihn waren. Ismail also, vor Neid und Eifersucht wie von Sinnen und mit Krügen voller Gold …

»Kam auf der Flucht ans Ufer des Sees.«
»Rief: ›Hüseyin, he, Hüseyin!‹«
»Hüseyin aber war im Anblick des Sees versunken.«
»Versunken in die frommen Gedanken eines Heiligen …«
»He, Hüseyin!«
»Hüseyin blickt auf, schaut ihm ins Gesicht und sagt kein Wort.«
»Hüseyin, komm mit, wir verlassen das Land.«
»Doch Hüseyin schert sich nicht.«
»Ismail faßt ihn an den Schultern, will ihn hochheben.«
»›Nimm deine schmutzigen Hände von mir‹, schreit Hüseyin.«
»Als der ihn so anbrüllt, wird Ismail wütend.«
»Packt ihn, hebt ihn hoch …«
»Sagt: ›Los, vor mir her!‹«
»Doch der andere sträubt sich.«
»Da fingen die Brüder an, sich am Ufer des Sees zu prügeln …«

»Die Mutter eilte herbei, doch sie konnte die beiden nicht trennen.«

»Der Vater kam herbei ...«

»Alle Dörfler kamen herbei und konnten sie nicht trennen.«

»Ismail stark, der heilige Hüseyin ein Hänfling ...«

»Und Ismail, blind vor Zorn ...«

»Packte den Kopf Hüseyins, des Heiligen ...«

»Drückte ihn unters Wasser, und drückte und drückte ...«

»Und ertränkte den Armen ...«

»Ertränkte Gottes Heiligen ...«

»Ein Mensch, der seinen Bruder erwürgt ...«

Ja, läßt vielleicht ein Mensch, der seinen hilflosen Bruder ertränkt, der einen zum Islam übergetretenen Mann abschlachtet, einen Salman am Leben? Noch dazu einen Salman, den er am Wegrand gefunden hat, ein Findelkind, halbtot unter einem Busch. Wenn so einer ihm seine Geliebte, seine Emine, wegnimmt, wird er ihn nicht auch abschlachten? Und wird er nicht auch diese Emine, die er jahrelang heimlich geliebt hat, in Stücke reißen?

»Diese Frau, die es mit seinem eigenen Sohn getrieben hat ...«

»Er wird die Gottlose zerhacken!«

»Vielleicht faßt der sie aber gar nicht an ...«

»Sagt es seinen Leuten ...«

»Sagt es Hasan ...«

»Sagt es Hüseyin ...«

»Und Süllü und Müslüm Aga ...«

»Hat Ismail Aga etwa nicht genug Männer ...«

»Sagt es Zalimoğlu Halil ...«

»Diesem blutrünstigen Adler der Berge ...«

»Eines Nachts werden sie Salman und Emine aus dem warmen Bett herausholen ...«

Erst nach einigen Tagen kam Salman von seinem Ausflug mit Arif Saim Bey wieder zurück. Er war sehr nachdenklich, konnte weder Müslüm Aga noch den Frauen und Knechten im Haus ins Gesicht sehen. Eigenartig abwesend durchstreifte er treppauf, treppab die Zimmer des Konaks, den Innenhof, ging mit gesenktem Kopf zum Flußufer hinunter, stieg den Felshang hinauf, und nichts und niemand konnte ihn zum Reden bringen. Obwohl er immer wieder an Emine dachte, verspürte er doch keine Lust, sie aufzusuchen. Früh am Morgen stand er auf, ging zum Fuß des langgestreckten felsigen Geländes, kniete sich mit dem Gesicht zur aufgehenden Sonne nieder und murmelte seine Gebete, bis es hell wurde. Je höher die Sonne stieg, desto lauter wurden seine Gebete, gingen über in einen Gesang, der sich an den Felswänden brach und in der ganzen Gegend zu hören war.

Müslüm Aga konnte sich keinen Vers aus Salmans Verhalten machen.

So ging es etwa eine Woche lang weiter, bis Salman sich plötzlich aufs Pferd schwang, geradewegs zu Emine der Gerte ritt, das Pferd in ihrem Stall unterstellte und sich in ihrem Haus niederließ.

Salman ließ Emine nicht aus dem Bett heraus. Den Kopf zwischen ihren Brüsten oder auf ihrem Bauch, lag er zusammengerollt da und rührte sich nicht. Sogar zum Pinkeln verließ er nur widerwillig das Bett, auch Essen und Trinken schien er vergessen zu haben. Brächte Emine ihm nicht Schüsseln leckerer Gerichte, und zwänge sie ihn nicht, davon zu essen, Salman wäre wohl verhungert.

Sein Gesicht schien gefroren, seine Augen blickten gläsern, und sein ganzer Körper zitterte. Ob Tag oder Nacht, bei jeder Gelegenheit zog er Emine ins Bett und liebte sie schweißtriefend stundenlang. Beider Augen lagen tief in den Höhlen und hatten große, dunkle Schatten. Emine konnte nicht mehr, ja, er begann ihr angst zu machen, doch ihm zu widersprechen wagte sie nicht. Doch eines Morgens, sie hatten sich wieder die ganze Nacht geliebt, sprang Salman lachend aus dem Bett, ging drei Häuser weiter zum Barbier, ließ sich rasieren und machte sich auf ins Dorf. Wie früher schaute er die Dörfler erwartungsvoll an, hoffte, von ihnen angesprochen zu werden, besuchte sie in ihren Häusern. Es kam vor, daß er sich von morgens bis abends zu einer tratschenden Alten, zu einem Behinderten oder einem bettlägerigen Kranken setzte und ihrem Gerede zuhörte. Und es schien, als habe das ganze Dorf nur darauf gewartet, sich mit ihm zu unterhalten.

Aber auch diese Phase dauerte nicht länger als etwa zehn Tage. Dann, eines Morgens, setzte er sich aufs Pferd, ritt zum Gut, holte seine Flinte und schlug sich in die Berge. Dort schoß er zielsicher auf jedes Geschöpf, das ihm in die Quere kam, und war es noch so klein. Nach wenigen Tag lagen in den Felsen hinter dem Gehöft die toten Adler, Geier und Falken zuhauf. Aber auch die Tiere in der Ebene konnten Salman nicht entgehen. Niedergestreckt blieben Füchse, Hasen und Schakale an Salmans Wegen liegen. Er schoß auch drei Gazellen ab. In die Ebene hinunter hatte er auch Müslüm Agas Doppelbüchse mitgenommen. Damit machte er den Vögeln den Garaus und fünf klitzekleinen Gazellen ... Und jedes geschossene Tier ließ er achtlos liegen, wo er es erlegt hatte.

Das Gewehr über der Schulter, ritt er mit verhängten Zügeln wie im Fluge hierhin und dorthin, oder er durchstreifte zu Fuß ganz allein die Felder, wanderte durch felsiges Gelände und sah sich in den alten Ruinen um.

Im Westen aufziehende heftige Gewitterschauer, die, Wolken von Staub vor sich her wirbelnd, den berstenden Himmel pechschwarz verdunkelten, machten Salmans Ausflügen ein jähes Ende. Klitschnaß, mit klappernden Zähnen und zitternd vor Kälte, kehrte er in den Konak zurück. Müslüm Aga zog ihn sofort aus, trocknete ihn ab, kramte aus der Nußholztruhe frische Unterwäsche hervor, zog sie ihm eigenhändig an, machte Feuer im Kamin und setzte Salman auf eine Matratze, die er vorm Kamin ausgebreitet hatte. Schon bald hörte Salman auf zu zittern. Doch wie ein waidwundes Tier blickte er mißtrauisch um sich. Er konnte nicht stillsitzen, stand auf, ging auf den Balkon, kam wieder zurück, starrte in die flammenden Scheite, stieg die Treppe hinunter und hinauf, wanderte wie ein Schlafwandler umher.

Schließlich hielt Müslüm Aga ihn mit dem ihm üblichen Respekt am Arm fest und sagte: »Salman Bey, ich bin's. Was ist mit dir? In den letzten Tagen bist du irgendwie anders ...«

Salman war sofort stehengeblieben und schaute ihn mit gläsernen Augen verständnislos an.

»Mein Bey, Salman Bey, was ist los?« Müslüm Agas Stimme klang zärtlich und war voller Mitleid. Doch Salman antwortete nicht, er blickte mit weit geöffneten Augen ins Leere.

»Nun sag schon etwas, Salman Bey ...«

»Wie?«

»Sag etwas zu mir ... Zu Müslüm ...«

»Zu Müslüm?«

»Zu mir, zu mir!«

Da verwandelte sich Salmans Gesichtsausdruck. Lächelnd sah er Müslüm an und sagte: »Nimm's mir nicht übel, Müslüm Aga.« Und mit flehentlich vorgestrecktem Kopf schaute er ihm nachdenklich in die Augen, als erwarte er Hilfe von ihm.

»Salman, mein Bey, bist du in Schwierigkeiten?«

»Ja«, schrie Salman plötzlich auf und wiederholte mit rudernden Armen: »Ja, ja, und was für Schwierigkeiten ...« Er griff Müslüm Agas Handgelenk, zog ihn mit sich in die äußerste Ecke des Balkons, beugte sich an sein Ohr und sagte: »Gehen wir fort von hier.«

»Warum?«

»Sie kommen.«

»Wer?«

»Deine Verfolger ... Sie kommen aus der Wüste, kommen aus Arabien. Ich hab's erfahren. Es sollen fünfzehn Bewaffnete sein. Deine Feinde. Sie wissen, wo du bist und sind mit verhängten Zügeln schon an Payas vorbei ... Mit Schlachterbeilen wollen sie dich zerhacken, heißt es.«

Für einen Augenblick huschte ein Schatten von Angst über Müslüm Agas Gesicht. »Wer hat dir das erzählt?«

»Es ist in aller Munde, die ganze Çukurova weiß, daß deine Feinde mit verhängten Zügeln unterwegs sind, dich zu töten ...« Er sprach hastig, mit vor Aufregung trockenem Mund. »Sie tragen riesige Hackbeile ... Jedermann hat sie gesehen. Bei jedem, der ihnen über den Weg läuft, erkundigen sie sich nach dir. Laß uns fliehen, Müslüm Aga ...«

»Allah, Allah!« wunderte sich Müslüm Aga. »Allah, Allah … Und ich war der Meinung, sie alle getötet zu haben.«

»Du hast sie alle getötet?«

»Ja, getötet«, antwortete Müslüm Aga. »Ausgerottet mit Stumpf und Stiel. Ich hab keinen von ihnen am Leben gelassen. Was hättest du denn mit denen getan, die deinem Sohn und deiner Schwiegertochter, deinem Herzblut, eines Morgens, während die beiden noch im schönsten Schlaf ihres so jungen Lebens unterm Laubdach ruhen, die Gewehrläufe auf ihre Augen richten und abdrücken?«

»Sie kommen, fliehen wir, Müslüm Aga, los, fliehen wir!«

»Ich habe sie alle getötet«, sagte Müslüm Aga mit kalter, messerscharfer Stimme. »Ich habe ihre Sippe ausgerottet. Sie können nicht aus ihren Gräbern steigen und herkommen.«

Salman wand sich, fand aber keine Antwort. Im Laufschritt eilte er die Treppe hinunter, kam aber sofort wieder zurück, ging in sein Zimmer, zog seine blauen Pluderhosen, seine Weste und Jacke an, zwängte seine Füße in die Langschäfter, schnallte seine Patronengurte, seine Revolver und Handschare um, band sich den Feldstecher um den Hals, hängte sich die Flinte über die Schulter, lief in den Stall, wo das gesattelte Pferd mit dem umgehängten Futterbeutel stand, hängte ihn ab, legte dem Tier Zaumzeug an, zog es auf den Hof, sprang in den Sattel und preschte durch den Regen den verhangenen blauen Bergen zu.

Mit eigenartiger Trauer in den Augen blickte Müslüm Aga ihm nach, als wolle er sagen: »Na ja, die Jugend! Der Kleine hat Angst. Sie haben ihn sein ganzes Leben lang das Fürchten gelehrt, und da ist er wie von Sinnen vor Angst. Nun, auch das geht vorbei, auch das, Inschallah! Salman ist ein guter Junge, ein sauberer Kerl. Nichtsdestotrotz, sie haben dem Armen zu oft angst gemacht, schade um ihn … Doch wenn ihm nichts Schlimmeres geschieht, kommt er auch darüber hinweg. Wie sehr er sich doch fürchtet!«

Auch Müslüm Aga war oft der Schrecken in die Glieder gefahren, und er verspürte auch heute noch Angst, doch jetzt war er schon jenseits des Todes. Vielleicht aber ist gerade diese Angst die schrecklichste, ist diese Angst ohne Bedrohung der eigentliche Tod, vielleicht sogar schlimmer als der Tod. Sich jenseits von allem, der Angst, der Liebe, der Freude, der Freundschaft, dem Schönen, dem Häßlichen, dem Schmerz, dem Mitleid, der Opferbereitschaft, der Begeisterung zu befinden, so in der Leere zu leben, das ist vielleicht schlimmer als der Tod. Und auch Salman wurde in der Tiefe seiner Seele verletzt; und so würde ihn diese schreckenerregende Angst entweder zu einer Tat verleiten, oder er würde sich, wie Müslüm Aga, von allem befreit jenseits des Todes wiederfinden.

Während Müslüm Aga noch in Gedanken versunken auf dem Balkon auf und ab ging, hörte er den Hufschlag von Salmans Pferd im Schlamm, blickte auf, gewahrte Salman, und kurz darauf begegneten sich ihre Blicke. Salman war wieder klitschnaß, aber er zitterte nicht. Nur in seinen Augen war ein eigenartiges Funkeln, ähnlich dem Blinzeln eines in seinem Bau umstellten Fuchses. Er sprang vom Pferd und kam geradewegs zu Müslüm Aga, das Gesicht wie gefroren so starr, desgleichen steif auch seine Bewegungen.

»Müslüm Aga«, begann er mit klarer Stimme, »weißt du, Müslüm Aga, sie werden mich töten.« Seine Stimme klang so kalt, so überzeugend und trocken, daß auch der lebenserfahrene Müslüm Aga, den so leicht nichts mehr erschüttern konnte, erschauerte.

»Wer wird dich töten?«

»Sie kommen mit Hackbeilen, umkreisen hoch zu Pferde mit verhängten Zügeln einen Hügel. Mit blanken Säbeln machen sie jeden nieder, der sich ihnen in den Weg stellt. Hast du davon noch nie gehört, Müslüm Aga?«

»Ich habe es gehört«, antwortete Müslüm Aga und seufzte tief. »Und gesehen ... Wären meine Augen doch blind gewesen und meine Ohren taub!«

»Sie werden kommen.« Salman überlegte kurz: »Und mein Vater wird mir nie wieder ins Gesicht sehen.« Als fände er dort eine Antwort auf seine Fragen, schaute er Müslüm flehentlich in die Augen. »Sie werden kommen, mich hier, auf diesem Hügel, einkreisen und in Stücke hauen.«

»Das ist nicht möglich«, beschwichtigte ihn Müslüm Aga, nachdenklich den Kopf schüttelnd. »Ich habe auch lange auf meine Verfolger gewartet. Auch deine Verfolger sind wie meine schon längst tot und können nicht kommen. Doch obwohl ich weiß, daß sie tot sind, verschwunden in schwarzer Erde, warte ich so manche Nacht mit der Waffe in der Hand auf sie und mache, verrückt vor Angst, bis morgens kein Auge zu. Ich weiß, sie sind tot, und ich warte dennoch darauf, daß sie eines Tages von irgendwoher kommen.«

»Sie werden kommen«, lächelte Salman selbstzufrieden, »und mein Vater wird mir nie wieder ins Gesicht sehen.«

Er sehnte sich nach seinem Vater. Wenn er ihn nur ein einziges Mal noch sehen könnte, dann mochten die Reiter aus der Wüste ihn doch zerhacken. Aber sein Vater wird ihm nie wieder ins Gesicht sehen, und er wird seinen Vater nie mehr erleben. Er fühlte sich verlassen, mutterseelenallein und ohne Hoffnung auf dieser Welt. Er sah Mustafa vor sich, verschämt, ängstlich, der sich am meisten vor sich selbst fürchtete, doch schlau wie ein Fuchs und ohne Liebe für seinen Vater, worüber Salman sich am meisten ärgerte. Jedesmal, wenn er Mustafa vor Augen hatte, schwoll seine Wut auf ihn, war er vor Zorn wie von Sinnen, und er befürchtete, daß er ihm in so einem Augenblick der Wut sämtliche Knochen brechen, ja, ihn töten könnte. Was aber würde dann sein Vater zu ihm sagen? Würde er ihn töten, weil er Mustafa in Stücke zerrissen hatte? Darüber hatte er schon oft nachgedacht. Nein, es gab nichts, wofür sein Vater ihn töten würde, da war er ganz sicher. Er würde ihn nur mit einem kalten, einem eiskalten Blick vom Scheitel bis zur Sohle streifen, so von oben herab, wie man auf einen Wurm, auf ein Nichts herabschaut, und sich dann nicht einmal mehr nach ihm umdrehen. Ach, ein einziges Mal noch seinem Vater begegnen, danach meinetwegen tausend Tode sterben ...

Faselnd wie im Wahn hatte Salman drei Tage und Nächte lang Müslüm Aga das alles erzählt. Müslüm Aga hatte unentwegt versucht, ihn zu überreden. Er redete mit Engelszungen noch immer auf ihn ein: »Dein Vater ist der bravste, klügste, mutigste, freigebigste, verständnisvollste und herzlichste Mensch der Welt. Geh und besuche ihn! Ich bin sicher, du wirst ihn noch mehr lieben als bisher. Geh, besuche ihn und sprich mit ihm ... Denkst du denn, er wird seinen Sohn, den er wie einen Schößling aufgezogen hat, den Rachen dieser Ungeheuer aus der Wüste überlassen? Auch mich wird er nicht im Stich lassen! Geh hin und besuche deinen Vater, tu so, als sei nichts geschehen, wenn überhaupt etwas geschehen ist ...«

»Ist wahr, was du mir da sagst? Wirklich wahr?«

»Es ist die Wahrheit«, antwortete Müslüm Aga mit tiefem Verständnis für Salmans Zustand.

»Dann werde ich morgen ins Dorf zurückkehren, geradewegs in den Konak zu meinem Vater gehen, seine Hände ergreifen und sie küssen.«

»Küsse sie«, sagte Müslüm Aga. »Du wirst sehen, wie herzlich dein Vater dich empfangen wird ... Denn auch er hat Sehnsucht nach dir, und du wirst sehen, tausendmal mehr als du nach ihm. So ist dein Vater: Wen er liebt, den liebt er wie seine eigene Seele, ohne es sich anmerken zu lassen ... Du wirst schon sehen ...«

»Also dann, morgen früh; morgen in aller Frühe ...«

Der Morgen kam, Salman zog sich an und gürtete sich, schwang sich auf sein Pferd, stieg dann wieder aus dem Sattel, legte seine Flinte, seine Revolver, seine Patronengurte und seinen Feldstecher ab, drehte sich zu Müslüm Aga um und sagte: »Ein Mann geht doch nicht so bewaffnet und gewappnet seinen Vater zu besuchen, nicht wahr?«

Müslüm gab wieder eine Antwort, die schon in der Frage lag: »Nein, so geht man nicht zu seinem Vater.«

Salman stieg wieder aufs Pferd, blieb eine Weile regungslos im Sattel sitzen, überlegte gedankenversunken, wendete sich dann wieder Müslüm Aga zu, der ihn von gegenüber beobachtete, rief: »Ich kann nicht«, saß wieder ab, ging in den Konak und kam mehrere Tage nicht mehr zum Vorschein.

An solchen Tagen mied Müslüm Aga seine Nähe und ließ ihm das Essen von der Haushälterin aufs Zimmer bringen.

Es war früh am Morgen, die Schreie der Adler hallten von den Felsen, in Gedanken versunken wanderte Müslüm Aga im Hof umher. Seit einer Woche hatte Salman sein Zimmer nicht verlassen. Plötzlich vernahm Müslüm eilige Schritte auf der Treppe, und kurz darauf erschien angezogen und gegürtet Salman mit geschultertem Gewehr in der großen Tür des Konaks. Er war glattrasiert und seine gelben Stiefel glänzten. Als er Müslüm Aga erblickte, zuckte er wie auf frischer Tat ertappt zusammen, verhielt den Schritt, schaute ihm prüfend ins Gesicht, eilte dann zu ihm, blieb vor ihm stehen und sagte mit gesenktem Kopf leise: »Weißt du, Müslüm Aga, sie werden meinen Vater töten.« Dann blickte er auf und schaute, als wolle er die Wirkung seiner Worte messen, Müslüm gerade in die Augen.

Der Schatten eines Schreckens huschte über dessen Gesicht, doch er fragte gelassen: »Wer wird deinen Vater töten, wer wird Ismail Bey töten, mein Salman Bey?«

»Sie werden ihn töten«, entgegnete Salman, und er sprach sehr schnell. »Sie werden ihn töten, werden ihn töten.«

»Wer?«

»Jene Männer«, antwortete Salman mit erstickter Stimme.

Plötzlich blickte Müslüm verstört, die Flügel seiner schmalen Nase bebten, seine Stirn legte sich in Falten, der Hals streckte sich und mit angstvoller, tonloser Stimme sagte er: »Ich weiß, Bey«, und er fügte schnell hinzu: »Ich weiß, mein Salman Bey.« Diese Anrede schien ihm wichtig zu sein. »Dein braver, dein beherzter, dein großzügiger Vater wird dem Bösen Blick zum Opfer fallen.«

»Sie werden ihn töten«, wiederholte Salman zwischen zusammengebissenen Zähnen und ballte die Fäuste. »Sie werden ihn töten«, und es klang, als pfiffe er.

»Ich weiß, Bey, mein Salman Bey, ich weiß, sie werden ihn töten, deinen Vater. Der Neid, das Böse Auge der Menschen der Çukurova wird ihn umbringen, deinen Vater, diesen stattlichen, schönsten Menschen weit und breit …« Er sagte es traurig, wie zu sich selbst, als wolle er sein Leid ausschütten, und es klang wie eine Totenklage. »Dein Vater gleicht einem Tiger, dem gestreiften Tiger der felsigen Berge … Doch seine Augen sind die Augen der

Gazellen des Ödlands, sind weich wie Samt, voller Liebe und Verständnis für jedermann. Wie Ried so schlank sind seine Finger, seine Hüften so schmal, daß zwei Hände sie umfassen können ... Er ist hochgewachsen wie die Pappel, und seine Hand ist die Tatze eines Löwen ... Gib ihm eine Waffe in diese Hand, und er bietet einem Heer die Stirn, trifft die Hinterläufe eines fliehenden Hasen und das Auge des fliegenden Kranichs. Bey, mein Salman Bey, dein Vater ist der edelste der Edlen, ich kenne ihn noch aus seiner so weiten Heimat an den Ufern des Van-Sees, damals kannte er mich nicht. Ach, das Böse Auge der Çukurova wird ihn töten, es wird ihn vernichten ... Einen Mann mit so einem großen Herzen, so voller Menschlichkeit hat die Welt noch nicht gesehen. Sie werden ihn töten, mein Salman Bey, deinen Löwen von Vater wird das Böse Auge der Çukurova töten. Sie ertragen ihn nicht, ertragen weder seinen Mannesmut noch seine Großmut, weder sein stattliches Aussehen noch seine Menschlichkeit, noch sein so großes Herz. Bevor der Allmächtige deinen Vater zu sich nimmt, soll er mir das Leben nehmen, soll er mich in der Fremde, in dieser heißen, mückenverseuchten Çukurova den Tod deines Vaters nicht erleben lassen. Nein, mein Sohn, mein Salman Bey, davor möge der Allmächtige mich bewahren!«

Er schwieg, warf den Kopf wie ein störrisches Pferd in den Nacken und seine Gesichtszüge verzerrten sich. »Wer ihm auch nur ein Haar krümmt«, sagte er dann mit kräftiger, überzeugter, jedes Wort betonender Stimme, »den werde ich in kleine Stücke ... Den werde ich nicht am Leben lassen. Wer auch immer deinem Vater ein Härchen krümmt, den werde ich, wenn nötig, bis in die Hölle verfolgen und in Stücke reißen.« Und während er so sprach, blitzten die schneeweißen Zähne unter seinem kräftigen Schnurrbart.

»Mein Sohn, mein Salman Bey«, fuhr er mit eigenartig besorgten Blicken und weicher, zärtlicher Stimme fort, »sollte dein Vater eines Tages sterben, kann ich sowieso nicht weiterleben ... Lohnt es sich überhaupt, in einer Welt zu leben, die der mächtige Ismail Bey mit seiner Gegenwart nicht mehr bereichert? Wenn dieser

Löwe von Vater stirbt, könntest du, sein Sohn, dann weiterleben? Salman, mein Bey, ich weiß es, du könntest es nicht.« Mit mißtrauischen, plötzlich stahlharten Blicken sah er Salman in die Augen und wartete auf eine Antwort.

»Sie werden meinen Vater töten«, sagte Salman nur, eilte im nächsten Augenblick zum Stall, zog sein Pferd ins Freie, saß auf und ritt so schnell davon, daß er Müslüm Agas Rufe: »Halt an, wir müssen miteinander reden!« gar nicht mehr hörte. Draußen vor dem Tor zügelte er das Pferd, ließ den Kopf sinken, als überlege er, doch dann reckte er sich, knallte kurz mit der Peitsche und dann …

Wie strömendes Wildwasser schlug der Wind ihm ins Gesicht, heulte und pfiff, und Hunderte Schwalben schossen pfeilschnell schwirrr, schwirrr, über seinen Weg.

Vor seinen zusammengekniffenen Augen gleitet dünn wie die Klinge eines Rasiermessers ein Streifen grellen Lichts, mannshoch und strohgelb raschelnde Weizenfelder, die schweren Ähren geneigt, huschschsch … Millionen schwarze, rote, grüne, violette, gelbe, weiße, orangefarbene Käfer, ihre hauchdünnen Hautflügel unter den harten Flügeldecken glitzern millionenfach im Blau, Kinder, mit hechelnden Hunden von Dorf zu Dorf, von Stadt zu Stadt, Schreie, Schüsse, Blut, funkelnde Säbel, huschschsch … Hackbeile, Hügelketten in der Wüste, schutzsuchend in den Hügeln kauernde Menschen. Reiter mit blanken Säbeln auf ungesattelten Pferden stoßen die Klingen in weiches Fleisch, ziehen blank und stoßen wieder zu, tropfendes Blut höhlt den Wüstensand, huschschsch … Die Reiter wenden, drehen sich brüllend im Kreis, schwingen die blutigen Säbel hoch über ihre Köpfe, endlose Distelfelder mit lila Blüten in der Sonne, darunter gleitende Schlangen, Kinder zwischen Felsen und Hunden suchen Schutz im dornigen Gestrüpp, huschschsch … Und Emine die Gerte, ihre Brüste, ihr Schoß, eine grausame, schöne Blume, weit geöffnet … Wunden, Wunden, darin sich windende Würmer, eitrig weißer Tod und Todeskampf, huschschsch … Fliegende Adler, fliehender Memik Aga, brennender Memik Aga, seine Schreie hallen durchs Dorf … Zerhackte Arme, Beine, hervorquellende, ausgestochene Augen ... Der kreisende Glanz der Messer von Mähmaschinen, die wirbelnde Spreu am Drescher, Stroh und bitterer Pflanzenduft, Benzin, Petroleum, Diesel, ölverschmierte Männer, huschschsch ... Kaskaden blauer, orangefarbener und gelber Schmetterlinge, huschschsch, flimmerndes Gelb färbt den Himmel, wie Flitter regnen weiße Flammen herab ... Zalimoğlu, das Fuchsgesicht Memik Agas, die wild rollenden Augen des samtweichen Müslüm Aga, huschschsch ... Mustafas Augen, angstgeweitet, sein Gesicht nur riesige Augen in Todesangst, huschschsch ... Sie werden meinen Vater töten ... Eisvögel fliegen aus ihren Käfigen, hochgeschleudert zeichnen sie scharfe, blaue Striche in den Himmel, jeder Eisvogel ein Streifen Blau ... O Vater, mein Vater ... Der strömende Regen, und die Sonne, ein Feuerball, zerbirst am Himmel ... Und züngelnd stürzen rote und grüne Eidechsen herab, huschschsch ... O Vater, mein Vater ... Eine Staubsäule, Tausende Staubsäulen, sie wandern vom Meeresufer herauf, und von Toprakkale eine kreisende Sonne, wirbelnde Sterne, Gräser, Stoppeln, Käfer, ein tausendfaches Gemenge von Hunden, Kindern, verstreut in den Felsen, sie strömen wie Wildbäche. In der Sonne knisternde Felsen, verdorrender Thymian, mein Vater, o mein Vater ... Alles strömte mit Salman dahin ...

Am Pfad zur Festung zügelte Salman das Pferd. Es dampfte schaumbedeckt und dunstete scharf aus schweißnassem Fell. Unter den belaubten Vordächern der Dorfhäuser leicht wehende weiße Moskitonetze ... Gegenüber, weit in der Ferne, hinter blaßblau verschwommenen Bergketten der Berg Düldül in kupfernem Rot ... Eine Biene fliegt von einem verdorrten Thymianstrauch zum nächsten, setzt sich für einen Augenblick nur nieder, putzt sich die Flügel und hebt wieder ab ... Eine Schnecke zieht ganz langsam eine weißglänzende Spur auf einen violett schimmernden Felsblock. Auch Salman war schweißbedeckt. Plötzlich wehte eine Regenbö vorüber, kalt, danach staubwirbelnde Böen von allen Himmelsrichtungen. Salman schaute nach Westen, die Sonne ging unter, ein schmaler Rand nur lugte noch hinter den Hängen von Dumlukale hervor. Salman lenkte das Pferd dem Dorf zu.

Huschschsch ... Über den Ähren ist nur der Kopf des Pferdes zu sehen, ein Meer von Kornfeldern wogt bis zum Horizont, huschschsch, mitten durch einen grell funkelnden Strom von Licht, huschschsch ... Er sieht die Adler über den Halmen, ihr Schatten fällt auf den lichten, endlosen Spiegel wellender Ähren. Der Regen kommt näher. Grelle Hitze, brechende Ähren. Kinder, nackt, Hunde, Getreide, Tagelöhner, sie wirbeln in einer riesigen Welle, verschwinden im Licht, sind nicht mehr zu sehen, die blitzenden Lichter fliegen im Wind, Mustafa, Säbel, Blut, Ismail Aga, traurig, vergrämt, huschschsch ... Das Korn wogt, das Pferd bahnt sich eine Gasse durch eine Wand von Weizen, huschschsch ...

Das Pferd kam vor Emines Tür zum Stillstand, mit ihm das wogende Feld, die Käfer, die Vögel, die Ähren, das Licht. Salman saß ab, die Frau lief zu ihm, umarmte ihn, huschschsch, er zog das Pferd auf den Hof, in den Stall ... Tanir der Alte mit schütterem, langem Bart, das schmale Gesicht gleich einem Spinnennetz von Furchen durchzogen, lehnt seine Stirn an den Lauf seines Gewehrs, das er nie aus der Hand gibt ...

Wieder Emine, wieder grasgrün wie ein wogendes Feld ... »Sie werden meinen Vater töten, meinen Vater, ich muß sofort zu ihm.« Mit Tau benetzte Spinnenweben in den Sträuchern, im Winkel jeden Netzes hocken Spinnen, sie lauern in Tausenden Netzen, die sich im Winde wiegen, Fliegen und Bienen haben sich in ihnen verfangen, summend, giftgrün schillernd, andere hängen verdorrt. Mitten in einem riesigen, in den Kakteen schaukelnden Spinnennetz drei grün schillernde Fliegen im Todeskampf, ihre Flügel sirren und sirren ... Vater, o mein Vater!

Schon auf der Schwelle nahm Salman seine Flinte von der Schulter, zog Revolver und Handschare aus dem Gurt, schnallte die Patronentaschen ab und legte alles auf den Boden. Der Feldstecher baumelte noch an seinem Hals, er legte auch ihn beiseite. Eine Zeitlang wanderte er auf und ab, schlenderte dann zum Spinnennetz in den Kakteen, kam zurück, hob einen Handschar auf, steckte ihn in seinen Gurt, ging zu Emine und blieb vor ihr stehen.

»Ich gehe zu meinem Vater«, sagte er, schaute ihr sehr lange in die Augen, so als würde er sie nie mehr wiedersehen. »Ich werde zu meinem Vater gehen.«

»Geh nicht«, bat Emine. »Geh nicht, Salman, bis an sein Lebensende wird dein Vater weder dir noch mir verzeihen. Bis an sein Lebensende! Bis in den Tod, Salman, bis in den Tod.«

Salman kehrte ihr den Rücken und schlug den Weg zum Konak ein, am Hoftor stand Süllü.

»Salman!«

»Mein Vater«, sagte Salman, »ist mein Vater im Haus?«

»Schau«, antwortete Süllü und zeigte auf die Felsen hinterm Granatapfelbaum, wo Ismail Aga, der untergehenden Sonne zugewandt, im Kreise der vom Abendrot beschienenen Dörfler saß, die Gebetskette durch seine Finger gleiten ließ und auf den Ruf zum Abendgebet wartete. »Schau, dort ist dein Vater ...«

Salman schlug die Richtung ein. Bei den Kakteen entdeckte er Mustafa, der fröhlich und lachend mit den lauthals schreienden Kindern Himmel und Hölle spielte. Mustafa war in das Spiel so vertieft, daß er um sich herum nichts wahrzunehmen schien. Von wilder Wut gepackt, blieb Salman in etwa zehn Schritten Entfernung plötzlich wie angewurzelt stehen, eilte dann im Laufschritt am Granatapfelbaum vorbei die Felsen hinauf und baute sich vor Ismail Aga auf.

Ismail Aga hatte ihn kommen sehen und lächelte.

Salman murmelte irgend etwas, was ihm selbst unverständlich war. Dann trafen sich die Blicke von Vater und Sohn, Ismails Augen weiteten sich, wurden immer größer, und im nächsten Augenblick hatte Salman sich mit gezogenem Handschar auf ihn geworfen. Dreimal bohrte sich die zweischneidige Klinge durch Ismail Agas knirschende Rippen mitten ins Herz. Und während Salman mit dem blutigen Handschar in der Faust die Felsen hinunter flüchtete, sahen die Anwesenden, wie Ismail Aga sich mit weit aufgerissenen Augen, die Hände in den Aufschlägen seiner Weste verkrallt, kerzengerade aufrichtete und dann zusammenbrach. Die geweiteten Augen blickten noch immer verwundert und starr.

Yaşar Kemal

»Sänger und Chronist seines Landes«

Yaşar Kemal wird 1923 in einem Dorf Südanatoliens geboren. Sein Vater ist ein wohlhabender, später verarmter Grundbesitzer, seine Mutter stammt aus einer Familie von Räubern und Briganten, die Not und Armut in die Berge getrieben hatte. Mit fünf Jahren erlebt er, wie sein Vater beim Gebet in der Moschee von dessen Adoptivsohn erschlagen wird. Nach dem Tod des Vaters lebt die Familie in großer Armut. Vier Geschwister sterben an Malaria.

Früh beeindrucken ihn die wandernden Volkssänger mit ihren Gedichten und Epen, bald improvisiert er in der gleichen Art Lieder. Um seine Lieder niederzuschreiben und festhalten zu können, lernt Yaşar Kemal Lesen und Schreiben – als einziges Kind seines Dorfes in einer zehn Kilometer entfernten Schule. Später arbeitet er u. a. als Hirte, Traktorfahrer, Schuhmacher und Gehilfe eines Dorflehrers. Als Straßenschreiber in einer Kleinstadt verfaßt er Briefe, Bittschriften und Dokumente für analphabetische Bauern.

1951 werden seine ersten Erzählungen in der Istanbuler Zeitung »Cumhuriyet« abgedruckt. Sie erregen großes Aufsehen, denn sie handeln vom täglichen Leben der Bauern und sind in der Umgangssprache geschrieben.

Als Journalist durchstreift Yaşar Kemal zwölf Jahre lang die ländlichen Gebiete Anatoliens. Er schreibt über die Armut, den Hunger, die Dürre und die Ausbeutung durch feudale Großgrundbesitzer. Noch nie sind solche Berichte in der türkischen Presse erschienen. Einige führten sogar zu Debatten in der Nationalversammlung.

Mit dem Roman »Memed mein Falke« wird er 1955 auf einen

Schlag zum meistgelesenen Schriftsteller der Türkei. »Memed« bringt Kemal auch den Durchbruch in die internationale Literatur. Auf Empfehlung der UNESCO und des internationalen PEN-Clubs wird dieser Roman in über 30 Sprachen übersetzt.

Yaşar Kemal wird mehrere Male von der türkischen Militärregierung festgenommen und gefoltert. Nach zahlreichen internationalen Protesten kommt er frei, um allerdings immer wieder wegen »separatistischer Propaganda« mit Gerichtsverfahren überzogen zu werden.

Yaşar Kemal wurde mit zahlreichen internationalen Preisen ausgezeichnet. 1997 erhält er den Friedenspreis des Deutschen Buchhandels.

Heute lebt und arbeitet Yaşar Kemal in Istanbul.

Yaşar Kemal im Unionsverlag

Memed, mein Falke
Memed, der schmächtige Bauernjunge, wird zum Räuber, Rebell und Rächer seines Volkes. Ein Roman, der selbst wieder zur Legende wurde.

Die Disteln brennen – Memed II
Eines Nachts klopft ein abgerissener, ausgehungerter Fremdling an die Tür: Memed hat sich am Ende des Kampfes verändert. Er mußte lernen, daß auch der größte Held nichts ausrichtet, wenn er einsam bleibt.

Das Reich der Vierzig Augen – Memed III
Kann sich Memed von den Märchen und Mythen, die sich um ihn ranken, befreien und wieder Mensch werden?

Der Wind aus der Ebene – Anatolische Trilogie I
Wenn der Wind die Disteln aufwirbelt, ist für das ganze Dorf im Taurusgebirge die Zeit gekommen, in die Ebene auf die Baumwollfelder zu ziehen.

Eisenerde, Kupferhimmel – Anatolische Trilogie II
In einem anatolischen Dorf wird ein uraltes Stück Menschheitsgeschichte Realität: Einer, der sich nicht beugen läßt, wird zum Heiligen – bis die weltliche Macht nach ihm greift.

Das Unsterblichkeitskraut – Anatolische Trilogie III
»Ich wollte zeigen, daß der Mensch nicht nur in der realen Welt lebt, sondern ebensosehr auch in seinen Träumen. Denn wenn das Leben ihn so hart an den Abgrund führt, dann muß er sich, um zu überleben, eine Welt der Mythen und Träume schaffen.«

Zorn des Meeres
Ein alter Mann und das Meer: Der Fischer Selim jagt auf dem Marmarameer seinem Traum nach. Gleichzeitig wird ein jugendlicher Mörder durch ganz Istanbul gehetzt.

Bestellen Sie unseren kostenlosen Verlagsprospekt:
Unionsverlag, Rieterstrasse 18, CH-8059 Zürich

Yaşar Kemal im Unionsverlag

Das Lied der tausend Stiere
Seit Jahrhunderten ziehen türkische Nomaden aus den Bergen hinunter auf die Ebene. Aber wo sie einst lagerten, erstrecken sich jetzt Reisfelder und Baumwollplantagen. Selbst für die steinigsten Weiden müssen sie bezahlen, bis sie schließlich nichts mehr zu verkaufen haben.

Die Ararat Legende
Eines Morgens steht plötzlich ein prächtiger Schimmel vor Ahmets Hütte. Kein Bewohner des Berges Ararat würde jemals solch ein Geschenk Gottes zurückgeben. Der Pascha aber will sein Pferd wieder zurückerobern, er hält sich nicht an die Tradition. Doch der Stolz der Menschen schlägt um in offene Revolte.

Der Baum des Narren
Kemals eigenes Leben ist ein epischer Stoff voller Dramatik und Abenteuer, der durch die Höhen und Tiefen des Landes führt. Er erzählt von den Menschen, die seinen Weg geprägt und von den Büchern, die sein Werk beeinflußt haben.

Töte die Schlange
Eine Begebenheit, die sich in Anatolien zugetragen hat, wird zum Stoff einer Tragödie: Wie kann es soweit kommen, daß ein Sohn seine geliebte Mutter tötet?

Auch die Vögel sind fort
Kemals Istanbul ist eine brodelnde, gnadenlose Welt im Umbruch. Hier sind Spitzbuben und Tagträumer, Gestrandete und Gescheiterte die letzten Unversehrten.

Bestellen Sie unseren kostenlosen Verlagsprospekt:
Unionsverlag, Rieterstrasse 18, CH-8059 Zürich